O GRANDE GOLPE

Sumário

A pilhagem de Couffignal 31
Papel mata-moscas 67
O rosto queimado 104
Esse negócio de rei 147
O caso Gatewood 206
Mulheres amarelas mortas 224
Corkscrew 283
Tulip 338
O grande golpe 388
US$ 106 mil de dinheiro sujo 447
Sobre o autor 494

A pilhagem de Couffignal

Em forma de cunha, Couffignal não é uma ilha muito grande e não fica longe do continente, ao qual é ligada por uma ponte de madeira. Sua costa oeste é um penhasco acentuado e alto que emerge abruptamente da Baía de San Pablo. Do topo desse penhasco, a ilha se inclina para leste, até uma praia de seixos que volta para o mar, onde há píeres, a sede de um clube e barcos de lazer atracados.

A rua principal de Couffignal, paralela à praia, tem o banco, o hotel, o cinema e as lojas de sempre. Mas difere da maioria das ruas do mesmo tamanho por ser organizada e preservada com mais cuidado. Ela tem árvores, cercas vivas e faixas de gramado e não tem placas luminosas. Os edifícios parecem combinar uns com os outros, como se tivessem sido projetados pelo mesmo arquiteto, e as lojas oferecem mercadorias de qualidade semelhante à das melhores lojas da cidade grande.

As ruas transversais – que percorrem fileiras de bem cuidados chalés perto do pé da encosta – viram ruas sinuosas com cercas vivas quando começam a subir na direção do penhasco. Quanto mais altas as ruas, maiores e mais distantes as casas aonde elas levam. Os ocupantes dessas casas mais no alto são os proprietários e governantes da ilha. A maioria deles é de velhos senhores bem nutridos que, contabilizando os lucros que haviam tirado do mundo com as duas mãos na juventude agora rendendo em aplicações seguras, haviam comprado propriedades na ilha para poderem passar o resto de suas vidas cuidando do fígado e aperfeiçoando o jogo de golfe entre seus pares. São aceitos na ilha apenas os comerciantes, trabalhadores e esse tipo de gentinha necessária para mantê-los bem atendidos.

Assim é Couffignal.

Passava da meia-noite. Eu estava sentado num quarto do segundo andar da maior casa de Couffignal, cercado por presentes de casamento cujo valor devia totalizar algo entre cinqüenta e cem mil dólares.

De todos os trabalhos confiados a um detetive particular (exceto pelos de divórcio, que a Agência de Detetives Continental não faz), casamentos são os de que eu menos gosto. Normalmente consigo evitá-los, mas dessa vez não tinha sido possível. Dick Foley, que havia sido escalado para a tarefa, tinha ganhado um olho roxo de um batedor de carteiras pouco amistoso no dia anterior. Isso tirou Dick e pôs a mim no serviço. Eu havia chegado a Couffignal – um trajeto de duas horas desde São Francisco de ferry e automóvel – naquela manhã e voltaria na manhã seguinte.

Não era nem melhor nem pior do que o serviço de casamento de sempre. A cerimônia havia sido realizada numa capela de pedra no pé da encosta. Então a casa começou a se encher com os convidados da recepção, que a mantiveram repleta de gente até algum tempo depois de os noivos fugirem para o trem que ia para o Leste.

O mundo esteve bem representado. Havia um almirante e um ou dois nobres da Inglaterra; um ex-presidente de um país sul-americano; um barão dinamarquês; uma jovem e alta princesa russa cercada por títulos menos importantes, incluindo um general gordo, careca e jovial de barba negra, que conversou comigo durante uma hora inteira sobre lutas de boxe, pelas quais tinha muito interesse, mas menos conhecimento do que seria possível; um embaixador de um dos países da Europa Central; um juiz da Suprema Corte; e uma multidão de pessoas cuja importância ou quase-importância não leva rótulos.

Teoricamente, um detetive responsável pela segurança de presentes de casamento deve tornar-se indistinguível dos outros convidados. Na prática, a coisa nunca funciona dessa maneira. Ele precisa passar a maior parte do tempo à vista dos valores, de modo que é facilmente identificado. Além disso, as oito ou dez pessoas que reconheci entre os convidados eram clientes ou ex-clientes da Agência, logo, sabiam quem eu era. Entretanto, ser conhecido não faz tanta diferença quanto você possa imaginar, e tudo havia transcorrido tranqüilamente.

Alguns amigos do noivo, aquecidos pelo vinho e pela necessidade de manter suas reputações como malandros, haviam tentado levar alguns dos presentes da sala em que estavam expostos e escondê-los dentro do piano. Mas eu já estava esperando aquele conhecido truque e tratei de impedi-lo antes que tivesse ido longe o bastante para gerar constrangimentos.

Pouco depois do anoitecer, um vento com cheiro de chuva começou a empilhar nuvens de tempestade sobre a baía. Os convidados que moravam mais longe, principalmente os que precisavam atravessar a água, saíram apressados para casa. Os que moravam na ilha ficaram até que as primeiras gotas de chuva começassem a cair. Então partiram.

A casa dos Hendrixson se acalmou. Os músicos e os criados extras foram embora. Os exaustos empregados da casa começaram a desaparecer em direção aos quartos. Encontrei uns sanduíches, uns livros e uma confortável poltrona e levei tudo até o quarto em que os presentes estavam escondidos sob panos cinza-claros.

Keith Hendrixson, o avô da noiva – que era órfã – enfiou a cabeça pela porta.

– Você tem tudo de que precisa? – perguntou.

– Sim, obrigado.

Disse boa noite e foi para a cama – um velho alto, magro como um menino.

O vento e a chuva estavam fortes quando desci para examinar as janelas e portas do térreo. Tudo estava trancado e seguro no primeiro andar, assim como no porão. Voltei para o andar de cima.

Arrastei a poltrona para perto de uma luminária de pé e ajeitei os sanduíches, os livros, um cinzeiro, a arma e a lanterna sobre uma mesa ao lado. Então desliguei as outras lâmpadas, acendi um cigarro, sentei-me, acomodei a coluna confortavelmente no estofado da poltrona, peguei um dos livros e me preparei para passar a noite.

O livro se chamava *O senhor do mar* e falava de um sujeito forte, durão e violento chamado Hogarth, cujo modesto plano era ter o mundo em suas mãos. Havia tramas e contra-tramas, raptos, assassinatos, fugas de prisão, falsificações e furtos, diamantes do tamanho de chapéus e fortalezas flutuantes maiores do que Couffignal. Agora parece bobagem, mas, no livro, era bastante real.

Hogarth ainda estava seguindo firme quando as luzes se apagaram.

No escuro, livrei-me da ponta brilhante do meu cigarro esmagando-o num dos sanduíches. Larguei o livro, peguei a arma e a lanterna e me afastei da poltrona.

Tentar ouvir algum barulho não ia funcionar. A tempestade estava fazendo centenas de barulhos. Eu precisava era saber por que as luzes tinham se apagado. Todas as outras luzes da casa tinham sido apagadas algum tempo antes, de modo que a escuridão do corredor não me disse nada.

Fiquei esperando. O meu trabalho era vigiar os presentes. Ninguém havia tocado neles ainda. Não havia por que ficar assustado.

Passaram-se alguns minutos, talvez uns dez.

O piso balançou sob os meus pés. As janelas vibraram com uma violência além da força da tempestade. O estrondo surdo de uma forte explosão encobriu os barulhos do vento e da água caindo. O estouro não havia sido muito próximo, mas também não foi distante o bastante para ter sido fora da ilha.

Fui até a janela do outro lado do quarto e espiei através do vidro molhado, mas não consegui ver nada. Devia ter visto algumas luzes mais abaixo na encosta. Não ter conseguido enxergá-las estabelecia um ponto. As luzes haviam se apagado por toda Couffignal, e não apenas na casa dos Hendrixson.

Isso era melhor. A tempestade podia ter causado uma pane no sistema de iluminação e sido responsável pela explosão – talvez.

Olhando fixamente através da janela escura, tive a impressão de ver muita agitação no pé da encosta, de movimento na noite. Mas tudo estava longe demais para que eu visse ou ouvisse qualquer coisa mesmo que houvesse luz, e tudo estava vago demais para saber do que se tratava a movimentação. A impressão foi forte, mas inútil. Não me levou a nada. Disse a mim mesmo que estava ficando com a cabeça fraca e me afastei da janela.

Outro estouro me fez voltar a ela. Essa explosão pareceu mais próxima do que a outra, talvez por ter sido mais forte. Espiei novamente pelo vidro, mas ainda não enxerguei nada. Ainda tinha a impressão de haver coisas grandes se movendo lá embaixo.

Ouvi pés descalços correndo pelo corredor. Uma voz ansiosa chamava pelo meu nome. Virando-me mais uma vez de costas para a janela, guardei a pistola e acendi a lanterna. Keith Hendrixson, de pijama e roupão de banho, parecendo mais magro e mais velho do que seria possível imaginar, entrou no quarto.

– Será que...

– Não acho que seja um terremoto – disse eu, já que esta é a primeira calamidade em que os californianos costumam pensar. – As luzes se apagaram há um tempinho. Houve duas explosões na base da encosta desde que...

Parei. Três tiros, próximos uns dos outros, haviam soado. Disparos de fuzil, mas do tipo feitos apenas pelos fuzis mais pesados. Em seguida, agudo e baixo sob a tempestade, veio o estampido de uma pistola distante.

– O que é isso? – perguntou Hendrixson.

– São tiros.

– Mais pés apressados no corredor, alguns descalços, outros calçados. Vozes nervosas sussurravam perguntas e exclamações. Entrou o mordomo, um homem sólido, parcialmente vestido e carregando um candelabro com cinco velas acesas.

– Muito bem, Brophy – disse Hendrixson quando o mordomo pousou o candelabro sobre a mesa ao lado dos meus sanduíches. – Você pode tentar descobrir o que está havendo?

– Já tentei, senhor. O telefone não parece estar funcionando, senhor. Devo enviar Oliver até a cidade?

– Nã-ão. Não acho que seja tão grave. Você acha que é alguma coisa grave? – perguntou ele para mim.

Respondi que achava que não, mas estava prestando mais atenção no que acontecia lá fora do que nele. Tinha ouvido um grito fino que podia ter vindo de uma mulher ao longe e uma rajada de tiros de armas pequenas. O barulho da tempestade abafou esses tiros, mas quando os disparos mais pesados que havíamos ouvido antes recomeçaram novamente, o som ficou bastante claro.

Abrir a janela seria permitir a entrada de litros de água e não serviria para ouvirmos muito melhor. Fiquei com uma orelha colada na vidraça, tentando chegar a alguma conclusão sobre o que estava acontecendo do lado de fora.

Outro barulho desviou a minha atenção da janela – o toque da sineta da porta da frente. O toque foi alto e insistente.

Hendrixson olhou para mim. Assenti.

– Veja quem é, Brophy – disse ele.

O mordomo afastou-se com solenidade e voltou ainda mais solene.

– A Princesa Zhukovski – anunciou.

Ela entrou correndo no quarto – a garota russa alta que eu havia visto na recepção. Tinha os olhos arregalados e escuros de excitação, e o rosto, muito branco, estava molhado. A água escorria pela capa impermeável, cujo capuz cobria seu cabelo escuro.

– Ah, sr. Hendrixson! – ela segurava uma mão dele com as duas mãos. Sua voz, sem qualquer sotaque estrangeiro, era a voz de alguém emocionado com uma surpresa encantadora. – O banco está sendo assaltado, e o – como se diz? – chefe de polícia foi assassinado!

– Como assim? – exclamou o velho, pulando desajeitadamente porque a água da capa havia pingado em seu pé descalço. – Weegan assassinado? E o banco assaltado?

– Sim! Não é terrível? – Seu tom era o de quem estava dizendo "maravilhoso". – Quando fomos acordados pela primeira explosão, o general mandou Ignati descobrir qual era o problema, e ele saiu no momento exato para ver o banco explodir. Ouçam!

Ficamos prestando atenção, e ouvimos uma violenta saraivada de armas de diferentes calibres.

– Deve ser o general chegando! – disse ela. – Ele vai se divertir imensamente. Assim que Ignati voltou com a notícia, o general deu uma arma a todos os homens da casa, de Aleksandr Sergyeevich a Ivan, o cozinheiro, e conduziu-os para fora, feliz como não se sentia desde que liderou sua divisão para o Leste da Prússia em 1914.

— E a duquesa? — perguntou Hendrixson.

Ele a deixou em casa comigo, claro, e eu escapei furtivamente enquanto ela tentava pôr água num samovar pela primeira vez na vida. Isso não é noite para se ficar em casa!

— Hmmm — fez Hendrixson, com a mente claramente distante do que ela estava dizendo. — E o banco!

Ele olhou para mim. Eu não disse nada. O barulho de outra rajada chegou até nós.

— Você poderia fazer alguma coisa lá? — perguntou ele.

— Talvez, mas... — indiquei os presentes cobertos com a cabeça.

— Ah, isso! — disse o velho. — Tenho tanto interesse no banco quanto nos presentes. Além disso, nós estaremos aqui.

— Tudo bem! — eu estava disposto a descer a encosta com a minha curiosidade. — Irei até lá. É melhor o senhor manter o mordomo aqui e o motorista junto à porta de entrada, no lado de dentro. E dê-lhes armas, se tiver. Posso pegar uma capa de chuva emprestada? Trouxe apenas um casaco leve comigo.

Brophy encontrou um impermeável amarelo que me serviu. Eu o vesti, guardei a arma e a lanterna convenientemente sob ele e coloquei o chapéu, enquanto Brophy carregava uma pistola automática para si e um fuzil para Oliver, o motorista mulato.

Hendrixson e a princesa me seguiram até o andar de baixo. À porta, descobri que ela não estava exatamente me seguindo — estava indo junto comigo.

— Mas, Sonya! — protestou o velho.

— Não farei nenhuma bobagem, embora preferisse fazer — prometeu ela. — Voltarei para a minha Irinia Androvna, que a esta altura talvez já tenha conseguido encher o samovar de água.

— Que garota sensata! — disse Hendrixson, deixando-nos sair para a chuva e o vento.

O tempo não permitia conversar. Em silêncio, começamos a descer a encosta por entre as fileiras de cercas, com a tempestade avançando às nossas costas. Depois da primeira abertura na cerca viva, parei e fiz um sinal com a cabeça em direção ao vulto escuro de uma casa.

– Ali é a sua...

A risada dela me interrompeu. Segurou o meu braço e começou a me apressar de volta à rua.

– Eu só disse aquilo para o sr. Hendrixson não se preocupar – ela explicou. – Você não achou que eu deixaria de descer para ver o que está acontecendo...

Ela era alta, eu sou baixo e corpulento. Eu tinha de olhar para cima para ver seu rosto – para ver tanto quanto a noite cinzenta permitia.

– A senhora ficará encharcada até os ossos, andando desse jeito na chuva – protestei.

– E daí? Estou vestida para isso. – Levantou o pé para me mostrar uma pesada bota impermeável e uma perna vestida com uma meia de lã.

– Não dá para prever o que encontraremos lá embaixo, e eu preciso trabalhar – insisti. – Não poderei ficar cuidando da senhora.

– Eu posso cuidar de mim mesma. – Ela empurrou a capa e me mostrou a pistola automática compacta que levava.

– A senhora vai me atrapalhar.

– Não vou – retrucou ela. – Você provavelmente vai descobrir que posso ajudá-lo. Sou tão forte como você, mais ágil e sei atirar.

Os barulhos de tiros esparsos estavam pontuando a nossa discussão, mas agora o barulho mais pesado de disparos silenciou as dúzias de objeções à companhia dela em que eu podia pensar. Afinal, eu poderia escapar no escuro se ela se tornasse uma perturbação muito grande.

– Faça como quiser – resmunguei. – Mas não espere nada de mim.

– Muito gentil da sua parte – murmurou ela quando retomamos a caminhada, apressados, com o vento às nossas costas fazendo-nos ir mais rápido.

De vez em quando, dava para ver vultos escuros à frente, mas distantes demais para serem reconhecidos. Nesse instante, um homem passou por nós, subindo a encosta correndo – um homem alto com a camisola de dormir para fora das calças, sob o casaco, o que o identificava como morador.

– Acabaram com o banco e estão na Medcraft! – gritou ao cruzar conosco.

– Medcraft é uma joalheria – disse a garota.

A ladeira sob nossos pés ficou menos acentuada. As casas – escuras, mas com rostos vagamente visíveis em janelas aqui e ali – foram ficando mais próximas umas das outras. Abaixo, via-se o fogo de uma arma de vez em quando – faixas alaranjadas sob a chuva.

A rua que percorríamos nos levou até a ponta mais baixa da rua principal assim que soou um *stacatto* ra-tá-tá.

Empurrei a garota até a porta mais próxima e saltei em seguida.

As balas se chocavam contra as paredes fazendo o barulho de granizo batendo em folhagens.

Era o que eu havia imaginado ser um fuzil excepcionalmente pesado: uma metralhadora.

A garota havia caído de costas numa esquina, toda enroscada em alguma coisa. Ajudei-a. A coisa era um rapaz de mais ou menos dezessete anos, com uma perna e uma muleta.

– É o entregador de jornais – disse a Princesa Zhukovski – e você o machucou com o seu mau jeito.

O rapaz sacudiu a cabeça e levantou-se sorrindo:

– Não. Num tô nada machucado, mas a senhora me assustou um pouco, pulando em mim daquele jeito.

Ela precisou parar e explicar que não havia pulado sobre ele, mas sido empurrada por mim e que sentia muito, e eu também.

– O que está acontecendo? – perguntei ao jornaleiro quando consegui uma brecha para falar.

– Tudo – jactou-se, como se fosse dele parte do crédito. – Deve ter uns cem deles. Abriram o banco com uma explosão e agora alguns estão na Medcraft. Acho que vão explodi-la também. E mataram Tom Weegan. Estão com uma metralhadora dentro de um carro no meio da rua. É o que está disparando agora.

– Onde está todo mundo... todos os alegres aldeães?

– A maioria está atrás da prefeitura. Só que não podem fazer nada, porque a metralhadora não os deixa chegar perto o bastante para que vejam no que estão atirando, e o esperto do Billy Vincent me disse para eu dar o fora, porque só tenho uma perna, como se não pudesse atirar tão bem como qualquer um. Se pelo menos eu tivesse com o que atirar!

– Não foi certo da parte deles – solidarizei-me. – Mas você pode fazer uma coisa por mim. Pode ficar aqui de olho nesta ponta da rua para saber se eles sairão nesta direção.

– Você não está dizendo isso só para que eu fique aqui fora do caminho, está?

– Não – menti. – Preciso de alguém para vigiar. Eu ia deixar a princesa aqui, mas você será melhor para fazer isso.

– Sim – disse ela, pegando a idéia. – Este cavalheiro é um detetive, e se você fizer o que ele pede, estará ajudando mais do que se estivesse com os outros.

A metralhadora ainda estava disparando, mas não mais na nossa direção.

– Vou atravessar a rua – eu disse à garota. – Se você...

– Você não vai se unir aos outros?

– Não. Se eu conseguir dar a volta nos bandidos enquanto eles estão ocupados com os outros, talvez consiga fazer alguma coisa.

– Observe bem agora! – ordenei ao garoto, e a princesa e eu corremos para a calçada oposta.

Chegamos a ela sem atrair chumbo, andamos de lado ao longo de um edifício por alguns metros e viramos num beco. Da outra ponta do beco vinha o cheiro, o marulho e a escuridão sombria da baía.

Enquanto percorríamos o beco, pensei num plano para me livrar da minha companhia, mandando-a para uma caçada segura qualquer. Mas não tive chance de experimentá-lo.

O grande vulto de um homem surgiu à nossa frente.

Colocando-me diante da moça, segui em sua direção. Sob a minha capa de chuva, segurava a arma apontada para ele.

Ele ficou de pé. Era maior do que tinha parecido no começo. Um homem enorme, de ombros caídos e corpo de barril. Estava de mãos vazias. Direcionei a lanterna para seu rosto por um instante. Era um rosto sem bochechas e de traços fortes, com as maçãs salientes e muita rudeza.

– Ignati! – exclamou a garota por sobre o meu ombro.

Ele começou a falar o que imaginei ser russo com ela, que riu e respondeu. Ele sacudiu a cabeça com teimosia, insistindo em alguma coisa. Ela bateu o pé e falou com severidade. Ele sacudiu a cabeça novamente e se dirigiu a mim:

– General Pleshskev dizer mim levar Princesa Sonya para casa.

O inglês que ele falava era quase tão difícil de entender como o russo. Seu tom de voz me intrigou. Era como se estivesse explicando uma coisa absolutamente necessária pela qual não queria ser culpado, mas que, mesmo assim, acabaria fazendo.

Enquanto a garota estava falando com ele novamente, adivinhei a resposta. Aquele grande Ignati havia sido enviado pelo general para levar a garota para casa e obedeceria às ordens nem que tivesse que carregá-la. Ao explicar a situação, estava tentando evitar problemas comigo.

– Leve-a – disse eu, dando um passo para o lado.

A garota me olhou com cara feia e riu.

– Muito bem, Ignati – disse ela, em inglês. – Irei para casa. – Deu meia volta no calcanhar e começou a subir pelo beco, seguida de perto pelo homenzarrão.

Satisfeito por estar sozinho, não perdi tempo, mudando de direção até sentir os seixos da praia sob os pés. As pedrinhas moíam-se com barulho sob os calcanhares. Voltei até um terreno mais silencioso e comecei a avançar o mais rapidamente possível pela praia em direção ao centro da ação. A metralhadora seguia disparando. Armas menores também atiravam. Três explosões seguidas – bombas e granadas de mão, disseram-me os ouvidos e a memória.

O céu tempestuoso brilhava em cor-de-rosa sobre um telhado à frente e à esquerda. Os estrondos das explosões feriram os meus tímpanos. Fragmentos que eu não podia ver caíram ao meu redor. Isso, pensei, deve ter sido o cofre da joalheira sendo explodido.

Segui avançando pela na praia. A metralhadora silenciou. Armas mais leves continuavam atirando sem parar. Mais uma granada foi detonada. Uma voz de homem berrou com terror absoluto.

Arriscando o barulho das pedras, voltei novamente para a beira da água. Não havia visto qualquer vulto escuro na água que pudesse ser um barco. Havia barcos atracados ao longo daquela praia à tarde. Com os pés dentro da água da baía, ainda não via qualquer barco. A tempestade podia tê-los dispersado, mas eu não achava que isso tivesse acontecido. A altura do penhasco do lado oeste da ilha protegia aquela costa. O vento estava forte, mas não era violento.

Com os pés às vezes na borda de seixos, às vezes dentro da água, segui pela praia. Então vi um barco. Um vulto preto que se balançava suavemente adiante. Não havia nenhuma luz acesa. Nada se movia sobre ele, que eu pudesse ver. Era o único barco naquela margem, o que o tornava importante.

Aproximei-me, pé ante pé.

Uma sombra moveu-se entre mim e os fundos escuros de um edifício. Congelei. A sombra, do tamanho de um homem, moveu-se novamente, na direção de onde eu estava seguindo.

À espera, não sabia o quão estaria quase invisível ou absolutamente visível contra o fundo às minhas costas. Não podia arriscar me entregar tentando melhorar a minha posição.

A seis metros da sombra, parei de repente.

Havia sido visto. Minha arma estava apontada para a sombra.

– Vamos lá – disse baixinho. – Continue vindo. Vamos ver quem você é.

A sombra hesitou, deixou o abrigo do edifício e se aproximou. Não podia correr o risco de usar a lanterna. Divisei vagamente um rosto bonito, impulsivamente juvenil, com uma face manchada de escuro.

– Ah, muito prazer – disse o dono do rosto numa voz musical de barítono. – Você estava na recepção de hoje à tarde.

– Sim.

– Você viu a Princesa Zhukovski? Você a conhece?

– Foi para casa com Ignati há dez minutos.

– Excelente! – Limpou o rosto manchado com um lenço manchado e se virou para olhar para o barco. – É o barco do Hendrixson – sussurrou. – Pegaram esse e soltaram todos os outros.

– Isso quer dizer que eles fugirão pela água.

– Sim – concordou ele. – A menos que... Será que devemos tentar?

– Você quer dizer tomar o barco?

– Por que não? – perguntou. – Não deve haver muitos a bordo. Deus sabe como há muitos deles em terra. Você está armado, eu tenho uma pistola.

– Vamos primeiro dar uma olhada – disse eu – para sabermos em quê estamos nos metendo.

– Sábia decisão – disse ele, e seguiu à minha frente de volta ao abrigo dos edifícios.

Colados aos muros de trás dos prédios, seguimos furtivamente em direção ao barco.

A embarcação ficou mais clara na noite. Um barco de prováveis quinze metros de comprimento, com a popa voltada para a costa, subindo e descendo ao lado de um píer pequeno. Alguma coisa se projetava através da popa. Alguma coisa que não consegui identificar direito. Solas de couro raspavam de vez em quando no convés de madeira. Em seguida, uma cabeça e um par de ombros escuros se mostraram acima da coisa intrigante sobre a popa.

Os olhos do rapaz russo eram melhores do que os meus.

– Mascarado – cochichou em meu ouvido. – Está com uma meia-calça ou coisa parecida sobre o rosto e a cabeça.

O homem mascarado estava imóvel em seu lugar. Nós estávamos imóveis no nosso.

– Você consegue acertá-lo daqui? – perguntou o jovem.

– Talvez, mas noite escura e chuva não são uma boa combinação para a artilharia de precisão. A nossa melhor chance é chegarmos o mais perto possível e começarmos a atirar assim que ele nos enxergar.

– Sábia decisão – concordou ele.

Fomos descobertos ao darmos o nosso primeiro passo para frente. O homem no barco grunhiu. O rapaz ao meu lado saltou para frente. Reconheci a coisa na popa do barco bem a tempo de jogar uma perna e derrubar o jovem russo. Ele caiu, todo esparramado nos seixos. Joguei-me atrás dele.

A metralhadora na popa derramou balas sobre as nossas cabeças.

— Não adianta ir contra isso! — disse eu. — Role para longe!

Dei o exemplo rolando em direção à parte de trás do prédio de onde tínhamos acabado de sair.

O homem perto da metralhadora espalhou balas pela praia, mas fazia isso aleatoriamente, com os olhos claramente prejudicados para visão noturna pelo clarão dos disparos.

Virando a esquina do prédio, nós nos sentamos.

— Você salvou minha vida ao me derrubar — disse o rapaz, friamente.

— Pois é. Será que eles tiraram a metralhadora da rua ou...

A resposta veio imediatamente. A metralhadora na rua uniu sua voz cruel ao rufar da que estava no barco.

— São duas! — reclamei. — Você sabe alguma coisa sobre o que está acontecendo?

— Não acho que eles sejam mais do que dez ou doze, embora não seja fácil contar no escuro — disse ele. — Os poucos que vi estão completamente mascarados, como aquele do barco. Parece que eles desligaram as linhas de telefone e a luz primeiro e depois destruíram a ponte. Nós os atacamos enquanto estavam saqueando o banco, mas eles tinham uma metralhadora montada na frente, e não estávamos equipados para um combate de igual para igual.

— Onde estão os ilhéus agora?

— Espalhados. Imagino que a maioria esteja escondida, a menos que o General Pleshskev tenha conseguido reuni-los novamente.

Franzi a testa e pus a cabeça para funcionar. Não se pode combater metralhadoras e granadas de mão com aldeães pacíficos e capitalistas aposentados. Não importa o quanto estejam bem conduzidos e armados, não se pode fazer nada com eles. Aliás, como alguém poderia fazer alguma coisa contra um jogo tão violento?

— Que tal se você ficasse aqui de olho no barco — sugeri. — Vou dar uma espiada para ver o que está acontecendo mais acima e, se conseguir reunir alguns homens, tentarei entrar no barco de novo, provavelmente pelo outro lado. Mas não podemos contar com isso. A fuga será de barco. Disso não há dúvida, e podemos tentar evitá-la. Se você se deitar, pode observar o barco pelo canto do prédio, sem se transformar num alvo. Eu não faria nada que pudesse chamar atenção até começar a fuga para o barco. Depois disso, pode fazer todo o tiroteio que quiser.

– Excelente! – disse ele. – Você provavelmente vai encontrar a maioria dos ilhéus atrás da igreja. Para chegar até lá, siga direto subindo a encosta até uma cerca de ferro, que deve acompanhar à direita.

– Certo.

Saí na direção que ele havia indicado.

Na rua principal, parei para olhar ao redor antes de me aventurar a atravessá-la. Tudo estava tranqüilo por ali. O único homem que vi estava caído com o rosto virado para o chão na calçada perto de mim.

Engatinhei até o lado dele. Estava morto. Não parei para examiná-lo melhor, mas ergui-me de repente e corri até o outro lado da rua.

Ninguém tentou me parar. Na entrada de uma casa, encostado contra a parede, espiei. O vento havia parado. A chuva não era mais um forte dilúvio, mas um chuvisco constante de gotas finas. Para os meus sentidos, a rua principal de Couffignal era uma rua deserta.

Fiquei imaginando se a retirada em direção ao barco já havia começado. Na calçada, andando rapidamente em direção ao banco, ouvi a resposta a esse questionamento.

Pelo som, no alto da encosta, quase na beirada do penhasco, uma metralhadora começou a disparar uma saraivada de balas.

Misturados ao barulho da metralhadora, ouviam-se os sons de armas menores e de uma ou outra granada.

No primeiro cruzamento, saí da rua principal e comecei a subir a encosta correndo. Havia homens correndo na minha direção. Dois deles passaram sem prestar atenção ao meu grito:

– O que está acontecendo agora?

O terceiro homem parou porque eu o agarrei – um gordo com dificuldade para respirar e o rosto muito branco.

— Puseram o carro com a metralhadora atrás de nós – arquejou ele quando gritei a minha pergunta novamente em seu ouvido.

— O que você está fazendo sem uma arma? – perguntei.

— Eu... eu deixei cair.

— Onde está o General Pleshskev?

— Está lá em algum lugar. Ele está tentando capturar o carro, mas nunca vai conseguir. É suicídio! Por que não chega nenhuma ajuda?

Outros homens haviam passado correndo encosta abaixo enquanto falávamos. Deixei o homem de rosto branco ir embora e parei quatro outros que não estavam correndo tão rápido como os demais.

— O que está acontecendo agora? – questionei.

— Estão indo para as casas no topo da encosta – disse um homem de rosto fino e bigode, com um fuzil em punho.

— Alguém já levou a informação para fora da ilha? – perguntei.

— Não dá – disse outro. – Eles explodiram a ponte antes de qualquer coisa.

— Ninguém sabe nadar?

— Não com esse vento. O jovem Catlan tentou e teve sorte de sair da água só com algumas costelas quebradas.

— O vento diminuiu – argumentei.

O homem de rosto fino entregou o fuzil para um dos outros e tirou o casaco.

— Vou tentar – prometeu.

— Ótimo! Acorde todo mundo e faça a informação chegar à lancha da polícia de São Francisco e ao Estaleiro Naval de Mare Island. Eles ajudarão se você lhes disser que os bandidos estão com metralhadoras. Diga-lhes que os bandidos estão com um barco armado esperando para a fuga. É o barco do Hendrixson.

O nadador voluntário partiu.

— Um barco? – perguntaram dois em uníssono.

— Sim. Com uma metralhadora a bordo. Se vamos fazer alguma coisa, precisamos fazer agora, enquanto estamos entre eles e a fuga. Consigam todos os homens e armas que encontrarem. Ataquem o barco a partir dos telhados, se puderem. Quando o carro dos bandidos passar por aqui, atirem contra ele. Vocês se sairão melhor do edifício do que da rua.

Os três seguiram descendo a encosta. Eu subi em direção aos ruídos das armas de fogo mais adiante. A metralhadora estava funcionando de modo intermitente. Disparava seu rá-tá-tá por um ou dois segundos e depois parava por alguns instantes. O fogo em resposta era escasso e irregular.

Cruzei com mais homens e fiquei sabendo por eles que o general ainda estava enfrentando o carro com menos de uma dúzia de homens. Repeti o conselho que havia dado aos outros. Meus informantes desceram para se unirem a eles. Segui em frente.

Cem metros mais adiante, o que havia sobrado da dúzia do general surgiu na escuridão, passando ao meu redor, voando encosta abaixo com uma saraivada de tiros atrás deles.

A rua não era lugar para homens mortais. Tropecei em dois cadáveres e me arranhei em vários lugares ao pular uma cerca viva. Sobre uma grama macia e úmida, prossegui com a minha jornada encosta acima.

A metralhadora no topo da encosta parou de atirar. A do barco continuava em funcionamento.

A que estava em frente abriu fogo novamente, disparando alto demais para que qualquer coisa próxima fosse o alvo. Estava ajudando os companheiros abaixo, varrendo a rua principal de balas.

Antes que eu pudesse me aproximar, os disparos cessaram. Ouvi o motor acelerado do carro, que avançou na minha direção.

Rolei para o meio da cerca viva e fiquei deitado lá, forçando os olhos por entre os espaços entre os galhos. Tinha seis balas numa arma que ainda não havia sido disparada naquela noite que tinha visto toneladas de pólvora serem queimadas.

Quando vi rodas na parte mais clara da rua, esvaziei a arma, segurando-a para baixo.

O carro seguiu em frente.

Saltei para fora do esconderijo.

O carro tinha desaparecido subitamente da rua vazia.

Ouvi um som forte. Uma batida. Barulho de metal amassando. De vidro quebrando.

Corri na direção desses sons.

De uma pilha negra de onde soava um motor, saltou um vulto preto – que atravessou correndo o gramado encharcado. Disparei atrás dele, esperando que os outros bandidos nas ferragens estivessem fora de combate.

Estava a menos de cinco metros do homem em fuga quando ele tentou pular uma cerca viva. Não sou nenhum atleta, mas ele também não era. A grama molhada deixava o caminho escorregadio.

Ele tropeçou enquanto eu estava saltando a cerca viva. Quando nos ajeitamos novamente, eu estava a menos de três metros atrás dele.

Disparei em sua direção, esquecendo que havia gastado toda a munição. Tinha seis cartuchos enrolados num pedaço de papel no bolso do colete, mas aquilo não era hora de recarregar.

Tive vontade de atirar a arma vazia na cabeça dele. Mas seria muito arriscado.

Um edifício surgiu em frente. Meu fugitivo correu para a direita, para vencer a esquina.

À esquerda, uma pesada espingarda de caça disparou.

O homem em fuga desapareceu ao virar na esquina da casa.

– Meu Deus! – reclamou a voz suave do General Pleshskev. – Quem diria que eu não acertaria um homem à distância com uma espingarda.

– Dê a volta pelo outro lado! – gritei, dobrando a esquina atrás do sujeito.

Ouvi seus pés batendo no chão em frente, mas não consegui vê-lo. O general apareceu ofegante, vindo do outro lado da casa.

– Você o pegou?

– Não.

À nossa frente havia um barranco de pedra, acima do qual passava uma trilha. Estávamos ladeados por uma cerca viva alta e compacta.

– Mas, meu amigo, como ele pode ter...? – protestou o general.

Um triângulo pálido apareceu na trilha acima – um triângulo que podia ser um pedaço de camisa aparecendo acima da abertura de um colete.

– Fique aqui e continue falando! – sussurrei ao general, esgueirando-me.

– Ele deve ter ido pelo outro lado – disse o general, seguindo as minhas instruções, continuando a falar como se eu estivesse com ele. – Porque se tivesse vindo pelo meu lado, eu o teria visto, e se tivesse se levantado acima das cercas vivas ou do barranco, um de nós certamente o teria visto contra...

Ele continuou falando e falando, enquanto eu me dirigia até o barranco da trilha e tentava acomodar os pés na superfície de pedra.

Tentando se encolher com as costas contra um arbusto, o homem na estrada observava o general que falava sem parar. Ele me viu quando pus os pés na trilha.

Deu um salto e ergueu uma das mãos.

Saltei, mostrando as duas mãos.

Uma pedra virou debaixo do meu pé e me atirou para o lado, torcendo o meu tornozelo, mas salvando a minha cabeça da bala que ele havia disparado contra mim.

Meu braço esquerdo estendido agarrou as pernas dele quando caí, e ele despencou sobre mim. Dei-lhe um chute, agarrei seu braço e tinha acabado de decidir mordê-lo quando o general chegou esbaforido à beira da trilha e empurrou o homem de cima de mim com o cano da espingarda.

Quando chegou a minha vez de me levantar, não foi muito bom. Meu tornozelo torcido não conseguiu suportar muito bem os meus mais de noventa quilos. Apoiando a maior parte do peso na outra perna, virei minha lanterna para o prisioneiro.

– Olá, Flippo! – exclamei.

– Olá! – disse ele, sem demonstrar satisfação no reconhecimento.

Era um italiano rechonchudo de 23, 24 anos. Eu tinha ajudado a mandá-lo para San Quentin quatro anos antes pela participação num assalto em dia de pagamento. Agora fazia vários meses que estava em liberdade condicional.

— O pessoal responsável pela sua condicional não vai gostar nada disso — eu disse.

— Você não está entendendo — suplicou ele. — Eu não tô fazendo nada. Estava aqui visitando uns amigos. E quando essa coisa estourou, eu precisei me esconder porque sou fichado e, se for apanhado, voltarei para o xadrez. E agora você me pegou e acha que estou metido nisso tudo!

— Você consegue ler pensamentos — garanti. Então perguntei ao general: — Onde podemos prender este pássaro por um tempo, trancado e chaveado?

— A minha casa tem um depósito de madeira com uma porta pesada e sem janela.

— Serve. Em frente, Flippo!

O General Pleshskev agarrou o rapaz pelo colarinho enquanto eu segui mancando atrás deles. Examinei a arma de Flippo, que estava carregada, apenas sem a bala que disparou contra mim, e recarreguei a minha.

Havíamos apanhado o nosso prisioneiro no terreno do russo, de modo que não tivemos de ir muito longe.

O general bateu na porta e gritou alguma coisa na própria língua. As fechaduras rangeram aos serem destravadas, e a porta foi aberta por um criado russo de bigode grande. Atrás dele, a princesa e uma mulher robusta mais velha.

Enquanto entrávamos, o general contava aos demais a respeito da captura e levava o preso até o depósito. Revistei-o em busca de seu canivete e de fósforos — ele não tinha nada mais que pudesse ajudá-lo a se libertar — tranquei-o e escorei solidamente a porta com uma tábua de madeira. Em seguida, descemos novamente.

— Você está ferido! — gritou a princesa, vendo-me mancar.

— Só torci o tornozelo — disse eu. — Mas está incomodando um pouco. Tem esparadrapo?

— Sim — respondeu ela, falando então com o criado de bigode, que saiu da sala e voltou em seguida, trazendo rolos de gaze, esparadrapo e uma bacia de água quente.

– Por favor, sente-se – disse a princesa, pegando as coisas com o criado.

Sacudi a cabeça e peguei o esparadrapo.

– Prefiro água fria, porque preciso sair para a rua molhada novamente. Se a senhora me mostrar onde fica o banheiro, posso eu mesmo dar um jeito rapidamente.

Tivemos de discutir a questão, mas finalmente consegui ir ao banheiro, onde deixei correr água fria sobre o pé e o tornozelo, que prendi com o esparadrapo o mais apertado possível sem interromper a circulação. Vestir o sapato molhado novamente não foi fácil, mas quando terminei, tinha duas pernas firmes me sustentando, embora uma delas doesse um pouco.

Quando me reuni aos outros, notei que não havia mais barulho de disparos no topo da encosta, que o barulho da chuva estava mais fraco e que um brilho cinzento de luz do dia surgia sob uma persiana fechada.

Eu estava abotoando meu impermeável quando bateram na aldrava da porta da frente. Ouvi algumas palavras em russo, e o jovem russo que eu havia encontrado na praia entrou na casa.

– Aleksandr, você está... – gritou a senhora mais velha quando viu o sangue no rosto dele e desmaiou.

Ele não deu a menor atenção a ela, como se estivesse acostumado a vê-la desmaiar.

– Eles entraram no barco – disse-me ele, enquanto a garota e dois criados juntavam a mulher e a deitavam num sofá.

– Quantos são? – perguntei.

– Contei dez, e não acho que tenha deixado passar mais do que um ou dois, se tanto.

– Os homens que eu mandei até lá não conseguiram barrá-los?

Ele deu de ombros.

– O que você faria? É preciso ter estômago forte para enfrentar uma metralhadora. Seus homens haviam sido desalojados do prédio quase antes de chegarem.

A mulher desmaiada tinha acordado e estava despejando sobre o rapaz perguntas ansiosas em russo. A princesa vestiu sua capa azul. A mulher parou de inquirir o rapaz e fez uma pergunta a ela.

– Terminou tudo – disse a princesa. – Vou sair para ver as ruínas.

A sugestão agradou a todo mundo. Cinco minutos depois, todos nós, incluindo os criados, estávamos descendo a encosta. Atrás, ao redor, à frente do nosso grupo, havia outras pessoas descendo, correndo sob o chuvisco, que já estava bem fraco. Todos mostravam os rostos cansados e excitados à luz fria da manhã.

Na metade do caminho, uma mulher saiu correndo de um caminho transversal e começou a me dizer alguma coisa. Reconheci-a como uma das empregadas de Hendrixson.

Ouvi algumas de suas palavras.

– Levaram os presentes... Sr. Brophy assassinado... Oliver...

– Desço mais tarde – disse eu aos outros e saí atrás da empregada.

Ela estava correndo de volta para a casa dos Hendrixson. Eu não conseguia correr, não conseguia sequer caminhar em passo acelerado. Ela, Hendrixson e outros criados estavam de pé na varanda da frente quando cheguei.

– Mataram Oliver e Brophy – disse o velho.

– Como?

– Estávamos nos fundos da casa, no segundo andar, olhando os clarões do tiroteio na cidade. Oliver estava aqui embaixo, perto da porta de entrada, e Brophy, no quarto com os presentes. Ouvimos um tiro vindo de lá, e um homem apareceu imediatamente na porta do nosso quarto, ameaçando-nos com duas pistolas, fazendo-nos ficar aqui por mais ou menos dez minutos. Então ele fechou e trancou a porta e foi embora. Derrubamos a porta... e encontramos Brophy e Oliver mortos.

– Vamos dar uma olhada neles.

O motorista estava bem perto da porta da frente. Estava deitado de costas, com a garganta marrom cortada de um lado a outro pela frente, quase até as vértebras. O fuzil estava sob seu corpo. Peguei-o para examinar. Não havia sido disparado.

No andar de cima, o mordomo Brophy estava encolhido contra uma perna de uma das mesas nas quais os presentes haviam sido espalhados. Estava sem sua arma. Virei e ajeitei seu corpo e encontrei um buraco de bala no peito. Em volta do buraco, um grande pedaço do casaco estava chamuscado.

A maioria dos presentes ainda estava ali, mas as peças mais valiosas, não. Os outros estavam desarrumados, largados de qualquer jeito, descobertos.

– Como era o que você viu? – perguntei.

– Eu não o vi direito – disse Hendrixson. – Nosso quarto estava sem luz. Ele era apenas um vulto escuro contra a vela que queimava no corredor. Um homem grande vestindo uma capa de chuva preta de borracha com um tipo de máscara preta que cobria toda a cabeça e o rosto, com pequenos buracos para os olhos.

– De chapéu?

– Não, só a máscara cobrindo toda a cabeça e o rosto.

Quando descemos novamente, fiz um breve relato a Hendrixson sobre o que tinha visto e feito desde que saíra. Não havia muita coisa para contar.

– Você acha que pode conseguir informações sobre os outros com o que prendeu? – perguntou, enquanto eu me preparava para sair.

– Não, mas espero pegá-los assim mesmo.

A rua principal de Couffignal estava cheia de gente quando saí mancando por ela novamente. Havia lá um destacamento de fuzileiros de Mare Island e homens de um barco da polícia da São Francisco. Cidadãos agitados em diversos graus de nudez fervilhavam ao redor deles. Cem vozes falavam ao mesmo tempo, contando as aventuras, bravuras e perdas pessoais e o que haviam visto. Palavras como metralhadora, bomba, bandidos, carro, tiro, dinamite e morto eram ditas sem parar, em todas as variedades de vozes e tons.

O banco tinha sido completamente destruído pela carga que havia explodido o cofre. A joalheria também estava em ruínas. Um armazém do outro lado da rua funcionava como hospital de campanha. Os médicos estavam trabalhando lá, tratando os aldeães feridos.

Reconheci um rosto familiar sob um boné de uniforme – o Sargento Roche, da polícia do porto – e atravessei com dificuldade a multidão até ele.

– Acabou de chegar? – perguntou ele apertando a minha mão. – Ou você estava no meio da confusão?

– Eu estava no meio da confusão.

– O que você sabe?

– Tudo.

– Quem já ouviu falar de um detetive particular que não soubesse de tudo? – brincou ele, seguindo-me para longe da multidão.

– Vocês não encontraram um barco vazio na baía? – perguntei quando estávamos longe dos demais.

– Tinha barcos vazios à deriva na baía durante toda a noite – disse ele.

Eu não havia pensando nisso.

– Onde está o seu barco agora? – perguntei.

– Tentando pegar os bandidos. Fiquei com alguns homens para dar uma mão por aqui.

– Você tem sorte – eu disse. – Agora olhe disfarçadamente para o outro lado da rua. Está vendo o sujeito gordo de bigode preto, em frente à farmácia?

O General Pleshskev estava lá, com a mulher que havia desmaiado, o jovem russo cujo rosto ensangüentado a fizera desmaiar e um homem pálido e rechonchudo de quarenta e poucos anos que estivera com eles na recepção. Um pouco mais ao lado estava o grande Ignati, os dois criados que eu tinha visto na casa e outro que evidentemente estava com eles. Estavam conversando entre si, observando o comportamento agitado de um proprietário de rosto vermelho que contava a um pouco amigável tenente dos Fuzileiros Navais que havia sido o seu carro particular que os bandidos roubaram para instalar a metralhadora e dizia o que ele achava que deveria ser feito a respeito.

– Sim – disse Roche – estou vendo o seu sujeito de bigode.

– Bem, ele é o seu prato. A mulher e os dois homens com ele igualmente são seu prato. E aqueles quatro russos parados à esquerda também. Está faltando um, mas posso cuidar desse. Avise o tenente, e você pode pegar todas essas crianças sem lhes dar chance de reagir. Eles acham que estão seguros como anjos.

– Tem certeza? – perguntou o sargento.

– Não seja bobo! – resmunguei, como se jamais tivesse cometido um erro na vida.

Estivera me apoiando na perna boa. Quando transferi o peso para a outra para me afastar do sargento, senti uma ferroada que subiu até o quadril. Apertei o maxilar e comecei a atravessar dolorosamente a multidão, até o outro lado da rua.

A princesa não parecia estar entre os presentes. A minha idéia era de que, junto com o general, ela era o mais importante membro do golpe. Se ela estivesse na casa, e ainda sem suspeitar de nada, imaginei que poderia chegar suficientemente perto para prendê-la sem muita confusão.

Caminhar estava sendo infernal. A minha temperatura estava subindo, e eu suava muito.

– Moço, nenhum deles seguiu por aquele caminho.

O jornaleiro de uma perna só estava de pé ao meu lado. Cumprimentei-o como se fosse meu funcionário.

– Venha comigo – disse eu, pegando seu braço. – Você se saiu muito bem lá. Agora preciso que faça outra coisa para mim.

A meia quadra da rua principal, levei-o até a varanda de um pequeno chalé amarelo. A porta da frente estava aberta, sem dúvida como havia sido deixada pelos ocupantes, que haviam saído correndo para recepcionar a polícia e os Fuzileiros. Perto da porta, do lado de dentro, estava uma cadeira de vime. Cometi invasão de domicílio até conseguir arrastar a cadeira até a varanda.

– Sente-se, filho – pedi ao rapaz.

Ele se sentou, olhando para mim com o rosto sardento intrigado. Agarrei sua muleta com força e arranquei-a de sua mão.

– Tome cinco dólares pelo aluguel – disse eu. – Se eu a perder, comprarei outra de marfim e ouro.

Em seguida, encaixei a muleta debaixo do braço e comecei a correr como pude encosta acima.

Foi a minha primeira experiência com uma muleta. Não quebrei nenhum recorde, mas foi muito melhor do que ficar mancando com um tornozelo machucado sem nenhum apoio.

A encosta era maior e mais íngreme do que algumas montanhas que eu já tinha visto, mas o acesso de cascalho que levava até a casa dos russos estava finalmente sob meus pés.

Ainda estava a cerca de três metros da varanda quando a Princesa Zhukovski abriu a porta.

– Ah! – exclamou. Então, recuperando-se da surpresa, disse: – O seu tornozelo piorou! – Desceu os degraus correndo para me ajudar a subi-los. Quando se aproximou, notei que havia alguma coisa pesava e se chacoalhava no bolso direito de seu casaco de flanela cinza.

Segurando o meu cotovelo com uma mão e passando o outro braço pelas minhas costas, ela me ajudou a subir os degraus e cruzar a varanda. Isso me deu a certeza de que ela não achava que eu havia descoberto tudo. Se achasse, não teria se permitido ficar ao alcance das minhas mãos. Fiquei imaginando por que ela havia voltado para a casa depois de começar a descer a encosta com os outros.

Enquanto pensava nisso, entramos na casa, onde ela me fez sentar numa poltrona de couro grande e macia.

– Você deve estar morrendo de fome depois da sua noite extenuante – disse. – Vou ver se...

– Não. Sente-se. – Apontei com a cabeça para uma poltrona diante da minha. – Quero conversar com a senhora.

Ela se sentou, fechando as mãos brancas e delicadas no colo. Nem sua expressão facial nem sua postura demonstravam qualquer sinal de nervosismo, ou sequer de curiosidade. E isso era um exagero.

– Onde vocês esconderam o que roubaram? – perguntei.

A palidez de seu rosto não podia ser interpretada de modo algum. Sua pele fora branca como o mármore desde a primeira vez que a vi. O escuro de seus olhos era igualmente natural. Nada aconteceu a seus outros traços. Sua voz estava suavemente fria.

– Sinto muito – disse. – Essa pergunta não significa nada para mim.

– É o seguinte – expliquei. – Estou acusando-a de cumplicidade no saque a Couffignal e nos assassinatos que resultaram dele. E estou perguntando onde está escondido tudo o que foi roubado.

Ela se levantou lentamente, ergueu o queixo e baixou o olhar pelo menos um quilômetro para olhar para mim.

– Como se atreve? Como se atreve a falar assim comigo, uma Zhukovski!

– Não quero saber se você é um dos Irmãos Smith! – Inclinando-me para frente, eu tinha empurrado meu tornozelo torcido contra uma perna da cadeira, e a agonia resultante não melhorou a minha disposição. – Nesta conversa você é uma ladra e uma assassina.

Seu corpo forte e esguio virou o corpo de um animal acuado. Seu rosto branco virou o rosto de um animal enfurecido. Uma mão – agora pata – desceu em direção ao bolso pesado do casaco.

Então, antes que eu pudesse piscar – embora a minha vida parecesse depender do fato de que eu não piscasse –, o animal selvagem havia desaparecido. Dele – e agora eu sei de onde os autores dos velhos contos de fada tiravam suas idéias – ressurgiu a princesa, fria, ereta e alta.

Ela se sentou, cruzou os tornozelos, apoiou um cotovelo no braço da poltrona, apoiou o queixo nas costas da mão e olhou curiosamente para mim.

– Como foi – sussurrou – que por acaso você chegou a essa teoria tão estranha e fantasiosa?

– Não foi por acaso, e a teoria não é nem estranha nem fantasiosa – respondi. – Talvez poupe tempo e problemas se eu lhe mostrar parte do que tenho contra você. Então você ficará sabendo com o que está lidando e não desperdiçará inteligência alegando inocência.

– Ficarei grata – sorriu ela. – Muito!

Apoiei a muleta entre um joelho e o braço da poltrona para deixar as mãos livres para enumerar os pontos nos dedos.

– Primeiro... quem quer que tenha planejado a ação conhecia a ilha... não apenas muito bem, mas cada centímetro dela. Não há por que discutir isso. Segundo... o carro em que a metralhadora foi instalada era propriedade local, roubado do dono aqui. Assim como o barco no qual os bandidos teriam supostamente fugido. Bandidos de fora teriam precisado de um carro ou um barco para trazer metralhadoras, explosivos e granadas, e não parece haver nenhum motivo pelo qual eles não poderiam ter usado o mesmo carro e o mesmo barco em vez de roubarem outros. Terceiro... não houve o menor sinal do toque do criminoso profissional nessa ação. Se você quer saber, foi uma ação militar do começo ao fim. E o pior ladrão de cofres do mundo teria aberto tanto o cofre do banco quanto o da joalheria sem destruir os prédios. Quarto... bandidos de fora não teriam destruído a ponte. Teriam-na deixado intacta para o caso de precisarem fugir naquela direção. Poderiam tê-la bloqueado, mas não a destruiriam. Quinto... bandidos que estivessem pensando numa fuga de barco teriam feito um trabalho rápido, sem estendê-lo por toda a noite. Foi feito barulho suficiente para acordar a Califórnia de Sacramento a Los Angeles. O que vocês fizeram foi mandar um homem no barco, atirando, e ele não foi muito longe. Assim que estava a uma distância segura, ele saltou e nadou de volta para a ilha. O grande Ignati faria isso sem estragar o penteado.

Isso esgotou a mão direita. Troquei, e passei a contar com a esquerda.

– Sexto... encontrei um do grupo de vocês, o rapaz, na praia, e ele estava vindo do barco. Ele sugeriu que nós o tomássemos. Atiraram na nossa direção, mas o homem atrás da arma estava brincando conosco. Poderia ter acabado conosco em um segundo se tivesse a intenção, mas atirou por cima das nossas cabeças. Sétimo... esse mesmo rapaz é o único homem da ilha, até onde eu sei, que viu os bandidos fugindo. Oitavo... todos de vocês com quem cruzei foram particularmente gentis comigo. O general chegou a passar uma hora conversando comigo na recepção, à tarde. Um claro traço de criminoso amador. Nono... depois que o carro da metralhadora foi destruído, persegui seu ocupante. Eu o perdi de vista perto desta casa. O garoto italiano que apanhei não era ele. Ele não teria conseguido subir até a trilha sem que eu o visse. Mas pode ter corrido até o lado da casa em que fica o general e desaparecido lá dentro. O general gostava dele, e o teria ajudado. Sei disso porque o general conseguiu o milagre completo de não acertá-lo com a espingarda a dois metros de distância. Décimo... você foi até a casa dos Hendrixson com o único objetivo de me tirar de lá.

Isso encerrou a mão esquerda. Voltei para a direita.

– Décimo primeiro... os dois criados dos Hendrixson foram mortos por alguém que conheciam e em quem confiavam. Ambos foram mortos de perto e sem disparar um tiro. Eu diria que você fez Oliver deixá-la entrar na casa e estava conversando com ele quando um dos seus homens cortou a garganta dele por trás. Então você subiu para o segundo andar e provavelmente matou você mesma o confiante Brophy. Ele não desconfiaria você. Décimo segundo... mas isso já deve bastar, e estou ficando sem voz de fazer a lista.

Ela tirou a mão do queixo, pegou um grosso cigarro branco de um estojinho preto e segurou-o com os lábios enquanto eu o acendia com um fósforo. Deu uma longa tragada – que consumiu um terço do cigarro – e soprou a fumaça em direção aos joelhos. Depois de fazer tudo isso, disse:

– Acho que bastaria, se não fosse pelo fato de que mesmo você sabe que tal envolvimento nos seria impossível. Você não nos viu, como todo mundo nos viu, o tempo todo, em todos os lugares?

– Isso é fácil! – argumentei. – Com duas metralhadoras, um carregamento de granadas, conhecendo a ilha de ponta a ponta, na escuridão, sob uma tempestade e contra civis desnorteados... foi sopa. Sei de nove de vocês, incluindo duas mulheres. Bastavam cinco para executar a ação, depois de iniciada, enquanto os outros se revezavam para aparecer aqui e ali, estabelecendo álibis. E foi o que vocês fizeram. Vocês se revezaram, escapulindo para montarem álibis para si próprios. Para onde quer que eu fosse, cruzava com um de vocês. E o general! Aquele velho bigodudo brincalhão, correndo de um lado para o outro conduzindo cidadãos comuns na batalha! Aposto que eles os liderou muito! Será muita sorte se houver algum deles vivo nesta manhã!

Ela terminou o cigarro com outra tragada, largou a ponta no tapete, apagou a chama com o pé, bufou, pôs as mãos nos quadris e perguntou:

– E agora?

— Agora quero saber onde vocês guardaram o que foi roubado.

A prontidão da resposta me surpreendeu.

— Debaixo da garagem, num porão que cavamos secretamente há alguns meses.

Claro que não acreditei nisso, mas a informação acabou se revelando verdadeira.

Não tinha mais nada a dizer. Quando comecei a mexer na muleta emprestada, preparando-me para me levantar, ela ergueu a mão e falou suavemente:

— Espere um instante, por favor. Tenho uma sugestão a fazer.

Meio de pé, inclinei-me em sua direção, estendendo uma mão até bem perto do lado do corpo dela.

— Eu quero a arma — disse eu.

Ela assentiu e sentou-se enquanto eu tirei a arma do seu bolso, pus em um dos meus e sentei-me novamente.

— Você disse há pouco que não se importava com quem eu era — começou ela imediatamente. — Mas quero que você saiba. Há tantos russos que algum dia foram alguém e agora não são ninguém que não vou entediá-lo com a repetição de uma história que o mundo já se cansou de ouvir. Mas você deve lembrar que essa velha história é real para nós, que fomos seus sujeitos. Entretanto, fugimos da Rússia com o que conseguimos carregar daquilo que possuíamos, o que felizmente foi suficiente para nos manter com razoável conforto por alguns anos.

"Em Londres, abrimos um restaurante russo, mas Londres ficou subitamente repleta de restaurantes russos, e o nosso se tornou, em vez de meio de vida, fonte de prejuízo. Tentamos ensinar música e línguas, e assim por diante. Em suma, tentamos todos os meios de sustento que outros exilados russos tentaram, de forma que sempre acabávamos em ramos saturados e, conseqüentemente, não lucrativos. Mas o que mais sabíamos... podíamos fazer?

"Prometi não entediá-lo. Bem, o nosso capital encolhia sem parar, e cada vez mais se aproximava o dia no qual ficaríamos miseráveis e famintos, o dia em que ficaríamos conhecidos dos leitores de seus jornais dominicais: faxineiras que haviam sido princesas, duques que agora eram mordomos. Não havia lugar no mundo para nós. Párias transformam-se facilmente em criminosos. Por que não? Poder-se-ia dizer que devíamos alguma lealdade ao mundo? O mundo não havia ficado parado, assistindo, enquanto éramos despojados de lugar, propriedade e pátria?

"Planejamos a ação antes de termos ouvido falar em Couffignal. Encontraríamos um pequeno povoado de pessoas ricas suficientemente isolado e, depois de nos estabelecermos no local, nós o saquearíamos. Quando encontramos Couffignal, pareceu-nos o lugar ideal. Alugamos esta casa por seis meses, tendo apenas o capital suficiente para isso e para viver adequadamente enquanto o plano amadurecia. Passamos quatro meses nos estabelecendo, reunindo as nossas armas e os nossos explosivos, mapeando a ofensiva, esperando por uma noite favorável. A noite passada pareceu ser tal noite, e acreditávamos que havíamos nos prevenido contra quaisquer imprevistos. Mas, claro, não havíamos nos prevenido contra a sua presença e o seu talento. Era simplesmente outro dos imprevisíveis infortúnios aos quais parecemos eternamente condenados."

Ela parou e passou e a me examinar com grandes olhos pesarosos, que me deixaram inquieto.

– Não adianta me elogiar – protestei. – A verdade é que vocês estragaram tudo do princípio ao fim. O seu general arrancaria gargalhadas de um homem sem treinamento militar que tentasse liderar um exército. Mas aqui estão vocês, sem absolutamente nenhuma experiência criminosa, tentando aplicar um golpe que demandava o mais alto nível de habilidade criminosa. Olhe como todos vocês lidaram comigo! Coisa de amadores. Um criminoso profissional com o mínimo de inteligência teria me deixado em paz ou acabado comigo. Não é de se admirar que tenha fracassado! Quanto ao resto... os seus problemas... não posso fazer nada.

– Por quê? – perguntou ela bem baixinho. – Por que não?

– Por que deveria? – disse eu friamente.

– Ninguém mais sabe o que você sabe. – Ela se inclinou para pousar uma mão branca em meu joelho. – Há muita riqueza naquele porão debaixo da garagem. Você pode ficar com o que quiser.

Sacudi a cabeça.

– Você não é bobo! – protestou. – Você sabe...

– Deixe-me ser claro – interrompi. – Vamos desconsiderar qualquer honestidade que eu possa vir a ter, qualquer senso de lealdade em relação aos meus patrões e assim por diante. Talvez você duvide deles, então vamos esquecê-los. Agora, eu sou detetive porque gosto do trabalho. Recebo um salário justo, mas eu poderia encontrar empregos que me pagassem mais. Mesmo cem dólares a mais por mês seriam 1.200 dólares por ano. Entre 25 e 30 mil dólares entre hoje e o meu sexagésimo aniversário.

"Eu abro mão de 25 ou 30 mil dólares de dinheiro honesto porque gosto de ser detetive, gosto do trabalho. E gostar do trabalho faz com que eu o faça da melhor maneira possível. De outro modo, não faria sentido. Este é o meu problema. Eu não sei fazer mais nada, não gosto de mais nada, não quero saber nem gostar de mais nada. Não se pode pesar isso contra qualquer soma de dinheiro. Dinheiro é bom. Não tenho nada contra dinheiro. Mas nos últimos dezoito anos eu tenho me divertido perseguindo criminosos e solucionando enigmas, tirando a minha satisfação de apanhar criminosos e decifrar charadas. É o único tipo de esporte sobre o qual tenho algum conhecimento, e não posso imaginar um futuro mais agradável do que mais vinte e poucos anos disso. Não vou estragar isso!"

Ela sacudiu a cabeça lentamente, abaixando-a, de modo que seus olhos escuros se ergueram para mim sob os suaves arcos de suas sobrancelhas.

– Você só fala de dinheiro – disse ela. – Eu disse que você pode ficar com o que quiser.

Aquilo estava fora de cogitação. Não sei de onde essas mulheres tiram esse tipo de idéia.

– Você está completamente equivocada – disse eu, bruscamente, levantando-me e ajeitando a muleta emprestada. – Você está pensando que eu sou um homem, e você, uma mulher. Está errado. Eu sou um caçador de homens, e você é uma presa correndo à minha frente. Não há nada de humano nisso. Pode muito bem esperar que um cão de caça brinque com a raposa que apanhou. Estamos perdendo tempo, de qualquer maneira. Estou pensando que a polícia ou os Fuzileiros poderiam vir até aqui e me economizar uma caminhada. Você está esperando que o seu bando volte e me apanhe. Eu poderia ter lhe dito que eles estavam sendo presos quando os deixei.

Isso a abalou. Ela havia se levantado e agora deu um passo para trás, levando a mão para trás para se equilibrar apoiando-se na cadeira. Saiu de sua boca uma exclamação que não compreendi. Russo, pensei, mas, no instante seguinte, tive certeza de que tinha sido italiano.

– Ponha as mãos para cima. – Era a voz rouca de Flippo. Ele estava na porta, de pé, empunhando uma pistola automática.

Levantei as mãos o mais alto que pude sem derrubar a muleta que me dava sustentação enquanto me amaldiçoava por ter sido muito descuidado, ou muito vaidoso, de não ficar segurando uma arma enquanto conversava com a garota.

Então era por isso que ela havia voltado para a casa. Havia pensado que, se libertasse o italiano, não teríamos por que suspeitar que ele não estivera envolvido no roubo, e procuraríamos pelos bandidos entre os amigos dele. É claro que, como prisioneiro, poderia ter-nos convencido de sua inocência. Ela havia lhe dado a arma para que ele pudesse sair atirando ou ajudá-la igualmente matando-se na tentativa.

Enquanto eu organizava tais pensamentos, Flippo havia se aproximado de mim por trás. Passou a mão vazia pelo meu corpo, pegando a minha arma, a dele, e a que eu havia tirado da garota.

– Uma proposta, Flippo – disse eu, depois que ele havia se afastado de mim, ficando meio de lado, tornando-se um vértice de um triângulo que era completado pela garota e por mim. – Você está em liberdade condicional, ainda com alguns anos a cumprir. Eu o apanhei com uma arma. É o suficiente para mandá-lo de volta para a cadeia. Sei que você não estava envolvido nesta ação. Imagino que estivesse aqui para alguma coisa menor, de sua própria autoria, mas não tenho como provar isso e nem quero provar. Vá embora daqui, sozinho e neutro, e esquecerei que o vi.

Pequenas rugas de dúvida se formaram no rosto redondo e escuro do rapaz.

A princesa deu um passo em sua direção.

— Você ouviu a oferta que acabei de fazer a ele? — perguntou. — Bom, eu faço a mesma oferta a você, se você o matar.

As rugas de dúvida no rosto do rapaz se aprofundaram.

— Eis a sua escolha, Flippo — resumi para ele. — Tudo o que eu posso lhe dar é ficar livre de San Quentin. A princesa pode dar uma gorda fatia dos lucros de um golpe fracassado, com uma boa chance de você acabar enforcado.

Lembrando da vantagem que tinha sobre mim, a garota se aproximou dele falando com veemência em italiano, uma língua da qual eu só sei quatro palavras. Duas delas são profanas, e as outras duas, obscenas. Disse todas as quatro.

O garoto estava fraquejando. Se fosse dez anos mais velho, teria aceitado a minha oferta e me agradecido. Mas ele era jovem, e ela — agora que eu tinha parado para prestar atenção — era bonita. A resposta não foi difícil de adivinhar.

— Mas não para acabar com ele — disse ele a ela em inglês, para que eu entendesse. — Vamos trancá-lo lá onde eu estava.

Eu suspeitava que Flippo não tinha nada contra homicídios, só considerava esse desnecessário. A menos que estivesse brincando comigo para facilitar o assassinato.

A garota não gostou da sugestão dele e derramou mais italiano sobre ele. O jogo dela parecia infalível, mas tinha uma falha. Ela não conseguiu convencê-lo de que ele tinha boas chances de ficar com parte do produto do roubo. Dependia de seus encantos para enganá-lo. E isso queria dizer que ela precisava prender sua atenção.

Ele não estava longe de mim.

Ela se aproximou. Cantava, sussurrava e entoava sílabas em italiano diante do rosto redondo dele.

Conquistou-o.

Ela encolheu os ombros. Todo o rosto dele dizia sim. Ele se virou...

Atingi-o na cabeça com a muleta emprestada.

A muleta se partiu. Os joelhos de Flippo se dobraram, e ele caiu estatelado, de cara no chão. Ficou lá deitado, como morto, com uma fina minhoca de sangue rastejando de seu cabelo para o tapete.

Um passo, um tropeção, mais ou menos meio metro de gatinhas me levaram para perto da arma de Flippo.

Saltando para fora do meu caminho, a garota estava a meio caminho da porta quando me sentei com a arma na mão.

– Pare! – ordenei.

– Não! – disse ela, ainda que tenha parado, pelo menos por aquele instante. – Vou sair.

– Você vai sair quando eu levá-la para fora.

Ela riu, um riso agradável, baixo e confiante.

– Vou sair antes disso – insistiu ela, em tom afável.

Sacudi a cabeça.

– Como você pretende me impedir? – ela perguntou.

– Não acho que vá ser necessário – respondi. – Você tem juízo demais para tentar correr comigo apontando uma arma na sua direção.

Ela riu novamente, um riso divertido.

– Tenho juízo demais para ficar – corrigiu-me. – A sua muleta está quebrada, e você está mancando. Então não pode me pegar correndo atrás de mim. Você finge que é capaz de atirar em mim, mas não acredito em você. Atiraria em mim se eu o atacasse, é claro, mas não farei isso. Simplesmente sairei caminhando, e sabe que não irá atirar em mim por causa disso. Você gostaria de conseguir atirar, mas não vai conseguir. Você vai ver.

Virou o rosto por cima do ombro, com os olhos escuros cintilando para mim. Deu um passo na direção da porta.

– É melhor não contar com isso! – ameacei.

Em resposta, arrulhou. E deu mais um passo.

– Pare, sua idiota! – berrei.

Seu rosto ria para mim por cima do ombro. Ela caminhou sem pressa até a porta, com a saia curta de flanela cinza moldando-se às panturrilhas cobertas por meias cinzas a cada passo para frente.

O suor deixava a arma escorregadia na minha mão.

Quando seu pé direito alcançou a soleira da porta, sua garganta soltou um uma risadinha.

– *Adieu*! – disse ela, baixinho.

E eu meti uma bala em sua panturrilha esquerda.

Ela se sentou... tum! Seu rosto pálido estava todo tenso com uma expressão de absoluta surpresa. Era cedo demais para a dor.

Eu nunca havia atirado numa mulher antes. Fiquei me sentindo esquisito.

– Você deveria saber que eu seria capaz de fazer isto! – A minha voz me pareceu áspera e cruel, como a de um estranho. – Não fui capaz de roubar uma muleta de um aleijado?

Papel mata-moscas

Era o caso de uma filha errante.

Os Hambleton eram uma rica e decentemente proeminente família nova-iorquina havia muitas gerações. Não havia nada na história dos Hambleton que explicasse Sue, a mais jovem integrante do clã. Ela deixou a infância com uma distorção que a fazia não gostar do lado refinado da vida e apreciar as grosserias. Aos 21 anos, em 1926, definitivamente preferia a Tenth Avenue à Fifth, malandros a banqueiros e Hymie, o Rebitador, ao Honorável Cecil Windown, que a havia pedido em casamento.

Os Hambleton tentaram fazer com que Sue se comportasse, mas era tarde demais. Ela era legalmente maior de idade. Quando finalmente mandou-os para o inferno e foi embora de casa, não havia muito o que pudessem fazer a respeito. Seu pai, o Major Waldo Hambleton, havia perdido quaisquer esperanças de algum dia salvá-la, mas não queria que ela sofresse o que pudesse ser evitado. Então foi até a Agência de Detetives Continental, em Nova York, e pediu que ficassem de olho nela.

Hymie, o Rebitador, era um mafioso da Filadélfia que havia se mudado para a cidade grande com uma submetralhadora enrolada em papel impermeável quadriculado azul depois de um desentendimento com os sócios. Nova York não era um mercado tão bom como a Filadélfia para trabalhar com metralhadoras. A Thompson ficou ociosa por mais ou menos um ano, enquanto Hymie ganhava a vida com uma automática, aplicando golpes em jogos de dados no Harlem.

Três ou quatro meses depois que Sue foi viver com Hymie, ele fez o que pareceu uma ligação promissora com o primeiro da equipe que chegou a Nova York vindo de Chicago para organizar a cidade no mesmo esquema em vigor no Oeste. Mas os rapazes de Chicago não queriam Hymie; queriam a Thompson. Quando a mostrou, como sendo o principal trunfo em sua entrevista para emprego, eles fizeram buracos na cabeça de Hymie e foram embora com a arma.

Sue Hambleton enterrou Hymie, passou umas duas semanas solitárias, nas quais penhorou um anel para poder comer, e então arranjou um emprego como recepcionista num bar clandestino administrado por um grego chamado Vassos.

Um dos clientes de Vassos era Babe McLoor, mais de 120 quilos de ossos e músculos escoceses-irlandeses-indígenas, um gigante moreno que estava descansando depois de cumprir uma pena de quinze anos em Leavenworth por destruir a maioria das pequenas agências postais entre Nova Orleans e Omaha. Babe estava conseguindo dinheiro para beber atacando pedestres nas ruas escuras.

Babe gostava de Sue. Vassos gostava de Sue. Sue gostava de Babe. Vassos não gostava disso. O ciúme afetou a capacidade de julgamento do grego. Uma noite, deixou a porta do bar trancada para Babe não entrar. Babe entrou, trazendo pedaços da porta com ele. Vassos pegou a arma, mas não conseguiu se livrar de Sue, que segurava seu braço. Parou de tentar quando Babe o atingiu com o pedaço da porta com a maçaneta de metal. Babe e Sue foram embora do bar clandestino de Vassos juntos.

Até aquela altura, o escritório de Nova York havia conseguido manter contato com Sue. Ela não estava sendo mantida sob vigilância constante. O pai não quisera isso. Era apenas uma questão de mandar um homem dar uma olhada uma vez por semana, mais ou menos, para conferir se ela ainda estava viva e pegar quaisquer informações possíveis com amigos e vizinhos, sem, é claro, que ela soubesse que estava sendo vigiada. Tudo isso vinha sendo bem fácil, mas, quando ela e Babe foram embora depois de destruírem o bar, os dois desapareceram completamente.

Depois de revirar a cidade, o escritório de Nova York mandou um relatório sobre a tarefa às filiais da Continental espalhadas pelo país, passando as informações acima e incluindo fotografias e descrições de Sue e seu novo companheiro. Isso foi no final de 1927.

Tínhamos cópias suficientes das fotografias para levar aonde fôssemos, e durante o mês e pouco seguinte, quem tivesse algum tempo livre, dedicava-o a percorrer São Francisco e Oakland procurando pela dupla desaparecida. Nós não os encontramos. Detetives em outras cidades, fazendo a mesma coisa, tiveram a mesma sorte.

Então, quase um ano depois, recebemos um telegrama do escritório de Nova York. Depois de decifrado, ele dizia:

> major hambleton recebeu hoje telegrama da filha em sao francisco aspas favor enviar mil dolares para apartamento duzentos seis numero seiscentos um eddis street pt volto para casa se deixar pt por favor diga se posso voltar mas por favor por favor mande dinheiro mesmo assim fecha aspas hambleton autoriza pagamento de dinheiro a ela imediatamente pt orientar detetive competente a procura-la com dinheiro e a planejar sua volta para casa pt se possivel enviar detetive homem e mulher como companhia ate aqui pt hambleton esta enviando dinheiro pt fazer relatorio imediatamente por telegrama pt

O Velho me deu o telegrama e um cheque e disse:
– Você conhece esse tipo de situação. Sabe como lidar com isso.

Fingi concordar com ele, desci até o banco, troquei o cheque por um maço de notas de diferentes valores, peguei um bonde e fui até o número 601 da Eddis Street, um prédio de apartamentos relativamente grande na esquina da Larkin.

O nome na caixa de correio do apartamento 206 no vestíbulo era J. M. Wales.

Apertei o botão do 206. Quando a porta se abriu com um zumbido, entrei no prédio, passei pelo elevador e subi um andar pelas escadas. O 206 era logo depois da escada.

A porta do apartamento foi aberta por um homem alto e magro de trinta e poucos anos vestindo peças elegantes de roupa escura. Tinha olhos escuros e estreitos num rosto longo e pálido. Alguns fios grisalhos apareciam no cabelo escuro penteado rente ao couro cabeludo.

– A srta. Hambleton – eu disse.
– Ahn... o que tem ela? – sua voz era suave, mas não a ponto de ser agradável.

— Gostaria de falar com ela.

Suas pálpebras superiores baixaram um pouco, e as sobrancelhas se aproximaram.

— Tem...? — começou ele, parando em seguida, olhando fixamente para mim.

Eu não disse nada. De repente, ele terminou a pergunta:

— ... alguma coisa a ver com um telegrama?

— Sim.

Seu rosto longo iluminou-se imediatamente. Ele perguntou:

— Você foi enviado pelo pai dela?

— Sim.

Ele deu um passo para trás e escancarou a porta, dizendo:

— Entre. Ela recebeu o telegrama do Major Hambleton há poucos minutos. Ele disse que alguém iria procurá-la.

Passamos por um pequeno corredor até uma sala de estar ensolarada decorada com móveis ordinários, mas limpa e organizada.

— Sente-se — disse o homem, apontando para uma cadeira de balanço marrom.

Sentei-me. Ele se sentou no sofá forrado de juta na minha frente. Olhei ao redor. Não vi nenhum sinal de que uma mulher morava ali.

Ele esfregou o nariz comprido com um indicador ainda mais longo e perguntou lentamente:

— Você trouxe o dinheiro?

Respondi que preferia falar com ela junto.

Ele olhou para o dedo que estava esfregando no nariz e então olhou para mim. Disse baixinho:

— Mas eu sou amigo dela.

— Ah, é? — foi a minha resposta a essa observação.

— É — repetiu ele, franzindo a testa levemente e repuxando os cantos da boca de lábios finos. — Só perguntei se você trouxe o dinheiro.

Não respondi nada.

— A questão é — disse ele, bastante razoavelmente — que se você trouxe o dinheiro, ela não espera que ele seja entregue a ninguém além dela própria. Se não trouxe, ela não quer vê-lo. Não acho que possa mudar de idéia quanto a isso. Por isso perguntei se você o trouxe.

– Eu trouxe.

Ele me olhou com ar de dúvida. Mostrei-lhe o dinheiro que havia sacado no banco. Ele saltou rapidamente do sofá.

– Voltarei com ela em dois minutos – disse ele por cima do ombro dando passos largos com suas pernas compridas em direção à porta. Na porta, parou para perguntar: – Você a conhece? Ou devo pedir que ela traga algum tipo de identificação.

– Isso seria melhor – respondi.

Ele saiu, deixando a porta do corredor aberta.

Em cinco minutos, estava de volta com uma garota loira e esguia de 23 anos vestindo uma roupa de seda verde clara. O relaxamento de sua boca pequena e o inchaço ao redor dos olhos azuis ainda não estavam suficientemente pronunciados para estragar sua beleza.

Levantei-me.

– Esta é a srta. Hambleton – disse ele.

Ela me olhou rapidamente e voltou a abaixar os olhos, mexendo com nervosismo na alça da bolsa que carregava.

– Você pode se identificar? – perguntei.

– É claro – disse o homem. – Mostre a ele, Sue.

Ela abriu a bolsa e tirou alguns papéis e outras coisas e estendeu para mim.

– Sente-se, sente-se – disse ele quando eu os apanhei.

Os dois se sentaram no sofá. Voltei a me sentar na cadeira de balanço e examinei o que ela havia me entregue. Havia duas cartas endereçadas a Sue Hambleton, o telegrama de seu pai dizendo que era bem-vinda de volta, dois recibos de contas de uma loja de departamentos, uma carteira de motorista e uma caderneta de poupança que indicava um saldo de menos de dez dólares.

Quando acabei de examinar tudo aquilo, o constrangimento da moça havia desaparecido. Ela me olhava indiferente, assim como o homem ao seu lado. Enfiei a mão no bolso e encontrei a minha cópia da foto que havia sido enviada pelo escritório de Nova York no começo da caçada e comparei-a com ela.

— A sua boca poderia ter encolhido, talvez — disse eu. — Mas como pode o seu nariz ter ficado tão maior?

— Se você não gosta do meu nariz, que tal ir para o inferno? — disse ela. Seu rosto estava vermelho.

— Não é isso. Seu nariz é bonito, mas não é o de Sue. — Entreguei-lhe a fotografia. — Olhe você mesma.

Ela olhou para a fotografia e então para o homem.

— Como você é inteligente — disse a ele.

Ele estava me observando com olhos escuros que tinham um suave brilho por entre os cílios semicerrados. Seguiu olhando para mim enquanto falava com ela com o canto da boca, em tom áspero.

— Feche a matraca.

Ela fechou. Ele continuou sentado e ficou me olhando. Eu continuei sentado e fiquei olhando para ele. Um relógio batia os segundos atrás de mim. Os olhos dele começaram a desviar o foco de um dos meus olhos para o outro. A garota suspirou.

Ele disse em voz baixa:

— E então?

— Você está num buraco — disse eu.

— O que você pode fazer com isso? — perguntou ele, em tom casual.

— Conspiração para cometer fraude.

A garota deu um salto e bateu no ombro dele irritada com as costas da mão, gritando:

— Como você é inteligente, fazendo com que eu seja envolvida numa confusão dessas. Ia ser sopa... tá bom! Uma moleza... tá bom! Agora olhe para você. Não tem nem coragem suficiente para mandar esse cara se catar.

Ela girou para me encarar, aproximando o rosto vermelho de mim — que ainda estava sentado na cadeira de balanço — rosnando:

— E então, o que você está esperando? Um beijo de despedida? Não devemos nada a você, não é? Não pegamos nada do seu maldito dinheiro, não foi? Para fora, então. Se manda. Chispa.

– Pode parar, irmãzinha – rosnei. – Vocês vão pegar alguma coisa.

O homem interferiu:

– Pelo amor de Deus, pare com esse berreiro, Peggy, e dê uma chance a alguém. – Virou-se a mim: – E então? O que você quer?

– Como vocês se envolveram nisso? – perguntei.

Ele falou rápido, ansiosamente:

– Um sujeito chamado Kenny me deu essas coisas e me falou sobre essa Sue Hambleton e sobre o pai dela ser milionário. Pensei em fazer uma experiência. Imaginei que ou o velho mandaria a grana imediatamente, ou não mandaria nada. Não pensei nessa coisa de enviar alguém. Daí, quando chegou esse telegrama dizendo que ele enviaria um homem para vê-la, eu deveria ter desistido.

"Mas, que diabos! Tinha um homem vindo para cá com mil dólares em dinheiro. Era bom demais para desistir sem tentar. Parecia que ainda haveria uma chance de conseguir, e eu chamei a Peggy para ser a minha Sue. Se o homem estava vindo hoje, era certo que era alguém da Costa Oeste, e eram grandes as chances de que não conheceria a Sue, que teria apenas uma descrição. Pelo que o Kenny me disse, pensei que a Peggy estava muito perto de combinar com essa descrição. Ainda não entendo como você tem essa fotografia. Só telegrafei para o velho ontem, para que tivéssemos as outras identificações para pegar o dinheiro na empresa de telégrafos."

– Foi o Kenny quem lhe deu o endereço do velho?

– Claro que foi.

– E o endereço da Sue?

– Não.

– Como foi que o Kenny conseguiu essas coisas?

– Ele não disse.

– Onde está ele agora?

– Não sei. Ele estava partindo para o Leste com outra coisa preparada e não podia perder tempo com esse caso. Foi por isso que passou tudo para mim.

– Generoso esse Kenny. Você conhece a Sue Hambleton? – perguntei.

– Não – disse ele, enfaticamente. – Nunca sequer tinha ouvido falar nela antes do Kenny.

– Não estou gostando deste Kenny, embora sem ele a sua história tenha alguns pontos interessantes – eu disse. – Você poderia contá-la deixando-o de fora?

Ele sacudiu a cabeça de um lado para o outro, dizendo.

– Não seria como as coisas aconteceram.

– É uma pena. Conspirações para cometer fraudes não significam tanto para mim como encontrar a Sue. Eu poderia ter feito um acordo com você.

Ele sacudiu a cabeça novamente, mas seus olhos estavam pensativos, e o passou lábio inferior por cima do superior.

A garota havia recuado um passo para nos ver conversando, virando o rosto de um para o outro enquanto falávamos, demonstrando que não gostava de nenhum de nós. Agora havia fixado o olhar sobre o homem, e seus olhos estavam ficando com raiva novamente.

Levantei-me e disse a ele:

– Você que sabe. Mas, se quiser fazer as coisas assim, terei de prender vocês dois.

Ele sorriu com os lábios apertados e se levantou.

A garota se jogou entre nós dois, encarando-o.

– É um belo momento para ficar de boca fechada – disse, cuspindo nele. – Fale logo, seu bolha, ou eu farei isso. Você está maluco de pensar que vou me estrepar junto com você.

– Cale a boca – disse ele num tom gutural.

– Venha me calar – gritou ela.

Ele tentou, com as duas mãos. Passei a mão por cima dos ombros dela, segurei um dos pulsos dele e desviei a outra mão.

Ela se esgueirou por entre nós dois e correu para trás de mim, gritando:

– O Joe conhece ela. Foi com ela que conseguiu as coisas. Ela está no St. Martin da O'Farrell Street. Ela e Babe McCloor.

Enquanto ouvia isso, tive de virar a cabeça para o lado para desviar do gancho de direita de Joe, prender seu braço esquerdo atrás do corpo, virar o quadril para pegá-lo no joelho e segurar seu queixo com a palma da mão esquerda. Estava prestes a dar uma torcida japonesa em seu queixo quando ele parou de lutar e grunhiu:

– Eu conto.

– Pode começar – consenti, tirando as mãos de cima dele e recuando.

Ele ficou esfregando o pulso que eu havia apertado, fazendo cara feia para a garota. Ele a chamou de quatro coisas desagradáveis, sendo que a mais suave foi "cretina" e lhe disse:

– Ele estava blefando quanto a nos mandar para a cadeia. Você não acha que o velho Hambleton está querendo aparecer no jornal, acha?

Não foi uma conclusão ruim.

Sentou-se novamente no sofá, ainda esfregando o pulso. A garota ficou do outro lado da sala, rindo entredentes.

– Muito bem, vamos lá, um de vocês – eu disse.

– Você já sabe de tudo – resmungou ele. – Eu pensei em tudo aquilo na semana passada, numa visita ao Babe. Eu sabia da história e estava detestando ver uma oportunidade promissora daquelas sendo desperdiçada.

– O que o Babe está fazendo agora? – perguntei.

– Não sei.

– Ainda está aplicando golpes?

– Não sei.

– Uma ova que não sabe.

– Eu não sei – insistiu. – Se você conhece Babe, sabe que ninguém consegue saber o que ele está fazendo.

– Há quanto tempo ele e a Sue estão aqui?

– Há mais ou menos seis meses, que eu saiba.

– Com quem ele está mancomunado?

– Não sei. Sempre que o Babe trabalha com um bando, ele os apanha no meio do caminho e os deixa no meio do caminho.

– Como ele está se mantendo?

– Não sei. Sempre tem bastante comida e bebida na casa dele.

Depois de meia hora disso, fiquei convencido de que não conseguiria muito mais informações daqueles dois.

Fui até o telefone no corredor e liguei para a Agência. O garoto na mesa telefônica me disse que MacMan estava na sala dos detetives. Pedi que ele viesse me encontrar e voltei para a sala. Joe e Peggy se afastaram quando cheguei.

MacMan chegou em menos de dez minutos. Deixei-o entrar e lhe disse:

— Este sujeito diz que se chama Joe Wales, e a garota é para ser Peggy Carroll, que mora no andar de cima, no 421. Nós os pegamos por conspiração para cometer fraude, mas fizemos um acordo. Vou sair para checar o que eles me disseram. Fique aqui com eles, nesta sala. Ninguém entra, e ninguém sai. E ninguém além de você tem acesso ao telefone. Há uma saída de incêndio na janela. A janela está trancada. Eu a deixaria assim. Se tudo terminar bem, nós os liberamos, mas se eles tentarem alguma coisa enquanto eu não estiver aqui, não há por que não bater o quanto quiser neles.

MacMan assentiu com a cabeça redonda e empurrou uma cadeira entre eles e a porta. Peguei meu chapéu.

— Ei, você não vai me dedurar para o Babe, vai? — perguntou Joe Wales. — Isso precisa fazer parte do acordo.

— Só se precisar.

— Daí prefiro ser preso — respondeu ele. — Seria mais seguro na cadeia.

— Farei o possível — prometi. — Mas você vai ter que arcar com as conseqüências.

Caminhando até St. Martin — a meia dúzia de quadras do apartamento de Wales —, resolvi aparecer diante de McCloor e da garota como sendo um detetive da Continental que suspeitava que Babe estivesse envolvido no roubo de uma agência bancária na Alameda na semana anterior. Ele não estava envolvido — se a descrição feita pelos funcionários do banco dos homens que os roubaram estivesse minimamente correta —, de modo que era pouco provável que as minhas supostas suspeitas o assustassem. Ao tentar se inocentar, ele poderia me dar alguma informação que eu pudesse usar. A minha intenção principal, é claro, era dar uma olhada na garota para relatar ao pai dela que eu a havia visto. Não havia por que deixar que ela e Babe soubessem que seu pai estava tentando ficar de olho nela. Babe tinha ficha na polícia. Era natural que aparecessem detetives de vez em quando para tentar acusá-lo de alguma coisa.

O St. Martin era um pequeno edifício de apartamentos de tijolos à vista, com três andares, localizado entre dois hotéis mais altos. A lista do vestíbulo mostrava R. K. McCloor, 313, como Wales e Peggy haviam me dito.

Apertei a campainha. Não aconteceu nada. Não aconteceu nada nas quatro vezes em que apertei a campainha. Apertei o botão que dizia *ADMINISTRAÇÃO*.

A porta se abriu. Entrei no prédio. Uma mulher carnuda num vestido de listras cor-de-rosa amassado estava de pé numa porta logo depois da porta da rua.

– Tem uns McCloor morando aqui? – perguntei.

– No 313 – ela disse.

– Faz tempo?

Ela apertou os lábios gordos, olhou atentamente para mim, hesitou, mas finalmente respondeu:

– Desde junho passado.

– O que você sabe sobre eles?

Diante dessa pergunta, ela hesitou, erguendo o queixo e as sobrancelhas.

Dei-lhe meu cartão. Era seguro, já que estava de acordo com a desculpa que eu pretendia usar lá em cima.

Quando ergueu o olhar do cartão, estava com o rosto oleoso de curiosidade.

– Entre aqui – disse ela, num sussurro rouco, andando de costas para dentro do apartamento.

Segui-a para dentro. Sentamo-nos num sofá estofado, e ela sussurrou:

– O que houve?

– Talvez nada – mantive a voz baixa, entrando no teatro dela. – Ele esteve preso por arrombamento de cofres. Estou tentando falar com ele na eventualidade de que possa estar ligado a uma ação recente. Não sei se ele estava ligado. Pode ter se endireitado, até onde sei. – Tirei seu retrato, de frente e de perfil, tirado em Leavenworth, do bolso. – É ele?

Ela observou as fotografias ansiosamente, acenou com a cabeça e disse:

— Sim, é ele, com certeza — virou o retrato para ler a descrição nas costas e repetiu: — Sim, é ele, com certeza.

— A mulher está aqui com ele? — perguntei.

Ela assentiu vigorosamente.

— Não a conheço — eu disse. — Como é a aparência dela?

A mulher descreveu uma garota que poderia ser Sue Hambleton. Eu não podia mostrar a foto de Sue. Isso teria me exposto se ela e Babe ficassem sabendo.

Perguntei o que ela sabia sobre os McCloor. O que sabia não era muita coisa: pagavam o aluguel em dia, tinham horários irregulares, faziam festas com bebida de vez em quando e brigavam muito.

— Acha que eles estão em casa agora? — perguntei.
— Ninguém atendeu à campainha.

— Não sei — ela sussurrou. — Não vi nenhum dos dois desde a noite retrasada, quando tiveram uma briga.

— Briga feia?

— Nada pior do que o de costume.

— Você pode descobrir se eles estão? — perguntei.

Ela me olhou com o canto dos olhos.

— Não vou causar nenhum problema a você — garanti. — Mas gostaria de saber se eles foram embora, e imagino que você também.

— Tudo bem, vou descobrir. — Ela se levantou, batendo com a mão no bolso em que tiniam as chaves. — Espere aqui.

— Irei até o terceiro andar com você — eu disse. — E ficarei esperando fora de vista.

— Tudo bem — disse ela, relutante.

No terceiro andar, fiquei perto do elevador. Ela desapareceu num canto do corredor mal iluminado. Em seguida, ouvi o som abafado de uma campainha elétrica. A campainha tocou três vezes. Ouvi as chaves tilintarem, e uma delas entrar numa fechadura. A tranca fez um clique. Ouvi a maçaneta fazer barulho ao ser girada.

Então um longo instante de silêncio se encerrou com um grito que preencheu o corredor de uma ponta a outra.

Saltei até o canto, virei, vi a porta aberta, entrei e bati a porta atrás de mim.

O grito parou.

Eu estava num pequeno vestíbulo escuro com três portas além daquela pela qual havia entrado. Uma estava fechada. Outra dava para um banheiro. Entrei na terceira.

A gorda estava de pé lá dentro com as costas redondas viradas para mim. Passei por ela e vi o que ela estava olhando.

Sue Hambleton, vestindo um pijama amarelo claro com renda preta, estava deitada na cama na diagonal. Estava de costas, com os braços esticados por cima da cabeça. Uma das pernas estava dobrada sob seu corpo e a outra, esticada, de modo que tinha um pé descalço apoiado no chão. Esse pé estava mais branco do que um pé vivo poderia estar. O rosto estava tão branco como o pé, exceto por uma área manchada e inchada que ia da sobrancelha direita à maçã do rosto direita e manchas escuras na garganta.

– Ligue para a polícia – eu disse à mulher e comecei a espiar nos cantos, nos armários e nas gavetas.

Era fim de tarde quando voltei à Agência. Pedi que o arquivista conferisse se havia alguma coisa contra Joe Wales e Peggy Carroll e fui até o escritório do Velho.

Ele largou os relatórios que estava lendo, fez um sinal com a cabeça para que eu me sentasse e perguntou:

– Você a viu?

– Vi. Ela está morta.

– De fato – disse o Velho, como se eu tivesse dito que estava chovendo, e sorriu com atenção cortês enquanto eu lhe falava sobre o que havia acontecido, desde o instante em que toquei na campainha de Wales até me encontrar com a senhora gorda no apartamento da garota morta.

– Ela havia apanhado bastante, estava machucada no rosto e no pescoço – concluí. – Mas não foi o que a matou.

– Você acha que ela foi assassinada? – perguntou, ainda sorrindo delicadamente.

– Não sei. O dr. Jordan acha que pode ter sido arsênico. Está procurando pelo veneno no corpo dela. Achamos uma coisa engraçada no lugar. Havia umas folhas grossas de papel cinza-escuro presas num livro, *O conde de Monte Cristo*, enrolado num jornal de um mês atrás e socado num canto escuro entre o fogão e a parede da cozinha.

– Ah, papel mata-moscas com arsênico – murmurou o Velho. – O truque Maybrick-Seddons. Amassando o papel na água, é possível tirar de quatro a seis grãos de arsênico de uma folha. É o suficiente para matar duas pessoas.

Assenti, dizendo:

– Trabalhei com um caso desses em Louisville, em 1916. O zelador mulato viu McCloor saindo às nove e meia da manhã de ontem. Ela provavelmente já estava morta antes disso. Ninguém mais o viu desde então. Mais cedo, o pessoal do apartamento do lado tinha ouvido os dois conversando. Ela estava gemendo. Mas eles já tinham tido muitas brigas para que os vizinhos dessem alguma atenção a isso. A senhoria me disse que os dois tinham brigado na noite anterior. A polícia está atrás dele.

– Você contou à polícia quem ela era?

– Não. O que devemos fazer a esse respeito? Não podemos falar sobre Wales sem contar tudo.

– Atrevo-me a dizer que tudo terá de ser revelado – disse ele, pensativo. – Vou entrar em contato com Nova York.

Saí da sala dele. O arquivista me entregou dois recortes de jornais. O primeiro dizia que há quinze meses Joseph Wales, também conhecido como Joe "Santo", havia sido preso devido à queixa de um fazendeiro chamado Tooney, de quem ele havia tomado 2.500 dólares numa "oportunidade de negócio" falsa feita por Wales e três outros homens. O segundo recorte dizia que o caso havia sido extinto quando Tooney deixou de comparecer à Justiça contra Wales – comprado, como é o costume, pela devolução de parte ou de todo o seu dinheiro. Era tudo o que tínhamos sobre Wales, e não havia nada sobre Peggy Carroll.

MacMan abriu a porta para mim quando voltei para o apartamento de Wales.

– Alguma novidade? – perguntei.

– Nada, exceto pelo fato de que os dois não param de reclamar.

Wales aproximou-se, perguntando ansiosamente:

– Satisfeito agora?

A garota estava de pé perto da janela, olhando para mim com olhos ansiosos.

Fiquei em silêncio.

– Você a encontrou? – perguntou Wales, franzindo a testa. – Ela estava onde eu disse que estaria?

– Estava – respondi.

– Então – parte do franzido em sua testa se desmanchou –, isso exclui a mim e a Peggy, não... – Parou, passou a língua pelo lábio inferior, pôs a mão no queixo e perguntou em tom áspero: – Você não me dedurou, dedurou?

Sacudi a cabeça negativamente.

Ele tirou a mão do queixo e perguntou irritado:

– Então qual é o problema com você? Por que está com essa cara?

Atrás dele, a garota disse, em tom azedo:

– Eu sabia muito bem que ia ser assim. Sabia muito bem que a gente não ia se safar. Ah, como você é esperto!

– Leve a Peggy para a cozinha e feche as duas portas – eu disse a MacMan. – O "Santo" e eu vamos ter uma conversa sincera de verdade.

A garota saiu de boa vontade, mas quando MacMan estava fechando a porta, botou a cabeça para dentro da sala de novo para dizer a Wales:

– Espero que ele quebre o seu nariz se você tentar esconder alguma coisa.

MacMan fechou a porta.

– A sua parceira parece achar que você sabe de alguma coisa – disse eu.

Wales fez cara feia em direção à porta e resmungou:

– Ela me ajuda tanto quanto uma perna quebrada. – Virou-se para mim tentando parecer sincero e amigável. – O que você quer? Fui sincero com você antes. Qual é o problema agora?

– O que você acha?

Ele segurou os lábios entre os dentes.

– Por que você quer me fazer adivinhar? – perguntou. – Estou disposto a colaborar, mas o que posso fazer se você não me diz o que quer? Não consigo ver dentro da sua cabeça.

– Você iria se divertir muito, se pudesse.

Ele sacudiu a cabeça com ar de cansaço e voltou para o sofá, sentando-se inclinado para frente com as mãos unidas entre os joelhos.

– Tudo bem – suspirou. – Pode levar o quanto quiser para fazer as perguntas. Eu espero.

Aproximei-me e sentei-me na frente dele. Segurei seu queixo com o polegar e os dedos esquerdos, levantando a cabeça dele e abaixando a minha até quase tocarmos o nariz de um no outro. Eu disse:

– Você se deu mal, Joe, ao mandar o telegrama logo depois do assassinato.

– Ele está morto? – A frase saiu antes que seus olhos tivessem tempo de se arregalarem.

A pergunta me surpreendeu. Tive de fazer força para evitar que a minha testa se franzisse e pus muita calma na voz quando perguntei.

– Quem está morto?

– Quem? Como eu vou saber? Quem você quer dizer?

– Quem você acha que eu quis dizer? – insisti.

– Como eu vou saber? Ah, está certo! O velho Hambleton, o pai de Sue.

– Isso mesmo – disse eu, tirando a mão do queixo dele.

– E você disse que ele foi assassinado? – Ele não havia movido o rosto um centímetro da posição na qual eu o havia colocado. – Como?

– Papel mata-moscas com arsênico.

– Papel mata-moscas com arsênico. – Ele pareceu pensativo. – Essa é engraçada.

– É, muito engraçada. Onde você iria para comprar um pouco se quisesse?

– Comprar um pouco? Não sei. Não vejo isso desde que era criança. Ninguém usa papel mata-moscas aqui em São Francisco mesmo. Não há muitas moscas.

– Alguém usou aqui – eu disse. – Com Sue.

– Sue? – Ele deu um salto que fez o sofá ranger.

– É. Assassinada ontem de manhã... papel mata-moscas com arsênico.

– Os dois? – perguntou ele, incrédulo.

– Os dois quem?

— Ela e o pai.
— É.

Ele abaixou o queixo até o peito e esfregou as costas de uma mão com a palma da outra.

— Então estou num buraco – disse ele, lentamente.

— É isso – concordei alegremente. – Quer tentar falar para sair dessa?

— Deixe-me pensar.

Deixei-o pensar, ouvindo o relógio tocando enquanto ele pensava. Pensar fez gotas de suor escorrer em seu rosto acinzentado. De repente, ele se endireitou no sofá e secou o rosto com um lenço muito colorido.

— Vou falar – disse ele. – Preciso falar agora. A Sue estava se preparando para dar o fora no Babe. Ela e eu iríamos embora. Ela... Aqui, vou lhe mostrar.

Enfiou a mão no bolso e me entregou um pedaço de papel dobrado. Peguei-o e li:

Querido Joe:
Não vou suportar isso por muito mais tempo. Simplesmente precisamos ir logo. O Babe bateu em mim de novo esta noite. Por favor, se você realmente me ama, vamos fazer isso logo.
Sue

A caligrafia era de uma mulher nervosa: alta, angulosa e apressada.

— Foi por isso que tentei conseguir o dinheiro de Hambleton – disse ele. – Estou com muita dificuldade há uns dois meses, e quando este bilhete chegou ontem, eu simplesmente tinha que arranjar alguma grana, de algum jeito, para levá-la embora. Mas ela não queria apelar para o pai, de forma que eu tentei dar o golpe sem que ela soubesse.

— Quando você a viu pela última vez?

— Anteontem, o dia em que ela postou o bilhete. Só que eu a vi à tarde, ela esteve aqui, e ela escreveu o bilhete à noite.

— O Babe suspeitava do que vocês estavam tramando?

— Nós achávamos que não. Não sei. Ele tinha um ciúme dos infernos o tempo todo, com ou sem motivo.

– Quanto de motivo ele tinha?
Wales me encarou nos olhos e disse:
– A Sue era uma boa garota.
– Bom, ela foi assassinada – repliquei.
Ele não disse nada.

Estava anoitecendo. Fui até a porta e apertei o interruptor de luz. Não perdi o "Santo" Joe Wales de vista enquanto fazia isso.

Quando tirei o dedo do interruptor, alguma coisa fez clique na janela. Foi um clique alto e agudo.

Olhei para a janela.

Havia um homem agachado na saída de incêndio, olhando através do vidro e da cortina de renda. Era um homem moreno e corpulento, cujo tamanho o identificava como sendo Babe McCloor. O cano de uma grande pistola automática tocava o vidro diante dele. Ele havia batido no vidro com o cano para chamar a nossa atenção.

Havia conseguido a nossa atenção.

Não havia nada que eu pudesse fazer naquele momento. Fiquei parado, olhando para ele. Não dava para saber se ele estava olhando para mim ou para Wales. Eu podia vê-lo claramente, mas a cortina de renda prejudicava a minha visão de detalhes assim. Imaginei que ele não estava descuidando de nenhum de nós dois, e acho que a cortina de renda não escondia muita coisa dele. Ele estava mais perto da cortina do que nós, e eu havia acendido as luzes da sala.

Sentado absolutamente imóvel no sofá, Wales estava olhando para McCloor. Seu rosto tinha uma expressão peculiar, rigidamente melancólica. Seu olhar estava sombrio. Ele não estava respirando.

McCloor roçou o cano da pistola contra a janela, e um pedaço triangular de vidro caiu, despedaçando-se no chão. Infelizmente, acho que não fez barulho suficiente para chamar a atenção de MacMan na cozinha. Havia duas portas fechadas entre um ambiente e outro.

Wales olhou para o vidro quebrado e fechou os olhos. Fechou-os lentamente, aos pouquinhos, exatamente como se estivesse caindo no sono. Manteve seu rosto rigidamente melancólico e sombrio virado diretamente para a janela.

McCloor atirou três vezes nele.

As balas derrubaram Wales no sofá, contra a parede. Os olhos dele se esbugalharam. Os lábios crisparam-se por cima dos dentes, deixando entrever até as gengivas. A língua saiu da boca. Então a cabeça caiu, e ele não se mexeu mais.

Quando McCloor saltou para longe da janela, eu saltei na direção dela. Enquanto eu empurrava a cortina, destravava e abria a janela, ouvi seus pés baterem na calçada de cimento abaixo.

MacMan escancarou a porta e entrou, com a garota logo atrás.

– Tome conta disso – ordenei, enquanto saltava o parapeito. – McCloor o matou.

*

O apartamento de Wales ficava no segundo andar. A saída de incêndio terminava ali, com uma escada de ferro com contrapeso que o peso de um homem podia baixar até um pátio cimentado.

Desci da mesma forma que Babe McCloor havia descido: balançando-me na escada até estar bem perto do chão e saltando.

Havia só uma saída para a rua, e eu segui por ela.

Quando saí para a rua, um homenzinho espantado estava parado no meio da calçada perto do pátio, olhando espantado para mim.

Agarrei seu braço e o sacudi:

– Um cara grandalhão, correndo. – Talvez eu tenha gritado. – Onde?

Ele tentou dizer alguma coisa, não conseguiu, e acenou com o braço para uns outdoors diante de um terreno baldio do outro lado da rua.

Na pressa, esqueci de agradecer.

Cheguei à parte de trás dos outdoors rastejando por baixo deles em vez de passar por um dos lados, onde havia aberturas. O terreno era grande e com mato suficiente para servir de esconderijo a qualquer um que quisesse se deitar e enganar um perseguidor – mesmo alguém tão grande como Babe McCloor.

Enquanto pensava nisso, ouvi um cão latindo num dos cantos do terreno. Ele podia estar latindo para um homem que tivesse passado correndo. Corri até aquele canto. O cachorro estava num pátio cercado, na esquina de um beco estreito que ia do terreno até outra rua.

Ergui-me na cerca até a altura do queixo, vi um *terrier* pêlo de arame sozinho no jardim e corri pelo beco enquanto ele protegia a minha parte da cerca.

Pus a arma de novo no bolso antes de chegar à rua.

Um pequeno carro conversível estava estacionado em frente a uma tabacaria a mais ou menos cinco metros do beco. Um policial conversava com um homem magro e moreno na porta da tabacaria.

– O cara grandalhão que saiu daquele beco há um minuto – eu disse. – Aonde ele foi?

O policial pareceu atônito. O homem acenou com a cabeça para a rua, disse "Por ali" e continuou conversando.

Eu disse "Obrigado" e segui até a esquina. Havia um ponto de táxi e dois táxis parados. A uma quadra e meia abaixo, um bonde se afastava.

– O cara grandalhão que passou por aqui há um minuto pegou um táxi ou o bonde? – perguntei aos dois taxistas que estavam apoiados num dos carros.

– Ele não pegou um táxi – disse o sujeito com cara de rato.

– Eu vou pegar um. Alcance o bonde para mim – disse eu.

O bonde estava a três quadras de distância quando começamos a andar. A rua estava movimentada demais para que eu pudesse ver quem subia e descia do bonde. Alcançamos o vagão quando ele parou na Market Street.

– Siga junto – disse ao taxista quando saltei.

Na plataforma traseira do bonde olhei pelo vidro. Havia apenas oito ou dez pessoas a bordo.

– Teve um sujeito grandalhão que embarcou na Hyde Street. Onde ele desceu? – perguntei ao condutor.

O condutor olhou para a moeda que eu estava segurando e lembrou que o homem grandalhão desceu na Taylor Street. Isso lhe garantiu a moeda.

Desci assim que o bonde virou na Market Street. O táxi, que vinha logo atrás, diminuiu a velocidade, e a porta se abriu.

– Sexta com Mission – eu disse ao entrar.

McCloor poderia ter ido para qualquer lugar da Taylor. Eu precisava adivinhar. A melhor aposta parecia ser que ele tentaria chegar ao outro lado da Market.

A essa altura já estava bem escuro. Tivemos de ir até a Quinta Avenida para passar pela Market, seguir até a Mission e subir de volta para a Sexta. Chegamos à Sexta sem ver McCloor. Não o vi na Sexta – em nenhum dos lados.

– Vamos até a Nona – ordenei. Enquanto seguíamos, eu disse ao taxista que tipo de homem estava procurando.

Chegamos à Nona. Nada de McCloor. Xinguei e pus a cabeça para funcionar.

O homenzarrão era um criminoso. Para ele, São Francisco estava pegando fogo. O instinto do criminoso seria usar uma distração para fugir dos problemas. Os pátios de transporte de carga ficavam nesta ponta da cidade. Talvez ele fosse suficientemente esperto para se esconder em vez de tentar fugir. Nesse caso, ele provavelmente não havia sequer atravessado a Market Street. Se ficasse, ainda haveria uma chance de pegá-lo no dia seguinte. Se ele estivesse fugindo, era pegá-lo agora ou nunca.

– Vamos até a Harrison – disse ao taxista.

Fomos até a Harrison Street, seguimos por ela até a Terceira, então subimos a Bryant até a Oitava, descemos a Brannan de volta à Terceira e até a Towsend – e não vimos Babe McCloor.

– Está difícil – solidarizou-se o taxista quando paramos do outro lado da rua da estação de passageiros da Southern Pacific.

– Vou dar uma olhada na estação – eu disse. – Fique atento enquanto eu não estiver aqui.

Quando contei o meu problema ao policial da estação, ele me apresentou a uma dupla de homens à paisana que haviam sido enviados para lá para procurar por McCloor. Isso havia sido feito depois de o corpo de Sue Hambleton ter sido encontrado. O assassinato de "Santo" Joe Wales era novidade para eles.

Saí de novo e encontrei o táxi diante da porta, com a buzina tocando desesperadamente, mas rouca demais para ser ouvida lá dentro. O taxista com cara de rato estava emocionado.

– Um cara como o que você descreveu saiu da King Street agorinha e subiu num bonde Número 16 que estava de partida – ele disse.

– Indo para onde?

– Para lá – respondeu ele, apontando para o sudeste.

– Vá atrás dele – eu disse, entrando no carro.

O bonde sumiu depois de fazer uma curva na Terceira, duas quadras abaixo. Quando contornamos a curva, o bonde estava diminuindo a velocidade, quatro quadras adiante. Ainda não estava lento o bastante quando um homem saltou. Era um homem alto, mas não parecia tão alto por causa da largura dos ombros. Ele não diminuiu a velocidade, mas usou o impulso para levá-lo até a calçada e desaparecer.

Paramos no local em que o homem saiu do bonde.

Dei dinheiro demais ao taxista e disse:

– Volte até a Towsend Street e diga ao policial da estação que persegui Babe McCloor até o pátio da Southern Pacific.

Achei que estava me movimentando silenciosamente entre duas fileiras de vagões, mas havia percorrido menos de seis metros quando uma lanterna brilhou no meu rosto, e uma voz firme ordenou:

– Parado aí.

Fiquei parado. Surgiram homens de entre os vagões. Um deles disse o meu nome, e acrescentou:

– O que você está fazendo aqui? Está perdido?

Era Harry Pebble, um detetive da polícia.

Voltei a respirar e disse:

– Olá, Harry. Procurando pelo Babe?

– Sim. Estivemos revistando os vagões.

– Ele está aqui. Acabei de segui-lo da rua.

Pebble disse um palavrão e desligou a lanterna.

– Cuidado, Harry – aconselhei. – Não brinque com ele. Ele está armado e já matou um esta noite.

– Eu vou brincar com ele – prometeu Pebble, mandando um dos homens que estavam com ele avisar ao que estavam do outro lado do pátio que McCloor estava lá dentro e depois chamar reforços.

– Vamos cercar o local e mantê-lo lá dentro até eles chegarem – disse Pebbles.

Parecia uma maneira sensata de fazer aquilo. Nós nos espalhamos e ficamos esperando. A certa altura, Pebble e eu mandamos embora um vagabundo que havia tentado entrar no pátio por entre nós, e um dos homens apanhou um garoto que estava tentando fugir sorrateiramente. Além disso, nada mais aconteceu até o Tenente Duff chegar com dois carros cheios de policiais.

A maior parte da nossa força foi usada para formar um cordão ao redor do pátio. O restante de nós atravessou o pátio em pequenos grupos, revistando vagão por vagão. Pegamos alguns vagabundos que Pebbles e seus homens haviam deixado passar mais cedo, mas não encontramos McCloor.

Não encontramos nem sinal dele até alguém tropeçar num vagabundo encolhido à sombra de um vagão. Foram precisos alguns instantes para fazê-lo retomar a consciência, e ele não conseguiu falar. Estava com o maxilar quebrado. Mas quando perguntamos se havia sido McCloor quem o agredira, ele confirmou com a cabeça. E quando perguntamos para onde McCloor havia ido, apontou com a mão fraca para o Leste.

Seguimos e fizemos buscas nos pátios de Santa Fé.
Não encontramos McCloor.

Fui até a central de polícia com Duff. MacMan estava na sala do capitão dos detetives com três ou quatro detetives de polícia.

– Wales está morto? – perguntei.
– Tá.
– Disse alguma coisa antes de morrer?
– Ele estava morto antes de você sair pela janela.
– Você ficou com a garota?
– Ela está aqui.
– Ela disse alguma coisa?

– Estávamos esperando por você antes de interrogá-la – disse o sargento-detetive O'Gar – pois não sabemos qual o envolvimento dela.

– Vamos chamá-la. Ainda não jantei. E a autópsia de Sue Hambleton?

– Envenenamento crônico por arsênico.

– Crônico? Isso quer dizer que ela foi envenenada aos poucos, e não de uma só vez?

– Isso mesmo. Pelo que encontramos nos rins, nos intestinos, no fígado, no estômago e no sangue, Jordan imagina que havia menos de sessenta miligramas de arsênico no organismo. Isso não seria suficiente para matá-la. Mas ele disse que encontrou arsênico nas pontas dos cabelos, e que ela teria que ter tomado o veneno pelo menos um mês atrás para chegar até lá.

– Alguma chance de ela não ter morrido por causa do arsênico?

– Não, a menos que Jordan seja um péssimo médico.

Uma policial entrou com Peggy Carroll.

A loira estava cansada. Os cílios, os cantos da boca e o corpo desmoronaram, e quando empurrei uma cadeira em sua direção, e ela se atirou.

O'Gar virou a cabeça grisalha para mim.

– Agora, Peggy – comecei –, conte onde você se encaixa nessa bagunça toda.

– Eu não me encaixo em lugar nenhum. – Ela não olhou para cima. Sua voz estava cansada. – Joe me arrastou para essa história. Ele mesmo lhe disse isso.

– Você era namorada dele?

– Digamos que sim – ela admitiu.

– Você sentia ciúmes?

– O que isso tem a ver com a coisa toda? – perguntou ela, olhando para mim com a expressão intrigada.

– Sue Hambleton estava se preparando para ir embora com ele quando foi assassinada.

A garota endireitou-se na cadeira e disse deliberadamente:

– Juro por Deus que não sabia que ela tinha sido assassinada.

— Mas sabia que ela estava morta — disse eu, positivamente.

— Não sabia — respondeu ela, também positivamente.

Cutuquei O'Gar com o cotovelo. Ele esticou o queixo torto para ela e gritou:

— O que você está tentando nos aplicar? Você sabia que ela estava morta. Como poderia tê-la matado sem saber?

Enquanto ela olhava para ele, acenei para que os outros entrassem. Todos se aproximaram dela e repetiram o refrão da canção do sargento. Nos minutos seguintes, ela recebeu muitos gritos, rugidos e resmungos.

No instante em que parou de tentar responder a todos, eu me meti novamente.

— Esperem — disse eu, muito sério. — Talvez ela não a tenha matado.

— Uma ova que não — irritou-se O'Gar, mantendo-se no centro do palco para que os outros pudessem se afastar da garota sem que a retirada parecesse artificial demais. — Você está querendo me dizer que esta gatinha...

— Eu não disse que ela não matou — adverti. — Disse que *talvez* ela não tenha matado.

— Então quem matou?

Passei a pergunta à garota.

— Quem matou?

— Babe — disse ela, imediatamente.

O'Gar bufou, para ela pensar que ele não estava acreditando.

— Como você sabe disso, se não sabia que ela estava morta? — perguntei, como se estivesse sinceramente perplexo.

— Faz sentido que tenha sido ele — ela respondeu. — Qualquer um pode ver isso. Ele descobriu que ela pretendia ir embora com o Joe, então a matou e depois foi até a casa do Joe e o matou. É exatamente o que Babe faria quando descobrisse.

— Ah, é? Há quanto tempo *você* sabia que eles estavam planejando ir embora juntos?

— Desde que eles tomaram a decisão. Joe me contou há um ou dois meses.

— E você não se importou?

— Vocês entenderam tudo errado — ela disse. — Claro que não me importei. Eu ia receber uma parte. Você sabe que o pai dela tinha muita grana. Era isso que o Joe queria. Ela não significava nada para ele, era só um meio para o bolso do velho. E eu ia receber uma beirada. E vocês não precisam pensar que eu era maluca o bastante pelo Joe ou por qualquer um para me meter numa fria por eles. Babe descobriu, e acabou com os dois. Isso é certo.

— Ah, é? Como você acha que Babe a mataria?

— Aquele cara? Você não acha que ele...

— Quero dizer como ele faria para matá-la?

— Ah — ela deu de ombros. — Com as próprias mãos, provavelmente.

— Depois tomar a decisão, ele a mataria de um jeito rápido e violento? — sugeri.

— Acho que isso é a cara do Babe — ela concordou.

— Mas você não consegue imaginá-lo envenenando-a lentamente... estendendo o processo por um mês?

Um ar de preocupação tomou conta dos olhos azuis da garota. Depois de morder o lábio inferior, ela disse lentamente:

— Não, não consigo imaginá-lo fazendo isso. Não o Babe.

— Quem você pode imaginar fazendo isso?

Ela arregalou os olhos e perguntou:

— Você quer dizer o Joe?

Fiquei em silêncio.

— O Joe poderia fazer isso — disse ela, num tom persuasivo. — Sabe Deus por que ele iria querer fazer isso, por que ele iria querer se livrar do tipo de vale que ela seria. Mas não dava para adivinhar sempre no que ele estava se metendo. Ele fez várias coisas idiotas. Era esperto demais sem ser inteligente. Mas se fosse matá-la, seria mais ou menos assim que faria.

— Ele e Babe se davam bem?

— Não.

— Ele freqüentava muito a casa do Babe?

— Nunca, que eu soubesse. Ele tinha muito medo do Babe para correr o risco de ser pego lá. Foi por isso que eu me mudei para o andar de cima, para que a Sue pudesse se encontrar com ele na nossa casa.

– Então como é que Joe poderia ter escondido o papel mata-moscas que a envenenou no apartamento dela?

– Papel mata-moscas! – O espanto dela pareceu bastante sincero.

– Mostre a ela – disse a O'Gar.

Ele pegou uma folha de cima da mesa e segurou em frente ao rosto da garota.

Ela ficou olhando fixamente por um tempo, então deu um salto e agarrou meu braço com as duas mãos.

– Eu não sabia o que era – disse ela, agitada. – Joe comprou algumas há uns dois meses. Estava olhando para elas quando eu cheguei. Perguntei para que serviam. Ele deu aquele sorriso zombeteiro dele, disse "É para fazer anjos", embrulhou de novo e enfiou no bolso. Não prestei muita atenção. Ele estava sempre brincando com algum novo tipo de truque que o deixaria rico, mas nada nunca dava certo.

– E você viu essas folhas de novo?

– Não.

– Você conhecia bem a Sue?

– Eu nem a conhecia. Eu nunca nem a vi. Costumava ficar fora do caminho para não estragar a história do Joe com ela.

– Mas o Babe você conhece?

– Sim. Fui a algumas festas em que ele estava. Só isso.

– Quem matou a Sue?

– O Joe – ela disse. – Ele não tinha aquele papel que você disse que foi usado para matá-la?

– Por que ele a matou?

– Não sei. Ele fazia umas coisas absurdamente burras às vezes.

– Você não a matou?

– Não, não, não!

Repuxei o canto da boca para O'Gar.

– Você é uma mentirosa – berrou ele, sacudindo o papel mata-moscas diante dela. – Você a matou. – O resto da equipe se aproximou, fazendo-lhe acusações. Continuaram com isso até ela ficar zonza, e a policial começar a parecer preocupada.

Então eu disse, irritado:

– Tudo bem. Joguem-na numa cela e deixem-na pensar no assunto.

Virei-me para ela:

– Sabe o que disse a Joe hoje à tarde: não é o momento para ficar de boca fechada. Pense bastante esta noite.

– Juro por Deus que não a matei – ela disse.

Virei-me de costas para ela. A policial a levou embora.

– Foi um bom interrogatório, apesar de curto – disse O'Gar, bocejando.

– Não foi nada mau – concordei. – A julgar pelas aparências, eu diria que ela não matou a Sue. Mas se ela está dizendo a verdade, foi o "Santo" Joe quem a matou. E por que ele envenenaria a galinha dos ovos de ouro dele? E como e por que ele escondeu o veneno no apartamento deles? Babe tinha o motivo, mas ele não parece nem um pouco o tipo do envenenador paciente. Mas não dá para saber. Ele e o "Santo" Joe podiam até estar trabalhando em conjunto.

– Podiam – disse Duff. – Mas isso exige um bocado de imaginação. Não importa de onde se olhe, a Peggy é a nossa melhor aposta até agora. Vamos voltar a apertá-la duramente de manhã?

– Vamos – respondi. – E precisamos encontrar o Babe.

Os outros haviam jantado. MacMan e eu saímos e jantamos também. Quando voltamos ao escritório, uma hora depois, estava praticamente deserto de detetives regulares.

– Todos foram ao Píer 32 atrás de uma dica de que McCloor possa estar lá – disse Steve Ward.

– Há quanto tempo?

– Há dez minutos.

MacMan e eu pegamos um táxi e partimos para o Píer 42. Não chegamos ao Píer 42.

Na Primeira, a meia quadra do Embarcadero, o táxi subitamente freou cantando os pneus e parou.

– O que...? – comecei a dizer quando vi um homem parado na frente do carro. Era um homem grande, com uma arma grande. – Babe – grunhi, segurando o braço de MacMan para evitar que ele sacasse da arma.

– Me leve para... – McCloor estava falando com o motorista assustado quando nos viu. Deu a volta até o meu lado e abriu a porta, apontando a arma na nossa direção.

Ele estava sem chapéu e tinha os cabelos molhados, grudado na cabeça, com água escorrendo. Suas roupas estavam encharcadas.

Ele nos olhou surpreso e ordenou:

– Saiam.

Assim que saímos, ele rosnou para o motorista:

– Por que diabos você está com a bandeira levantada, se está com passageiros?

O motorista não estava ali. Havia saído pelo outro lado e estava fugindo pela rua. McCloor xingou e apontou a arma para mim, rosnando:

– Vamos, dêem o fora.

Pelo jeito, ele não havia me reconhecido. A luz não era muito boa, e eu estava de chapéu. E ele tinha me visto por apenas alguns segundos na sala de Wales.

Dei um passo para o lado. MacMan foi para o outro.

McCloor deu um passo para trás para não ficar no meio de nós dois e começou a dizer algo num tom raivoso.

MacMan saltou no braço com que McCloor segurava a arma.

Dei-lhe um soco no maxilar. Foi como se eu tivesse batido em outra pessoa, já que ele nem se perturbou.

Ele me atirou para fora do caminho e acertou MacMan na boca. MacMan caiu de costas até se segurar no táxi, cuspiu um dente e voltou para continuar.

Eu estava tentando escalar o lado esquerdo de McCloor.

MacMan veio pela direita, não conseguiu desviar de um golpe da arma, que o acertou bem no topo da cabeça, e caiu com força. Ficou no chão.

Chutei o tornozelo de McCloor, mas não consegui tirar o pé de debaixo dele. Bati com o punho direito na sua nuca e agarrei um punhado de cabelos molhados com a mão esquerda. Ele sacudiu a cabeça, levantando-me no ar.

Levei um soco no lado e senti as costelas e as entranhas se achatando, como folhas secas dentro de um livro.

Dei-lhe um soco na nuca, e esse incomodou. Ele soltou um barulho surdo do fundo do peito, esmagou meu ombro com a mão esquerda e bateu em mim com a arma que estava na direita.

Chutei-o em algum lugar e soquei-lhe a nuca de novo.

Mais adiante, no Embarcadero, ouvi um apito da polícia. Homens vinham pela Primeira na nossa direção.

McCloor bufou como uma locomotiva e me jogou para longe dele. Eu não queria ir. Tentei me segurar. Ele me atirou e saiu correndo rua afora.

Levantei-me como pude e corri atrás dele, sacando a arma.

Na primeira esquina, ele parou para disparar contra mim – três tiros. Atirei uma vez contra ele. Nenhum dos quatro acertou.

Ele desapareceu virando a esquina. Fiz a curva bem aberta, para que ele não me acertasse se estivesse encostado na parede esperando por mim. Não estava. Estava trinta metros adiante, entrando num espaço entre dois armazéns. Entrei atrás dele e saí atrás dele na outra ponta, conseguindo um tempo melhor com os meus 95 quilos do que ele com os seus 125.

Atravessou uma rua e subiu, distanciando-se da beira-mar. Havia uma luz na esquina. Quando cheguei à área iluminada, ele se virou e apontou a arma para mim. Não ouvi a arma falhar, mas soube que havia falhado quando ele a atirou contra mim. A pistola passou a menos de um metro de distância e fez muito barulho ao atingir uma porta atrás de mim.

McCloor se virou e correu rua acima. Eu corri rua acima atrás dele.

Atirei para longe dele para que os outros soubessem onde estávamos. Na esquina seguinte, ele começou a virar à esquerda, mudou de idéia e seguiu em frente.

Dei uma disparada, diminuindo a distância entre nós para algo entre dez e quinze metros e gritei:

– Pare, ou eu atiro.

Ele entrou de lado num beco estreito.

Passei pela entrada com um salto, vi que ele não estava esperando por mim e entrei. Vinha luz suficiente da rua para que víssemos um ao outro e o que nos cercava. Era um beco sem saída – emparedado dos dois lados e na outra ponta por altos edifícios de concreto com portas e janelas com grades de aço.

McCloor me encarou, a menos de seis metros de distância, com o maxilar se destacando. Os braços curvados caíam ao longo do corpo. Os ombros estavam encolhidos.

– Ponha as mãos para cima – ordenei, apontando a arma.

– Saia da minha frente, homenzinho – resmungou ele, dando um passo na minha direção. – Eu vou acabar com você.

– Continue vindo, e eu derrubo você – retruquei.

– Tente. – Ele deu mais um passo, agachando-se um pouco. – Eu consigo pegá-lo, mesmo *com* balas no meu corpo.

– Não onde eu vou botá-las. – Eu estava falando da boca para fora, tentando fazê-lo esperar até os outros chegarem. Não queria ter de matá-lo. Poderíamos ter feito isso desde o táxi. – Não sou nenhuma Annie Oakley*, mas se eu não conseguir estourar os seus joelhos com dois tiros desta distância, você pode fazer o que quiser comigo. E se você acha que joelhos estourados são divertidos, experimente.

– Ao diabo com isso – disse ele, e atacou.

Atirei no joelho direito.

Ele cambaleou na minha direção.

Atirei no joelho esquerdo.

Ele caiu.

– Foi você quem pediu – reclamei.

Ele virou e, empurrando com os braços, sentou-se olhando para mim.

– Não achei que você tivesse juízo o bastante para fazer isso – disse ele, entredentes.

Falei com McCloor no hospital. Estava deitado de costas na cama, com dois travesseiros segurando a cabeça. A pele estava pálida em volta da boca e dos olhos, mas nada mais indicava que ele estivesse sentindo dor.

– Você certamente acabou comigo, cara – disse ele, quando entrei.

---

* Famosa atiradora norte-americana. (N.T.)

— Sinto muito — eu disse —, mas...

— Não estou reclamando. Eu pedi para levar.

— Por que você matou o Santo Joe? — perguntei, casualmente, enquanto levava uma cadeira para o lado da cama.

— Opa... você está batendo na porta errada.

Dei risada e contei que era eu o homem que estava na sala com Joe quando tudo aconteceu.

McCloor sorriu e disse:

— Achei que tinha visto você em algum lugar antes. Então foi lá. Não prestei atenção na sua cara, já que as suas mãos não se moveram.

— Por que você o matou?

Ele apertou os lábios, virou os olhos para mim, pensou em alguma coisa e disse:

— Ele matou uma garota que eu conhecia.

— Ele matou Sue Hambleton? — perguntou.

Ficou observando meu rosto por um instante antes de responder:

— É.

— Como você chegou a essa conclusão?

— Que diabos — disse ele. — Eu não precisei concluir nada. A Sue me contou. Me dá um cigarro.

Dei-lhe um cigarro, acendi um isqueiro e protestei.

— Isto não está exatamente de acordo com as outras coisas que eu sei. O que foi que aconteceu, e o que ela disse? Pode começar com a noite em que você lhe deu uma surra.

Ele pareceu pensativo, deixando a fumaça escapar lentamente do nariz, e então disse:

— Eu não devia ter batido no olho dela, é verdade. Mas, veja bem, ela tinha estado fora a tarde toda e não me dizia aonde tinha ido, e nós tínhamos brigado por causa disso. Hoje é o quê... quinta-feira de manhã? Então isso foi na segunda-feira. Depois da briga, eu saí e passei a noite numa espelunca na Army Street. Cheguei em casa mais ou menos às sete da manhã seguinte. Sue estava muito doente, mas não me deixou chamar um médico. Foi meio estranho, porque ela estava morta de medo.

McCloor coçou a cabeça pensativamente e de repente deu uma grande tragada, praticamente consumindo todo o cigarro. Deixou a fumaça sair da boca e do nariz ao mesmo tempo, olhando com ar entediado para mim através da nuvem. Então disse bruscamente:

– Bom, ela afundou. Mas, antes, contou que tinha sido envenenada pelo Santo Joe.

– Ela contou como ele a havia envenenado?

McCloor sacudiu a cabeça.

– Eu vinha perguntando qual era o problema, sem receber nenhuma resposta. Daí ela começou a reclamar que estava envenenada. "Estou envenenada, Babe", choramingou. "Com arsênico. Aquele maldito "'Santo' Joe", ela disse. Depois não disse mais nada, e não foi muito tempo depois que ela bateu as botas.

– Ah, é? E daí, o que você fez?

– Saí para pegar o "Santo" Joe. Eu o conhecia, mas não sabia onde ele se escondia, e só o encontrei ontem. Você estava lá quando eu cheguei. Sabe disso. Eu tinha conseguido um carro que deixei estacionado na Turk Street, para a fuga. Quando cheguei lá, tinha um policial perto dele, de modo que eu o deixei lá, peguei um bonde e fui até o pátio de carga. Lá, dei de cara com um exército de policiais e tive de saltar no mar em China Basin. Nadei até um píer e fui visto de novo por um vigia, tendo que nadar até outro píer. Até que finalmente consegui furar o cerco, só para dar de cara com outro lance de azar. Eu não teria chamado aquele táxi se a bandeira de *Livre* não estivesse levantada.

– Você sabia que a Sue estava planejando fugir com Joe?

– Não sabia e ainda não sei – disse ele. – Sabia que ela estava me enganando, mas não sabia com quem.

– O que você teria feito se soubesse disso? – perguntei.

– Eu? Exatamente o que fiz – disse, dando um sorriso selvagem.

– Matou os dois – eu disse.

Ele passou o polegar no lábio inferior e perguntou calmamente:

– Você acha que eu matei a Sue?

– Você a matou.

– É bem feito para mim – disse ele. Devo estar ficando idiota com a idade. Que diabos eu estou fazendo, conversando com um maldito detetive? Isso nunca rendeu nada além de sofrimento. Bem, agora você bem que pode se mandar, companheiro. Cansei de falar.

E era verdade. Não consegui arrancar mais nenhuma palavra dele.

O Velho ficou me ouvindo, sentado, batucando de leve com a ponta de um lápis amarelo, olhando fixamente para o infinito com os suaves olhos azuis atrás dos óculos. Quando terminei de contar a minha história, perguntou de modo gentil:

– Como está o MacMan?

– Perdeu dois dentes, mas não teve fratura no crânio. Terá alta em um ou dois dias.

O Velho assentiu com a cabeça e perguntou:

– O que falta fazer?

– Nada. Podemos interrogar Peggy Carroll de novo, mas é pouco provável que tiremos muito mais dela. Apesar disso, parece que está tudo certo.

– E o que você acha disso?

Eu me remexi na cadeira e disse:

– Suicídio.

O Velho sorriu para mim, educado, mas cético.

– Também não gosto disso – resmunguei. – E ainda não estou pronto para entregar um relatório. Mas este é o único resultado a que conseguimos chegar com o que temos. Aquele papel mata-moscas estava escondido atrás do fogão, na cozinha. Ninguém seria louco o bastante para tentar esconder alguma coisa de uma mulher na sua própria cozinha assim. Mas a mulher poderia fazer isso.

– De acordo com Peggy, Joe tinha o papel mata-moscas. Se foi a Sue que o escondeu, deve tê-lo conseguido com ele. Para quê? Os dois estavam planejando ir embora juntos, e estavam só esperando até que Joe, que tinha um plano, levantasse dinheiro suficiente. Talvez estivessem com medo do Babe e tenham escondido o veneno no apartamento para dar a ele se ele descobrisse o plano dos dois antes. Talvez tivessem a intenção de envenená-lo antes de irem embora.

— Quando comecei a falar com Joe sobre assassinato, ele achou que tinha sido o Babe quem havia sido morto. Pareceu ter ficado surpreso, mas como se estivesse surpreso que tivesse acontecido tão cedo. Ficou ainda mais surpreso quando soube que a Sue havia morrido também, mas, ainda assim, ele não ficou tão surpreso como quando ele viu McCloor vivo na janela.

— Ela morreu xingando o "Santo" Joe, sabia que havia sido envenenada e não deixou McCloor chamar um médico. Isso não pode querer dizer que ela havia se virado contra Joe e tomado ela própria o veneno em vez de dá-lo ao Babe? O veneno estava escondido do Babe. Mas, mesmo que ele o encontrasse, não consigo vê-lo como um envenenador. É violento demais para isso. A menos que a tenha apanhado tentando envenená-lo e a tenha feito engolir a coisa toda. Mas isso não explica o arsênico de um mês nos cabelos dela.

— A sua hipótese de suicídio inclui isso? — perguntou o Velho.

— Pode incluir — respondi. — Não fique expondo mais falhas na minha teoria. Já tem bastantes como está. Mas, se ela cometeu suicídio desta vez, não há por que ela não possa ter tentado uma vez antes, quem sabe depois de uma briga com Joe há um mês, e não ter conseguido ir até o final. Isso teria colocado o arsênico em seu organismo. Não há uma prova real de que ela tenha tomado veneno entre um mês atrás e anteontem.

— Nenhuma prova real — contestou o Velho gentilmente — além da descoberta da autópsia: envenenamento crônico.

Nunca fui homem de deixar palpites de especialistas ficarem no meu caminho. Respondi:

— Eles basearam isso na pequena quantidade de arsênico encontrado em seu corpo, menos do que uma dose fatal. E a quantidade que se encontra no estômago depois da morte depende do quanto se vomita antes de morrer.

O Velho sorriu com benevolência e perguntou:

— Mas você diz que não está pronto para escrever essa teoria num relatório. Enquanto isso, o que propõe que seja feito?

— Se não há nada mais urgente, pretendo ir para casa, fumigar o cérebro com cigarros e tentar arrumar tudo na cabeça.

Acho que vou pegar uma cópia de *O conde de Monte Cristo*. Eu o li quando era menino. Parece que o livro estava enrolado com o papel mata-moscas para formar um pacote grande o bastante para ficar bem ajustado entre o fogão e a parede e não cair. Mas pode haver alguma coisa no livro. Vou dar uma olhada, de qualquer maneira.

– Fiz isso na noite passada – murmurou o Velho.

– E? – perguntei.

Ele pegou um livro da gaveta da mesa de trabalho, abriu numa página marcada por uma tira de papel e passou-o para mim, marcando um parágrafo com um dedo rosado.

– Suponhamos que você tome um miligrama do veneno no primeiro dia, dois miligramas no segundo dia e assim por diante. Bem, ao fim de dez dias, você terá tomado um centigrama: ao fim de vinte dias, aumentando mais um miligrama, você teria tomado trezentos centigramas. Isto é, uma dose que se pode suportar sem inconveniências e que seria muito perigosa para qualquer outra pessoa que não tivesse tomado as mesmas precauções. Bem, ao final do mês, quando estivesse tomando água do mesmo jarro, você mataria a pessoa que bebesse dessa água, sem sentir nada além de uma leve indisposição por causa da substância venenosa misturada à água.

– É isso – eu disse. – É isso. Os dois estavam com medo de ir embora sem matar o Babe, certos de que ele iria atrás deles. Ela tentou se imunizar contra envenenamento por arsênico acostumando seu corpo ao veneno, tomando-o em doses cada vez maiores para que, quando ela pusesse a dose maior na comida de Babe, pudesse comê-la sem perigo. Ela ficaria doente, mas não morreria, e a polícia não poderia ligar a morte dele a ela porque ela também teria comido o veneno.

– Isso faz sentido. Depois da briga de segunda à noite, quando escreveu para Joe o bilhete encorajando-o a preparar a fuga logo, ela tentou apressar a imunidade e aumentou as doses preparatórias rápido demais, tomou uma dose muito grande. Foi por isso que xingou Joe no final. O plano era dele.

– Ela possivelmente tomou uma overdose numa tentativa de apressar o plano – concordou o Velho. – Mas não necessariamente. Há pessoas que conseguem cultivar uma capacidade de tomar grandes doses de arsênico sem problemas, mas isso parece ser uma espécie de dom natural, uma questão de constituição física. Normalmente, qualquer um que tentasse, faria o que Sue Hambleton fez: iria se envenenar lentamente até que o efeito cumulativo fosse forte o suficiente para provocar a morte.

Babe McCloor foi enforcado, por matar o "Santo" Joe Wales, seis meses depois.

O ROSTO QUEIMADO

– Nós as estávamos esperando em casa ontem – disse Alfred Banbrock, encerrando sua história. – Como não haviam chegado até hoje de manhã, minha mulher telefonou para a sra. Walden. A sra. Walden disse que elas não haviam estado lá. Que, na verdade, não eram esperadas.

– Diante disso, então, – sugeri – parece que as suas filhas saíram de livre e espontânea vontade e estão fora de livre e espontânea vontade?

Banbrock assentiu gravemente com a cabeça. Músculos cansados e frouxos em seu rosto gordo.

– Parece que sim – concordou ele. – Foi por isso que vim à sua agência atrás de ajuda, em vez de procurar a polícia.

– Elas já desapareceram antes?

– Não. Se você lê jornais e revistas, sem dúvida já percebeu que os jovens são dados a um comportamento irregular. As minhas filhas sempre fizeram basicamente o que quiseram. Mas, embora eu não possa dizer que sempre soubesse o que elas estavam fazendo, de um modo geral, sempre sabíamos onde estavam.

– O senhor consegue pensar em algum motivo pelo qual elas possam ter ido embora dessa maneira?

Ele sacudiu a cabeça cansada.

– Alguma briga recente? – sondei.

– N... – ele mudou no meio do caminho para: – Sim... embora eu não tenha dado nenhuma importância a ela, e não teria me lembrado se você não tivesse puxado da minha memória. Foi na noite de quinta-feira... a noite antes de elas irem embora.

– E a briga foi por...

– Dinheiro, é claro. Nunca discordamos sobre qualquer outra coisa. Sempre dei a cada uma das minhas filhas uma mesada adequada... talvez um pouco generosa demais. Também não as mantinha restritas a essa quantia. Houve poucos meses nos quais elas não as excederam. Na quinta-feira à noite, elas pediram uma quantia extra de dinheiro ainda maior do que duas garotas normalmente precisariam. Eu não ia lhes dar nada, embora tenha acabado lhes dando uma quantia relativamente menor. Não foi exatamente uma briga, não no sentido estrito da palavra, mas houve uma certa falta de amabilidade entre nós.

– E foi depois desse desentendimento que as duas disseram que iriam passar o fim de semana na casa da sra. Walden, em Monterey?

– É possível. Não tenho certeza quanto a isso. Não acho que eu tenha ouvido falar no assunto até a manhã seguinte, mas elas podem ter dito alguma coisa à minha mulher antes disso.

– E o senhor não sabe de nenhum outro possível motivo que as tenha feito fugir?

– Nenhum. Não consigo imaginar que a nossa discussão por causa de dinheiro, nem um pouco diferente das que ocorrem normalmente, possa ter alguma coisa a ver com a fuga.

– O que a mãe delas acha?

– A mãe delas está morta – corrigiu-me Banbrock. – A minha mulher é madrasta delas. Ela tem apenas dois anos a mais do que Myra, a minha filha mais velha. Ela fica tanto no mar quanto eu.

– As suas filhas e a madrasta se davam bem?

– Sim! Sim! Muito bem! Se havia uma divisão familiar, elas normalmente acabavam unidas contra mim.

– As suas filhas saíram na sexta-feira à tarde?

– Ao meio-dia, ou alguns minutos depois. Elas iriam de carro até Monterey.

– O carro, evidentemente, ainda está desaparecido.

– Naturalmente.

– Que carro é?

– Um Locomobile, com um corpo conversível especial. Preto.

– O senhor sabe me dizer os números da placa e do motor?

– Acho que sim.

Virou-se na cadeira até a grande mesa de tampo giratório que ocupava um quarto de uma das paredes do escritório, mexeu em papéis num compartimento e leu os números para mim olhando por cima do ombro. Anotei-os na parte de trás de um envelope.

— Vou incluir este carro na lista de veículos roubados do Departamento de Polícia — disse a ele. — Isso pode ser feito sem mencionarmos as suas filhas. O boletim policial pode encontrar o carro para nós. Isso nos ajudaria a encontrar as suas filhas.

— Muito bem — concordou ele. — Se isso puder ser feito sem publicidade desagradável. Como lhe disse no começo, não quero nenhuma publicidade além da absolutamente necessária. A menos que haja a possibilidade de as meninas sofrerem algum mal.

Assenti com a cabeça, compreensivo, e me levantei.

— Quero sair e falar com a sua esposa — eu disse. — Ela está em casa agora?

— Sim, acho que sim. Telefonarei e direi que você está indo para lá.

Numa grande fortaleza de pedra calcária no topo de uma colina em Sea Cliff com vista para a baía e o mar, tive a minha conversa com a sra. Banbrock. Era uma garota morena de não mais do que 22 anos com tendência a engordar.

Ela não pôde me dizer nada que o marido já não tivesse ao menos mencionado, mas soube me dar mais detalhes.

Consegui descrições das duas garotas.

Myra: vinte anos de idade, um metro e 72 centímetros de altura, 68 quilos, atlética, ágil, com modos e postura quase masculinos; cabelos castanhos curtos; olhos castanhos, pele morena clara, rosto quadrado — com queixo grande e nariz pequeno —, cicatriz sobre a orelha esquerda escondida pelo cabelo, gosta de cavalos e de todos os esportes ao ar livre. Quando saiu de casa, usava vestido de lã azul e verde, chapéu azul pequeno, casaco de pele de foca curto preto e sapatos baixos pretos.

Ruth: dezoito anos, um metro e 62 de altura, 47 quilos, olhos castanhos, cabelos castanhos curtos, pele morena clara, rosto oval delicado, quieta, tímida, com a tendência a se apoiar na irmã mais forte. Quando foi vista pela última vez, vestia um casaco tabaco debruado com pele marrom sobre um vestido de seda cinza e um grande chapéu marrom.

Peguei duas fotografias de cada uma delas e mais um retrato de Myra de pé em frente ao conversível. Consegui uma lista das coisas que as duas haviam levado – coisas que normalmente seriam levadas numa viagem de fim-de-semana. O mais importante foi que consegui uma lista de seus amigos, parentes e outros conhecidos, até onde a sra. Banbrock os conhecia.

– Elas mencionaram o convite da sra. Walden antes da briga com o sr. Banbrock? – perguntei, depois que guardei as minhas listas.

– Acho que não – disse a sra. Banbrock, pensativa. – Não liguei as duas coisas, de modo algum. Elas não chegaram exatamente a brigar com o pai, sabe. Não foi uma discussão dura o bastante para ser chamada de briga.

– A senhora viu quando elas saíram?

– Certamente que sim! As duas saíram mais ou menos ao meio-dia e meia da sexta-feira. Beijaram-me como de costume quando saíram, e certamente não havia nada no comportamento das duas que pudesse sugerir qualquer coisa fora do comum.

– A senhora não tem mesmo idéia de aonde elas podem ter ido?

– Nenhuma.

– Não pode nem mesmo dar um palpite?

– Não. Entre os nomes e endereços que lhe dei estão alguns dos amigos e parentes das garotas que moram em outras cidades. Elas podem ter ido visitar algum deles. O senhor acha que deveríamos...?

– Cuidarei disso – prometi. – A senhora saberia destacar um ou dois deles com mais probabilidade de as garotas terem ido visitar?

Ela não quis tentar.

– Não – disse, com certeza. – Não saberia.

Depois dessa entrevista, voltei para a Agência e pus a máquina em movimento: acertei para que detetives de outras filiais da Continental fossem visitar os nomes de fora da cidade da minha lista, pus o Locomobile desaparecido na lista do Departamento de Polícia, dei uma foto de cada garota para um fotógrafo fazer cópias.

Feito isso tudo, saí para conversar com as pessoas da lista que a sra. Banbrock havia me passado. A minha primeira visita foi a uma certa Constance Delee, num edifício de apartamentos na Post Street. Falei com uma empregada, que disse que a srta. Delee estava fora da cidade. Não quis me dizer onde a patroa estava nem quando voltaria.

De lá, subi a Van Ness Avenue e encontrei um Wayne Ferris numa revenda de automóveis: um jovem de cabelos lisos cujos excelentes modos e roupas escondiam completamente qualquer outra coisa – cérebro, por exemplo – que ele pudesse ter. Mostrou-se muito disposto a me ajudar e não sabia de nada. Levou muito tempo para me dizer isso. Um bom rapaz.

Mais um tiro no escuro: "A sra. Scott está em Honolulu".

Numa imobiliária na Montgomery Street encontrei o seguinte – outro jovem elegante e cheio de estilo, com cabelos suaves, boas maneiras e boas roupas. Seu nome era Raymond Elwood. Eu teria pensado que ele era primo de Ferris se não soubesse que o mundo – principalmente o mundo dos bailes e dos chás – estava cheio de tipos como eles. Não consegui nada com ele.

Então dei mais alguns tiros no escuro: "Fora da cidade", "Fazendo compras", "Não sei onde o senhor pode encontrá-lo".

Encontrei mais uma das amigas das garotas Banbrock antes de encerrar o dia de trabalho. Seu nome era sra. Stewart Correll. Ela morava em Presidio Terrace, não muito longe dos Banbrock. Era uma mulher, ou garota, pequena, mais ou menos da mesma idade da sra. Banbrock. Uma loirinha fofa com grandes olhos daquele tipo de azul que sempre parecem sinceros e honestos, independentemente do que esteja acontecendo por trás deles.

– Faz duas semanas ou mais que não vejo nem a Ruth nem a Myra – respondeu ela à minha pergunta.

– Nessa ocasião, quando a senhora as viu pela última vez, alguma das duas falou algo a respeito de ir embora?
– Não.
Seus olhos eram grandes e francos. Um pequeno músculo se contorceu em seu lábio superior.
– E a senhora não faz idéia de aonde elas poderiam ter ido?
– Não.
Seus dedos estavam transformando um lenço numa bolinha.
– A senhora falou com elas desde a última vez que as viu?
– Não.
Ela umedeceu a boca antes de responder.
– A senhora pode me dar os nomes e endereços de todas as pessoas que conhece e que as garotas Banbrock também conhecem?
– Por quê...? O quê...?
– Há uma chance de que alguns possam tê-las visto mais recentemente do que a senhora – expliquei. – Ou mesmo que possam tê-las visto depois de sexta-feira.
Sem entusiasmo, ela me passou uma dúzia de nomes. Todos já estavam na minha lista. Por duas vezes, ela hesitou, como se fosse mencionar um nome que não quisesse mencionar. Seus olhos ficaram presos aos meus, grandes e honestos. Seus dedos pararam de fazer bolinha com o lenço e passaram a cutucar o tecido da saia.
Não fingi acreditar nela. Mas tinha os pés solidamente plantados no chão para questioná-la. Fiz-lhe uma promessa antes de sair, que poderia ser interpretada como uma ameaça, se ela quisesse.
– Muito obrigado – eu disse. – Sei que é difícil lembrar das coisas com exatidão. Se eu cruzar com qualquer coisa que possa ajudar a sua memória, voltarei para lhe dizer.
– O q...? Sim, por favor! – disse ela.
Indo embora a pé, virei a cabeça para trás pouco antes de sair de vista. Uma cortina voltou ao lugar numa janela do segundo andar. As luzes da rua não eram fortes o bastante

para eu ter certeza de que a cortina voltara ao lugar diante de uma cabeça loira.

Meu relógio indicava 21h30: muito tarde para procurar qualquer outro amigo das garotas. Fui para casa, escrevi o relatório do dia e me entreguei ao cansaço, pensando mais na sra. Correll do que nas garotas.

Ela parecia valer uma investigação.

Quando cheguei ao escritório na manhã seguinte, havia alguns relatórios telegráficos à minha espera. Nenhum tinha qualquer valor. A investigação dos nomes e endereços nas outras cidades não havia revelado nada. Uma investigação em Monterey estabelecera razoavelmente – o que é o melhor que se pode conseguir no ramo das investigações – que as garotas não haviam estado lá recentemente, que o Locomobile não havia estado lá.

As primeiras edições dos jornais vespertinos estavam nas ruas quando saí para tomar um café da manhã antes de retomar o trabalho de onde eu havia parado na noite anterior.

Comprei um jornal para apoiar atrás do meu pomelo.

Acabou estragando o meu café-da-manhã:

MULHER DE BANQUEIRO SE SUICIDA

A sra. Stewart Correll, mulher do vice-presidente da Companhia Fiduciária Golden State, foi encontrada morta no começo desta manhã pela empregada em seu quarto, na sua residência em Presidio Terrace. Um frasco que acredita-se ser de veneno foi encontrado no chão, ao lado da cama.
O marido da mulher morta não soube dizer o motivo do suicídio. Disse que ela não parecia deprimida nem (...).

Na residência dos Correll, tive de falar muito antes de chegar a Correll. Era um homem alto e magro, de menos de 35 anos, com um rosto pálido e nervoso e olhos azuis agitados.

– Sinto muito perturbá-lo num momento como este – desculpei-me quando finalmente consegui chegar até ele, depois de muita insistência. – Não tomarei mais do que o necessário do seu tempo. Sou detetive da Agência Continental. Estou à procura de Ruth e Myra Banbrock, que desapareceram há vários dias. O senhor as conhece, imagino.

– Sim – disse ele, sem interesse. – Eu as conheço.

– O senhor sabia que elas haviam desaparecido?

– Não. – Seus olhos foram de uma cadeira para um tapete. – Por que deveria?

– O senhor viu alguma das duas recentemente? – prossegui, ignorando a pergunta dele.

– Na semana passada. Na quarta-feira, acho. As duas estavam indo embora, conversando com a minha mulher na porta da casa, quando cheguei do banco.

– A sua mulher não lhe disse nada a respeito do desaparecimento delas?

– Não. Eu realmente não sei lhe dizer nada sobre as Senhoritas Banbrock. Por favor, com licença...

– Só mais um instante – eu disse. – Eu não teria vindo incomodá-lo se não fosse necessário. Estive aqui na noite passada conversando com a sra. Correll. Ela me pareceu nervosa. Tive a impressão de que algumas das respostas que deu às minhas perguntas foram... ahn... evasivas. Gostaria...

Ele estava de pé. Olhava para mim com o rosto vermelho.

– Você! – gritou ele. – Posso lhe agradecer por...

– Sr. Correll – tentei acalmá-lo. – Não adianta...

Mas ele estava completamente alterado.

– Você levou a minha mulher à morte – acusou-me. – Você a matou com a sua maldita intromissão, com as suas ameaças intimidadoras, com o seu...

Aquilo era uma bobagem. Senti pena daquele jovem cuja mulher havia se matado. Apesar disso, tinha trabalho a fazer. Resolvi acertar os ponteiros.

– Não vamos discutir, Correll – eu lhe disse. – A questão é que eu estive aqui para ver se a sua mulher podia me dizer alguma coisa a respeito das Banbrock. Ela me disse menos do que a verdade. Mais tarde, cometeu suicídio. Quero saber por quê. Colabore comigo, e eu farei o possível para evitar que os jornais e o público liguem a morte dela ao desaparecimento das garotas.

– Ligar a morte dela ao desaparecimento? Isso é absurdo! – ele exclamou.

– Talvez... mas a ligação existe! – insisti com ele. Estava com pena, mas tinha trabalho a fazer. – Existe. Se você me disser o que é, talvez ela não precise ser levada a público. Mas eu vou descobrir. Ou você me diz o que é, ou eu irei atrás da informação abertamente.

Por um instante, achei que ele ia me dar um soco. Eu não o teria culpado. Seu corpo ficou tenso, então perdeu a firmeza, e ele caiu de volta na cadeira. Desviou os olhos dos meus.

– Não há nada que eu possa dizer – ele murmurou. – Quando a empregada entrou no quarto para chamá-la hoje de manhã, ela estava morta. Não tinha bilhete, motivo, nada.

– Você a viu na noite passada?

– Não. Não jantei em casa. Cheguei tarde e fui direto para o meu quarto, não queria atrapalhá-la. Não a via desde que saí de casa de manhã.

– Ela parecia perturbada ou preocupada na ocasião?

– Não.

– Por que o senhor acha que ela se matou?

– Meu Deus, homem, eu não sei! Pensei sem parar, mas não sei!

– Saúde?

– Ela parecia bem. Nunca ficava doente, nunca reclamava.

– Alguma briga recente?

– Nós nunca brigamos. Nunca no ano em meio em que estivemos casados!

– Problemas financeiros?

Ele sacudiu a cabeça sem falar nem levantar os olhos do chão.

– Alguma outra preocupação?

Ele sacudiu a cabeça de novo.

– A empregada notou alguma coisa estranha no comportamento dela naquela noite?

– Nada.

– Você olhou as coisas dela, procurou por papéis ou cartas?

– Sim, e não encontrei nada. – Levantou a cabeça para olhar para mim. – A única coisa – disse ele, muito lentamente – era que havia um monte de cinzas na lareira do quarto dela, como se ela tivesse queimado papéis ou cartas.

Correll não tinha mais nada para mim. Pelo menos nada que eu tenha conseguido tirar dele.

A garota no portão de entrada do escritório de Alfred Banbrock no Edifício Shoreman's me disse que ele estava *em reunião*. Mandei que lhe dissessem o meu nome. Ele saiu da reunião para me levar até seu escritório particular. Seu rosto cansado estava cheio de perguntas.

Não o mantive esperando pelas respostas. Era um adulto. Não fiquei rodeando em torno das más notícias.

– As coisas tomaram um rumo desagradável – eu disse, assim que estávamos trancados na mesma sala. – Acho que teremos que pedir ajuda à polícia e aos jornais. Uma sra. Correll, amiga das suas filhas, mentiu quando eu a interroguei ontem. Na noite passada, ela cometeu suicídio.

– Irma Correll? Suicídio?

– O senhor a conhecia?

– Sim! Intimamente! Ela era... isto é, ela era muito amiga da minha mulher e das minhas filhas. Ela se matou?

– Sim. Com veneno. Ontem à noite. Onde ela se encaixa no desaparecimento das suas filhas?

– Onde? – repetiu ele. – Não sei. Ela deve se encaixar?

– Acho que sim. Ela me disse que não via as suas filhas haviam umas duas semanas. O marido acabou de me dizer que elas estavam conversando com ela quando ele chegou do banco na última quarta-feira à tarde. Ela parecia nervosa quando a interroguei. Matou-se logo depois. Há poucas dúvidas de que ela se encaixa de algum modo.

– E isso quer dizer...?

– Isso quer dizer que as suas filhas podem estar perfeitamente a salvo, mas que não podemos apostar nessa possibilidade – completei a frase para ele.

– Você acha que elas podem se ferir?

– Eu não acho nada – respondi, numa evasiva. – A não ser que, com uma morte intimamente ligada com a partida delas, não podemos nos dar o luxo de correr riscos.

Banbrock telefonou para seu advogado – um velho de rosto rosado e cabelos brancos chamado Norwall, que tinha a reputação de saber mais sobre corporações do que todos os Morgan, mas que não fazia a menor idéia de como funcionavam os procedimentos policiais – e lhe disse que se encontrasse conosco na central de polícia.

Passamos uma hora e meia lá, deixando a polícia a par do caso e dizendo aos jornais o que queríamos que eles soubessem. Ou seja, muita coisa sobre as garotas, muitas fotografias e assim por diante, mas nada a respeito da ligação entre elas e a sra. Correll. Claro que informamos a polícia quanto a isso.

Depois que Banbrock e o advogado foram embora juntos, voltei à sala de reunião dos detetives para comentar o caso com Pat Reddy, o detetive de polícia incumbido do caso.

Pat era o mais jovem integrante da divisão de detetives – um irlandês grandalhão e loiro com jeito preguiçoso que gostava de coisas espetaculares.

Dois anos antes, era um guarda novato que fazia rondas a pé numa região alta da cidade. Uma noite, multou um automóvel que estava estacionado em frente a um hidrante. A proprietária saiu na hora e começou a bater boca. Era Althea Wallach, filha única e mimada do proprietário da Companhia de Café Wallach – uma jovem elegante e impulsiva, com olhos ardentes. Ela deve ter dito muita coisa a Pat. Ele a levou para a delegacia e largou-a numa cela.

Dizem que o Velho Wallach apareceu na manhã seguinte soltando fogo pelas ventas e com metade dos advogados de São Francisco. Mas Pat manteve a acusação, e a garota foi multada. O Velho Wallach fez tudo exceto dar um soco em Pat no corredor, no fim das contas. Pat deu seu sorriso sonolento ao importador de café e disse, com seu sotaque arrastado:

– É, melhor você me deixar em paz... ou eu paro de tomar o seu café.

O comentário foi parar na maioria dos jornais do país e até mesmo num espetáculo da Broadway.

Mas Pat não parou na resposta petulante. Três dias depois, ele e Althea Wallach foram até Alameda e se casaram. Eu participei disso. Calhou de eu estar no *ferry* que os dois pegaram, e eles me arrastaram junto para assistir ao casamento.

O Velho Wallach deserdou a filha imediatamente, mas isso não pareceu preocupar a mais ninguém. Pat seguiu fazendo sua ronda, mas, agora que havia chamado atenção, não demorou muito até que suas qualidades fossem notadas. Foi promovido à divisão de detetives.

O Velho Wallach se arrependeu antes de morrer e deixou seus milhões para Althea.

Pat tirou a tarde de folga para ir ao enterro e voltou ao trabalho na mesma noite, prendendo uma porção de pistoleiros. Continuou trabalhando. Não sei o que a mulher dele fazia com o dinheiro, mas Pat sequer melhorou a qualidade dos charutos que fumava – embora devesse ter feito isso. É verdade que agora morava na mansão dos Wallach e, de vez em quando, em manhãs chuvosas, era levado até a central numa luxuosa limusine Hispano-Suiza. Mas não havia nada de diferente nele além disso.

Esse era o irlandês loiro e grandalhão que estava sentado diante de mim à mesa da sala de reunião, me enfumaçando com uma coisa com formato de charuto.

Nesse instante, tirou a coisa parecida com um charuto da boca e falou, através da fumaça:

– Essa tal Correll que você acha que está ligada às Banbrock... ela foi assaltada há uns dois meses. Levaram-lhe oitocentos dólares. Sabia disso?

Eu não sabia.

– Perdeu alguma coisa além de dinheiro? – perguntei.

– Não.

– Você acredita na história?

Ele sorriu.

– Aí é que está – disse. – Não pegamos o passarinho que fez isso. Com mulheres que perdem as coisas dessa maneira, principalmente dinheiro, é sempre uma questão de saber se foi um roubo ou uma doação.

Tirou mais um pouco de gás venenoso do suposto charuto e acrescentou:

– Mas o roubo pode ter sido real. O que você está pensando em fazer agora?

– Vamos até a Agência ver se apareceu alguma coisa nova. Depois eu queria conversar com a sra. Banbrock de novo. Talvez ela possa nos dizer alguma coisa sobre essa Correll.

No escritório, fiquei sabendo que haviam chegado relatórios do restante dos nomes e endereços de fora da cidade. Aparentemente, nenhuma daquelas pessoas sabia qualquer coisa sobre o paradeiro das garotas. Reddy e eu fomos até a casa dos Banbrock em Sea Cliff.

Banbrock havia contado por telefone a notícia sobre a morte da sra. Correll à mulher, e ela havia lido os jornais. Ela nos disse que não conseguia pensar num motivo para o suicídio. Não conseguia imaginar qualquer ligação possível entre o suicídio e o desaparecimento das enteadas.

– A sra. Correll me pareceu quase tão alegre e contente como sempre, na última vez em que a vi, há duas ou três semanas – disse a sra. Banbrock. – Claro que, por natureza, ela tendia a se sentir insatisfeita com as coisas, mas não a ponto de fazer algo assim.

– A senhora sabe de algum problema entre ela e o marido?

– Não. Até onde eu sei, os dois eram felizes, embora...

Ela interrompeu. Seus olhos escuros demonstraram hesitação e constrangimento.

– Embora? – repeti.

– Se eu não lhes contar isso agora, vocês pensarão que eu estou escondendo alguma coisa – disse ela, ficando vermelha e dando uma risada que escondia mais nervosismo do que graça. – Não havia nenhum motivo, mas eu sempre tive um pouco de ciúme de Irma. Ela e o meu marido foram... bem, todo mundo pensava que eles iriam se casar. Foi um pouco antes de nós dois nos casarmos. Eu nunca demonstrava, e ouso dizer que era uma idéia boba, mas sempre suspeitei que Irma tivesse se casado com Stewart mais por despeito do que por qualquer outro motivo, e que ela ainda gostava de Alfred... o sr. Banbrock.

– Houve alguma coisa específica que a fizesse achar isso?

– Não, nada... de verdade! Nunca acreditei realmente nisso. Era só um tipo de sentimento vago. Malícia, sem dúvida, mais do que qualquer outra coisa.

Estava escurecendo quando Pat e eu deixamos a casa dos Banbrock. Antes de darmos o dia por encerrado, liguei para o Velho – o gerente da filial de São Francisco da Continental, portanto, meu chefe – e pedi que ele destacasse um detetive para investigar o passado de Irma Correll.

Dei uma olhada nos jornais da manhã – graças ao costume de eles aparecerem imediatamente depois de o sol sair de vista – antes de ir para a cama. Haviam dado um ótimo espaço ao nosso caso. Todos os fatos, exceto os que tinham a ver com a questão Correll estavam lá, além de fotografias e da costumeira variedade de palpites e outras porcarias do tipo.

Na manhã seguinte, fui atrás dos amigos das garotas desaparecidas com quem ainda não tinha conseguido falar. Encontrei alguns, e não consegui nada que valesse algo. No final da manhã, liguei para o escritório para ver se havia surgido alguma novidade. Havia.

– Acabamos de receber um telefonema do escritório do xerife de Martinez – disse o Velho. – Um viticultor italiano perto de Knob Valley encontrou uma fotografia chamuscada há uns dois dias e a reconheceu como sendo Ruth Banbrock quando viu a foto dela no jornal desta manhã. Você vai até lá? Um assistente do xerife e o italiano estão esperando por você no escritório do chefe de polícia de Knob Valley.

– Estou a caminho – respondi.

Na estação do *ferry*, usei os quatro minutos antes da partida do meu barco tentando falar com Pat Reddy ao telefone, mas sem sucesso.

Knob Valley é uma cidadezinha de menos de mil habitantes, uma cidade triste e suja no condado de Contra Costa. Um trem local São Francisco-Sacramento me deixou lá ainda no começo da tarde.

Conhecia um pouco o chefe de polícia – Tom Orth. Encontrei dois homens com ele na sala. Orth nos apresentou. Abner Paget, um homem desajeitado de quarenta e poucos anos com um queixo frouxo, rosto fino e olhos pálidos e inteligentes, era o assistente do xerife. Gio Cereghino, o viticultor italiano, era um homem pequeno e moreno escuro, com dentes amarelo-escuros que mostrava num eterno sorriso sob seu bigode negro e olhos castanhos suaves.

Paget me mostrou o retrato. Um pedaço de papel chamuscado do tamanho de meio dólar, aparentemente tudo o que não havia sido queimado do retrato original. Era o rosto de Ruth Banbrock. Não havia muito como duvidar disso. Ela estava com uma aparência estranhamente agitada – quase bêbada –, e seus olhos estavam maiores do que nas outras fotos dela que eu havia visto. Mas era seu rosto.

– Ele disse que achou isso anteontem – explicou Page secamente, acenando com a cabeça para o italiano. – O vento soprou o papel até o seu pé enquanto ele caminhava num pedaço de estrada perto da sua casa. Ele conta que o apanhou e enfiou no bolso por nenhum motivo especial, imagino. Fez uma pausa para olhar pensativo para o italiano, que assentiu vigorosamente com a cabeça.

– Enfim – prosseguiu o assistente do xerife –, ele tava na cidade hoje de manhã e viu as fotos nos jornais de São Francisco. Daí veio aqui e contou a história a Tom. Tom e eu resolvemos que a melhor coisa a fazer era ligar para a sua agência, já que os jornais diziam que eram vocês que tavam trabalhando no caso.

Olhei para o italiano. Lendo a minha mente, Paget explicou:

– Cereghino mora do outro lado da encosta. Tem um parreiral lá. Tá aqui há uns cinco ou seis anos e nunca matou ninguém, que eu saiba.

– O senhor lembra de onde encontrou a fotografia? – perguntei ao italiano.

Seu sorriso ficou mais largo sob o bigode, e ele levantou e abaixou a cabeça.

– Claro, lembro do lugar.

– Vamos até lá – sugeri a Paget.

– Certo. Você vem junto, Tom?

O chefe de polícia disse que não podia. Disse alguma coisa a ver com a cidade. Cereghino, Paget e eu saímos e entramos no Ford empoeirado do assistente do xerife.

Andamos por quase uma hora ao longo de uma estrada rural que serpenteava a encosta do Monte Diablo. Depois de algum tempo, a uma indicação do italiano, trocamos a estrada rural por outra mais empoeirada e mais esburacada. Seguimos cerca de um quilômetro e meio por ela.

– É aqui – disse Cereghino.

Paget parou o Ford. Saímos numa clareira. As árvores e os arbustos que dominaram a estrada até ali recuavam por mais ou menos seis metros de cada lado, formando um pequeno círculo empoeirado no bosque.

– Foi mais ou menos aqui – disse o italiano. – Acho que perto deste tronco. Mas tenho certeza de que foi entre aquela curva ali em frente e a outra atrás.

Paget era um homem do interior. Eu não sou. Esperei que ele se movesse.

Ele olhou lentamente ao redor na clareira, ficando parado entre o italiano e eu. Seus olhos pálidos se iluminaram imediatamente. Deu a volta no Ford até o outro lado da clareira. Cereghino e eu o seguimos.

Perto do mato na beirada da clareira, o desajeitado assistente do xerife parou para grunhir para o chão. Havia marcas de rodas de carro. Um carro havia virado ali.

Paget prosseguiu no meio das árvores. O italiano seguiu perto dele. Fui atrás. Paget estava seguindo algum tipo de pista. Eu não conseguia ver nada. Ou porque ele e o italiano impedissem a minha visão ou porque eu sou um índio fajuto. Andamos um bom pedaço.

Paget parou. O italiano parou.

– Arrã – murmurou, como se tivesse encontrado algo esperado.

O italiano disse alguma coisa que envolvia o nome de Deus. Pisei num arbusto, passando para o lado deles para ver o que eles estavam vendo. E vi.

Ao pé de uma árvore, de lado, com os joelhos dobrados perto do corpo, havia uma garota morta. Não era uma cena bonita. Seu corpo havia sido atacado por pássaros.

Um casaco marrom-tabaco semivestia seus ombros. Soube que era Ruth Banbrock antes de virá-la para olhar o lado do seu rosto que o chão havia protegido dos pássaros.

Cereghino ficou me observando enquanto eu examinava a garota. Seu rosto expressava tristeza de um modo tranqüilo. O assistente do xerife não prestou muita atenção ao corpo. Estava no mato, andando e olhando para o chão. Voltou quando terminei o meu exame.

– Foi baleada – eu disse. – Um tiro na têmpora direita. Antes disso, acho que houve uma briga. Há marcas no braço que estava debaixo do corpo. Ela está sem nada, sem jóias, sem dinheiro, nada.

– Isso confere – disse Paget. – Duas mulheres saíram do carro lá na clareira e vieram para cá. Podem ter sido três mulheres, se as outras carregaram esta. Não dá pra dizer quantas voltaram. Uma delas era maior do que esta. Houve uma luta aqui. Encontrou a arma?

– Não – respondi.

– Nem eu. Então deve ter ido embora no carro. Ali tem o que sobrou de um incêndio – inclinou a cabeça para a esquerda. – Papéis e trapos queimados. Nada o bastante para nos ajudar muito. Imagino que a fotografia que Cereghino encontrou tenha sido assoprada da fogueira. Diria que foi na noite da sexta-feira ou na manhã do sábado... Não antes disso.

Aceitei a palavra do assistente do xerife quanto a isso. Ele parecia saber do que estava falando.

– Vem cá. Quero mostrar uma coisa – disse ele, levando-me até um pequeno monte de cinzas.

Ele não tinha nada para me mostrar. Só queria falar comigo longe do italiano.

– Acho que o italiano está limpo – disse ele. – Mas creio que seja melhor segurá-lo por um tempo para ter certeza. Isso aqui fica a uma boa distância da casa dele, e ele gaguejou um pouco demais para dizer por que calhou de estar passando por aqui. Claro que isso não quer dizer muita coisa. Todos esses italianos vendem *vino*, e acho que foi isso que trouxe ele até aqui. Vou segurá-lo por um ou dois dias, em todo caso.

– Muito bom – concordei. – Aqui é sua área, e você conhece as pessoas. Você pode fazer algumas visitas e ver o que consegue descobrir? Se alguém viu alguma coisa? Se viu um Locomobile conversível? Ou qualquer outra coisa? Você pode conseguir mais do que eu.

– Farei isso – ele prometeu.

– Tudo bem. Então voltarei para São Francisco. Imagino que você queira ficar aqui ao lado do corpo?

– É. Leve o Ford de volta a Knob Valley e conte ao Tom o que houve. Ele virá para cá ou mandará alguém. Manterei o italiano aqui comigo.

Enquanto esperava pelo próximo trem para o Oeste para sair de Knob Valley, consegui falar com o escritório por telefone. O Velho não estava. Contei a minha história a um dos rapazes do escritório e pedi que ele informasse o Velho assim que possível.

Todo mundo estava no escritório quando cheguei a São Francisco. Alfred Banbrock, com o rosto de um cinza rosado que parecia mais morto do que se fosse cinza escuro. Seu velho advogado cor-de-rosa e branco. Pat Reddy, esparramado de costas com os pés apoiados em outra cadeira. O Velho, com os olhos gentis por trás dos óculos dourados e o sorriso suave escondendo o fato de que cinqüenta anos trabalhando como detetive haviam-no deixado sem qualquer sentimento de qualquer espécie sobre qualquer assunto.

Ninguém disse nada quando eu entrei. Disse o que tinha de dizer o mais rapidamente possível.

– Então a outra mulher... a mulher que matou Ruth foi...

Banbrock não terminou a pergunta. Ninguém a respondeu.

– Não sabemos o que aconteceu – eu disse depois de um tempo. – A sua filha e alguém que não sabemos quem é podem ter ido até lá. A sua filha podia estar morta antes de ter sido levada para lá. Ela pode ter...

– Mas a Myra! – Banbrock estava puxando o colarinho com o dedo. – Onde está a Myra?

Não soube responder. Nem eu nem nenhum dos outros.

– O senhor vai até Knob Valley agora? – perguntei.

– Sim, imediatamente. Você vai comigo?

Não senti por não poder ir.

– Não. Há muito a fazer aqui. Vou lhe dar um bilhete para o chefe de polícia. Quero que o senhor olhe cuidadosamente o pedaço de fotografia da sua filha que o italiano encontrou... para ver se o senhor se lembra dela.

Banbrock e o advogado foram embora.

Reddy acendeu um de seus terríveis charutos.

– Encontramos o carro – disse o Velho.

– Onde estava?

– Em Sacramento. Foi deixado numa oficina de lá na noite de sexta-feira ou na manhã de sábado. Foley foi até lá para investigar. E Reddy descobriu um novo ângulo.

Pat assentiu através da fumaça.

– O dono de uma casa de penhor nos procurou hoje de manhã – disse Pat – e disse que Myra Banbrock e outra garota foram até a loja dele na semana passada e penhoraram um monte de coisas. Deram nomes falsos, mas ele jura que uma delas era Myra. Reconheceu a foto dela assim que viu no jornal. Não estava acompanhada por Ruth. Era uma loirinha.

– A sra. Correll?

– Arrã. Ele não pode jurar quanto a isso, mas acho que aí está a resposta. Parte das jóias era de Myra, outra parte, de Ruth, e uma terceira parte, não sabemos. Quer dizer, não podemos provar que as jóias pertenciam à sra. Correll... mas provaremos.

– Quando tudo isso aconteceu?

– Elas empenharam as coisas na segunda-feira, antes de irem embora.

– Você falou com o Correll.

– Arrã. Conversei bastante com ele, mas suas respostas não serviram de muita coisa. Ele disse que não sabe nem se parte das jóias dela desapareceu ou não e que não se importa. Eram dela, disse ele, e ela podia fazer o que quisesse com elas. Ele foi meio desagradável. Saí-me um pouco melhor com uma das empregadas. Ela disse que algumas das jóias da sra. Correll desapareceram na semana passada. A sra. Correll disse que as havia emprestado a uma amiga. Vou mostrar as coisas que estão com a loja de penhores para a empregada amanhã para ver se ela consegue identificá-las. Ela não sabia de mais nada... exceto que a sra. Correll ficou meio fora de circulação por um tempo na sexta-feira... o dia em que as garotas Banbrock foram embora.

– Como assim, fora de circulação? – perguntei.

– Ela saiu no final da manhã e não apareceu até por volta das três da manhã. Ela e Correll tiveram um briga por causa disso, mas ela não quis lhe dizer onde havia estado.

Gostei disso. Poderia significar alguma coisa.

– E – prosseguiu Pat – Correll lembrou que a mulher tinha um tio que enlouqueceu em Pittsburgh em 1902 e que ela tinha um medo mórbido de ela própria enlouquecer e costumava dizer que se mataria se achasse que estava ficando louca. Não foi gentil da parte dele finalmente se lembrar dessas coisas? Explicar a morte dela?

– Foi – concordei. – Mas não nos leva a nada. Sequer nos prova que ele sabia alguma coisa. Agora o meu palpite é que...

– Aos diabos com o seu palpite – disse Pat, levantando-se e botando o chapéu no lugar. – Todos os seus palpites soam como estática para mim. Vou para casa, jantar, ler a Bíblia e dormir.

Imagino que foi o que fez. De qualquer modo, ele foi embora.

Nós podíamos muito bem ter passado os três dias seguintes na cama, considerando os ganhos que obtivemos com as nossas andanças. Nenhum lugar que visitamos, ninguém que interrogamos acrescentou qualquer coisa ao que já sabíamos. Estávamos num beco sem saída.

Ficamos sabendo que o Locomobile foi deixado em Sacramento por Myra Banbrock, e não por outra pessoa, mas não descobrimos aonde ela foi depois. Ficamos sabendo que parte das jóias deixadas na loja de penhor era da sra. Correll. O Locomobile foi trazido de Sacramento. A sra. Correll foi enterrada. Ruth Banbrock foi enterrada. Os jornais descobriram novos mistérios. Reddy e eu cavamos sem parar, mas tudo o que conseguimos desenterrar foi terra.

A segunda-feira seguinte me deixou nas últimas. Não parecia haver nada mais a fazer além de sentar e esperar que as circulares que havíamos espalhado por todo o país trouxessem resultados. Reddy já havia sido retirado do caso e designado para seguir trilhas mais frescas. Eu continuei nas investigações porque Banbrock queria que eu prosseguisse no caso enquanto houvesse a sombra de qualquer coisa a perseguir. Mas quando chegou a segunda-feira, eu havia me esgotado.

Antes de ir ao escritório de Banbrock dizer que eu havia sido derrotado, passei pela central de polícia para fazer o velório do caso com Pat Reddy. Ele estava debruçado sobre a mesa, escrevendo um relatório sobre outro caso.

– Olá! – cumprimentou-me, empurrando o relatório de lado e sujando-o com cinzas do charuto. – Como vai o caso Banbrock?

– Não vai – admiti. – Parece impossível, com a pilha de informações que conseguimos, que tenhamos chegado a um beco sem saída! A coisa está lá nos esperando, se conseguirmos encontrá-la. A necessidade de dinheiro antes das calamidades Banbrock e Correll, o suicídio da sra. Correll depois que eu a interroguei a respeito das garotas, o fato de ela queimar coisas antes de morrer e as coisas queimadas imediatamente antes ou depois da morte de Ruth Banbrock.

– Talvez o problema seja – sugeriu Pat – que você não seja um detetive tão bom assim.

– Talvez.

Ficamos fumando em silêncio por um ou dois minutos depois desse insulto.

– Você entende – eu disse a Pat, em seguida – que não precisa haver nenhuma ligação entre a morte de Ruth Banbrock e o desaparecimento de Myra Banbrock. Houve uma ligação, numa loja de penhor, entre as ações de Banbrock e de Correll antes dessas coisas. Se existe essa ligação, então... – parei, cheio de idéias.

– Qual é o problema? – perguntou Pat. – Engoliu o chiclete?

– Ouça! – Quase fiquei entusiasmado. – Temos o que aconteceu com três mulheres ligadas entre si. Se conseguíssemos amarrar algo mais na mesma linha... quero os nomes e os endereços de todas as mulheres e garotas de São Francisco que cometeram suicídio, foram assassinadas ou desapareceram no último ano.

– Você acha que é um negócio por atacado?

– Acho que quanto mais conseguirmos amarrar, mais linhas teremos para investigar. E elas não podem todas levar a lugar nenhum. Vamos fazer a nossa lista, Pat!

Passamos toda a tarde e a maior parte da noite fazendo a lista. Seu tamanho teria constrangido a Câmara de Comércio. Parecia-se com um grande pedaço da lista telefônica. Muitas coisas aconteciam numa cidade em um ano. A parte dedicada a mulheres e filhas perdidas era a maior, seguida de suicídios, e mesmo a menor de todas – de assassinatos – não era assim tão pequena.

Pudemos descartar a maioria dos nomes comparando com o que o Departamento de Polícia já havia descoberto e os seus motivos, deixando de lado aqueles casos definitivamente explicados de um modo sem qualquer ligação com os nossos interesses. As restantes, dividimos em duas classes: aquelas de ligação improvável, e as que tinham mais possibilidade de ligação. Ainda assim, a segunda lista ficou mais longa do que eu imaginava, ou esperava.

Havia seis suicídios, três assassinatos e vinte e um desaparecimentos.

Reddy tinha outro trabalho a fazer. Pus a lista no bolso e saí fazendo contatos.

Durante quatro dias, trabalhei exclusivamente na lista. Procurei, encontrei, interroguei e investiguei amigos e parentes das mulheres e garotas da minha lista. Todas as minhas perguntas iam na mesma direção. Ela conhecia Myra Banbrock? Ruth? A sra. Correll? Ela havia precisado de dinheiro antes de morrer ou desaparecer? Havia destruído alguma coisa antes de sua morte ou desaparecimento? Conhecia alguma das outras mulheres na minha lista?

Três vezes obtive sins como resposta.

Sylvia Varney, uma garota de vinte anos que se matara no dia 5 de novembro, havia sacado seiscentos dólares do banco na semana anterior à da sua morte. Ninguém na família sabia dizer o que ela havia feito com o dinheiro. Uma amiga de Sylvia Varney – Ada Youngman, uma mulher casada de 25 ou 26 anos – havia desaparecido no dia 2 de novembro e ainda não tinha voltado. A garota Varney tinha estado na casa da sra. Youngman uma hora antes de se matar.

A sra. Dorothy Sawdon, uma jovem viúva, havia se matado com um tiro na noite de 13 de janeiro. Não foram encontrados sequer vestígios do dinheiro que o marido havia lhe deixado nem dos fundos de um clube do qual ela era tesoureira. Uma carta volumosa que a empregada lembrava de ter lhe entregado naquela tarde jamais foi encontrada.

A ligação dessas três mulheres com o caso Banbrock-Correll estava bastante superficial. Nenhuma delas havia feito nada que não seja feito por nove entre dez mulheres que se matam ou fogem. Mas os problemas de todas as três haviam chegado ao ápice nos últimos meses. Todas as três eram mulheres mais ou menos da mesma posição social e financeira da sra. Correll e das Banbrock.

Depois de terminar a minha lista sem qualquer pista nova, voltei a essas três.

Eu tinha o nome e os endereços de 62 amigos das garotas Banbrock. Dediquei-me a conseguir o mesmo tipo de catálogo das três mulheres que estava tentando trazendo para o jogo. Não precisei fazer toda a investigação sozinho. Felizmente, havia dois ou três detetives no escritório sem nada a fazer na ocasião.

Conseguimos alguma coisa.

A sra. Sawdon conhecia Raymond Elwood. Sylvia Varney conhecia Raymond Elwood. Não havia nada que demonstrasse que a sra. Youngman o conhecesse, mas era provável que sim. Ela e a garota Varney eram muito íntimas.

Eu já havia interrogado esse Raymond Elwood a respeito das garotas Banbrock, mas não havia prestado nenhuma atenção especial a ele. Havia considerado ele apenas mais um dos muitos jovens com cabelos lisos gomalinados que tinha em minha lista.

Voltei a ele, agora absolutamente interessado. Os resultados foram promissores.

Como já havia dito, ele tinha uma imobiliária na Montgomery Street. Fomos incapazes de encontrar um único cliente que ele jamais houvesse atendido ou quaisquer sinais da existência de algum cliente. Ele tinha um apartamento no Sunset District, onde morava sozinho. Seus registros locais não pareciam ir além de dez meses atrás, embora não tenhamos conseguido encontrar seu ponto de partida específico. Aparentemente, ele não tinha familiares em São Francisco.

Pertencia a dois clubes da moda. Dizia-se vagamente que era "bem relacionado na Costa Leste". Gastava muito dinheiro.

Eu não podia seguir Elwood, já que o havia interrogado tão recentemente. Dick Foley o seguiu. Elwood esteve raramente no escritório durante os três primeiros dias em que Dick ficou atrás dele. Esteve raramente no distrito financeiro. Visitou os clubes, dançou, freqüentou chás e assim por diante, e, em todos os três dias, visitou uma casa em Telegraph Hill.

Na primeira tarde em que Dick o vigiou, Elwood foi até a casa de Telegraph Hill com uma garota alta e bonita de Burlingame. No segundo dia – à noite –, levou uma jovem gorducha que saiu de uma casa na Broadway. Na terceira noite, foi com uma garota muito jovem que parecia morar no mesmo prédio que ele.

Normalmente, Elwood e suas acompanhantes passavam de três a quatro horas na casa de Telegraph Hill. Outras pessoas – todas aparentemente bem de vida – entraram e saíram da casa enquanto ela estava sendo observada por Dick.

Subi o Telegraph Hill para dar uma espiada na casa. Era uma casa grande – uma grande casa de madeira pintada de amarelo-ovo. Parecia vertiginosamente pendurada num barranco muito íngreme no ponto em que a pedra havia sido escavada. Parecia que a casa estava prestes a sair esquiando pelos telhados abaixo.

Não havia vizinhos próximos. Os acessos eram protegidos por árvores e arbustos.

Prestei muita atenção àquela parte do morro, passando por todas as casas a um tiro de distância da casa amarela. Ninguém sabia nada sobre ela, nem sobre seus ocupantes. O pessoal de cima da encosta não é do tipo curioso – talvez porque a maioria deles tenha algo a esconder de sua parte.

O meu sobe-e-desce não me levou a nada até que consegui descobrir de quem era a casa amarela. O proprietário era um espólio cujos negócios estavam nas mãos da Companhia Fiduciária West Coast.

Levei as minhas investigações para a companhia fiduciária com certa satisfação. A casa havia sido alugada havia oito meses por Raymond Elwood, em nome de um cliente chamado T. F. Maxwell.

Não conseguimos encontrar Maxwell. Não conseguimos encontrar ninguém que conhecesse Maxwell. Não conseguimos encontrar nenhuma prova de que Maxwell fosse qualquer coisa além de um nome.

Um dos detetives foi até a casa amarela na encosta e tocou a campainha por meia hora sem resultados. Como não queríamos agitar as coisas àquela altura, não fizemos uma nova tentativa.

Subi novamente o morro, procurando uma casa para alugar. Não encontrei nada tão perto da casa amarela como gostaria, mas consegui alugar um apartamento de três cômodos do qual podia-se observar quem saía e chegava.

Dick e eu acampamos no apartamento – com Pat Reddy, quando ele não estava cuidando de seus outros casos – e vimos automóveis entrarem no caminho protegido que levava à casa cor de ovo. Havia carros à tarde e à noite. A maioria levava mulheres. Não vimos ninguém que pudéssemos considerar morador da casa. Elwood veio diariamente, uma vez sozinho, outra vez com mulheres cujos rostos não conseguíamos ver da nossa janela.

Seguimos alguns dos visitantes. Eram, sem exceção, razoavelmente bem-sucedidos financeiramente, e alguns eram socialmente proeminentes. Não abordamos nenhum deles. Até mesmo um pretexto cuidadosamente planejado corre o risco de dar errado quando se está jogando às cegas.

Depois de três dias disso, veio a nossa oportunidade.

Era começo de noite, tinha acabado de escurecer. Pat Reddy havia telefonado dizendo que tinha passado dois dias e uma noite num caso e que pretendia dormir o dia inteiro. Dick e eu estávamos sentados à janela do nosso apartamento, observando automóveis virarem em direção à casa amarela, anotando os números das placas quando eles passavam pela faixa de luz azulada de um poste de luz logo depois da nossa janela.

Uma mulher vinha subindo a encosta a pé. Era uma mulher alta e robusta. Usava um véu escuro não suficientemente espesso a ponto de alardear o fato de que o usava para esconder as feições, embora as escondesse. Seguiu o caminho encosta acima, passando pelo nosso apartamento, até o outro lado da rua.

Um vento noturno do Pacífico fazia ranger a placa de um armazém abaixo, balançando a luz do poste acima. O vento apanhou a mulher quando ela passou da área protegida por nosso edifício. O casaco e a saia se enrolaram. Ela se virou de costas para o vento, segurando o chapéu com a mão. Seu véu levantou completamente do rosto.

Seu rosto era o rosto de uma fotografia – o rosto de Myra Banbrock.

Dick identificou-a junto comigo.

– A nossa garota! – gritou ele, pulando no lugar.

– Espere – eu disse. – Ela está indo até a casa na beirada da encosta. Deixe-a ir. Vamos atrás quando ela estiver lá dentro. Será a nossa desculpa para revistar o lugar.

Fui até o cômodo ao lado, onde estava o telefone, e disquei o número de Pat Reddy.

– Ela não entrou – gritou Dick da janela. – Ela passou reto pela entrada.

– Atrás dela – ordenei. – Isso não faz sentido! Qual é o problema dela? – Eu me senti meio indignado em relação àquilo. – Ela precisa entrar! Vá atrás dela. Procuro por você depois que conseguir falar com o Pat.

Dick foi.

A mulher de Pat atendeu ao telefone. Eu disse quem era.

– Você pode tirar Pat de debaixo das cobertas e mandá-lo para cá? Ele sabe onde eu estou. Diga que preciso que ele se apresse.

– Farei isso – ela prometeu. – Ele estará aí em dez minutos... onde quer que seja.

Do lado de fora, subi pela rua, procurando por Dick e Myra Banbrock. Nenhum estava à vista. Depois dos arbustos que escondiam a casa amarela, continuei, dando a volta por um caminho de pedra à esquerda. Nenhum sinal deles ali também.

Virei-me a tempo de ver Dick entrando no apartamento. Fui atrás.

– Ela está lá dentro – disse ele, quando o alcancei.
– Ela subiu pela rua, atalhou por entre uns arbustos, foi até a beirada do penhasco e entrou passando primeiro os pés por uma janela do porão.

Isso era bom. Como regra, quanto mais malucas são as atitudes das pessoas que você está investigando, mais perto você está de pôr um fim aos seus problemas.

Reddy chegou um ou dois minutos depois do tempo que a mulher dele havia prometido. Chegou abotoando as roupas.

– Que diabos você disse a Althea? – ele rosnou para mim. – Ela me deu um sobretudo para pôr sobre o pijama, atirou o resto das minhas roupas no carro, e eu tive de me vestir no caminho para cá.

– Eu choro com você daqui a pouco – eu disse, ignorando suas reclamações. – Myra Banbrock acabou de entrar na casa por uma janela do porão. Elwood está lá há uma hora. Vamos acabar com essa história.

Pat é um sujeito cauteloso.

– Precisaríamos de mandados, mesmo assim – protelou ele.

– Claro – concordei. – Mas você pode acertar tudo depois. É para isso que você está aqui. O condado de Contra Costa está atrás dela, talvez para acusá-la de assassinato. É a desculpa de que precisamos para entrar nessa casa. Vamos lá por causa dela. Se acontecer de nos depararmos com qualquer outra coisa... melhor ainda.

Pat terminou de abotoar o colete

– Ah, está bem! – disse ele em tom azedo. – Como você preferir. Mas se eu me der mal por vasculhar uma casa sem autorização, vai ter que me conseguir um emprego na sua agência infratora da lei.

– Está bem. – Virei-me para Foley. – Você vai ter de ficar do lado de fora, Dick. Fique de olho na saída. Não incomode mais ninguém, mas se a garota Banbrock sair, fique atrás dela.

– Eu já esperava – queixou-se Dick. – Sempre que tem alguma coisa divertida, posso contar que vou ficar preso em alguma esquina!

Pat Reddy e eu subimos direto o caminho escondido pelos arbustos até a porta da frente da casa amarela e tocamos a campainha.

Um grande homem negro de chapéu vermelho, vestindo um casaco vermelho de seda sobre uma camisa de seda listrada de vermelho, calças de zuavo vermelhas e sapatos vermelhos abriu a porta. Ele ocupava toda a abertura, emoldurado pela escuridão do hall atrás de si.

– O sr. Maxwell está? – perguntei.

O negro sacudiu a cabeça e disse alguma coisa numa língua que não compreendi.

– O sr. Elwood, então?

Ele sacudiu a cabeça novamente e voltou a falar na língua estranha.

– Vamos ver quem está em casa, então – insisti.

Na confusão de palavras que não significavam nada para mim, identifiquei três num inglês distorcido, que acreditei serem "patrão", "não" e "casa".

A porta começou a se fechar, mas segurei-a com o pé.

Pat mostrou o distintivo.

Embora o negro falasse pouco inglês, conhecia distintivos policiais.

Bateu com um dos pés no chão atrás de si. Um gongo ensurdecedor ressoou nos fundos da casa.

O negro jogou o peso do corpo contra a porta.

Concentrando o peso do meu corpo no pé que segurava a porta, inclinei-me para o lado, balançando-me em direção a ele.

Partindo dos quadris, dei-lhe um murro no meio do seu corpo.

Reddy deu um encontrão na porta e entrou no hall.

– Deus do céu, baixinho gordo – arquejou o negro num bom sotaque da Virgínia – você me machucô.

Reddy e eu passamos por ele e seguimos pelo hall cujos limites se perdiam na escuridão.

A base de uma escada parou os meus pés.

Uma arma foi disparada no andar de cima. Parecia estar apontada na nossa direção. Não fomos atingidos.

Uma algazarra de vozes – mulheres berrando, homens gritando – ia e vinha no andar de cima. Ia e vinha conforme uma porta era aberta e fechada.

– Para cima, garoto! – gritou Reddy no meu ouvido.

Subimos a escada. Não encontramos o homem que havia atirado na gente.

No topo da escada, havia uma porta trancada. Reddy forçou-a com o peso do corpo.

Chegamos a uma luz azulada. Era um ambiente grande, todo púrpura e dourado. Havia uma confusão de mobília estragada e tapetes amarrotados. Um sapato cinza repousava perto de uma porta distante. Um vestido de seda verde estava no meio do chão. Não havia ninguém ali.

Corri com Pat até a porta acortinada depois do sapato. A porta não estava trancada. Reddy a escancarou.

Era um quarto com três garotas e um homem encolhidos num canto, com expressões de medo no rosto. Nenhum deles era Myra Banbrock ou Raymond Elwood nem ninguém que conhecêssemos.

Nossos olhares se afastaram deles depois da primeira olhadela rápida.

A porta aberta do outro lado do quarto chamou a nossa atenção.

A porta dava para um quarto pequeno.

O quarto estava um caos.

Um quarto pequeno, entulhado com um emaranhado de corpos. Corpos vivos, fervilhantes, retorcidos. O quarto era um funil no qual homens e mulheres haviam sido derramados. Eles fervilhavam com muito barulho em direção a uma janelinha que era a saída do funil. Homens e mulheres, rapazes e garotas gritando, empurrando, contorcendo-se, brigando. Alguns estavam sem roupas.

– Vamos passar por eles e fechar a janela! – Pat gritou no meu ouvido.

– Uma ova... – comecei, mas ele tinha se metido na confusão.

Fui atrás dele.

Não tinha a intenção de bloquear a janela, mas sim salvar Pat de sua tolice. Nem cinco homens seriam capazes de atravessar aquele agitado tumulto de maníacos. Nem dez homens conseguiriam tê-los afastado da janela.

Pat – grande como é – estava no chão quando o alcancei. Uma garota seminua – uma criança – estava batendo no rosto dele com saltos altos e afiados. Mãos e pés estavam-no estraçalhando.

Libertei-o batendo com o cano do revólver em queixos e punhos e arrastei-o de volta para fora do quarto.

– Myra não está lá! – gritei no ouvido dele, ajudando-o a se levantar. – Elwood não está lá!

Não tinha certeza, mas não os havia visto e duvidava que eles fossem estar naquela bagunça. Aqueles selvagens, novamente seguindo enlouquecidos para a janela, sem prestarem atenção à gente, quem quer que fossem, não eram da casa. Era visitantes, e os líderes do esquema não deviam estar entre eles.

– Vamos procurar nos outros quartos – gritei novamente. – Não queremos esses aqui.

Pat esfregou as costas da mão no rosto machucado e riu.

– É certo que eu não quero mais – disse ele.

Voltamos ao topo da escada pelo mesmo caminho de antes. Não vimos ninguém. O homem e as garotas que estavam no quarto ao lado haviam desaparecido.

No topo da escada paramos um pouco. Não havia nenhum barulho atrás de nós, além da algazarra agora mais distante dos malucos brigando para sair.

Uma porta se fechou rapidamente lá embaixo.

Um corpo surgiu do nada, bateu nas minhas costas e atirando-me no patamar da escada.

Senti o toque de seda em meu rosto. Uma mão forte tateava em minha garganta.

Torci o pulso até a arma, de cabeça para baixo e apoiei no meu rosto. Rezando pelo meu ouvido, apertei o gatilho.

Meu rosto pegou fogo, minha cabeça parecia uma coisa rugindo, prestes a estourar.

A seda escorregou.

Pat me levantou.

Começamos a descer a escada.

Swish!

Uma coisa passou pelo meu rosto, mexendo nos meus cabelos soltos.

Mil pedaços de vidro, porcelana e gesso explodiram para cima à minha esquerda.

Virei a cabeça e a arma ao mesmo tempo.

Os braços cobertos de seda vermelha de um negro ainda estavam estendidos sobre o corrimão acima.

Atirei duas vezes. Pat atirou outras duas.

O negro balançou sobre o corrimão.

Caiu sobre nós com os braços abertos – o mergulho de um homem morto.

Corremos escada abaixo para longe do seu corpo.

Ele sacudiu a casa ao aterrissar, mas não estávamos mais olhando.

A cabeça bem penteada de Raymond Elwood chamou nossa atenção.

À luz que vinha de cima, ela apareceu por uma fração de segundo furtiva atrás do pilar de apoio no pé da escada. Apareceu e desapareceu.

Mais perto do corrimão do que eu, Pat Reddy foi atrás dele com um salto apoiando-se em uma das mãos para o meio da escuridão abaixo.

Cheguei ao pé da escada em dois saltos, dei a volta com uma mão no pilar de apoio e mergulhei na subitamente barulhenta escuridão do hall.

Bati numa parede que não consegui ver. Ricocheteando na janela oposta, girei para dentro de um quanto cuja luminosidade cinzenta protegida por cortinas era como a luz do dia, comparada ao hall.

Pat Reddy estava de pé, apoiando-se com uma mão nas costas de uma cadeira e segurando a barriga com a outra. Sob o sangue, o rosto estava com cor de rato. Os olhos estavam vidrados de agonia. Tinha a aparência de um homem que havia levado um chute.

Fracassou ao tentar sorrir. Acenou com a cabeça para os fundos da casa. Voltei.

Num pequeno corredor, encontrei Raymond Elwood.

Ele estava soluçando e puxando freneticamente uma porta trancada. Tinha o rosto branco de terror absoluto.

Calculei a distância entre nós.

Ele se virou quando saltei.

Pus tudo o que tinha no golpe com o cano da minha arma...

Uma tonelada de carne e osso bateu em minhas costas.

Encostei-me numa parede sem fôlego, zonzo, nauseado.

Braços de seda vermelha que terminavam em mãos marrons estavam presos em volta de mim.

Imaginei se havia todo um regimento daqueles negros espalhafatosos, ou se eu estava dando de cara com o mesmo sem parar.

Esse específico não me deixou pensar muito.

Ele era grande. Ele era forte. Ele não queria me fazer nenhum bem.

Meu braço do revólver estava esticado ao meu lado, apontando para baixo. Tentei atirar num dos pés do Negro. Errei. Tentei de novo. Ele mexeu o pé. Balancei o corpo, meio que olhando de frente para ele.

Elwood atacou-me pelo outro lado.

O negro me puxou para trás, dobrando a minha coluna sobre si mesma como um acordeão.

Lutei para manter os joelhos duros. Havia muito peso sobre mim. Meus joelhos amoleceram. Meu corpo se curvou para trás.

Balançando na porta, Pat Reddy brilhou sobre o ombro do negro como o Anjo Gabriel.

Seu rosto tinha uma dor cinzenta, mas os olhos estavam límpidos. A mão direita segurava uma arma. A esquerda estava tirando um cassetete de borracha do bolso de trás das calças.

Ele deu um golpe na cabeça raspada do negro.

O sujeito se afastou de mim girando e sacudindo a cabeça.

Pat acertou-o mais uma vez antes que o negro o alcançasse – bateu em cheio no seu rosto, mas não conseguiu derrubá-lo.

Girando a minha mão livre para cima, atingi Elwood direto no peito e deixei-o escorregar comigo até o chão.

O negro estava segurando Pat contra a parede, incomodando-o muito. Suas amplas costas vermelhas eram um alvo.

Mas eu tinha usado cinco das seis balas da minha arma. Tinha mais no bolso, mas recarregar toma tempo.

Livrei-me das mãos débeis de Elwood e fui bater com a lateral da minha arma no negro. Havia uma faixa de gordura onde seu crânio se encontrava com o pescoço. Da terceira vez em que o atingi, ele caiu, levando Pat junto.

Rolei-o para o lado. O detetive policial loiro – agora não tão loiro – se levantou.

Na outra ponta do corredor, uma porta aberta mostrava uma cozinha vazia.

Pat e eu fomos até a porta que Elwood estivera tentando abrir. Era uma peça sólida de carpintaria, muito bem acabada.

Emparelhados, começamos a nos jogar contra a porta com nossos 160 ou 170 quilos combinados.

A porta sacudiu, mas se manteve no lugar. Batemos de novo. Algum pedaço de madeira que não conseguíamos ver se partiu.

De novo.

A porta se abriu de repente. Atravessamos – descendo um lance de escada – rolando degraus abaixo – até aterrissarmos num piso de cimento.

Pat voltou à vida primeiro.

– Você é um senhor acrobata – disse ele. – Saia de cima do meu pescoço!

Eu me levantei. Ele se levantou. Parecíamos estar dividindo a noite em cairmos no chão e nos levantarmos do chão.

Havia um interruptor de luz na altura do meu ombro. Acionei-o.

Se eu estava minimamente parecido com o Pat, nós dois formávamos uma bela dupla de pesadelos. Ele era pura carne viva e sujeira, sem roupas suficientes para esconder muito de uma ou outra coisa.

Não gostei da cara dele, então olhei ao redor no porão no qual nos encontrávamos. Nos fundos havia uma fornalha, depósitos de carvão e uma pilha de lenha. À frente, um corredor e quartos, como nos andares de cima.

A primeira porta que experimentamos estava trancada, mas não muito. Nós a arrombamos e demos num quarto escuro de fotografia.

A segunda porta estava destrancada, e dava para um laboratório químico: destiladores, tubos, queimadores e um pequeno alambique. Havia um pequeno fogão redondo de ferro no meio do quarto. Não havia ninguém ali.

Saímos para o corredor e entramos na terceira porta, não muito animados. Aquele porão parecia um erro. Estávamos perdendo tempo ali. Deveríamos ter ficado lá em cima. Tentei abrir a porta.

Estava firme como uma rocha.

Tentamos arrombá-la juntos, com o nosso peso. A porta não se mexeu.

– Espere.

Pat foi até a pilha de lenha nos fundos e voltou com um machado.

Bateu com o machado na porta, arrancando um pedaço de madeira. Pontos prateados de luz reluziram do buraco. O outro lado da porta era uma placa de ferro ou aço.

Pat baixou o machado e se apoiou no cabo.

– Você dá a próxima receita – disse ele.

Eu não tinha nada a sugerir, exceto:

– Eu fico aqui. Você corre lá em cima e vê se algum dos seus policiais apareceu. Estamos num buraco esquecido por Deus, mas alguém deve ter dado o alarme. Veja se você consegue encontrar outra entrada para este quarto – uma janela, talvez – ou gente suficiente para conseguirmos passar por estar porta.

Pat virou-se em direção aos degraus.

Um som o fez parar – o barulho de botas do outro lado da porta de aço.

Num salto, Pat parou num dos lados do batente. Com um passo, parei do outro lado.

A porta se mexeu devagar. Devagar demais.

Abri-a com um chute.

Pat e eu entramos no quarto em seguida.

Ele deu com o ombro na mulher. Consegui segurá-la antes que caísse.

Pat pegou a arma dela. Ajudei-a a se reequilibrar.

Seu rosto era um quadrado pálido e inexpressivo.

Era Myra Banbrock, mas não tinha nada da masculinidade que havia em suas fotos e descrições.

Firmando-a com um braço – o que também serviu para segurar as suas mãos – olhei ao redor no quarto.

Um pequeno cubo cujas paredes eram pintadas de marrom metálico. No chão, um esquisito homenzinho, morto.

Um homenzinho vestindo uma roupa preta justa de veludo e seda. Blusa e calções de veludo preto, meias e solidéu de seda preta, sapatos de couro preto. Tinha o rosto pequeno, velho e ossudo, mas liso como uma pedra, sem qualquer marca ou ruga.

Havia um buraco em sua blusa, bem abaixo do queixo. O buraco sangrava bem lentamente. O chão ao seu redor mostrava que o sangramento estivera mais forte há pouco tempo.

Atrás dele, um cofre aberto. Diante dele, papéis espalhados no chão, como se o cofre tivesse sido virado para derrubá-los.

A garota se mexeu em meu braço.

– Você o matou? – perguntei.

– Sim – tão baixo que seria inaudível a um metro de distância.

– Por quê?

Ela sacudiu os curtos cabelos castanhos dos olhos com um movimento cansado da cabeça.

– Faz alguma diferença? – ela perguntou. – Eu o matei.

– Pode fazer diferença – eu disse, afastando o braço e indo fechar a porta. As pessoas falam com mais liberdade num ambiente com a porta fechada. – Acontece que eu fui contratado pelo seu pai. O sr. Reddy é um detetive policial. Claro que nenhum de nós pode passar por cima das leis, mas se você nos contar tudo, talvez possamos ajudá-la.

– Contratado pelo meu pai? – ela perguntou.

– Sim. Quando você e a sua irmã desapareceram, ele me contratou para encontrá-las. Encontramos a sua irmã, e...

Seu rosto, seus olhos e a sua voz ganharam vida.

– Eu não matei a Ruth! – ela gritou. – Os jornais mentiram! Eu não a matei! Eu não sabia que ela estava com o revólver. Eu não sabia! Nós estávamos fugindo para nos escondermos de... de tudo. Paramos no bosque para queimar as... aquelas coisas. Foi quando soube que ela estava com o revólver. Nós havíamos falado em suicídio primeiro, mas eu a havia convencido... achei que a havia convencido... a não ir em frente. Tentei tirar o revólver dela, mas não consegui. Ela se matou quando eu estava tentando tirar a arma da sua mão. Tentei impedi-la. Eu não a matei!

Estávamos indo a algum lugar.

– E então? – eu a encorajei.

– Então eu fui para Sacramento, deixei o carro lá e voltei para São Francisco. A Ruth me contou que havia escrito uma carta para Raymond Elwood. Ela me disse isso antes de eu convencê-la a não se matar... da primeira vez. Tentei pegar a carta com Raymond. Ela havia escrito a ele dizendo que ia se matar. Tentei pegar a carta, mas Raymond disse que a havia entregado a Hador.

– Então eu vim aqui esta noite para pegá-la. Tinha acabado de encontrá-la quando ouvi muito barulho lá em cima. Então Hador entrou e me encontrou. Ele trancou a porta. E... e eu o matei com o revólver que estava no cofre. Eu... eu o matei quando ele se virou, antes que pudesse dizer qualquer coisa. Tinha de ser assim, senão eu não conseguiria.

– Você quer dizer que atirou nele sem ser ameaçada ou atacada por ele? – Pat perguntou.

– Sim. Eu fiquei com medo dele, com medo de deixá-lo falar. Eu o odiava! Não podia evitar. Tinha de ser assim. Se ele tivesse falado, eu não teria conseguido matá-lo. Ele... ele não teria deixado!

– Quem era esse Hador? – perguntei.

Ela desviou o olhar. Olhou para as paredes, o teto, o homenzinho esquisito morto no chão.

– Ele era um... – Limpou a garganta e recomeçou, olhando fixamente para os pés. - Raymond Elwood nos trouxe aqui a primeira vez. Nós achamos divertido, mas Hador era um demônio. Ele dizia coisas, e nós acreditávamos. Não dava para evitar. Ele dizia *tudo* e nós acreditávamos. Talvez estivéssemos drogadas. Havia sempre um vinho quente azulado. Devia ter alguma droga. Não poderíamos ter feito aquelas coisas se não fosse. Ninguém faria... Ele se autodenominava um sacerdote... um sacerdote de Alzoa. Ele ensinava uma libertação do espírito da carne por...

Sua voz falhou, rouca. Ela estremeceu.

– Era horrível! – ela prosseguiu imediatamente com o silêncio que Pat e eu deixamos para ela. – Mas acreditávamos nele. Isso é tudo. Não dá para compreender nada sem antes compreender isso. As coisas que ele ensinava podiam não ser verdade. Mas ele dizia que eram, e nós *acreditávamos* que eram. Ou talvez... não sei... talvez nós fingíssemos que acreditávamos porque estávamos loucos e havia droga na nossa corrente sangüínea. Voltamos sem parar, por semanas, meses, antes que a aversão inevitável nos afastasse.

– Paramos de vir, Ruth e eu... e Irma. E então descobrimos o que ele era. Ele exigia dinheiro, mais do que vínhamos pagando quando acreditávamos... ou fingíamos acreditar... em seu culto. Não podíamos dar-lhe o dinheiro que ele estava exigindo. Eu disse que não iríamos pagar. Ele enviou fotos, nossas, tiradas durante... durante o tempo que passamos aqui. Eram... *fotos... que... não se pode... explicar*. E eram verdadeiras! Sabíamos que eram verdadeiras! O que podíamos fazer? Ele disse que mandaria cópias para o nosso pai, a todos os amigos, a todas as pessoas que conhecíamos. A não ser que pagássemos.

– O que podíamos fazer... além de pagar? Demos um jeito de conseguir o dinheiro. Nós lhe demos dinheiro... mais e mais e mais. E então não tínhamos mais dinheiro... não tínhamos como conseguir. Não sabíamos o que fazer! Não havia nada a fazer além de... Ruth e Irma queriam se matar. Eu também pensei nisso. Mas convenci Ruth a não ir em frente. Disse que iríamos embora. Eu a levaria embora... cuidaria dela. E então... então... aconteceu isso!

Ela parou de falar e continuou olhando fixamente para os pés.

Olhei novamente para o homenzinho morto no chão, esquisito com seu solidéu preto e suas roupas. Não havia mais sangue saindo da sua garganta.

Não foi difícil juntar as peças do quebra-cabeça. Aquele Hador morto, sacerdote auto-ordenado de alguma coisa, patrocinava orgias sob o disfarce de cerimônias religiosas.

Elwood, seu cúmplice, levava mulheres de famílias ricas até ele. Um quarto iluminado para fotografias, com uma câmera escondida. Contribuições dos convertidos enquanto fossem fiéis ao culto. Depois, chantagem, com ajuda das fotos.

Olhei de Hador para Pat Reddy. Ele estava fazendo uma careta para o morto. Não se ouvia nada do lado de fora do quarto.

– Você está com a carta que a sua irmã escreveu a Elwood? – perguntei à garota.

Levou a mão aos seios e amassou o papel que estava lá.

– Sim.

– Diz simplesmente que ela pretendia se matar?

– Sim.

– Isso deve livrá-la diante do Condado de Contra Costa – eu disse a Pat.

Ele assentiu com a cabeça machucada.

– Creio que sim – concordou ele. – É pouco provável que eles consigam provas para acusá-la de assassinato mesmo sem a carta. Com a carta, não a levarão a julgamento. É uma aposta segura. Outra é que ela não terá nenhum problema com relação a esta morte. Ela sairá livre do julgamento, e ainda lhe agradecerão pelo acordo.

Myra Banbrock afastou-se de Pat como se ele tivesse batido em seu rosto.

Agora eu era o homem contratado pelo pai dela. Vi o seu lado do caso.

Acendi um cigarro e examinei o que dava para ver do rosto de Pat através do sangue e da sujeira. Pat é um cara correto.

– Escute aqui, Pat – disse eu, tentando agradá-lo, ainda que com um tom de voz que parecia que eu não estava de modo algum tentando agradá-lo. – A srta. Banbrock pode ir a julgamento e sair livre e recebendo agradecimentos, como você disse. Mas, para fazer isso, ela precisará usar tudo o que sabe. Ela precisará de todas as provas que houver. Ela terá de usar todas aquelas fotografias que Hador tirou... ou todas que conseguirmos encontrar.

– Algumas dessas fotos levaram mulheres a cometer suicídio, Pat... pelo menos duas de que sabemos. Se a srta. Banbrock for a julgamento, teremos de tornar públicas fotografias de sabe Deus quantas outras mulheres. Teremos de divulgar coisas que porão a srta. Banbrock – e não se sabe quantas outras mulheres e garotas – numa posição da qual pelo menos duas mulheres se mataram para escapar.

Pat fez uma careta para mim e esfregou o queixo sujo com um polegar ainda mais sujo.

Respirei fundo e joguei meu trunfo.

– Pat, você e eu viemos para interrogar Raymond Elwood depois de segui-lo até aqui. Talvez suspeitássemos que ele estivesse ligado ao bando que assaltou o banco St. Louis no mês passado. Talvez suspeitássemos que ele estivesse mexendo na mercadoria que foi roubada dos carros dos correios naquele assalto perto de Denver na semana retrasada. Enfim, nós estávamos atrás dele, sabendo que ele tinha muito dinheiro que vinha do nada e uma imobiliária que não negociava imóveis.

"Viemos interrogá-lo sobre sua ligação com algum desses casos que eu mencionei. Fomos atacados por dois dos Negros lá de cima quando eles descobriram que éramos detetives. O resto veio a partir disso. Esse negócio de culto religioso foi só uma coisa com a qual nos deparamos e não nos interessava especificamente. Até onde sabemos, todos esses sujeitos nos atacaram apenas por amizade pelo homem que estávamos tentando interrogar. Hador era um deles e, lutando com você, levou um tiro da própria arma, que, é claro, é a arma que a srta. Banbrock encontrou no cofre."

Reddy não pareceu gostar nem um pouco da minha sugestão. O olhar com que me encarava era absolutamente azedo.

– Você está doido – disse ele, acusando-me. – De quê vai adiantar? Isso não vai manter a srta. Banbrock de fora. Ela está aqui, não está? E o resto virá como um fio de uma meada.

– Mas a srta. Banbrock *não estava* aqui – expliquei. – Talvez o andar de cima esteja cheio de policiais a esta altura. Talvez não. De qualquer maneira, você vai levar a srta. Banbrock embora daqui e entregá-la a Dick Foley, que a levará para casa. Ela não tem nada a ver com esta festa. Amanhã, ela, o pai, o advogado do pai e eu iremos até Martinez para fechar um acordo com o promotor do condado de Contra Costa. Vamos mostrar como Ruth se matou. Se alguém vier a ligar o Elwood que eu espero que esteja morto lá em cima com o Elwood que conhecia as garotas e a sra. Correll, e daí? Se ficarmos fora do tribunal, que é o que faremos se convencermos o pessoal de Contra Costa que eles não têm como condená-la pelo assassinato da irmã, ficaremos longe dos jornais, e longe dos problemas.

Pat suspendeu o fogo, ainda coçando o queixo com o polegar.

– Lembre-se – pressionei – de que não é apenas pela srta. Banbrock que estamos fazendo isso. É por duas mulheres mortas e uma porção de outras vivas que certamente acabaram envolvidas com Hador de livre e espontânea vontade, mas que não deixaram de ser seres humanos por causa disso.

Pat sacudiu a cabeça teimosamente.

– Sinto muito – eu disse à garota fingindo desesperança. – Fiz tudo o que podia, mas é muito pedir isso ao Reddy. Não sei se o culpo por ter medo de se arriscar...

Pat é irlandês.

– Pode ir com calma – reagiu ele, rispidamente, interrompendo a minha hipocrisia. – Por que tenho de ser eu a matar o Hador? Por que não você?

Ele estava no papo!

– Porque – expliquei – você é da polícia, e eu não. Haverá menos chances de um escorregão se ele foi morto por um autêntico policial da paz, estrelado e intuitivo. Eu matei a maioria daqueles passarinhos lá em cima. Você precisa fazer alguma coisa para mostrar que esteve aqui.

Essa era só parte da verdade. A minha idéia era que, se Pat assumisse o crédito, depois ele não poderia simplesmente se esquivar muito, independentemente do que acontecesse. Pat é um cara correto, e eu confiaria nele em qualquer lugar – mas podemos confiar num homem com a mesma facilidade se o temos bem amarrado.

Pat resmungou e sacudiu a cabeça, mas rosnou:

– Estou acabando comigo, não tenho dúvida. Mas vou fazer isso. Desta vez.

– Grande garoto! – fui pegar o chapéu da garota do canto em que estava largado. – Ficarei esperando aqui até você voltar depois de levá-la até o Dick. – Entreguei o chapéu e dei algumas ordens à garota. – Vá até a sua casa com o homem com quem Reddy vai deixar você. Fique lá até eu chegar, que vai ser o mais rápido que eu conseguir. Não diga nada a ninguém, exceto que eu lhe disse para não dizer nada. Isso inclui o seu pai. Diga que eu lhe disse para não contar nem mesmo onde você me viu, entendeu?

– Sim, e eu...

Gratidão é algo bom em que se pensar depois de tudo, mas toma muito tempo quando se tem trabalho a fazer.

– Vá indo, Pat.

Os dois saíram.

Assim que fiquei sozinho com o morto, passei por cima dele e me ajoelhei diante do cofre. Tirei cartas e papéis do caminho e comecei a procurar fotografias. Não havia nenhuma à vista. Um dos compartimentos do cofre estava trancado.

Revistei o corpo. Nenhuma chave. O compartimento trancado não era muito forte, mas eu também não sou o melhor arrombador de cofres do Oeste. Levei um tempo para abri-lo.

O que eu queria estava lá. Um grosso maço de negativos. Uma pilha de fotos impressas – umas cinqüenta.

Comecei a olhá-las, em busca das fotos das garotas Banbrock. Queria escondê-las antes de Pat voltar. Não sabia quanto mais ele me deixaria ir.

A sorte estava contra mim – e o tempo que eu havia perdido para abrir o compartimento. Ele voltou antes que eu tivesse visto a sexta foto da pilha. Todas as seis eram... muito ruins.

– Tudo feito – Pat rosnou para mim quando entrou no quarto. – Dick está com ela. Elwood está morto, assim como o único dos negros que vi lá em cima. Todos os outros parecem ter dado no pé. Como não apareceu nenhum policial, pedi para enviarem um batalhão.

Fiquei de pé, segurando o maço de negativos numa mão e as fotos impressas na outra.

– O que é tudo isso? – ele perguntou.

Fui atrás dele novamente.

– Fotografias. Pat, você acabou de me fazer um grande favor, e eu não sou egoísta o bastante para pedir mais um. Mas vou botar uma coisa na sua frente, Pat. Vou explicar a situação, e você decidirá.

– Isto aqui – acenei as fotos diante dele – são o ganha-pão de Hador. São as fotos que ele estava colecionando ou com as quais pretendia coletar mais coisas. São fotografias de pessoas, a maioria de mulheres e garotas, e algumas são muito podres, Pat.

"Se os jornais de amanhã informarem que uma porção de fotos foi encontrada nesta casa depois do tiroteio, os jornais do dia seguinte terão uma grande lista de suicídios e uma lista maior ainda de desaparecimentos. Se os jornais não disserem nada a respeito das fotos, as listas poderão ser um pouco menores, mas não muito. Algumas das pessoas que aparecem nessas fotos sabem que elas existem. Ficarão esperando que a polícia vá atrás delas. Sabemos o seguinte sobre as fotografias: duas mulheres se mataram para se livrarem delas. É um punhado de coisas que podem dinamitar muita gente, Pat, e muitas famílias... independentemente de qual das duas informações sair nos jornais.

"Mas, imagine, Pat, se os jornais disserem que pouco antes de você matar Hador ele tenha conseguido queimar um monte de fotos e papéis, incinerando-os sem deixar vestígios. Não é provável, então, que não haja nenhum suicídio? Que alguns dos desaparecimentos dos últimos meses possam se resolver? Aí está, Pat... a decisão é sua.

Lembrando da situação, tenho a impressão de que cheguei o mais perto da eloqüência do que jamais havia chegado na vida.

Mas Pat não me aplaudiu. Ele me xingou. Ele me xingou com afinco, amargamente, e com uma porção de sentimentos que me disseram que eu havia marcado mais um ponto no meu joguinho. Ele me chamou de mais coisas do que eu jamais havia ouvido antes de um homem de carne e osso e que, portanto, podia levar um soco.

Quando ele terminou, levamos os papéis, as fotografias e um caderninho de endereço que encontramos no cofre para o quarto ao lado e os botamos dentro do pequeno fogão de ferro que havia lá. Tudo havia virado cinza antes de ouvirmos a polícia chegando no andar de cima.

– Isso é absolutamente tudo! – declarou Pat quando nos levantamos. – Nunca mais me peça para fazer qualquer coisa nem que você viva mil anos.

– Isso é absolutamente tudo – repeti.

Eu gosto do Pat. Ele é um cara correto. A sexta fotografia na pilha era da mulher dele – a filha impulsiva e de olhos ardentes do importador de café.

Esse negócio de rei

O trem de Belgrado me deixou em Stefania, capital da Morávia, no começo da tarde – uma tarde horrorosa. O vento frio soprou chuva fria no meu rosto e pescoço abaixo quando saí do celeiro de granito que funcionava como estação ferroviária para tomar um táxi.

Inglês não disse nada ao motorista. Francês tampouco. Um bom alemão também teria fracassado. O meu não era bom. Era uma confusão de grunhidos e gargarejos. Esse motorista foi a primeira pessoa que fingiu entender o que eu dizia. Suspeitei que ele estivesse adivinhando, e imaginei que seria levado a algum ponto distante no subúrbio. Talvez ele fosse um bom adivinhador. De qualquer maneira, ele me levou ao Hotel da República.

O hotel era um prédio de seis andares, muito orgulhoso de seus elevadores, seus encanamentos americanos, os banheiros particulares e outros truques modernos. Depois de me refrescar e trocar de roupa, desci até o café para almoçar. Então, abastecido de instruções em inglês, francês e mímica por um porteiro muito bem uniformizado, virei o colarinho da capa de chuva para cima e atravessei a praça enlameada para visitar Roy Scanlan, *chargé d'affaires* dos Estados Unidos no mais jovem e menor Estado dos Bálcãs.

Era um homem rechonchudo de trinta anos, com cabelos lisos já bastante grisalhos, um rosto flácido nervoso, mãos brancas gorduchas agitadas e roupas muito boas. Apertou a minha mão, indicou-me uma cadeira para eu me sentar, mal olhou para a minha carta de apresentação e ficou olhando fixamente para a minha gravata enquanto dizia:

– Então você é detetive particular em São Francisco?
– Sim.
– E?
– Lionel Grantham.
– Claro que não!

– Sim.

– Mas ele... – O diplomata percebeu que estava olhando nos meus olhos, desviou apressadamente o olhar para os meus cabelos e esqueceu o que tinha começado a dizer.

– Mas ele o quê? – provoquei.

– Ah! – disse ele com um vago movimento da cabeça e das sobrancelhas para cima. – Não é desse tipo.

– Há quanto tempo ele está aqui? – perguntei.

– Há dois meses. Talvez três meses e meio.

– Você o conhece bem?

– Ah, não. De vista, é claro, e de conversas. Ele e eu somos os únicos americanos aqui, de modo que nos conhecemos mais ou menos.

– Sabe o que ele está fazendo aqui?

– Não, não sei. Imagino que tenha simplesmente parado aqui em suas viagens, a menos, é claro, que esteja aqui por algum motivo especial. Não há dúvidas de que tem uma garota no meio – ela é filha do general Radnjak –, embora eu ache que não.

– Como ele passa o tempo?

– Eu realmente não faço idéia. Ele mora no Hotel da República, é um dos preferidos da nossa colônia de estrangeiros, monta um pouco a cavalo, vive a vida normal de um jovem de família rica.

– Está metido com alguém com quem não deveria estar envolvido?

– Não que eu saiba, a não ser pelo fato de eu o ter visto com Mahmoud e Einarson. Os dois são certamente uns patifes, embora, por outro lado, talvez não sejam.

– Quem são eles?

– Nubar Mahmoud é secretário particular do dr. Semich, o presidente. O coronel Einarson é islandês, atualmente o virtual chefe do exército. Não sei nada a respeito de nenhum dos dois.

– Exceto que eles são patifes?

O *chargé d'affaires* enrugou a testa branca e redonda com uma expressão de dor e me deu um olhar de repreensão.

– De modo algum – disse ele. – Agora, posso perguntar, do que esse Grantham é suspeito?

– De nada.

– Então?

– Há sete meses, no seu aniversário de 21 anos, esse Lionel Grantham pôs as mãos em todo o dinheiro que o pai havia lhe deixado – uma senhora quantia. Até então, o garoto tinha levado uma vida difícil. Sua mãe tinha, e tem, noções de refinamento de classe média altamente desenvolvidas. Seu pai foi um genuíno aristocrata à moda antiga – um indivíduo de alma dura e fala mansa que conseguia o que queria simplesmente pegando para si, com uma predileção por vinhos antigos e mulheres jovens, e muito das duas coisas, e também por cartas, dados e cavalos. E lutas também, quer estivesse participando ou assistindo.

"Enquanto ele viveu, o garoto teve uma educação masculina. A sra. Grantham considerava os gostos do marido baixos, mas ele era um homem que fazia as coisas à sua maneira. Além disso, o sangue dos Grantham era o melhor dos Estados Unidos. Era uma mulher que se impressionava com isso. Há onze anos, quando Lionel era um garoto de dez, o homem morreu. A sra. Grantham trocou a roleta da família por uma caixa de dominós e começou a converter o garoto num cavaleiro de sapatos envernizados.

"Eu nunca o vi, mas ouvi dizer que o trabalho não deu muito certo. Porém, ela o manteve resguardado durante onze anos, sem deixá-lo sequer escapar para a faculdade. E assim foi até o dia em que ele atingiu a maioridade legal e tomou posse da parte que lhe cabia do patrimônio do pai. Naquela manhã, ele deu um beijo na mamãe e lhe disse casualmente que ia sair para dar uma volta ao mundo... sozinho. A mamãe diz e faz tudo o que se esperaria dela, mas não adianta. O sangue Grantham é forte. Lionel promete enviar um cartão postal de vez em quando e parte.

"Ele parece ter se comportado relativamente bem durante as suas andanças. Imagino que simplesmente estar livre tenha lhe dado toda a emoção de que precisava. Mas há algumas semanas, a companhia fiduciária que cuida de seus negócios recebeu dele instruções para transformar algumas ações de ferrovias em dinheiro e enviar a quantia para ele aos cuidados de um banco de Belgrado. Como era uma quantia grande – mais de três milhões –, a companhia fiduciária contou sobre a transação para a sra. Grantham. Ela teve um ataque. Vinha recebendo cartas dele, mas de Paris, sem nenhuma menção a Belgrado.

"A mamãe estava decidida a partir para a Europa imediatamente, mas o irmão dela, o senador Walbourn, convenceu-a do contrário. Passou alguns telegramas e descobriu que Lionel não estava nem em Paris nem em Belgrado, a menos que estivesse escondido. A sra. Grantham arrumou as malas e fez reservas. O senador demoveu-a da idéia novamente, convencendo-a de que o rapaz se ressentiria da sua interferência e dizendo-lhe que o melhor a fazer seria investigar discretamente. Levou o caso à Agência. Fui a Paris e fiquei sabendo que um amigo de Lionel estava encaminhando a sua correspondência e que Lionel estava aqui, em Stefania. No caminho para cá, parei em Belgrado e descobri que o dinheiro estava sendo enviado a ele para cá – a maior parte do dinheiro já havia sido enviada. Então, aqui estou eu."

Scanlan sorriu alegremente.

– Não há nada que eu possa fazer – disse ele. – Grantham é maior de idade, e o dinheiro é dele.

– Certo – concordei. – E eu estou com o mesmo problema. Tudo o que posso fazer é investigar, descobrir o que ele está fazendo, tentar salvar a sua grana, se ele estiver sendo enganado. Você não pode nem me dar um palpite? Três milhões de dólares... no quê ele poderia gastar isso?

– Não sei. – O *chargé d'affaires* se remexeu desconfortavelmente. – Aqui não há nenhum negócio importante. É um país puramente agrícola, dividido entre pequenos proprietários de terra – fazendas de quatro, seis ou oito hectares. Mas há a ligação dele com Einarson e Mahmoud. Os dois certamente o roubariam se tivessem oportunidade. Tenho certeza de que o estão roubando. Mas não acho que o fariam. Talvez ele não os conheça. Provavelmente é uma mulher.

– Bem, quem eu devo procurar? Estou em desvantagem por não conhecer o país nem dominar o idioma. A quem posso contar a minha história para conseguir ajuda?

– Não sei – disse ele, em tom sombrio. Então seu rosto se iluminou. – Vá falar com Vasilije Djudakovich. Ele é o ministro da Polícia. É o homem certo para você! Pode ajudá-lo, e você pode confiar nele. Tem uma digestão no lugar do cérebro. Não vai compreender nada do que você lhe disser. Sim, Djudakovich é o seu homem!

– Obrigado – disse eu, saindo para a rua enlameada.

Encontrei o escritório do ministro da Polícia no Prédio da Administração, uma sombria pilha de concreto ao lado da Residência Executiva na ponta da praça. Num francês que era ainda pior do que o meu alemão, um atendente magro de bigode branco que parecia um Papai Noel tuberculoso, me disse que Sua Excelência não estava. Solenemente, falando num sussurro, repeti que havia sido enviado pelo *chargé d'affaires* dos Estados Unidos. Essa encenação pareceu impressionar "São Nicolau". Ele assentiu compreensivamente e saiu arrastando os pés. Voltou no mesmo instante, curvando-se diante da porta, pedindo que eu o acompanhasse.

Segui-o por um corredor escuro até uma porta ampla em que se lia "15". Ele a abriu, curvou-se ao me dar passagem, sussurrou *"Asseyez-vous, s'il vous plaît"**, fechou a porta e me deixou. Eu estava num escritório grande e quadrado. Tudo dentro dele era grande. As quatro janelas eram duplas. As cadeiras eram bancos novos, exceto pela poltrona de couro que ficava na escrivaninha, que podia ser a metade traseira de um carro conversível. Dois homens poderiam dormir em cima da escrivaninha. Vinte comeriam à mesa de reuniões.

A porta em frente àquela pela qual eu havia entrado se abriu, e uma garota entrou, fechando a porta atrás de si, isolando um rugido palpitante, como o de alguma máquina pesada, que ouvi quando a porta estava aberta.

– Sou Romaine Frankl – disse ela em inglês. – Secretária de Sua Excelência. O senhor pode me dizer o que deseja?

Ela podia ter qualquer idade entre vinte e trinta anos, cerca de um metro e meio de altura, magra sem ser ossuda, com cabelos cacheados quase tão escuros quanto podem ser cabelos castanhos, olhos de cílios negros com íris acinzentadas

---

* Sente-se, por favor. (N.E.)

e bordas escuras, um rosto pequeno e de traços delicados e uma voz suave e baixa demais para ser tão bem compreendida como era. Usava um vestido de lã vermelha sem qualquer feitio exceto o formato natural de seu corpo. E quando ela se movia – para caminhar ou levantar uma mão –, era como se não precisasse fazer qualquer esforço, como se outra coisa a movimentasse.

– Gostaria de vê-lo – disse eu, enquanto compilava essas informações.

– Mais tarde, certamente – ela prometeu. – Mas agora é impossível. – Com sua curiosa graça natural, virou-se de volta para a porta, abrindo-a e deixando o rugido palpitante entrar no ambiente mais uma vez. – Está ouvindo? – disse ela. – Ele está cochilando.

Ela fechou a porta, isolando o ronco de Sua Excelência, e flutuou pela sala até a imensa cadeira de couro da escrivaninha.

– Sente-se, por favor – disse ela, balançando um minúsculo indicador para uma cadeira ao lado da escrivaninha. – Vamos poupar tempo se o senhor me disser o que veio tratar aqui, porque, a menos que fale a nossa língua, eu terei de interpretar o que o senhor pretende falar com Sua Excelência.

Contei-lhe a respeito de Lionel Grantham e falei sobre o meu interesse nele, usando praticamente as mesmas palavras que havia usado com Scanlan, concluí:

– Sabe, não há nada que eu possa fazer além de tentar descobrir o que o rapaz está fazendo e lhe dar uma mão, se for preciso. Não posso falar diretamente com ele. Infelizmente, creio que seja Grantham demais para aceitar de bom grado o que ele consideraria coisa de ama-seca. O sr. Scanlan me aconselhou a pedir ajuda ao ministro da Polícia.

– O senhor teve sorte. – Ela parecia querer fazer uma piada sobre o representante do meu país, mas não estava segura quanto à minha reação. – Nem sempre é fácil compreender o seu *chargé d'affaires*.

– Depois que se pega o jeito, não é muito difícil – eu disse. – Basta desconsiderar todas as declarações que contenham *não* ou *nada*.

– É isso! É exatamente isso! – ela se inclinou na minha direção. – Sempre soube que havia algum segredo, mas ninguém havia conseguido descobrir antes. O senhor resolveu o nosso problema nacional.

– Como recompensa, então, eu deveria receber todas as informações que vocês têm a respeito de Grantham.

– Sim, mas terei de falar com Sua Excelência primeiro.

– Você pode me dizer extra-oficialmente o que pensa de Grantham. Você o conhece?

– Sim. Ele é encantador. Um bom garoto, deliciosamente ingênuo e inexperiente, mas realmente encantador.

– Quem são os amigos dele aqui?

Ela sacudiu a cabeça e disse:

– Nada mais até Sua Excelência acordar. O senhor é de São Francisco? Lembro dos divertidos bondinhos, da neblina, da salada logo depois da sopa e do Coffe Dan's.

– Você já esteve lá?

– Duas vezes. Morei nos Estados Unidos por um ano e meio, no vaudevile, tirando coelhos de cartolas.

Ainda estávamos falando sobre isso meia hora depois, quando a porta se abriu, e o ministro da Polícia entrou.

A mobília de tamanho exagerado imediatamente encolheu ao normal, a garota virou uma anã, e eu me senti como o garotinho de alguém.

O tal Vasilije Djudakovich tinha quase dois metros e quinze de altura, e isso não era nada em comparação com o tamanho da sua cintura. Talvez ele não pesasse mais do que duzentos e cinqüenta quilos, mas, olhando para ele, era difícil não pensar em termos de toneladas. Ele era uma montanha de carne com cabelos e barba loiros vestindo um fraque preto. Como estava de gravata, imagino que tivesse um colarinho, mas este estava escondido em toda a volta pelas dobras vermelhas do seu pescoço. Seu colete branco tinha o tamanho e o formato de uma saia rodada e, apesar disso, todos os botões ficavam esticados. Seus olhos eram quase invisíveis entre as almofadas de carne ao redor deles, e ficavam sob a sombra, numa escuridão sem cor, como água em poço fundo. Sua boca era um oval vermelho distante entre os pêlos amarelos do cavanhaque e do bigode. Ele entrou na sala lenta e pesadamente, e fiquei surpreso que o piso não tenha rangido.

Romaine Frankl ficou me observando atentamente enquanto puxava a grande cadeira de couro e me apresentava ao ministro. Ele me deu um sorriso gordo e sonolento, estendeu uma mão que se parecia com um bebê nu e deixou-se sentar lentamente na cadeira que a garota havia deixado para ele. Ali plantado, abaixou a cabeça até descansá-la nos travesseiros de seus vários queixos, e então pareceu cair no sono.

Peguei outra cadeira para a garota. Ela me dirigiu mais um olhar penetrante – parecia estar à caça de alguma coisa em meu rosto – e começou a conversar com ele no que imagino ser a língua nativa. Ela falou rapidamente por mais ou menos vinte minutos, embora ele não desse qualquer sinal de que estivesse prestando atenção ou mesmo que estivesse acordado.

Quando ela terminou, ele disse *"Da"*. Ele falou languidamente, mas havia um volume na sílaba que não poderia ter vindo de um lugar menor do que a sua barriga gigantesca. A garota se virou para mim sorrindo.

– Sua Excelência terá prazer em lhe dar toda assistência possível. Oficialmente, é claro, ele não se preocupa em interferir nos negócios de um visitante de outro país, mas percebe a importância de evitar que o sr. Grantham seja explorado enquanto estiver aqui. Se o senhor retornar amanhã à tarde, digamos, às três...

Prometi que faria isso, agradeci, apertei a mão da montanha novamente e saí na chuva.

De volta ao hotel, não tive problemas para descobrir que Lionel Grantham ocupava uma suíte no sexto andar e estava lá naquele momento. Tinha uma fotografia no bolso e sua descrição na cabeça. Passei o que restava da tarde e o começo da noite esperando para dar uma olhada nele. Pouco depois das sete, consegui.

Ele saiu do elevador, um rapaz alto e empertigado, com um corpo flexível que se afilava dos ombros largos aos quadris estreitos, seguia ereto sobre pernas fortes e longas – o tipo de constituição física apreciada por alfaiates. Seu rosto rosado, de traços regulares e muito bonito, exibia uma expressão de superioridade distante que era marcada demais para ser mais do que uma máscara para a timidez da juventude.

Depois de acender um cigarro, ele passou para a rua. A chuva havia parado, embora as nuvens prometessem mais em breve. Saiu pela rua a pé. Fiz o mesmo.

Fomos até um restaurante muito enfeitado a duas quadras do hotel, onde uma orquestra cigana estava tocando num pequeno balcão mal preso no alto de uma parede. Todos os garçons e metade dos clientes pareciam conhecer o garoto. Ele se curvou e sorriu para um lado e outro enquanto percorria o caminho até uma mesa perto da outra ponta do local, onde dois homens estavam esperando por ele.

Um deles era alto e entroncado, com espessos cabelos escuros e um grande bigode escuro. Seu rosto avermelhado, de nariz pequeno, tinha a expressão de um homem que não se incomoda em brigar de vez em quando. Vestia um uniforme militar verde e dourado e botas altas de couro preto muito lustroso. Seu companheiro usava traje a rigor, um homem rechonchudo e moreno, de estatura mediana. Tinha cabelos negros oleosos e um rosto oval e suave.

Enquanto o jovem Grantham se unia a essa dupla, encontrei uma mesa a alguma distância deles. Pedi o jantar e observei os meus vizinhos. O ambiente reunia vários tipos de uniformes, alguns fraques e vestidos de noite, mas a maioria dos clientes vestia roupas comuns do dia-a-dia. Vi dois clientes que provavelmente eram ingleses, um ou dois gregos e alguns turcos. A comida estava boa, e o apetite era grande. Eu estava fumando um cigarro enquanto tomava uma pequena xícara de café muito forte quando Grantham e o grande oficial avermelhado se levantaram e foram embora.

Não conseguiria pedir e pagar a conta a tempo de segui-los sem chamar atenção, de modo que os deixei ir. Então esperei a refeição baixar um pouco e esperei até o homem moreno e rechonchudo que os dois haviam deixado para trás pedir a conta. Estava na rua um minuto antes dele, olhando para cima, na direção da praça com pouca iluminação elétrica com o que deveria ser a expressão de um turista que não sabia exatamente aonde ir em seguida.

Ele passou por mim, subindo a rua enlameada com o passo cauteloso de quem cuida onde põe os pés, típico de um gato.

Um soldado – um homem magricela, vestindo casaco e chapéu de pele de carneiro, com um bigode grisalho eriçado sobre lábios cinzentos e crispados – saiu de uma porta e parou o homem moreno falando em tom de queixa.

O homem moreno ergueu as mãos e os ombros, num gesto tanto de raiva quanto de surpresa.

O soldado se queixou novamente, mas o crispar na sua boca cinzenta ficou mais pronunciado. A voz do homem rechonchudo era baixa, firme e severa, mas ele levou uma mão do bolso ao soldado, e deu para ver o dinheiro marrom da Morávia. O soldado embolsou o dinheiro, ergueu a mão numa saudação e atravessou a rua.

Quando o homem moreno parou de encarar o soldado, segui em direção à esquina na qual o casaco e o chapéu de pele de carneiro haviam desaparecido. Meu soldado estava a uma quadra e meia, andando com a cabeça baixa. Estava com pressa. Fiz muito exercício tentando acompanhá-lo. Nesse instante, a cidade começou a ficar menos concentrada. Quanto mais espaço havia entre uma construção e outra, menos eu gostava daquela expedição. A melhor forma de seguir alguém é à luz do dia, no centro de uma cidade grande conhecida. Aquilo era a pior forma de seguir alguém.

O homem me levou para fora da cidade por uma rua pavimentada cercada por poucas casas. Fiquei o mais distante que pude, de modo que ele era uma sombra fraca e difusa à frente. Ele fez uma curva fechada na rua. Apressei o passo até a curva, com a intenção de diminuir a velocidade novamente assim que virasse. Correndo, quase estraguei tudo.

De repente, o soldado apareceu virando a curva, vindo na minha direção.

Um pouco atrás de mim, uma pequena pilha de madeira à beira da estrada era a única cobertura a uma distância de trinta metros. Estiquei minhas pernas curtas para lá.

As tábuas empilhadas irregularmente formavam uma cavidade rasa numa das pontas da pilha quase do tamanho suficiente para me abrigar. Com os joelhos na lama, agachei-me ali.

O soldado apareceu através de uma rachadura entre as tábuas. Um metal brilhante cintilava em uma de suas mãos. Uma faca, pensei. Mas quando ele parou em frente ao meu abrigo, vi que era um antigo revólver niquelado.

Ele ficou parado, olhando para o meu abrigo, olhando para um lado e outro da rua. Grunhiu e veio na minha direção. Farpas me feriram no rosto quando eu me encolhi ainda mais contra as extremidades das tábuas. A minha arma estava com o meu cassetete de borracha – dentro da minha mala Gladstone no hotel. Um belo lugar para estar tudo aquilo agora! A arma do soldado brilhava em sua mão.

A chuva começou a cair sobre as tábuas e no chão. O soldado levantou a gola do casaco ao se aproximar. Ninguém jamais fez qualquer outra coisa de que eu tenha gostado tanto. Um homem perseguindo outro não teria feito isso. Ele não sabia que eu estava ali. Estava atrás de um lugar para ele próprio se esconder. O jogo estava empatado. Se ele me encontrasse, tinha a arma, mas eu o havia visto primeiro.

Seu casaco de pele de carneiro raspou na madeira quando ele passou por mim, abaixado, ao passar pelo meu canto até a parte de trás da pilha, tão perto que as mesmas gotas de chuva pareciam estar caindo sobre nós dois. Abri os punhos depois disso. Não conseguia vê-lo, mas podia ouvi-lo respirando, coçando-se e até mesmo cantarolando.

Foi como se duas semanas tivessem se passado.

A lama na qual eu estava ajoelhado encharcou as pernas das minhas calças, molhando os meus joelhos e as minhas canelas. A madeira áspera lixava a pele do meu rosto cada vez que eu respirava. Minha boca estava tão seca como os meus joelhos estavam molhados, porque eu estava respirando por ela para não fazer barulho.

Um automóvel fez a curva e seguiu para a cidade. Ouvi o soldado grunhir baixinho e ouvi o clique da sua arma quando ele a engatilhou. O carro aproximou-se de onde estávamos e seguiu. O soldado suspirou e começou a se coçar e a cantarolar novamente.

Mais duas semanas se passaram.

Vozes de homens vieram pela chuva, primeiro quase inaudíveis, depois mais alto, bem claras. Quatro soldados vestindo casacos e chapéus de pele de carneiro passaram pela rua no sentido em que havíamos vindo. Suas vozes imediatamente deram lugar ao silêncio quando eles desapareceram na curva.

À distância, a buzina de um automóvel berrou duas notas feias. O soldado grunhiu – um grunhido que dizia claramente "Aqui está". Os pés dele pisaram na lama, e a pilha de madeira rangeu sob o seu peso. Não consegui ver o que ele estava fazendo.

Uma luz branca dançou na curva, e apareceu um automóvel – um carro potente seguindo em direção à cidade numa velocidade que não levava em consideração o fato de que a rua molhada estava escorregadia. A chuva, a noite e a velocidade embaçaram a visão de seus dois ocupantes, que estavam no banco da frente.

Acima da minha cabeça, rugiu um revólver pesado. O soldado estava trabalhando. O carro correndo derrapou enlouquecidamente ao longo do pavimento molhado, cantando os pneus.

Quando o sexto tiro me disse que a arma niquelada estava provavelmente descarregada, saltei do meu esconderijo.

O soldado estava inclinado sobre a pilha de madeira, ainda apontando a arma para o carro que derrapava enquanto tentava enxergar através da chuva.

Virou-se quando o vi, virou a arma na minha direção e resmungou alguma ordem que não entendi. A minha aposta era de que a arma estava descarregada. Levantei as duas mãos bem acima da cabeça, fiz um ar espantado e lhe dei um chute na barriga.

Ele se dobrou sobre mim, enrolando-se em torno da minha perna. Nós dois caímos. Eu estava por baixo, mas a cabeça dele estava contra a minha coxa. Seu chapéu caiu. Agarrei seis cabelos com as duas mãos e usei-os como apoio para me sentar. Seus dentes se cravaram na minha perna. Chamei-o de coisas desagradáveis e enfiei os polegares logo atrás de suas orelhas. Não foi preciso muita pressão para ensinar-lhe que ele não devia morder os outros. Quando ele levantou o rosto para gritar, enfiei o punho direito nele, puxando-o na direção do soco com a mão esquerda que seguia grudada em seus cabelos. Foi um belo e sólido murro.

Empurrei-o para longe da minha perna, levantei-me, agarrei o colarinho do casaco dele e arrastei-o para a rua.

Uma luz branca se derramou sobre nós. Franzindo os olhos, vi o automóvel parado mais adiante, com os faróis virados para mim e meu parceiro de briga. Um homem grande de verde e dourado apareceu diante da luz – era o oficial avermelhado que era um dos acompanhantes de Grantham no restaurante. Tinha uma automática numa das mãos.

Ele caminhou até nós, as pernas duras nas botas altas, ignorou o soldado no chão e me observou cuidadosamente com olhinhos escuros penetrantes:

– Inglês? – perguntou.

– Americano.

Mordeu um canto do bigode e disse, sem querer dizer nada:

– Sim, é melhor.

Seu inglês era gutural, com sotaque alemão.

Lionel Grantham saiu do carro e se aproximou. Seu rosto não estava mais tão rosado como antes.

– O que houve? – perguntou ao oficial, embora olhasse para mim.

– Não sei – eu disse. – Estava dando um passeio depois do jantar e me atrapalhei no caminho. Quando vi que estava aqui, conclui que havia seguido na direção errada. Quando me virei para voltar, vi este sujeito se abaixar atrás da pilha de madeira. Estava com uma arma na mão. Imaginei que fosse um assalto, de modo que brinquei de índio com ele. Assim que o alcancei, ele se levantou e começou a atirar em vocês. Saltei nele a tempo de estragar a sua mira. É amigo de vocês?

– Você é americano – disse o garoto. – Sou Lionel Grantham. Este é o coronel Einarson. Somos muito gratos pelo que fez. – Franziu a testa e olhou para Einarson. – O que você acha?

O oficial encolheu os ombros e rosnou:

– Um dos meus filhos... vamos ver – disse, chutando as costelas do homem no chão.

O chute trouxe o soldado de volta à vida. Ele se sentou, rolou até ficar de joelhos, apoiado nas mãos, e deu início a uma longa e entrecortada súplica, agarrando o uniforme do Coronel com as mãos sujas.

– *Ach*! – Einarson empurrou as mãos dele para baixo com um golpe do cano da pistola nos nós de seus dedos, olhou com nojo para as marcas de lama no uniforme e rosnou alguma ordem.

O soldado ficou de pé num salto, em posição de sentido, recebeu mais uma ordem, fez posição de sentido e marchou em direção ao automóvel. O coronel Einarson seguiu com as pernas duras atrás dele, apontando a arma automática para as costas do outro. Grantham pôs uma mão em meu braço.

– Venha conosco – disse ele. – Deixe-nos agradecer-lhe adequadamente e vamos nos conhecer melhor depois de darmos um jeito nesse sujeito.

O coronel Einarson sentou-se no lugar do motorista, com o soldado ao lado. Grantham esperou enquanto eu procurava o revólver do soldado. Então sentamo-nos no banco traseiro. O oficial me olhou com ar de dúvida pelo canto dos olhos, mas não disse nada. Dirigiu o carro de volta pelo mesmo caminho por onde tinha vindo. Ele gostava de correr, e não estávamos indo muito longe. Quando ainda estávamos nos acomodando nos lugares, o carro nos levou através de um portão num muro alto de pedra com um sentinela apresentando armas de cada lado. Percorremos um semi-círculo escorregadio numa entrada secundária e paramos bruscamente diante de um edifício quadrado com as paredes caiadas de branco.

Einarson cutucou o soldado para fora. Grantham e eu saímos. À esquerda, uma fileira de edifícios compridos e baixos aparecia como um vulto cinza claro sob a chuva – alojamentos. A porta do edifício quadrado e branco foi aberta por um ordenança barbudo de verde. Entramos. Einarson empurrou o prisioneiro pelo pequeno hall da recepção e pela porta aberta de um quarto. Grantham e eu o seguimos para dentro. O ordenança parou na porta, trocou algumas palavras com Einarson e foi embora, fechando a porta.

O quarto no qual nos encontrávamos parecia uma cela, exceto pelo fato de que não havia barras sobre a única janelinha. Era um quarto estreito, com paredes e tetos nus, caiados de branco. O piso de madeira, esfregado com desinfetante até ficar quase tão branco como as paredes, também era nu. A mobília consistia num catre de ferro preto, três cadeiras dobráveis de madeira e lona e uma cômoda sem pintura com pente, escova e alguns papéis em cima. Era tudo.

– Sentem-se, senhores – disse Einarson, indicando as cadeiras de acampamento. – Vamos tratar desse assunto agora.

O garoto e eu nos sentamos. O oficial deixou a pistola em cima da cômoda, apoiou um cotovelo ao lado da pistola, segurou uma ponta do bigode com uma das grandes mãos vermelhas e dirigiu-se ao soldado. Sua voz era gentil e paternal. O soldado, mantendo-se absolutamente ereto no meio do quarto, respondia, queixando-se, com os olhos fixos nos do oficial, com um olhar inexpressivo.

Os dois falaram por cinco minutos, um pouco mais. A impaciência na voz e nos gestos do Coronel aumentou. O soldado manteve sua postura de inexpressivo servilismo. Einarson rangeu os dentes e olhou com raiva para o garoto e para mim.

– Este porco! – exclamou antes de começar a berrar com o soldado.

O suor brotava do rosto cinzento do soldado, e ele abandonou sua posição de sentido militar. Einarson parou de berrar com ele e berrou duas palavras para a porta, que se abriu. O ordenança barbudo entrou com um chicote de couro curto e grosso. Com um aceno de cabeça de Einarson, ele pôs o chicote ao lado da pistola automática em cima da cômoda e saiu.

O soldado choramingou. Einarson falou laconicamente com ele. O soldado estremeceu e começou a abrir o casaco com os dedos trêmulos, implorando o tempo todo com palavras queixosas, gaguejando. Tirou o casaco, a blusa verde e a camiseta cinza, deixando-os cair no chão, e ficou ali parado, com o corpo peludo e não muito limpo nu da cintura para cima. Juntou os dedos e chorou.

Einarson grunhiu uma palavra. O soldado ficou em posição de sentido, com as mãos nas laterais do corpo, encarando-nos, com o lado esquerdo virado para Einarson.

Lentamente, o coronel Einarson tirou o próprio cinto, desabotoou o uniforme, tirou-o e dobrou-o cuidadosamente e deixou-o sobre o catre. Por baixo, vestia uma camisa branca de algodão. Dobrou as mangas até acima dos cotovelos e pegou o chicote.

– Este porco! – disse novamente.

Lionel Grantham se mexia desconfortavelmente na cadeira. Seu rosto estava pálido, e os olhos, sombrios.

Apoiando novamente o cotovelo esquerdo sobre a cômoda, brincando com a ponta do bigode com a mão esquerda, indolentemente de pé com as pernas cruzadas, Einarson começou a açoitar o soldado. Seu braço direito ergueu o chicote e levou o chicote assoviando até as costas do soldado, levantou-o de novo e abaixou-o de novo. Foi particularmente perverso, porque ele não estava com pressa, não estava se esforçando. Pretendia açoitar o homem até conseguir o que queria, e estava guardando as forças para que pudesse seguir com aquilo pelo tempo que fosse necessário.

Com o primeiro golpe, o horror abandonou os olhos do soldado. Eles se entorpeceram solenemente, e seus lábios pararam de se contorcer. Ele permaneceu estupidamente sob os golpes, olhando fixamente acima da cabeça de Grantham. O rosto do oficial também ficou inexpressivo. A raiva tinha desaparecido. Ele não demonstrava qualquer prazer no trabalho, nem mesmo passava a impressão de estar aliviando os próprios sentimentos. Tinha o ar de um foguista mexendo em carvão, de um carpinteiro serrando uma tábua ou de um estenógrafo passando a limpo uma carta. Ali estava um trabalho a ser feito de um modo técnico, sem pressa, excitação ou esforço desperdiçado, sem entusiasmo ou repulsa. Foi perverso, mas me ensinou a respeitar aquele Coronel Einarson.

Lionel Grantham estava sentando na beirada de sua cadeira dobrável, olhando fixamente para o soldado com olhos esbugalhados. Ofereci a ele um cigarro, fazendo uma complicada operação desnecessária de acender o meu e o dele ao mesmo tempo – para interromper a sua contagem. Estava contando os golpes, e isso não era bom para ele.

O chicote se curvava para cima, descia com força e estalava nas costas nuas – para cima, para baixo, para cima, para baixo. O rosto cinzento do soldado era uma porção de massa. Ele estava de frente para Grantham e para mim. Não podíamos ver as marcas do chicote.

Grantham disse algo a si mesmo num sussurro. Então arquejou:

– Não suporto isso!

Einarson não desviou o olhar do trabalho.

– Não pare agora – murmurei. – Já chegamos até aqui.

O garoto se levantou, vacilante, e foi até a janela, abriu-a e ficou olhando para a noite chuvosa. Einarson não prestou atenção nele. Estava pondo mais pressão nas chicotadas, de pé, com as pernas bem separadas, inclinando-se um pouco para frente, a mão esquerda apoiada no quadril, a direita levando o chicote para cima e para baixo com rapidez crescente.

O soldado balançou no lugar, e um soluço sacudiu seu peito peludo. O chicote cortava... cortava... cortava. Olhei para o relógio. Einarson estava dedicado àquilo havia quarenta minutos e parecia capaz de seguir pelo resto da noite.

O soldado gemeu e se virou para o oficial. Einarson não interrompeu o ritmo dos golpes. O último cortou o ombro do homem. Vi suas costas de relance – carne viva. Einarson falou com severidade. O soldado empertigou-se em posição de sentido novamente, com o lado esquerdo virado para o oficial. O chicote prosseguiu com o trabalho – para cima, para baixo, para cima, para baixo, para cima, para baixo.

O soldado atirou-se de quatro aos pés de Einarson e começou a pronunciar palavras entrecortadas por soluços. Einarson baixou o olhar para ele e ficou ouvindo atentamente, segurando a ponta do chicote na mão esquerda, o cabo ainda na direita. Quando o homem terminou, Einarson fez perguntas, recebeu respostas, assentiu, e o soldado se levantou. Einarson pôs uma mão amigável no ombro do homem, virou-o, olhou para as suas costas vermelhas feridas e disse algo num tom compassivo. Então chamou o ordenança e lhe deu algumas ordens. Gemendo ao se abaixar, o soldado apanhou as roupas que havia tirado e seguiu o ordenança para fora do quarto.

Einarson atirou o chicote sobre a cômoda e foi até a cama para pegar seu uniforme. Uma carteira de couro caiu de um bolso interno no chão. Quando ele a pegou de volta, um velho recorte de jornal caiu e flutuou até os meus pés. Apanhei-o e devolvi a ele – o retrato de um homem, o xá da Pérsia, conforme a legenda em francês sob a foto.

– Aquele porco! – disse ele, referindo-se ao soldado, não ao xá, enquanto vestia a abotoava o uniforme. – Ele tem um filho, até a semana passada também integrante das minhas tropas. Esse filho bebe muito vinho. Eu o repreendi. Ele é insolente. Que tipo de exército não tem disciplina? Porcos! Eu derrubo esse porco, e ele puxa uma faca. *Ach*! Em que tipo de exército um soldado pode atacar seus oficiais com uma faca? Depois que eu, pessoalmente, você entende, acabei com esse suíno, levei-o à corte marcial e condenei-o a vinte anos de prisão. Esse porco mais velho, pai dele, não gosta disso. Então ele resolve me matar esta noite. *Ach*! Que tipo de exército é este?

Lionel Grantham voltou da sua janela. Seu rosto jovem estava abatido. Seus olhos jovens estavam envergonhados do abatimento de seu rosto.

O coronel Einarson curvou-se de modo tenso e fez um formal discurso de agradecimento por eu ter estragado a mira do soldado – o que eu não havia feito – e salvar a sua vida. Então a conversa mudou para a minha presença na Morávia. Eu lhes disse brevemente que ocupara o posto de capitão no departamento de inteligência militar durante a guerra. Isso era verdade, e essa foi toda a verdade que eu lhes disse. Depois da guerra – prosseguiu o meu conto de fadas – eu decidira permanecer na Europa, me desligado das forças armadas e fiquei vagando, fazendo serviços aqui e ali. Fui vago, tentando passar a impressão de que esses serviços nem sempre, ou normalmente, haviam sido refinados. Dei-lhes detalhes mais definidos – embora ainda altamente imaginários – do meu recente emprego num sindicato francês, admitindo que tinha ido parar naquele canto do mundo porque achava melhor não ser visto na Europa Ocidental por mais ou menos um ano.

– Nada que pudesse me levar para a cadeia – eu disse. – Mas as coisas poderiam ficar desconfortáveis. Assim, saí vagando pela *Mitteleuropa**, soube que poderia encontrar

---

* Europa central. (N.E.)

uma conexão em Belgrado, onde descobri que não passava de um alarme falso, e vim até aqui. Posso arranjar alguma coisa aqui. Amanhã tenho um encontro com o ministro da Polícia. Acho que posso mostrar onde ele pode me usar.

– O nojento do Djudakovich! – disse Einarson com sincero desdém. – Você gostou dele?

– Sem trabalho, sem comida – eu disse.

– Einarson – Grantham começou rapidamente, hesitou um pouco e então disse: – Não poderíamos... você acha... – e não terminou.

O coronel franziu o cenho para ele, viu que eu havia notado, pigarreou e se dirigiu a mim num irritado tom de cordialidade.

– Talvez fosse melhor se você não se envolvesse muito rapidamente com esse ministro gordo. Talvez... haja a possibilidade de conhecermos outro campo no qual os seus talentos possam ser empregados mais a seu gosto... e com mais lucro.

Deixei o assunto em suspenso, sem dizer nem sim nem não.

Voltamos à cidade no carro do oficial. Ele e Grantham sentaram-se atrás. Eu me sentei ao lado do soldado que estava dirigindo. O garoto e eu saltamos no nosso hotel. Einarson disse boa noite e foi levado embora como se estivesse com pressa.

– É cedo – disse Grantham quando entramos. – Venha até o meu quarto.

Parei no meu próprio quarto para lavar a lama que eu havia juntado na pilha de madeira e trocar de roupa e subi. Ele ocupava três quartos no último andar, com vista para a praça.

Pegou uma garrafa de uísque, um sifão, limões, charutos e cigarros e nós bebemos, fumamos e conversamos. Quinze ou vinte minutos da conversa não passaram de amenidades de ambos os lados – comentários sobre as emoções da noite, a nossa opinião a respeito de Stefania, e assim por diante. Ambos tínhamos coisas a dizer um ao outro. Um estava analisando o outro antes de dizer. Resolvi dizer antes.

– O coronel Einarson nos enganou esta noite – eu disse.

– Enganou? – o garoto se endireitou na poltrona, piscando.

– O soldado dele atirou por dinheiro, não por vingança.
– Você quer dizer...? – ele ficou com a boca aberta.
– Quero dizer que o homenzinho moreno com quem vocês comeram deu dinheiro ao soldado.
– Mahmoud! Ora, isso é... Você tem certeza?
– Eu vi.

Ele olhou para os pés, desviando o olhar para longe do meu, como se não quisesse que eu visse que ele achava que eu estava mentindo.

– O soldado pode ter mentido ao Einarson – disse ele imediatamente, ainda tentando evitar que eu soubesse que ele me achava um mentiroso. – Consigo entender um pouco da língua, como é falava por nativos com maior nível de educação, mas não compreendo o dialeto local falado pelo soldado, de modo que não sei o que ele disse, mas ele pode ter mentido, sabe.

– Sem chances – eu disse. – Aposto minhas calças que ele disse a verdade.

Ele continuou olhando fixamente para os pés estendidos, lutando para manter o rosto tranqüilo e indiferente. Parte do que estava pensando escapou em forma de palavras:

– Claro, eu lhe devo tremendamente por nos salvar de...

– Você não me deve nada. Deve, isso sim, à má pontaria daquele soldado. Mas eu só saltei sobre ele depois de a arma estar descarregada.

– Mas... – seus olhos jovens se arregalaram diante de mim, e se eu tivesse sacado uma metralhadora da minha manga ele não teria se surpreendido. Ele suspeitava que eu fosse capaz de tudo. Amaldiçoei a mim mesmo por exagerar no uso das minhas jogadas. Agora não havia nada a fazer além de mostrar as cartas.

– Escute, Grantham. A maior parte do que contei a você e ao Einarson sobre mim é balela. O seu tio, o Senador Walbourn, me mandou para cá. Você deveria estar em Paris. Uma grande quantia da sua grana foi enviada para Belgrado. O senador ficou desconfiado da jogada. Não sabia se você estava fazendo algum jogo ou se alguém estava tentando aplicar-lhe um golpe. Fui até Belgrado, rastreei-o até aqui e vim para cá, para encontrar o que encontrei. Liguei o dinheiro até você e conversei com você. Foi só para isso que fui contratado. O meu trabalho está feito – a menos que haja alguma coisa que eu possa fazer por você agora.

– Absolutamente nada – disse ele, muito calmamente.
– Obrigado, mesmo assim. – Levantou-se, bocejando. – Talvez eu veja você novamente antes da sua partida.

– É – não tive dificuldade para fazer a minha voz combinar a sua indiferença. Eu não tinha uma carga de raiva para esconder. – Boa noite.

Desci até o meu quarto, deitei na cama e dormi.

Dormi até tarde da manhã seguinte e tomei café no quarto. Estava no meio da refeição quando alguém bateu na minha porta. Um homem troncudo vestindo um uniforme cinza amarrotado, enfeitado com uma espada curta e larga, entrou, saudou-me, entregou-me um envelope branco quadrado, olhou com raiva para os cigarros americanos sobre a minha mesa, sorriu e pegou um quando ofereci a ele. Saudou-me novamente e saiu.

O envelope quadrado tinha o meu nome escrito em letra cursiva pequena, simples e arredondada, mas não infantil. Dentro, um bilhete escrito com a mesma letra:

> O ministro da Polícia lamenta que assuntos do departamento não permitam que o senhor seja recebido nesta tarde.

Estava assinado "Romaine Frankl" e tinha um pós-escrito:

> Se for conveniente, o senhor pode me procurar depois das nove da noite, talvez eu possa poupar-lhe algum tempo.
> R.F.

Abaixo disso, um endereço.

Pus o bilhete no bolso e disse "Entre" para mais uma batida na porta.

Lionel Grantham entrou. Tinha o rosto pálido e sério.

– Bom dia – eu disse, falando de modo alegre e casual, como se não desse qualquer importância à briga da noite passada. – Já tomou café da manhã? Sente-se e...

– Ah, sim, obrigado. Já comi. – Seu belo rosto rosado estava ficando rosado novamente. – Sobre a noite passada... eu...

– Esqueça! Ninguém gosta de gente se metendo na sua vida.

– Isso é gentil da sua parte – disse ele, amassando o chapéu nas mãos. Limpou a garganta. – Você disse que... ahn... me ajudaria se eu desejasse.

– Sim. Claro. Sente-se.

Ele se sentou, tossiu, passou a língua pelos lábios.

– Você não contou a ninguém sobre o ocorrido ontem com o soldado?

– Não – respondi.

– Não dirá nada?

– Por quê?

Ele olhou para os restos do meu café da manhã e não respondeu. Acendi um cigarro para acompanhar o meu café e esperei. Ele se remexia desconfortavelmente na cadeira. Sem olhar para cima, perguntou:

– Sabia que Mahmoud foi morto na noite passada?

– O homem que estava no restaurante com você e Einarson?

– Sim. Ele foi morto a tiros na frente de casa pouco depois da meia-noite.

– Einarson?

O garoto deu um salto.

– Não! – gritou. – Por que você diz isso?

– Einarson sabia que Mahmoud havia pagado para o soldado eliminá-lo, de modo que ou ele eliminou Mahmoud ou mandou eliminá-lo. Você contou a ele o que eu lhe disse na noite passada?

– Não. – O rapaz corou. – É constrangedor que a minha família tenha enviado um guardião atrás de mim.

Arrisquei um palpite:

– Ele lhe disse para me oferecer o emprego de que falou na noite passada e para me alertar para não falar a respeito do soldado, não foi?

– S...im.

– Bem, vá em frente e faça a oferta.

— Mas ele não sabe que você...

— O que você vai fazer, então? – perguntei. – Se você não me fizer a oferta, terá de lhe dizer por quê.

— Ah, Deus, que bagunça! – disse ele em tom cansado, apoiando os cotovelos nos joelhos, o rosto entre as mãos e me olhando com os olhos angustiados de um garoto que está achando a vida complicada demais.

Ele estava pronto para falar. Sorri, terminei meu café e esperei.

— Você sabe que eu não vou voltar para casa puxado pela orelha – disse ele, com uma súbita explosão de desafio infantil.

— Você sabe que eu não tentarei levá-lo – acalmei-o.

Fizemos mais um pouco de silêncio depois disso. Continuei fumando enquanto ele segurava a cabeça e se preocupava. Depois de um tempo, ele se contorceu na cadeira, sentou-se tenso e ereto, com o rosto absolutamente vermelho, dos cabelos ao colarinho.

— Vou pedir a sua ajuda – disse ele, fingindo não saber que estava ficando vermelho. – Vou lhe contar toda a bobagem. Se você rir, eu... Você não vai rir, vai?

— Se for engraçado, provavelmente, sim, mas isso não precisa me impedir de ajudar você.

— Sim, pode rir! É uma bobagem! Você deve rir! – Respirou fundo. – Você algum dia... algum dia pensou que gostaria de ser um... – ele parou, olhou para mim com um tipo desesperado de timidez, se recompôs, e quase gritou a última palavra – rei?

— Talvez. Pensei em muitas coisas que gostaria de ser, e essa pode ter sido uma delas.

— Conheci Mahmoud num baile da embaixada em Constantinopla – disparou ele a história, dizendo as palavras rapidamente, como se estivesse gostando de se livrar delas. – Ele era secretário do presidente Semich. Nós nos demos muito bem, embora eu não gostasse muito dele. Ele me convenceu a vir para cá e me apresentou ao Coronel Einarson. Então eles... realmente não há dúvidas de que o país é miseravelmente governado. Eu não teria me envolvido nisso se não fosse assim.

"Uma revolução estava sendo preparada. O homem que iria liderá-la havia acabado de morrer. O processo também estava prejudicado pela falta de dinheiro. Acredite, não foi apenas vaidade que fez com que eu me envolvesse. Eu acreditava... ainda acredito... que teria sido... será... pelo bem do país. A oferta que me fizeram foi que, se eu financiasse a revolução, eu poderia ser... poderia ser rei.

"Agora espere! Deus sabe que já está ruim o bastante assim, mas não pense que a bobagem é maior do que é. O dinheiro que tenho iria muito longe neste país pequeno e empobrecido. Então, com um governante americano, seria mais fácil, teria de ser, para o país pegar dinheiro emprestado com os Estados Unidos ou a Inglaterra. E há ainda a questão política. A Morávia é cercada por quatro países, todos suficientemente fortes para anexá-la, se quiserem. A Morávia permanece independente até hoje apenas por causa da inveja entre seus vizinhos mais fortes e porque não tem porto de mar.

"Mas, com um governante americano, e se saírem os empréstimos dos Estados Unidos e da Inglaterra para investirmos o capital deles aqui, a situação mudaria. A Morávia estaria numa posição mais forte, teria ao menos um pequeno direito de exigir algo na amizade com forças mais potentes. Isso bastaria para os vizinhos ficarem mais cautelosos.

"Logo depois da Primeira Guerra Mundial, a Albânia pensou na mesma coisa e ofereceu a sua coroa a um dos ricos Bonaparte americanos. Ele não a quis. Era um homem mais velho e já tinha feito sua carreira. Eu quis a minha chance, quando ela veio. Já houve" – parte do constrangimento que havia sumido durante a conversa voltou – "houve reis na linhagem dos Grantham. Somos descendentes de James IV da Escócia. Eu queria... foi bom pensar em levar a linhagem de volta a uma coroa.

"Não estávamos planejando uma revolução violenta. Einarson domina o exército. Simplesmente teríamos de usar o exército para forçar os deputados, os que ainda não estavam conosco, a mudarem a forma de governo e me elegerem rei. Minha ascendência tornaria isso mais fácil do que se o candidato não tivesse sangue real. Isso me daria uma certa estatura, apesar... apesar de eu ser jovem, e... e as pessoas realmente desejam um rei, principalmente os camponeses. Eles não acham que podem se considerar uma nação sem um rei. Um presidente não significa nada para eles... é apenas um homem comum, como eles. Então, você vê, eu... Foi... Vá em frente, ria! Você já ouviu o bastante para saber como é uma bobagem!" – Sua voz estava aguda e áspera. – "Ria! Por que você não ri?"

– Por quê? – perguntei. – Deus sabe que é maluco, mas não é uma bobagem. Sua capacidade de julgamento foi péssima, mas a sua coragem está certa. Você está falando como se tudo estivesse morto e enterrado. O projeto fracassou?

– Não, não fracassou – disse ele lentamente, franzindo a testa –, mas eu fico pensando que sim. A morte de Mahmoud não deverá mudar a situação, embora eu tenha uma sensação de que tudo está terminado.

– Muito do seu dinheiro já se foi?

– Não me importo com isso. Mas... bem... imagine se os jornais americanos ficarem sabendo da história. E provavelmente ficarão. Você sabe como podem ridicularizá-la. E os outros que ficarem sabendo a respeito, a minha mãe, o tio e a companhia fiduciária. Não vou fingir que não tenho vergonha de encará-los. E então... – o rosto dele ficou vermelho e brilhoso. – E então a Valeska, a srta. Radnjak, cujo pai deveria ter liderado a revolução. E ele realmente a liderou... até ser assassinado. Ela é... eu jamais conseguiria ser bom o bastante para ela. – Ele disse isso num estranho tom de admiração idiota. – Mas eu esperava que, talvez, ao levar adiante o trabalho do pai dela, e se eu tivesse algo mais além de apenas dinheiro para lhe oferecer... se eu tivesse feito alguma coisa... construído algo sozinho... talvez ela... você sabe.

– Arrã – respondi.

– O que eu devo fazer? – perguntou ele, muito sério. – Não posso fugir. Preciso ir até o final por ela e manter a minha auto-estima. Mas tenho a sensação de que tudo terminou. Você se ofereceu para me ajudar. Ajude-me. Diga o que eu devo fazer!

– Você vai fazer o que eu disser... se eu prometer que vou tirá-lo disso com a cara limpa? – perguntei, como se orientar milionários descendentes de reis escoceses envolvidos em tramas nos Bálcãs fosse algo que eu conhecesse bem, só uma parte do meu trabalho diário.

– Sim!

– Qual é o próximo passo do programa revolucionário?

– Há uma reunião hoje à noite. Devo levar você.

– A que horas?

– Meia-noite.

– Eu me encontro com você às onze e meia. O quanto eu devo saber?

– Eu deveria lhe contar sobre o plano e oferecer quaisquer que fossem os incentivos necessários para atraí-lo. Não houve um acerto definitivo sobre quanto eu deveria ou não lhe dizer.

Às nove e meia daquela noite, um táxi me deixou em frente ao endereço que a secretária do ministro de Polícia havia me informado no bilhete. Era uma casa pequena de dois andares numa rua mal pavimentada no extremo leste da cidade. Uma mulher de meia idade vestindo roupas muito limpas, absolutamente engomadas e mal ajustadas abriu a porta. Antes que eu pudesse dizer qualquer coisa, Romaine Frankl, num vestido de cetim sem mangas, flutuou atrás da mulher, sorrindo e estendendo uma mão pequena para mim.

– Não sabia se você viria – disse ela.

– Por quê? – perguntei, demonstrando uma grande surpresa à idéia de que qualquer homem pudesse ignorar um convite dela, enquanto a criada fechava a porta e pegava o meu casaco e o meu chapéu.

Estávamos numa sala revestida de papel de parede rosa-pálido, decorada e acarpetada com riqueza oriental. Havia um ponto discordante no ambiente – uma imensa poltrona de couro.

– Vamos lá para cima – disse a garota, dirigindo-se à criada com palavras que não significaram coisa alguma para mim, exceto o nome Marya. – Ou você – virou-se para mim novamente falando inglês – prefere cerveja a vinho?

Respondi que não, e subimos. A garota seguiu à frente com sua aparência natural de que estava sendo carregada. Levou-me para um ambiente decorado em preto, branco e cinza, mobiliado com muito bom gosto e o mínimo de peças possível, com a atmosfera de outra forma perfeitamente feminina prejudicada pela presença de outra das enormes poltronas estofadas.

A garota se sentou num sofá cinza, empurrando uma pilha de revistas francesas e austríacas para abrir espaço para que eu me acomodasse ao seu lado. Por uma porta aberta, pude ver o pé pintado de uma cama espanhola, uma pequena colcha púrpura e metade de uma janela com cortina da mesma cor.

– Sua Excelência sentiu muito – começou a dizer, mas parou.

Eu estava olhando – não fixamente – para a grande poltrona de couro. Sabia que ela tinha parado de falar por causa disso, de modo que não desviei o olhar.

– Vasilije – disse ela, mais claramente do que seria realmente necessário – sentiu muito ter de adiar o compromisso desta tarde. O assassinato do secretário do presidente – você ouviu falar? – obrigou-nos a deixar tudo o mais de lado por ora.

– Ah, sim, aquele sujeito chamado Mahmoud... – desviei lentamente o olhar da poltrona para ela. – Vocês descobriram quem o matou?

Seus olhos escuros de pupilas negras pareceram me estudar à distância enquanto ela sacudia a cabeça, balançando os cachos quase negros.

– Provavelmente Einarson – eu disse.

– Você não perdeu tempo. – Seus cílios inferiores levantavam quando ela sorria, dando aos olhos um efeito cintilante.

A criada Marya entrou com vinho e frutas, que pôs sobre uma mesinha ao lado do sofá, e saiu. A garota serviu vinho e me ofereceu cigarros de uma caixa de prata. Agradeci e preferi um dos meus. Ela fumou um cigarro egípcio *king-size* – grande como um charuto. Ele acentuou a pequenez do rosto e da mão dela – o que é provavelmente o motivo pelo qual ela prefere este tamanho.

– Que tipo de revolução eles venderam ao meu garoto? – perguntei.

– Uma que era muito boa até morrer.
– Por que morreu?
– Ela... você sabe alguma coisa sobre a nossa história?
– Não.
– Bem, a Morávia passou a existir como resultado do medo e da inveja de quatro países. Os quatorze ou dezesseis mil quilômetros quadrados que fazem este país não são de terra muito valiosa. Há poucas coisas aqui que qualquer um desses quatro países quisesse particularmente, mas nenhum dos três concordava em deixá-las para o quarto. O único jeito de acertar as coisas foi fazendo um país separado. Isso foi feito em 1923.

"O dr. Semich foi eleito o primeiro presidente, para um mandato de dez anos. Ele não é um estadista nem um político, e jamais será. Mas como era o único cidadão da Morávia de quem se ouvira falar fora da própria cidade, pensou-se que a eleição daria algum prestígio ao novo país. Além disso, era uma honraria adequada ao único grande homem da Morávia. Ele não deveria passar de uma fachada. O governo de verdade seria do general Danilo Radnjak, que foi eleito vice-presidente, o que, aqui, é mais do que o equivalente ao cargo de primeiro-ministro. O general Radnjak era um homem capaz. O exército o idolatrava, os camponeses confiavam nele, e a nossa *bourgeoisie* sabia que era um homem honesto, conservador, inteligente e tão bom administrador de negócios quanto militar.

"O dr. Semich era um intelectual idoso muito gentil, sem qualquer conhecimento de qualquer assunto mundano. Pode-se compreendê-lo pelo seguinte: ele é facilmente o maior dos bacteriologistas vivos, mas, se tiver intimidade com você, será capaz de lhe dizer que não acredita nem um pouco no valor da bacteriologia. 'A humanidade deve aprender a conviver com as bactérias como se convive com amigos', dirá ele. 'Os nossos organismos devem se adaptar às doenças, para que haja pouca diferença entre ter tuberculose, por exemplo, ou não ter. É nisso que reside a vitória. Essa guerra contra as bactérias é um negócio inútil. Inútil, mas interessante. Por isso nós a realizamos. Isso de ficarmos investigando em laboratórios é absolutamente inútil, mas nos diverte.'

"Quando esse encantador velhinho sonhador foi honrado com a presidência por seus compatriotas, ele assumiu a posição da pior maneira possível. Resolveu demonstrar sua gratidão fechando o laboratório e aplicando-se de corpo e alma a governar o país. Por um tempo, conseguiu controlar a situação, e tudo correu bem.

"Mas Mahmoud tinha seus próprios objetivos. Era o secretário do dr. Semich e tinha a sua confiança. Começou a chamar a atenção do presidente para várias invasões de Radnjak nos poderes presidenciais. Numa tentativa de manter Mahmoud fora do controle, Radnjak cometeu um erro terrível. Procurou o dr. Semich e lhe disse franca e honestamente que ninguém esperava que ele, o presidente, desse todo o seu tempo àquele trabalho executivo, e que a intenção de seus compatriotas havia sido dar-lhe mais a honra de ser o primeiro presidente do que os deveres do cargo.

"Radnjak entregara-se às mãos de Mahmoud. O secretário tornou-se o governo de fato. O dr. Semich ficou então fortemente convencido de que Radnjak estava tentando roubar a sua autoridade. Daquele dia em diante, Radnjak ficou de mãos atadas. O dr. Semich insistiu em controlar ele próprio cada detalhe governamental, o que significava que Mahmoud os controlava, porque o Presidente sabe tanto sobre estadismo hoje quanto sabia quando assumiu o cargo. Reclamações, independentemente da origem, não serviam para nada. O dr. Semich considerava cada cidadão insatisfeito um conspirador cúmplice de Radnjak. Quanto mais Mahmoud era criticado na Câmara dos Deputados, mais o dr. Semich confiava nele. No ano passado, a situação tornou-se intolerável, e a revolução começou a tomar forma.

"Radnjak liderou-a, é claro, e pelo menos noventa por cento dos homens influentes de Morávia estavam envolvidos. A atitude das pessoas como um todo é difícil de julgar. Eles são em sua maioria camponeses, pequenos proprietários de terra, que apenas querem ser deixados em paz. Mas não há dúvida de que eles prefeririam ter um rei a um presidente, de modo que a forma teria de mudar para agradá-los. O exército, que idolatrava Radnjak, estava envolvido. A revolução amadureceu lentamente. O general Radnjak era um homem cauteloso e cuidadoso, e, como não somos um país rico, não havia muito dinheiro disponível.

"Dois meses antes da data marcada para o estouro da revolução, Radnjak foi assassinado. E a revolução se despedaçou, dividida em meia dúzia de facções. Não havia outro homem forte o bastante para mantê-las juntas. Alguns desses grupos ainda se reúnem e conspiram, mas não exercem uma influência geral, não têm um propósito real. E foi essa a revolução que venderam a Lionel Grantham. Teremos mais informação em um ou dois dias, mas o que soubemos até agora foi que Mahmoud, que passou um mês de férias em Constantinopla, trouxe Grantham para cá com ele e uniu forças com Einarson para aplicar um golpe no garoto.

"Claro que Mahmoud estava absolutamente fora da revolução, já que ela o tinha como alvo. Mas Einarson estivera envolvido com seu superior, Radnjak. Desde a morte de Radnjak, Einarson conseguiu transferir para si muito da lealdade que os soldados dedicavam ao general morto. Eles não amam o islandês como amavam Radnjak, mas Einarson é espetacular, teatral – tem todas as qualidades que os homens simples gostam de ver em seus líderes. Então Einarson tinha o exército e conseguiu dominar bastante do maquinário da falecida revolução para impressionar Grantham. Por dinheiro, ele a faria. Então ele e Mahmoud montaram um espetáculo para o seu garoto. Também usaram Valeska Radnjak, a filha do general. Acredito que ela também tenha sido feita de boba. Ouvi que o garoto e ela estão planejando ser rei e rainha. Quanto ele investiu nesta farsa?"

– Talvez o equivalente a três milhões de dólares americanos.

Romaine Frankl assoviou baixinho e serviu mais vinho.

– Qual era o posicionamento do ministro de Polícia quando a revolução ainda estava viva? – perguntei.

–Vasilije – disse ela, tomando goles de vinho entre uma frase e outra – é um homem peculiar, original. Não se interessa por nada além do próprio conforto. Conforto para ele são enormes quantidades de comida e bebida e pelo menos dezesseis horas de sono por dia, e não ter que se mover muito nas oito horas que passa acordado. Além disso, não se importa com nada. Para proteger seu conforto, fez do departamento de polícia um modelo. O trabalho deve ser feito com cuidado e eficácia. Se não, os crimes ficarão impunes, as pessoas reclamarão, e essas reclamações poderão perturbar Sua Excelência. Ele pode até precisar encurtar seu cochilo da tarde para participar de uma reunião. Isso não seria bom. Assim, ele insiste numa organização que mantenha o crime num nível mínimo e pegue quem cometer esses crimes mínimos. E consegue.

– Pegaram o assassino de Radnjak?

– Foi morto resistindo à prisão dez minutos depois do assassinato.

– Um dos homens de Mahmoud?

A garota esvaziou o copo, franzindo a testa para mim, com os cílios inferiores levantados emprestando um brilho ao franzir da testa.

– Você não é nada mau – disse, lentamente –, mas agora é a minha vez de perguntar. Por que você disse que Einarson matou Mahmoud?

– Einarson sabia que Mahmoud havia tentado matar Grantham e ele um pouco antes.

– É mesmo?

– Vi um soldado aceitar dinheiro de Mahmoud, emboscar Einarson e Grantham e errar a pontaria de seis tiros contra eles.

Ficou batendo com uma unha nos dentes.

– Isso não parece coisa de Mahmoud – protestou ela. – Ser visto pagando por seus assassinatos.

– Provavelmente não – concordei. – Mas suponha que o contratado tenha resolvido pedir mais dinheiro, ou talvez tivesse recebido apenas parte do pagamento. Que jeito melhor de receber do que aparecer do nada e pedir pelo restante no meio da rua alguns minutos antes da hora marcada para o serviço?

Ela assentiu com a cabeça e disse, como se estivesse pensando em voz alta:

– Então eles conseguiram tudo o que esperavam obter com Grantham, e ambos estavam tentando ficar com toda a quantia, eliminando o outro.

– O seu erro – eu lhe disse – é pensar que a revolução está morta.

– Mas nem por três milhões de dólares Mahmoud conspiraria para tirar a si mesmo do poder.

– Certo! Mahmoud pensava que estava fazendo teatro para o garoto. Quando soube que não era apenas um teatro, descobrindo que Einarson estava fazendo tudo a sério, tentou eliminá-lo.

– Talvez – disse ela, encolhendo os ombros nus. – Mas agora você está especulando.

– Ah é? Einarson carrega com ele uma foto do xá da Pérsia. Está gasta, como se ele a tivesse manipulado muito. O xá da Pérsia é um soldado russo que foi para lá depois da guerra, trabalhou muito até ter o exército em suas mãos, tornou-se ditador e então xá. Corrija-me se eu estiver enganado. Einarson é um soldado islandês que chegou aqui depois da guerra e trabalhou muito até ter o exército nas mãos. Se carrega uma foto do xá e olha para ela freqüentemente o bastante para que fique gasta pelo manuseio, quer dizer que ele espera seguir seu exemplo? Ou não?

Romaine Frankl levantou-se e começou a andar pela sala, mudou uma cadeira de posição alguns centímetros, arrumou um enfeite, ajeitou uma cortina, fingiu que um quadro estava torto na parede, indo de um lugar a outro com a aparência de estar sendo carregada – uma garota pequena e graciosa num vestido de cetim cor-de-rosa.

Parou diante de um espelho, foi um pouco para o lado para ver o meu reflexo e mexeu nos cachos ao dizer em tom quase distraído:

– Muito bem, Einarson quer uma revolução. O que o seu garoto irá fazer?

– O que eu mandar.

– O que você mandar?

– O que pagar melhor. Quero levá-lo de volta para casa com todo o seu dinheiro.

Ela saiu da frente do espelho e se aproximou de mim, mexeu nos meus cabelos, beijou a minha boca e sentou-se nos meus joelhos, segurando meu rosto entre suas mãos pequenas e quentes.

– Dê-me uma revolução, bom homem! – Seus olhos estavam negros de excitação, sua voz estava rouca, a boca ria, o corpo tremia. – Eu detesto Einarson. Use-o e destrua-o para mim. Mas dê-me uma revolução.

Dei uma risada, beijei-a, e virei-a no colo, de modo que sua cabeça se encaixasse em meu ombro.

– Vamos ver – prometi. – Vou encontrá-los à meia-noite. Talvez eu os conheça.

– Você volta depois da reunião?

– Tente manter-me longe!

Voltei para o hotel às onze e meia, carreguei os quadris com a arma e o cassetete de borracha e subi até a suíte de Grantham. Ele estava sozinho, mas disse que estava esperando por Einarson. Pareceu contente em me ver.

– Diga-me, Mahmoud foi a alguma das reuniões? – perguntei.

– Não. A sua participação na revolução era escondida até mesmo da maioria dos envolvidos. Havia motivos pelos quais ele não podia aparecer.

– Havia. O principal era que todos sabiam que ele não queria nenhuma revolta. Só queria dinheiro.

Grantham mordeu o lábio inferior e disse:

– Ah, Deus, que bagunça!

O coronel Einarson chegou vestindo um traje a rigor, mas ainda um soldado, um homem de ação. Seu aperto de mão era mais forte do que precisava ser. Seus pequenos olhos escuros eram duros e brilhantes.

– Estão prontos, senhores? – dirigiu-se ao garoto e a mim como se fôssemos uma multidão. – Excelente! Devemos ir. Teremos dificuldades esta noite. Mahmoud está morto. Alguns de nossos amigos perguntarão "Por que fazermos uma revolução agora? *Ach*!" – Levantou um canto do bigode escuro. – Responderei a isso. Boas almas, os nossos confrades, mas dados à timidez. Não há timidez sob uma liderança capaz. Vocês verão! – E levantou o bigode novamente. Aquele cavalheiro militar parecia estar se sentindo napoleônico. Mas eu não o menosprezaria como um revolucionário de comédia musical. Lembrei do que ele havia feito ao soldado.

Deixamos o hotel, entramos num carro, andamos por sete quadras e entramos num pequeno hotel, numa rua lateral. O porteiro curvou-se até a cintura quando abriu a porta para Einarson. Grantham e eu seguimos o oficial por um lance de escada acima, até um corredor mal iluminado. Um homem gordo e seboso de aproximadamente cinqüenta anos veio ao nosso encontro curvando-se e estalando a língua. Einarson apresentou-me para ele – o proprietário do hotel. Levou-nos até um ambiente de teto baixo onde trinta ou quarenta homens se levantaram das cadeiras e nos olharam através da fumaça de tabaco.

Einarson fez um discurso curto e muito formal que não consegui entender, apresentando-me ao grupo. Abaixei a cabeça numa saudação e peguei um lugar ao lado de Grantham. Einarson sentou-se do outro lado. Todos sentaram-se novamente, sem uma ordem especial.

O coronel Einarson acarinhou o bigode e começou a falar com um e outro, gritando acima do clamor das outras vozes quando necessário. Em voz baixa, Lionel Grantham indicou os conspiradores mais importantes para mim – mais ou menos uma dúzia de membros da Câmara dos Deputados, um banqueiro, um irmão do ministro das Finanças (que o estaria representando), meia dúzia de oficiais (todos vestindo roupas civis naquela noite), três professores da universidade, o presidente de um sindicato de trabalhadores, um proprietário de jornal e seu editor, o secretário de um clube de estudantes, um político de fora do país e um punhado de pequenos negociantes.

O banqueiro, um gordo de barba branca, de sessenta anos, levantou-se e começou um discurso, encarando Einarson atentamente. Ele falou baixo e deliberadamente, mas com um ar levemente desafiador. O coronel não permitiu que fosse muito longe.

– *Ach*! – gritou Einarson, levantando-se. Nada do que ele disse significou qualquer coisa para mim, mas as palavras tiraram a aparência rosada do rosto do banqueiro e provocaram desconforto nos olhares ao nosso redor.

– Eles querem cancelar tudo – Grantham sussurrou no meu ouvido. – Não levarão o plano adiante. Sei que não.

O clima da reunião ficou pesado. Muitas pessoas gritavam ao mesmo tempo, mas ninguém abafava a voz de Einarson. Todos estavam de pé, com o rosto ou muito vermelho ou muito branco. Sacudiam punhos, dedos e cabeças. O irmão do ministro das Finanças – um homem esguio e elegantemente vestido, com um rosto comprido e inteligente – tirou os óculos num gesto tão irritado que os quebrou na metade, berrou para Einarson, girou nos calcanhares e se dirigiu para a saída.

Abriu a porta e parou.

O corredor estava cheio de uniformes verdes. Soldados apoiados na parede, agachados, reuniam-se em pequenos grupos. Não tinham armas – apenas baionetas embainhadas ao lado. O irmão do ministro das Finanças ficou imóvel na porta, olhando para os soldados.

Um homem grande e moreno, de bigode castanho, vestindo roupas grosseiras e botas pesadas, olhou com olhos injetados dos soldados para Einarson e deu dois passos pesados em direção ao coronel. Era o político do país. Einarson apertou os lábios e deu um passo à frente para encontrá-lo. Os que estavam entre os dois se afastaram.

Einarson rugiu, e o camponês rugiu. Einarson fez mais barulho, mas isso não fez o camponês parar.

O coronel Einarson gritou "*Ach!*" e cuspiu no rosto do camponês.

O camponês recuou um passo, e pôs uma das mãos enormes sob o casaco marrom. Contornei Einarson e enfiei o cano da minha arma nas costelas do homem.

Einarson riu e chamou dois soldados na sala. Eles seguraram o sujeito pelos braços e o levaram para fora. Alguém fechou a porta. Todos se sentaram. Einarson fez outro discurso. Ninguém o interrompeu. O banqueiro de bigode branco fez outro discurso. O irmão do ministro das Finanças se levantou para dizer meia dúzia de palavras educadas, encarando Einarson com olhos míopes, segurando cada metade dos óculos numa das mãos delgadas. A um comando de Einarson, Grantham levantou-se e falou. Todos escutaram muito respeitosamente.

Einarson falou novamente. Todos se emocionaram. Todos falaram ao mesmo tempo. Isso prosseguiu por um longo tempo. Grantham me explicou que a revolução começaria no começo da manhã de quinta-feira – estávamos no começo da manhã de quarta-feira – e que naquele momento os detalhes estavam sendo repassados pela última vez. Duvidei que alguém fosse saber alguma coisa a respeito dos detalhes, com toda aquela confusão. Seguiram com aquilo até as três e meia. As últimas duas horas, passei cochilando numa cadeira, apoiado num canto da parede.

Grantham e eu voltamos caminhando para o hotel depois da reunião. Ele me disse que deveríamos nos reunir na praça às quatro horas da manhã seguinte. Às seis já seria dia e, a essa altura, os edifícios do governo, o presidente, a maioria das autoridades e dos deputados que não estavam do nosso lado estaria nas nossas mãos. A Câmara dos Deputados faria uma sessão sob o olhar das tropas de Einarson, e tudo seria feito o mais rápida e regularmente possível.

Eu deveria acompanhar Grantham como uma espécie de guarda-costas, o que significava, imagino, que nós dois seríamos mantidos ao máximo fora do caminho. Para mim não era um problema.

Deixei Grantham no quinto andar, fui para o meu quarto, joguei água fria no rosto e nas mãos e saí do hotel novamente. Não havia a menor chance de conseguir um táxi àquela hora, de modo que segui a pé para a casa de Romaine Frankl. Senti uma certa excitação no caminho.

Enquanto eu andava, um vento batia no meu rosto. Parei e virei-me contra ele para acender um cigarro. Uma sombra esgueirou-se para a sombra de um edifício mais adiante na rua. Eu estava sendo seguido, e sem muita habilidade. Terminei de acender o cigarro e continuei no caminho até chegar a uma rua suficientemente escura. Entrando nela, parei numa porta de entrada escura ao nível da rua.

Um homem apareceu ofegante na esquina. Meu primeiro golpe deu errado – o cassetete atingiu-o muito à frente, na bochecha. O segundo atingiu-o bem atrás da orelha. Deixei-o dormindo ali e fui para a casa de Romaine Frankl.

A criada Marya, num roupão de lã cinza, abriu a porta e me mandou para o quarto preto, branco e cinza, onde a secretária do ministro, ainda com o vestido cor-de-rosa, estava apoiada entre as almofadas do sofá. Um cinzeiro cheio de pontas de cigarro mostrava como ela vinha passando o tempo.

– E então? – perguntou, enquanto eu me aproximava para me sentar ao seu lado.

– Quinta-feira, às quatro, faremos a revolução.

– Eu sabia disso – disse ela, dando tapinhas na minha mão.

– Ela se fez sozinha, embora tenha havido alguns minutos em que eu poderia ter interrompido tudo simplesmente dando um soco atrás da orelha do coronel e deixando que os outros acabassem com ele. Isso me lembra... alguém contratou um homem para me seguir até aqui hoje à noite.

– Que tipo de homem?

– Baixo, atarracado, quarenta anos... mais ou menos o meu tamanho e a minha idade.

– Mas ele não conseguiu?

– Dei-lhe um soco e deixei-o dormindo no caminho.

Ela riu e puxou a minha orelha.

– Era Gopchek, o nosso melhor detetive. Vai ficar furioso.

– Bem, não coloque mais nenhum deles atrás de mim. Pode dizer que eu sinto muito por ter tido de bater duas vezes, mas a culpa foi dele mesmo. Ele não deveria ter sacudido a cabeça da primeira vez.

Ela riu e franziu a testa em seguida, finalmente assumindo uma expressão que tinha um pouco de cada.

– Fale sobre a reunião – ordenou.

Disse-lhe o que sabia. Quando terminei, ela puxou a minha cabeça para me beijar e segurou-a para sussurrar:

– Você confia em mim, não é, querido?

– Claro. Tanto quanto você confia em mim.

– Isso está longe de ser o bastante – disse ela, empurrando o meu rosto para longe.

Marya entrou com uma bandeja de comida. Puxamos a mesa para a frente do sofá e comemos.

– Não entendo você muito bem – disse Romaine enquanto mastigava um talo de aspargo. – Se não confia em mim, porque me conta coisas? Até onde sei, não mentiu muito para mim. Por que me dizer a verdade se não acredita em mim?

– É a minha natureza suscetível – expliquei. – Estou tão impressionado pela sua beleza e o seu encanto, que não consigo recusar nada.

– Não! – exclamou ela, subitamente séria. – Capitalizei esta beleza e este encanto em metade dos países do mundo. Nunca mais diga esse tipo de coisa de novo. Fico magoada, porque... porque... – empurrou o prato, começou a procurar um cigarro, parou a mão no meio do caminho e olho para mim com olhos irritados. – Eu te amo – disse.

Segurei a mão que estava parada no ar, beijei-a e perguntei:

– Você me ama mais do que qualquer outra coisa no mundo?

Puxou a mão da minha.

– Você é contador? – perguntou. – Precisa de quantias, pesos e medidas para tudo?

Sorri e tentei continuar a minha refeição. Estava com fome antes. Agora, embora tivesse dado apenas duas garfadas, não tinha mais apetite. Tentei fingir que ainda sentia a fome que havia perdido, mas não deu. A comida não queria ser engolida. Desisti da tentativa e acendi um cigarro.

Ela usou a mão esquerda para abanar a fumaça de entre nós.

– Você não confia em mim – insistiu. – Então por que se coloca nas minhas mãos?

– Por que não? Você pode transformar a revolução num fracasso. Isso não significa nada para mim. A festa não é minha, e seu fracasso não significa que eu não possa tirar o garoto do país com o dinheiro dele.

– Você não se importa em ser preso, executado, talvez?

– Vou me arriscar – respondi. Mas o que eu estava pensando era que, se depois de vinte anos de tramas e malandragens em cidades grandes eu me deixasse ficar preso naquela cidadezinha na encosta, seria bem feito.

– E você não tem nenhum sentimento por mim?

– Não seja boba. – Acenei com o cigarro para a minha refeição intocada. – Não como nada desde as oito da noite de ontem.

Ela riu, pôs a mão na minha boca e disse:

– Eu entendo. Você me ama, mas não o suficiente para me deixa interferir nos seus planos. Não gosto disso. É efeminado.

– Você vai aderir à revolução? – perguntei.

– Não vou correr pelas ruas atirando bombas, se é o que quer saber.

– E Djudakovich?

– Ele dorme até as onze da manhã. Se começarem às quatro, têm pelo menos sete horas antes de ele acordar. – Ela disse tudo isso absolutamente séria. – Façam a revolução nesse período, ou ele pode resolver parar com tudo.

– Ah é? Eu tinha a impressão de que ele queria a revolução.

– Vasilije quer apenas paz e tranqüilidade.

– Mas, veja bem, querida – protestei. – Se o seu Vasilije for minimamente bom, não terá como não saber da revolução antes da hora. Einarson e seu exército são a revolução. Os banqueiros, deputados e outros do tipo que ele está carregando junto para dar uma aparência responsável à coisa toda são um bando de conspiradores de cinema. Olhe para eles! Fazem as reuniões à meia-noite, e todas essas bobagens. Agora que estão realmente comprometidos a fazer alguma coisa, não conseguirão deixar de espalhar a notícia. Passarão o dia tremendo e cochichando juntos em cantos estranhos.

– Eles estão fazendo isso há meses – disse ela. – Ninguém mais presta atenção neles. E eu prometo que Vasilije não ouvirá nada de novo. Eu certamente não lhe contarei nada, e ele nunca escuta nada do que qualquer outra pessoa diz.

– Tudo bem. – Eu não tinha certeza de que estava tudo bem, mas poderia estar. – Agora essa briga vai até o fim... se o exército seguir Einarson?

– Sim, e o exército irá seguir Einarson.
– Então, depois que terminar, começa o nosso trabalho de verdade?

Ela esfregou um floco de cinza de cigarro na toalha da mesa com um dedinho e não disse nada.

– Einarson precisa ser derrubado – continuei.
– Precisaremos matá-lo – disse ela, pensativa. – É melhor que você mesmo o faça.

Encontrei-me com Einarson e Grantham naquela noite e passei várias horas com eles. O garoto estava agitado, nervoso, sem confiança no sucesso da revolução, embora tentasse fingir que acompanhava tudo com naturalidade. Einarson tinha muito discurso. Deu-nos todos os detalhes dos planos para o dia seguinte. Eu estava mais interessado nele do que no que ele dizia. Pensei que ele era capaz de fazer a revolução com sucesso, e estava disposto a deixar isso por sua conta. Então, enquanto ele falava, eu o estudava, procurando atentamente por seus pontos fracos.

Primeiro observei-o fisicamente – um homem alto e corpulento, no auge, não tão veloz como poderia ter sido, mas forte e durão. Tinha um maxilar amplo e um rosto avermelhado de nariz pequeno que um punho não seria capaz de afetar muito. Não era gordo, mas comia e bebia demais para estar em forma, e um homem avermelhado como ele raramente agüenta muitos golpes na altura do cinto. E isso me bastava em relação ao corpo do homem.

Mentalmente, não era um peso-pesado. Sua revolução era primária. Conseguiria levá-la a cabo porque não havia muita oposição. Eu imaginava que ele tivesse muita força de vontade, mas não apostava muito só nisso. Pessoas sem muito cérebro precisam desenvolver força de vontade para chegar a qualquer lugar. Não sabia se ele tinha coragem ou não, mas, diante de uma platéia, achei que faria uma grande exibição, e a maior parte desse ato seria diante de uma platéia. Num canto escuro, imaginava que ele se acovardaria. Acreditava em si mesmo – absolutamente. Isso é noventa por cento da liderança, de modo que não havia uma falha nesse ponto. Não confiava em mim. Havia me aceitado porque, do modo como as coisas aconteceram, era mais fácil fazer isso do que fechar a porta na minha cara.

Continuou falando sobre seus planos. Estava tudo decidido. Ele traria seus soldados para a cidade no começo da manhã e tomaria o governo. Era todo o plano necessário. O resto era a alface em torno do prato, mas essa parte da alface era a única parte que podíamos discutir. Estava entediado.

Às onze horas, Einarson parou de falar e nos deixou, fazendo o seguinte tipo de discurso:

– Até as quatro horas, senhores, quando a história da Morávia começa. – Pôs uma mão no meu ombro e ordenou: – Guarde Sua Majestade!

Respondi "Arrã" e imediatamente mandei Sua Majestade para a cama. Ele não iria dormir, mas era jovem demais para admitir isso, de modo que foi para a cama relativamente de boa vontade. Peguei um táxi e fui para a casa de Romaine.

Ela estava como uma criança na noite anterior a um piquenique. Beijou-me e beijou a criada Marya. Sentou-se nos meus joelhos, ao meu lado, no chão, em todas as cadeiras, mudando de posição a cada meio minuto. Ria e falava sem parar, sobre a revolução, sobre mim, sobre ela mesma, sobre absolutamente nada. Quase se asfixiou tentando falar enquanto engolia vinho. Acendeu seus grandes cigarros e se esqueceu de fumá-los ou se esqueceu de parar de fumá-los até eles queimarem seus lábios. Cantou versos de canções em meia dúzia de línguas.

Deixei-a às três horas. Ela desceu até a porta comigo e puxou a minha cabeça para baixo para beijar-me os olhos e a boca.

– Se alguma coisa der errado – disse ela –, venha para a prisão. – Vamos controlá-la até...

– Se der bem errado, eu serei levado para lá – prometi.

Então parou de brincar.

– Estou indo para lá agora – disse ela. – Temo que Einarson tenha a minha casa em sua lista.

– Boa idéia – disse eu. – Se você encontrar algum problema, mande me avisar.

Voltei para o hotel caminhando pelas ruas escuras – as luzes eram apagadas à meia-noite – sem ver uma única pessoa, nem mesmo um dos policiais de uniforme cinza. Quando cheguei, a chuva caía, constante.

No meu quarto, vesti roupas e sapatos mais pesados, peguei uma arma extra – uma automática – na minha mala e guardei-a num coldre de ombro. Então enchi os bolsos com munição suficiente para me deixar com as pernas arqueadas, peguei o chapéu e a capa de chuva e subi até a suíte de Lionel Grantham.

– São dez para as quatro – eu disse. – Podemos descer para a praça. É melhor pôr uma arma no bolso.

Ele não havia dormido. Seu jovem rosto bonito estava tão calmo, rosado e composto como da primeira vez que eu o vira, embora seus olhos estivessem mais iluminados agora. Vestiu um sobretudo, e descemos.

A chuva caía sobre os nossos rostos conforme nos dirigíamos para o centro da praça escura. Outros vultos se moviam ao nosso redor, embora ninguém se aproximasse. Paramos ao pé de uma estátua de ferro de alguém montado num cavalo.

Um jovem pálido de uma magreza extraordinária se aproximou e começou a falar rapidamente, gesticulando com as duas mãos, fungando de vez em quando, como se estivesse resfriado. Não consegui entender uma única palavra do que ele disse.

O murmúrio de vozes começou a concorrer com o barulho da chuva. O rosto gordo com bigode branco do banqueiro que estivera na reunião apareceu subitamente do meio da escuridão e voltou para ela com a mesma rapidez, como se não quisesse ser reconhecido. Homens que eu não tinha visto antes se reuniram ao nosso redor, saudando Grantham com uma espécie de respeito acanhado. Um homenzinho vestindo uma capa muito grande correu e começou a nos dizer alguma coisa numa voz rachada e entrecortada. Um homem magro e encurvado, com óculos respingados de gotas de chuva, traduziu a história do homenzinho para o inglês.

– Ele está dizendo que a artilharia nos traiu e que há armas sendo montadas nos edifícios do governo para varrerem a praça ao nascer do dia. – Havia um estranho tipo de esperança na sua voz. Ele acrescentou: – Neste caso, naturalmente, não podemos fazer nada.

– Podemos morrer – disse Lionel Grantham, num tom gentil.

Aquela resposta não fazia nenhum sentido. Ninguém estava ali para morrer. Todos estavam ali porque era muito improvável que alguém tivesse que morrer, exceto, talvez, alguns dos soldados de Einarson. Esta é a visão sensata do discurso do garoto. Mas juro por Deus que até mesmo eu – um detetive de meia-idade que havia esquecido como era acreditar em contos de fada – me senti repentinamente aquecido em minhas roupas molhadas. E, se alguém me dissesse "Este garoto é um rei de verdade", eu não discutiria.

Um silêncio abrupto surgiu do murmúrio ao nosso redor, deixando-nos apenas com o barulho da chuva e o ritmo compassado da marcha ordeira pela rua – os homens de Einarson. Todos começaram a falar ao mesmo tempo, felizes, cheios de expectativa, animados pela aproximação daqueles que fariam o trabalho pesado.

Um oficial vestindo um impermeável reluzente abriu caminho na multidão – um garoto pequeno e elegante, com uma espada grande demais. Saudou Grantham de forma elaborada e disse, num inglês do qual parecia sentir orgulho:

– Os respeitos do coronel Einarson, Senhor, e este progresso se afina.

Fiquei imaginando o que aquilo significava.

Grantham sorriu e respondeu:

– Transmita meus agradecimentos ao coronel Einarson.

O banqueiro reapareceu, com coragem suficiente para se unir a nós. Outros que haviam estado na reunião também apareceram. Formamos um grupo interno em torno da estátua, com a multidão ao nosso redor – agora mais facilmente visível, à luminosidade cinzenta do começo da manhã. Não vi o camponês em cujo rosto Einarson havia cuspido.

A chuva nos encharcava. Mudávamos o pé de apoio, tremíamos e conversávamos. A luz do dia surgiu lentamente, mostrando cada vez mais quem estava ao nosso redor, molhado e com a expressão curiosa. Na borda da multidão, homens explodiram em saudações. O restante fez coro. Esqueceram-se da tristeza molhada e começaram a rir e dançar, abraçaram-se e beijaram-se. Um homem de barba vestindo um casaco de couro se aproximou, curvou-se para Grantham e explicou que o regimento de Einarson pôde ser visto ocupando o Prédio da Administração.

O dia raiou completamente. A multidão ao nosso redor abriu caminho para um automóvel que estava cercado por um esquadrão de cavalaria. O veículo parou diante de nós. Empunhando uma espada, o coronel Einarson saiu do carro, fez ima saudação e segurou a porta aberta para Grantham e eu. Seguiu-nos, cheirando a vitória, como uma corista cheira a perfume Coty. Os cavaleiros se aproximaram do carro novamente, e fomos levados para o Prédio da Administração através de uma multidão que gritava e corria com o rosto vermelho de alegria atrás de nós. Foi tudo muito teatral.

– A cidade é nossa – disse Einarson, inclinando-se em seu assento, com a ponta da espada no chão do carro. – O presidente, os deputados, quase todos os detentores de cargos importantes estão dominados. Nenhum tiro foi disparado, nenhuma janela foi quebrada!

Estava orgulhoso da sua revolução, e eu não o culpava por isso. Não tinha mais tanta certeza de que ele podia não ter cabeça, afinal. Ele tinha tido noção suficiente para manter seus partidários civis na praça até que os soldados tivessem terminado o trabalho deles.

Descemos no Prédio da Administração, subimos a escada entre fileiras de homens de infantaria apresentando armas. A chuva cintilava em suas baionetas. Mais soldados de uniforme verde apresentaram armas ao longo dos corredores. Entramos numa sala de jantar cuidadosamente mobiliada, onde quinze ou vinte oficiais se levantaram para nos receber. Houve muitos discursos. Todos estavam triunfantes. Durante todo o café da manhã, houve muita conversa. Eu não entendi nada.

Depois da refeição, fomos à Câmara dos Deputados, um salão grande e oval com fileiras curvas de mesas e cadeiras diante de uma plataforma mais alta. Além das três mesas da plataforma, cerca de vinte cadeiras haviam sido colocadas ali, de frente para as fileiras curvas. O grupo do nosso café da manhã ocupou essas cadeiras. Percebi que Grantham e eu éramos os únicos civis na plataforma. Nenhum dos nossos companheiros conspiradores estava lá, exceto pelos que pertenciam ao exército de Einarson. Não gostei muito disso.

Grantham sentou-se na primeira fileira de cadeiras, entre Einarson e eu. Víamos os deputados abaixo de nós. Havia mais ou menos cem deles distribuídos nos assentos, claramente divididos em dois grupos. A metade do lado direito do salão era de revolucionários. Todos se levantaram e nos saudaram com vivas. A outra metade, à esquerda, era de prisioneiros. A maioria parecia ter se vestido às pressas.

Em volta do salão, soldados de Einarson estavam postados ombro a ombro contra a parede, exceto na plataforma e nas portas.

Um velho entrou entre dois soldados – um senhor de olhos gentis, careca, encurvado, com um rosto enrugado, barbeado e ar de intelectual.

– Dr. Semich – sussurrou Grantham.

Os guardas do presidente levaram-no para o centro de uma das três mesas sobre a plataforma. Ele não prestou atenção nos que estavam sentados na plataforma e não se sentou.

Um deputado ruivo – pertencente ao grupo revolucionário – levantou-se e falou. Seus companheiros festejaram-no quando ele terminou. O presidente falou – três palavras numa voz muito seca e muito calma – e deixou a plataforma, saindo pelo mesmo caminho que entrara, acompanhado pelos dois soldados.

– Recusou-se a renunciar – informou-me Grantham.

O deputado ruivo subiu na plataforma e sentou-se à mesa central. A máquina legislativa começou a funcionar. Alguns homens falaram brevemente, aparentemente indo direto ao ponto – revolucionários. Nenhum dos deputados prisioneiros se manifestou. Houve uma votação. Alguns dos contrários à revolução não votaram. A maioria pareceu votar com os favoráveis.

– Revogaram a constituição – sussurrou Grantham.

Os deputados comemoraram novamente – os que estavam lá voluntariamente. Einarson inclinou-se e cochichou para Grantham e eu:

– É até onde podemos ir com segurança hoje. Deixe tudo em nossas mãos.

– Está na hora de ouvir uma sugestão? – perguntei.
– Sim.
– Pode me dar licença por um instante? – perguntei a Grantham antes de me levantar e ir até um dos cantos de trás da plataforma.

Einarson me seguiu, franzindo a testa com desconfiança.
– Por que não dar a coroa a Grantham agora? – perguntei, quando estávamos juntos no canto, de pé, meu ombro direito tocando seu ombro esquerdo, meio de frente um para o outro, meio de frente para o canto, de costas para os oficiais sentados na plataforma. O mais próximo a menos de três metros de distância. – Vá até o fim. Você pode fazer isso. Claro que haverá protestos. Amanhã, como uma concessão a esses protestos, você o faz abdicar. Terá crédito por isso. Ficará cinqüenta por cento mais forte diante do povo. Então estará na posição de fazer parecer com que a revolução foi invenção dele e de você, o patriota que evitou que esse recém-chegado tomasse o trono. Enquanto isso, você será ditador e o que mais quiser quando chegar a hora. Está me entendendo? Deixe-o suportar o peso. Você pega o seu no rebote.

Ele gostou da idéia, mas não gostou do fato de que tinha partido de mim. Seus olhinhos escuros se cravaram nos meus.
– Por que você está me sugerindo isso? – perguntou.
– Que importância tem isso? Prometo que ele abdicará em 24 horas.

Ele sorriu embaixo do bigode e levantou a cabeça. Conhecia um major da Força Aérea Americana que sempre levantava a cabeça dessa maneira quando ia dar uma ordem desagradável. Falei rapidamente.
– A minha capa de chuva... está vendo que está dobrada sobre o meu braço esquerdo?

Ele não disse nada, mas semicerrou as pálpebras.
– Você pode ver a minha mão esquerda – prossegui.

Seus olhos estavam quase fechados, mas ele não disse nada.
– Estou segurando uma automática – concluí.
– E? – perguntou ele, com desdém.
– Nada, só... faça alguma gracinha, e eu estouro as suas tripas.

— *Ach*! — ele não me levou a sério. — E depois disso?

— Não sei. Pense nisso com cuidado, Einarson. Eu me pus deliberadamente numa posição em que terei de ir em frente se você não ceder. Posso matar você antes que consiga fazer alguma coisa. E vou matar se você não der a coroa a Grantham agora. Está entendendo? Preciso ir. Talvez, é muito provável, que os seus rapazes me peguem depois, mas você estaria morto. Se eu recuar agora, você certamente vai mandar me matarem. Então eu não posso recuar. Se nenhum de nós dois recuar, nós dois daremos o salto. *Eu* fui longe demais para enfraquecer agora. *Você* terá de ceder. Pense no caso.

Ele pensou. A cor fugiu do seu rosto, e um leve movimento ondulatório surgiu em seu queixo. Pressionei-o, movendo a capa de chuva o suficiente para que ele visse o cano da arma que realmente estava na minha mão esquerda. Eu estava armado — ele não tinha coragem suficiente para correr o risco de morrer em seu momento de vitória.

Atravessou a plataforma até a mesa na qual estava o deputado ruivo, que afastou com um resmungo e um gesto, inclinou-se sobre a mesa e berrou para a câmara. Fiquei um pouco mais ao lado dele, um pouco para trás, de modo que ninguém pudesse ficar entre nós.

Nenhum deputado fez qualquer som durante um longo minuto depois do berro do Coronel. Então um dos anti-revolucionários saltou de pé e falou alto, num tom amargo. Einarson apontou um dedo marrom para ele. Dois soldados deixaram seus postos perto da parede, agarraram o deputado com força pelo pescoço e os braços e o arrastaram para fora. Outro deputado se levantou, falou, e foi retirado. Depois do quinto parlamentar sair arrastado, tudo ficou tranqüilo. Einarson apresentou um questionamento e recebeu uma resposta unânime.

Virou-se para mim, com o olhar indo e vindo do meu rosto para a minha capa de chuva e disse:

— Está feito.

— Vamos fazer a coroação agora — ordenei.

Perdi a maior parte da cerimônia. Estava ocupado mantendo o oficial de rosto vermelho sob controle, mas, finalmente, Lionel Grantham foi oficialmente coroado como

Lionel Primeiro, rei da Morávia. Einarson e eu o cumprimentamos, ou o que quer que fosse, juntos. Então puxei o oficial para o lado.

– Vamos dar uma caminhada – eu disse. – Não tente nenhuma bobagem. Leve-me para fora por uma saída lateral.

Eu o tinha dominado, quase sem precisar da arma. Ele teria de lidar silenciosamente com Grantham e eu – matar-nos sem qualquer publicidade – se não quisesse ser alvo de chacota – aquele homem que se deixara ser roubado de um trono no meio do próprio exército.

Contornamos o Prédio da Administração até o Hotel da República sem cruzarmos com ninguém que nos conhecesse. Toda a população estava na praça. Encontramos o hotel deserto. Fiz com que levasse o elevador até o meu andar e conduzi-o até o meu quarto.

Tentei abrir a porta, que estava destrancada, soltei a maçaneta e disse-lhe para entrar. Ele empurrou a porta e parou.

Romaine Frankl estava sentada de pernas cruzadas no meio da minha cama, costurando um botão em um dos meus ternos.

Empurrei Einarson para dentro do quarto e fechei a porta. Romaine olhou para ele, e agora a automática estava descoberta em minha mão. Representando uma decepção burlesca, ela disse:

– Ah, você ainda não o matou!

O coronel Einarson ficou tenso. Agora tinha uma platéia – para assistir à sua humilhação. Era provável que fizesse alguma coisa. Eu teria de lidar com ele de luvas ou... talvez a outra maneira fosse melhor. Chutei-lhe o tornozelo e resmungou:

– Vá para o canto e sente-se!

Ele girou para mim. Bati com o cano da pistola em seu rosto, prendendo seu lábio entre a arma e os dentes. Quando sua cabeça caiu para trás, atingi-o na barriga com o outro punho. Ele tentou respirar com a boca aberta. Empurrei-o para uma cadeira num canto.

Romaine riu e sacudiu o dedo para mim, dizendo:

– Você é um arruaceiro!

– O que mais eu posso fazer? – protestei, principalmente por causa do meu prisioneiro. – Quando alguém o está observando, ele tem a impressão de ser um herói. Eu o dominei e o fiz coroar o garoto rei. Mas este passarinho ainda tem o exército, que é o governo. Não posso soltá-lo, ou tanto Lionel Primeiro quanto eu levaremos chumbo. Dói mais em mim ter que ficar batendo nele, mas não posso evitar. Preciso mantê-lo sensato.

– Você não está sendo correto em relação a ele – ela respondeu. – Você não tem o direito de maltratá-lo. A única coisa educada a fazer é cortar a garganta dele de modo cavalheiresco.

– *Ach*! – os pulmões de Einarson estavam funcionando de novo.

– Cale a boca – gritei para ele – ou eu acabo com você.

Ele olhou com raiva para mim, e eu perguntei à garota:

– O que vamos fazer com ele? Eu gostaria de cortar-lhe a garganta, mas o problema é que seu exército pode vingá-lo, e não sou o tipo de cara que gosta de ter atrás de si o exército de alguém em busca de vingança.

– Vamos entregá-lo a Vasilije – disse ela, jogando as pernas para o lado da cama e ficando de pé. – Ele saberá o que fazer.

– Onde está ele?

– Lá em cima, na suíte de Grantham, terminando o cochilo da manhã.

Então ela falou com naturalidade, casualmente, como se não estivesse pensando seriamente no assunto:

– Então você fez o garoto ser coroado?

– Fiz. Você quer a coroa para o seu Vasilije? Ótimo! Queremos cinco milhões de dólares americanos pela abdicação. Grantham deu três para financiar a coisa toda e merece um lucro. Ele foi regularmente eleito pelos deputados. Ele não tem apoio real aqui, mas pode obter apoio com os vizinhos. Não se esqueça disso. Há uns dois países não muito distantes que mandariam de bom grado um exército para apoiar um rei legítimo em troca de quaisquer concessões que desejassem. Mas Lionel Primeiro é um homem razoável. Ele acha que seria melhor o país ter um governante nativo. Tudo o que pede é uma provisão decente do governo. Cinco milhões é um valor baixo o suficiente, e ele abdicará amanhã. Diga isso ao seu Vasilije.

Ela deu a volta para evitar passar entre a minha arma e seu alvo, ficou nas pontas dos pés para beijar a minha orelha e disse:

– Você e o seu rei são dois bandoleiros. Voltarei em alguns minutos.

Ela saiu.

– Dez milhões – disse o coronel Einarson.

– Não posso confiar em você – respondi. – Você nos pagaria diante de um pelotão de fuzilamento.

– E pode confiar nesse porco do Djudakovich?

– Ele não tem motivo para nos odiar.

– Mas terá, se souber sobre você e sua Romaine.

Dei uma risada.

– Além disso, como ele poderá ser rei? *Ach*! De que serve sua promessa de pagar se ele não pode estar na posição de pagar? Mesmo considerando que eu estivesse morto. O que ele fará com o meu exército? *Ach*! Você viu aquele porco! Que tipo de rei é ele?

– Não sei – respondi sinceramente. – Disseram-me que ele foi um bom ministro de Polícia porque a ineficiência atrapalharia seu conforto. Talvez ele fosse um bom rei pelo mesmo motivo. Eu o vi uma vez. É uma montanha balofa, mas não há nada de ridículo em relação a ele. Ele pesa uma tonelada e se move sem chacoalhar o chão. Eu teria medo de tentar fazer com ele o que fiz com você.

Esse insulto fez o soldado se levantar, muito alto e ereto. Seus olhos me fuzilaram enquanto a boca se transformava numa linha fina. Ele ia me dar trabalho antes que me livrasse dele.

A porta se abriu, e Vasilije Djudakovich entrou, seguido pela garota. Sorri para o ministro gordo. Ele assentiu sem sorrir. Seus olhinhos escuros desviaram friamente de mim para Einarson.

A garota disse:

– O governo dará a Lionel Primeiro uma ordem de saque de quatro milhões de dólares, americanos, num banco de Viena ou de Atenas, em troca de sua abdicação. – Deixou o tom oficial e acrescentou: – Foram todos os centavos que consegui tirar dele.

– Você e o seu Vasilije são uma dupla de pechincheiros de última categoria – reclamei. – Mas aceitaremos. Precisaremos de um trem especial para Salônica... um trem que nos leve para o outro lado da fronteira antes que a abdicação passe a ter valor.

– Isso será arranjado – ela prometeu.

– Ótimo! Agora façam tudo o que esse seu Vasilije precisa fazer para tirar o exército de Einarson. Ele pode fazer isso?

– *Ach*! – O coronel Einarson ergueu a cabeça e inchou o peito amplo. – Isso é precisamente o que ele tem que fazer!

O gordo resmungou sonolento através da barba amarelada. Romaine aproximou-se e pôs a mão no meu braço.

– Vasilije quer conversar em particular com Einarson. Deixe com ele.

Concordei e ofereci a minha automática a Djudakovich, que não prestou atenção nem à arma nem a mim. Estava olhando com uma espécie de paciência viscosa para o oficial. Saí com a garota e fechei a porta. No pé da escada, segurei-a pelos ombros.

– Posso confiar no seu Vasilije? – perguntei.

– Ah, meu querido, ele daria conta de meia dúzia de Einarsons.

– Não quis dizer nesse sentido. Ele não vai tentar me dar um golpe?

– Por que começar a se preocupar com isso agora?

– Ele não me parece ser uma pessoa exatamente amistosa.

Ela riu e virou o rosto para morder uma das minhas mãos.

– Ele tem ideais, ela explicou. – Ele despreza você e o seu rei como uma dupla de aventureiros que estão lucrando com os problemas deste país. Por isso faz tanta cara feia. Mas manterá a sua palavra.

Talvez fosse manter, pensei, mas ele não tinha me dado a sua palavra – ela tinha.

– Vou dar uma olhada em Sua Majestade – eu disse. – Não vou demorar muito. Depois vou me unir a vocês na suíte dele. Por que a costura? Eu não tinha nenhum botão solto.

– Tinha sim – disse ela, remexendo meus bolsos atrás de cigarros. – Arranquei um quando um dos nossos homens me disse que você e Einarson estavam a caminho. Achei que daria uma aparência doméstica.

Encontrei meu rei numa sala decorada em vinho e dourado na Residência Executiva, cercado por ambiciosos sociais e políticos da Morávia. Os uniformes ainda eram a maioria, mas alguns civis haviam chegado até ele, afinal, junto com as mulheres e as filhas. Ele esteve ocupado demais para me ver por alguns minutos, de modo que fiquei por perto, olhando para as pessoas. Para uma delas em particular – uma garota alta de preto que estava afastada dos demais, perto de uma janela.

Notei-a primeiro porque era bonita de rosto e de corpo, e então observei-a mais atentamente por causa da expressão dos olhos castanhos com que olhava para o novo rei. Se alguém parecia orgulhoso de outra pessoa, era essa menina de Grantham. A forma como ela estava ali parada, sozinha perto da janela, olhando para ele... ele teria de ser ao menos uma combinação de Apolo, Sócrates e Alexandre para merecer metade daquilo. Valeska Radnjak, supus.

Olhei para o garoto. Seu rosto estava orgulhoso e corado, e a cada dois segundos ele se virava para a garota perto da janela enquanto ouvia o tagarelar do grupo que o idolatrava ao seu redor. Eu sabia que ele não era nenhum Apolo-Sócrates-Alexandre, mas ele tinha conseguido se parecer com isso. Havia encontrado um lugar no mundo de que gostava. Eu lamentava um pouco que ele não pudesse manter aquilo, mas os meus arrependimentos não me impediram de concluir que eu já havia perdido tempo suficiente.

Forcei a passagem em meio às pessoas na sua direção. Ele me reconheceu com os olhos de um mendigo de parque que era despertado de bons sonhos por um cassetete batendo nas solas dos sapatos. Pediu licença aos demais e me levou por um corredor até uma peça com janelas de vidraças manchadas e mobília de escritório ricamente entalhada.

– Este era o gabinete do dr. Semich – disse-me ele. – Eu...

– Você estará na Grécia amanhã – eu disse, bruscamente.

Ele fechou a cara olhando para os pés, numa expressão teimosa.

– Você deve saber que não pode continuar – argumentei. – Você pode achar que tudo está indo tranqüilamente. Se sim, você é surdo, tolo e cego. Eu consegui que você fosse coroado com o cano de uma arma apontado para o fígado de Einarson. Consegui mantê-lo esse tempo todo seqüestrando-o. Fiz um acordo com Djudakovich – o único homem forte que vi aqui. Cabe a ele lidar com o Einarson. Eu não consigo mais contê-lo. Djudakovich dará um bom rei, se quiser. Ele lhe promete quatro milhões de dólares, um trem especial e salvo-conduto até Salônica. Você sai de cabeça erguida. Você foi rei. Tirou um país de mãos ruins e o deixou em mãos boas – esse gordo é real. E conseguiu um lucro de um milhão.

– Não. Vá você. Eu devo ficar até o fim. Essas pessoas confiaram em mim, e eu...

– Meu Deus, isso é uma fala do velho dr. Semich! Essas pessoas não confiaram e você... nem um pouquinho. Eu sou a pessoa que confiou em você. Eu fiz de você um rei, entendeu? Fiz de você um rei para que você pudesse ir para casa com o queixo erguido... não para que ficasse aqui fazendo papel de idiota! Comprei ajuda com promessas. Uma delas foi de que você sairia em 24 horas. Você precisa manter as promessas que eu fiz no seu nome. Essas pessoas confiaram em você, é? Você foi enfiado goela abaixo deles, meu filho! E fui eu que enfiei! Agora, preciso desenfiá-lo. Se for ruim para o seu romance... se a sua Valeska não aceitar nada menos do que o trono deste paisinho...

– Chega. – Sua voz veio de algum ponto pelo menos quinze metros acima de mim. – Você terá a sua abdicação. Não quero o dinheiro. Você me avisará sobre quando o trem estiver pronto.

– Escreva a abdicação agora – ordenei.

Ele foi até a mesa, pegou uma folha de papel e, com a mão firme, escreveu que, ao deixar a Morávia, ele renunciava do trono e de todos os poderes relacionados a ele. Assinou o papel com *Lionel Rex* e entregou-o a mim. Enfiei-o no bolso e comecei a dizer, em tom compreensivo:

– Entendo os seus sentimentos, e sinto que...

Virou-se de costas para mim e saiu. Voltei ao hotel.

No quinto andar, saí do elevador e fui caminhando calmamente até a porta do meu quarto. Não ouvi nenhum som. Tentei abrir a porta, estava destrancada, e entrei. Vazio. Até mesmo as minhas roupas e bagagens não estavam mais lá. Subi para a suíte de Grantham.

Djudakovich, Romaine, Einarson e metade da força policial estavam lá.

O Coronel Einarson estava sentado muito ereto numa poltrona no meio do quarto. Os cabelos e o bigode escuros pareciam arrepiados. Estava com o queixo para fora, com todos os músculos de rosto avermelhado muito tensos. Tinha os olhos faiscantes – estava num de seus melhores humores de briga. Era o resultado de lhe dar uma platéia.

Fiz uma careta para Djudakovich, que estava de pé com as pernas de gigante abertas, de costas para uma janela. Por que o idiota gordo não tinha atinado isolar Einarson num canto solitário, onde poderia ser dominado?

Romaine deu a volta flutuando e passou pelos policiais que ocupavam todo o ambiente, em pé e sentados, e foi até onde eu estava, perto da porta.

– Você tomou todas as providências? – perguntou.

– Estou com a abdicação no bolso.

– Entregue-a para mim.

– Ainda não – eu disse. – Primeiro preciso saber se o seu Vasilije é tão grande como aparenta. Einarson não me parece silenciado. O seu gorducho deveria saber que ele iria desabrochar diante de uma platéia.

– Não há como dizer o que Vasilije está planejando – disse ela superficialmente –, exceto que será adequado.

Eu não estava tão seguro disso como ela. Djudakovich murmurou uma pergunta para ela, e ela lhe deu uma resposta rápida. Ele murmurou mais alguma coisa – para os policiais. Eles começaram a se afastar de nós, sozinhos, em pares, em grupos. Quando o último policial havia saído, o gordo disse alguma coisa para Einarson através do bigode amarelado. Einarson levantou-se, com o peito para fora, os ombros para trás, sorrindo confiante por baixo do bigode escuro.

– O que foi agora? – perguntei à garota.

– Venha junto e você verá – ela disse.

Nós quatro descemos e saímos pela porta da frente do hotel. A chuva havia parado. Na praça, estava reunida a maior parte da população de Stefania, principalmente diante do Prédio da Administração e da Residência Executiva. Acima de suas cabeças, podia-se ver os chapéus de pele de carneiro do regimento de Einarson, ainda em volta dos edifícios onde ele os havia deixado.

Nós – ou pelo menos Einarson – fomos reconhecidos e saudados enquanto atravessávamos a praça. Einarson e Djudakovich foram lado a lado em frente, o soldado marchando, o gigante gordo andando com seus passos dez-para-as-duas. Romaine e eu fomos logo atrás dos dois. Seguimos diretamente para o Prédio da Administração.

– O que ele tem em mente? – perguntei, irritado.

Ela bateu de leve no meu braço, sorriu excitada e disse:

– Espere, e verá.

Não parecia haver mais nada a fazer – além de me preocupar.

Chegamos ao pé da escadaria de pedra do Prédio da Administração. As baionetas apresentaram um desconfortável brilho frio à luz do anoitecer quando as tropas de Einarson apresentaram as armas. Subimos os degraus. No último degrau, Einarson e Djudakovich se viraram de frente para os soldados e os cidadãos abaixo. A garota e eu demos a volta e ficamos atrás da dupla. Embora seus dentes estivessem rangendo e seus dedos fincados em meu braço, seus olhos e lábios sorriam impulsivamente.

Os soldados que se encontravam ao redor da Residência Executiva vieram se unir aos que já estavam diante de nós, empurrando os cidadãos para conseguirem espaço. Mais um destacamento surgiu. Einarson ergueu a mão, berrou uma dúzia de palavras, rosnou para Djudakovich e deu um passo para trás.

Djudakovich falou. Um rugido natural e sonolento que podia ser ouvido até o hotel. Enquanto falava, tirou um papel do bolso e segurou-o diante de si. Não havia nada de teatral no tom de sua voz ou em seus gestos. Ele poderia estar falando sobre qualquer coisa sem muita importância. Mas... quem olhava para a platéia sabia que era importante.

Os soldados haviam saído de forma para se aproximarem. Seus rostos iam ficando vermelhos, um fuzil de baioneta era sacudido no alto aqui e ali. Atrás deles, os cidadãos se entreolhavam com expressões assustadas, empurrando-se, alguns tentando chegar mais perto, alguns tentando se afastar.

Djudakovich continuou falando. O tumulto aumentou. Um soldado abriu caminho entre os companheiros e começou a subir a escada, seguido de perto por outros.

Einarson interrompeu o discurso do gordo, indo até a beirada do último degrau, berrando para os rostos voltados para cima, com a voz de um homem acostumado a ser obedecido.

Os soldados na escada recuaram. Einarson berrou novamente. As fileiras se rearranjaram, e armas erguidas foram baixadas. Einarson ficou em silêncio por um instante, olhando furioso para suas tropas, e então deu início a um discurso. Eu não entendia o que ele dizia, tanto quanto não compreendera o que dissera o gordo, mas não havia como questionar a força da impressão que causava. E não havia dúvidas de que a raiva estava abandonando as expressões de quem estava abaixo dele.

Olhei para Romaine. Ela tremia e não estava mais sorrindo. Olhei para Djudakovich. Ele estava imóvel e tão impassível como a montanha que parecia ser.

Queria saber do que tudo aquilo se tratava para saber se era melhor atirar em Einarson e me esconder no edifício aparentemente vazio atrás de nós ou não. Podia adivinhar que o papel na mão de Djudakovich era algum tipo de prova contra o coronel, uma prova que teria enfurecido os soldados a ponto de atacá-lo se não estivessem tão acostumados a obedecê-lo.

Enquanto eu desejava e adivinhava, Einarson encerrou seu discurso, deu um passo para o lado, apontou um dedo para Djudakovich e berrou uma ordem.

Abaixo, os rostos dos soldados estavam indecisos e inquietos, mas quatro deles saíram rapidamente à ordem de seu coronel e subiram a escada. "Então", pensei, "meu candidato gordo perdeu! Bom, ele pode ficar com seu pelotão de fuzilamento. Eu fico com a porta dos fundos." Fazia um bom tempo que a minha mão estava segurando a arma no bolso do meu casaco. Mantive-a lá enquanto dava um grande passo para trás, levando a garota comigo.

– Mexa-se quando eu disser – sussurrei.

– Espere! – ela arquejou. – Olhe!

O gigante gordo, com os olhos mais sonolentos do que nunca, estendeu uma pata enorme e agarrou o pulso da mão com que Einarson apontava para ele. Puxou Einarson para baixo. Soltou o pulso e agarrou o ombro do coronel. Ergueu-o do chão com a mão que lhe segurava o ombro. Sacudiu-o para os soldados abaixo. Sacudiu Einarson para eles com uma mão. Sacudiu o pedaço de papel – o que quer que fosse – para eles com a outra. E sou capaz de apostar que um braço não estava fazendo mais esforço do que o outro.

Enquanto os sacudia – o homem e o papel –, ele rugiu sonolento. E quando parou de rugir, ele atirou os dois punhados sobre as tropas de olhos arregalados. Atirou-os com um gesto que dizia: "*Aqui está o homem, e aqui está a prova contra ele. Façam o que quiserem.*"

E os soldados que haviam retomado a formação das fileiras ao comando de Einarson quando ele estava altivo e dominador acima deles fizeram o que seria de se esperar quando ele foi atirado em sua direção.

Partiram-no em pedaços – literalmente – pedaço por pedaço. Soltaram as armas e brigaram para chegar até ele. Os que estavam mais longe subiram nos mais próximos, sufocando-os, atropelando-os. Eles ondeavam para frente e para trás nos degraus, uma matilha insana de homens transformados em lobos, lutando com selvageria para destruir um homem que devia estar morto menos de meio minuto depois de ter caído no chão.

Tirei a mão da garota do meu braço e fui confrontar Djudakovich.
– A Morávia é sua – eu disse. – Não quero nada além da nossa ordem de saque e do nosso trem. Aqui está a abdicação.
Romaine traduziu rapidamente as minhas palavras e, em seguida, as de Djudakovich:
– O trem está pronto. A ordem de saque será entregue lá. Você deseja buscar Grantham?
– Não. Mandem-no para lá. Como encontrarei o trem?
– Eu posso levar você – disse ela. – Atravessaremos o prédio e sairemos por uma porta lateral.
Um dos detetives de Djudakovich estava sentado na direção de um carro em frente ao hotel. Romaine e eu embarcamos. Do outro lado da praça, o tumulto ainda fervia. Nenhum de nós disse qualquer coisa enquanto o carro nos conduzia velozmente pelas ruas que eram tomadas pela escuridão da noite.
Nesse momento, ela perguntou bem baixinho:
– E agora você me despreza?
– Não – aproximei-me dela. – Mas eu detesto multidões, linchamentos... fico transtornado. Não interessa o quão ruim seja o homem, se há uma multidão contra ele, estou do ao lado dele. A única coisa que peço a Deus é por uma chance de algum dia estar atrás de uma metralhadora com um grupo de linchadores diante de mim. Eu não tinha nenhuma utilidade para Einarson, mas não teria lhe dado aquilo! Bem, o que está feito está feito. O que era aquele documento?
– Uma carta de Mahmoud. Ele a deixara para um amigo entregar a Vasilije se alguma coisa viesse a lhe acontecer. Aparentemente, ele conhecia Einarson e preparou sua vingança. A carta confessava a sua participação, de Mahmoud, no assassinato do general Radnjak e dizia que Einarson também estava envolvido. O exército idolatrava Radnjak, e Einarson queria o exército.
– O seu Vasilije poderia ter usado isso para afugentar Einarson, sem atirá-lo aos lobos – reclamei.
– Vasilije estava certo. Por pior que tenha sido, aquela era a forma de lidar com a questão. Está encerrada, resolvida para sempre, com Vasilije no poder. Einarson vivo e um

exército sem saber que ele havia matado seu ídolo... seria muito arriscado. Até o fim, Einarson pensou que tinha poder suficiente para controlar as tropas, independentemente do que elas soubessem. Ele...

– Tudo bem... está feito. E estou feliz de ter terminado com esse negócio de rei. Me dê um beijo.

Ela me beijou e sussurrou:

– Quando Vasilije morrer... e ele não deve viver muito, do jeito que come... irei a São Francisco.

– Você é uma safada de sangue frio – disse eu.

Lionel Grantham, ex-rei da Morávia, estava apenas cinco minutos antes de nós para pegar o trem. Não estava sozinho. Valeska Radnjak, tão parecida com a rainha de alguma coisa como se realmente o tivesse sido, estava com ele. Ela não parecia estar muito abalada pela perda do trono.

O garoto foi suficientemente agradável e educado comigo durante a nossa viagem sacolejante até Salônica, mas evidentemente não parecia muito confortável na minha companhia. Sua futura noiva não tomava conhecimento da existência de ninguém além do garoto, a menos que calhasse de encontrar alguém diretamente diante dela. Assim, não esperei pelo casamento dos dois, mas fui embora de Salônica num barco que zarpou poucas horas depois da nossa chegada.

Deixei a ordem de saque com eles, é claro. Eles resolveram pegar os três milhões de Lionel e devolver o quarto milhão à Morávia. Enquanto isso, voltei a São Francisco para discutir com meu chefe por causa de itens de cinco e dez dólares da minha prestação de contas os quais ele considerara supérfluos.

O caso Gatewood

Harvey Gatewood havia ordenado que minha entrada fosse liberada assim que eu chegasse, de modo que levei um pouco menos de quinze minutos para passar pelos porteiros, os office-boys e as secretárias que preenchiam a maior parte do espaço entre a porta da frente da Companhia Madeireira Gatewood e o escritório particular do presidente. Sua sala era grande, toda em mogno, bronze e estofados verdes, com uma mesa de mogno grande como uma cama no centro do ambiente.

Inclinado sobre a mesa, Gatewood começou a gritar comigo assim que o obsequioso atendente que me havia feito entrar com uma reverência saísse com uma reverência.

– Minha filha foi seqüestrada ontem à noite! Quero pegar o bando que fez isso, nem que me custe cada centavo que tenho!

– Fale mais sobre o que houve – sugeri.

Mas, aparentemente, ele queria resultados, não perguntas. Então, perdi quase uma hora para obter informações que ele poderia ter me dado em quinze minutos.

Ele era um homenzarrão forte, algo em torno de cem quilos de músculos. Um verdadeiro czar do topo de sua cabeça redonda até a ponta dos sapatos, que deviam ser pelo menos número 48, se não tivessem sido feitos sob medida.

Havia feito seus muitos milhões esmagando todos os que se atravessaram em seu caminho. A raiva que o fazia ferver naquele momento não tornava mais fácil lidar com ele.

Seu maxilar quadrado projetava-se para frente como um pedaço de granito, e seus olhos estavam injetados de sangue – encontrava-se numa encantadora disposição de espírito. Por um tempo, parecia que a Agência de Detetives Continental ia perder um cliente, porque decidi que se ele não me dissesse tudo o que eu queria saber, não aceitaria o trabalho.

Mas acabei conseguindo tirar a história dele, afinal.

Sua filha Audrey havia saído de casa, na Clay Street, mais ou menos às sete horas da noite anterior, dizendo à empregada que ia dar uma caminhada. Ela não voltou naquela noite – embora Gatewood só tenha ficado sabendo disso depois de ler a carta que chegou pela manhã.

A carta era de alguém que dizia que ela havia sido seqüestrada. Exigia 50 mil dólares para sua libertação e instruía Gatewood a aprontar o dinheiro em notas de cem dólares – para que não houvesse demora depois que ele recebesse instruções sobre como pagar os seqüestradores da filha. Como prova de que aquilo não era um trote, foram incluídos um cacho dos cabelos da garota, um anel que ela sempre usava e um bilhete escrito por ela, pedindo para que o pai atendesse as exigências.

Gatewood havia recebido a carta em seu escritório e telefonado para casa imediatamente. Disseram-lhe que a cama da garota estava intacta desde a noite e que nenhum dos criados a vira desde que ela saíra para dar a caminhada. Ele então avisara a polícia, entregando-lhes a carta. Alguns minutos depois, decidira acionar detetives particulares também.

– Agora – explodiu, depois que eu tinha conseguido arrancar essas coisas dele e ele havia me informado que não sabia nada sobre relacionamentos ou hábitos da filha – vá em frente e faça alguma coisa! Não estou lhe pagando para ficar sentado conversando sobre o assunto!

– O que o senhor vai fazer? – perguntei.

– Eu? Vou botar esses... atrás das grades nem que me custe cada centavo que tenho nesta vida.

– Claro! Mas, antes, apronte os 50 mil dólares, para que o senhor possa entregar quando lhe forem exigidos.

Ele cerrou as mandíbulas e aproximou o rosto do meu.

– Eu nunca fui forçado a fazer nada na vida! E estou muito velho para começar agora! – disse ele. – Vou pagar para ver o blefe dessa gente!

– Isso será ótimo para a sua filha. Mas, além do que vai provocar nela, é a jogada errada. Cinqüenta mil não são muito para o senhor, e pagá-los nos dará duas chances que não temos agora. Uma quando o pagamento for feito: uma chance de pegar quem quer que venha buscá-lo, ou pelo menos conseguir uma pista em relação a eles. E a outra quando a sua filha for devolvida. Por mais cuidadosos que eles sejam, é certo que ela conseguirá nos dizer alguma coisa que nos ajudará a apanhá-los.

Ele sacudiu a cabeça com raiva, e eu estava cansado de discutir. Assim, fui embora, esperando que ele enxergasse a sabedoria do plano que eu havia proposto antes que fosse tarde demais.

Na residência de Gatewood, encontrei mordomos, copeiros, motoristas, cozinheiras, arrumadeiras, criadas e mais uma porção de diferentes tipos de lacaios – ele tinha empregados suficientes para administrar um hotel.

O que eles me disseram se resumia ao seguinte: a garota não havia recebido nenhum telefonema, bilhete ou telegrama – os recursos consagrados para atrair uma vítima para um assassinato ou um seqüestro – antes de sair de casa. Havia dito à empregada que voltaria em uma ou duas horas. Mas a empregada não havia se preocupado quando a jovem não voltou naquela noite.

Audrey era filha única e, desde a morte da mãe, ela ia e vinha conforme desejava. Ela e o pai não se davam muito bem – tinham gênios muito parecidos, imaginei –, e ele nunca sabia onde ela estava. Não havia nada de atípico no fato de ela passar a noite fora. Ela raramente se preocupava em avisar que ia passar a noite na casa de amigas.

Estava com dezenove anos de idade, mas parecia muitos anos mais velha, tinha mais ou menos um metro e 65 de altura e era esguia. Tinha olhos azuis, cabelos castanhos – muito fartos e longos –, era pálida e muito nervosa. Suas fotografias, das quais peguei um punhado, mostravam que tinha olhos grandes, nariz pequeno e o queixo pontudo.

Não era linda, mas na única fotografia em que um sorriso havia apagado o mau humor de sua boca, estava pelo menos bonita.

Quando saiu de casa estava vestindo uma saia leve de *tweed* e um casaco com a etiqueta de um alfaiate de Londres, uma blusa amarela com listras um tom mais escuro, meias de lã marrons, sapatos de salto baixo marrons e um chapéu de feltro cinza simples.

Subi até os quartos dela – eram três, no terceiro andar – e vasculhei todas as suas coisas. Encontrei uma enorme quantidade de fotografias de homens, meninos e meninas e uma grande pilha de cartas de variados graus de intimidade assinadas com uma ampla variedade de nomes e apelidos. Anotei todos os endereços que encontrei.

Nada em seus quartos parecia ter qualquer relação com o seu rapto, mas havia uma chance de um dos nomes e endereços ser de alguém que tivesse servido como isca. Além disso, algum de seus amigos poderia nos dizer algo de valor.

Passei na Agência e distribuí os nomes e endereços entre os três detetives que estavam disponíveis e mandei-os ver o que podiam desencavar.

Então falei com os investigadores da polícia que estavam trabalhando no caso – O'Gar e Thode – por telefone e fui até a central de polícia para me encontrar com eles. Lusk, um inspetor dos correios, também estava lá. Demos várias voltas no caso, olhando de todos os ângulos, mas sem ir muito longe. Todos concordávamos, porém, que não podíamos correr riscos com qualquer publicidade nem trabalhar abertamente até a garota estar a salvo.

Eles haviam tido mais problemas com Gatewood do que eu – ele queria botar tudo nos jornais, com oferta de recompensa, fotografias e tudo o mais. Claro que Gatewood tinha razão ao argumentar que essa era a forma mais eficiente de apanhar os seqüestradores – mas teria sido difícil para a sua filha, se os seqüestradores fossem pessoas de caráter suficientemente insensível. E, via de regra, seqüestradores não são carneirinhos.

Olhei para a carta que haviam enviado. Havia sido escrita a lápis em papel pautado do tipo que é vendido em blocos em qualquer papelaria do mundo. O envelope era igualmente comum, também preenchido a lápis e com o carimbo dos correios de *São Francisco, 20 de Setembro, 21h*. A noite em que ela havia sido capturada.

A carta dizia:

Senhor:
Estamos com a sua encantadora filha e lhe atribuímos o valor de US$ 50 mil. O senhor deve aprontar o dinheiro em notas

de US$ 100 imediatamente, para que não haja atraso quando lhe dissermos como ele deve nos ser entregue.

Podemos assegurar-lhe que as coisas irão mal com a sua filha se o senhor não fizer como mandarmos ou envolver a polícia ou fizer qualquer coisa idiota.

US$ 50 mil é apenas uma pequena fração do que o senhor roubou enquanto estávamos vivendo no meio da lama e do sangue pelo senhor, e pretendemos obter essa quantia, senão...

Três.

Um bilhete peculiar sob diversos aspectos. Eles normalmente são escritos com uma grande imitação de semi-analfabetismo. Quase sempre há uma tentativa de desviar as suspeitas. Talvez aquela coisa de ex-serviço estivesse ali por esse motivo – ou talvez não.

Então havia um pós-escrito:

Conhecemos alguém que a comprará mesmo depois de termos acabado com ela – caso o senhor não ouça a razão.

A carta da garota foi escrita com letra trêmula no mesmo tipo de papel, aparentemente com o mesmo lápis.

Papai:
Por favor, faça o que eles estão pedindo! Estou com muito medo...
Audrey

Uma porta do outro lado da sala se abriu, e uma cabeça apareceu.

– O'Gar! Thode! Gatewood acabou de ligar. Vão para o escritório dele imediatamente!

Nós quatro saímos da central de polícia e entramos num carro da polícia.

Gatewood estava andando de um lado para o outro em sua sala como um maníaco quando empurramos um número suficiente de empregados para chegar até ele. Seu rosto estava vermelho, e os olhos tinham um brilho insano.

– Ela acabou de me ligar! – gritou ele, quando nos viu.

Levou um ou dois minutos até que ele se acalmasse o bastante para nos contar sobre o telefonema.

– Ela me ligou. Disse "Ah, Papai! Faça alguma coisa! Não agüento mais... eles vão me matar!" Perguntei se ela sabia onde estava, e ela disse: "Não, mas posso ver os Twin Peaks daqui. São três homens e uma mulher, e..." Então ouvi um homem xingar, um barulho como se ele tivesse batido nela, e o telefone ficou mudo. Tentei conseguir o número com a central telefônica, mas ela não conseguiu! É um ultraje a forma como o sistema de telefonia é administrado. Deus sabe o quanto pagamos pelo serviço, e...

O'Gar coçou a cabeça e se virou de costas para Gatewood.

– Com vista para os Twin Peaks! Há centenas de casas com vista para eles!

Enquanto isso, Gatewood tinha terminado sua denúncia contra a companhia telefônica e estava batendo na mesa com um peso de papel para chamar a nossa atenção.

– Vocês fizeram alguma coisa, pelo menos? – perguntou.

Respondi com outra pergunta:

– O senhor já aprontou o dinheiro?

– Não – disse ele. – Não serei assaltado por ninguém!

Mas ele disse isso mecanicamente, sem a convicção habitual – a conversa com a filha havia feito com que abandonasse parte de sua teimosia. Agora estava pensando um pouco na segurança dela em vez de apenas em seu espírito combativo.

Partimos para cima dele com todos os argumentos por alguns minutos. Depois de um tempo, ele mandou um funcionário buscar o dinheiro.

Então dividimos as tarefas. Thode levaria alguns homens da central para ver o que conseguia descobrir perto dos Twin Peaks. Mas não estávamos muito otimistas quanto às possibilidades lá – era uma área grande demais.

Lusk e O'Gar deveriam marcar cuidadosamente as notas que o funcionário trouxe do banco e ficar o mais perto possível de Gatewood sem chamar atenção. Eu iria para a casa de Gatewood e ficaria lá.

Os seqüestradores haviam simplesmente instruído Gatewood a aprontar o dinheiro imediatamente para que pudessem recebê-lo em curto prazo – sem lhe dar tempo de se comunicar com ninguém nem fazer planos.

Gatewood deveria entrar em contato com os jornais, contando-lhes toda a história, com a recompensa de 10 mil dólares que estava oferecendo pela captura dos seqüestradores, para ser publicada assim que a garota estivesse a salvo – para que tivéssemos a ajuda da publicidade o quanto antes, sem prejudicar a garota.

A polícia de todas as cidades vizinhas já havia sido avisada do caso – isso havia sido feito antes que o telefonema da garota nos certificasse de que ela estava sendo mantida em São Francisco.

Não aconteceu nada na residência de Gatewood durante toda aquela noite. Harvey Gatewood chegou em casa cedo e, depois do jantar, ficou andando de um lado para o outro na biblioteca e tomando uísque até a hora de dormir, exigindo a cada poucos minutos que nós, os detetives encarregados do caso, fizéssemos alguma coisa além de ficarmos sentados como um bando de malditas múmias. O'Gar, Lusk e Thode estavam na rua, de olho na casa e na vizinhança.

À meia-noite, Harvey Gatewood foi para a cama. Em vez de uma cama, preferi o sofá da biblioteca, que arrastei até o lado do telefone, uma extensão do que ficava no quarto de Gatewood.

Às duas e meia, o telefone tocou. Fiquei escutando enquanto Gatewood falava da cama.

Uma voz de homem, áspera e seca:
– Gatewood?
– Sim.
– Está com a grana?
– Sim.

A voz de Gatewood estava grave e pastosa – pude imaginar tudo o que estava ocorrendo dentro dele.

– Ótimo! – disse a voz enérgica. – Enrole num pedaço de papel e saia de casa com ela imediatamente! Siga pela Clay Street, pelo lado da sua casa. Não caminhe muito rápido, e siga em frente. Se tudo estiver certo, e não houver ninguém seguindo você, alguém aparecerá entre a sua casa e a beira-mar. Levantará um lenço no rosto por um instante e o deixará cair no chão.

"Quando vir isso, deixe o dinheiro no chão, vire-se e volte caminhando para casa. Se o dinheiro não estiver marcado e você não tentar nenhuma gracinha, terá a sua filha de volta em uma ou duas horas. Se tentar fazer alguma coisa... lembre-se do que escrevemos! Entendeu tudo?

Gatewood balbuciou alguma coisa que era para ser uma afirmativa, e o telefone silenciou.

Não perdi nada do meu precioso tempo tentando rastrear a ligação – sabia que devia ter sido feita de um telefone público –, mas gritei para Gatewood, no andar de cima:

– Faça o que eles mandaram, e não tente nenhuma besteira!

Então saí de madrugada atrás dos detetives policiais e do inspetor dos correios.

Eles estavam com dois homens à paisana e tinham dois automóveis à espera. Contei-lhes qual era a situação, e fizemos planos apressados.

O'Gar deveria levar um dos carros até a Sacramento Street, e Thode, no outro carro, deveria ir até a Washington Street. As duas eram paralelas à Clay, uma de cada lado. Deveriam dirigir devagar, acompanhando Gatewood e parando a cada cruzamento para ver se ele havia passado.

Quando ele não passasse depois de um certo tempo, eles deveriam voltar para a Clay Street – e suas ações dali por diante teriam de ser guiadas pela sorte e por suas próprias idéias.

Lusk deveria andar por uma ou duas quadras à frente de Gatewood pelo outro lado da rua, fingindo estar levemente embriagado.

Eu iria seguir Gatewood pela rua, com um dos homens à paisana atrás de mim. O outro homem à paisana iria pedir que a central mandasse todos os homens disponíveis até a City Street. Eles chegariam tarde demais, é claro, e provavelmente levariam algum tempo para nos encontrarem. Mas não tínhamos como saber o que ia acontecer antes de a noite estar terminada.

Nosso plano era bastante superficial, mas foi o melhor que conseguimos fazer – estávamos com medo de apanhar quem quer que pegasse o dinheiro de Gatewood. A conversa da garota com o pai naquela tarde tinha dado muito a impressão de que seus seqüestradores estavam desesperados para que corrêssemos quaisquer riscos indo atrás deles abertamente até ela estar fora das suas mãos.

Mal havíamos terminado nosso planejamento quando Gatewood, vestindo um sobretudo, saiu de casa e começou a descer a rua.

Mais abaixo, Lusk. Andando em ziguezague, falando sozinho, estava quase invisível na escuridão. Não havia mais ninguém à vista. Isso significava que eu precisava dar pelo menos duas quadras de vantagem a Gatewood para que o homem que fosse pegar o dinheiro não me notasse. Um dos homens à paisana estava meia quadra atrás de mim, do outro lado da rua.

Descemos duas quadras, e então apareceu um homem atarracado de cartola. Passou por Gatewood, por mim e seguiu.

Mais três quadras.

Um carro conversível grande, preto, com motor potente e cortinas fechadas veio de trás, passou por nós e seguiu. Era possivelmente um batedor. Rabisquei o número da placa no meu bloco sem tirar a mão do bolso do sobretudo.

Outras três quadras.

Um policial passou, fazendo a ronda sem saber do jogo que estava ocorrendo debaixo do seu nariz. E então veio um táxi com um único passageiro. Anotei a placa.

Quatro quadras sem ninguém à vista além de Gatewood – não conseguia mais ver Lusk.

Logo à frente de Gatewood, um homem saiu de uma porta escura, virou-se para cima e gritou para alguém descer e abrir a porta para ele.

Seguimos em frente.

Surgida do nada, uma mulher estava de pé na calçada quinze metros à frente de Gatewood com um lenço no rosto. O lenço flutuou até o chão.

Gatewood parou, tenso. Pude vê-lo levantando a mão direita e levantando o lado do sobretudo em cujo bolso estivera enfiada – e compreendi que sua mão segurava uma pistola.

Por mais ou menos meio minuto, ele ficou parado como uma estátua. Então tirou a mão esquerda do bolso, e o pacote de dinheiro caiu na calçada diante dele, formando uma mancha clara na escuridão. Gatewood virou-se abruptamente e começou a refazer o caminho para casa.

A mulher recolheu o lenço e correu até o pacote. Apanhou-o e fugiu até a entrada escura de um beco a alguns metros de distância. Era uma mulher bastante alta, encurvada, vestindo roupas escuras da cabeça aos pés.

Na boca escura do beco, desapareceu.

Eu havia sido obrigado a diminuir a velocidade quando Gatewood e a mulher estavam frente a frente, de modo que estava a mais de uma quadra de distância. Assim que a mulher desapareceu, arrisquei-me e comecei a bater as solas de borracha no chão.

O beco estava vazio quando cheguei lá.

Ia até a próxima rua, mas eu sabia que a mulher não teria alcançado a outra ponta antes de eu ter chegado ali. Ando muito pesado, mas ainda posso percorrer uma ou duas quadras num tempo razoável. Ao longo de ambos os lados do beco havia os fundos de edifícios de apartamento, cada um com as portas de serviço me olhando secreta e impassivelmente.

O homem à paisana que vinha atrás de mim apareceu, seguido por O'Gar e Thode em seus carros. Logo foi a vez de Lusk. O'Gar e Thode saíram imediatamente para percorrer as ruas da vizinhança atrás da mulher. Lusk e os homens à paisana se plantaram cada um numa esquina da qual duas das ruas em torno da quadra podia ser observadas.

Atravessei o beco, procurando em vão por uma porta destrancada, uma janela aberta, uma saída de incêndio que tivesse sido usada recentemente – qualquer sinal que uma saída apressada de um beco pode deixar.

Nada!

O'Gar voltou em seguida com reforços da central que havia apanhado e Gatewood.

Gatewood estava fervendo.

– Estragaram a maldita coisa de novo! Não vou pagar um centavo à sua agência e farei com que alguns desses supostos detetives voltem a vestir uniformes e a fazer rondas nas ruas!

— Como era a mulher? — perguntei a ele.

— Eu não sei! Achei que você estivesse por perto para cuidar dela! Era velha e encurvada, mais ou menos, acho, mas não consegui ver seu rosto por causa do véu. Não sei! Que diabos vocês estavam fazendo? É um maldito ultraje a forma...

Finalmente consegui acalmá-lo e levá-lo para casa, deixando os policiais responsáveis por manter a vizinhança sob vigilância. A essa altura, havia quatorze ou quinze homens envolvidos no caso, e em cada sombra havia pelo menos um.

A garota iria para casa assim que fosse libertada, e eu queria estar lá para interrogá-la. Havia uma ótima chance de pegarmos os seqüestradores antes de irem muito longe se ela pudesse nos dizer alguma coisa sobre eles.

Em casa, Gatewood buscou a garrafa de uísque novamente enquanto eu mantinha um ouvido atento ao telefone e o outro à porta da frente. O'Gar e Thode ligavam a cada meia hora mais ou menos para perguntar se tínhamos recebido notícias da garota.

Ainda não haviam descoberto nada.

Às nove horas, chegaram à casa com Lusk. A mulher de preto era um homem e havia fugido.

Nos fundos de um dos edifícios residenciais que terminavam no beco — a menos de trinta centímetros da porta —, encontraram uma saia, um casaco feminino comprido, um chapéu e um véu, tudo preto. Ao investigarem os ocupantes da casa, ficaram sabendo que um apartamento havia sido alugado para um rapaz chamado Leighton três dias antes.

Leighton não estava em casa quando chegaram ao apartamento. O lugar tinha um monte de pontas de cigarro, uma garrafa vazia e nem um item além do que já estava no apartamento quando foi alugado.

A dedução era clara: ele havia alugado o apartamento para poder ter acesso ao prédio. Vestindo roupas femininas sobre as próprias roupas, tinha saído pela porta dos fundos — deixando-a destrancada atrás dele — para se encontrar com Gatewood. Então havia corrido de volta ao edifício, dispensado o disfarce e se apressado pelo edifício, saindo pela porta da frente e dando no pé antes que tivéssemos montado a nossa frágil rede ao redor do quarteirão – talvez escondendo-se em portas escuras aqui e ali para evitar O'Gar e Thode em seus carros.

Aparentemente, Leighton era um homem de mais ou menos trinta anos, esguio, com altura entre um metro e setenta e um e 75, cabelos e olhos escuros, bem apessoado e bem vestido nas duas ocasiões em que os moradores do prédio o haviam visto, com um terno marrom e um chapéu de feltro marrom claro.

Tanto segundo o investigador quanto conforme o inspetor dos correios, não havia possibilidade de a garota ter sido mantida, mesmo que temporariamente, no apartamento de Leighton.

Deram dez horas, e nada da garota.

A essa altura, Gatewood havia perdido sua teimosia dominadora e estava desmoronando. O suspense o estava atingindo, e a bebida que havia consumido não estava ajudando. Não gostava dele nem pessoalmente nem por reputação, mas, naquela manhã, tive pena do homem.

Falei com a Agência pelo telefone e peguei os relatórios dos detetives que estavam conferindo os amigos de Audrey. A última pessoa a vê-la tinha sido Agnes Dangerfield, que a vira caminhando pela Market Street, perto da Sixth, sozinha, na noite do seu seqüestro – em algum momento entre as 20h15 e as 20h45. Audrey tinha passado longe demais da garota Dangerfield para falar com ela.

Quanto ao resto, os rapazes não haviam descoberto nada além do fato de que Audrey era uma jovem selvagem e mimada que não havia demonstrado muito cuidado na escolha dos amigos – exatamente o tipo de garota que poderia cair facilmente nas mãos de um bando de seqüestradores.

Deu meio-dia. Nenhum sinal da garota. Liberamos os jornais para publicarem a história, com os desenvolvimentos extras das últimas horas.

Gatewood estava arrasado. Ficava sentado com a cabeça nas mãos, olhando para o nada. Pouco antes de eu sair para seguir um palpite meu, ele olhou para mim, e eu jamais o teria reconhecido se não tivesse visto a mudança ocorrer.

– Por que você acha que ela ainda não voltou? – perguntou.

Não tive coragem de dizer o que tinha todos os motivos para suspeitar, depois de o dinheiro ter sido entregue e ela não ter aparecido. Então enrolei com algumas certezas vagas e saí.

Peguei um táxi e saltei no distrito comercial. Visitei as cinco maiores lojas de departamento, passando por todos os departamentos de roupas femininas, dos sapatos aos chapéus, tentando descobrir se um homem – talvez um que correspondesse à descrição de Leighton – havia comprado nos últimos dias roupas que servissem em Audrey Gatewood.

Sem conseguir nenhum resultado, deixei o restante das lojas locais para um dos rapazes da Agência e atravessei a baía para averiguar as lojas de Oakland.

Na primeira delas já consegui alguma coisa. Um homem que poderia facilmente ser Leighton havia estado lá no dia anterior, comprando roupas do tamanho de Audrey. Havia comprado montes de roupas, de lingerie a um casaco, e – a minha sorte estava a pleno vapor – havia pedido para as mercadorias serem entregues a T. Offord, num endereço na Fourteenth Street.

No endereço da Fourteenth Street, um prédio de apartamentos, encontrei os nomes do sr. e da sra. Offord no vestíbulo do apartamento 202.

Tinha acabado de encontrar o número do apartamento quando a porta da frente se abriu e saiu uma mulher gorda de meia idade vestindo um vestido caseiro de algodão. Ela olhou para mim com uma certa curiosidade, de modo que perguntei:

– A senhora sabe onde posso encontrar o zelador?

– Eu sou a zeladora – respondeu ela.

Entreguei-lhe um cartão e entrei no apartamento com ela.

– Sou do departamento de fianças da Companhia de Seguros North American – uma repetição da mentira que estava impressa no cartão que eu havia lhe dado –, e solicitaram uma fiança para o sr. Offord. Ele está bem, até onde a senhora tem conhecimento? – Disse isso com o ar levemente apologético de alguém que está cumprindo uma formalidade necessária mas não muito importante.

– Uma fiança? Que engraçado! Ele está indo embora amanhã.

– Bem, não sei para que é a fiança – disse eu, casualmente. – Nós, investigadores, recebemos apenas o nome e o endereço. Deve ser para seu empregador atual, ou talvez o homem para quem ele vai trabalhar a tenha solicitado. Algumas empresas fazem investigar possíveis funcionários antes de contratá-los, só por segurança.

– Até onde sei, o sr. Offord é um jovem muito bom – disse ela. – Mas ele está aqui há apenas uma semana.

– Não vai ficar por muito tempo, então?

– Não. Eles vieram de Denver com a pretensão de ficar, mas como a baixa altitude não está fazendo bem à sra. Offord, eles irão embora.

– A senhora tem certeza de que eles são de Denver?

– Bem, eles me disseram que são – respondeu ela.

– Quantas pessoas moram no apartamento?

– Só os dois. São jovens.

– Bem, e qual a impressão que a senhora tem deles? – perguntei, tentando passar a impressão de que a considerava uma mulher de capacidade de julgamento perspicaz.

– Os dois parecem um jovem casal muito bom. Mal se percebe que estão no apartamento na maior parte do tempo, de tão quietos que são. Sinto muito que não possam ficar.

– Eles saem muito?

– Eu realmente não sei. Eles têm as próprias chaves. E a menos que eu cruzasse com eles chegando ou saindo, nunca os via.

– Então, na verdade a senhora não saberia dizer se eles passaram alguma noite inteira fora. Saberia?

Ele me olhou com ar de dúvida – eu estava ultrapassando o meu pretexto, mas não acho que tivesse importância – e sacudiu a cabeça.

– Não, não saberia.

– Eles recebem muitas visitas?

– Não sei. O sr. Offord não é...

Ela parou de falar quando um homem entrou em silêncio, passou por mim e começou a subir a escada que levava para o segundo andar.

– Ah, Deus! – sussurrou ela. – Espero que ele não tenha me ouvido falando nele. Aquele é o sr. Offord.

Um homem magro de marrom, com um chapéu marrom claro – Leighton, talvez.

Eu não havia visto nada além de suas costas, e ele, as minhas. Observei-o subindo a escada. Se tivesse ouvido a mulher mencionar o seu nome, aproveitaria a volta no topo da escada para olhar para mim.

Foi o que fez.

Mantive o rosto impassível, mas o reconheci.

Era "Penny" Quayle, um vigarista que estava agindo na Costa Leste quatro ou cinco anos antes.

Seu rosto ficou tão inexpressivo como o meu. Mas ele me conhecia.

Uma porta se fechou no segundo andar. Deixei a mulher e fui até a escada.

– Acho que vou subir para falar com ele – disse a ela.

Aproximando-me silenciosamente do apartamento 202, fiquei escutando. Nenhum barulho. Não era um momento para hesitação. Apertei a campainha.

Tão próximos como o bater de três teclas sob os dedos de um datilógrafo experiente, mas mil vezes mais cruéis, vieram três tiros de pistola. Na altura da cintura da porta do apartamento 202, três buracos de bala.

As três balas estariam na minha carcaça gorda se eu não tivesse aprendido, anos antes, a ficar ao lado de portas estranhas ao fazer visitas inesperadas.

De dentro do apartamento veio a voz de um homem, severa, controladora.

– Pare com isso, garota! Pelo amor de Deus, não isso!

A voz de uma mulher, aguda, vingativa, blasfemou aos berros.

Mais duas balas atravessaram a porta.

– Pare! Não! Não! – a voz do homem agora tinha um tom de medo.

A voz da mulher seguia xingando intensamente. Ouvi barulho de briga. Um tiro que não atingiu a porta.

Soltei o pé na porta, perto da maçaneta, e a fechadura quebrou.

No chão da sala, um homem – Quayle – e uma mulher estavam lutando. Ele estava dobrado por cima dela, segurando seus pulsos, tentando mantê-la no chão. Ela tinha uma pistola fumegante na mão. Peguei-a num salto e tirei-lhe a arma.

– Já chega! – gritei, já de pé. – Levantem-se e recebam a visita.

Quayle soltou os pulsos da antagonista, que no instante seguinte atingiu seus olhos com dedos de unhas afiadas, rasgando-lhe a bochecha. Ele se afastou dela de quatro, e os dois se levantaram.

Ele se sentou imediatamente numa cadeira, ofegante, limpando o sangue da bochecha com um lenço.

Ela se levantou, as mãos na cintura, e ficou no meio da sala, olhando para mim com raiva.

– Imagino que você esteja se considerando o máximo! – disse ela, furiosa.

Dei uma risada. Minha posição me permitia fazer isso.

– Se o seu pai estiver em seu juízo perfeito – disse a ela –, lhe dará uma surra quando você estiver em casa novamente. Uma bela peça essa que você escolheu pregar nele!

– Se *você* estivesse amarrado a ele o tempo que eu estou e tivesse suportado as intimidações e a dominação tanto quanto eu, acho que *você* faria qualquer coisa para conseguir dinheiro o suficiente para ir embora e viver sua própria vida.

Não respondi nada. Ao lembrar de alguns dos métodos de negócios que Harvey Gatewood havia usado – principalmente alguns de seus contratos de guerra que o Departamento de Justiça ainda estava investigando –, imaginei que o pior que se podia dizer a respeito de Audrey era que era filha do pai dela.

– Como você descobriu tudo? – perguntou Quayle, educadamente.

– De várias maneiras – eu disse. – Primeiro, uma das amigas de Audrey disse que a viu na Market Street entre as

20h15 e as 20h45 da noite em que ela desapareceu, e a sua carta para Gatewood estava com carimbo das nove da noite. Um trabalho muito rápido. Vocês deveriam ter esperando um pouco antes de postá-la. Imagino que ela a tenha deixado no correio no caminho para cá?

Quayle assentiu com a cabeça.

– Segundo – prossegui –, houve aquele telefonema dela. Ela sabia que levaria de dez a quinze minutos até conseguir falar com o pai pela linha no escritório. Se ela tivesse tido acesso a um telefone enquanto estivesse aprisionada, o tempo seria tão valioso que ela teria contado o que estava lhe acontecendo à primeira pessoa com quem tivesse contato – muito provavelmente com a telefonista. Então isso fez parecer que, além de dar aquela informação sobre os Twin Peaks, ela queria forçar o velho a abandonar sua teimosia.

"Quando ela não apareceu depois de o pagamento ter sido feito, achei que era uma aposta certa que ela havia seqüestrado a si mesma. Eu sabia que se ela voltasse para casa depois de fingir isso tudo, descobriríamos depois de ouvi-la por não muito tempo. Imaginei que ela também soubesse disso e fosse ficar afastada.

"O resto foi fácil. Tive alguns bons golpes de sorte. Sabíamos que um homem estava trabalhando com ela depois que encontramos as roupas femininas que você deixou para trás, e arrisquei que não haveria ninguém mais envolvido. Então conclui que ela precisaria de roupas, pois não poderia ter levado nada de casa sem levantar suspeitas, e havia uma boa chance de ela não ter preparado um estoque com antecedência. Ela tem muitas amigas que fazem muitas compras, para correr o risco de aparecer em lojas. Talvez, então, o homem fosse comprar o que ela precisava. Acontece que ele realmente comprou, e que ele foi preguiçoso demais para carregar as mercadorias, ou talvez fosse muita coisa, de modo que ele mandou entregá-las. E esta é a história."

Quayle assentiu novamente.

– Fui muito descuidado – disse ele. Então, apontando um polegar desdenhoso para a garota, continuou: – Mas o que você poderia esperar? Ela está dopada desde que começamos. Gastei todo meu tempo e atenção evitando que ela se descontrolasse e estragasse a história toda. O que aconteceu há pouco foi uma amostra. Eu disse a ela que você estava subindo, e ela enlouqueceu e tentou acrescentar o seu cadáver às ruínas!

A reunião com Gatewood ocorreu na sala do capitão dos inspetores no segundo andar da prefeitura de Oakland e foi uma alegre festinha.

Até ter se passado uma hora, não sabíamos se Harvey Gatewood morreria de apoplexia, estrangularia a filha ou a mandaria para o reformatório estadual até a maioridade. Mas Audrey o derrotou. Além de ser feita do mesmo material que o pai, ela era jovem o bastante para não se importar com as conseqüências, enquanto que seu pai, apesar de toda sua teimosia, havia sido forçado a adotar certa cautela.

O trunfo que ela usou contra ele foi uma ameaça de contar tudo o que sabia sobre ele aos jornais, e pelo menos um dos jornais de São Francisco estava tentando pegá-lo fazia anos.

Não sei o que ela sabia sobre ele, e não acho que ele próprio tivesse alguma certeza quanto a isso, mas com seus contratos de guerra ainda sendo investigados pelo Departamento de Justiça, ele não podia se dar o luxo de se arriscar. Não havia dúvida alguma de que ela teria cumprido a ameaça.

Assim, juntos, os dois foram para casa, transpirando ódio mútuo por todos os poros.

Levamos Quayle para o andar de cima e o pusemos numa cela, mas ele era experiente demais para se preocupar com isso. Sabia que, se a garota fosse poupada, ele próprio não poderia ser facilmente condenado por nada.

Fiquei feliz que tudo tivesse terminado. Foi um caso difícil.

Mulheres amarelas mortas

Ela estava sentada ereta e tensa numa das cadeiras do Velho quando ele me chamou até a sua sala – uma garota alta de mais ou menos 24 anos, ombros largos, peito volumoso, vestindo roupas masculinas em tons de cinza. O fato de que era oriental aparecia apenas no brilho negro dos cabelos curtos, no amarelo pálido da pele sem maquiagem e no formato de suas pálpebras superiores, meio escondidas pelos aros escuros de seus óculos. Mas seus olhos não eram puxados, seu nariz era quase aquilino, e ela tinha mais queixo do que os mongóis costumam ter. Era uma sino-americana moderna, dos saltos baixos dos sapatos cor de canela ao topo de seu chapéu de feltro simples.

Eu a reconheci antes que o Velho a apresentasse. Fazia uns dois dias que os jornais de São Francisco estavam cheios de histórias relacionadas a ela. Haviam publicado fotografias e gráficos, entrevistas, editoriais e opiniões mais ou menos especializadas de várias fontes. Haviam voltado a 1912 para lembrar a briga teimosa dos chineses locais – principalmente de Fokien e Kwangtung, onde as idéias democráticas e o ódio pelos manchus caminham juntos – para que o pai dela fosse mantido fora dos Estados Unidos, para onde ele havia fugido quando o reinado manchu foi derrubado. Os jornais recordaram a excitação que tomou conta de Chinatown quando Shan Fang recebeu permissão para desembarcar – cartazes ofensivos foram pendurados nas ruas, e uma recepção desagradável foi planejada.

Mas Shan Fang havia enganado os cantoneses. Chinatown nunca o viu. Ele havia levado sua filha e seu ouro – supostamente os lucros acumulados ao longo de uma vida de mau governo de uma província – até o distrito de San Mateo, onde construíra o que descreveram como um palácio à beira do Pacífico. Lá, havia vivido e morrido como um Ta Jen e um milionário.

É o suficiente em relação ao pai. Quanto à filha, essa jovem que me estudava friamente enquanto eu sentava do outro lado da mesa, ela era Ai Ho, uma menininha muito chinesa de dez anos de idade, quando seu pai a trouxe para a Califórnia. Tudo o que tinha agora de oriental eram os traços que já mencionei e o dinheiro que o pai lhe deixou. Seu nome, traduzido para o inglês, havia se tornado Lírio D'Água e, a seguir, Lillian. Foi como Lillian Shan que ela freqüentou uma universidade da Costa Leste, recebeu vários diplomas, venceu algum tipo de campeonato de tênis em 1919 e publicou um livro sobre a natureza e o significado dos fetiches, o que quer que seja tudo isso.

Com a morte do pai, em 1921, ela passou a morar com seus quatro criados chineses na casa à beira-mar, onde escreveu o primeiro livro e estava agora trabalhando em outro. Há duas semanas, disse que havia se descoberto num impasse – chegara a um beco sem saída. Havia, dizia ela, um certo manuscrito cabalístico antigo na Biblioteca Arsenal, em Paris, que ela acreditava ser capaz de resolver seus problemas. Assim, fez as malas e, acompanhada da empregada, uma chinesa chamada Wang Ma, pegara um trem para Nova York, deixando os outros três criados cuidando da casa durante a sua ausência. A decisão de ir à França para dar uma olhada no manuscrito foi tomada pela manhã, e ela estava dentro do trem antes do anoitecer do mesmo dia.

No trem, entre Chicago e Nova York, a chave para o problema que a estava intrigando apareceu repentinamente em sua cabeça. Sem fazer uma pausa sequer para descansar uma noite em Nova York, retornara para São Francisco. No *ferry*, tentara ligar para que o motorista fosse buscá-la. Ninguém atendeu. Um taxista levou-a, junto com a empregada, para casa. Tocou a campainha, mas, nada.

Quando enfiou a chave na fechadura, a porta foi subitamente aberta por um jovem chinês – um estranho para ela. Ele se recusou a deixá-la entrar até que ela lhe disse quem era. Ele resmungou uma explicação ininteligível enquanto ela e a empregada entravam no hall. As duas foram cuidadosamente amarradas em cortinas.

Duas horas depois, Lillian Shan conseguiu se soltar – num armário de roupas de cama no segundo andar. Depois de acender a luz, começou a desamarrar a empregada. Parou. Wang Ma estava morta. A corda em torno de seu pescoço tinha sido apertada demais.

Lillian Shan saiu para a casa vazia e ligou para o xerife em Redwood City.

Dois assistentes do xerife foram até a casa, ouviram a sua história, investigaram um pouco e encontraram outro corpo chinês – outra mulher estrangulada – enterrado no porão. Aparentemente, ela estava morta havia uma semana ou dez dias. A umidade do local impossibilitara uma determinação mais precisa da data da morte. Lillian Shan identificou-a como sendo outra das empregadas – Wan Lan, a cozinheira.

Os outros empregados – Hoo Lun e Yin Hung – haviam desaparecido. Das muitas centenas de milhares de dólares em antigüidades que Shan Fang havia posto na casa durante a vida, nem um centavo havia sido retirado. Não havia sinais de luta. Tudo estava em ordem. A casa vizinha mais próxima ficava a quase um quilômetro de distância. Os vizinhos não haviam visto nada, não sabiam de nada.

Foi esta a história sobre a qual os jornais deram manchetes, e foi esta a história que aquela garota, muito ereta em sua cadeira, falando com energia profissional, pronunciando cada palavra como se estivesse impressa em preto, contou ao Velho e a mim.

– Não estou nem um pouco satisfeita com os esforços das autoridades do distrito de San Mateo para prender o assassino ou os assassinos – concluiu. – Gostaria de contratar a sua agência.

O Velho bateu na mesa com a ponta de seu inevitável lápis amarelo e fez um sinal com a cabeça para mim.

– A senhorita tem alguma idéia de quem possam ser os assassinos, srta. Shan?

– Não.

– O que sabe sobre os empregados, tanto os que desapareceram quanto as que morreram?

– Sei pouco ou nada a respeito deles. – Ela não parecia muito interessada. – Wang Ma era a mais recente, e estava comigo havia quase sete anos. Meu pai os contratou, e imagino que soubesse algo a respeito deles.

– Não sabe de onde eles vieram? Se têm familiares? Se têm amigos? O que faziam quando não estavam trabalhando?

– Não – disse ela. – Eu não interferia em suas vidas.

– Os dois que desapareceram... como eram fisicamente?

– Hoo Lun é um velho com muitos cabelos brancos, magro e encurvado. Era o responsável pelos trabalhos da casa. Yin Hung, que era meu motorista e jardineiro, é mais jovem, tem mais ou menos trinta anos, eu acho. É bem baixo, mesmo para um cantonês, mas é robusto. Quebrou o nariz uma vez e não o arrumou direito; ficou bem achatado, com uma curva acentuada no meio.

– A senhorita acredita que os dois, ou algum deles, pode ter matado as mulheres?

– Acho que não foram eles.

– O chinês mais jovem, o estranho que a deixou entrar em casa, como ele era?

– Era bem magro, e não tinha mais do que vinte, 21 anos de idade. Tinha grandes obturações de ouro nos dentes da frente. Acho que ele era bem moreno.

– A senhorita pode me dizer exatamente por que está insatisfeita com o que o delegado está fazendo, srta. Shan?

– Em primeiro lugar, não estou segura quanto à competência deles. Os que vi certamente não me impressionaram pela inteligência.

– E em segundo lugar?

– Por favor – começou ela, friamente –, é realmente necessário passar por todo o meu processo mental?

– Sim, é.

Ela olhou para o Velho, que lhe sorriu seu sorriso educado e inexpressivo – uma máscara através da qual não se pode ler coisa alguma.

Por um instante, ela suspendeu o fogo. Depois disse:

– Acho que eles não estão procurando nos lugares mais prováveis. Parecem passar a maior parte do tempo na vizinhança da casa. É absurdo pensar que os assassinos irão voltar.

Pensei um pouco sobre o assunto.

— Srta. Shan, a senhorita não acha que eles podem estar suspeitando de você? – perguntei.

Seus olhos castanhos me fuzilaram através dos óculos na minha direção e, se fosse possível, ela teria ficado ainda mais ereta na cadeira.

— Que ridículo!

— Isto não vem ao caso – insisti. – Eles suspeitam?

— Não sou capaz de penetrar na mente da polícia – replicou ela. – *Você* é?

— Não sei nada a respeito deste caso além do que li e do que a senhorita acabou de me dizer. Preciso de mais base do que isso para suspeitar de alguém. Mas posso compreender por que o gabinete do delegado ficaria um pouco em dúvida. Você saiu apressada. Eles têm a sua palavra sobre quando partiu e quando voltou, e a sua palavra é tudo o que têm. A mulher encontrada no porão tanto pode ter sido morta pouco antes de a senhorita partir quanto logo depois de voltar. Wang Ma, que poderia dizer alguma coisa, está morta. Os outros empregados estão desaparecidos. Nada foi roubado. São indícios suficientes para que o delegado pense na senhorita!

— Você suspeita de mim? – perguntou ela novamente.

— Não – respondi sinceramente. – Mas isso não prova nada.

Ela se virou para o Velho, erguendo o queixo, como se estivesse falando por cima da minha cabeça.

— O senhor aceita fazer este trabalho para mim?

— Teremos muita satisfação em fazer o máximo possível – disse ele, voltando-se depois para mim, assim que chegaram ao acordo e enquanto ela preenchia um cheque:

— Cuide disso. Use todos os homens de que precisar.

— Primeiro quero ir até a casa para conferir o lugar – eu disse.

Lillian Shan estava guardando o talão de cheques.

— Muito bem. Estou voltando para casa agora. Posso levá-lo.

Foi um trajeto sossegado. Nem eu nem a garota desperdiçamos energia com conversa. Minha cliente e eu não parecíamos gostar muito um do outro. Ela dirigia bem.

*

A casa dos Shan era uma grande construção de arenito localizada entre gramados. A propriedade tinha cercas vivas que iam até a altura dos ombros em três lados. O quarto limite do terreno era o mar, no ponto em que o oceano escavara uma fenda entre duas rochas.

A casa era cheia de quadros, tapetes, pinturas, e assim por diante – uma mistura de coisas americanas, européias e asiáticas. Não passei muito tempo lá dentro. Depois de dar uma olhada no armário de roupa de cama, na cova ainda aberta do porão e na pálida e corpulenta dinamarquesa que estava tomando conta da casa enquanto Lillian Shan providenciava um novo grupo de empregados, saí novamente. Examinei os gramados por alguns minutos, enfiei a cabeça na garagem, onde dois carros, além daquele no qual havíamos vindo da cidade, ficavam guardados e saí para passar o resto da tarde conversando com os vizinhos da garota. Nenhum deles sabia de nada. Como estávamos em lados opostos do jogo, não procurei os homens do delegado.

Ao fim do dia, eu estava de volta à cidade, a caminho do edifício residencial em que morei durante o meu primeiro ano em São Francisco. Encontrei o sujeito que queria em seu cubículo, enfiando o corpo pequeno numa camisa de seda cor de cereja que era qualquer coisa de se olhar. Cipriano era o garoto filipino de rosto iluminado que cuidava da entrada do prédio durante o dia. À noite, como todos os filipinos em São Francisco, podia ser encontrado na Kearny Street, logo depois de Chinatown, exceto quando estava numa casa de jogatina chinesa passando seu dinheiro para as mãos dos irmãos chineses.

Um dia, meio que brincando, eu havia prometido lhe dar a chance de bancar o detetive se algum dia surgisse uma oportunidade. Pensei que poderia usá-lo agora.

– Entre, senhor!

Arrastou uma cadeira de um canto para mim, curvando-se e sorrindo. O que quer que seja que os espanhóis façam para os povos que governam, faz deles pessoas educadas.

– O que anda acontecendo em Chinatown por estes dias? – perguntei, enquanto ele continuava se arrumando.

– Ganhei onze dólares no jogo ontem à noite – disse ele, dando-me um sorriso de dentes brancos.

– E está se arrumando para levá-los de volta hoje?

– Não tudo, senhor! Cinco dólares eu gastei nesta camisa.

– É isso aí. – Aplaudi sua sabedoria em investir parte de seus lucros de jogo. – O que mais anda acontecendo por lá?

– Nada diferente. O senhor quer descobrir alguma coisa?

– Quero. Ouviu falar alguma coisa sobre os assassinatos fora da cidade na semana passada? As duas mulheres chinesas?

– Não, senhor. Os chinas não falam muito sobre coisas desse tipo. Não são como nós, americanos. Li sobre essas coisas nos jornais, mas não ouvi nada.

– Há muitos estranhos em Chinatown ultimamente?

– Tem estranhos o tempo todo, senhor. Mas acho que talvez tenha alguns novos chinas. Ou talvez não.

– Você gostaria de fazer um servicinho para mim?

– Sim, senhor! Sim, senhor! Sim, senhor! – ele disse ainda mais vezes, mas isso já lhes dá uma idéia da coisa. Enquanto dizia, ajoelhou-se e tirou uma valise de debaixo da cama. De dentro da valise, tirou um soco-inglês e um revólver reluzente.

– Ei! Eu quero algumas informações. Não quero que mate ninguém para mim.

– Eu não mato ninguém – ele me garantiu, enfiando as armas nos bolsos das calças. – Só levo isso comigo... caso precise.

– Eis o que quero. Dois dos empregados desapareceram da casa. – Descrevi Yin Hung e Hoo Lun. – Quero encontrá-los. Quero descobrir o que qualquer um em Chinatown sabe sobre os assassinatos. Quero descobrir quem são os amigos e parentes das mulheres mortas, de onde elas vieram, e a mesma coisa dos dois homens. Quero saber sobre aqueles estranhos chineses – onde passam o tempo, onde dormem, o que estão planejando.

– Agora, não tente descobrir tudo isso numa única noite. Você vai estar se saindo muito bem se conseguir qualquer dessas coisas em uma semana. Aqui estão vinte dólares. Cinco deles são o pagamento pela noite. Você pode usar o resto para ir de um lugar a outro. Não seja bobo de meter o nariz em encrencas. Vá com calma e veja o que consegue descobrir para mim. Passarei aqui de novo amanhã.

Do quarto do filipino, fui para o escritório. Todo mundo, exceto Fiske, o plantonista da noite, tinha ido embora, mas Fiske achava que o Velho passaria por ali mais tarde.

Fumei, fingi escutar o relato de Fiske sobre todas as piadas que estavam no Orpheum naquela semana e fiquei remoendo meu caso. Eu era muito conhecido para conseguir qualquer coisa discretamente em Chinatown. Não tinha certeza se o Cipriano seria de grande valia. Precisava de alguém que estivesse lá mesmo.

Essa linha de pensamento me fez pensar no Dummy* Uhl. Uhl era um falso surdo-mudo que havia perdido o negócio. Cinco anos antes, estava no topo do mundo. Qualquer dia em que seu rosto triste, sua caixa de alfinetes e a sua placa *Sou surdo e mudo* não tirasse vinte dólares dos edifícios comerciais ao longo de sua rota era um dia imprestável. Seu grande trunfo era a sua capacidade de bancar a estátua quando pessoas céticas gritavam ou faziam barulhos repentinos atrás dele. Quando estava bem, uma arma sendo disparada ao lado de seu ouvido não o faria piscar. Mas o excesso de heroína deixou seus nervos num estado tal que até um sussurro podia fazê-lo pular. Abandonou os alfinetes e a placa – mais um homem arruinado pela vida social.

Desde então, Dummy havia se tornado um garoto de recados para quem quer que lhe pagasse o preço de sua cocaína necessária. Ele dormia em algum lugar em Chinatown, e não se importava muito com como fazia o jogo. Eu o tinha usado para conseguir algumas informações sobre a quebra de uma vitrine seis meses antes. Resolvi procurá-lo novamente.

Liguei para o bar de Loop Pigatti – uma espelunca na Pacific Street, onde Chinatown faz limite com o Bairro Latino. Loop é um cidadão durão, que administra um buraco da pesada e cuida da própria vida e está lucrando com seu negócio. Para Loop, todo mundo é igual. Quer você seja

---

* Mudo (N.T.)

um arrombador, um dedo-duro, um detetive ou um operário, receberá o mesmo tratamento de Loop, e nada mais. Mas pode ter certeza de que, a menos que seja alguma coisa que possa prejudicar seu negócio, qualquer coisa que você disser a Loop não seguirá em frente. E qualquer coisa que ele lhe disser é muito provável que esteja certa.

Ele mesmo atendeu o telefone.

– Você consegue encontrar Dummy Uhl para mim? – perguntei depois de dizer quem estava falando.

– Talvez.

– Obrigado. Gostaria de vê-lo hoje à noite.

– Não tem nada contra dele?

– Não, Loop, e espero não ter. Quero que ele consiga uma coisa para mim.

– Tudo bem. Onde você quer encontrá-lo?

– Mande-o para a minha casa. Vou esperar por ele lá.

– Se ele for – prometeu Loop e desligou.

Pedi que Fiske dissesse para o Velho me ligar quando passasse por lá e fui para casa esperar pelo meu informante.

Ele chegou um pouco depois das dez – um homem baixo, atarracado e de rosto pálido de mais ou menos quarenta anos, com cabelos cor de rato com mechas branco-amareladas.

– O Loop disse que você tem uma coisa pra mim.

– Tenho – respondi, apontando para uma cadeira e fechando a porta. – Estou comprando informações.

Ele mexeu no chapéu, começou a cuspir no chão, mudou de idéia, lambeu os lábios e ergueu o olhar para mim.

– Que tipo de notícia? Num sei de nada.

Fiquei intrigado. Os olhos amarelados do Dummy deviam ter as pupilas pequenas dos viciados em heroína. Não tinham. Suas pupilas estavam normais. Isso não queria dizer que ele não estava mais usando a droga – ele havia usado beladona para que elas voltassem ao normal. O que me intrigava era... por quê? Ele não costumava se preocupar o suficiente com a aparência para ter esse trabalho.

– Você ficou sabendo dos assassinatos das chinesas na praia na semana passada? – perguntei.

– Não.

– Bem – eu disse, sem levar a negativa em consideração. – Estou atrás de uma dupla de amarelos que desapareceu: Hoo Lun e Yin Hung. Você sabe alguma coisa sobre eles?

– Não.

– Se encontrar algum dos dois, pode ganhar duzentos dólares. Mais duzentos se descobrir alguma coisa sobre os assassinatos. E outros duzentos se encontrar o jovem chinês magro com dentes de ouro que abriu a porta para a garota Shan e a empregada dela.

– Não sei nada sobre essas coisas – ele disse.

Mas disse isso automaticamente, enquanto contava mentalmente as centenas de dólares que eu havia balançado diante dele. Imagino que sua cabeça prejudicada pelas drogas tenha chegado a uma quantia perto dos milhares. Deu um salto.

– Vou ver o que dá pra fazer. Acho que dá pra você me dar cem agora, por conta.

Ele não me pegou nessa.

– Você recebe quando me der o que pedi.

Tivemos de discutir em cima disso, mas ele finalmente saiu, resmungando e rosnando, atrás das minhas informações.

Voltei para o escritório. O Velho ainda não estava lá. Já era quase meia-noite quando chegou.

– Estou usando Dummy Uhl de novo – disse a ele. – E pus um garoto filipino lá também. Tenho outro plano, mas não sei de ninguém que possa cuidar dele. Acho que se oferecêssemos os empregos do motorista e do criado desaparecidos em algum lugar remoto no interior, talvez eles caíssem nessa. Você sabe de alguém que possa fazer isso para nós?

– O que exatamente você tem mente?

– Deve ser alguém com uma casa no interior, quanto mais longe, melhor, quanto mais isolado, melhor. Essa pessoa ligaria para um desses escritórios chineses de empregos dizendo que precisa de três empregados: um cozinheiro, um criado e um motorista. Acrescentamos o cozinheiro por garantia, para disfarçar a jogada. Tudo precisa estar perfeito na outra ponta e, se queremos pegar nosso peixe, precisamos dar-lhes tempo para investigar. De modo que quem quer que o faça precisa ter alguns empregados e precisa armar um blefe, em sua própria vizinhança, de que irão embora, e os empregados devem estar envolvidos também. E teremos de esperar uns dois dias para que os nossos amigos daqui tenham tempo para investigar. Acho que é melhor usarmos a agência de empregos de Fong Yick, na Washington Street.

"Quem quer que faça isso poderia ligar para Fong Yick amanhã de manhã e dizer que estaria lá na quinta de manhã para conferir os candidatos. Estamos na segunda, acho que será o suficiente. O nosso aliado chegará à agência de empregos às dez da manhã de quinta-feira. A srta. Shan e eu chegaremos num táxi dez minutos depois, quando ele estará no meio das entrevistas com os candidatos. Saltarei do táxi e entrarei no escritório de Fong Yick e pegarei que um que se pareça com um dos nossos empregados desaparecidos. A srta. Shan chegará um ou dois minutos depois de mim para conferir, de modo que não haja nenhuma confusão com prisões equivocadas.

O Velho assentiu com aprovação.

– Muito bem – disse ele. – Acho que posso arrumar isso. Falo com você amanhã.

Fui para casa e para a cama. Assim terminou o primeiro dia.

Às nove da manhã seguinte, terça-feira, eu estava conversando com Cipriano no saguão do edifício em que ele trabalha. Seus olhos estavam como gotas de tinta preta em pires brancos. Achou que tinha alguma coisa.

– Sim, senhor. Tem alguns chinas estranhos na cidade. Dormem numa casa em Waverly Place, no lado oeste, a quatro casas da casa de Jair Quon, onde eu às vezes jogo dados. E tem mais... conversei com um homem branco que sabe que eles são assassinos profissionais de Portland, Eureka e Sacramento. São homens de Hip Sing... uma guerra deve começar. Muito em breve, talvez.

– Você acha que esses passarinhos parecem pistoleiros?

Cipriano coçou a cabeça.

– Não, senhor. Talvez não. Mas às vezes uma pessoa pode matar alguém mesmo sem parecer capaz disso. Esse sujeito me disse que eles são homens de Hip Sing.

– Quem é esse homem branco?
– Não sei o nome, mas ele mora lá. Um baixinho viciado.
– Cabelos grisalhos, olhos amarelados?
– Sim, senhor.

Aquele, provavelmente, devia ser Dummy Uhl. Um dos meus homens estava enganando o outro. A coisa da língua não tinha me parecido muito certa, de qualquer maneira. De vez em quando eles misturam as coisas, mas normalmente são responsabilizados pelos crimes de outros. A maioria dos assassinatos em massa em Chinatown é resultado de rixas entre famílias ou clãs, como os dos "Quatro Irmãos".

– Você sabe alguma coisa sobre essa casa em que acha que os estranhos estão morando?
– Não, senhor. Mas talvez dê para ir por ela até a casa de Chang Li Ching na outra rua... a travessa Spofford.
– E? Quem é esse Chang Li Ching?
– Não sei, senhor. Mas ele está lá. Ninguém o vê, mas todos os chinas dizem que é um grande homem.
– E? A casa dele fica na travessa Spofford?
– Sim, senhor, uma casa com porta e escada vermelhas. Vai encontrar fácil, mas é melhor não brincar com Chang Li Ching.

Não entendi se era um conselho ou apenas uma observação genérica.

– Uma arma grande, é? – sondei.

Mas o meu filipino não sabia realmente nada sobre esse Chang Li Ching. Estava baseando sua opinião sobre a grandeza do chinês na atitude dos compatriotas dele quando falavam nele.

– Ficou sabendo alguma coisa sobre os dois chineses? – perguntei, depois de ter confirmado as outras coisas.
– Não, senhor, mas ficarei... pode apostar!

Elogiei o que ele havia feito, disse-lhe para tentar novamente naquela noite e voltei para casa para esperar por Dummy Uhl, que tinha prometido ir até lá às dez e meia. Ainda não eram dez horas quando cheguei lá, de modo que usei parte do tempo livre para ligar para o escritório. Como o Velho disse que Dick Foley – o melhor em seguir pessoas – estava disponível, eu o peguei emprestado. Então arrumei a minha arma e me sentei para esperar pelo meu informante.

Ele tocou a campainha às onze horas. Entrou fazendo uma incrível careta.

– Não sei que diabos pensar disso tudo, garoto – disse ele em tom importante enquanto enrolava um cigarro. – Tem alguma coisa acontecendo por lá, e isso é um fato. Mas as coisas não andam calmas desde que os japas começaram a comprar lojas nas ruas dos chinas, e talvez tenha alguma coisa a ver com isso. Mas não tem chinas estranhos na cidade. Nem unzinho! Recebi uma dica de que os seus homens foram para Los Angeles, mas espero saber mais certo esta noite. Tenho um china preparado para descobrir tudo. Se eu fosse você, botaria alguém vigiando os barcos em San Pedro. Talvez aqueles sujeitos troquem de lugar com uma dupla de marinheiros chinas que queiram ficar por aqui.

– E não tem estranhos na cidade?

– Nenhum.

– Dummy – disse eu, em tom amargo –, você é um mentiroso e um idiota, e nós estamos fazendo você de bobo. Você estava envolvido naqueles assassinatos, assim como os seus amigos, e eu vou mandar você para a cadeia, com os seus amigos em cima de você!

Mostrei minha arma, perto de seu rosto cinzento e assustado.

– Fique parado enquanto faço um telefonema!

Tateei pelo telefone com a mão livre, mantendo um olho em Dummy.

Não foi o bastante. A arma estava perto demais.

Ele a arrancou da minha mão, e eu saltei em cima dele.

A arma se virou em seus dedos. Agarrei-a – tarde demais. Ela disparou, com o cano da arma a menos de trinta centímetros da minha barriga. Senti o fogo no meu corpo.

Agarrando a arma com as duas mãos, dobrei-me no chão. Dummy saiu, deixando a porta aberta.

Com uma das mãos na minha barriga em fogo, fui até a janela e acenei para Dick Foley, que estava parado numa esquina logo abaixo. Então fui até o banheiro e olhei o ferimento. Uma bala de festim dói de verdade se atinge muito de perto!

O colete, a camisa e o terno estavam arruinados, e eu tinha uma feia queimadura no corpo. Passei pomada, prendi uma gaze por cima, troquei de roupa, recarreguei a arma e fui para o escritório esperar Dick. O primeiro truque do jogo parecia ter dado certo para mim. Com ou sem heroína, Dummy Uhl não teria me atacado se o meu palpite – baseado no trabalho que ele estava tendo para fazer seus olhos parecerem bem e na mentira que ele havia me aplicado sobre não haver estranhos em Chinatown – não tivesse se aproximado do alvo.

Dick não demorou muito para chegar.

– Boa colheita! – disse ele, quando entrou. O pequeno canadense fala como um telegrama de pão-duro. – Correu ao telefone. Ligou para o Hotel Irvington. Cabine... não consegui pegar nada além do número. Deve ser suficiente. Então Chinatown. Entrou em porão no lado oeste de Waverly Place. Não consegui ficar perto o bastante para identificar local. Medo de arriscar ficando por lá. Que tal?

– Tudo bem. Vamos conferir os registros de O Whistler.*

Um funcionário do arquivo nos levou os registros – um envelope volumoso do tamanho de uma maleta, atulhado de memorandos, recortes e cartas. A biografia do cavalheiro, conforme o que tínhamos, era a seguinte:

Neil Conyers, vulgo O Whistler, nasceu na Filadélfia – em Whiskey Hill – em 1883. Em 94, aos onze anos, foi detido pela polícia de Washington. Havia ido até lá para se unir ao Exército de Coxey. Mandaram-no para casa. Em 98, foi preso em sua cidade natal por esfaquear outro sujeito numa briga por causa de uma fogueira de noite de eleição. Desta vez, foi libertado sob a custódia dos pais. Em 1901, a polícia da Filadélfia pegou-o de novo, acusando-o de ser o líder da primeira quadrilha organizada de roubo de automóveis. Foi libertado sem julgamento por falta de provas. Mas o promotor de justiça perdeu o emprego devido ao escândalo. Em 1908, Conyers apareceu na Costa do Pacífico – em Seattle, Portland, São Francisco e Los Angeles – na companhia de um vigarista conhecido como "Duster" Hughes. Hughes foi morto no ano seguinte por um homem que havia enganado num negócio falso de fabricação de aviões. Conyers foi

---

* Assoviador (N.T.)

preso por causa da mesma negociata. Dois jurados discordaram, e ele foi libertado. Em 1910, a famosa batida do Departamento de Correios contra vigaristas o apanhou. Mais uma vez, não houve provas suficientes para prendê-lo. Em 1915, a lei obteve uma vitória pela primeira vez. Ele foi para San Quentin por passar a perna em alguns visitantes da Exposição Internacional Panamá-Pacífico. Ficou preso por três anos. Em 1919, ele e um japa chamado Hasegawa aplicaram um golpe de vinte mil dólares na colônia japonesa de Seattle, com Conyers posando como um americano que havia servido numa comissão no exército japonês durante a última guerra. Tinha uma medalha falsa da Ordem do Sol Nascente que lhe teria sido entregue pelo imperador. Quando o golpe foi descoberto, a família de Hasegawa cobriu os vinte mil – Conyers saiu da história com um bom lucro e nenhuma publicidade ruim. A coisa toda havia sido abafada. Voltou a São Francisco depois disso, comprou o Hotel Irvington, e agora morava lá fazia cinco anos, sem que ninguém pudesse acrescentar mais uma palavra sequer em sua ficha criminal. Ele estava planejando alguma coisa, mas ninguém conseguia descobrir o quê. Não havia a menor chance do mundo de hospedar um detetive em seu hotel. Aparentemente, o lugar estava sempre lotado. Era tão exclusivo como o Clube Pacific-Union.

Este, então, era o proprietário do hotel para o quem Dummy Uhl havia telefonado antes de voltar ao seu buraco em Chinatown. Eu nunca havia visto Conyers. O Dick também não. Tinha duas fotografias no seu envelope. Uma era o retrato de frente e de perfil da polícia local, tirado quando ele foi preso no caso que o levou a San Quentin. A outra era uma foto de grupo: todo elegante em roupa de festa, com a medalha japonesa falsa no peito, ele aparecia de pé entre meia dúzia de japas de Seattle que havia enganado – uma foto tirada enquanto ele os levava para o matadouro.

Essas fotos o mostravam como um homem alto, corpulento, de aparência pomposa, com um queixo forte e quadrado e olhos espertos.

– Acha que consegue pegá-lo? – perguntei a Dick.
– Claro.

– Quem sabe você vai lá e tenta conseguir um quarto ou um apartamento na vizinhança, de onde possa vigiar o hotel? Talvez consiga segui-lo de vez em quando.

Pus as fotos no bolso, para o caso de elas virem a ser úteis, devolvi o resto das coisas ao envelope e subi para o escritório do Velho.

– Arrumei aquele estratagema da agência de empregos – disse ele. – Frank Paul, que tem um rancho depois de Martinez, estará no escritório de Fong Yick às dez da manhã de quinta-feira para cumprir a sua parte.

– Está ótimo! Vou para Chinatown agora. Se não souber de mim por dois dias, você pede para os varredores de rua cuidarem o que estão varrendo?

Ele respondeu que sim.

A Chinatown de São Francisco brota do distrito comercial na Califórnia Street e segue para o norte até o Bairro Latino – uma faixa de duas quadras de largura por seis de comprimento. Antes do incêndio, quase 25 mil chineses moravam naquela dúzia de quadras. Não acredito que a população agora chegue a um terço disso.

A Grant Avenue, principal rua e espinha dorsal dessa faixa, é, na maior parte de sua extensão, uma rua de lojas enfeitadas e restaurantes chineses para turistas, onde o som das orquestras de jazz americanas supera o guincho ocasional de uma flauta chinesa. Mais adiante, não há mais tanta pintura e dourados, e é possível captar o verdadeiro cheiro chinês de temperos, vinagre e coisas secas. Se você deixar as vias e as atrações turísticas principais e começar a se meter em becos e cantos escuros e nada lhe acontecer, há grandes chances de que encontre coisas interessantes – embora provavelmente não vá gostar de algumas delas.

Eu, entretanto, não estava passeando quando virei na Grant Avenue na altura da Clay Street e subi até a Travessa Spofford atrás da casa com escada e porta vermelhas que Cipriano havia dito pertencer a Chang Li Ching. Fiz uma pausa de alguns segundos para olhar para o Waverly Place quando passei por ele. O filipino havia me dito que os chineses estranhos estavam morando lá e que achava que a casa deles podia levar até a de Chang Li Ching. E Dick Foley havia seguido Dummy Uhl até lá.

Mas não consegui adivinhar qual era a casa importante. A quatro portas da casa de apostas de Jair Quon, dissera Cipriano, mas eu não sabia qual era a porta de Jair Quon. Naquele instante, Waverly Place era um retrato de calma e tranqüilidade. Um chinês gordo estava empilhando engradados de verduras em frente a um armazém. Um grupo de garotinhos amarelos jogava bolinha de gude no meio da rua. Do outro lado, um jovem loiro vestindo terno de *tweed* estava subindo os seis degraus de um porão até a rua, com o rosto pintado de uma chinesa aparecendo por um instante antes que ela fechasse a porta atrás dele. Mais adiante na rua, um caminhão descarregava rolos de papel em frente à gráfica de um dos jornais chineses. Um guia com roupas surradas saía com quatro turistas do Templo da Rainha do Paraíso – um templo chinês localizado acima do quartel-general da associação beneficente Sue Hing.

Segui até a Travessa Spofford e encontrei a casa que estava procurando sem qualquer dificuldade. Era um edifício pobre, com a escada da entrada e a porta da cor de sangue seco, as janelas bem fechadas com tábuas grossas pregadas muito próximas umas das outras. O que a destacava das casas vizinhas era o fato de que o térreo não era uma loja ou um negócio qualquer. Prédios exclusivamente residenciais são raros em Chinatown: o térreo quase sempre é dedicado aos negócios, com a parte residencial localizada no porão ou nos andares superiores.

Subi os três degraus da entrada e bati na porta vermelha com os nós dos dedos.

Nada aconteceu.

Bati de novo, mais forte. Nada, ainda. Tentei novamente e esta vez foi recompensada por rangidos e barulhos metálicos do lado de dentro.

Depois de pelo menos dois minutos desses rangidos e barulhos metálicos, a porta se abriu – apenas dez centímetros.

Um olho oblíquo numa faixa de rosto marrom enrugado olhou para mim através da pequena abertura, acima da pesada corrente que segurava a porta.

– O que queler?
– Quero ver Chang Li Ching.
– Não saber. Talvez outlo lado de lua.
– Bobagem! Feche a sua portinha e volte correndo para dizer a Chang Li Ching que quero vê-lo.
– Não pode! Não saber Chang.
– Diga a ele que estou aqui – eu disse, virando as costas para a porta. Sentei-me no degrau de cima e acrescentei, sem olhar para trás: – Vou esperar.

Enquanto pegava meus cigarros, o silêncio reinava atrás de mim. Então a porta se fechou devagar, e os rangidos e barulhos metálicos recomeçaram atrás dela. Fumei um cigarro, depois outro, e deixei o tempo passar, tentando fazer com que eu parecesse ter toda a paciência do mundo. Esperava que aquele amarelo não fosse me transformar num poste deixando-me sentado lá até me cansar.

Chineses passavam para lá e para cá na travessa, arrastando os pés em sapatos americanos que jamais servirão neles direito. Alguns olhavam para mim com curiosidade, outros não me davam a menor atenção. Uma hora se passou, mais alguns minutos, e então a seqüência de rangidos e barulhos metálicos familiar mexeu na porta.

A corrente chacoalhou quando a porta se abriu. Não virei a cabeça.

– Vá embola! Não pega Chang!

Não disse nada. Se não ia me deixar entrar, ele ficaria comigo sentado ali sem mais atenção.

Uma pausa.

– Que quer você?

– Quero ver Chang Li Ching – respondi, sem me virar.

Mais uma pausa, encerrada pelo bater da corrente contra o batente da porta.

– Tudo bem.

Apaguei o cigarro na rua, levantei-me e entrei na casa. Na escuridão, identifiquei algumas peças de mobília baratas e estragadas. Tive de ficar esperando enquanto o chinês atravessava quatro barras da grossura de um braço na porta e as trancava com cadeados. Então fez um sinal com a cabeça para mim e arrastou-se pela sala. Era um homem pequeno e encurvado, com uma cabeça amarela sem cabelos e um pescoço que parecia um pedaço de corda.

Desse ambiente, ele me levou para outro, ainda mais escuro, então para um corredor, e descemos um lance de degraus frágeis. Os cheiros de roupa mofada e terra úmida eram fortes. Atravessamos um piso de terra batida no escuro, viramos à esquerda e senti cimento sob os meus pés. Viramos mais duas vezes no escuro, e então subi um lance de degraus de madeira irregulares até um corredor razoavelmente iluminado, com a luz de lâmpadas elétricas protegidas.

Nesse corredor, meu guia destrancou uma porta, e atravessamos uma sala em que cones de incenso estavam sendo queimados e onde, à luz de um lampião a óleo, mesinhas vermelhas com xícaras de chá ficavam diante de painéis de madeira com ideogramas chineses pintados com tinta dourada pendurados nas paredes. Uma porta no lado oposto dessa sala nos levou a uma escuridão absoluta, onde tive de segurar a cauda do folgado casaco azul feito sob medida do meu guia.

Até então, ele não havia olhado uma vez para trás desde o começo da nossa turnê, e nenhum de nós havia dito nada. Aquela andança para cima e para baixo, virando à direita e à esquerda, parecia bastante inofensiva. Se ele se divertia me confundindo, às ordens. Eu já estava bastante confuso a essa altura, no que dizia respeito ao senso de direção. Não fazia a menor idéia de onde poderia estar. Mas isso não me perturbava muito. Se eu ia ser atacado, a noção da minha posição geográfica não tornaria nada mais agradável. Se eu fosse me sair bem, um lugar ainda era tão bom como outro qualquer.

Demos mais muitas voltas, subimos e descemos escadas, e o resto da bobagem toda. Calculei que já estava lá dentro fazia quase meia hora, e ainda não tinha visto ninguém além do meu guia.

Então vi outra coisa.

Estávamos seguindo por um corredor longo e estreito com portas pintadas de marrom muito próximas umas às outras de cada lado. Todas elas estavam fechadas – com aparência secreta sob a luz fraca. Perto de uma delas, um brilho opaco de metal atraiu o meu olhar – um anel escuro no centro da porta. Joguei-me no chão.

Caindo como se tivesse levado um soco, perdi o clarão. Mas ouvi o rugido e senti o cheiro de pólvora.

Meu guia girou, perdendo um dos chinelos. Em cada mão portava uma enorme arma automática. Enquanto tentava pegar a minha própria arma, fiquei imaginando como um homem tão pequeno conseguia esconder tanta artilharia.

As armas grandes nas mãos do homenzinho cuspiram fogo contra mim. Ele as esvaziava à moda chinesa, com tiros em seqüência.

Pensei que ele estivesse errando a pontaria até estar com o dedo apertado no gatilho. Então despertei a tempo de não atirar.

Ele não estava atirando em mim. Estava disparando contra a porta atrás de mim – a porta de onde haviam atirando em mim.

Rolei para longe, no outro lado do corredor.

O homenzinho mirrado aproximou-se e encerrou o bombardeio. Suas balas retalharam a madeira, como se fosse papel. Suas armas ficaram sem munição.

A porta se abriu, empurrada pelo que restara de um homem que estava tentando se segurar agarrando-se ao painel deslizante no centro da porta.

Dummy Uhl – com um rombo no corpo – escorregou até o chão e formou mais uma poça do que uma pilha.

O corredor encheu-se de amarelos com armas pretas destacando-se como espinhos num arbusto de amoras.

Levantei-me. Meu guia soltou as armas e cantou algo gutural. Os chineses começaram a desaparecer pelas várias portas, exceto por quatro que começaram a reunir o que vinte balas haviam deixado de Dummy Uhl.

O velho magricela guardou as armas vazias e veio até onde eu estava com uma mão estendida para a minha arma.

– Você dá – disse ele, educadamente.

Eu dei. Poderia ter pedido as minhas calças.

Escondendo a minha arma sob a roupa, olhou casualmente para o que os quatro chineses estavam levando embora e então para mim.

– Não gostar dele, hein? – perguntou.
– Não muito – admiti.
– Tudo bem. Levo você.

O nosso desfile de dois homens retomou o caminho. A brincadeira de roda continuou por outro lance de escada e algumas viradas à direita e à esquerda. Então o meu guia parou diante de uma porta e a arranhou com as unhas das mãos.

*

A porta foi aberta por outro chinês. Mas esse não era um cantonês baixinho. Era um lutador grandalhão e bestial – com pescoço de touro, ombros grandes como montanhas, braços de gorila e pele de couro. O deus que o fizera tinha muito material, e deu a ele muito tempo para endurecer.

Segurando a cortina que cobria a porta, deu um passo para o lado. Entrei e encontrei seu gêmeo de pé do outro lado da porta.

A sala era grande e cúbica, com as portas e janelas – se havia – escondidas atrás de cortinas de veludo verde, azul e prateado. Numa grande cadeira preta luxuosamente entalhada, um velho chinês. Seu rosto era redondo, rechonchudo e com ar esperto, com um cavanhaque fininho e branco no queixo. Usava um chapéu escuro e ajustado. Uma túnica púrpura apertada em volta do pescoço mostrava o forro de pele debaixo, de onde caía com uma dobra sobre suas calças de cetim azul.

Não se levantou da cadeira, mas sorriu suavemente por cima do bigode e curvou a cabeça quase até os utensílios do chá sobre a mesa.

– Foi apenas a incapacidade de acreditar que alguém com o esplendor celestial da Sua Excelência perderia seu precioso tempo com um ser tão pequeno que impediu que todos os seus escravos corressem para se prostrar aos seus nobres pés assim que soube que o Pai dos Detetives estava à sua porta indigna.

Isso saiu suavemente num inglês muito mais claro do que o meu. Mantive a expressão séria, à espera do que viria a seguir.

– Se o Terror dos Malfeitores honrar uma das minhas deploráveis cadeiras descansando seu divino corpo sobre ela, posso garantir a ele que a cadeira será queimada depois disso, para que nenhum ser menor possa usá-la. Ou o Príncipe dos Pegadores de Ladrões permitirá que eu envie um criado ao seu palácio em busca de uma cadeira dele merecedora?

Caminhei lentamente até uma cadeira, tentando organizar as palavras na minha mente. Aquele velho piadista estava tentando me enganar com um exagero – burlesco – da conhecida delicadeza chinesa. Não sou uma pessoa difícil, sou capaz de fazer o jogo de qualquer um até certo ponto.

– É apenas por estar com os joelhos frouxos pelo grande medo do poderoso Chang Li Ching que ouso me sentar – expliquei, permitindo-me sentar na cadeira e virando a cabeça para ver que os gigantes que antes estavam ao lado da porta haviam desaparecido.

Tinha um palpite de que os dois estavam apenas do outro lado das cortinas de veludo que escondiam a porta.

– Se não fosse o fato de o Rei dos Descobridores – ele retomou aquela coisa – saber de tudo, eu estaria espantado por ele ter ouvido falar no meu humilde nome.

– Ouvido falar? E quem não ouviu? – ironizei, em resposta. – A palavra *mudança* em inglês* não é derivada de Chang? Mudança, com o significado de alteração é o que acontece às opiniões do homem mais sábio depois de ouvir a sabedoria de Chang Li Ching! – Tentei me afastar dessa coisa teatral, que me deixava tenso. – Obrigado por fazer com que seus homens salvassem a minha vida lá na passagem.

Ele estendeu as mãos sobre a mesa.

– Foi apenas por temer que o Imperador dos Gaviões pudesse considerar o odor de um sangue tão vil desagradável para suas elegantes narinas que o verme que perturbou Sua Excelência foi eliminado rapidamente. Se cometi um equívoco, e a sua preferência seria de que ele fosse partido em pedaços, centímetro por centímetro, resta-me apenas oferecer para torturar um de meus filhos em seu lugar.

– Deixe o garoto viver – disse eu, displicente, voltando aos negócios. – Eu não queria incomodá-lo, mas sei tão pouco que apenas a ajuda da sua grande sabedoria pode me trazer de volta ao normal.

---

* Change (N.T.)

– Alguém pergunta o caminho a um cego? – disse o velho gozador, entortando a cabeça para o lado. – Pode uma estrela, por mais que queira, ajudar a lua? Se agradar ao Avô dos Perdigueiros lisonjear Chang Li Ching para que pense que tem a acrescentar à sabedoria do grande, quem é Chang para frustrar seu mestre ao se recusar a fazer um papel ridículo.

Interpretei aquilo como se ele estivesse disposto a ouvir minhas perguntas.

– O que gostaria de saber é: quem matou as empregadas de Lillian Shan, Wang Ma e Wan Lan?

Ele brincou com uma fina mecha de sua barba branca, torcendo-a com um dedo pequeno e pálido.

– O caçador de veados olha para uma lebre? – ele quis saber. – E quando um caçador tão importante finge se preocupar ele próprio com a morte de criadas, pode Chang pensar em qualquer outra coisa além de que agrada ao maioral ocultar seu objetivo real? Embora talvez, porque eram criadas e não mulheres nobres, o Senhor das Armadilhas tenha pensado que o humilde Chang Li Ching, ser insignificante dos Cem Nomes, possa ter algum conhecimento a respeito delas. Os ratos não sabem o que fazem os ratos?

Continuou com essa coisa por alguns minutos, enquanto eu permaneci sentado examinando a máscara amarela redonda e com ar esperto que ele tinha como rosto, esperando que alguma coisa clara fosse sair dali. Não saiu nada.

– A minha ignorância é ainda maior do que eu havia arrogantemente suposto – disse ele, encerrando seu discurso. – Essa simples pergunta que você fez está além do poder da minha mente confusa. Não sei quem matou Wang Ma e Wan Lan.

Sorri para ele e fiz outra pergunta:

– Onde posso encontrar Hoo Lun e Yin Hung?

– Mais uma vez devo rastejar com minha ignorância – disse ele baixinho – apenas me consolando com a idéia de que o Mestre dos Mistérios sabe as repostas para as suas perguntas e se apraz em esconder de Chang seu objetivo infalivelmente alcançado.

E isso foi o mais longe a que cheguei.

Houve mais cumprimentos malucos, mais reverências e mesuras, mais garantias de reverência e amor eternos, e então eu estava novamente seguindo o meu guia de pescoço fino através de corredores tortuosos e escuros, salas pouco iluminadas e subindo e descendo escadas frágeis.

À porta da rua – depois que havia aberto as grades – ele tirou a minha arma da camisa e entregou-a a mim. Controlei o impulso de olhar naquele instante para ver se haviam feito alguma coisa nela. Em vez disso, enfiei-a no bolso e saí pela porta.

O chinês grunhiu, curvou-se e fechou a porta.

Subi até a Stockton Street e virei em direção ao escritório, caminhando lentamente, punindo meu cérebro.

Primeiro, eu precisava pensar na morte de Dummy Uhl. Teria sido ela arranjada de antemão, para puni-lo por falhar naquela manhã e, ao mesmo tempo, me impressionar? E como? E por quê? Ou ela deveria me deixar em dívida para com os chineses. Se sim, por quê? Ou foi apenas um daqueles truques complicados de que os chineses gostam? Afastei o assunto da mente e direcionei meus pensamentos ao homenzinho amarelo rechonchudo na túnica púrpura.

Gostei dele. Tinha senso de humor, inteligência, coragem, tudo. Prendê-lo numa cela seria algo sobre o que daria para escrever. Era a minha idéia de um homem contra quem trabalhar.

Mas não me enganei pensando que tinha alguma coisa contra ele. Dummy Uhl havia me dado uma ligação entre o Hotel Irvington de Whistler e Chang Li Ching. Dummy Uhl havia entrado em ação quando eu o acusei de estar envolvido nos assassinatos da casa de Shan. Isso eu tinha – e era tudo, exceto que Chang não havia dito nada para demonstrar que não estava interessado no caso Shan.

Sob esse aspecto, dava para acreditar que a morte de Dummy Uhl não tivesse sido uma apresentação planejada. Era mais provável que ele tivesse visto quando eu me aproximava, tentado me eliminar e sido morto pelo meu guia por estar interferindo na audiência que Chang havia me concedido. Dummy não devia ter uma vida muito valiosa aos olhos dos chineses – ou aos olhos de qualquer um.

Eu não estava nem um pouco insatisfeito com o dia de trabalho até então. Não havia feito nada brilhante, mas tinha dado uma olhada no meu destino, ou pelo menos achava isso. Se iria bater cabeça contra um muro de pedra, pelo menos sabia onde ficava o muro e tinha visto o homem a quem ele pertencia.

No escritório havia um recado de Dick Foley esperando por mim. Ele havia alugado um apartamento de frente na rua do Irvington e dedicado duas horas a seguir O Whistler.

O Whistler havia passado meia hora no bar do Big Fat Thomson, na Market Street, conversando com o proprietário e alguns dos jogadores que sempre se reuniam lá. Então tinha ido de táxi até um prédio de apartamentos na O'Farrell Street – o Glenway – onde tocara uma das campainhas. Sem receber resposta, entrou no prédio usando uma chave. Uma hora depois, saiu e voltou para o hotel. Dick não conseguiu identificar qual campainha ele havia tocado nem qual apartamento havia visitado.

Liguei para Lillian Shan.

– Você vai estar em casa esta noite? – perguntei. – Tenho algo que quero discutir com você, e não pode ser por telefone.

– Estarei em casa até as sete e meia.

– Tudo bem. Irei até aí.

Eram sete e quinze quando o carro que contratei me deixou na porta da casa. Ela abriu a porta para mim. A dinamarquesa que estava cuidando da casa até os novos empregados serem contratados só ficava lá durante o dia, voltando para sua própria casa – a um quilômetro e meio da praia – à noite.

O vestido de noite que Lillian Shan estava usando era bastante severo, mas sugeria que, se ela jogasse fora os óculos e fizesse algo para se ajudar, ela poderia não ser não pouco feminina, afinal. Levou-me até a biblioteca, no andar de cima, onde um rapaz distinto de vinte e poucos anos com roupa de festa se levantou de uma cadeira quando entrei – um rapaz elegante, com cabelos e pele claros.

Seu nome, soube ao sermos apresentados, era Garthorne. A garota parecia bastante disposta a realizar nossa reunião em sua presença. Eu não. Depois de eu fazer tudo exceto insistir diretamente em conversar com ela sozinha, ela pediu licença – chamando-o de Jack – e me levou para outra sala.

Mas então fiquei um pouco impaciente.

– Quem é aquele? – perguntei.

Ela levantou as sobrancelhas.
– É o sr. John Garthorne – disse ela.
– Você o conhece bem?
– Posso saber por que você está tão interessado?
– Pode. O sr. John Garthorne é todo errado, acredito eu.
– Errado?
Tive outra idéia.
– Onde ele mora?
Ela me deu um endereço na O'Farrell Street.
– Os Apartamentos Glenway?
– Acho que sim. – Ela olhava para mim sem qualquer afetação. – Você pode se explicar, por favor?
– Apenas mais uma pergunta antes disso. Você conhece um chinês chamado Chang Li Ching?
– Não.
– Tudo bem. Vou lhe falar sobre Garthorne. Até agora, cheguei a dois ângulos desse seu problema. Um deles tem a ver com esse Chang Li Ching, em Chinatown. Outro, com um ex-presidiário chamado Conyers. Esse John Garthorne estava em Chinatown hoje. Eu o vi saindo de um porão que provavelmente tem ligação com a casa de Chang Li Ching. O ex-presidiário Conyers visitou o prédio em que Garthorne mora no começo da tarde de hoje.

Ela abriu e fechou a boca.
– Isso é um absurdo! – explodiu ela. – Já conheço o sr. Garthorne há algum tempo, e...
– Há exatamente quanto tempo?
– Muito... vários meses.
– Como você o conheceu?
– Através de uma garota que conheci na faculdade.
– O que ele faz da vida?
Ela ficou tensa e em silêncio.
– Ouça, srta. Shan – eu disse. – Garthorne pode não ter problema, mas preciso investigá-lo. Se ele for inocente, não haverá problemas. Quero saber o que sabe sobre ele.

Consegui as informações, aos pouquinhos. Ele era, ou ela pensava que ele era, o filho mais jovem de uma família rica de Richmond, na Virgínia, vivendo um momento de desgraça por causa de alguma espécie de travessura infantil.

Havia chegado a São Francisco quatro meses antes para esperar que a raiva do pai passasse. Enquanto isso, a mãe lhe enviava dinheiro, deixando-o sem a necessidade de trabalhar durante seu exílio. Havia chegado com uma carta de apresentação de uma das colegas de faculdade de Lillian Shan. Pelo que pude ver, Lillian Shan gostava muito dele.

– Você vai sair com ele esta noite? – perguntei, quando percebi isso.

– Sim.

– No carro dele ou no seu?

Ela franziu a testa, mas respondeu à pergunta.

– No dele. Vamos até Half Moon jantar.

– Vou precisar de uma chave, então, porque voltarei aqui depois que você sair.

– Você o quê?

– Vou voltar aqui. Vou lhe pedir para não dizer nada a ele sobre as minhas suspeitas mais ou menos sem valor, mas a minha opinião sincera é de que ele quer afastá-la da casa durante a noite. Assim, se o motor quebrar no caminho de volta, apenas finja que não há nada de estranho nisso.

Isso a preocupou, mas ela não admitiria que eu podia estar certo. Mas peguei a chave, falei a respeito do meu esquema com a agência de empregos e que precisaria da sua ajuda, e eles prometeram que estariam no escritório às nove e meia da manhã de quinta-feira.

Não vi mais Garthorne antes de sair da casa.

De volta ao carro, pedi que o motorista me levasse até a cidadezinha mais próxima, onde comprei um pedaço de tabaco de mascar, uma lanterna e uma caixa de munição no armazém geral. Tenho um 38 Especial, mas fui obrigado a comprar os cartuchos mais curtos e mais fracos, porque o lojista não tinha dos especiais no estoque.

Com as compras no bolso, pegamos o caminho de volta à casa de Shan. A duas curvas da propriedade, parei o carro, paguei o motorista e mandei-o embora, terminando o trecho a pé.

A casa estava toda às escuras.

Entrando o mais silenciosamente possível e usando muito pouco a lanterna, vasculhei a casa do porão ao telhado. Eu era o único ocupante. Na cozinha, assaltei a geladeira para comer alguma coisa e tomar um copo de leite. Poderia ter feito um pouco de café, mas o café tem um aroma muito forte.

Depois do jantar, assumi uma posição confortável numa poltrona no corredor entre a cozinha e o resto da casa. De um lado do corredor, uma escada levava ao porão. Do outro, a escada levava para o andar de cima. Com todas as portas da casa exceto as externas abertas, o corredor era o centro das coisas no que se referia a ouvir barulhos.

Uma hora se passou – em silêncio, exceto pela passagem dos carros na rua a cem metros de distância e do barulho do Pacífico na pequena angra. Masquei o meu pedaço de tabaco – substituto dos cigarros – e tentei contabilizar as horas da minha vida que eu tinha passado daquele jeito, sentado ou de pé, esperando que alguma coisa acontecesse.

O telefone tocou.

Deixei-o tocar. Poderia ser Lillian Shan precisando de ajuda, mas eu não podia me arriscar. Era mais provável que fosse alguém tentando descobrir se havia alguém na casa.

Mais meia hora se passou com uma brisa vindo do mar, fazendo as árvores farfalharem lá fora.

Ouvi então um barulho que não era nem de arrebentação nem de carro passando.

Alguma coisa fez clique em algum lugar.

Foi numa janela, mas não pude identificar em qual. Abandonei o tabaco e peguei a arma e a lanterna.

Ouvi o som de novo, mais alto.

Alguém estava tentando arrombar uma janela – com muita força. A fechadura chacoalhou, e alguma coisa fez clique contra a vidraça. Era um despiste. Quem quer que fosse, poderia ter quebrado o vidro com menos barulho do que estava fazendo.

Fiquei de pé, mas não saí do lugar. O barulho na janela foi um blefe para atrair a atenção de quem quer que pudesse estar dentro da casa. Virei-me de costas para ele, tentando ver dentro da cozinha.

A cozinha estava escura demais para se ver alguma coisa.

Não vi nada lá. Não ouvi nada lá.

Senti um ar úmido vindo da cozinha.

Era algo com que se preocupar. Eu tinha companhia, e ele era mais esperto do que eu. Podia abrir portas ou janelas debaixo do meu nariz. Não era algo muito bom.

Com o peso do corpo nas solas de borracha, recuei da poltrona até o batente da porta do porão tocar em meu ombro. Não tinha certeza de que ia gostar daquela festa. Gosto de trabalhar em condições iguais ou melhores do que o oponente, e a situação não estava nem um pouco parecida com isso.

Assim, quando uma linha fina de luz saiu dançando da cozinha e seguiu até a poltrona na passagem, eu estava a três passos, em direção ao porão, com as costas grudadas na parede da escada.

A luz se fixou por alguns segundos na poltrona e começou a percorrer o corredor até a sala mais além. Eu não conseguia ver nada além da luz.

Alguns novos sons chegaram até mim – o ruído de motores de carros perto da casa, na rua, o suave bater de pés na varanda dos fundos e no linóleo da cozinha, uns bons metros. Senti um cheiro – um cheiro inconfundível – de chineses sem banho.

Então parei de prestar atenção a essas coisas. Tinha muito com o que me ocupar perto de mim.

O proprietário da lanterna estava no topo da escada do porão. Eu tinha prejudicado a minha visão olhando para a luz. Não conseguia vê-lo.

O primeiro raio que direcionou para baixo não me pegou por um centímetro – o que me deu tempo para fazer um mapa no escuro. Se ele fosse de tamanho médio, segurando a lanterna com a mão esquerda e uma arma na direita, expondo-se o mínimo possível – sua cabeça devia estar meio metro acima do começo do raio de luz, a mesma distância atrás dele, quinze centímetros à esquerda – a minha esquerda.

A luz veio para o lado e atingiu uma das minhas pernas.

Bati com o cano do revólver no ponto em que havia marcado um X no escuro.

O tiro da arma dele queimou meu rosto. Um de seus braços tentou me levar com ele. Girei e deixei-o mergulhar sozinho no porão, mostrando-me um relance de dentes de ouro ao passar por mim.

A casa estava cheia de "Ah iás" e pés batendo de um lado para outro.

Eu precisava sair dali – ou seria empurrado.

Lá embaixo poderia virar uma armadilha. Subi novamente até o corredor.

O corredor estava cheio e movimentado com corpos fedorentos. Unhas e dentes começaram a arrancar as minhas roupas. Eu sabia muito bem que havia me metido em alguma coisa feia!

Eu era apenas um numa multidão de seres invisíveis lutando, rasgando, grunhindo e gemendo. Um redemoinho deles me arrastou até a cozinha. Batendo, chutando e golpeando, eu fui junto.

Uma voz aguda estava gritando ordens em chinês.

Meu ombro raspou no batente da porta enquanto eu era carregado para a cozinha, lutando como podia contra inimigos que não podia ver, com medo de usar a arma que ainda segurava na mão.

Eu era apenas uma parte naquela louca confusão. Um disparo da minha arma poderia me transformar em seu centro. Aqueles malucos estavam lutando contra o pânico. Eu não queria lhes mostrar nada que pudessem destruir.

Fui junto com eles, batendo em tudo o que surgisse no meu caminho e sendo agredido em resposta. Senti um balde entre os meus pés.

Levei um tombo, incomodando meus vizinhos, rolei sobre um corpo, senti um pé no rosto, contorci-me embaixo dele e consegui parar um pouco num canto, ainda enroscado com o balde de ferro galvanizado.

Graças a Deus por aquele balde!

Queria que aquela gente fosse embora. Não me importava quem ou o que eles eram. Se fossem embora em paz, eu perdoaria seus pecados.

Pus a arma dentro do balde e apertei o gatilho. Fiquei com o pior do barulho, mas sobrou o bastante para se espalhar ao redor. Pareceu a explosão de uma granada.

Atirei de novo dentro do balde e tive outra idéia. Com dois dedos da mão esquerda na boca, assoviei o mais forte que pude enquanto descarregava a arma.

Foi uma bela barulheira!

Quando minha arma ficou sem munição e meus pulmões, sem ar, eu estava sozinho. Gostei de estar sozinho. Soube por que alguns homens fogem e vão viver sozinhos em cavernas. E não os culpei!

Sentado sozinho no escuro, recarreguei a arma.

Engatinhando, encontrei o caminho até a porta aberta da cozinha e olhei na escuridão que não me disse nada. A arrebentação soava na angra. Do outro lado da casa veio barulho de carros. Esperei que fossem meus amigos indo embora.

Fechei a porta, tranquei à chave e acendi a luz da cozinha.

O lugar não estava tão revirado como eu imaginei que fosse estar. Havia algumas panelas e algumas louças caídas, uma cadeira estava quebrada, e o ambiente cheirava a corpos sem banho. Mas era tudo – exceto por uma manga de algodão azul no chão, uma sandália de palha perto da porta do corredor e um punhado de cabelos pretos curtos, meio sujos de sangue, ao lado da sandália.

No porão, não encontrei o homem que eu havia derrubado lá. Uma porta aberta mostrava como ele havia ido embora. Sua lanterna ainda estava lá, assim como a minha e um pouco de sangue dele.

Novamente no primeiro andar, observei a frente da casa. A porta da frente estava aberta. Havia tapetes enrugados. Um vaso azul estava quebrado no chão. Uma mesa havia sido empurrada para fora do lugar, e duas cadeiras foram estragadas. Encontrei um chapéu de feltro marrom velho e seboso que não tinha nem tira de couro nem faixa de tecido. Encontrei uma fotografia sebosa do Presidente Coolidge – aparentemente recortada de um jornal chinês – e seis folhas para enrolar cigarros de palha.

Não encontrei nada no andar de cima que demonstrasse que algum dos meus convidados tivesse estado lá.

Eram duas e meia da manhã quando ouvi um carro se aproximando da porta da frente. Espiei da janela do quarto de Lillian Shan no segundo andar. Ela estava dando boa noite a Jack Garthorne.

Voltei à biblioteca para esperar por ela.

– Nada aconteceu? – foram suas primeiras palavras, que pareceram mais um desejo do que qualquer outra coisa.

– Aconteceu sim – eu disse –, e imagino que você tenha tido o seu problema com o carro.

Por um instante, achei que ela fosse mentir para mim, mas ela assentiu com a cabeça e caiu numa cadeira, não tão ereta como de costume.

– Tive muitas companhias – eu disse –, mas não posso dizer que tenha descoberto muito sobre eles. Na verdade, dei o passo maior do que a perna e tive de me contentar com fazê-los irem embora.

– Você não ligou para o gabinete do delegado? – Havia alguma coisa estranha no tom em que ela fez a pergunta.

– Não... não quero que Garthorne seja preso agora.

Isso acabou com o desânimo dela. Ela estava de pé, esguia e ereta diante de mim. E fria.

– Prefiro não falar sobre isso novamente – ela disse.

Por mim não havia problema, mas:

– Espero que você não tenha dito nada a ele.

– Dito a ele? – ela pareceu espantada. – Você acha que eu o insultaria repetindo os seus palpites... seus absurdos palpites?

– Tudo bem. – Aplaudi seu silêncio, se não a sua opinião em relação às minhas teorias. – Agora, ficarei aqui esta noite. Não há uma chance em cem de acontecer alguma coisa, mas é melhor garantir.

Ela não pareceu muito entusiasmada com a idéia, mas acabou finalmente indo para a cama.

Evidentemente, não aconteceu nada entre aquele instante e o nascer do sol. Fui embora assim que surgiu a luz do dia e passei o terreno em revista mais uma vez. Havia pegadas por tudo, da beira da água até a entrada de carros. Ao longo da entrada de carros, parte do gramado estava cortado onde carros haviam sido manobrados sem cuidado algum.

Peguei um dos carros da garagem emprestado e estava de volta a São Francisco antes de a manhã terminar.

No escritório, pedi que o Velho pusesse um detetive atrás de Jack Garthorne e mandasse o velho chapéu, a lanterna, a sandália e o resto das minhas lembranças serem examinados em busca de impressões digitais, pegadas, marcas de dentes e tudo o mais que fosse possível. Também pedi que a nossa filial de Richmond procurasse pelos Garthorne. Então fui atrás do meu assistente filipino.

Ele estava sombrio.

– O que houve? – perguntei. – Alguém bateu em você?

– Ah, não, senhor! – protestou ele. – Mas talvez eu não seja um detetive muito bom. Tentei seguir um sujeito, mas ele virou numa esquina e desapareceu.

– Quem era ele e o que estava fazendo?

– Não sei, senhor. Tinha quatro carros com homens saindo de dentro deles naquele porão onde eu disse que moram os chineses estranhos. Depois que eles entram, um homem sai. Está com o chapéu por cima de um curativo na parte de cima do rosto e sai caminhando rapidamente. Tento segui-lo, mas ele vira naquela esquina, e onde está ele?

– A que horas aconteceu tudo isso?

– À meia-noite, talvez.

– Pode ter sido mais tarde do que isso, ou mais cedo?

– Pode.

Meus visitantes, sem dúvida; e o homem que Cipriano havia tentado seguir pode ter sido aquele que eu havia derrubado. O filipino não tinha pensado em anotar as placas dos carros. Não sabia se os motoristas eram brancos ou chineses, nem a marca dos carros.

– Você se saiu bem – garanti a ele. – Tente novamente esta noite. Vá com calma que você chegará lá.

De lá, fui até um telefone e liguei para a central de polícia. Fiquei sabendo que a morte de Dummy Uhl não havia sido registrada.

Vinte minutos depois, estava batendo os nós dos dedos na porta da frente de Chang Li Ching.

Não foi o chinesinho de pescoço fino quem abriu a porta para mim dessa vez. Em seu lugar, um jovem chinês com marcas de varíola no rosto e um amplo sorriso.

– Você quer ver Chang Li Ching – disse ele antes que eu pudesse falar, recuando para que eu entrasse.

Entrei e fiquei esperando enquanto ele fechava todas as grades e trancas. Fomos até Chang por um caminho mais curto do que o de antes, mas que ainda era longe de ser direto. Por um tempo, eu me diverti tentando mapear o caminho mentalmente enquanto ele seguia, mas, como estava muito complicado, acabei desistindo.

A sala forrada de cortinas de veludo estava vazia quando meu guia me levou para dentro, curvou-se, sorriu e me deixou lá. Sentei-me numa cadeira perto da mesa e esperei.

Chang Li Ching não fez teatro materializando-se em silêncio nem nada do gênero. Escutei seus chinelos macios no chão antes que ele abrisse as cortinas e entrasse. Estava sozinho, com o bigode branco encrespado num sorriso de avô.

– O Dissipador de Hordas honra a minha humilde residência novamente – cumprimentou-me, seguindo por bastante tempo com o mesmo tipo de conversa sem sentido que eu tinha sido obrigado a ouvir na primeira visita.

A parte do Dissipador de Hordas foi bem boa – caso tenha sido uma referência aos feitos da noite anterior.

– Sem saber quem era até ser tarde demais, agredi um dos seus empregados ontem à noite – disse eu, quando ele deu os floreios por encerrados por um tempo. – Sei que não há nada que eu possa fazer para me redimir de um ato tão terrível, mas espero que você deixe que eu corte a minha garganta e sangre até a morte numa das suas latas de lixo como uma espécie de pedido de desculpas.

Um pequeno som de suspiro que poderia passar por um riso contido perturbou os lábios do velho, e o chapéu púrpura se mexeu em sua cabeça redonda.

– O Dispersador de Saqueadores sabe tudo – sussurrou ele, suavemente – mesmo do valor do barulho para afastar demônios. Se ele diz que o homem que atacou foi um empregado de Chang Li Ching, quem é Chang para negar isso?

Experimentei usar a minha outra arma.

– Não sei muito... nem mesmo por que a polícia ainda não ficou sabendo da morte do homem que foi assassinado aqui ontem.

Uma de suas mãos fazia pequenos cachos em sua barba branca.

– Não fiquei sabendo dessa morte – disse ele.

Pude adivinhar o que estava a caminho, mas quis ver eu mesmo.

– Você pode perguntar ao homem que me trouxe aqui ontem – sugeri.

Chang Li Ching pegou uma baqueta acolchoada da mesa e bateu um gongo suspenso que ficava na altura de seu ombro. Do outro lado da sala, as cortinas se abriram para o chinês com o rosto marcado que havia me levado até ali.

– A morte honrou nossa cabana ontem? – perguntou Chang em inglês.

– Não, Ta Jen – respondeu o homem de rosto marcado.

– Foi o nobre homem que me trouxe até aqui ontem – expliquei. – Não este filho de um imperador.

Chang fingiu surpresa.

– Quem recepcionou o Rei dos Espiões ontem? – perguntou ao homem que estava porta.

– Eu o trarei, Ta Jen.

Sorri para o homem de rosto marcado, ele sorriu de volta, e Chang sorriu com benevolência.

– Um excelente gracejo – disse ele.

Realmente.

O homem de rosto marcado curvou-se e começou a recuar através das cortinas. Sapatos soltos fizeram barulho nas tábuas atrás dele, que se virou. Um dos grandes lutadores que eu havia visto no dia anterior apareceu acima dele. Os olhos do lutador brilhavam de excitação, e sílabas chinesas grunhidas saíram de sua boca. O chinês de rosto marcado respondeu. Chang Li Ching silenciou-os com uma ordem severa. Tudo isso em chinês – fora do meu alcance.

– O Grão-Duque dos Caçadores de Homens permitirá que seu servo se retire por um instante para resolver seus aflitivos problemas domésticos?

– Claro.

Chang fez uma reverência com as mãos unidas e falou com o lutador:

– Você permanecerá aqui para garantir que o Grande não seja perturbado e que qualquer desejo que ele expresse seja satisfeito.

O lutador curvou-se e deu um passo para o lado, para que Chang passasse pela porta com o homem de rosto marcado. As cortinas caíram sobre a porta atrás deles.

Não desperdicei saliva com o homem na porta, mas acendi um cigarro e fiquei esperando que Chang voltasse. O cigarro já estava na metade quando ouvi um tiro no edifício, não muito longe.

O gigante na porta fez uma cara feia.

Ouvi mais um tiro e o barulho de pés correndo no corredor. O rosto do homem de rosto marcado apareceu por entre as cortinas. Ele lançou grunhidos para o lutador, que me olhou de cara feia e protestou. O outro insistiu.

O lutador fez mais uma cara feia para mim, resmungou "Espere aqui" e saiu com o outro.

Terminei o cigarro ao som abafado de lutas que pareciam vir do andar de baixo. Houve mais dois tiros, distantes um do outro. Pés passaram correndo pela porta da sala em que eu estava. Talvez dez minutos tivessem se passado desde que eu havia sido deixado sozinho.

Descobri que não estava sozinho.

Do outro lado da sala, em frente à porta, as cortinas que cobriam a parede se mexeram. O veludo azul, verde e prateado estufou um centímetro e voltou para o lugar.

O movimento aconteceu pela segunda vez talvez uns três metros mais adiante na parede. Não houve qualquer movimento por um tempo, e então percebi um tremor no canto.

Alguém estava andando entre as cortinas e a parede.

Deixei-o avançar, ainda atirado na cadeira com as mãos vazias. Se a protuberância significava problemas, qualquer ação da minha parte apenas apressaria as coisas.

Acompanhei os movimentos por toda aquela parede e até a metade da outra, onde sabia que estava a porta. Então não consegui vê-los por algum tempo. Tinha acabado de concluir que o intruso havia saído pela porta quando as cortinas se abriram, e ele apareceu.

Ela não chegava a ter um metro e quarenta de altura – um bibelô vivo da estante de alguém. Seu rosto era uma minúscula forma oval de beleza maquiada, com a perfeição ressaltada pelos cabelos muito negros lisos e sedosos perto das têmporas. Brincos de ouro balançavam ao lado das bochechas macias e uma borboleta de jade enfeitava-lhe os cabelos. Estava coberta do queixo aos joelhos por um casaco cor de alfazema que reluzia pedras brancas. Meias cor de alfazema apareciam sob as calças curtas cor de alfazema, e os pés minúsculos vestiam chinelos da mesma cor em formato de gatinhos, com pedras amarelas à guisa de olhos e plumas fazendo as vezes de bigode.

Toda essa descrição com comentários sobre moda tem o objetivo de dizer que ela era incrivelmente graciosa. Entretanto, ali estava ela – não era uma escultura ou uma pintura, mas uma pequena mulher viva com medo nos olhos negros e dedos minúsculos mexendo nervosamente na seda da peça de roupa que lhe cobria o peito.

Por duas vezes, veio na minha direção – apressando-se com os desajeitados passos rápidos das chinesas de pés tornados minúsculos –, virando a cabeça para olhar para as cortinas sobre a porta.

A essa altura, eu estava de pé, indo ao seu encontro.

Não sabia muito inglês. Não entendi a maior parte do que balbuciou para mim, embora tenha compreendido que "ce aiuda" poderia querer dizer "você me ajuda?"

Assenti com a cabeça, segurando-a sob os cotovelos quando ela tropeçou em cima de mim.

Ela falou mais naquela língua que não deixava a situação nem um pouco mais clara – a menos que "essaua" quisesse dizer escrava e "leuá imóa" significasse levar embora.

– Você quer que eu a tire daqui? – perguntei.

Sua cabeça, perto do meu queixo, subiu e desceu, e a boca que lembrava uma flor vermelha formou um sorriso que deixou todos os sorrisos de que eu conseguia me lembrar parecendo caras feias.

Ela falou mais um pouco. Não entendi nada. Tirando um dos cotovelos da minha mão, levantou a manga, expondo um antebraço que um artista havia passado uma vida inteira esculpindo em marfim. Na pele, cinco manchas roxas com formato de dedos terminavam em cortes onde as unhas haviam perfurado a pele.

Ela deixou a manga cair novamente e me disse mais algumas palavras. Elas não significaram coisa alguma para mim, mas soavam de um jeito bonito.

– Tudo bem – eu disse, tirando a arma para fora. – Se você quer ir, vamos.

Ela aproximou as duas mãos da arma, empurrando-a para baixo, e falou empolgada perto do meu rosto, terminando com o movimento de uma mão pelo colarinho – fazendo o gesto de uma garganta sendo cortada.

Sacudi a cabeça de um lado para o outro e levei-a em direção à porta.

Ela empacou, com os olhos arregalados de medo.

Levou uma das mãos até o meu bolso do relógio. Deixei-a pegar o relógio.

Pôs a ponta minúscula de um dedo sobre o doze e circulou o mostrador três vezes. Achei que tinha entendido aquilo. Trinta e seis horas a partir do meio-dia seria meia-noite da noite seguinte – quinta-feira.

– Sim – eu disse.

Ela olhou para a porta e me levou até a mesa onde estavam as coisas para o chá. Com um dedo mergulhado em chá frio, começou a desenhar no tampo decorado da mesa. Duas linhas paralelas que compreendi como sendo uma rua. Outro par de linhas cruzava com elas. O terceiro par cruzava o segundo e ficava paralelo ao primeiro.

– Waverly Place? – chutei.

Seu rosto balançou para cima e para baixo, alegremente.

No que supus ser o lado leste do Waverly Place, ela desenhou um quadrado – uma casa, talvez. No quadrado, desenhou o que poderia ser uma rosa. Franzi a testa olhando para aquilo. Ela apagou a rosa e, no lugar, desenhou um círculo torto, fazendo marcas nele. Achei que tinha entendido. A rosa era um repolho. Aquela coisa era uma batata. O quadrado representava o armazém que eu havia visto no Waverly Place. Balancei a cabeça afirmativamente.

Seu dedo atravessou a rua e desenhou um quadrado do outro lado. Então, seu rosto se voltou para o meu, implorando para que eu a compreendesse.

– A casa em frente ao armazém – disse eu, lentamente. Então, quando ela bateu no meu relógio de bolso, completei:
– À meia-noite de amanhã.

Não sei o quanto ela entendeu, mas acenou com a cabecinha até os brincos balançarem como pêndulos malucos.

Com um rápido movimento, segurou a minha mão direita, beijou-a e desapareceu atrás das cortinas de veludo numa corrida cambaleante e saltitante.

Usei meu lenço para limpar o mapa do tampo da mesa e estava fumando em minha cadeira quando Chang Li Ching voltou, aproximadamente vinte minutos depois.

Fui embora logo depois disso, assim que trocamos alguns cumprimentos malucos. O homem de rosto marcado me acompanhou para fora da casa.

No escritório não havia nada de novo para mim. Foley não havia conseguido seguir O Whistler de noite.

Voltei para casa para dormir o que não havia dormido na noite anterior.

Às 10h10 da manhã seguinte, Lillian Shan e eu chegamos à porta de entrada da agência de empregos de Fong Yick, na Washington Street.

– Dê-me apenas dois minutos – eu disse ao sair do carro – e então entre.

– É melhor manter o motor ligado – sugeri ao motorista. – Podemos ter de sair correndo.

Na agência de Fong Yick, um homem grisalho e magro, que imaginei ser o Frank Paul do Velho, mascava um charuto enquanto conversava com meia dúzia de chineses. Do outro lado do balcão castigado, um chinês gordo os observava entediado através de imensos óculos de aros de aço.

Olhei para o grupo. O terceiro tinha o nariz torto – era um homem baixo e atarracado.

Empurrei os demais e fui até ele.

Não sei o que ele tentou aplicar em mim – jiu-jitsu, talvez, ou seu equivalente chinês. De qualquer maneira, ele se encolheu e movimentou as mãos rigidamente espalmadas.

Dominei-o e segurei-o pela nuca, com um dos braços dobrados atrás do corpo.

Outro chinês se atirou em minhas costas. O homem magro e grisalho fez alguma coisa no rosto dele, e o chinês foi para um canto e permaneceu lá.

Esta era a situação quando Lillian Shan entrou.

Mostrei o rapaz com nariz achatado para ela.

– Yin Hung! – ela exclamou.

– Hoo Lun não é um dos outros? – perguntei, apontando para os espectadores.

Ela sacudiu a cabeça enfaticamente e começou a falar muito velozmente em chinês com meu prisioneiro. Ele respondeu com a mesma velocidade, olhando-a nos olhos.

– O que vocês irão fazer com ele? – perguntou ela, numa voz meio estranha.

– Entregá-lo à polícia até que o delegado de San Mateo venha buscá-lo. Você conseguiu arrancar alguma coisa dele?

– Não.

Comecei a empurrá-lo em direção à porta. O chinês de óculos bloqueou a passagem, com uma mão para trás.

– Não vai dar – disse ele.

Atirei Yin Hung em cima dele, que caiu de encontro à parede.

– Saia! – gritei para a garota.

O homem grisalho parou dois chineses que saíram correndo em direção a porta, mandando-o para o lado oposto – batendo de costas com força contra a parede.

Saímos da agência.

Não houve nenhum problema na rua. Entramos no táxi e percorremos uma quadra e meia até a central de polícia, onde arranquei o meu prisioneiro do carro. O fazendeiro Paul disse que não iria entrar, que havia gostado da animação, mas que agora precisava cuidar de interesses próprios. Seguiu a pé pela Kearny Street.

Com metade do corpo para fora do táxi, Lillian Shan mudou de idéia.

– A menos que seja necessário – disse ela – prefiro não entrar também. Ficarei esperando por você aqui.

– Certo – respondi e empurrei meu prisioneiro pela calçada e a escada do edifício.

Lá dentro, desenvolveu-se uma situação curiosa.

A polícia de São Francisco não estava particularmente interessada em Yin Hung, embora, é claro, estivesse disposta a guardá-lo para o delegado do distrito de San Mateo.

Yin Hung fingiu que não sabia falar inglês, e eu estava curioso para saber que tipo de história ele tinha para contar, de modo que fui até a sala de reuniões dos detetives onde encontrei Bill Thode, do esquadrão de Chinatown, que fala um pouco da língua.

Ele e Yin Hung se falaram durante um tempo.

Então Bill olhou para mim, riu, mordeu a ponta de um charuto e recostou-se na cadeira.

– Segundo ele, – disse Bill – aquela Wan Lan e Lillian Shan tiveram uma briga. No dia seguinte, Wan Lan não é vista em lugar nenhum. A garota Shan e Wang Ma, sua empregada, dizem que Wan Lan foi embora, mas Hoo Lun diz a este sujeito que viu Wang Ma queimando umas roupas de Wan Lan.

– Então Hoo Lun e este sujeito acham que alguma coisa está errada e, no dia seguinte, têm certeza disso, porque este sujeito dá pela falta de uma pá das suas ferramentas de jardinagem. Encontra-a novamente naquela noite, e a pá ainda está molhada e com terra úmida. Ele diz que nada havia sido cavado em lugar nenhum perto da casa – não do lado de fora, pelo menos. Então ele e Hoo Lun pensam em conjunto, não gostam da conclusão a que chegam e decidem que é melhor dar o fora antes de ter o mesmo destino de Wan Lan. E é isso.

– Onde está Hoo Lun agora?

– Ele disse que não sabe.

– Então Lillian Shan e Wang Ma ainda estavam na casa quando esses dois foram embora? – perguntei. – Elas ainda não haviam viajado para a Costa Leste?

– É o que ele diz.

– Ele tem alguma idéia de por que Wan Lan foi morta?

– Não que eu tenha conseguido tirar dele.

– Obrigado, Bill! Você pode avisar o xerife que está com ele?

– Claro.

Evidentemente, Lillian Shan e o táxi haviam partido quando saí pela porta da central de polícia.

Voltei para o saguão e usei uma das cabines telefônicas para ligar para o escritório. Ainda não havia qualquer relatório de Dick Foley – nada de importante – e nada do detetive que estava tentando seguir Jack Garthorne. Havia chegado um telegrama da filial de Richmond. Dizia que os Garthorne eram uma família local rica e conhecida, que o jovem Jack freqüentemente estava com problemas, que havia agredido um fiscal da Lei Seca durante uma batida num café alguns meses antes, que seu pai o havia deserdado e expulsado de casa, mas acreditava-se que a mãe lhe enviava dinheiro.

Isso se encaixava com o que a garota havia me dito.

Um bonde me levou até o estacionamento onde eu havia deixado o conversível que tinha pegado emprestado da garagem da garota na manhã anterior. Fui até o edifício de Cipriano. Ele não tinha nenhuma informação importante para mim. Havia passado a noite em Chinatown, mas não tinha descoberto nada.

Estava começando a ficar mal-humorado e segui com o conversível para o Oeste, passando pelo Parque Golden Gate até o Ocean Bulevar. O caso não estava andando com a rapidez que eu gostaria.

Deixei o conversível deslizar pelo bulevar a uma boa velocidade, e o ar salgado espantou parte do meu desânimo.

Um homem ossudo de bigode avermelhado abriu a porta quando toquei a campainha da casa de Lillian Shan. Eu o conhecia – era Tucker, um assistente do delegado.

– Alô – disse ele. – Que você quer?

– Estou correndo atrás dela também.

– Continue correndo – sorriu ele. – Não me deixe impedi-lo.

– Não está aqui, é?

– Não. A sueca que trabalha aqui disse que ela entrou e saiu meia hora antes de eu chegar aqui, e estou aqui há mais ou menos dez minutos.

– Está com uma ordem de prisão contra ela? – perguntei.

– Pode apostar! O motorista falou.

– É. Eu o ouvi – eu disse. – Sou o rapaz brilhante que o apanhou.

Passei mais cinco ou dez minutos conversando com Tucker e entrei no conversível novamente.

– Você liga para a Agência quando pegá-la? – pedi, fechando a porta.

– Pode apostar.

Voltei no conversível para São Francisco.

Logo depois de Daly City, um táxi passou por mim, seguindo em direção ao Sul, e o rosto de Jack Garthorne olhava pela janela.

Pisei nos freios e acenei com o braço. O táxi deu meia-volta e voltou na minha direção. Garthorne abriu a porta, mas não saiu.

Saí do carro e fui até ele.

– Há um assistente do delegado esperando na casa da srta. Shan, se é para lá que você está indo.

Seus olhos azuis se arregalaram, e então se estreitaram, com ele me olhando com desconfiança.

– Vamos para o acostamento ter uma conversinha – convidei.

Ele saiu do táxi e atravessamos até duas pedras de aparência confortável do outro lado da estrada.

– Onde está Lil... a srta. Shan? – perguntou ele.

– Pergunte ao Whistler – sugeri.

Aquele loirinho não era muito bom. Levou muito tempo para pegar a arma. Deixei-o ir até o fim.

– O que você quer dizer? – disse ele.

Eu não tinha querido dizer nada. Só queria ver como ele reagiria à observação. Fiquei em silêncio.

– O Whistler está com ela?

– Acho que não – admiti, embora tenha detestado fazer isso. – A questão é que ela teve de se esconder para não ser enforcada pelos assassinatos que o Whistler armou.

– Enforcada?

– É. O assistente que a está esperando em casa tem uma ordem de prisão... por assassinato.

Ele guardou a arma e fez sons engasgados com a garganta..

– Eu irei até lá! Contarei tudo o que sei!

Partiu em direção ao táxi.

– Espere! – eu disse. – Talvez seja melhor você antes me dizer o que sabe. Estou trabalhando para ela, como você sabe.

Ele deu meia-volta e voltou.

– Sim, é verdade. Você vai saber o que fazer.

– Agora, o que você realmente sabe, se é que sabe alguma coisa? – perguntei, com ele de pé diante de mim.

– Eu sei de tudo! – ele gritou. – Sobre as mortes, a bebida e...

– Calma! Calma! Não há por que desperdiçar todo esse conhecimento com o motorista.

Ele se acalmou, e eu comecei a interrogá-lo. Passei quase uma hora obtendo todas as informações.

A história de sua jovem vida, conforme ele me contou, começou com a sua partida de casa depois de cair em desgraça ao agredir o fiscal da Lei Seca. Ele havia vindo para São Francisco para esperar até que seu pai se acalmasse. Enquanto isso, a mãe o mantinha com fundos, mas não mandava todo o dinheiro que um jovem numa cidade grande poderia usar.

Essa era a sua situação quando ele conheceu O Whistler, que sugeriu que um rapaz com a fachada de Garthorne poderia conseguir dinheiro fácil com o contrabando de bebida se fizesse o que ele mandasse. Garthorne estava disposto a isso. Ele não gostava da Lei Seca – havia provocado a maior parte dos seus problemas. A idéia de contrabando de bebidas lhe pareceu romântica – tiros no escuro, sinais de luz a bombordo, e assim por diante.

Aparentemente, O Whistler tinha barcos, bebidas e clientes à espera, mas seus recursos de desembarque eram precários. Estava de olho numa pequena angra na costa que era um ponto ideal para trabalhar. Não era nem muito perto nem muito longe de São Francisco. Era abrigada dos dois lados por pontas rochosas e protegida da estrada por uma casa grande e cercas vivas altas. Se tivesse o uso dessa casa, seus problemas não mais existiriam. Ele desembarcaria a bebida na angra, passaria tudo pela casa, reembalaria a mercadoria lá dentro inocentemente, embarcando-a pela porta da frente nos automóveis e levando tudo para a cidade sedenta.

A casa, disse ele a Garthorne, pertencia a uma garota chinesa chamada Lillian Shan, que não queria nem vendê-la nem alugá-la. Garthorne deveria conhecê-la – O Whistler já havia lhe dado uma carta de apresentação escrita por uma antiga colega de aula da garota, uma colega que havia decaído muito desde os dias na universidade – e tentar atingir um grau de intimidade que lhe permitisse fazer uma oferta pelo uso da casa. Isto é, ele deveria descobrir se ela era o tipo de pessoa que poderia receber uma oferta mais ou menos franca de participação nos lucros do esquema de O Whistler.

Garthorne havia cumprido a sua parte, ou a primeira etapa, e se tornara bastante íntimo da garota, quando ela partiu subitamente para a Costa Leste, enviando-lhe um bilhete dizendo que estaria viajando por vários meses. Isso era ótimo para os contrabandistas de bebida. Ao ligar para a casa no dia seguinte, Garthorne ficou sabendo que Wang Ma havia viajado com a patroa e que os outros três empregados tinham ficado responsáveis pela casa.

Isso era tudo o que Garthorne sabia de primeira mão. Ele não havia participado no desembarque da bebida, embora gostasse de ter participado. Mas O Whistler havia dito que ele devia se manter afastado, para que pudesse prosseguir com seu papel principal quando a garota retornasse.

O Whistler disse a Garthorne que havia comprado a ajuda dos três empregados chineses, mas que a mulher, Wan Lan, havia sido morta pelos dois homens numa briga por causa da divisão do dinheiro. O desembarque de bebida foi feito através da casa uma vez durante a ausência de Lillian Shan. Seu retorno inesperado estragou tudo. Parte do carregamento ainda estava dentro da casa. Tiveram de prendê-la, junto com Wang Ma, num armário até tirarem tudo. O estrangulamento de Wang Ma havia sido acidental – uma corda apertada demais.

A pior complicação, no entanto, foi que outro carregamento estava marcado para desembarcar na angra na noite da terça-feira seguinte, e não havia como informar ao barco que o local estava fechado. O Whistler mandou chamarem nosso herói e mandou que tirasse a garota do caminho e a mantivesse longe da casa até as duas horas da manhã de quarta-feira.

Garthorne a convidara para irem até Half Moon para naquela noite jantarem. Ela havia aceitado. Ele fingiu ter problemas com o motor e a mantivera longe da casa até as duas e meia. Mais tarde, O Whistler lhe dissera que tudo havia ocorrido sem qualquer problema.

Depois disso, tive de adivinhar o que Garthorne estava tentando dizer – ele gaguejou e balbuciou, deixando as idéias se confundirem mais do que nunca. Acho que o resumo era o seguinte: ele não havia pensado muito na questão ética de suas atitudes com a garota. Ela não o atraía em nada – era dura e séria demais para parecer realmente feminina. E ele não havia fingido – não havia levado adiante o que poderia ser chamado de flerte com ela. Então, subitamente se deu conta do fato de que ela não estava tão indiferente como ele. Isso havia sido um choque – um choque que ele não podia suportar. Tinha visto as coisas com clareza pela primeira vez. Antes pensava na situação simplesmente como uma disputa de inteligências. O afeto tornava tudo diferente – muito embora a afeição estivesse toda de um lado.

– Disse a O Whistler hoje à tarde que tudo estava acabado – encerrou ele.

– O que ele achou disso?

– Não gostou muito. Na verdade, eu tive de bater nele.

– E agora? O que você está pensando em fazer?

– Eu estava a caminho para ver a srta. Shan, dizer-lhe a verdade, e então... então pensei que era melhor eu desaparecer por uns tempos.

– Acho melhor mesmo. O Whistler pode não gostar que batam nele.

– Não vou me esconder agora! Vou me entregar e dizer a verdade.

– Esqueça isso! – aconselhei. – Isso não vai adiantar nada. Você não sabe o bastante para ajudá-la.

Isso não era exatamente a verdade, porque ele sabia que o motorista e Hoo Lun ainda estavam na casa no dia seguinte ao da partida dela para a Costa Leste. Mas eu não o queria fora do jogo ainda.

– Se eu fosse você, – continuei – escolheria um lugar calmo para me esconder e ficaria lá até eu conseguir entrar em contato. Você conhece algum lugar assim?

– Sim – disse ele, lentamente. – Tenho uma... uma amiga que pode me esconder... perto... perto do Bairro Latino.

– Perto do Bairro Latino? – Poderia ser Chinatown. Tentei uma artilharia de precisão. – No Waverly Place?

Ele deu um salto.

– Como você sabia?

– Sou um detetive. Sei de tudo. Já ouviu falar em Chang Li Ching?

– Não.

Tentei não rir de seu rosto intrigado.

A primeira vez que vi esse malandro, ele estava saindo de uma casa em Waverly Place, com o rosto de uma chinesa pouco visível na porta atrás dele. A casa era em frente ao armazém. A garota chinesa com quem eu havia falado na casa de Chang havia me aplicado uma conversa de escravidão e feito um convite para a mesma casa. O bondoso Jack ali havia caído no mesmo truque, mas não sabia que a garota tinha alguma coisa a ver com Chang Li Ching, não sabia que Chang existia, não sabia que Chang e O Whistler eram parceiros de jogo. Agora Jack está com problemas e vai se esconder com a garota!

Não desgostei desse ângulo do jogo. Ele estava indo para uma armadilha, mas isso não era um problema para mim – ou melhor, eu esperava que fosse me ajudar.

– Qual é o nome da sua amiga? – perguntei.

Ele hesitou.

– Qual é o nome da mulher pequenina cuja porta fica em frente ao armazém? – simplifiquei.

– Hsiu Hsiu.

– Tudo bem – encorajei-o em sua tolice. – Vá para lá. É um excelente esconderijo. Agora, se eu quiser enviar um garoto chinês com um recado, como ele poderá encontrar você?

– Há um lance de escada à esquerda de quem entra. Ele terá de pular o segundo e o terceiro degraus, porque eles têm algum tipo de alarme, assim como o corrimão. No segundo andar, ele terá de virar à esquerda de novo. O corredor é escuro. A segunda porta à direita – no lado direito do corredor – dá para um quarto. No lado oposto do quarto há um armário, com uma porta escondida atrás de roupas velhas. Normalmente há gente no quarto a que se chega por essa porta, de modo que ele terá de esperar pelo momento de atravessá-lo. Esse quarto tem uma pequena varanda do lado de fora, à qual se pode chegar pelos dois lados das janelas. Como as laterais da varanda são fechadas, se ele se abaixar, não poderá ser visto nem da rua nem das outras casas. Na outra ponta da varanda há duas tábuas soltas no piso. Descendo por elas, chega-se a um pequeno ambiente entre uma parede e outra. O alçapão ali dará em outro exatamente igual, onde eu provavelmente estarei. Tem outro caminho de saída do quarto inferior por um lance de escada, mas eu nunca fui por ele.

Que bela bagunça! Parecia um jogo de criança. Mas mesmo com toda aquela cobertura no bolo, o nosso jovem tolo não havia desconfiado de nada. Levava tudo a sério.

– Então é assim que se faz! – eu disse. – É melhor você ir para lá assim que possível e ficar lá até receber o meu mensageiro. Você o reconhecerá pela venda que usa num dos olhos, e talvez seja melhor eu lhe dar uma senha. Acidental – esta será a palavra. A porta da rua... é trancada?

– Não. Nunca a vi trancada. Há quarenta ou cinqüenta homens chineses – ou talvez cem – morando naquele prédio, de modo que eu acho que a porta nunca esteja trancada.

– Ótimo. Agora, dê no pé.

Às 22h15 daquela noite eu estava abrindo a porta em frente ao armazém em Waverly Place – uma hora e três quartos antes do encontro que havia marcado com Hsiu Hsiu. Às 21h55, Dick Foley havia ligado dizendo que O Whistler havia entrado na porta vermelha da Travessa Spofford.

Encontrei o lado de dentro na escuridão e fechei a porta devagar, concentrando-me nas orientações infantis que Garthorne havia me passado. O fato de eu saber que eram orientações bobas não me ajudava, já que eu não conhecia nenhum outro caminho.

A escada foi meio problemática, mas passei pelo segundo e o terceiro degraus sem tocar no corrimão e segui subindo. Encontrei a segunda porta no corredor, o armário no quarto atrás dela e a porta no armário. Dava para ver luz entrando pelas frestas. Não consegui ouvir nada.

Empurrei a porta – o quarto estava vazio. Um lampião a óleo fedia ali. A janela mais próxima não fez barulho nenhum quando eu a levantei. Aquilo foi pouco artístico – um rangido teria impressionado Garthorne com seu perigo.

Abaixei-me bem na varanda, de acordo com as instruções, e encontrei as tábuas soltas do piso que abriram um buraco negro. Entrei com os pés primeiro, deslizando num ângulo que facilitou a descida. Parecia ser um tipo de rampa cortada diagonalmente na parede. Era abafado, e eu não gosto de buracos estreitos. Desci rapidamente, entrando num ambiente pequeno, longo e estreito, como se tivesse sido posto dentro de uma parede grossa.

Não havia nenhuma luz. Minha lanterna mostrou um ambiente de mais ou menos cinco metros e meio de comprimento por um metro e vinte centímetros de largura, mobiliado com uma mesa, um sofá e duas cadeiras. Olhei embaixo do único tapete no chão. O alçapão estava lá – uma peça tosca, que não tinha a pretensão de fazer parte do piso.

Deitado de barriga para baixo, pus um ouvido no alçapão. Nenhum barulho. Levantei-a alguns centímetros. Encontrei escuridão e um fraco murmúrio de vozes. Abri a porta completamente, abaixei-a com facilidade até o chão e enfiei a cabeça e os ombros na abertura, descobrindo então que era um arranjo duplo. Havia outra porta abaixo, sem dúvida dando para o teto do quarto abaixo.

Desci com cuidado, e a porta cedeu sob o meu pé. Eu poderia ter subido novamente, mas, como eu já havia mexido nela, achei melhor seguir em frente.

Pus os dois pés em cima. Dei um impulso para baixo. Caí na luz. A porta caiu sobre a minha cabeça. Agarrei Hsiu Hsiu e pus uma mão sobre a sua boca minúscula para que ela ficasse em silêncio.

– Olá – disse eu ao perplexo Garthorne. – Hoje é a noite de folga do meu garoto de recados, de modo que eu mesmo vim.

– Olá – gaguejou ele.

O quarto, percebi, era uma cópia daquele do qual eu havia caído, mais um espaço entre duas paredes, embora esse tivesse uma porta de madeira sem pintura numa das pontas.

Entreguei Hsiu Hsiu a Garthorne.

– Mantenha-na em silêncio – ordenei – enquanto...

O barulho na fechadura da porta me fez ficar em silêncio. Saltei em direção à parede no lado das dobradiças da porta no momento em que ela se abriu – a pessoa que entrava ficou escondida de mim pela porta.

A porta se abriu completamente, mas não tanto quanto os olhos azuis de Jack Garthorne ou a sua boca. Deixei a porta voltar e saí atrás da minha arma empunhada.

Diante de mim estava parada uma rainha!

Era uma mulher alta de corpo ereto e porte altivo. Um toucado em forma de borboleta coberto com objetos roubados de uma dúzia de joalherias aumentava sua altura. Seu vestido era cor de ametista, filigranado de ouro em cima e enfeitado com um verdadeiro arco-íris embaixo. Mas as roupas não eram nada!

Ela era – talvez eu consiga esclarecer assim: Hsiu Hsiu era um exemplo perfeito de beleza feminina. Ela era a própria perfeição! Mas então surgiu aquela rainha, e a beleza de Hsiu Hsiu desapareceu. Virou uma vela acesa ao sol. Ainda era bonita – mais bonita do que a mulher na porta, se fôssemos comparar – mas ninguém mais prestava atenção a ela. Hsiu Hsiu era uma garota bonita: aquela mulher real na porta era... não sei como descrever.

– Meu Deus – Garthorne sussurrou com secura. – Jamais imaginei!

– O que você está fazendo aqui? – desafiei a mulher.

Ela não me ouviu. Estava olhando para Hsiu Hsiu como uma tigresa deve olhar para uma gata de rua. Hsiu Hsiu olhava para ela como uma gata de rua deve olhar para uma tigresa. Garthorne estava com o rosto coberto de suor e sua boca parecia a boca de um homem doente.

– O que você está fazendo aqui? – repeti, aproximando-me de Lillian Shan.

– Estou onde é o meu lugar – disse ela, lentamente, sem desviar o olhar da escrava. – Voltei para o meu povo.

Aquilo era um monte de bobagem. Voltei-me para o espantado Garthorne.

– Leve Hsiu Hsiu para o quarto de cima e mantenha-na em silêncio, nem que precise estrangulá-la. Quero conversar com a srta. Shan.

Ainda zonzo, ele empurrou a mesa para baixo do alçapão, subiu em cima dela, subiu até o teto e estendeu as mãos para baixo. Hsiu Hsiu chutou e arranhou, mas eu a levantei até ele. Então fechei a porta pela qual Lillian Shan havia entrado e encarei-a.

– Como você chegou aqui? – perguntei.

– Fui para casa depois que deixei você, sabendo o que Yin Hung iria dizer, porque ele havia me dito na agência de emprego. Quando cheguei em casa... quando cheguei em casa, resolvi vir para cá, onde é o meu lugar.

– Bobagem! – eu a corrigi. – Quando chegou em casa, você encontrou uma mensagem de Chang Li Ching pedindo... mandando que você viesse para cá.

Ela olhou para mim e não disse nada.

– O que Chang queria?

– Ele achou que talvez pudesse me ajudar – disse ela. – E então eu fiquei aqui.

Mais bobagem.

– Chang disse que Garthorne estava em perigo... que tinha brigado com O Whistler.

– O Whistler?

– Você negociou com Chang – acusei, sem prestar atenção na pergunta dela. Ela provavelmente não conhecia O Whistler por esse nome.

Ela sacudiu a cabeça, chacoalhando os enfeites em sua cabeça.

– Não houve negociação nenhuma – ela disse, encarando-me com firmeza demais.

Não acreditei nela. E disse isso.

– Você deu a sua casa a Chang, ou o uso dela, em troca da promessa dele de que – o idiota foram as primeiras palavras em que pensei, mas mudei o discurso – Garthorne ficaria a salvo d'O Whistler e você ficaria a salvo da lei.

Ela se empertigou.

– Dei, sim – disse ela, calmamente.

Percebi que estava fraquejando. Lidar com aquela mulher que parecia uma rainha não era tão simples quanto eu gostaria. Forcei-me a me lembrar de que a conheci quando ela era sem graça como o diabo em roupas masculinas.

– Você deveria levar uma surra! – rosnei para ela. – Você já não teve problemas suficientes sem se misturar com um bando de seqüestradores? Você viu O Whistler?

– Havia um homem lá em cima – ela disse. – Não sei o nome dele.

Procurei no bolso e encontrei o retrato tirado quando ele foi para San Quentin.

– É ele – disse ela quando viu a foto.

– Belo sócio você escolheu – enfureci-me. – Que valor você acha que tem a palavra dele ou qualquer coisa?

– Não aceitei a palavra dele para nada. Aceitei a palavra de Chang Li Ching.

– É ruim igual. Os dois são parceiros. Qual foi a sua negociação?

Ela travou novamente, ereta, tensa e com o olhar frio. Porque ela estava se afastando de mim com aquela coisa de princesa manchu, fiquei irritado.

– Não seja uma idiota a vida inteira! – implorei. – Você acha que fez um acordo. Eles a enganaram! Para quê você acha que estão usando a sua casa?

Ela tentou me desprezar com o olhar. Tentei atacar por outro ângulo.

– É o seguinte: você não se importa com quem faz negociações. Faça uma comigo. Ainda estou uma sentença de prisão à frente de O Whistler, o que quer dizer que se a palavra dele vale alguma coisa, a minha deve ser altamente valiosa. Diga qual foi o acordo. Se for razoavelmente decente, prometo sair rastejando daqui e esquecer tudo. Se você não me disser nada, vou esvaziar uma arma na primeira janela que encontrar. E você ficaria surpresa com quantos policiais um tiro pode atrair nesta parte da cidade e como eles chegarão aqui rapidamente.

A ameaça tirou parte da cor do seu rosto.

– Se eu contar, você promete que não fará nada?

– Você não entendeu parte do que eu disse – lembrei-a.
– Se eu achar que o acordo for razoavelmente decente, não farei nada.

Ela mordeu os lábios, contorceu os dedos, e então contou tudo.

– Chang Li Ching é um dos líderes do movimento antijaponês na China. Desde a morte de Sun Wen, ou Sun Yat-Sem, como ele é chamado no Sul da China e aqui, os japoneses aumentaram o controle no governo chinês até ficar maior do que jamais foi. É o trabalho de Sun Wen que Chang Li Ching e seus amigos estão levando adiante.

"Com o próprio governo contra eles, sua necessidade imediata é armar patriotas em número suficiente para resistir à agressão japonesa quando chegar o momento. É para isso que a minha casa é usada. Fuzis e munições são carregados em barcos lá e enviados para navios localizados em alto-mar. Esse homem que você chama de O Whistler é o proprietário dos navios que transportam os armamentos para a China."

– E a morte das suas empregadas? – perguntei.

– Wan Lan era espiã do governo chinês, para os japoneses. A morte de Wang Ma foi um acidente, acho eu, embora ela também fosse suspeita de espionagem. Para um patriota, a morte de traidores é algo necessário, você compreende? O seu povo também é assim quando o seu país corre perigo.

– Garthorne me contou uma história de contrabando de bebidas – eu disse. – O que você acha disso?

– Ele acreditou nessa história – disse ela, sorrindo suavemente para o alçapão pelo qual havia saído. – Disseram-lhe isso porque não o conheciam o bastante para confiar nele. Por isso não o deixavam ajudar com os carregamentos.

Pousou uma das mãos no meu braço.

– Você irá embora e não dirá nada? – ela pediu. – Essas coisas são contra as leis do seu país, mas você não iria contra as leis de outro país para salvar a vida do seu próprio país? Quatrocentos milhões de pessoas não têm o direito de combater uma raça estrangeira que as explora? Desde os dias de Taou-kwang, meu país tem sido um joguete nas mãos de nações mais agressivas. Algum preço é alto demais para os chineses patriotas pagarem para acabar com esse período de desonra? Você ficará no caminho da liberdade do meu povo?

— Espero que eles vençam — eu disse —, mas você foi enganada. As únicas armas que passaram pela sua casa passaram dentro de bolsos! Levaria um ano para passar um carregamento de navio por lá. Talvez Chang esteja contrabandeando armas para a China. É provável. Mas elas não passam pela sua casa.

"Na noite em que eu estava lá, passaram cules* pela casa... entrando, não saindo. Vieram da praia e foram embora em carros. Talvez O Whistler esteja levando as armas para Chang e trazendo cules de volta. Ele pode conseguir qualquer valor, de mil dólares para cima, para cada um que desembarca. É nisso que deve se resumir o negócio todo. Ele leva as armas para Chang e traz suas próprias coisas, cules e, sem dúvida, um pouco de ópio, obtendo seu maior lucro na viagem de volta. O negócio das armas não envolveria dinheiro suficiente para fazê-lo se interessar.

"As armas devem ser todas embarcadas num píer, legalmente, disfarçadas como outra coisa. A sua casa é usada para o retorno. Chang pode ou não estar ligado ao negócio de cules e ópio, mas é certo que ele só deixa O Whistler fazer o que quiser se O Whistler levar suas armas. Então, como pode ver, você foi enganada!"

— Mas...

— Mas, nada! Você está ajudando Chang com a sua participação no tráfico de cules. E a minha tese é a de que as suas empregadas não foram mortas por serem espiãs, mas porque não quiseram trair você.

Ela estava pálida e pareceu perder o equilíbrio. Não deixei que se recuperasse.

— Você acha que Chang confia em O Whistler? Os dois pareceram ter um relacionamento amigável?

Eu sabia que Chang não podia confiar no sujeito, mas queria algo específico.

— Nã-ã-o — respondeu ela, lentamente. — Ouvi falarem alguma coisa a respeito de um barco desaparecido.

---

* Operários chineses não especializados. (N.E.)

Isso era bom.
– Os dois ainda estão juntos?
– Sim.
– Como eu chego lá?
– Descendo esta escada, atravessando o porão, seguindo reto, e subindo dois lances de escada no outro lado. Eles estavam numa sala à direita da escada no segundo andar.

Graças a Deus eu finalmente recebia instruções claras e diretas!

Saltei sobre a mesa e bati no teto.

– Desça, Garthorne. E traga a sua acompanhante.

– Nenhum de vocês saia daqui antes de eu voltar – disse eu ao idiota e a Lillian Shan quando estávamos todos reunidos novamente. – Vou levar Hsiu Hsiu comigo. Vamos lá, irmãzinha, quero que você converse com qualquer homem mau com quem eu cruzar. Vamos ver Chang Li Ching, entendeu? – Fiz caretas. – Um grito seu, e... – pus meus dedos em torno do pescoço dela e apertei levemente.

Ela riu, o que estragou um pouco o efeito do gesto.

– Até Chang – ordenei, levando-a em direção à porta segurando-a por um ombro.

Descemos até o porão escuro, encontramos a escada do outro lado e começamos a subir os degraus. Nosso progresso era lento. Os pés amarrados da garota não eram feitos para caminhar rapidamente.

Uma luz fraca estava acesa no primeiro andar, onde tivemos de virar para subir até o segundo andar. Tínhamos acabado de fazer a curva quando ouvi passos atrás de nós.

Ergui a garota dois degraus acima, para longe da claridade, e me agachei atrás dela, segurando-a no lugar. Quatro chineses vestindo roupas comuns amassadas desceram até o saguão do primeiro piso, passaram pela nossa escada sem olhar para cima e seguiram em frente.

Hsiu Hsiu abriu sua boca que lembrava uma flor vermelha e soltou um grito agudo que poderia ser ouvido em Oakland.

Xinguei, soltei-a e comecei a subir a escada. Os quatro chineses vieram atrás de mim. No final da escada, à frente, surgiu um dos imensos lutadores de Chang – com um punhal de trinta centímetros na mão. Olhei para trás.

Hsiu Hsiu estava sentada no primeiro degrau, olhando por cima do ombro e fazendo diferentes tipos de gritos e berros, o rosto de boneca coberto de prazer. Um dos amarelos que subia a escada estava sacando uma pistola automática.

Minhas pernas me empurraram em direção ao devorador de homens no topo da escada.

Quando se agachou acima de mim, atirei contra ele.

A minha bala arrancou-lhe a garganta.

Bati em seu rosto com a minha arma quando ele passou caindo por mim.

Uma mão me agarrou pelo tornozelo.

Agarrando-me ao corrimão, levei o outro pé para trás. Alguma coisa o parou. Nada me parou.

Uma bala arrancou parte do teto quando cheguei ao topo da escada e saltei para a porta à direita.

Depois de abri-la, entrei correndo.

O outro dos enormes devoradores de homens me agarrou – agarrou os meus mais de noventa quilos como um garoto agarra uma bola de borracha.

Do outro lado da sala, Chang Li Ching passou os dedos gorduchos pelo bigode fino e sorriu para mim. Ao seu lado, um homem que eu sabia ser O Whistler levantou-se da cadeira com o rosto carnudo se contorcendo.

– O Príncipe dos Caçadores é bem-vindo – disse Chang, acrescentando alguma coisa em chinês ao devorador de homens que estava me segurando.

O devorador de homens me pôs novamente de pé e se virou para fechar a porta para os meus perseguidores.

O Whistler sentou-se novamente, sem qualquer contentamento, com os olhos cheios de veias injetadas sobre mim e o rosto inchado.

Enfiei a arma nas minhas roupas antes de atravessar a sala em direção a Chang. Ao atravessar a sala, notei uma coisa.

Atrás da cadeira de O Whistler, as cortinas de veludo estufaram muito pouco, não o bastante para ser percebido por alguém que não as tivesse visto se mexerem antes. Chang não confiava nem um pouco em seu aliado!

— Tenho algo que quero lhe mostrar — disse eu ao velho chinês quando já estava diante dele, ou melhor, diante da mesa que estava diante dele.

— Deveras privilegiado é o olho que pode olhar para qualquer coisa trazida pelo Pai dos Vingadores.

— Ouvi dizer — disse eu, pondo a mão no bolso — que tudo o que parte para a China não chega ao destino.

O Whistler saltou da cadeira novamente, a boca numa careta, o rosto assumindo um tom de rosa sujo. Chang Li Ching olhou para ele, que voltou a se sentar.

Mostrei a fotografia de O Whistler junto a um grupo de japas, com a medalha da Ordem do Sol Nascente no peito. Na esperança de que Chang não tivesse ouvido falar do golpe e não soubesse que a medalha era falsa, larguei a fotografia sobre a mesa.

O Whistler esticou o pescoço, mas não conseguiu ver a foto.

Chang Li Ching olhou para ela por um longo instante sobre a mão fechada, com os velhos olhos espertos e gentis, o rosto tranqüilo. Não moveu nenhum músculo do rosto. Nada mudou em seus olhos.

As unhas da mão direita lentamente cortaram uma ferida vermelha nas costas da mão esquerda fechada.

— É verdade — disse ele, baixinho — que se adquire sabedoria na presença de sábios.

Ele abriu as mãos, pegou a fotografia e mostrou-a ao grandalhão. O Whistler olhou para ela. Seu rosto ficou cinza, e os olhos saltaram para fora.

— Ora, isso... — começou ele, parando em seguida, deixando a fotografia cair em seu colo, e deixou cair os ombros, num gesto de derrota.

Isso me intrigou. Eu imaginava que teria de discutir com ele, de convencer Chang que a medalha não era falsa, como de fato era.

— Você pode ter o que quiser em pagamento por isso — Chang Li Ching disse para mim.

— Quero Lillian Shan e Garthorne liberados, quero o seu amigo gordo aqui e qualquer outra pessoa envolvida nos assassinatos.

Os olhos de Chang se fecharam por um instante – o primeiro sinal de cansaço que vi em seu rosto redondo.

– Pode ter tudo isso – disse ele.

– A negociação que você fez com a srta. Chang não vale mais, é claro – destaquei. – Posso precisar de algumas provas para garantir o enforcamento dessa criança – disse, acenando com a cabeça para O Whistler.

Chang sorriu com ar pensativo.

– Isso, sinto muito, não será possível.

– Por quê...? – comecei, parando em seguida.

Vi que não havia mais uma protuberância atrás de O Whistler; Uma das pernas da cadeira brilhava à luz. Uma piscina vermelha se espalhou no chão embaixo dele. Não precisei ver as suas costas para saber que ele não poderia mais ser enforcado.

– Assim é diferente – eu disse, chutando uma cadeira até perto da mesa. – Agora vamos falar de negócios.

Sentei-me e teve início a reunião.

Dois dias depois, tudo estava esclarecido, satisfazendo a polícia, a imprensa e a opinião pública. O Whistler havia sido encontrado numa rua escura, morto havia horas por um corte nas costas, morto numa guerra de contrabando de bebidas, pelo que ouvi dizer. Hoo Lun foi encontrado. O chinês com dente de ouro que havia aberto a porta para Lillian Shan foi encontrado, Outros cinco foram encontrados. Esses sete, com Yin Hung, o motorista, acabaram sendo condenados à prisão perpétua. Eram todos homens de O Whistler, e Chang os sacrificou sem pestanejar. Tinham tão poucas provas sobre a cumplicidade de Chang como eu, de modo que não poderiam revidar, mesmo se soubessem que Chang havia me dado a maioria das provas que eu tinha contra eles.

Ninguém, além da garota, de Chang e de mim, sabia coisa alguma cobre a participação de Garthorne. Assim, ele ficou de fora, com liberdade para passar a maior parte do seu tempo na casa dela.

Eu não tinha nenhuma prova que pudesse apresentar contra Chang, nem consegui obter nada. Independentemente do patriotismo dele, eu teria dado o meu olho direito para botá-lo atrás das grades. Seria algo de que se orgulhar. Mas, como não tinha havido qualquer chance de prendê-lo, eu tive de me contentar com uma negociação segundo a qual ele me entregou tudo, exceto ele próprio e seus amigos.

Não sei o que aconteceu com Hsiu Hsiu, a escrava que gritava. Ela merecia terminar bem. Eu poderia voltar ao Chang para perguntar sobre ela, mas mantive distância. Chang havia descoberto que a medalha na foto era falsa. Recebi um bilhete dele:

> Saudações e Muito Apreço ao Revelador dos Segredos:
> Aquele cujo fervor patriótico e cuja estupidez inata se combinaram para cegá-lo, levando-o a destruir uma valiosa ferramenta, confia que as fortunas do tráfico mundano não voltarão jamais a pôr sua débil inteligência em oposição à irresistível vontade e ao impressionante intelecto do Imperador dos Decifradores.

Pode-se interpretar esse bilhete como quiser. Mas eu conheço o homem que o escreveu, e não me importo de admitir que parei de comer em restaurantes chineses e que se nunca mais precisar ir a Chinatown, melhor.

CORKSCREW

Fervendo como um bule de café antes de estarmos a oito quilômetros de distância de Filmer, o ônibus me levou em direção ao sul, para o calor abrasador e a amarga poeira branca do deserto do Arizona.

Eu era o único passageiro. O motorista estava com tão pouca vontade de conversar como eu. Durante toda a manhã, viajamos pela região repleta de cactos e salpicada de folhas secas sem dizer nada, exceto quando o motorista reclamava da necessidade de parar para por mais água em sua máquina barulhenta. O veículo arrastava-se pela areia fofa, seguindo um caminho sinuoso entre plataformas íngremes de terra avermelhada, atravessando arroios secos onde pedaços de algarobeiras poeirentas pareciam renda branca à luz forte do sol e contornando barrancos escarpados.

O sol subia no céu abrasador. Quanto mais alto, maior e mais quente ficava. Fiquei imaginando quanto mais quente teria que ficar para explodir os cartuchos na arma sob o meu braço. Não que isso tivesse alguma importância – se ficasse um pouco mais quente, todos explodiríamos de qualquer maneira: carro, deserto, chofer e eu seríamos todos eliminados da existência num relâmpago explosivo. E eu não me importava com isso!

Era esse o meu estado de espírito quando subimos uma longa ladeira, ultrapassamos o topo de uma crista e descemos para Corkscrew.

Corkscrew nunca deve ter sido de impressionar. Principalmente naquela tarde de domingo incandescente. Uma rua de terra seguindo a beirada curva do Cañon Tirabuzón, do qual, por tradução, a cidade tirou o nome.* Era chamada de cidade, mas vilarejo seria um elogio: quinze ou dezoito edifícios velhos ao longo da rua irregular, com cabanas

---

* Tirabuzón é saca-rolhas em espanhol. Em inglês, *corkscrew*. (N.T.)

caindo aos pedaços apoiadas neles, como que se agachando para correr em disparada.

Na rua, quatro automóveis empoeirados cozinhavam ao sol. Entre dois edifícios, pude ver um curral no qual meia dúzia de cavalos acumulava seus excrementos sob um telheiro. Não havia qualquer pessoa à vista. Até mesmo o motorista do ônibus, que carregava um saco de correspondência murcho e aparentemente vazio, desaparecera num edifício com o nome *Empório Adderly*.

Depois de pegar as minhas duas malas cobertas de poeira, subi e atravessei a rua até onde uma placa gasta pelo tempo, na qual mal dava para ler as palavras *Cañon House*, estava pendurada sobre a porta de uma casa de tijolo cru de dois andares e telhado de ferro.

Atravessei a ampla varanda sem tinta e sem ninguém e abri uma porta empurrando-a com o pé, entrando numa sala de jantar onde uma dúzia de homens e uma mulher comiam sentados a mesas forradas com oleado. Num dos cantos do ambiente ficava a mesa do caixa e, na parede atrás, um escaninho de chaves. Entre o escaninho e a mesa, um homem rechonchudo cujos últimos fios de cabelos tinham exatamente o mesmo tom de sua pele amarelada sentado num banquinho fingiu não me ver.

– Um quarto e muita água – eu disse, largando as malas.

– Posso lhe dar um quarto – rosnou o homem pálido –, mas a água não vai adiantar nada. Mal vai ter bebido a água e se lavado e já vai estar com sede e sujo de novo. Onde diabos está aquele livro de registro?

Como não conseguiu encontrar o livro de registro, empurrou um envelope velho por sobre a mesa em minha direção.

– Registre-se no verso deste envelope. Vai ficar conosco por algum tempo?

– Provavelmente.

Uma cadeira foi derrubada atrás de mim.

Virei-me enquanto um homem esguio com enormes orelhas vermelhas se levantava com a ajuda das mãos sobre a mesa.

– Senhó i senhôs – declamou ele, solenemente. – Chegô a hora di disistchi du camin du mal i trabaiá. Chegô a lei no Condad Orilla!

O bêbado me fez uma reverência, virou os seus ovos com presunto e se sentou novamente. Os demais clientes aplaudiram batendo as facas e os garfos nas mesas.

Examinei-os enquanto eles me examinavam. Era um grupo variado: peões com a pele machucada pelo clima, trabalhadores braçais desajeitados, homens com a pele pálida de quem trabalha à noite. A única mulher no ambiente não era do Arizona. Era uma garota magra de mais ou menos 25 anos de idade, com olhos escuros brilhantes, cabelos escuros curtos e uma beleza distinta que denotava uma comunidade maior do que aquela. Você já a viu, ou as irmãs dela, nas cidades grandes, onde a movimentação continua depois que terminam as sessões de teatro.

O homem que estava com ela era trabalhador do campo – um jovem esbelto de vinte e poucos anos, não muito alto, com olhos azuis claros que se destacavam no rosto bronzeado. Seus traços eram perfeitos demais, com sua nítida regularidade.

– Quer dizer que o senhor é o novo assistente de xerife? – perguntou o homem pálido atrás de mim.

Alguém havia guardado bem o meu segredo!

– Sim. – Escondi minha irritação com um sorriso para ele e todos os demais. – Mas troco a minha estrela imediatamente por aquele quarto e aquela água de que estávamos falando.

Ele me guiou através do salão de jantar até o andar de cima, para um quarto com paredes de madeira nos fundos do segundo andar, disse "Aqui está" e me deixou.

Fiz o que pude com a água do jarro sobre o lavatório para me livrar da imundície que havia acumulado. Então catei uma camisa cinza e um terno de tecido grosso nas malas e guardei a arma no coldre sob o ombro esquerdo, onde não ficaria secreta.

Em cada bolso lateral do casaco, pus uma nova pistola automática 32 – coisinhas pequenas e de cano curto que não eram muito mais do que brinquedos. O tamanho diminuto permitia que eu as carregasse perto das mãos sem revelar o fato de que meu arsenal não se resumia à arma sob o ombro.

*

O salão de jantar estava vazio quando desci novamente. O pálido pessimista que gerenciava o local enfiou a cabeça por uma porta.

– Alguma chance de eu conseguir algo para comer? – perguntei.

– Muito pouca – disse ele, fazendo sinal com a cabeça para uma placa que dizia *Refeições das 6h às 8h, das 12h às 14h e das 17h às 19h*.

– Você pode comer no Sapo... se não for exigente – acrescentou em tom azedo.

Saí, atravessei a varanda que estava quente demais para os desocupados e fui até a rua, vazia pelo mesmo motivo. Encontrei o Sapo encostado à parede de um grande edifício térreo de tijolos crus, com *Border Palace* pintado em toda a fachada.

Era uma cabana pequena – três paredes de madeira socadas contra a parede de tijolos do Border Palace – entulhada com um balcão de almoço, oito bancos altos, um forno, um punhado de utensílios de cozinha, metade das moscas do mundo, um catre de ferro atrás de uma cortina semicerrada e o proprietário. O interior um dia havia sido pintado de branco. Agora tudo tinha uma cor de fumaça e gordura, exceto os cartazes escritos à mão que diziam *Refeições a qualquer hora* e *Não fazemos fiado* e informavam o preço de vários tipos de comida. Os cartazes eram amarelo-acinzentados, sujos de moscas.

O proprietário era um homem pequeno, velho, mirrado, moreno, enrugado e alegre.

– Como vai o novo xerife? – perguntou. Quando sorriu, vi que não tinha dentes.

– Assistente – admiti. – E com fome. Como qualquer coisa que você tenha que não me morda de volta e que não demore muito a ficar pronta.

– Claro! – Virou-se para o forno e começou a bater panelas. – Precisamos de xerifes – disse ele, olhando por cima do ombro.

– Tem alguém incomodando vocês?

– Ninguém me incomoda... isso eu posso garantir! – Fez um floreio com uma das mãos magras na direção de um barril de açúcar sob as prateleiras atrás do balcão. – Decididamente, dou um jeito neles!

O cabo de uma espingarda surgiu de dentro do barril. Puxei-o para fora: uma espingarda de cano duplo com os canos cortados curtos. Uma arma perigosa à queima-roupa.

Devolvi-a ao lugar quando o velho começou a arrumar a louça na minha frente.

Com a barriga cheia e um cigarro queimando, saí novamente para a rua tortuosa. Do Border Palace vinha o barulho de bolas de bilhar. Segui o som através da porta.

Num salão grande, quatro homens estavam inclinados sobre duas mesas de bilhar, enquanto cinco ou seis outros os observavam de cadeiras encostadas na parede. Num dos lados, havia um balcão de bar. Através de uma porta aberta nos fundos, dava para ouvir o som de cartas sendo embaralhadas.

Um homenzarrão com a barriga enfiada num colete branco sobre uma camisa com um diamante cintilando no peito veio na minha direção, o rosto vermelho de queixo triplo se abrindo num sorriso profissionalmente jovial.

– Sou Bardell – cumprimentou-me, estendendo uma mão gorda de unhas feitas na qual reluziam mais diamantes. – Esta é a minha casa. Prazer em conhecê-lo, xerife! Por Deus, precisamos do senhor. E espero que possa passar muito do seu tempo por aqui. Esses garotos – disse ele rindo, fazendo sinal com a cabeça para os jogadores de bilhar – às vezes aprontam comigo.

Deixei-o sacudir a minha mão para cima e para baixo.

– Deixe-me apresentá-lo aos rapazes – prosseguiu, virando-se e passando um braço sobre meus ombros. – Esses são vaqueiros do Círculo H.A.R. – acenou alguns de seus anéis para os jogadores de bilhar – exceto por este homem Milk River, que, por ser domador de cavalos, meio que se julga superior aos demais.

O hombre Milk River era o jovem esbelto que estava sentado ao lado da garota no salão de jantar da Cañon House. Seus parceiros eram jovens – ainda que não tão jovens quanto ele –, marcados pelo sol e pelo vento, com os pés para dentro em botas de saltos altos. Bucky Small era loiro de olhos arregalados. Smith, loiro e baixo. Dunne era um irlandês esguio.

Os homens que assistiam ao jogo eram, na maioria, trabalhadores da Colônia Orilla ou de algum dos ranchos menores das redondezas. Havia duas exceções: Chick Orr – baixo, entroncado, braços pesados, com o nariz disforme, as orelhas feridas, os dentes da frente de ouro e as mãos nodosas de um pugilista – e Gyp Rainey – um indivíduo de queixo fraco e aspecto assustado que tinha cocaína escrito na testa.

Guiado por Bardell, entrei no salão dos fundos para conhecer os jogadores de pôquer. Havia apenas quatro deles. As demais mesas de cartas, de quino e de dados estavam vazias.

Um dos jogadores era o bêbado de orelhas grandes que fizera o discurso de boas-vindas no hotel. O nome dele era Slim Vogel. Era vaqueiro do Círculo H.A.R., assim como Red Wheelan, sentado ao seu lado. Ambos estavam de cara cheia. O terceiro jogador era um homem quieto de meia-idade chamado Keefe. O número quatro era Mark Nisbet, um homem pálido e magro. Era apostador dos pés à cabeça, dos olhos castanhos de sobrancelhas grossas até a confiança esguia de seus dedos magros.

Nisbet e Vogel não pareciam estar se dando muito bem.

Era a vez de Nisbet dar as cartas, e a banca já havia sido aberta. Vogel, que tinha o dobro de fichas de qualquer outro, pediu duas cartas.

– Quero as duas de cima desta vez! – E não disse isso muito gentilmente. Nisbet deu as cartas, sem nenhuma expressão que indicasse que ele havia ouvido o comentário. Red Wheelan pediu três cartas. Keefe desistiu. Nisbet pegou uma carta. Wheelan apostou. Nisbet ficou. Vogel aumentou a aposta. Wheelan ficou. Nisbet aumentou. Vogel bateu de novo. Wheelan caiu fora. Nisbet aumentou novamente.

– Tô apostando que você pegou a *sua* carta de cima também – riu Vogel para Nisbet do outro lado da mesa, aumentando a banca mais uma vez.

Nisbet pagou para ver. Tinha dois pares, de ases e reis. O vaqueiro, uma trinca de noves.

Vogel riu alto enquanto recolhia as fichas.

– Se eu pudesse manter um xerife cuidando de você o tempo todo, seria ótimo para mim.

Nisbet fingiu estar ocupado arrumando as fichas. Eu o entendi. Tinha jogado com uma mão podre – mas de que outro modo se pode jogar contra um bêbado?

– O que o senhor achou da nossa cidadezinha? – perguntou Red Wheelan.

– Ainda não conheci muita coisa – enrolei. – O hotel, a lanchonete... foi tudo o que vi.

Wheelan riu:

– Então o senhor conheceu o Sapo? Ele é amigo do Slim.

Todo mundo, inclusive Slim Vogel, riu, menos Nisbet.

– Uma vez o Slim tentou levar de graça o equivalente a 25 centavos em bolinhos e café do Sapo. Diz que esqueceu de pagar por eles, mas é mais provável que tenha se escapulido. Enfim, no dia seguinte, o Sapo aparece no rancho com uma espingarda embaixo do braço. Arrastou o instrumento de destruição por 24 quilômetros através do deserto, a pé, para cobrar seus trocados. E cobrou mesmo! Pegou seus 25 centavos entre o curral e o alojamento – na boca do canhão, como se diz!

Slim Vogel sorriu melancolicamente e coçou uma das grandes orelhas.

– O velho filho da mãe veio atrás de mim como se eu fosse um maldito ladrão! Se ele fosse um homem, eu o veria no inferno antes de dar qualquer coisa a ele. Mas o que fazer com um urubu velho que não tem nem dentes para morder?

Seus olhos turvos voltaram para a mesa e o sorriso nos lábios frouxos virou um sorriso de escárnio.

– Vamos jogar – resmungou, fuzilando Nisbet com os olhos. – Agora é a vez de um homem honesto dar as cartas!

Bardell e eu voltamos para a parte da frente, onde os caubóis ainda estavam dando tacadas nas bolas de bilhar. Sentei-me numa das cadeiras encostadas na parede e fiquei ouvindo as conversas ao redor. O papo não era exatamente fluente. Qualquer um podia perceber que havia um estranho presente.

Minha primeira tarefa era superar aquilo.

– Alguém saberia me dizer – perguntei genericamente – onde posso conseguir um cavalo? Um que não seja muito difícil de ser montado por um mau cavaleiro.

– Talvez você consiga um no estábulo do Echlin – Milk River disse lentamente, encarando-me com olhos azuis inocentes. – Mas é pouco provável que ele tenha alguma coisa que viva o bastante se você quiser correr. Olha só... o Peery, lá no rancho, tem um baio que pode servir. Ele não quer se desfazer do animal, mas se você levar um bom dinheiro e mostrar para ele, talvez consiga negociar.

– Você não está querendo que eu compre um cavalo que não vou conseguir domar, né? – perguntei.

Os olhos claros ficaram inexpressivos.

– Eu não estou querendo que você compre nada, moço – disse ele. – Você pediu uma informação. Eu dei a informação. Mas não me custa dizer que qualquer um que consiga ficar sentado numa cadeira de balanço consegue montar aquele baio.

– Está bem. Irei até lá amanhã.

Milk River baixou o taco, franzindo a testa.

– Pensando bem, o Peery vai até o acampamento de baixo amanhã. Olha só... se você não tem nada melhor para fazer, vamos até lá agora mesmo.

– Ótimo – respondi e me levantei.

– Estão indo embora, rapazes? – perguntou Milk River aos companheiros.

– Tamo – disse Smith, casualmente. – Precisamos saltar da cama de manhã bem cedo, então é melhor a gente ir. Vou ver se o Slim e o Red estão prontos.

Não estavam. Deu para ouvir a desagradável voz de Vogel através da porta aberta.

– Estou acampado aqui! Peguei esse réptil no pulo, e é só uma questão de tempo até ele precisá se arriscá a tirá as carta de baixo do baralho pra salvá a própria pele. É exatamente isso que eu tô esperando. Na primeira vez que ele se metê a engraçadinho, vô cortá o pomo de Adão dele!

Smith voltou-se para nós.

– Slim e Red vão ficar mais um pouco. Quando cansarem, pegam uma carona.

Milk River, Smith, Dunne, Small e eu saímos do Border Palace.

A três passos da porta, um homem encurvado de bigode branco usando uma camisa sem colarinho de peito engomado lançou-se sobre mim.

– Meu nome é Adderly – apresentou-se, estendendo uma mão na minha direção e apontando a outra para o Empório Adderly. – Tem um minutinho? Queria apresentar você a algumas pessoas.

Os homens do Círculo H.A.R. seguiam lentamente em direção a um carro na rua.

– Vocês podem esperar uns dois minutinhos? – gritei para eles.

Milk River olhou para trás.

– Podemos. Precisamos abastecer e pôr água no calhambeque. Fique tranqüilo.

Adderly me levou até a loja dele, falando enquanto caminhava.

– Alguns dos melhores elementos locais estão na minha casa... praticamente quase todos os melhores elementos. Eles lhe apoiarão se você impuser o temor a Deus a Corkscrew. Estamos cansados dessa eterna desordem.

Atravessamos a loja, então um quintal e entramos em sua casa. Havia mais ou menos uma dúzia de pessoas lá.

O Reverendo Dierks – um homem alto e muito magro de boca tensa e rosto fino e comprido – fez um discurso para mim. Chamou-me de irmão. Falou de como Corkscrew era um local perigoso e disse que ele e os amigos estavam preparados para emitir mandados de prisão a diversos homens que haviam cometido 61 crimes nos últimos dois anos.

Tinha uma lista deles, com nomes, datas e horários, que leu para mim. Todas as pessoas que eu havia conhecido naquele dia – exceto por aqueles ali – apareciam naquela lista pelo menos uma vez junto com vários outros nomes que não reconheci. Os crimes iam de assassinato a bebedeira e uso de linguajar profano.

– Se o senhor me der esta lista, prometo estudá-la – eu disse.

Ele me entregou o papel, mas não ficaria satisfeito com promessas.

– Adiar até mesmo por uma hora punição a perversidade é como ser cúmplice dessa perversidade, irmão. Você esteve naquela casa de pecado comandada por Bardell. Ouviu o dia santo ser profanado com o som de bolas de sinuca. Sentiu o odor vil de bebida ilegal nos hálitos dos homens. Ataque agora, irmão! Não permita que se diga que você perdoou o mal desde o seu primeiro dia em Corkscrew! Entre naqueles infernos e cumpra o seu dever como homem da lei e cristão!

Ele era um pastor. Eu não queria rir dele.

Olhei para os outros. Todos estavam sentados – homens e mulheres – na beirada das cadeiras. Tinham nos rostos as mesmas expressões que se vê num ringue de boxe pouco antes de soar o gongo.

A Srta. Echlin, mulher do cocheiro, uma senhora de rosto e corpo angulosos, encarou-me com seus olhos duros como pedras.

– E aquela mulher vulgar que se autodenomina Señora Gaia... e as três atrevidas que fingem ser suas filhas! O senhor não é lá um grande assistente de xerife se deixá-las naquela casa uma noite mais... a envenenar os homens do condado de Orilla!

Os demais assentiram vigorosamente.

Srta. Janey, professora, de dentadura e rosto azedo, falou a sua parte:

– E ainda pior do que aquelas... aquelas criaturas... é aquela Clio Landes! Pior, porque pelo menos aquelas... aquelas atrevidas – virou o rosto para baixo, corou e olhou de canto para o pastor – aquelas atrevidas pelo menos são o que são abertamente. Enquanto que ela... quem sabe do que ela realmente é capaz?

– Não sei nada sobre ela – começou Adderly, mas sua mulher o calou.

– Eu sei – gritou. Era uma mulher gorda de buço aparente e cujo espartilho formava dobras e pontas no brilhoso vestido negro. – A Srta. Janey tem toda razão.

– Essa Clio Landes está na sua lista? – perguntei, pois não lembrava de ter visto.

– Não, irmão, não está – respondeu contristado o Reverendo Dierks. – Mas apenas porque é mais sutil do que as outras. Corkscrew realmente ficaria melhor sem ela... uma mulher de padrões morais evidentemente baixos, sem qualquer meio aparente de se sustentar, associando-se com nossos piores elementos.

– Fico contente por tê-los conhecido – disse eu ao dobrar a lista e guardá-la no bolso. – E fico contente de saber que vocês irão me apoiar.

Segui em direção à porta, esperando conseguir sair sem muito mais conversa. Sem chances. O Reverendo Dierks me seguiu.

– Você vai atacar agora, irmão? Vai levar a guerra de Deus imediatamente ao inferno do bordel e da jogatina?

– Alegro-me por ter o apoio de vocês – eu disse –, mas não vai haver nenhuma busca generalizada... pelo menos não tão cedo. Esta lista que o senhor me deu... farei o que acredito que deva ser feito depois de examiná-la, mas não vou me preocupar muito com uma porção de pequenas contravenções que aconteceram um ano atrás. Vou começar do zero. Me interessa apenas o que acontecer a partir de agora. Até mais tarde. – Saí.

O carro dos caubóis estava na frente da loja quando saí.

– Estive reunido com os melhores elementos – expliquei enquanto me sentava entre Milk River e Buck Small.

O rosto moreno de Milk River se enrugou ao redor dos olhos:

– Então você sabe o tipo de ralé que somos – disse ele.

Com Dunne na direção, o carro nos levou para fora de Corkscrew pela ponta sul da rua e seguiu para oeste ao longo do fundo arenoso e pedregoso de um arroio seco. A areia era profunda, e havia muitas pedras. Nosso tempo não foi dos melhores. Depois de uma hora e meia de sacolejos e muito calor naquele arroio, saímos e seguimos até um arroio mais largo e mais verde.

Passando a curva ficavam os prédios do Círculo H.A.R. Saímos do automóvel sob um telheiro baixo, onde já havia outro carro. Um homem muito musculoso de ossos fortes contornou um edifício caiado de branco e veio em nossa direção. Tinha o rosto quadrado e moreno. O bigode baixo e os olhos pequenos e profundos eram escuros. Aquele, descobri, era Peery. Ele gerenciava o rancho para o proprietário, que morava na Costa Leste.

– Ele quer um bom cavalo manso – disse Milk River a Peery –, e pensamos que talvez pudesse lhe vender aquele Rollo que você tem. É o cavalo mais manso de que já ouvi falar.

Peery empurrou o sombreiro de copa alta para trás e se balançou nos calcanhares:

– Quanto você estava pensando em pagar pelo cavalo?

– Se me servir – respondi –, estou disposto a pagar o quanto for preciso para comprá-lo.

– Nada mau – disse ele. – Que tal um de vocês passar uma corda naquele baio e trazer ele até aqui pro moço dar uma olhada?

Smith e Dunne foram juntos, fingindo que não estavam ansiosos.

Os dois vaqueiros voltaram quase que imediatamente, cavalgando, com o baio entre eles, já selado e pronto para ser montado. Notei que os dois seguravam as pontas de uma corda presa ao animal. Era um cavalo desconjuntado e amarelado com uma cabeça triste e caída.

– Aqui está ele – disse Peery. – Experimente e vamos falar de dinheiro.

Atirei o cigarro fora e me aproximei do baio. Ele me lançou um olhar triste, mexeu uma orelha e continuou olhando melancolicamente para o chão. Dunne e Smith tiraram as cordas dele, e eu sentei na sela.

Rollo ficou parado embaixo de mim até os outros cavalos saírem do seu lado.

Então me mostrou do que era capaz.

Levantou direto para o alto – e ficou lá por tempo suficiente para se virar antes de descer. Ficou nas patas da frente e depois nas traseiras e saltou de novo.

Não gostei daquilo, mas não me surpreendi. Sabia que eu era um cordeiro sendo levado para o matadouro. Era a terceira vez que aquilo acontecia comigo. Era melhor eu terminar tudo de uma vez. Mais cedo ou mais tarde, um homem da cidade numa região de gado acaba se vendo sentado sobre um osso desagradável. Sou um homem da cidade, mas consigo montar num cavalo se ele cooperar. Só que quando o cavalo não quer ficar embaixo de mim... o cavalo vence.

Rollo ia vencer. Eu não era bobo o bastante para desperdiçar energia lutando contra ele.

Assim, quando ele empinou de novo, eu saltei, cuidando para não me machucar na queda.

Smith havia apanhado o cavalo amarelo e estava segurando a cabeça dele quando tirei os joelhos da testa e me levantei.

Agachado nos calcanhares, Peery franzia o cenho para mim. Milk River olhava para Rollo com espanto.

– O que foi que você fez com o Rollo para que ele agisse assim? – perguntou Peery.

– Talvez ele só estivesse brincando – sugeri. – Vou tentar de novo.

Mais uma vez, Rollo ficou parado e tristonho até eu montar nele. Então teve uma convulsão embaixo de mim – até eu cair em cima do pescoço e do ombro numa touceira.

Quando me levantei esfregando o ombro esquerdo, que tinha batido numa pedra, Smith estava segurando o baio. Todos os cinco homens tinham as expressões sérias e solenes – sérias e solenes demais.

– Talvez ele não goste de você – opinou Buck Small.

– Pode ser – admiti, subindo na sela pela terceira vez.

A essa altura, o demônio cor de lima começava a se orgulhar do que estava fazendo. Deixou-me ficar montado mais tempo do que antes para poder me atirar longe com mais força.

Estava enjoado quando caí no chão diante de Peery e Milk River. Levei um tempo para me levantar e precisei ficar parado por um instante até conseguir sentir o chão sob meus pés.

– Segure-o um pouquinho – comecei.

O corpanzil de Peery ficou diante de mim.

– Já chega – disse ele. – Não quero que acabe morto.

– Saia do caminho – grunhi. – Eu gosto disso. Quero mais.

– Você não monta mais no meu cavalo – grunhiu ele de volta. – Ele não está acostumado a brincadeiras brutas. Você pode machucá-lo caindo de qualquer jeito.

Tentei passar por ele, que barrou minha passagem com um braço enorme. Levei o punho direito em direção ao rosto moreno dele.

Peery recuou, tentando não cair.

Fui até Rollo e montei nele.

A essa altura, já tinha conquistado a confiança do baio. Éramos velhos amigos. Ele não se importou de me mostrar suas armas secretas. Fazia coisas que cavalo algum seria capaz de fazer.

Caí sobre o mesmo arbusto da outra vez e fiquei lá.

Não sabia se conseguiria me levantar de novo se quisesse. Mas eu não queria. Fechei os olhos e descansei. Já que não havia conseguido o que eu desejava, estava disposto a fracassar.

Small, Dunne e Milk River me levaram para dentro e me deitaram numa cama.

– Não acho que esse cavalo vá me servir – eu disse. – Talvez seja melhor procurar por outro.

– Você não pode desistir assim – aconselhou Small.

– É melhor ficar deitado e descansar, parceiro – disse Milk River. – Você corre o risco de desmontar se começar a se mexer.

Aceitei o conselho.

Quando acordei, já era de manhã, e Milk River estava me cutucando.

– Você consegue se levantar para o café-da-manhã ou quer que a gente traga na cama?

Movimentei-me com cuidado até ver que estava inteiro.

– Posso me arrastar até lá.

Ele se sentou numa cama do outro lado do quarto e enrolou um cigarro enquanto eu vestia os sapatos – as únicas coisas além do chapéu sem as quais eu dormi.

Imediatamente, disse:

– Sempre pensei que alguém que não conseguisse montar um cavalo não podia fazer muita coisa. Agora não tenho mais tanta certeza. Você não consegue montar nem nunca vai conseguir. Não parece ter a menor idéia do que fazer depois que senta no animal! Mas, apesar de tudo, um hombre que deixa um animal derrubá-lo três vezes e ainda agride um sujeito que tenta evitar que a coisa piore não é exatamente um frouxo.

Acendeu o cigarro e partiu o fósforo pela metade:

– Tenho um cavalo alazão que pode ser seu por cem dólares. Ele não gosta de lidar com gado, mas é um bom cavalo, e não é bravo.

Abri o cinto de dinheiro e pus cinco notas de vinte no colo dele.

– É melhor dar uma olhada nele primeiro – protestou.

– Você já o viu – bocejei e me levantei. – Onde é o café?

Seis homens estavam comendo no refeitório quando nós entramos. Três deles eram vaqueiros que eu não tinha visto antes. Nem Peery, nem Wheelan nem Vogel estavam lá. Milk River me apresentou para os estranhos como o assistente de xerife e, entre bocadas da comida que o cozinheiro chinês caolho botava na mesa, a refeição foi dedicada quase que exclusivamente a comentários debochados sobre as minhas habilidades de montaria.

Aquilo me agradou. Eu estava dolorido e tenso, mas meus ferimentos não tinham sido em vão. Eu havia conseguido um lugar naquela comunidade do deserto e talvez até um ou dois amigos.

Estávamos seguindo as fumaças dos nossos cigarros em direção à rua quando patas a galope levantaram poeira no arroio seco.

Red Wheelan desceu do cavalo e cambaleou da nuvem de areia.

– Slim está morto! – disse, com a voz pastosa.

Várias vozes lançaram perguntas para ele, que ficou se balançando, tentando respondê-las. Estava bêbado como um gambá!

– Nisbet atirou nele. Fiquei sabendo quando acordei hoje de manhã. Ele foi morto hoje cedo... na frente do Bardell's. Saí perto da meia-noite ontem e fui até a Gaia. Fiquei sabendo hoje de manhã. Fui atrás do Nisbet, mas... – baixou os olhos, encabulado, para o coldre vazio – o Bardell pegou a minha arma.

Ele cambaleou de novo. Segurei-o até ele se equilibrar.

– Cavalos! – berrou Peery por cima do meu ombro.
– Vamos para a cidade!

Soltei Wheelan e me virei.

– Vamos para a cidade – repeti – mas nada de gracinhas quando chegarmos lá. Este é o meu trabalho.

O olhar de Peery cruzou com o meu.

– O Slim era um de nós – disse ele.

– E quem quer que tenha matado Slim agora é meu – respondi.

Foi tudo o que se falou a respeito do assunto, mas não achei que tivesse sido convincente.

Uma hora depois, estávamos saltando dos cavalos em frente ao Border Palace.

Um corpo comprido e magro enrolado num cobertor estava deitado sobre duas mesas unidas. Metade dos moradores de Corkscrew estava lá. Atrás do bar, surgiu o rosto destruído de Chick Orr, duro e atento. Gyp Rainey estava sentado num canto, enrolando um cigarro com os dedos trêmulos que encheram o piso de farelos de tabaco. Ao seu lado, sem prestar atenção a nada, Mark Nisbet estava sentado.

– Por Deus, como estou contente em vê-lo – Bardell disse para mim, o rosto gordo não tão vermelho como no dia anterior. – Essa coisa de homens se matando na frente da minha porta precisa parar, e você é o homem para isso!

Levantei uma ponta do cobertor e olhei para o morto. Havia um buraquinho em sua testa, acima do olho direito.

– Algum médico o viu? – perguntei.

– Sim – respondeu Bardell. – O Doc Haley o viu, mas não pôde fazer nada. Ele já devia estar morto quando caiu.

– Você pode mandar chamar o Haley?

– Acho que sim. – Bardell chamou Gyp Rainey. – Corra até o outro lado da rua e diga ao Doc Haley que o assistente de xerife quer falar com ele.

Gyp passou de mansinho pelo grupo de caubóis reunido na porta e desapareceu.

– O que você sabe sobre o assassinato, Bardell? – comecei.

– Nada – disse ele, enfaticamente, e prosseguiu com o que sabia. – Nisbet e eu estávamos nos fundos do salão, contando a receita do dia. Chick estava arrumando o bar. Não tinha mais ninguém aqui. Acho que foi mais ou menos à uma e meia da manhã de hoje. Ouvimos o tiro... bem aqui na frente, e corremos para fora, é claro. Como o Chick estava mais perto, chegou primeiro. O Slim estava deitado no meio da rua... morto.

– E o que aconteceu depois disso?

– Nada. Nós o trouxemos aqui para dentro. Adderly e Doc Haley, que mora do outro lado da rua, e o Sapo do lado também tinham escutado o tiro e saíram... e isso foi tudo.

Virei-me para Gyp.

– O Bardell já contou tudo – disse ele.

– Você não sabe quem atirou nele?

– Não.

Vi o bigode branco de Adderly na parte da frente do salão e o fiz falar em seguida. Ele não ajudou em nada. Tinha escutado o tiro, saltado da cama, vestido as calças e os sapatos e chegado a tempo de ver Chick ajoelhado ao lado do morto. Não havia visto nada do que Bardell mencionara.

O dr. Haley ainda não havia chegado quando encerrei a conversa com Adderly, e eu não estava pronto para atacar Nisbet. Ninguém mais ali parecia saber de coisa alguma.

– Volto num instante – eu disse, passando pelos caubóis e saindo pela porta da rua.

O Sapo estava fazendo uma necessária limpeza em seu estabelecimento.

– Belo trabalho – elogiei. – Estava precisando.

Ele desceu do balcão no qual estava de pé para alcançar o teto. As paredes e o piso já estavam limpos, pelo menos em comparação com a situação anterior.

– Não acho que tava tão sujo – sorriu, mostrando as gengivas nuas –, mas depois do xerife entrar pra comer e fazer caretas pro meu bar, que outro remédio se não limpar o lugar?

– Você sabe alguma coisa a respeito do assassinato?

– Claro que sei. Estou na cama e ouço um tiro. Salto da cama, agarro a espingarda e corro até a porta. O Slim Vogel está no meio da rua, e o Chick Orr está de joelhos ao lado dele. Enfio a cabeça para fora. O sr. Bardell e o Nisbet estão de pé nas portas deles. O sr. Bardell pergunta: "Como ele está?" O Chick Orr responde: "Está bem morto". O Nisbet não diz nada, mas se vira e volta pra dentro. Daí saem o médico e o sr. Adderly, e eu também saio, daí depois o médico olha para ele e diz que ele está morto, e a gente leva ele pra dentro da loja do sr. Bardell.

Era tudo o que o Sapo sabia. Voltei para o Border Palace. O dr. Haley – um homenzinho meticuloso – estava lá.

O barulho do tiro o havia acordado, contou, mas ele não tinha visto nada além do que os outros já haviam me dito. A bala era calibre 38. A morte havia sido instantânea. E era tudo.

Sentei-me num canto de uma mesa de sinuca, de frente para Nisbet. Ouvi pés se mexendo no chão atrás de mim e pude sentir a tensão.

– O que você pode me dizer, Nisbet? – perguntei.

– Nada que possa ajudar – disse ele, escolhendo as palavras lenta e cuidadosamente. – Você esteve aqui à tarde e viu Slim, Wheelan, Keefe e eu jogando. Bom, o jogo seguiu do mesmo jeito. Ele ganhou um monte de dinheiro, ou pelo menos parecia achar que era um monte, enquanto ficamos jogando pôquer. Mas Keefe foi embora antes da meia-noite, e Wheelan, pouco depois. Como ninguém mais entrou no jogo, ficamos com pouca gente para seguir no pôquer. Desistimos e começamos a jogar pra ver quem tirava a carta mais alta. Limpei Vogel... peguei até o último centavo. Era mais ou menos uma hora quando ele saiu, perto de meia hora antes de ser morto.

– Você e Vogel se davam bem?

O olhar do jogador se encontrou com o meu e desviou para o chão.

– Você sabe muito bem que não. Você ouviu ele me insultando. Ele continuou com aquilo... talvez tenha ficado mais agressivo mais para o final.

– E você deixou que ele fizesse isso?

– Exatamente. Ganho a vida com as cartas, não com brigas.

– Então não houve qualquer problema em relação ao jogo?

– Eu não disse isso. Houve um problema. Ele fez menção de pegar a arma depois que eu o limpei.

– E você?

– Fui mais rápido do que ele. Peguei a arma... descarreguei... devolvi... disse para ele dar o fora.

– E você não o viu mais até depois de ele ter sido morto?

– Isso mesmo.

Fui até perto dele e estendi a mão.

– Deixe-me ver a sua arma.

Ele pegou rapidamente a arma por baixo de sua roupa – com a coronha para frente – e a pôs na minha mão. Era uma Smith & Wesson 38 com todas as seis balas carregadas.

– Não a perca de vista – eu disse, ao devolvê-la. – Eu posso precisar dela mais tarde.

Um rugido de Peery me fez virar. Levei as mãos até os bolsos dos casacos, onde estavam os brinquedos calibre 32.

A mão direita de Peery estava perto do pescoço de Nisbet, a uma distância muito curta da arma que eu sabia estar sob seu colete. Espalhados atrás de Peery, seus homens estavam prontos para atacar.

– Talvez essa seja a idéia de um assistente de xerife do que deve ser feito – berrou Peery. – Mas não é a minha! Esse rato matou o Slim. O Slim saiu daqui levando muito dinheiro. Esse rato atirou sem nem mesmo lhe dar a chance de tocar na arma e pegou seu dinheiro sujo de volta. Se vocês acham que nós vamos aceitar...

– Talvez alguém tenha alguma prova que eu desconheça – interrompi. – Do modo como as coisas estão se apresentando, eu não tenho o suficiente para condenar Nisbet.

– Danem-se as provas! Fatos são fatos, e você sabe disso...

– O primeiro fato a que você precisa se ater – interrompi novamente – é o de que sou eu quem está comandando esse espetáculo... e do meu jeito. Alguma coisa contra?

– Muita! – Um velho 45 apareceu em seu punho. Armas brotaram nas mãos de todos os homens atrás dele.

Fiquei entre a arma de Peery e Nisbet, envergonhado com os estalinhos que as minhas 32 iriam fazer em comparação com o rugir das armas diante de mim.

– O que eu gostaria – Milk River havia se afastado dos companheiros e estava apoiando os cotovelos no bar, de frente para eles, com uma arma em cada mão e um toque aveludado na voz arrastada – era que qualquer um que quisesse trocar chumbo com o nosso assistente de xerife esperasse a sua vez. Minha idéia é um de cada vez. Não gosto dessa idéia de encurralá-lo.

O rosto de Peery ficou roxo.

– O que eu não gosto – gritou ele para o garoto – é de um filhote covarde que abandona os homens com quem anda!

O rosto de Milk River ficou vermelho, mas sua voz continuava aveludada.

– Senhor manda-chuva, o que o senhor gosta e desgosta são tão parecidos que eu não consigo ver a diferença. E é bom o senhor lembrar que eu não sou um dos seus vaqueiros. Tenho um contrato com o senhor para domar alguns cavalos por dez dólares a cabeça. Fora isso, o senhor e os seus são estranhos pra mim.

A emoção tinha acabado. A essa altura da conversa, a ação havia morrido.

– O seu contrato expirou há mais ou menos um minuto e meio – dizia Peery a Milk River. – Você pode aparecer no Círculo H.A.R só mais uma vez – quando for buscar o que quer que tenha deixado para trás. Você está acabado!

Empurrou o rosto quadrado na minha direção.

– E você não pense que o caso está encerrado!

Girou nos calcanhares e seguiu para os cavalos.

Uma hora depois, Milk River e eu estávamos sentados no meu quarto na Cañon House conversando. Mandei avisar à sede do condado que o legista tinha uma tarefa ali e encontrei um lugar para guardar o corpo de Vogel até a sua chegada.

– Você pode me dizer quem espalhou a notícia de que eu era um assistente de xerife? – perguntei a Milk River. – Isso era para ser segredo.

– Era? Ninguém teria adivinhado. Durante dois dias, tudo o que o nosso sr. Turney fez foi correr de um lado pro outro dizendo a todo mundo o que ia acontecer quando chegasse o novo assistente.

– Quem é esse Turney?

– É o capataz da terra da Companhia de Colonização de Orilla.

Então tinha sido o gerente local do meu cliente quem havia me delatado!

– Você tem alguma coisa especial para fazer nos próximos dias? – perguntei.

– Nada de mais.

– Tenho uma vaga para alguém que conheça as redondezas e possa me guiar por aqui.

– Eu teria que saber qual é o jogo antes de aceitar – disse ele, lentamente. – Você não é um assistente de xerife comum, e não é daqui. Não é da minha conta, mas eu não quero entrar num jogo às cegas.

Era bastante sensato.

– Vou abrir o jogo para você – ofereci. – Sou detetive particular, da filial de São Francisco da Agência de Detetives Continental. Os acionistas da Companhia de Colonização de Orilla me mandaram para cá. Eles gastaram muito dinheiro irrigando e desenvolvendo suas terras, e agora estão prontos para vendê-las.

"Segundo eles, a combinação de calor e água a tornam uma fazenda ideal, tão boa como o Imperial Valley. No entanto, não está havendo uma grande procura pelas terras. Os acionistas imaginam, então, que o problema é que os moradores nativos dessa parte do estado são tão difíceis que os fazendeiros pacíficos não querem ficar entre vocês.

"Não é segredo para ninguém que as duas fronteiras dos Estados Unidos estão salpicadas de locais tão sem lei hoje como eram antigamente. Há muito dinheiro envolvido na passagem de imigrantes pela fronteira, e é fácil demais, o que atrai muitos homens que não se importam com a origem do dinheiro que ganham. Com apenas 450 inspetores de imigração divididos entre as duas fronteiras, o governo não tem conseguido fazer muita coisa. A estimativa oficial é de que cerca de 135 mil estrangeiros entraram no país no ano passado pelas portas de trás.

"Como esta parte do Condado de Orilla não tem estrada de ferro nem telefone, deve ser uma das principais rotas de contrabando e, portanto, segundo esses homens que me contrataram, cheia de diferentes tipos de marginais. Em outro trabalho há uns dois meses, eu me deparei com um esquema de contrabando e o desmantelei. O pessoal da Companhia de Colonização de Orilla achou que eu poderia fazer a mesma coisa para eles aqui. Então, aqui estou eu para tornar esta parte do Arizona adequada a damas.

"Parei na sede do condado e prestei juramento como assistente de xerife, para o caso de a posição oficial me ser útil. O xerife disse que não tinha assistente por aqui nem dinheiro para contratar um, de modo que me aceitou de bom grado. Mas decidimos que deveria ser segredo."

– Acho que você vai se divertir muito – Milk River sorriu. – Então vou aceitar essa oferta de emprego. Mas eu não vou ser um assistente de xerife. Vou trabalhar com você, mas não quero me amarrar, para não precisar fazer cumprir leis que eu não gosto.

– Combinado. Agora, o que mais você pode me dizer que eu tenha que saber?

– Bom, você não precisa se preocupar nem um pouco com o Círculo H.A.R. Eles são bem durões, mas não fazem nada de mais.

– Tudo bem quanto a isso – concordei –, mas o meu trabalho é acabar com os criadores de caso, e pelo que vi, eles se encaixam nessa descrição.

– Você vai se divertir muito – repetiu Milk River. – É claro que eles são encrenqueiros! Mas como Peery conseguiria criar gado por aqui sem montar uma equipe à altura dos pistoleiros dos quais o pessoal da sua Companhia de Colonização de Orilla não gosta? E você sabe como são os vaqueiros. Quando estão numa vizinhança difícil, são capazes de tudo para provar que são tão violentos como qualquer outro.

– Não tenho nada contra eles... se eles se comportarem. E o que você sabe sobre esse pessoal da fronteira?

– Acho que Bardell é o seu maior alvo. Depois dele... Big Nácio. Você não o conheceu ainda? É um mexicano grandalhão de bigode preto que comprou um rancho no cañon, a sete ou oito quilômetros deste lado da fronteira. Tudo o que atravessa a fronteira passa por esse rancho. Mas você vai ter que quebrar a cabeça para provar isso..

– Ele e Bardell trabalham juntos?

– Arrã... acho que ele trabalha para o Bardell. Outra coisa que você precisa incluir na sua lista é que esses sujeitos estrangeiros que compram a travessia pela fronteira nem sempre, nem na maioria das vezes, acabam onde gostariam de ir. Hoje em dia não é nada incomum encontrar ossos no deserto ao lado do que foi um túmulo antes de ser aberto pelos coiotes. E os abutres estão engordando! Se o imigrante está levando alguma coisa que valha a pena pegar, se homens do governo calham de estar nas redondezas ou se acontece alguma coisa que deixa os contrabandistas nervosos, eles costumam liquidar o cliente e o enterram ali mesmo.

Nesse instante, o barulho da sineta do jantar no andar de baixo interrompeu a nossa conversa.

Havia apenas oito ou dez pessoas no salão. Nenhum dos homens de Peery estava lá. Milk River e eu nos sentamos a uma mesa de canto. Estávamos no meio da refeição quando a garota de olhos escuros que eu havia visto no dia anterior entrou.

Ela veio diretamente para a nossa mesa. Levantei-me e fiquei sabendo que seu nome era Clio Landes. Era a garota que os melhores elementos queriam ver expulsa da cidade. Deu-me um sorriso brilhante, estendeu a mão magra e forte e se sentou.

– Fiquei sabendo que você perdeu o emprego de novo, seu vagabundo – disse, rindo, para Milk River.

Percebi que não era do Arizona. Seu sotaque era de Nova York.

– Se foi tudo o que ficou sabendo, ainda estou muito à sua frente – disse Milk River, sorrindo em resposta. – Consegui outro emprego... para cavalgar em nome da lei e da ordem.

À distância, ouviu-se o som de um tiro.

Continuei comendo.

Clio Landes disse:

– Policiais não costumam prestar atenção em coisas assim?

– A primeira regra – disse eu – é não deixar nada interferir nas refeições, se for possível.

Um homem de macacão entrou pela porta da rua.

– Nisbet foi morto no Bardell! – gritou.

Milk River e eu fomos para o Border Palace de Bardell, com metade dos outros fregueses correndo à nossa frente, junto com metade da cidade.

Encontramos Nisbet no salão dos fundos, esticado no chão, morto. Tinha no peito, que os homens ao redor haviam desnudado, um buraco provavelmente feito por uma 45.

Os dedos de Bardell agarraram o meu braço.

– Aqueles animais não lhe deram uma chance! – gritou. – Foi assassinato a sangue frio!

– Quem o matou?

– Um dos sujeitos do Círculo H.A.R., pode apostar a vida nisso!

– Ninguém viu nada?

– Ninguém aqui admite ter visto.

– Como tudo aconteceu?

– O Mark estava lá na frente. Eu, o Chick e cinco ou seis homens estávamos lá. Mark veio até aqui. Assim que atravessou a porta... bum!

Bardell sacudiu o punho em direção à janela aberta.

Fui até a janela e olhei para fora. Uma faixa de um metro e meio de terreno pedregoso separava o edifício da escarpa do Cañon Tirabuzón. Havia uma corda trançada amarrada em torno de uma pequena saliência de pedra na beirada do cañon. A corda – com uma das pontas amarradas à saliência – descia seis metros direto pela parede de pedra e desaparecia entre as árvores e os arbustos de uma plataforma estreita que percorria a parede naquele ponto. Chegando àquela plataforma, um homem encontraria uma ampla cobertura para proteger sua fuga.

– O que você acha? – perguntei a Milk River, que estava ao meu lado.

– Uma fuga fácil.

Levantei-me, puxando a corda, que entreguei a Milk River.

– Isso não me diz nada. Pode ser de qualquer um – disse ele.

– O chão lhe diz alguma coisa?

Sacudiu a cabeça de novo.

– Desça até o cañon e veja o que você consegue descobrir – disse eu. – Vou até o Círculo H.A.R. Se não encontrar nada, siga para lá.

Voltei para dentro e fiz mais perguntas. Dos sete homens que estavam no estabelecimento de Bardell na hora do tiro, três me pareceram bastante confiáveis. O depoimento desses três batia com o de Bardell em todos os detalhes.

– Você não disse que iria sair para ver o Peery? – perguntou Bardell.

– Disse.

– Chick, pegue os cavalos! Eu e você vamos até lá com o assistente de xerife, assim como todos os outros homens que quiserem ir. Ele vai precisar de armas para se defender!

– De jeito nenhum! – interrompi Chick. – Eu vou sozinho. Essa coisa de milícia não é comigo.

Bardell fez cara feia, mas concordou com um aceno de cabeça.

– Você está no comando – disse. – Eu gostaria de ir até lá também, mas se você quer fazer diferente, deve estar certo.

Na cocheira em que havíamos deixado os cavalos, encontrei Milk River encilhando-os, e cavalgamos para fora da cidade juntos.

Pouco menos de um quilômetro depois, nós nos separamos. Ele virou à esquerda, seguindo por uma trilha que levava até o cañon, falando por cima do ombro:

– Se chegar lá antes do que pensa, talvez você possa me encontrar seguindo pela ravina onde fica a casa do rancho até chegar no cañon.

Virei no arroio que seguia em direção ao Círculo H.A.R., com o cavalo alto e de pernas longas que Milk River havia me vendido cavalgando com facilidade e rapidez. Estava muito perto ainda do meio-dia para a cavalhada ser agradável. Ondas de calor ferviam do fundo do arroio, o sol queimava meus olhos e a poeira trancava a minha garganta.

Ao atravessar esse arroio até o maior, ocupado pelo Círculo H.A.R., encontrei Peery esperando por mim.

Ele não disse nada, não mexeu um dedo. Ficou apenas montado em seu cavalo, observando a minha aproximação. Tinha duas 45 no coldre nas pernas.

Cheguei ao seu lado e mostrei a corda que havia tirado dos fundos do Border Palace. Ao estendê-la, percebi que sua sela estava sem corda.

– Sabe alguma coisa sobre isso? – perguntei.

Olhou para a corda.

– Parece uma daquelas coisas que os hombres usam para arrastar rezes.

– Não dá para enganar você, não é? – resmunguei. – Já viu esta aqui especificamente?

Levou um minuto ou mais para pensar numa resposta.

– Já – disse, afinal. – Na verdade, perdi esta mesma corda no caminho daqui até a cidade hoje de manhã.

– Sabe onde eu a encontrei?

– Não faz a menor diferença. – Estendeu a mão. – O importante é que você a encontrou.

– Talvez faça diferença – eu disse, tirando a corda do alcance dele. – Eu a encontrei amarrada na parede do cañon atrás do Bardell, por onde você poderia ter descido depois de ter atirado em Nisbet.

Levou as mãos às armas. Virei-me de modo a deixar que ele visse a silhueta de uma das automáticas que eu levava nos bolsos.

– Não faça nada do que possa se arrepender – aconselhei.

– Quer que eu ma-ate esse cara agora? – ouvi o carregado sotaque irlandês de Dunne atrás de mim – Ou va-amos esperar um pouco?

Virei-me e o vi de pé atrás de uma pedra com uma espingarda .30-.30 apontado para mim. Acima de outras rochas, surgiram outras cabeças e outras armas.

Tirei a mão do bolso e a pus sobre o arção da sela.

Peery falou com os outros:

– Ele me disse que atiraram no Nisbet.

– Mas que peninha! – lamentou Buck Small. – Espero que ele não tenha se machucado.

– Ele está morto – informei.

– Quem será que fez isso? – quis saber Dunne.

– Não foi o Papai Noel – opinei.

– Tem mais alguma coisa a dizer? – perguntou Peery.

– Isso não chega?

– Chega. Agora, se eu fosse você, eu voltaria para Corkscrew.

– Você está querendo dizer que não quer voltar comigo?

– Isso mesmo. Se você quiser tentar me levar, então...

Eu não queria tentar, e disse isso.

– Então não tem nada prendendo você aqui – disse ele, apontando para longe.

Sorri para ele e seus amigos, puxei o alazão e comecei a percorrer o caminho de volta.

Alguns quilômetros depois, virei novamente para o sul, encontrei a ponta mais baixa do arroio do Círculo H.A.R. e o segui até o Cañon Tirabuzón. Então comecei a subir em direção ao ponto em que a corda havia sido pendurada.

O cañon fazia jus ao nome. Era uma vala com muito vento, áspera e pedregosa, cheia de árvores e arbustos rasgando o Arizona.

Não havia ido muito longe quando me encontrei com Milk River, que guiava o cavalo na minha direção. Sacudiu a cabeça:

– Absolutamente nada! Eu sou bom rastreador, mas a região aqui é muito pedregosa.

Saltei do cavalo. Então nos sentamos embaixo de uma árvore e fumamos um pouco.

– Como você se saiu? – ele quis saber.

– Mais ou menos. A corda é do Peery, mas ele não quis vir comigo. Acho que podemos encontrá-lo quando for preciso, por isso não quis insistir. Teria sido meio desconfortável.

Olhou para mim com o canto dos olhos claros e disse lentamente:

– Alguém poderia pensar que você está jogando o Círculo H.A.R. contra a equipe do Bardell, encorajando um lado a acabar com o outro, poupando você do trabalho de tomar uma atitude mais forte.

– Talvez você tenha razão. Você acha que seria uma burrice?

– Não sei. Acho que não. Se você está mesmo fazendo isso e se tem certeza de que é forte o bastante para assumir o controle quando precisar.

A noite estava caindo quando Milk River e eu entramos na rua tortuosa de Corkscrew. Como estava tarde demais para irmos jantar na Cañon House, apeamos em frente à espelunca do Sapo.

Chick Orr estava em pé na porta do Border Palace. Virou sua cara amassada para dizer alguma coisa por cima do ombro. Bardell apareceu ao seu lado, olhou para mim com uma pergunta no olhar, e os dois saíram para a rua.

– Algum resultado? – perguntou Bardell.

– Nenhum visível.

– Você não fizeram a prisão? – perguntou Chick Orr, incrédulo.

– Isso mesmo. Convidei um homem para voltar comigo, mas ele disse que não.

O ex-pugilista me olhou de cima a baixo e cuspiu no chão aos meus pés.

– Não é que você é mesmo uma gracinha? – ele resmungou. – Estou morrendo de vontade de acabar com você!

– Vá em frente – convidei. – Não me custa machucar o punho em você.

Seus olhinhos se iluminaram. Dando um passo para frente, veio de mão aberta em direção ao meu rosto. Desviei do caminho e me virei de costas, tirando o casaco e o coldre de ombro.

– Segure isso aqui, Milk River, enquanto eu arrebento a cara desse porco.

Toda Corkscrew veio correndo enquanto Chick e eu nos encarávamos. Éramos muito parecidos em tamanho e idade, mas eu achava que sua gordura fosse mais mole do que a minha. Ele tinha sido profissional. Eu havia brigado um pouco, mas não restavam dúvidas de que ele levava vantagem em esperteza. Em compensação, suas mãos eram tortas e machucadas, enquanto que as minhas, não. E ele era – ou tinha sido – acostumado com luvas, enquanto que punhos nus estavam mais de acordo com o meu estilo.

Ele se agachou, esperando que eu atacasse. Foi o que fiz, tentando fazer fita, atacando com um golpe de direita.

Nada bom! Ele deu um passo para fora em vez de entrar. O golpe de esquerda que eu desferi contra ele passou longe. Ele me atingiu com um soco na maçã do rosto.

Parei de tentar ser mais esperto, joguei as duas mãos contra o corpo dele e fiquei satisfeito quando a carne se dobrou suavemente ao redor. Ele se afastou mais rapidamente do que eu fui capaz de seguir e me fez balançar com um soco no maxilar.

Bateu com a esquerda mais um pouco – no olho, no nariz. A direita dele roçou em minha testa, e eu voltei à carga.

Esquerda, direita, esquerda, enfiei o punho no meio do corpo. Ele bateu no meu rosto com o antebraço e o punho e recuou.

Ele me deu mais alguns de esquerda, cortando meu lábio, abrindo o nariz, fazendo meu rosto arder da testa ao queixo. E quando eu finalmente consegui me livrar daquela mão esquerda, levei um golpe de queixo de direita que pareceu vir do tornozelo dele para estalar o meu maxilar com um choque que me atirou uns doze passos para trás.

Seguindo em meu encalço, ele me acertou por tudo. O ar da noite estava cheio de socos. Empurrei os pés contra o chão e parei o furacão com dois murros logo acima de onde sua camisa se encontrava com as calças.

Ele me acertou novamente com a direita, mas não com tanta força. Ri da cara dele, lembrando que alguma coisa havia estalado em sua mão quando ele me acertou aquele golpe de queixo e voltei a bater nele, atingindo-o com as duas mãos.

Ele se livrou de novo – partindo para um contragolpe com a esquerda. Eu abafei o braço esquerdo dele com o meu direito, continuei segurando e bati com o braço esquerdo, mantendo-o abaixado. A direita dele me atingiu. Deixei. Aquela mão estava morta.

Ele me acertou mais uma vez antes de a briga terminar – com um direto de esquerda pelo alto que veio soltando fumaça no caminho. Consegui ficar de pé, e o resto não foi tão mau. Ele ainda me bateu muito mais, mas sua energia tinha acabado.

Ele caiu depois de um tempo, vítima de um acúmulo de socos em vez de algum em especial, e não conseguiu se levantar.

Seu rosto não tinha uma marca pela qual eu fosse responsável. O meu parecia ter passado por um moedor de carne.

– Talvez eu deva me lavar antes de a gente comer – disse a Milk River ao pegar o casaco e a arma.

– Pelo amor de Deus! – concordou, olhando para o meu rosto.

Um gorducho vestindo um terno Palm Beach se pôs diante de mim, chamando a minha atenção.

– Sou o sr. Turney, da Companhia de Colonização de Orilla – apresentou-se. – É verdade que o senhor não fez uma única prisão desde que chegou aqui?

Esse era o sujeito que havia me anunciado! Eu não gostei disso e não gostei da cara redonda e agressiva dele.

– É – confessei.

– Houve dois assassinatos em dois dias – prosseguiu –, a respeito dos quais você não fez nada, embora nos dois casos as provas pareçam claras o bastante. Você considera isso satisfatório?

Não respondi.

– Deixe-me dizer que não é nem um pouco satisfatório – disse ele, respondendo à própria pergunta. – Também não é satisfatório que você tenha empregado este homem – prosseguiu, apontando um dedo gorducho na direção de Milk River – que é notoriamente um dos homens mais fora-da-lei do condado. Quero que você entenda claramente que, a menos que haja uma distinta melhoria no seu trabalho, a menos que você demonstre alguma disposição para fazer as coisas a que estávamos nos dedicando, essa dedicação terminará!

– Quem você disse que era? – perguntei, quando ele parou de falar.

– Sou o sr. Turney, o superintendente geral da Companhia de Colonização de Orilla.

– E? Bem, sr. Superintendente Geral Turney, os seus proprietários se esqueceram de me falar do senhor quando me contrataram. De modo que eu não faço idéia de quem o senhor seja. Quando tiver alguma coisa a me dizer, diga aos seus proprietários. Se for importante o suficiente, talvez eles repassem para mim.

Ele se empertigou:

– Certamente os informarei de que você tem sido extremamente omisso no cumprimento dos seus deveres, por mais experiente que possa ser em brigas de rua!

– Acrescente um PS – gritei em sua direção enquanto ele se afastava. – Diga-lhes que estou meio ocupado no momento e que não posso usar conselho algum, de quem quer que seja.

Milk River e eu seguimos para a Cañon House.

Vickers, o proprietário pálido e rechonchudo, estava na porta.

– Se você pensa que eu tenho toalhas suficientes para limpar o sangue de cada hombre que leva uma surra, está muito enganado – resmungou ele para mim. – E também não quero lençóis transformados em curativo!

– Nunca vi um sujeito tão desagradável como você – insistiu Milk River enquanto subíamos as escadas. – Parece que não consegue se dar bem com ninguém. Você nunca faz amizades?

– Só com chatos!

Fiz o que pude com água e fita adesiva para recompor meu rosto, mas o resultado ficou muito longe da beleza. Milk River estava sentado na cama, sorrindo e me observando.

Depois que terminei de me remendar, descemos até o Sapo para comer. Havia três fregueses no balcão. Fui obrigado a trocar comentários sobre a briga enquanto comia.

Fomos interrompidos por cavalos correndo na rua. Mais de uma dúzia de homens passaram pela porta, e pudemos ouvi-los sofreando bruscamente, saltando diante do Bardell.

Milk River inclinou-se para o lado até ficar com a boca perto do meu ouvido.

– É a equipe do cañon de Big Nácio. É melhor segurar firme, chefe, ou eles vão arrancar a cidade de debaixo dos seus pés.

Terminamos a refeição e saímos para a rua.

Sob a luz do grande poste acima da porta do Bardell, um mexicano descansava encostado na parede. Era um homem grande, de barba preta, com as roupas enfeitadas com botões prateados e duas armas de cabo branco embainhadas na altura das coxas.

– Você pode levar os cavalos até o estábulo? – pedi a Milk River. – Vou deitar um pouco para me recuperar.

Ele me olhou com curiosidade e seguiu até onde havíamos deixado os cavalos.

Parei diante do mexicano barbudo e apontei para suas armas com o cigarro.

– Você precisa tirar essas coisas quando vem para a cidade – disse eu, num tom simpático. – Na verdade, você não deve sequer trazê-las, mas eu não sou curioso o bastante para olhar sob o casaco de um homem.

A barba e o bigode se separaram para exibir uma curva sorridente de dentes amarelos.

– Talvez se o *señor jerife* não gosta dessas coisas, ele queira tirar elas de mim?

– Não. *Você* as tira.

– Eu gosto delas aqui. Uso elas aqui.

– Faça o que eu estou dizendo – disse eu, ainda num tom simpático, e deixei-o, voltando para a espelunca do Sapo.

Debruçando-me sobre o balcão, peguei a espingarda serrada do lugar.

– Posso pegar isso aqui emprestado? Quero transformar um sujeito num crente.

– Sim, senhor, claro! Sinta-se à vontade!

Engatilhei os dois canos antes de sair para a rua.

O mexicano grandalhão não estava por perto. Encontrei-o lá dentro, contando aos amigos o que havia acontecido. Alguns de seus amigos eram mexicanos, alguns, americanos, outros, sabe Deus. Todos estavam armados.

O mexicano grandalhão se virou quando seus amigos me olharam embasbacados. Desceu as mãos em direção às armas ao se virar, mas não as sacou.

— Não sei o que há neste canhão – disse eu, sinceramente, apontando a arma para eles. – Talvez pedaços de arame farpado e raspas de dinamite. Vamos descobrir, se vocês não começarem a empilhar as armas sobre o bar imediatamente... porque eu juro que vou apagar vocês com ela!

Todos empilharam as armas sobre o bar. Não podia culpá-los. Aquela coisa nas minhas mãos os teria machucado muito!

— A partir de agora, quando vierem a Corkscrew, escondam suas armas.

O gordo Bardell abriu caminho entre eles, voltando a exibir um ar alegre.

— Você pode esconder essas armas até os seus clientes se prepararem para deixar a cidade? – pedi a ele.

— Sim! Sim! Com prazer! – exclamou, depois de superar a surpresa.

Devolvi a espingarda ao proprietário e subi até a Cañon House.

Uma porta a um ou dois quartos de distância do meu abriu enquanto eu percorria o corredor. Chick Orr saiu, dizendo "Não faça nada que eu não faria", por cima do ombro.

Vi Clio Landes de pé do outro lado da porta.

Chick afastou-se da porta, então me viu e parou, fazendo cara feia.

— Você não luta porcaria nenhuma! – disse ele. – Tudo o que sabe fazer é bater!

— É isso mesmo.

Esfregou uma mão inchada na barriga.

— Nunca aprendi a levar aqui embaixo. Foi por isso que não me dei bem no profissional. Mas não compre mais brigas comigo... eu posso machucar você!

Cutucou-me nas costelas com o polegar e passou por mim, descendo a escada.

A porta da garota estava fechada quando passei por ela. No quarto, desencavei papel e caneta. Tinha escrito três palavras do meu relatório quando alguém bateu na minha porta.

— Entre – eu disse, já que havia deixado a porta destrancada para Milk River.

Clio Landes empurrou a porta.

— Está ocupado?

— Não. Entre e sinta-se à vontade. O Milk River vai chegar em poucos minutos.

— Você não está enganando o Milk River, está? — ela perguntou, sem rodeios.

— Não. Não tenho nada contra ele. Está tudo certo com ele até onde eu sei. Por quê?

— Por nada. Eu só achei que talvez você estivesse tentando armar contra ele. Você não me engana. Esses caipiras pensam que você é um fracasso, mas eu sei que não é.

— Obrigado por essas poucas palavras gentis. Mas não saia espalhando a minha sabedoria por aí. Eu já tive publicidade suficiente. O que você está fazendo aqui no meio da roça?

— Tuberculose! — disse ela, batendo no peito. — Um picareta disse que eu duraria mais tempo aqui. Eu acreditei nisso feito uma boba. Viver aqui não é muito diferente de morrer na cidade grande.

— Há quanto tempo você está longe do barulho? — perguntei.

— Há três anos... uns dois no Colorado, depois neste buraco aqui. Parece que faz três séculos.

— Eu estive trabalhando lá em abril por duas ou três semanas — disse eu, estimulando-a a continuar.

— Esteve, é?

Foi como se eu tivesse dito que estive no céu. Ela começou a me fazer perguntas: tal coisa ainda estava assim e assado? Aquilo outro continuava igual?

Conversamos por um tempo, e descobri que eu conhecia alguns de seus amigos. Dois deles eram vigaristas de alta classe. Um era um magnata do contrabando de bebidas, e o resto, uma mistura de agentes de apostas, trambiqueiros e coisas do gênero.

Não consegui descobrir qual era o golpe dela. Ela falava uma mistura de gírias de ladrões e inglês de ensino secundário, e não revelava muito sobre si mesma.

Estávamos nos dando bem quando Milk River chegou.

— Os meus amigos ainda estão na cidade? — perguntei.

— Estão. Eu os ouvi conversando no Bardell. Parece que você ficou ainda mais impopular.

— O que houve agora?

– Os seus amigos entre os melhores elementos não estão gostando muito da sua brincadeira de dar as armas de Big Nácio e dos seus hombres para o Bardell cuidar. A opinião geral é de que você tirou as armas das mãos direitas deles e devolveu nas mãos esquerdas.

– Só as tirei para mostrar que podia fazer isso – expliquei. – Eu não queria as armas. Eles teriam conseguido outras de qualquer maneira. Acho que vou descer e aparecer um pouco para eles. Não vou demorar muito.

O Border Palace estava barulhento e movimentado. Nenhum dos amigos de Big Nácio prestou atenção em mim. Bardell atravessou o salão para me dizer:

– Que bom que você fez os rapazes recuarem. Isso me poupou muitos problemas.

Assenti com a cabeça e saí. Dei a volta ao redor da cocheira, onde encontrei o vigia noturno abraçado a um fogãozinho de ferro no escritório.

– Tem alguém que possa ir até Filmer com uma mensagem agora à noite?

– Talvez eu consiga alguém – respondeu ele, sem entusiasmo.

– Dê-lhe um bom cavalo e mande-o até o hotel assim que possível – solicitei.

Sentei-me na beirada da varanda da Cañon House até que um rapaz de pernas compridas e mais ou menos dezoito anos chegou montado num cavalo malhado, perguntando pelo assistente de xerife. Saí da sombra sob a qual estava sentado e fui até a rua, onde podia conversar a sós com o garoto.

– O velho disse que você queria mandá uma coisa pra Filmer.

– Você pode sair daqui em direção a Filmer e depois atravessar até o Círculo H.A.R.?

– É, claro, posso sim.

– Então, eu quero que você faça o seguinte. Quando chegar, diga a Peery que Big Nácio e os homens dele estão na cidade e que eles podem estar a caminho de lá antes do amanhecer.

– Vô fazê isso, claro.

– Isto é para você. A conta do estábulo, pago depois – disse eu, pousando uma nota na mão dele. – Tome seu rumo, e não deixe a informação chegar a mais ninguém.

De volta ao quarto, encontrei Milk River e a garota sentados ao redor de uma garrafa de bebida. Conversamos e fumamos um pouco, e então o grupo se separou. Milk River disse que estava no quarto ao lado do meu.

A batida dos nós dos dedos de Milk River na porta me tiraram da cama para sentir o frio das cinco e pouco da manhã.

– Isso aqui não é uma fazenda! – resmunguei, deixando-o entrar. – Agora você está na cidade. A gente dorme até o sol nascer.

– O olho da lei nunca deve dormir – disse ele, sorrindo para mim, batendo os dentes, já que não estava vestindo muito mais do que eu. – O Fisher, que tem um rancho para aqueles lados, mandou um mensageiro dizer que tem uma batalha acontecendo no Círculo H.A.R. Ele bateu na minha porta, em vez de na sua. Vamos até lá, chefe?

– Vamos. Consiga algumas espingardas, pegue água e os cavalos. Vou até o bar do Sapo pedir o café da manhã e um almoço para levarmos.

Quarenta minutos mais tarde, Milk River e eu estávamos fora de Corkscrew.

A manhã foi ficando mais quente conforme cavalgávamos, com o sol formando compridos desenhos cor de violeta no deserto, erguendo o orvalho numa névoa suave. As algarobas soltavam um leve perfume, e até mesmo a areia – que mais tarde estaria agradável como um fogão empoeirado – exalava um cheiro fresco e prazeroso.

Conforme nos aproximamos das construções do rancho, três pontos azuis com abutres sobrevoando e um animal em movimento surgiram no horizonte por um momento numa elevação distante.

– Um cavalo que deveria ter um cavaleiro, mas não tem – disse Milk River.

Mais adiante, passamos por um sombreiro mexicano furado de balas, e então o sol cintilou num punhado de cartuchos de metal vazios.

Um dos edifícios do rancho estava transformado numa pilha negra carbonizada. Ali perto, outro dos homens que eu havia desarmado no Bardell estava deitado de costas, morto.

Uma cabeça envolta em ataduras surgiu no canto de um edifício, e em seguida seu proprietário apareceu, com o braço direito numa tipóia e um revólver na mão esquerda. Atrás dele, corria o cozinheiro chinês caolho, balançando um cutelo.

Milk River reconheceu o homem com o curativo na cabeça.

– O que conta, Red? Andou brigando?

– Um pouco. Tiramos toda a vantagem possível do aviso que você mandou, e quando Big Nácio e seu bando apareceram pouco antes do amanhecer, tocaiamos todos eles no campo. Como levei dois tiros, fiquei em casa enquanto o resto dos rapazes seguiu para o sul. Se você ouvir com atenção, pode escutar um tiro vez em quando.

– Vamos segui-los ou iremos na frente? – perguntou Milk River.

– Nós conseguimos ir na frente?

– Talvez. Se Big Nácio estiver correndo, vai chegar no rancho dele ao anoitecer. Se descermos pelo cañon, talvez consigamos chegar antes. Ele não vai conseguir muita velocidade tendo que se livrar de Peery e dos rapazes no caminho.

– Vamos tentar fazer isso.

Com Milk River à frente, passamos pelas construções do rancho e seguimos pelo arroio, entrando no cañon no ponto em que eu havia entrado no dia anterior. Um pouco depois, o passo melhorou, e conseguimos acelerar o passo e melhorar o nosso tempo.

Ao meio-dia, paramos para deixar os cavalos descansar, comer uns sanduíches e fumar um pouco. Depois seguimos em frente.

Em seguida, o sol começou a se arrastar à nossa direita, e as sombras cresceram no cañon. Elas já haviam atingido a parede leste quando Milk River parou à frente.

– É depois dessa próxima curva.

Descemos dos cavalos, bebemos um pouco de água, assopramos a areia das nossas espingardas e seguimos a pé na direção de uma moita de arbustos que cobria a próxima curva do cañon.

Depois da curva, o chão do cañon seguia ladeira abaixo até uma bacia redonda. As laterais da bacia desciam suavemente até o chão do deserto. No meio havia quatro construções de tijolos crus. Apesar da exposição ao sol do deserto, elas pareciam de algum modo úmidas e escuras. De uma delas saía uma fina coluna de fumaça. Não se via homem ou animal por perto.

– Vou dar uma olhada lá embaixo – disse Milk River, passando-me o chapéu e a espingarda.

– Certo – concordei. – Eu lhe dou cobertura. Mas se alguma coisa acontecer, é melhor você sair do caminho. Não sou o atirador de espingarda mais confiável do mundo!

Na primeira parte do trajeto, Milk River teve bastante cobertura. Seguiu adiante rapidamente. Quando a vegetação que escondia os edifícios diminuiu, seu ritmo ficou mais lento. Deitado no chão, ele rastejava de moita a pedra, de monte de terra a arbusto.

A dez metros da construção mais próxima, ficou sem lugares para se esconder. Então deu um salto e correu para se abrigar ao lado da construção.

Nada aconteceu. Milk River ficou encostado na parede agachado por longos minutos e daí começou a percorrer o caminho até os fundos.

Quando ele deu a volta num canto, um mexicano surgiu.

Não consegui enxergar sua expressão, mas vi seu corpo retesar. Levou a mão à cintura.

A arma de Milk River entrou em ação.

O mexicano caiu. O aço brilhante de sua faca cintilou por cima da cabeça de Milk River e fez barulho ao pousar sobre uma pedra.

Milk River fugiu do alcance da minha vista e foi para o outro lado do edifício. Quando o vi novamente, ele estava correndo para a entrada escura do segundo edifício.

Raios de fogo saíram pela porta ao seu encontro.

Fiz o que pude com as duas espingardas – erguendo uma barragem à frente dele –, despejando chumbo na porta aberta o mais rápido que consegui. Esvaziei a segunda espingarda exatamente quando ele chegou perto demais da porta para que eu arriscasse mais um disparo.

Larguei a espingarda e fui até o meu cavalo, correndo para ajudar o meu assistente maluco.

Ele não precisava de socorro. Tudo havia terminado quando cheguei.

Ele estava tirando outro mexicano e Gyp Rainey do prédio sob a mira dos revólveres.

– Eis o resultado da colheita – saudou-me. – Pelo menos não encontrei mais nenhum.

– O que você estão fazendo aqui? – perguntei a Rainey.

Mas o viciado seguiu olhando taciturno para o chão e não respondeu.

– Vamos amarrá-los e dar uma olhada por aí – decidi.

Milk River fez a maior parte dos nós, já que tinha mais experiência com cordas. Ele os amarrou de costas um para o outro, e fomos explorar os arredores.

Exceto por muitas armas de todos os tamanhos e mais munição do que o suficiente, não encontramos nada muito emocionante até chegarmos a uma porta pesada – trancada com tábuas e cadeado – instalada metade na fundação da construção principal e metade na encosta em que o prédio estava situado.

Encontrei um pedaço quebrado de picareta enferrujado e usei-o para arrebentar o cadeado. Depois tiramos a tábua e abrimos a porta.

Sete homens saíram ansiosos de um porão sem ar ou luz, na nossa direção; falando uma miscelânea de idiomas.

Usamos as armas para fazê-los parar. Seguiram tagarelando, emocionados.

– Silêncio! – gritei.

Compreenderam o que eu queria dizer, mesmo sem entender a palavra. O falatório parou, e nós os revistamos. Todos os sete pareciam estrangeiros – e formavam um bando de criminosos de aparência cruel.

Milk River e eu tentamos falar com eles em inglês primeiro. Depois, com o espanhol que conseguimos formular entre nós dois. Ambas as tentativas provocaram muito falatório da parte deles, mas nada em uma das duas línguas.

– Tem mais alguma? – perguntei a Milk River.

– Só me resta o dialeto dos índios Chinook.

Não ajudaria muito. Tentei lembrar algumas palavras que costumávamos acreditar que fossem francês nas forças armadas.

A pergunta *"Que désirez-vous?"* abriu um amplo sorriso no rosto de um homem de olhos azuis.

Entendi *"Nous allons aux Etats-Unis"* antes de a velocidade com que ele me lançou as palavras me deixar tão confuso a ponto de não reconhecer mais nada.

Isso era engraçado. Big Nácio não tinha informado àqueles sujeitos que eles já estavam nos Estados Unidos. Imagino que pudesse lidar melhor com eles enquanto pensassem que ainda estavam no México.

– *Montrez-moi votre passeport.*

O pedido arrancou um protesto furioso do Olhos Azuis. Disseram-lhes que não havia necessidade de passaportes. Era por não terem os passaportes que estavam pagando para entrar clandestinamente.

– *Quand êtes-vous venu ici?*

Hier queria dizer ontem, independentemente do que eram as outras palavras da resposta dele. Então Big Nácio tinha ido direto a Corkscrew depois de atravessar aqueles homens pela fronteira e enfiá-los naquele porão.

Trancamos os imigrantes de volta no porão, com Rainey e o mexicano junto. Rainey uivou feito um lobo quando tirei a seringa e a coca dele.

– Dê uma olhada nas redondezas enquanto dou um jeito no cara que você matou – eu disse a Milk River.

Quando ele voltou, o mexicano estava arrumado a meu contento: escarrapachado numa cadeira perto da porta da frente da construção principal, com as costas viradas para a parede e um sombreiro caindo sobre o rosto.

– Tem poeira subindo a alguma distância – relatou Milk River. – Não me surpreenderia se tivéssemos companhia perto do anoitecer.

Fazia uma hora que a escuridão havia se instalado quando eles chegaram.

Àquela altura, alimentados e descansados, estávamos prontos para eles. Um lampião queimava dentro da casa.

Milk River estava lá dentro, dedilhando um bandolim. A luz que saía pela porta da frente aberta mostrava difusamente o mexicano morto – uma estátua de um dorminhoco. Atrás dele, escondido no canto da casa exceto pela testa e os olhos, eu estava encostado na parede.

Pudemos ouvir a nossa companhia muito antes de vê-los. Dois cavalos – que faziam barulho por dez – vinham extremamente rápido.

Big Nácio, à frente, estava fora da sela com um pé na porta antes da pata dianteira do cavalo – que empinou com a violência usada pelo dono para fazê-lo parar – tocar o chão novamente. O segundo cavaleiro chegou logo atrás.

O homem de barba viu o cadáver. Saltou na direção dele, agitando o chicote e rugindo *"Arriba, piojo!"*

O som do bandolim parou.

Eu me levantei.

Os bigodes de Big Nácio curvaram-se de espanto.

Seu chicote prendeu num botão da roupa do morto, e o laço da outra ponta estava preso a um dos seus punhos. Big Nácio tinha a outra mão sobre a coxa.

Eu estava com a arma na mão fazia uma hora. Estava perto. Tive tempo para escolher o alvo. Quando sua mão tocou a coronha da arma, dei um tiro que atravessou mão e coxa.

Enquanto ele caía, vi Milk River derrubar o outro sujeito com uma coronhada na nuca.

– Parece que nós formamos uma boa equipe – disse o rapaz queimado de sol enquanto se abaixava para tirar as armas dos inimigos.

Os palavrões vociferados pelo barbudo tornavam a conversa difícil.

– Vou botar este que você derrubou na geladeira – eu disse. – Fique de olho no Nácio. Daremos um jeito nele quando eu voltar.

Arrastei o mexicano desmaiado até a metade do caminho do porão, quando ele voltou a si. Conduzi-o pelo restante do caminho com a arma, mandei-o entrar, mandei os outros prisioneiros para longe da porta, que fechei e tranquei com a barra.

Quando voltei, o barbudo tinha parado de berrar.

– Tinha alguém vindo atrás de vocês? – perguntei, ajoelhando-me ao lado dele e cortando suas calças com o canivete.

Em resposta a essa pergunta, recebi várias informações a respeito de mim mesmo, de meus hábitos e meus ancestrais. Nada era verdade, mas foi bastante divertido.

– Talvez seja melhor dar um tiro na língua dele – sugeriu Milk River.

– Não. Deixe-o gritar! – Voltei-me novamente para o barbudo. – Se eu fosse você, responderia à pergunta. Se acontecer de os cavaleiros do Círculo H.A.R. terem seguido vocês até aqui e nos pegarem desprevenidos, é certo que você será linchado.

Ele não havia pensado nisso.

– *Si, si.* Aquele Peery e os hombres dele. Eles *seguir-mucha rapidez!*

Sobrou algum outro homem além de você e aquele outro?

– Não! *Ningún!*

– Milk River, faça o máximo de fogo que conseguir aqui na frente, enquanto eu tento fazer este aqui parar de sangrar.

O rapaz pareceu decepcionado.

– Nós não vamos armar nada para esses caras?

– Só se formos obrigados.

Quando terminei os dois torniquetes no mexicano, Milk River já havia construído uma grande fogueira que iluminava os prédios e a maior parte da bacia ao redor. Eu pretendia esconder Nácio e Milk River dentro da casa, para o caso de não conseguir dominar Peery. Mas não deu tempo. Tinha acabado de explicar meu plano a Milk River quando ouvi a voz grave de Peery vindo de fora do círculo de luz da fogueira.

– Todo mundo com as mãos para cima!

– Calma! – alertei Milk River, ficando de pé. Mas não levei as mãos para o alto.

– A emoção acabou – gritei. – Aproximem-se.

Dez minutos se passaram. Peery aproximou-se da luz. Tinha o rosto quadrado sujo e amargo. Seu cavalo estava totalmente coberto de espuma lamacenta. Segurava as armas nas mãos.

Atrás dele vinha Dunne – também sujo, sério e com as armas a postos.

Não havia ninguém atrás de Dunne. Logo, os outros estavam espalhados ao nosso redor na escuridão.

Peery inclinou-se sobre a cabeça de seu cavalo para olhar para Big Nácio, deitado sem fôlego e imóvel no chão.

– Está morto?

– Não... levou um tiro na mão e na perna. Tenho alguns amigos dele trancados à chave lá dentro.

À luz da fogueira, era possível ver círculos vermelhos de raiva surgirem ao redor dos olhos de Peery.

– Pode ficar com os outros – disse ele, asperamente. – Este aqui nos basta.

Eu o compreendi.

– Vou ficar com todos eles.

– Não confio nem um pouco em você – Peery rosnou para mim. – Vou me certificar de que a carreira de Big Nácio se encerre aqui mesmo. Vou eu mesmo cuidar dele.

– Nada feito!

– Como você acha que vai me impedir de levá-lo? – disse ele, dando uma risada perversa. – Você não está pensando que eu e o irlandês estamos sozinhos, está? Se não acredita que está encurralado, tente alguma coisa!

Eu acreditava nele, mas...

– Isso não faz diferença alguma. Se eu fosse um vaqueiro comum ou um rato do deserto ou qualquer cara solitário sem ligações, você acabaria comigo rapidinho. Mas eu não sou, e você sabe que não. Estou contando com isso. Você vai ter que me matar para pegar o Nácio. Simples assim! Não acho que você o queira tanto assim para ir tão longe.

Ele me encarou por um instante. Então mandou o cavalo na direção do mexicano. Nácio sentou-se e começou a implorar para que eu lhe salvasse.

Lentamente, levei a mão para a arma que tinha presa ao coldre do ombro.

– Pare! – ordenou Peery, com as duas armas perto da minha cabeça.

Sorri, tirei a arma e virei-a lentamente até estar na mesma altura das duas dele.

Ele manteve a pose tempo suficiente para ambos suarmos bastante. Não foi nada tranqüilo!

Uma luz fraca surgiu em seus olhos injetados. Não adivinhei o que estava por vir antes que fosse tarde demais. A arma em sua mão esquerda afastou-se de mim – e explodiu.

Um buraco se abriu na cabeça de Big Nácio, que caiu para o lado.

O sorridente Milk River tirou Peery da cela com um tiro.

Eu estava sob a arma da mão direita de Peery quando ela disparou. Agora estava engatinhando sob as patas de seu cavalo empinado. Os revólveres de Dunne dispararam.

– Para dentro! – gritei para Milk River, dando dois tiros no cavalo de Dunne.

Balas de espingarda voaram por tudo, por cima, em volta, por baixo de nós.

No interior iluminado, Milk River abraçava o chão, lançando fogo e chumbo das duas mãos. O cavalo de Dunne caiu. Dunne se levantou – levou as mãos ao rosto – e caiu ao lado do cavalo.

Milk River suspendeu a artilharia por tempo suficiente para que eu me aproximasse dele dentro da casa.

Enquanto eu quebrava o vidro de um lampião, apagando a chama, ele batia a porta. Balas ressoaram na porta e na parede.

– Fiz bem de atirar naquele sujeito? – perguntou Milk River.

– Foi um bom trabalho! – menti.

Não havia por que chorar sobre o leite derramado, mas eu não queria Peery morto. A morte de Dunne também fora desnecessária. A hora adequada para o uso das armas é depois de a conversa ter fracassado, e eu ainda não havia esgotado os argumentos quando esse rapaz de pele morena entrou em ação.

As balas pararam de fazer furos em nossa porta.

– Os rapazes estão pensando em conjunto – imaginou Milk River. – Não devem ter lá muita munição, se estão atirando no Nácio desde de manhã cedo.

Encontrei um lenço branco no bolso e comecei a enfiar uma ponta no cano de uma espingarda.

– Para quê é isso? – perguntou Milk River.

– Conversar. – Fui até a porta. – E você terá que se segurar até eu terminar.

– Nunca vi um hombre tão chegado numa conversa – reclamou ele.

Abri uma nesga da porta com cautela. Nada aconteceu. Passei a espingarda pela abertura e acenei-a à luz da fogueira que ainda queimava. Nada aconteceu. Abri a porta e saí.

– Mandem alguém para conversar! – gritei para a escuridão.

Uma voz que não reconheci xingou e começou a ameaçar:
– Você vai ver...

A fala foi interrompida bruscamente.

Algo metálico cintilou num lado.

Buck Small, com os olhos saltados envoltos em círculos escuros e uma mancha de sangue numa das faces, aproximou-se da luz.

– O que vocês estão pensando em fazer? – perguntei.

Ele me olhou taciturno e disse:

– Estamos pensando em acabar com o Milk River. Não temos nada contra você. Você está fazendo o que ganha para fazer. Mas o Milk River não precisava matar o Peery!

– Vocês estão buscando confusão, Buck. Os dias loucos de desordem terminaram. Até agora, estão limpos. Nácio os atacou, e vocês fizeram o que era certo quando massacraram os cavaleiros dele por todo o deserto. Mas vocês não têm direito de brincar com os meus prisioneiros. O Peery não quis entender isso. E se nós não o tivéssemos matado, ele teria sido enforcado depois!

"Quanto ao Milk River: ele não deve nada a vocês. Ele derrubou Peery sob os tiros de vocês... com muita desvantagem! Vocês estavam com todas as cartas contra nós. O Milk River correu um risco que nem eu nem você teríamos corrido. Vocês não têm nada do que reclamar.

"Tenho dez prisioneiros lá dentro, um monte de armas e munição para botar nelas. Se você me obrigar, vou distribuir as armas entre os prisioneiros e deixá-los lutar. Prefiro perder todos a deixar vocês ficarem com eles.

"Tudo o que vocês podem conseguir brigando conosco é muita dor – quer saiam ganhando ou perdendo. Esta parte do Condado de Orilla foi deixada ao Deus dará por mais tempo do que a maior parte do sudoeste. Mas esses dias acabaram. Tem dinheiro de fora entrando e gente de fora chegando. Vocês não vão conseguir impedir! Quem tentou isso antigamente fracassou. Você vai conversar com os outros sobre isso?"

– Vou – disse ele, afastando-se na escuridão.

Entrei.

– Acho que serão sensatos – disse a Milk River. – Mas não dá para saber. Por isso, talvez seja melhor você dar uma espiada e ver se encontra um caminho pelo assoalho até a nossa prisão subterrânea, porque eu não estava brincando quando falei em dar armas aos nossos prisioneiros.

Vinte minutos depois, Buck Small estava de volta.

– Você venceu – disse ele. – Queremos levar Peery e Dunne conosco.

Nunca nada fora tão bom como a minha cama na Cañon House na noite seguinte, de quarta-feira. A luta teatral com o cavalo amarelo, a briga com Chick Orr, as cavalgadas a que não estava acostumado e que vinha fazendo... tudo isso me deixou com mais dores do que o Condado de Orilla tinha de areia.

Nossos dez prisioneiros estavam descansando num velho depósito a céu aberto de Adderly, vigiados por voluntários dos melhores elementos, sob a supervisão de Milk River. Imaginei que eles estariam seguros lá até que os inspetores da imigração – a quem mandei avisar – fossem buscá-los. A maioria dos homens de Big Nácio tinha morrido no confronto com o pessoal do Círculo H.A.R., e eu duvidava que Bardell conseguisse reunir homens suficientes para tentar abrir a minha prisão.

Eu acreditava que os cavaleiros do Círculo H.A.R. iriam se comportar razoavelmente bem a partir de agora. Ainda havia dois detalhes em aberto, mas o fim do meu trabalho em Corkscrew não estava distante. De modo que não me senti insatisfeito com o meu trabalho ao tirar as roupas e deitar na cama para desfrutar o sono que estava merecendo.

Consegui dormir? Não.

Tinha acabado de me acomodar quando alguém começou a bater na porta.

Era o meticuloso dr. Haley.

– Fui chamado até a sua prisão provisória há alguns minutos para dar uma olhada em Rainey – disse o médico. – Ele tentou fugir e quebrou o braço numa briga com um dos guardas. Isso não é nada grave, mas a situação dele é. Ele precisa de cocaína. Não acho que seja seguro deixá-lo sem as drogas por mais tempo.

– Ele está mal mesmo?

– Está.

– Vou até lá falar com ele – eu disse, começando a me vestir com relutância. – Eu lhe dei algumas doses a caminho do rancho... o bastante para que ele não desabasse. Mas agora preciso de mais algumas informações, e ele não vai levar nada enquanto não falar.

Ouvimos os gritos de Rainey antes mesmo de chegarmos à cadeia.

Milk River estava conversando com um dos guardas.

– Chefe, ele vai ter um ataque se você não lhe der um remédio – ele me disse. – Agora ele não consegue arrancar as talas do braço porque eu o amarrei, mas ele está completamente doido!

O médico e eu entramos. O guarda ficou segurando uma lanterna no alto para que pudéssemos enxergar.

Num dos cantos da sala, Gyp Rainey estava sentado na cadeira em que havia sido amarrado por Milk River. Espumava nos cantos da boca. Estava se contorcendo de cólica.

– Pelo amor de Deus, me dê uma dose! – gemeu Rainey.

– Me dê uma mão, doutor. Vamos carregá-lo para fora.

Nós o erguemos, com cadeira e tudo, e o levamos para fora.

– Agora pare com essa choradeira e preste atenção – ordenei. – Você matou o Nisbet. Eu quero saber direitinho como foi. A história toda vai lhe dar uma dose.

– Eu não matei ele! – gritou Rainey.

– Isso é mentira. Você roubou a corda de Peery enquanto nós estávamos no Bardell na segunda-feira de manhã, falando sobre a morte de Slim. Você amarrou a corda onde ficasse parecendo que o assassino tivesse fugido pelo cañon. Daí você ficou parado na janela até Nisbet entrar no salão dos fundos... e o matou. Ninguém desceu por aquela corda – ou Milk River teria encontrado algum sinal disso. Você vai confessar?

Ele não quis confessar. Gritou, praguejou, implorou e negou saber do assassinato.

– De volta aonde você estava antes – eu disse.

O dr. Haley pousou a mão no meu braço.

– Não quero que pense que eu estou interferindo, mas devo alertá-lo que o que você está fazendo é perigoso. Acredito e tenho o dever de avisá-lo de que você está pondo a vida deste homem em perigo ao recusar-lhe a droga.

– Sei disso, doutor, mas preciso correr esse risco. Se estivesse tão mal, ele não estaria mentindo. Quando a abstinência da droga bater de verdade, ele vai falar!

Com Gyp Rainey de volta à prisão, voltei ao meu quarto. Mas não para a cama.

Clio Landes estava esperando por mim, sentada no quarto – eu havia deixado a porta destrancada – com uma garrafa de uísque. Estava cerca de três quartos embriagada – um daqueles tragos melancólicos.

Era uma pobre garota doente, com saudade de casa, longe de seu mundo. Enchia-se de álcool, lembrava dos pais mortos, de episódios tristes da sua infância, acontecimentos infelizes de seu passado, e chorava por causa deles.

Eram quase quatro da manhã de quinta-feira quando o uísque finalmente atendeu às minhas preces, e ela caiu no sono em meu ombro.

Peguei-a no colo e levei-a pelo corredor até seu quarto. No instante em que cheguei à porta, o gordo Bardell subiu as escadas.

– Mais trabalho para o xerife – disse ele, alegremente, seguindo em frente.

O sol estava alto, e o quarto, quente, quando acordei com o barulho familiar de alguém batendo na porta. Desta vez era um dos guardas voluntários – o garoto de pernas compridas que havia levado o aviso a Peery na segunda à noite.

– O Gyp qué vê ocê. – O rosto do garoto estava exausto.
– Ele qué você mais do que já vi um homem querê qualqué coisa.

Rainey estava acabado quando cheguei até ele.

– Eu matei ele! Eu matei ele! – gritou para mim. – O Bardell sabia que o Círculo H.A.R. iria revidar o assassinato de Slim. Ele me fez matar o Nisbet e culpar o Peery para que você enfrentasse eles. Ele tinha tentado antes e não conseguiu nada!

"Me dê uma dose! Juro por Deus que esta é a verdade! Eu roubei a corda, amarrei no lugar e atirei no Nisbet com a arma do Bardell, quando o Bardell mandou ele lá atrás! A arma tá embaixo da lata de lixo nos fundos do Adderly. Me dê a dose!"

– Onde está o Milk River? – perguntei ao garoto de pernas compridas.

– Acho que dormindo. Ele saiu quando o dia nasceu.

– Está bem, Gyp! Fique firme até o doutor chegar. Vou mandá-lo vir aqui!

Encontrei o dr. Haley em casa. No minuto seguinte, ele estava levando uma injeção para o viciado.

O Border Palace só abria depois do meio-dia. Estava com as portas trancadas. Subi pela rua até a Cañon House. Milk River apareceu no instante em que pisei na varanda.

– Olá, jovem companheiro – cumprimentei-o. – Alguma idéia de onde está seu amigo Bardell?

Ele me olhou como se nunca tivesse me visto antes.

– Que tal você descobrir sozinho? Estou cansado de fazer as coisas para você. Pode encontrar uma enfermeira nova, moço, ou ir para o inferno!

As palavras saíram com cheiro de uísque, mas ele não estava bêbado o bastante para explicar tudo aquilo.

– Qual é o seu problema? – perguntei.

– O problema é que eu acho que você é um maldito...

Não deixei a coisa continuar.

Ele afastou a mão direita para o lado quando entrei.

Prensei-o contra a parede com o quadril antes que ele pudesse sacar a arma e o segurei pelos braços.

– Você pode ser um lobo mau com a sua pistola – rosnei, sacudindo-o, muito mais irritado do que estaria se ele fosse um estranho –, mas se tentar alguma gracinha comigo, vou lhe dar umas palmadas!

Os dedos magros de Clio Landes afundaram em meu braço.

– Pare com isso! – ela gritou. – Pare com isso! Por que vocês não se comportam direito? – disse para Milk River e eu. – Ele está chateado hoje de manhã. Ele não quis dizer isso!

Eu também estava chateado.

– Eu estava falando sério – insisti.

Mas afastei-me dele e entrei. Lá dentro, encontrei o pálido Vickers.

– Qual é o quarto do Bardell?

– 214. Por quê?

Passei por ele e subi a escada.

Segurando a arma numa das mãos, usei a outra para bater na porta.

– Quem é? – perguntou ele.

Respondi.

– O que você quer?

Disse que queria conversar com ele.

Bardell me deixou esperando por alguns minutos antes de abrir. Estava completamente vestido da cintura para baixo. Da cintura para cima, usava um casaco sobre a camiseta de baixo, e uma das suas mãos estava no bolso do casaco.

Seus olhos saltaram quando viram a arma na minha mão.

– Você está preso pelo assassinato de Nisbet! – informei. – Tire a mão do bolso.

Ele tentou fazer de conta que pensava que eu estava brincando.

– Pelo assassinato de Nisbet?

– Arrã. Rainey contou tudo. Tire a mão do bolso.

Seus olhos desviaram dos meus para trás da minha cabeça, com um lampejo de triunfo.

Venci-o no primeiro tiro por um fio de cabelo, já que ele havia perdido tempo esperando que eu caísse naquele velho truque.

Sua bala cortou meu pescoço.

A minha o atingiu onde a camiseta estava esticada sobre o peito gordo.

Ele caiu, remexendo no bolso, tentando tirar a arma para dar mais um tiro.

Eu poderia tê-lo desarmado, mas ele ia morrer de qualquer maneira. Aquela primeira bala tinha atingido seu pulmão. Atirei de novo.

O corredor ficou cheio de gente.

– Chamem o médico! – gritei.

Mas Bardell não precisava do médico. Estava morto antes de eu terminar a frase.

Chick Orr surgiu do meio das pessoas e entrou no quarto.

Eu me levantei, botando a arma de volta no coldre.

– Não tenho nada contra você, Chick, ainda – eu disse, lentamente. – Você sabe melhor do que eu se há alguma coisa ou não. Se eu fosse você, sairia de Corkscrew sem perder muito tempo fazendo as malas.

O ex-pugilista me olhou pelas pálpebras semicerradas, esfregou o queixo e estalou a língua.

– Se alguém perguntar por mim, digam que fui fazer uma viagem – disse ele, voltando pelo meio das pessoas.

Quando o médico chegou, levei-o até meu quarto, onde ele me fez um curativo no pescoço. O ferimento não foi muito profundo, mas sangrou bastante.

Depois que ele terminou, tirei roupas limpas da mala e me despi. Quando fui me lavar, descobri que o médico havia usado toda a minha água. De casaco, calças e sapatos, desci para pegar mais na cozinha.

O corredor estava vazio quando subi novamente, a não ser por Clio Landes.

Ela passou por mim sem me olhar deliberadamente.

Então me lavei, me vesti e prendi a arma no coldre. Mais um detalhe do caso a ser resolvido, e tudo estaria terminado. Como pensei que não precisaria mais dos brinquedinhos calibre 32, guardei-os. Mais um detalhe e acabado. Estava contente com a idéia de sair de Corkscrew. Não gostava do lugar, nunca tinha gostado e gostava menos ainda desde a briga com Milk River.

Estava pensando nele quando saí do hotel – e o vi de pé do outro lado da rua.

Um passo. Uma bala levantou poeira perto dos meus pés.

Parei.

– Vamos lá, gorducho! – gritou Milk River. – Sou eu ou você!

Virei-me lentamente para encará-lo, procurando por uma saída. Mas não tinha uma.

Seus olhos estavam como fendas iluminadas. Seu rosto, uma apavorante máscara selvagem. Era impossível argumentar com ele.

– Sou eu ou você! – repetiu, atirando novamente em direção aos meus pés. – Prepare o seu ferro!

Parei de procurar por uma saída e saquei a minha arma.

Ele me deu uma oportunidade justa.

Sua arma desceu até mim enquanto a minha subiu até ele.

Apertamos os gatilhos juntos.

O fogo saltou em minha direção.

Beijei o chão – com o lado direito todo dormente.

Ele estava me encarando – perplexo. Parei de encará-lo e olhei para a minha arma – a arma que havia apenas soltado um estalido quando apertei o gatilho!

Quando olhei para cima novamente, ele estava vindo na minha direção, lentamente, com a arma pendurada ao lado do corpo.

– Resolveu se garantir, hein? – Levantei a minha arma para que ele pudesse ver o gatilho quebrado. – Bem feito para mim por deixá-la sobre a cama ao descer para buscar água.

Milk River soltou sua arma e agarrou a minha.

Clio Landes veio correndo do hotel até ele.

– Você não está...?

Milk River enfiou minha arma no rosto dela.

– Você fez isso?

– Fiquei com medo que ele... – ela começou.

– Sua...! – Com as costas da mão aberta, Milk River bateu na boca da garota.

Ele deitou-se ao meu lado, com a expressão de um menino. Uma lágrima caiu sobre a minha mão.

– Chefe, eu não...

– Não tem problema – assegurei-lhe, sinceramente.

Não entendi nada mais do que ele disse. Meu lado estava deixando de ficar dormente, e nova a sensação que surgia não era agradável. Tudo estava se revirando dentro de mim...

Eu estava na cama quando voltei a mim. O dr. Haley estava fazendo coisas desagradáveis à lateral do meu corpo. Atrás dele, Milk River segurava uma bacia com mãos trêmulas.

– Milk River – sussurrei, porque foi o máximo que consegui fazer. Ele se inclinou na minha direção.

– Pegue o Sapo. Ele matou o Vogel. Cuidado... fique com a arma apontada para ele. Fale em legítima defesa... talvez confesse. Prenda-o com os outros.

Dormi novamente.

Era noite e havia uma suave luz de abajur no quarto quando voltei a abrir os olhos. Clio Landes estava sentada ao lado da cama, olhando fixamente para o chão, tristonha.

– Boa noite – consegui dizer.

Senti muito por ter dito qualquer coisa.

Ela chorou por cima de mim e pediu perdão insistentemente pelo truque com a minha arma. Não sei quantas vezes a perdoei. Aquilo virou uma maldita chateação.

Tive que fechar os olhos e fingir que havia desmaiado para fazê-la se calar.

Eu devo ter dormido um pouco, porque quando olhei ao redor novamente, já era dia, e Milk River estava na cadeira.

Ele se levantou, sem olhar para mim, com a cabeça abaixada.

– Vou embora, Chefe, agora que você está se recuperando bem. Mas quero que você saiba que se eu soubesse o que aquela... tinha feito na sua arma, eu jamais teria atirado.

– Qual era o problema com você, afinal? – grunhi para ele.

– Acho que estava maluco – resmungou ele. – Tomei alguma, e então Bardell me encheu a cabeça com coisas sobre você e ela e disse que você estava me fazendo de bobo. E... e eu simplesmente fiquei louco, acho.

– Ainda acredita nisso?

– Deus, não, Chefe!

– Então quem sabe você pára com essa bobagem, se senta e fala coisa com coisa? Você e a garota ainda estão brigados?

Estavam – muito obscena e enfaticamente.

– Você é um grande panaca! – eu disse. – Ela é uma estranha aqui, sentindo saudade de sua Nova York. Eu falava a língua dela e conhecia as pessoas que ela conhecia. Foi tudo o que houve...

– Mas esse não é o problema, Chefe! Qualquer mulher que fizesse...

– Que besteira! Está certo, foi um truque sujo. Mas uma mulher que faz uma coisa dessas por você vale um milhão por quilo. Agora saia daqui, encontre essa Clio e a traga de volta com você!

Ele fingiu estar indo contra a sua vontade. Mas ouvi a voz dela quando ele bateu em sua porta. E os dois me deixaram deitado em minha cama de dor por uma hora inteira antes de se lembrarem de mim. Entraram caminhando tão juntos que tropeçaram um nos pés do outro.

– Agora vamos falar de negócios – resmunguei. – Que dia é hoje?

– Segunda-feira.

– Você pegou o Sapo?

– Eu fiz o que você pediu – disse Milk River, dividindo a única cadeira com a garota. – Agora ele está na sede do condado... foi com os outros. Engoliu aquela isca da legítima defesa e me contou tudo. Como você descobriu, Chefe?

– Descobri o quê?

– Que o Sapo tinha matado o pobre Slim. Disse que o Slim foi lá naquela noite, acordou-o, comeu um dólar e dez centavos de comida dele e o desafiou a cobrar. Os dois discutiram, Slim sacou a arma, o Sapo se assustou e atirou nele... Depois disso, Slim fez o favor de sair cambaleando pela porta para morrer. Mas como você conseguiu adivinhar?

– Eu não devia revelar meus segredos profissionais, mas vou fazer isso desta vez. O Sapo estava fazendo faxina quando entrei para perguntar o que ele sabia do assassinato, e ele tinha esfregado o chão antes de limpar o teto. Se isso tinha algum significado, era o de que ele fora obrigado a limpar o chão e havia transformado a limpeza numa faxina geral para disfarçar. Então talvez Slim tenha sujado o piso de sangue.

"A partir daí, o resto veio com facilidade. Slim deixou o Border Palace num estado de espírito violento, sem um centavo depois de ter começado ganhando, humilhado pelo triunfo de Nisbet no saque da arma, ainda mais amargurado por tudo o que vinha bebendo durante o dia. Naquela tarde, Red Wheelan o fizera lembrar da vez em que o Sapo o havia seguido até o rancho para cobrar 25 centavos. O que seria mais provável do que ele levar toda sua irritação para a espelunca do Sapo? O fato de que Slim não havia levado um tiro da espingarda não significava coisa alguma. Nunca levei fé naquela espingarda em primeiro lugar. Se o Sapo estivesse contando com aquilo para sua proteção, não a teria deixado tão à vista, sob uma prateleira onde não era fácil pegá-la. Imaginei que a arma estivesse lá para efeito moral e que ele tinha outra para uso, escondida.

"Outro ponto que vocês não perceberam foi que Nisbet parecia estar contando uma história verdadeira... nem um pouco parecida com o que ele contaria se fosse culpado. As histórias de Bardell e Chick não eram tão boas, mas é bem possível que eles realmente acreditassem que Nisbet havia matado Slim e estivessem tentando acobertá-lo."

Milk River sorriu para mim, puxando a garota para mais perto dele.

– Você não é completamente burro – disse ele. – Quando viu você pela primeira vez, Clio me avisou para não tentar nenhuma gracinha.

Sua expressão foi dominada por um olhar distante.

– Pensem em todos os que morreram e ficaram feridos e foram presos... tudo por causa de um dólar e dez centavos. Que bom que o Slim não comeu cinco dólares de gororoba. Ele teria despovoado completamente o estado do Arizona.

TULIP

Eu estava sentado num buraco de raiz que o vento havia produzido ao derrubar um abeto uns dois anos antes, observando uma raposa vermelha no abrigo de uma moita murcha de amoras silvestres decidir o que fazer a respeito do cheiro de gambá levado até a clareira por uma brisa que também havia, até um instante antes, levado o som de guinchos de ratos do mato. Então a raposa virou a cabeça para a direção de onde tinha vindo e desapareceu habilmente de vista, andando como andam as raposas, com uma delicadeza que faz tudo parecer imprevisto, mas sem pressa. Pensei que os cães estavam soltos; cachorros fazem muito barulho no meio do mato e, na época, eu acreditava que as raposas tratavam cães e pessoas com o mesmo tipo de cautela altiva, mas logo ouvi passos de um homem.

Tulip empurrou para o lado alguns arbustos a cerca de quatro metros de onde a raposa tinha estado e apareceu na clareira.

– Oi, Papai – disse ele, ao me ver, abrindo um amplo sorriso e completando ao chegar mais perto: – Você está mais magro do que nunca, mas eles nunca vão matar você, não é?

– Como você me encontrou? – perguntei.

Ele apontou o polegar na direção da casa.

– Alguém me disse que talvez eu o encontrasse aqui, mas se você está se escondendo, não me importo de saltar e gritar "achei". – Olhou para a espingarda em minha mão. – Para que é isso? A temporada de caça terminou.

– Ainda há corvos.

Ele sacudiu os ombros enormes.

– Só um tolo atira em algo que não quer comer. Como foi no xilindró?

– Você está perguntando para mim?

Ele sorriu:

– Nunca estive em prisões federais. Só estaduais e locais. Como são as cadeias federais?

– A nata da sociedade, acho eu. Mas qualquer prisão é um buraco quando se está dentro dela.

– E eu não sei? Já contei da vez em que eu...

– Ah, pelo amor de Deus – disse eu, abaixando-me para pegar o banquinho em que estava sentado.

– Tudo bem – disse ele, bem-humorado. – Lembre-me de contar mais tarde. Onde você conseguiu esse troço? – perguntou, olhando para o banquinho, uma estrutura de metal dobrável com assento verde-escuro e compartimentos fechados com zíper embaixo.

– Gokey.

– O que é esse negócio verde e marrom nos lados?

– Fita adesiva enrolada no metal para evitar que ele brilhe muito no meio do mato.

Ele sacudiu a cabeça afirmativamente.

– Você se sai bem sozinho, mas acho que não se pode esperar que um homem da sua idade se agache no chão.

– Você também está com mais de cinqüenta – disse eu.

– Você é muito mais velho do que isso.

– Bobagem, vou fazer 58 este ano.

– É o que eu estou querendo dizer, Papai! Você precisa se cuidar.

Ficou parado na beira do buraco de raiz enquanto eu voltava uns dez metros para pegar o pote que havia pendurado no galho de um jovem bordo.

– E o que é isso? – perguntou, enquanto eu voltava abrindo a tampa.

– Trapos ensopados em essência de gambá – expliquei. – Faz com que os veados se aproximem bastante, talvez porque eliminem o cheiro de gente. Eu estava experimentando com raposas.

– Às vezes você é incrivelmente infantil – disse ele enquanto me seguia através da clareira.

Ele me seguiu ao longo da trilha de caça pelo meio do bosque e pelo caminho que levava até a casa através do jardim de pedras. Enfiei o pote numa fenda entre as duas pedras, com uma terceira sobre ela, descarreguei a espingarda e subi até a varanda. Havia duas velhas malas de couro e uma mochila verde-escura na varanda, do lado de fora da porta.

– Para que é isso? – perguntei. – Eu mesmo só estou fazendo uma visita.

– Que tipo de amigos são eles se um amigo seu não é amigo deles? De qualquer maneira, vou ficar só uns dois dias. Você sabe que não consigo agüentar muito mais do que isso.

– Nem pensar. Estou tentando começar um livro.

– Era sobre isso que eu queria falar com você. – Pôs uma mão nas minhas costas e me empurrou em direção à porta. – Eu posso falar aqui fora mesmo, mas você precisa estar sentado com uma bebida na mão.

Levei-o para dentro da casa, deixei a espingarda e o banco dobrável num canto do hall de entrada e lhe servi uma bebida. Quando ele me olhou curioso, eu disse:

– Não bebo nem um gole há três anos.

Ele mexeu seu uísque com soda como as pessoas costumam fazer quando querem ouvir o barulho do gelo.

– Provavelmente é melhor assim – disse ele. – Não lembro de você beber bem.

Dei uma risada e guiei-o até uma poltrona vermelho-escura. Estávamos na sala de estar, um ambiente espaçoso decorado em tons de marrom, vermelho, verde e branco com um belo Vuillard sobre o aparelho de televisão.

– Não é este o tipo de coisa que incomoda ex-bêbados, mas sim ouvir que eles não bebiam tanto assim, no fim das contas.

– Bem, na verdade, você...

– Corta essa. Sente-se e deixe-me dizer por que você vai voltar para a cidade depois do jantar. Comecei um livro e...

– Não foi o que você me disse lá fora – disse ele.

– Ãhn?

– Você disse que estava tentando começar um livro. É sobre isso que quero conversar com você. É uma bobagem da sua parte... sempre foi uma grande bobagem da sua parte, Papai... não ver que eu...

– Olhe aqui, Tulip... se ainda insiste que este é o seu nome... eu nunca vou escrever uma palavra sobre você se puder evitar. Você é um homem chato e tolo que anda por aí fazendo coisas chatas e tolas sobre as quais acha que algum dia alguém vai querer escrever. Qualquer coisa que alguém fizesse por esse motivo sempre seria chata e tola. E de onde, pelo amor de Deus, você tirou a idéia de que os escritores saem por aí em busca de coisas sobre o que escrever? O problema é organizar o material, não obtê-lo. A maioria dos escritores que conheço tem assuntos demais; estão soterrados de coisas que jamais conseguirão escrever.

– Palavras – disse ele. – Se você tem tanta coisa sobre o que escrever, por que não escreve há tanto tempo?

– Como você sabe se estou escrevendo ou não?

– Não pode estar. As revistas costumavam ser cheias de coisas suas. Hoje tudo o que vejo são republicações de seus primeiros textos, e cada vez menos disso.

– Eu não existo só para escrever. Eu...

– Você está mudando de assunto – disse ele. – Estamos falando sobre a sua obra. Não me importo se você quer perder parte do seu tempo brincando com animaizinhos ou se transformando em herói indo para a cadeia, mas... Olhe aqui, Papai, você não foi para a cadeia só por causa da experiência, foi? Porque eu poderia ter lhe poupado muito tempo e incomodação contando tudo o que você precisa saber.

– Aposto que sim – respondi.

Ele deu de ombros, bebeu, limpou os lábios com um grosso polegar e disse:

– Isso é exatamente como um monte de outras coisas que você diz: não quer dizer absolutamente nada. Você só diz da boca para fora. Vocês, escritores, têm mais palavras do que... – Ele olhou ao redor e pareceu gostar do que viu. – Este lugar é muito bom. De quem é?

– De umas pessoas chamadas Irongate.

– Amigos seus?

– Não, nunca ouvi falar neles.

– Certo, que engraçado – disse ele. – Eles estão por aqui?

– Até onde sei, ainda estão na Flórida.

– Isso torna ainda mais sem sentido você ter me dito que eu não posso ficar aqui por uns dias. Como eles são?

– São pessoas.

– Você pode ser um escritor interessante, mas não fala como tal. Que tipo de pessoas eles são? Pessoas jovens? Pessoas velhas? Pessoas canhotas?

— A Paulie provavelmente tem pouco mais de trinta, Gus é alguns anos mais velho.
— Só os dois? Não têm filhos?
— Por que você não escreve essas respostas para que a gente não precise falar tudo de novo quando vier o rapaz do censo? Três filhos, com idades variando de dezesseis a talvez doze.

Seus olhos acinzentados se iluminaram.
— Dezesseis, é? E ela só tem pouco mais de trinta? Casamento à base de espingarda, é?
— Como eu vou saber? Só os conheço desde que saí do exército.
— E que exército foi aquele! — Disse ele, levantando-se com o copo vazio. — Não se preocupe. Eu mesmo me sirvo. Você esqueceu do pouco que sabia sobre servir bebidas desde que parou de beber. Lutamos uma senhora guerra nas Aleutas, não foi? Vamos ver, você não veio embora antes de mim?
— Eu voltei em setembro de 45.
— Então fazia quase sete anos que eu não via você.
— Trouxe a bebida até a poltrona vermelha e sentou-se novamente
— Fazia mais tempo do que isso. A última vez que vi você foi em Kiska, e a última vez que estive lá foi em 44.
— Quarenta e quatro? 45? Que diferença faz? O que você é? Um maldito historiador passando pela vida com um calendário nas mãos? Conte mais sobre esses Irongate. Eles têm dinheiro?
— Ah, então você não gosta de lembrar de Kiska... Acho que têm. Não sei quanto.
— O que ele faz?
— Pinta quadros, mas não é disso que vive. Acho que o pai deixou dinheiro para ele.
— O pai dele parece um cara legal.
— Mas de qualquer modo, você não vai aplicar o golpe neles.

Ele me encarou, com o rosto anguloso genuinamente surpreso sob os cabelos grossos curtos e loiros.
— Que golpe?
— Qualquer golpe. Nada de idéias, Tulip.

– Nossa, macacos me mordam – disse ele. – Sabe, isso é o pior do sistema prisional. Põe um homem em contato com os elementos criminosos mais baixos, e quando menos se espera, ele está vendo maldade e trapaças em qualquer lugar. Não que você algum dia tenha tido o hábito de ver o melhor nos seus companheiros, mas...

– Além disso – eu disse –, o FBI provavelmente continua de olho em mim e...

– Aí é diferente – ele interrompeu. – Por que você não disse antes?

– Eu não queria assustar você.

– Me assustar? Sem chance! Na verdade, estou muito bem no momento, suando em seda, como os rapazes costumavam dizer, só que não era exatamente isso que eles diziam.

– Onde você conseguiu a grana?

– Lembra daquele major maluco que queria que fôssemos criar gado nas Aleutas depois da guerra, e disse que podia acertar com Maury Maverick para que ele nos alugasse uma das ilhas por pouco dinheiro?

– Pelo amor de Deus, você não fez aquilo? Com os custos de transporte, o...

– Não, eu só me lembrei disso. Qual era o nome do major?

– Você só se lembrou disso para desviar da minha pergunta sobre onde você conseguiu o dinheiro que diz ter.

– Ah, isso! Consegui esse dinheiro no caminho Oklahoma-Texas.

– Viúva de um magnata do petróleo?

Ele riu.

– Você é uma figura, Papai.

– Experiência na prisão. Havia uns caras esperando julgamento por isso em West Street no verão passado.

Tulip pareceu surpreso.

– Meu Deus, como é que um cara sai descumprindo leis para tirar dinheiro de mulheres?

– Deve haver alguma maneira.

Fui até a cozinha, onde Donald estava descascando legumes na pia enquanto sua mulher, Linda, abaixava o volume do rádio para que uma música chamada "Cry" não fizesse tanto barulho, e disse a eles:

— O sr. Tulip, ou o coronel Tulip, se ele ainda se chama assim, já que foi tenente-coronel no exército, vai passar a noite aqui, ou talvez um ou dois dias. Vocês podem instalá-lo?

— Você quer que ele fique no quarto ao lado do seu? — perguntou Donald. — Ou naquele quarto amarelo no corredor?

— Pode ser no quarto amarelo. Obrigado.

Tulip levantou-se quando voltei à sala e falou:

— Sabe, Papai, eu estive pensando. Preciso telefonar para uma garota que conheço em Everest, e ela tem uma irmã bonitinha. Quem sabe eu não pergunto se elas...

— Ah, claro, e você deve ter alguns conhecidos na vizinhança também. Eu posso desencavar alguns nomes, e junto talvez consigamos trazer umas vinte ou trinta pessoas para cá facilmente.

— Foi só uma idéia — disse ele, seguindo até a ponta da mesa para se servir de mais uma bebida. — Enfim, eu queria mesmo era falar sobre o seu trabalho. Foi para isso que vim.

— Não foi, não. Você veio para falar de você.

— Bom, é a mesma coisa, de certa maneira. — Voltou para a poltrona, sentou-se, cruzou as pernas e me olhou de cima a baixo. — Papai, você quer me dizer por que sempre fica assim de mau humor quando alguém fala alguma coisa sobre o seu trabalho de escritor?

— Não, não quero — respondi sinceramente. — Vá direto ao ponto. O que você tem feito que acha ser tão incrivelmente fascinante?

— Não é bem assim. — Havia um toque do que poderia ser constrangimento em sua voz sempre rouca. — Às vezes acho que você não me entende. Você algum dia cruzou com Lee Branch, em Shemya?

— Não que eu lembre. Por quê?

— Por nada, eu só estava pensando. Ele era aviador do XXII. Era um cara legal. Fui visitá-lo por um tempo depois que saí.

Tulip tinha me contado da visita, mas deu a Branch uma irmã chamada Paulie — eu havia mencionado Paulie Irongate — e fez a casa deles um pouco parecida com a dos

Irongate, embora a tenha situado em outro estado. Sua história tinha espingardas, como a que estava nas minhas mãos quando ele me encontrou na clareira onde eu estivera observando a raposa.

Tulip costumava ser prolixo – principalmente quando relatava uma de suas histórias –, mas o cerne do que ele me contou, não com as suas palavras e sem os pensamentos que ele afirmou ter tido na ocasião, foi que Lee Branch disse: "A bandeira está tremulando", e abaixou a cabeça um pouco para espiar sob a aba do chapéu, através das pontas das tifas.

Cinco patos surgiram negros contra um céu cinzento de novembro, exibindo a parte branca sob as asas ao passarem por cima das iscas e virando ao sabor do vento.

Tulip disse:

– Atire, homenzinho.

A espingarda Fox calibre 20 parecia uma arma delicada em suas mãos grandes. Ele atirou sem se levantar de onde estava sentado, no chão, sob o salgueiro moribundo, primeiro o cano esquerdo, depois o direito, quando o primeiro pato manteve-se momentaneamente imóvel ao pé de um ângulo de vôo agudo demais. As duas aves caíram juntas na água. Uma estava morta. A outra nadou três quartos de um pequeno círculo e morreu.

Lee Branch, de pé, passou a arma mais pesada para a direita, atirou, engatilhou e atirou novamente. Ambas as aves caíram. Uma delas perdeu muitas penas. Lee sorriu para Tulip, que estava recarregando.

– Acho que estamos com sorte hoje, sueco.

Tulip olhou com complacência para os patos mortos sobre a grama seca ao seu lado e para os quatro no lago.

– Arrã. – Tateou o bolso à procura de cigarros. – Mas você quase destruiu o primeiro.

– Eu devia ter esperado mais tempo. Gosto de uma arma que salta na mão. Acho que vou arranjar uma calibre 10. – Lee recarregou a arma de caça belga e pousou-a com cuidado. – De quem é a vez de ir buscar?

Tulip apontou para Lee e recostou-se na grama. Lee Branch tinha 28 anos, os cabelos escuros repartidos no meio, agora escondidos pelo chapéu de caça, e olhos escuros brilhantes. Não era pequeno, mas sua agilidade esguia – mesmo em roupas de montaria abrindo caminho através de urzes para o outro lado da minúscula ilha onde haviam escondido o barco – fazia-no parecer menor do que era.

Quando voltou com as aves, Tulip estava deitado de costas, fumando com os olhos fechados.

– Um dos seus era outro pato do mato – disse Lee, estendendo o pássaro.

– Eu sei – respondeu Tulip, abrindo um olho para espiar o pato através da fumaça. – Eles seriam bonitos demais para se matar se os homens não tivessem fome sempre. – Atirou o cigarro na água por cima das tifas e estendeu os braços no chão. – Você não estava brincando, garoto. Isso aqui foi tudo o que você tinha dito que seria.

Lee começou a falar. Então se agachou, com os olhos escuros alertas.

– O que você quer dizer com foi? – perguntou. – É. – Uma pausa. – Será. – Pareceu muito jovem.

Tulip fechou os olhos novamente.

– Não sei, menino. Há quanto tempo estou aqui?

– Uma semana. Dez dias. Não sei. Que diferença isso faz? Quando conversávamos sobre você vir para cá depois da guerra, nós não...

Tulip se contorceu e franziu o cenho, mas não voltou a abrir os olhos.

– Está bem, está bem, mas você não acha que todo mundo deveria se ater a todos aqueles planos pós-guerra que fazem no exército?

– Claro que não, mas isto... Isto *é* diferente, não é, sueco?

– Isto é ímpar – disse Tulip.

– E então?

– Ninguém tem todas as respostas.

– Não estou tentando prender você aqui, mas... Escute aqui, sueco, não é porque a casa é da Paulie, é?

– Não.

– Porque ela gosta de você e gostaria que você ficasse.

– Que bom que ela gosta de mim – disse Tulip. – Porque eu gosto muito dela.

– E não é isso?

– Não.

Lee provavelmente arrancou um galhinho do salgueiro e partiu-o com o polegar.

– Um cara mais velho como você não deveria ficar zanzando por aí só por zanzar.

– Eu sei. Eu não gosto de zanzar, só que as coisas sempre me lembram de alguma coisa em outro lugar. – Abriu os olhos e se sentou, pousando a espingarda no colo. – Você não usa esta arma aqui. Quer vender?

– Eu a daria para você, mas é da Paulie. Pergunte a ela.

Tulip sacudiu a cabeça.

– Ela é maluca como o irmão. Ela a daria para mim.

– O que você é? O último dos confederados ou coisa parecida? Que não aceita presentes de mulheres?

– Imagino que o senhor não tenha conhecido muitos confederados. Paulie era muito apaixonada pelo marido?

Lee olhou para Tulip, que estava olhando para os chamarizes no lago.

– Na verdade, não sei. Ele era um cara muito bom. Você não o conheceu, não é?

– Ele foi morto antes da minha chegada. Ainda estavam falando nele.

– Gostavam dele. – Lee jogou fora o galho de salgueiro quebrado. – Por que você perguntou isso a respeito de Paulie?

– Sou do tipo metido, só isso.

– Não quis dizer que você não deveria ter feito isso. Meu Deus, como é difícil conversar com as pessoas!

Tulip encolheu os ombros largos.

– Você pode falar comigo sobre qualquer coisa, só que talvez haja algumas coisas sobre as quais não deveria.

– Você quer dizer coisas sobre você e Paulie?

Tulip virou a cabeça e olhou atentamente para o jovem.

– Ah, o típico irmão mais novo.

Lee corou, riu e disse:

– Vá para o inferno. – E então, depois de uma curta pausa: – Mas foi o que você quis dizer, não foi?

Tulip sacudiu a cabeça.

– Não acho que haja muito sobre o que não falar.

Paulie Horris deu a volta numa árvore alta do outro lado do lago, fez uma concha com as mãos e gritou:

– Ei, assassinos. O sol já baixou. Vocês estão dez minutos ilegais.

Os dois se levantaram, acenaram para ela, recolheram as espingardas e os patos mortos e voltaram para o barco pelo meio das urzes. Tulip ficou de pé na popa e o impeliu na direção dos chamarizes. Por duas vezes, Lee Branch pareceu prestes a dizer alguma coisa, mas não falou até estar inclinado na lateral do barco para apanhar um pato artificial. Daí perguntou:

– Você não está apenas sendo idiota, está?

Inclinando-se para recolher dois chamarizes enquanto o barco passava por eles, Tulip respondeu:

– Pare de resmungar.

Lee endireitou-se e disse claramente:

– O fato de o marido dela ser um herói de guerra e esse tipo de coisa. Você não está deixando isso incomodar você, está?

– Tsc, tsc, tsc. E eu pensei que já tinha ouvido de tudo – disse Tulip.

O rosto de Lee corou novamente. Ele riu e falou:

– Não adianta nada conversar com você.

Os dois então recolheram o resto dos chamarizes.

Enquanto Tulip impelia o barco para o abrigo, Paulie Horris contornou uma moita de sumagre na ponta oposta do lago e caminhou até o cais de pedra para encontrá-los. Era uma mulher de trinta anos de idade, alta e com cabelos e olhos escuros, vestindo uma saia de lã cinza e um casaco de couro de três quartos.

– A senhora é uma mulher muito elegante, sra. Horris – cortejou Tulip.

– Muito obrigada, senhor – disse ela, fazendo uma reverência.

Lee guardou os chamarizes no abrigo de barcos, enquanto Tulip amarrava o barco para que não batesse no cais se ventasse. Então, cada um carregando alguns dos patos, caminharam lado a lado, com a garota entre os dois, em direção à casa.

Depois de terem percorrido mais ou menos cem metros, Lee Branch revelou à irmã:

– O sueco vai embora.

O tom dele fez com que ela virasse o rosto repentinamente e perguntasse:

– Sim?

– Acho que sou um tolo – disse Lee. – Mas pensei que nós... Bem, enfim, ele está falando em ir embora. – Chutou um pouco de cascalho.

Ela parou, e os dois pararam com ela. Virou-se para Tulip, e estava bem pálida.

– Ele – começou e hesitou – ele tentou me usar para que você ficasse?

– É um jeito tolo de pensar nisso, Paulie – falou Tulip.

Ela olhou para os pés e, num tom bem baixo, disse:

– É. Acho que é – e voltou a caminhar no mesmo passo de antes.

Os três voltaram para a casa e, depois de levar seus patos até a cozinha, Tulip subiu para o quarto e começou a escrever uma carta para uma garota em Atlanta.

Querida Judy:
Você provavelmente ficará surpresa por saber de mim depois de todos esses anos, mas, por alguma razão, tenho pensado muito em você nesses últimos dez dias. Como terei de ir a Atlanta em breve, de qualquer maneira, pensei que...

Donald havia entrado na sala para dizer que o jantar estava pronto enquanto Tulip contava sua versão da história. Tínhamos passado para a sala de jantar, e Tulip havia falado durante a maior parte da refeição, terminando de comer quando já estávamos prontos para a sobremesa – torta de nozes. Claro que ele nunca havia ido a Atlanta, embora afirmasse que tivera a intenção de ir. No caminho para lá, ele parou em Washington e acabou profundamente envolvido com algo relacionado a uma organização de veteranos – ou uma organização de veteranos em potencial. Àquela altura, não tinha mais tanta certeza de que Judy ainda estaria em Atlanta depois de todos aqueles anos mesmo que ele tivesse lembrado o endereço dela corretamente e, claro, Paulie não estava por perto para lembrá-lo de Judy.

– Tudo bem – eu disse quando ele terminou –, mas isso não tem muito a ver com você. Você não tem muita importância nessa história. A menos, é claro, que queira admitir que, assim que começa a se envolver com as coisas ou as pessoas, você inventa uma fantasia que chama de memória de algum outro lugar para arrastá-lo para longe de qualquer espécie de responsabilidade.

Tulip baixou o garfo cheio de torta e disse:

– Não sei por que perco meu tempo conversando com você. Olhe aqui, eu contei como me senti em relação a Paulie e em relação à garota de Atlanta. Eu...

– O que você me diz sobre o que passou pela sua cabeça não tem nada a ver com coisa alguma. Não estou levando nada daquilo em consideração.

Ele sacudiu a cabeça.

– Você é um horror. Não me admira que escrever não tenha muito a ver com a vida, se é assim que fazem os escritores.

– Vá em frente e coma – eu disse. – São os seus pensamentos sobre a vida que não têm muito a ver com a vida. Por que você acha que virou as costas para Paulie?

Ele respondeu enquanto mastigava um pedaço de torta:

– Bom, eu sempre fui um cara do tipo "ame-as-onde-as-encontra-e-deixe-as-onde-as-amou" e...

– Foi o que eu quis dizer. E você espera que eu chame isso de pensamentos?

Ele deu outra garfada na torta e sacudiu a cabeça novamente.

– Você é um horror.

– Você acha que ela tinha razão ao pensar que o irmão havia feito a mesma coisa com Horris?

– Nunca pensei nisso. Olhe aqui, Papai, se há um lado homossexual em Lee, não acho que ele tenha se dado conta disso algum dia. Ele não é um mau garoto.

– O maior problema de pessoas como você não é o fato de os seus pensamentos serem tão infantis, mas o fato de que vocês impedem que as pessoas pensem ao seu redor.

– Eu sei. Não peguei as interjeições adequadas dos trechos meia-boca de freudismo que você leu em algum livro e compreendeu mal com a intenção de extrair o melhor de você. As garotas são melhores nisso, não são?

– Não as que eu conheço. Acho que não tenho sorte.

– Bem, depois de eu descansar um pouco, vou tentar conseguir alguns telefones. Nunca gostei muito do tipo de pequenas com quem você andava, exceto talvez por...

– Detestaria pensar que eu andava com o tipo de pequenas de que você gosta. Vai querer o café aqui ou na sala de estar?

Voltamos para a sala de estar, onde Donald nos serviu o café. Donald Poynton era um negro de estatura mediana de 35 anos com um rosto escuro muito bonito. Eu gostava dele. Tinha um excelente senso de humor que não usava muito, a menos que conhecesse a pessoa. Ele disse:

– Os cachorros estão na cozinha se você os quiser.

– Não tem pressa – respondi. – Mande-os para dentro quando você terminar, a não ser que eles estejam atrapalhando você.

– O seu problema – começou Tulip, depois que Donald havia saído, corrigindo-se em seguida. – Um dos seus problemas é que você sempre tem certeza de que me entende.

– Não acho que eu entenda muito você. A diferença entre nós é que eu acho que não há muita coisa em você que valha a pena compreender.

Atravessei a sala para pegar charutos enquanto ele dizia:

– Ah, então você não acha que valha a pena compreender a todos?

– Teoricamente, sim. Mas há a questão do tempo envolvida, e não posso contar em viver mais do que cinqüenta ou sessenta anos. – Levei o pote de vidro de charutos até ele, que pegou um.

– São seus? Ou vêm com a casa? – perguntou.

– Meus.

– Que bom. Os seus charutos são provavelmente a única coisa a seu respeito de que sempre gostei, ou você achava que era do seu cabelo? Se você não tivesse tanta certeza de que havia me compreendido daquela vez em Baltimore, não teríamos enfrentado todo aquele problema.

– Ah, aquilo? Aquilo não foi realmente um problema.

Ele mordeu a ponta do charuto e ficou me encarando com ar sombrio.

– Às vezes é difícil falar com você, Papai. Não é de admirar que tenham mandado você para a cadeia.

– Você se preocupa demais com aquela vez em Baltimore, com ter começado com o pé esquerdo comigo. Eu teria me esquecido daquilo há anos se você não ficasse relembrando sempre. Por que você não esquece isso?

– Seu filho da puta condescendente – disse ele, rindo quando eu ri. – Você fica realmente irritado ao pensar que é apenas humano.

– Não gosto dessa palavra *apenas*, a menos que você queira dizer, é claro, que o Everest tem *apenas* 8.800 metros de altura ou que a baleia azul é *apenas* o maior animal ou...

– O que você está tentando fazer? – perguntou ele, com desprezo. – Exibir-se para mim? Se você vai começar um daqueles discursos chatos sobre o futuro da raça humana e o potencial desperdiçado da humanidade, eu vou dormir. Talvez você não esteja velho demais para falar essas coisas, mas eu estou velho demais para ouvi-las. – Ele estourou numa risada. – Ei – disse, ainda rindo –, eu finalmente li algo que você escreveu. Um amigo me deu em São Francisco. É um horror.

– O que é?

– Está na minha mala. Mostro para você amanhã. Não quero estragar falando sobre isso. É incrível! Eu sempre soube que você era maluco, mas... – disse, sacudindo a cabeça.

– Quer uma bebida? Quem sabe uma dose de brandy? Você fica todo chateado quando pensa no que aconteceu em Baltimore, exatamente como quando eu falei em Kiska. Acho que há muitas coisas no seu passado sobre as quais você não gosta de pensar.

– É a segunda vez esta noite que você fala em Kiska – disse ele. – E isso certamente não seria uma dessas coisas. O que você espera que eu faça? Você sabe que eu nunca apelei para a hierarquia, mas, de qualquer maneira, eu era um tenente-coronel, e você era um reles sargento que tentou...

– Não havia nenhum capote de oficiais japoneses na ilha na ocasião, se é que houve algum.

– Eu mesmo os vi. Não me diga isso.

– Dois sujeitos que haviam sido alfaiates na vida civil estavam cortando aqueles bons cobertores japoneses e os costurando como capotes de oficiais com insígnias falsas e tal, e os garotos os estavam vendendo nos barcos por 125 pratas cada, ou o equivalente em bebida, o que não dava muita coisa em bebida na época.

– Você está falando sério?

– Estou. E você estragou tudo na busca de um estoque de capote que nunca existiu. Tínhamos muitos dos cobertores, mas você sabia disso.

– Você está mentindo – disse ele. – Só por isso vou pegar aquele texto que você escreveu. Onde estão as minhas malas?

– No quarto amarelo. Vire à direita no topo da escada e siga até o final do corredor.

Ele saiu, subiu a escada e logo ouvi seus passos acima da minha cabeça. Quando voltou, tinha um pedaço de papel amarelado na mão.

– Aqui está – disse ele. – E se você conseguir ler isso sem rir, é um gozador ainda mais cara-de-pau do que eu.

O recorte pertencia a um semanário que havia deixado de existir no período da depressão do começo dos anos 30.

– É uma resenha de livro – eu disse.

– É um horror – disse ele.

Eu li.

Do extraordinário caos de adivinhações, ambigüidades, charlatanismo e imprecisões que é a história da Rosacruz, Arthur Edward Waite, em *A irmandade da Rosacruz* (William Rider and Son, Londres, 1924), tentou criar uma organização e uma avaliação de informações. Exaustivamente meticuloso, amplamente experiente em pesquisa mística, ele foi bem-sucedido ao descreditar uma vasta quantidade de bobagens acumulada por estudantes entusiasmados que viram em cada alquimista, cada cabalista e cada mágico um autêntico Irmão da Rosacruz.
Os fatos de Waite parecem ser sempre fatos, embora a leitura que faça de suas implicações não seja sempre convincente.

Assim, embora ele demonstre claramente não haver prova concreta da existência da ordem Rosacruz antes do aparecimento, em 1614 e 1615, respectivamente, dos anônimos *Fama Fraternitatis R ∴ C ∴* e *Confessio Fraternitatis R ∴ C ∴*, e, em 1616, do *Casamento químico* de Johann Valentin Andreae, ele nega que Andreae pudesse ter sido um dos fundadores da ordem. Para comprovar essa negação, ele cita *Vita ab Ipso Conscripta*, em que Andreae, listando o *Casamento químico* entre os escritos dos anos 1602-1603, caracteriza-o como uma brincadeira jovial que se originou de outros monstros ridículos: "uma ilusão divertida, que pode espantar por ter sido considerada verdadeira por alguns, e interpretada com muita erudição, com bastante tolice, e para demonstrar o vazio do que foi aprendido".

Waite sugere que o texto do *Casamento químico* foi interpolado com seu simbolismo rosacruciano depois que seu autor leu *Fama* e *Confessio*. Ele faz vistas grossas à alternativa mais provável de que o desconhecido autor ou autores daqueles dois manifestos tiraram seus simbolismos do *Casamento químico*. Não é de todo improvável que eles tenham visto o manuscrito durante os quatorze anos que se passaram entre sua composição e a primeira impressão de que se tem registro. Nesse caso, é claro, a teoria prevalecente de que Andreae foi o pai da Rosacruz seria correta, embora sua concepção fosse resultado de uma brincadeira. Nesse sentido, não há por que pensar que *Fama* e *Confessio* estejam excluídos, se não especialmente incluídos, nos "outros monstros ridículos" que o panfleto de Andreae originou.

Não obstante sua própria crença contrária, nada há na disposição feita por Waite das provas que comprove o fato de que uma ordem corporativa de Rosacruzes cujos membros não eram conscientemente impostores existiu antes do século XVIII, quando a ordem parece ter crescido lado a lado – se não mais intimamente misturada – à Maçonaria Especulativa. Em *Clavis Philosophiae et Alchymiae Fluddanae*, de 1633, Robert Fludd, tão bem informado no assunto como qualquer outro, parece ter resumido os resultado de dezessete anos ou mais de investigações na frase: "Afirmo que todo *Theologus* da Igreja Mística é um verdadeiro Irmão da Rosacruz, onde quer que ele possa estar e sob qualquer obediência que seja da política das Igrejas". Isso certamente não indica que Fludd conhecesse alguma corporação legítima.

A Ordem da Rosa Vermelha e da Cruz Dourada organizada, ou reorganizada, por Sigmund Richter na Alemanha, em 1710, indubitavelmente se transformou na crença de seus melhores membros em uma autêntica ordem Rosacruz. Desde então até os dias de hoje (Waite dedica um capítulo aos Rosacruzes americanos) há provas da existência mais ou menos esporádica de grupos de homens que empregaram o nome e os símbolos da Rosacruz para significar o que quer que desejassem, para promover quaisquer que fossem os propósitos que calhassem ter, alquímicos, médicos, teosóficos ou o que fosse. De ligações entre grupos, mesmo entre contemporâneos, de qualquer linhagem merecedora do nome, há poucos rastros. A Pedra e a Palavra significaram qualquer coisa para qualquer homem, conforme sua preferência.

Waite opta por descobrir alguma linha contínua de propósito místico que vai do início da Rosacruz até os dias atuais. Felizmente, ele não manipula provas para avaliar qualquer de suas teorias. Ele dispensou ficções sempre que as reconheceu, independentemente de suas origens, alcançando por esses meios uma história erudita – e com o máximo de verdade possível num campo tão confuso – de um símbolo que vem fascinando mentes adeptas à teosofia ou ao ocultismo desde o começo do século XVII.

Quando terminei a leitura e ergui o olhar, Tulip disse:
– Você não mudou a expressão. Não me diga que gostou.
– Quem gosta de alguma coisa que escreveu no passado? Mas com exceção de um ou dois pontos... Ah, bem, eu era um sujeito erudito nos idos de 1924, não era?
– Hummm. E você certamente tinha a atenção voltada para os fatos do dia-a-dia também, hein? O povão deve ter sofrido muito tentando descobrir o que fazer da vida até surgir esse texto para lhe dar uma direção.
– E você acha que isso nos iguala por sua idiotice em relação a Kiska? – perguntei.
– Bom, se você quer brincar assim, tudo bem, é claro, mas pensei que isso me deixava com uma certa vantagem.

— Posso ficar com uma cópia? Tinha me esquecido disso.
— Pode ficar com essa. Não o culpo por querer queimá-la.
— Você disse que conseguiu isso com um sujeito de São Francisco?
— De um cara chamado Henkle ou coisa parecida. Você o conhece? Ele disse que costumava andar com você.
— Eu provavelmente o conheço, mas não me lembro do nome dele. Comecei a escrever em São Francisco.
— Foi o que ele disse. Ele contou algumas histórias muito boas sobre você, principalmente uma sobre você estar ligado a uma dupla de mafiosos em Chinatown e...
— Agora eu me lembro dele, um sujeito chamado Henley ou coisa parecida que eu costumava ver perto do Radio Club. Imagino que os mafiosos sejam Bill e Paddy, a menos que isso seja apenas um toque que você tenha acrescentado à história.
— Eu não acrescento toque nenhum. Só estou contando o que o homem disse.
— Essa é uma das declarações mais improváveis que já ouvi, mas tudo bem. Isso foi no tempo em que, se a pessoa administrava um estabelecimento, tinha de ter um guarda-costas quer precisasse ou não, apenas por uma questão de status. Bill tinha um chinês gorducho de meia-idade meio fruta que me ofereceu emprestado se eu quisesse intimidar alguém — tipo quebrar uma perna ou coisa parecida —, mas me disse para não estragá-lo oferecendo dinheiro. "Cinco ou dez dólares de gorjeta são o suficiente", disse ele. "Mas não o estrague dando-lhe dinheiro." Incluí esse chinês no roteiro de um filme de Hollywood nos anos 30, mas tínhamos um diretor machão que não filmava bichas, de modo que tivemos de mudá-lo um pouco.

Tulip assentiu.

— Esse Hembry, ou qualquer que seja o nome dele, me contou sobre o atirador florzinha. Também me contou que você tinha uma garota chamada Maggie Dobbs que era noiva de um sujeito em Tóquio e que...

— Ele gostava de conversar, né?

— É. Tinha alguma coisa na voz dele, e pessoas com alguma coisa na voz sempre gostam de conversar. Acho que ele meio que admirava você.

Os cães vieram da cozinha com Donald. Os Irongate tinham dois poodles marrons e um preto. Um dos marrons, Jummy, era enorme para um poodle. Eles se aproximaram para brincar um pouco comigo e depois voltaram para ver quanto carinho conseguiam arrancar de Tulip. Donald desejou boa noite e levou as coisas do café embora.

Coçando a cabeça de um dos cachorros, Tulip olhou para Donald e disse:

– Ele caminha bem.

Lembrei que essa era uma das coisas que Tulip sempre notava nas pessoas. Ele próprio era um homem de altura apenas mediana, mas que tinha uma postura tão ereta que parecia mais alto, apesar do peito e dos ombros sólidos. Caminhava com uma espécie de impulso para frente consciente, como se determinado a nunca ser empurrado para trás ou perder o equilíbrio. Alguém – acho que foi seu amigo dr. Mawhorter – disse um dia que ele poderia ter ido a qualquer lugar se tivesse uma bússola.

– Costumava ser um excelente peso-médio quinze ou dezesseis anos atrás. Lutou na Filadélfia com o nome de Donny Brown.

– Nunca ouvi falar nele.

– Ele era muito bom mesmo assim. Mas diz que não tinha as mãos para o negócio, e que é um jeito difícil de um homem negro ganhar a vida, a menos que acredite que vá chegar ao topo rapidamente ou não saiba fazer mais nada.

– É um jeito difícil de ganhar a vida na Filadélfia independentemente da cor. É uma cidade difícil até para pegar um táxi, não é? É preciso ir até o meio-fio e acenar os braços para chamar a atenção deles.

Os cães concluíram que tinham conseguido toda a atenção que poderiam obter de Tulip naquele instante e o deixaram. Jummy foi se deitar no lugar de sempre, atrás do sofá, e Meg aninhou-se para passar a noite no chão, na ponta do sofá. Cinq, o preto, ainda tinha características de filhote, e começou a se mover de um lugar para outro à caça do ponto ideal para se deitar, dando preferência a locais em que apanhasse o vento que entrava por baixo da porta.

– Você realmente tem problemas – eu disse a Tulip. – Por que você não... – Interrompi quando uma buzina tocou na entrada de carros.

Tony Irongate entrou carregando duas mochilas de lona. Largou-as na porta quando os cães se reuniram ao seu redor. Era um garoto pequeno, magro e forte de quatorze anos com olhos castanhos e um rosto de pele muito clara.

– Oi – disse. – O que você sabe de Paulie e Gus?

– Eles devem chegar amanhã à noite ou na quarta-feira – respondi, apresentando-o a Tulip em seguida.

Tony passou pelos cachorros para apertar a mão de Tulip e então me contou:

– Ganhei um novo arco-e-flecha de Mingey Baker. Tem muita força, mas as flechas escorregam quando miro para baixo. Podemos arrumar isso?

– Deve ser simples.

– Ótimo. Vamos fazer isso amanhã? Imagino que Sexo e Lola ainda não apareceram.

– Ainda não.

– Bom, vou tomar um leite e ir para a cama. Quer alguma coisa da cozinha?

– Não, obrigado – agradeci.

– Vejo vocês de manhã – ele disse para nós dois, pegando as mochilas de lona e saindo, acompanhado pelos cães.

– Que história é essa de Sexo? – perguntou Tulip.

– É o apelido que ele deu para a irmã mais velha este mês. Ela está na idade de querer saber as coisas e tem feito muitas perguntas.

– E você as tem respondido. Rapaz, sou capaz de ver você passando a língua pelos lábios e a enchendo de respostas. Ela é boa de cama? Algumas meninas são.

– Ei, ei, não é nada disso. Isso não tem nada a ver com sim ou não. É algo num nível que você provavelmente não iria compreender.

– Se não é nada disso, é certo que eu não compreenderia – concordou. – Eu mesmo sou do tipo sim ou não.

– Eu sei – eu disse. – Como é uma personalidade dominante, você anda por aí achando que está conseguindo uma grande variedade, mas, na verdade, quando olha para as coisas como elas realmente são, é só masturbação de um jeito ou outro, exceto por uma ou outra vez em que você foi enganado.

Ele riu.

– Vou ter que pensar nisso. O que é mais do que posso dizer a respeito da maioria das coisas que você me fala. Você acha que é por isso que às vezes é chato? Não realmente chato, mas mais chato do que deveria ser.

– Com a sua cabeça e o seu jeito de agir, devia ser sempre chato.

– Não se usa a mente nisso, Papai. Não quando se tem qualquer outra coisa. Isso é só para escritores. Olhe só, aproveitando o assunto, um dia você me deu um conselho que disse que a sua mãe havia lhe dado. Lembra disso?

– Ela só me deu dois conselhos na vida, e ambos eram bons. "Nunca ande num barco sem remos, filho", disse ela, "mesmo que seja o Queen Mary. E não perca seu tempo com mulheres que não sabem cozinhar, porque é pouco provável que elas sejam muito melhores em outros quesitos."

– Sabe que a sua mãe estava morta e que em seu túmulo, anos antes, chegaram a pensar em construir o Queen Mary.

– Ela era meio escocesa. E alguns deles conseguem prever o futuro – eu disse.

– Tudo bem, mas era do outro conselho que estávamos falando. Há mais verdade nele do que imaginei no começo, mas ele não está sempre certo.

– Não há muitas coisas que estejam sempre certas.

Ele se levantou e foi até a mesa do canto.

– Vou preparar a minha saideira agora para poder fugir rapidamente para a cama se você continuar falando desse jeito. Você é um chato de galochas quando fica filosófico, Papai. Por que não continuamos simplesmente falando sobre sexo? – disse, voltando a sentar-se com a bebida na mão.

– Tulip – comecei –, você está parecendo um homem que quer me contar sobre uma garotinha que conheceu em Boston e...

– Bem, na verdade foi em Memphis que eu a vi pela primeira vez, mas...

— E espero que eu pareça um homem que não vai ficar ouvindo, mas que está prestes a ir para a cama e ler um pouco antes de cair no sono.

— Tudo bem — disse ele, de bom humor. — Não estou com pressa para desabafar nada do peito, embora essa garota com que cruzei em Memphis não soubesse cozinhar coisa alguma e botasse alho em tudo.

— Você costumava gostar de alho.

— Claro que gosto, mas tem muitas péssimas cozinheiras no mundo que acham que conseguem deixar qualquer coisa boa simplesmente enchendo de alho. Daí, se reclamamos, elas sorriem como se tivessem nos apanhado fazendo algo errado e dizem: "Ah, então você não gosta de alho?" A que horas você se levanta de manhã?

— Mais ou menos às oito, nesta época do ano, mas você não precisa...

— Me chame quando acordar. Vou tomar café com você. Algum motivo especial para não me contar que os Irongate estavam a caminho de casa?

— Não. Só a minha falsidade de sempre.

Ele terminou a bebida enquanto eu desligava as luzes, e subimos juntos para o andar de cima. Olhei o quarto e o banheiro dele para ver se estava tudo em ordem, disse boa noite e fui para o meu próprio quarto no final do corredor. Cinq, o jovem poodle preto, havia se acomodado confortavelmente perto do pé da minha cama e, depois que eu tirei a roupa, aproximou-se para ganhar o carinho de boa noite. Então deitei-me na cama e li *Essay in Physics* de Samuel com a educada carta de Einstein recusando-se a encontrar no Éter de Dois Estados assunto digno da atenção de um cientista.

Eu queria pensar em Tulip depois, mas acabei concentrado na idéia de um universo em expansão ser apenas uma tentativa de disseminar clandestinamente a idéia do infinito novamente e em quais rearranjos seriam necessários na matemática se um, a unidade, o item avulso, não fosse considerado um número, exceto talvez como uma conveniência para a realização de cálculos. Logo estava com muito sono. Apaguei a luz e fui dormir.

Tony estava na sala de jantar quando desci para tomar o café-da-manhã, comendo arenque defumado e lendo um dos jornais. Dissemos bom dia, e eu me sentei com outro dos jornais. Donald me trouxe suco de laranja, arenque defumado e torradas. Eu estava na metade da refeição quando Tulip se uniu a nós. Então eu e o garoto o deixamos terminando sozinho e fomos para a varanda olhar o novo arco-e-flecha sobre o qual ele havia me falado na noite anterior.

– É brutal – disse Tony, entregando-o a mim. – Claro que todos são brutais, mas este é brutal de verdade. – Era uma espécie de cruza entre uma besta e a coisa que o pessoal da Pensilvânia oeste costumava fazer com molas de automóveis. – Tem toda a força do mundo, mas... está vendo?... a flecha escorrega para baixo se a gente vira ele. – Seus olhos escuros estavam brilhando. Ele gostava de armas.

– Podemos arrumar isso colocando um trequinho aqui para segurar a flecha para trás até você soltar o gatilho, mas eu não me incomodaria com isso. Você não vai atirar muito para baixo. Por que você simplesmente não prende um pedacinho de fita adesiva na flecha quando precisar mantê-la no lugar? De qualquer maneira, não é possível carregar e engatilhar essas coisas rapidamente, e, com um pedaço de fita adesiva, duvido que perca alguma coisa em força ou precisão.

– Bom, se você realmente acha isso – disse ele, lentamente. – Mas...

Baixei o olhar para ele.

– Mas talvez eu só esteja tentando me livrar do trabalho? Pare de falar como o Tulip.

Ele riu e comentou:

– O seu amigo Tulip é uma figura, né?

– De certo modo, sim. Mas você precisa entender que ele e eu estamos sempre jogando, e você provavelmente estará mais perto dos fatos se não acreditar em nenhum dos dois completamente. Na maior parte do tempo ele tenta parecer um pouco pior do que é, e eu tento parecer um pouco melhor. Velhos conversando sobre acontecimentos antigos costumam fazer muito isso e, de qualquer maneira, uma porção de besteiras masculinas é só para impressionar mulheres e crianças, quando não apenas para impressionar um ao outro, ou talvez eles mesmos.

– Você já me disse isso antes – ele falou.

– O que não impede que seja verdade – disse eu. – Vamos lá, vamos levar esta coisa para trás da garagem e experimentar. – Descemos da varanda, as persianas ainda não estavam abertas, e atravessamos o gramado, que apresentava a consistência usual do começo da primavera, em direção à via de cascalho depois da garagem, onde os bordos pareciam ainda a um mês de florescerem. – Tulip tem algumas coisas boas. Uma de que sempre gostei foi a sua educação. Ele é um homem de Harvard, sabia?

Andando ao meu lado carregando o arco-e-flecha e a bolsa de couro que veio junto, Tony disse, "É sério?", num tom que não consegui compreender direito. Nem sempre eu entendia Tony.

– Sim. Não sei nada sobre a família de Tulip ou de onde ele veio. Ele me contou coisas em que eu não quis acreditar. Mas, de qualquer maneira, ele esteve em Harvard por quatro anos e, quando se formou, acreditava ser um homem culto até se deparar no ano seguinte em Jacksonville com um sujeito chamado Eubanks que lhe explicou que ser um homem culto era mais do que passar por uma universidade, embora talvez isso seja um primeiro passo necessário. Tulip nunca havia pensado nisso, mas acreditou em Eubanks, mandou tudo para o alto e deixou de ser um homem culto.

– Gostei disso também – disse Tony. Então começamos a treinar no arco-e-flecha apoiados num toco de árvore que usamos como alvo para várias outras armas antes: o chão se erguia num aclive atrás dele até a colina acima do velho pomar. Era uma arma realmente cruel: arremessava suas flechas de aço de três polegadas com força e, depois que pegamos o jeito da coisa, com precisão. Tony sorriu para mim.

– É legal, não é?

Assenti.

– Hummm.

Seu sorriso se abriu ainda mais.

– E seria uma idiotice reclamar que não serve para nada além disso, não seria?

– Para nós, sim.

Ele suspirou e concordou.

Quando voltamos para a casa, Tulip estava lendo um jornal e tomando uma xícara de café no ambiente castanho e branco do primeiro andar que por algum motivo era chamado de gabinete, um belo ambiente cheio de janelas com vista para a ponta do gramado que sumia por entre as árvores.

Ergueu o olhar do jornal para o arco-e-flecha.

– Vocês não estão recuando um pouco no tempo? – perguntou. – Andei lendo a respeito de armas de raio, explosivos, desintegradores e...

– São fases que acabam se autodestruindo, como a pólvora – disse eu. Quer dar uma caminhada até o lago?

– Claro. – Terminou o café e se levantou.

Encontrei um casaco para ele – ainda fazia frio –, e nós três atravessamos o gramado até o caminho que levava ao lago. Alguns dos pintassilgos que ainda não haviam voltado para o norte raspavam o chão sob um comedouro, e um dos passarinhos que vivia na nogueira descia rapidamente seu tronco. Um chapim piou, e três deles voaram hesitantemente em nossa direção.

– Estão atrás de sementes de girassol – disse Tony a Tulip. – Ele lhes dá comida na mão.

– É o seu lado São Francisco – disse Tulip. – É um velhote que leu demais. Sempre foi.

O menino riu para ele. Estava andando entre nós dois.

– Você já o viu fazendo o número de moscas amestradas? É muito legal.

– Posso imaginar – disse Tulip. – De muitas maneiras, o Papai é, na verdade, um garoto engraçadinho. Queria poder lhe contar sobre uma ocasião numa cidade perto de Spokane...

– Tony é uma das pessoas na frente de quem podemos conversar – eu disse. Estávamos andando ao longo do caminho enlameado. Era largo o bastante para seguirmos lado a lado. Alguns dos arbustos pareciam quase prontos para desabrochar; sempre ficam assim, por semanas e semanas antes de acontecer qualquer coisa.

– Você quer dizer que eu posso contar a ele sobre aquela vez no Coeur d'Alenes? – perguntou Tulip.

– Não sei o que você tem em mente, mas pode contar. Sobre as moscas, não há nada demais. Você viu como elas gostam de coçar as asas. Se tomar cuidado para não espantá-las com a sombra das mãos quando começar e coçá-las gentilmente nas asas, elas gostam e ficam por perto. É só isso.

– Tudo bem – disse Tulip. – Isso é por que você acha que elas gostam. Agora, por que você acha que você gosta?

– Se for verdadeira a teoria de que os insetos irão acabar dominando o mundo, é melhor já ter alguns amigos entre eles.

– Ele não é um velho fóssil desagradável? – Tulip perguntou ao garoto. Sacudiu a cabeça. – Ainda lembro quando ele tinha cabelos.

– Vocês dois se conhecem há muito tempo, não é? – perguntou Tony.

– Há tempo suficiente, mas você não precisa pensar que somos muito bons amigos. É só que de vez em quando ele aparece onde quer que eu esteja e fica por alguns dias. Nunca por muito tempo.

– Você sabe quando eu apareço e por que não fico por muito tempo – disse Tulip num tom meio truculento por cima da cabeça do garoto.

Como eu não disse nada, Tony perguntou:

– Você sabe?

– Ele é maluco – respondi. – Eu sei, é verdade, mas ele é maluco mesmo assim.

– Isso é fácil de dizer – disse Tulip com indiferença.

– Ei – disse Tony –, você acabou de dizer que eu era uma das pessoas na frente de quem vocês podiam conversar. Vocês não estão conversando na minha frente. Onde quer que vocês estejam conversando, certamente não é na minha frente.

Tulip cutucou o ombro de Tony com o cotovelo.

– Um jovem engraçadinho, hein? Seu sem-vergonha! – Fez uma careta para mim por cima da cabeça do garoto. – Vamos contar tudo para o garoto e ver o que ele diz a respeito?

– Se você quiser – disse eu. – Mas você precisa saber que eu tenho a minha opinião, independentemente de quem diz o quê.

– Eu sei disso. Você é um inimigo da democracia.

– Não sou um inimigo, embora não confie muito no seu valor em pequenos grupos. Não saia por aí dizendo que sou um inimigo da democracia. Vão acabar me botando na cadeia de novo.

– Eis algo com que se preocupar em manhãs sombrias antes de tomar o café. Olhe aqui, Papai, por que não falamos nisso de modo mais realista? Eu...

– Realista é uma daquelas palavras que, quando surgem numa discussão, fazem pessoas sensatas apanharem os chapéus e irem para casa – eu disse a Tony. – Como você se saiu com aquela luminária com que estava trabalhando?

Ele havia tido uma idéia – em parte por causa da curiosidade infantil, em parte por causa de um livro sobre simetria dinâmica que seu pai tinha em casa, em parte por saber que ninguém levava muita fé nas teorias de iluminação aceitas atualmente – de que uma folha de metal reflexivo curvado nas duas pontas numa espécie de espiral em ângulo reto poderia se tornar um abajur economicamente viável. Ele estava ignorando alguns fatores de calor, é claro, ou esperando lidar com eles acidentalmente, mas, afinal, qual teoria de iluminação não faz isso?

– Aquilo? Nunca cheguei a fazer nada a respeito.

Os cães nos alcançaram quando chegamos à encruzilhada do caminho – à esquerda, subia-se uma colina até o novo santuário de pássaros dos McConnell, à direita, ia-se para o lago. Fizeram uma grande e breve festa conosco e seguiram em frente correndo até onde partes do lago – já fazia algumas semanas que todo o gelo havia derretido – eram visíveis através de árvores ainda nuas. A maior parte das sempre-verdes estava do outro lado. Era um lago de três ou quatro hectares com duas pequenas ilhas no meio – com não mais do que três metros e meio de profundidade na parte mais funda – e alguns robalos de bocas grandes, lúcios, peixes-sol, cobras, sapos e tartarugas na temporada. Nunca havia comido cobras, e os robalos tinham muito gosto de lama, mas as outras coisas eram boas de comer. A água ficava quente demais no verão para as trutas. Não há oxigênio suficiente para elas na água quente. Pensei novamente em como o lago parecia com a descrição que Tulip fizera do lago da mulher Horris, embora ele tivesse dado àquele um cais de pedra, enquanto que esse tinha apenas um píer de madeira de três metros coberto de lona.

– Um pedaço de papelão com papel alumínio colado seria tão bom como um metal reluzente – eu disse. – O principal é a base e a parte de cima com encaixes em espiral para guiá-lo. O papel pode ser melhor de certa maneira, mais fácil de cortar ou colar quando você começar a descobrir que comprimento dá mais luz.

– Você acha que eu devo seguir em frente com isso, então? Pensei que talvez eu não soubesse o bastante sobre o que estava fazendo. Mas eu gostaria de tentar, se você acha que não tem problema.

– Acho que vale a pena tentar – respondi. – Saber o que se está fazendo é apenas parte de um bom trabalho. Usar o que se sabe – e não apenas o que se sabe sobre o negócio em questão – para descobrir coisas que não se sabe é o que faz um bom trabalho. Quase é um resultado muito bom: é só quando você consegue o que é conhecido pelo senso comum e começa a aceitar isso como uma meta que está com problemas. É essa a diferença entre um carpinteiro e um homem que está realmente fazendo alguma coisa.

– Meu pai era carpinteiro – disse Tulip. – Não acho que eu deveria deixar você falar assim.

– Seu pai era ou batedor de carteiras ou cafetão. – Havíamos saído do caminho de cascalho e estávamos indo em direção ao pequeno píer na beira do lago. Eu estava olhando para Tulip, mas não consegui descobrir se ele já havia visto aquele lago antes.

– Mas não era bom o bastante nessas coisas para ganhar a vida em tempo integral com isso. Na maior parte do tempo, precisava trabalhar como carpinteiro. – Fez um sinal com a cabeça na direção do lago, olhando para mim de lado, quase como se soubesse o que eu estava pensando. – Aquele lago de Lee de que eu estava falando parecia com este, só que tinha um cais de pedra, e a cabana ficava perto da água, em vez de longe como esta. E o lago deles é maior.

O que ele chamou de cabana costumava ficar na beira do lago até que os Irongate a mudaram para uma parte mais seca do terreno. E as coisas sempre eram maiores nas histórias de Tulip. Só estava faltando o cais de pedra.

Os cães entravam e saiam da água, fazendo seu exame rotineiro da margem. A seis metros da ponta de uma das ilhotas, um casal de gansos quase a caminho do Canadá observava a nós ou aos cães; nessa época do ano, gansos selvagens tinham mais curiosidade do que timidez.

– O que mais me incomoda – disse Tony – é que o começo da espiral vai ficar perto demais da lâmpada, a menos que a coisa toda seja muito grande.

– Você está pensando num monte de espiral – eu disse.
– E talvez precise de muito menos. De qualquer maneira, o seu fotômetro vai dizer qual é o melhor comprimento. Se você quer algo com o que se preocupar, talvez deva pensar numa espiral tridimensional em vez da bidimensional que estamos cogitando.

O garoto fechou os olhos escuros e então os abriu para perguntar:

– Mas como se faz a luz sair da espiral tridimensional? Ela a prende, ou pelo menos a maior parte dela, não? E não tenho exatamente certeza sobre como se mantém essa espiral – da forma como você se refere a ela – em três dimensões.

A minha matemática não era boa o suficiente para responder qualquer de suas perguntas, e eu comentei isso, acrescentando:

– Claro que talvez não estejamos diante de um problema matemático, afinal. Tem quem considere a topologia um ramo da matemática, mas eu acho que essas pessoas são malucas e que nós podemos estar indo em direção à topologia. Não me refiro apenas a nós; estou me referindo a qualquer um que esteja brincando com questões em torno da luz.

Tony deu uma risadinha alegre quando eu disse topologia, como se tivesse mencionado um velho amigo. Durante um inverno, ele ficava escutando enquanto Gus e eu atribuíamos dimensões aos escultores e passávamos horas conversando sobre pintura ter a ver com o relacionamento espacial das superfícies dos objetos e nada mais. Eu gostava de topologia: alguns anos antes, havia escrito uma história numa faixa de Moebius, feita para ser lida de qualquer trecho até aquele trecho novamente e para ser uma história completa e lógica independentemente de por onde se começasse. Ela havia funcionado muito bem – não era perfeita, que história o é? Mas muito bem.

Tulip havia atirado um pedaço de pau na água para Cinq ir buscar a nado. Os cães costumavam nadar bastante até Jummy ter alguns tumores extirpados de suas orelhas, e a água parecia incomodá-las muito, e os outros dois não faziam o que ele não fazia. Cinq agora nadava atrás do pedaço de pau – a cabeça erguida para fora da água, como os poodles costumam nadar mesmo quando não estão preparados. Jummy e Meg entravam e saíam da água numa curva da margem do lago.

Tony disse a Tulip, imagino que maliciosamente:

– Tivemos uma idéia para uma luminária, e...

Observando a cabeça preta que nadava, Tulip disse:

– Se o Papai está envolvido pode ser interessante de alguma maneira, mas é impraticável. Se não for impraticável agora, será em algum momento. Ele é um velho tagarela com muitas teorias e vai desperdiçar um monte do seu tempo se você permitir. – Caminhou para a direção de onde Cinq estava voltando com o pedaço de pau.

– Ele está ficando de mau humor – eu disse ao garoto.

– Bom, você se esquivou do que ele queria falar quando começamos a caminhada. Você ficou dizendo que dava para falar sem problemas, mas se esquivou mesmo assim.

– Esperava que todos notassem isso – eu disse.

– É para o seu próprio bem – disse Tulip, voltando para perto de nós. Estávamos sentados no pequeno píer, e eu acendia um cigarro. – Não faz diferença para mim, ou pelo menos não muita diferença.

– Eu devia me levantar e sair correndo – eu disse a Tony. – É o que as regras mandam fazer quando alguém diz que alguma coisa é para o seu próprio bem.

Tulip resmungou e sentou-se ao nosso lado, estendendo a mão para os meus cigarros.

– Você não acha que as coisas às vezes ficam cansativas? – perguntou. – Saia daqui! – disse ele a Cinq, que chegou molhado com um pedaço de pau na boca. Era um

bom cão, apesar de muito filhote, e afastou-se um pouco para se sacudir e deitar-se na grama e ficar mordendo o pedaço de pau. Tulip acendeu o cigarro no meu e me olhou por cima.
– Todas essas besteiras não estão nos levando a lugar algum. Estão nos deixando exatamente onde estávamos antes.
– E isso é ruim?
– Isso é ruim – afirmou ele com uma certeza tranqüila –, e você pode brincar o quanto quiser, mas sabe que é.

Tony sentou-se com as pernas cruzadas no píer e ficou nos olhando com brilhantes olhos escuros que fingiam não estar nos observando. Ele não sabia no que estava metido, mas sabia que estava, e gostava disso. Era um bom menino. A maior parte do eu falei foi para ele, e acho que Tulip percebeu e entrou no jogo. Eu sempre derrotei Tulip não falando, ou, pelo menos, não falando sobre as coisas que ele queria falar.

– Desta vez, ele pensa que me pegou de jeito – eu disse a Tony. – Acabei de sair da prisão. O último dos meus programas de rádio saiu do ar enquanto eu estava cumprindo a pena, e as autoridades estaduais e federais me impuseram pesadas penhoras de imposto de renda. Hollywood está fora de cogitação durante essa caça às bruxas. Então ele imagina que eu vou ter que escrever outro livro – o que não exige muita imaginação – e aparece arrastando sua vida insuportável e chata atrás dele para que eu escreva sobre ela.

– Você nunca conseguiria botar tudo num único livro – Tulip disse simplesmente.

– Nunca vou botar nada dela em qualquer livro, se puder evitar – disse eu não tão simplesmente, porque gostava mais ainda de Tulip quando ele dizia coisas como aquelas. – Olhe só – eu estava falando com Tony novamente, ou talvez com Tulip através dele –, estive em duas guerras, ou pelo menos no exército enquanto elas estavam acontecendo, e em prisões federais, tive tuberculose por sete anos, fui casado quantas vezes quis, tive filhos e netos e, exceto por uma breve história razoavelmente boa, porém sem sentido, a respeito de um tuberculoso indo para Tijuana passar a tarde e a noite longe do seu hospital perto de San Diego, jamais escrevi uma palavra sobre qualquer dessas coisas. Por quê? Tudo o que posso dizer é que não são para mim. Talvez não ainda, talvez nunca. Eu costumava tentar de vez em quando, e acho que tentei bastante, como tentei muitas coisas, mas essas histórias nunca ficavam muito significativas para mim.

— Entendo por que você não seria muito bom assunto para um livro – disse Tulip –, mas, de certo modo, é isso que estou falando desde o começo.

— Bom, se eu não sou, por que você é? – perguntei.

— Meu Deus – disse ele, seriamente. – Eu sou mais interessante!

— Não acho que seja, mas este não é um ponto discutível. De qualquer maneira, não tem nada a ver com o que estou falando.

— Que bom que um de nós sabe sobre o que você está falando – Tulip disse em tom melancólico. Então perguntou para Tony: – Você sabe do que ele está falando?

O garoto sacudiu a cabeça.

— Mas ele está chegando a algum lugar.

— Você é jovem – disse Tulip. – Você tem tempo para ficar esperando enquanto ele faz isso. – Então se virou para mim, porque estivera pensando no que eu havia dito: – Que história é essa de netos? Isso é uma novidade desde que nos vimos pela última vez, não é?

— É. Uma menina há uns dois anos e um menino em janeiro, desde que saí da cadeia. Eu ainda não o conheço.

— Que bom. Que bom. Eles estão na Califórnia? – perguntou. Quando assenti, prosseguiu: – A filha de quem você gostava tanto?

— Eu gostava dos meus dois filhos.

Tulip levantou a grossa sobrancelha loira para Tony:

— Ele sabe ser um velho limitado de vez em quando, né? – Voltou-se novamente para mim. – Sou um analfabeto. Você vai ter que me explicar por que ser um personagem mais interessante não me torna alguém melhor sobre quem escrever. Você não precisa explicar, mas terá que fazer isso se quiser que eu entenda você.

— Vamos tentar assim – disse eu para ou através do garoto –, estou num hospital para doenças pulmonares em 1920, numa escola indígena na Estrada Puyallup nos arredores de Tacoma, em Washington. A maioria de nós era o que acabou ficando conhecido como veteranos inválidos da Primeira Guerra Mundial, mas a Administração dos Veteranos não tinha um hospital próprio naquela época. Talvez ainda sequer estivesse organizada por esse nome. Então, o Serviço de Saúde Pública dos Estados Unidos tomou conta de nós em seus hospitais. Nesse, mais ou menos metade de nós éramos tuberculosos, a outra metade era o que então se chamava de vítimas de trauma de guerra, segregados em termos de dormitório alimentação, porque imagino que era preciso manter algum tipo de controle sobre eles – algo que não tínhamos muito – e porque eles poderiam pegar tuberculose de nós. Era um bom hospital administrado com negligência, e acho que quem ficou tranquilo venceu a doença. É dos tuberculosos que estou falando. Não sei como os traumatizados de guerra (malucos, na nossa gíria) se saíram, embora os mais conscienciosos, os que procuraram a cura, morreram dela. O major encarregado do hospital era conhecido por ser bêbado, mas não me lembro de nenhuma evidência disso. Lembro, porém, que ele tinha medo da recém-formada Legião Americana, e usávamos isso em nosso favor sempre que ele tentava ser rígido, embora eu ache que a maioria de nós pertencesse a outra organização, chamada Veteranos Inválidos. Nossa defesa padrão contra toda tentativa de impor qualquer controle sobre nós era a declaração – feita de má vontade ou triunfantemente, resmungada ou gritada, dependendo de quem era a tentativa e de quais eram as circunstâncias – *Não estamos mais no exército!* Nossos médicos e enfermeiras – a maioria também recém-saídos do exército – ficaram cansados de ouvir isso, mas demorou para que nos cansássemos de dizê-lo. Recebíamos oitenta ou sessenta dólares por mês como compensação do governo – não lembro os valores exatos –, embora imagine que devesse variar com o nosso grau de doença, já que os termômetros eram chamados de varinhas de compensação; cigarros suficientes para ajudar, embora não o bastante para manter um fumante razoavelmente inveterado completamente abastecido; casa e comida de graça, é claro; e não precisávamos de muitas roupas. Não era uma vida ruim. Toda bebida era ilegal na época – exceto pela dose ocasional que dava para arrancar de uma enfermeira ou um médico –, e as coisas que comprávamos eram muito ruins, mas fortes. As luzes eram apagadas provavelmente às dez da noite, mas o quarto que eu dividia com um garoto de Snohomish havia sido a sala da diretoria nos velhos tempos de escola indígena e estava no mesmo circuito elétrico do banheiro, de modo que bastava pendurarmos um cobertor na janela para podermos jogar pôquer até a hora que desejássemos. Pelo que me lembro, entrávamos e saíamos do hospital quando queríamos, precisando apenas de um passe para passar a noite em Seattle, por exemplo, embora houvesse períodos em que devíamos estar disponíveis. De qualquer maneira, a maioria de nós achava aquilo muito melhor do que trabalhar para ganhar a vida. Às vezes ficávamos duros. Lembro de Branquelo Kaiser – um loiro atarracado do Alasca que tinha a maior parte das doenças conhecidas pelo homem, capaz de bater como um bate-estaca, embora os nós de seus dedos se despedaçassem feito biscoitos água e sal – pegar um cassetete emprestado de mim – eu havia chegado ao hospital depois de um período trabalhando para uma agência de detetives em Spokane, e estamos sempre recolhendo coisas do tipo na juventude – e devolvê-lo na manhã seguinte com dez dólares. Quando li num jornal vespertino a notícia de que um homem havia sido espancado e roubado em cento e oitenta dólares na Estrada Puyallup – que ia de Tacoma a Seattle – na noite anterior, mostrei-a ao Branquelo, que comentou que as pessoas roubadas sempre exageravam nas quantias. Às vezes, ficávamos cheios da grana: havia um rapaz moreno magro e com uma cara chupada chamado Gladstone que finalmente recebeu seu bônus do exército – uma quantia considerável, embora eu não lembre mais o valor – e gastou tudo com dois carros usados e a obra completa de James Gibbons Huneker porque queria ser culto, e eu havia lhe dito que Huneker era cultura. Na maior parte do tempo, sentíamos tédio. Acho que nos entediávamos com muita facilidade. Não quero dizer que nos sentíssemos muito entediados – embora isso pudesse ocorrer às vezes –, mas apenas entediados. O clima por lá é muito bom, sabe. Chove pelo menos uma vez por dia entre setembro e maio, mas raramente com força. E não fica muito frio, de modo que não há por que se preocupar com um sobretudo. Mas é preciso levar uma capa de chuva quando se sai...

Os três cães começaram a latir e correr a partir de três lugares diferentes no caminho pelo qual chegamos e desapareceram numa curva fazendo barulho.

– Chegou visita – disse eu.

– Do e Lola, imagino – completou Tony.

Tulip atirou a ponta do cigarro, que assoviou e se dissolveu no lago.

Em seguida, os três poodles apareceram correndo de volta na curva do caminho com as meninas Irongate atrás deles. Do era uma loira esguia de dezesseis anos, Lola, uma garota gorducha muito bonita de olhos e cabelos escuros e rosto rosado de doze. Lola parecia com o pai e Tony. Do não se parecia com ninguém que eu conhecesse, embora tenham me dito – todo mundo precisa puxar a alguém na maioria das famílias – que ela lembrava uma de suas tias. Disseram "Oi" a Tony, beijaram-me e cumprimentaram Tulip com apertos de mão.

– Aqueles dois vão chegar hoje à noite – disse Lola. Estava empolgada.

– Jamais pensariam em nos dizer se pretendem chegar para o jantar ou depois – disse Do. Estava empolgada.

– Devemos nos preocupar com o jantar – disse Tony. Estava empolgado.

Eu disse que não havia problema. E não havia, porque eu não tinha visto os pais Irongate desde que saíra da prisão; eles simplesmente me mandaram avisar que a casa e qualquer dinheiro de que precisasse estariam à minha disposição e que eles voltariam da Flórida assim que Gus terminasse de pintar por lá.

Tulip me encarou, perguntando silenciosamente se estaria atrapalhando. Comecei a sacudir a cabeça negativamente, mas pensei melhor no caso – ou pelo menos de modo diferente: por que deixá-lo pensando que eu queria que ele ficasse? – e encolhi os ombros.

Lola sentou-se no píer perto de mim e perguntou, esperançosa:

– Estamos interrompendo alguma coisa?

Vestia calças de esqui azuis escuras e um casaco curto em tom escarlate.

– Não – respondi.

Sentando-se novamente, Tulip disse:

– Acho que o Papai estava contando a história da vida dele. Não sei.

– Papai? – perguntou Do, olhando então para mim. – Ah, é você. – Deu uma risada. Tinha um sorriso firme e simpático. – Gostei disso – disse a Tulip.

Lola encostou-se em mim e disse:

– Quero ouvir a história da sua vida, Papai.

– Não vai ouvir de mim, querida.

– Você chama todo mundo de querida.

– Eu costumava chamar todo mundo de docinho – eu disse. – Mas agora acho que querida é mais refinado.

– Estamos interrompendo, não é? – disse Do. Ainda estava de pé, parecendo mais alta e mais magra do que era, num casaco longo marrom uns dois tamanhos maiores do que o dela. – Não estamos, Tony?

O irmão, olhando primeiro para mim, respondeu:

– Bem, estão.

– Vocês não estão fazendo nada – disse Tulip. – Se o Papai quiser continuar com o que estava dizendo, vai continuar. Se não quiser, vai fingir que vocês o interromperam. Sente-se e deixe que ele decida.

Do sentou-se.

– Você estava na parte em que estavam entediados e chovia – disse Tony.

– Bem, a chuva não era muito importante – eu disse. – Não era esse tipo de chuva. E não acho que o tédio fosse importante também. Nenhum de nós tinha estado tempo o bastante fora do exército e devíamos estar acostumados com isso. Estou falando – expliquei a Lola e Do – de um hospital para doenças pulmonares em Tacoma logo depois da Primeira Guerra Mundial. A última vez que vi Pavlova dançar foi nessa época em Tacoma, embora isso não tenha nada a ver com o resto. Quanto ao tédio, sequer tenho certeza se me lembro. Talvez eu apenas saiba que devíamos nos sentir assim. Alguém disse aos cidadãos de Tacoma que eles estavam nos negligenciando, e em dois ou três domingos, recebemos visitas. Histórias de atrocidades eram populares na época, principalmente as sobre línguas de soldados sendo cortadas fora, e costumávamos convencer serventes do hospital a se sentarem em cadeiras de rodas e nos deixarem assustar os visitantes ingênuos empurrando-os até eles, ou fazê-los felizes, o que freqüentemente era a mesma coisa, com os horrores mais fantásticos em que podíamos pensar.

"Um ex-fuzileiro chamado Bizzarri e eu éramos muito bons amigos. Há uma brincadeira que, sabe Deus por quantos anos, décadas ou séculos é feita em acampamentos de lenhadores e de operários de construção, em qualquer lugar em que homens precisam trabalhar e morar juntos até se cansarem, em que dois homens criam uma falsa animosidade que atinge o clímax numa luta de socos, num tiroteio, ou numa briga de faca, dependendo de onde se dê, e então, em vez de lutarem, eles riem da platéia reunida e vão embora abraçados. Bom, esse Bizzarri e eu armamos uma dessas, alimentando a situação cuidadosamente até estarmos com a maior parte do hospital muito interessada, alguns ficando de um lado, outros, de outro, naquela história que havia acontecido entre dois amigos que um dia haviam sido próximos. Então armamos a nossa violenta exibição final: trocamos uns cutucões que ficaram na margem entre o falso e o real, mas fomos ambos inteligentes demais e deixamos de lado o riso para entrar na briga de verdade. Paramos a tempo de dar a nossa risada, mas nunca voltamos a ser muito bons amigos depois disso.

"Um filipino de cujo nome me esqueci estava praticando para se tornar um jogador trapaceiro profissional. Na vida civil, aparentemente perdia o salário todas as noites de sábado numa casa de jogatina chinesa. Ele tinha um baralho de cartas marcadas que costumávamos permitir que usasse no jogo de pôquer de vez em quando, já que a maioria de nós conhecia as marcas melhor do que ele. Um dia, ele se envolveu numa briga – jogadores trapaceiros precisam ser muito sensíveis em questões de honra –, e seu rival teve de esperar que o filipino fosse até o quarto buscar um par de luvas de pelica, imagino que para proteger a pele, já que não eram acolchoadas nas palmas, não tinham costuras de reforço e ficavam um pouco apertadas demais para permitir que suas mãos se fechassem adequadamente. Gostávamos de coisas desse tipo, acho que vivíamos entediados."

Eu estava tendo um pouco de dificuldade. Falar através de Tony parecia tornar as coisas mais fáceis para mim, como Tulip provavelmente percebera, mas eu não havia conseguido encontrar a chave para essa nova combinação. Não quero dizer que Do e Lola fossem uma platéia antipática. Não eram. Gostavam de mim, e a cadeia havia inclusive me dado algum glamour, mas aquilo sobre o que eu estava falando, ou tentando falar, não tinha nada a ver com isso. Alguém que falasse com mais facilidade provavelmente teria continuado como antes, ignorando-as, mas eu precisava, ou pelo menos pensava que precisava, encontrar algum modo de incluí-las. Eu poderia ter interrompido a história, é claro, esperando para continuar quando estivesse novamente apenas com Tony e Tulip, mas acho que estava com vontade de falar. Então continuei, fazendo o melhor possível para incluí-las no caminho.

– Então o governo abriu, ou reabriu, um hospital perto de San Diego. O velho hospital do exército no qual havia sido instalado o Camp Kearney. Quatorze de nós fomos transferidos para lá. Imagino que os indisciplinados mais difíceis. Fomos num vagão-dormitório isolado e apanhamos mais alguns membros em Portland. Entre nós, havia dois que se julgavam, ou diziam se julgar, viciados: um perneta chamado Austen – achavam que ele tinha tuberculose no osso e ficavam cortando pedaços de sua perna – e um ruivo feioso chamado Quade, com tuberculose intestinal. Branquelo e eu estávamos duros, mas entre as doenças dele estava alguma coisa de errado com os rins, e o médico de Tacoma havia lhe dado um pouco de pó branco para levar, enrolado em pacotinhos, como droga. Então nós os vendemos para Austen e Quade durante a viagem, e eles cheiraram e ficaram, ou acharam que ficaram, chapados durante todo o caminho até San Diego. No hospital de Camp Kearney, deparamo-nos com nosso inimigo: o regulamento. Chegamos lá tarde da noite e fomos acordados bem cedo por um servente que queria amostras de urina antes de acabar seu turno. Essa foi fácil, é claro: dissemos aonde ele devia ir para colher suas amostras de urina, voltamos a dormir, e ele terminou o turno sem as amostras. Então descobrimos que não apenas precisávamos de passes para deixar o hospital – Tijuana, logo do outro lado da fronteira, tinha sido um dos principais motivos de irmos para lá –, como eles eram difíceis de conseguir. Além disso tudo, como recém-chegados, nós teríamos que passar duas semanas numa ala de quarentena antes de termos direito a pedir qualquer coisa, até mesmo permissão para andar pelo hospital. Nos revoltamos alegremente e anunciamos que estávamos saindo do hospital e indo para San Diego. A administração nos chamou para uma reunião, diminuiu o período de quarentena para dez dias, pelo que me lembro agora, mas não abriu mão das outras regras. Então fizemos nossa própria reunião, a essa altura quase todos sonhando animadamente com San Diego e Tijuana e com a Cruz Vermelha local para nos abrigar quando ficássemos duros. Naquele momento passou por nós uma das funcionárias civis do hospital, uma garota bonita vestindo uma blusa listrada e saia escura com belas pernas em meias de seda, com um fio puxado atrás de uma delas, e a nossa revolta se dissipou; decidimos que talvez o hospital não fosse tão mau, afinal – e sempre poderíamos ir embora quando quiséssemos – e mandamos Branquelo, que então havia virado nosso porta-voz, entrar e dizer ao oficial comandante que iríamos ficar. (Nenhum de nós jamais conseguiu qualquer coisa com a garota bonita. Não tenho muita certeza se algum de nós chegou a se esforçar muito.) Um de nós, esqueci qual, a essa altura havia se convencido sinceramente de que nossa revolta tinha razão e desapareceu na direção de San Diego. Os demais nos acomodamos à nova rotina de um novo hospital. O Branquelo não ficou conosco muito tempo. Depois de algumas semanas, ele e outro sujeito voltaram da cidade bastante bêbados numa noite, e ele agrediu um médico – talvez porque o médico deu uma dose de apomorfina ao companheiro do Branquelo por causa da bebedeira – e acabou sendo expulso. Pensamos em ir embora com ele, mas nada aconteceu, e ele seguiu seu caminho.

"Como o hospital ficava na beira de um deserto, sapos-bois viravam bichos de estimação e batalhas entre cascavéis e lagartos foram realizadas num vagão abandonado ou num trilho próximo sem uso. Os lagartos sempre venciam, mas a maioria dos otários apostava nas cobras no começo. Quando acabaram as apostas nas cobras, paramos de realizar as brigas. Também havia Tijuana para onde irmos a cada duas semanas. Ainda não me lembro muito de San Diego, exceto que era bonita de ver ao descer a colina em direção a ela entre casas de estuque cor-de-rosa e azuis claras, o U.S. Grant Hotel e as lojas de tônicos, onde se comprava e bebia uma grande variedade de medicamentos patenteados de alto nível alcoólico naqueles tempos de Lei Seca. Acho que li bastante no hospital, mas não consigo lembrar de uma única coisa que tenha lido lá. Sei que me divertia em Camp Kearney, mas quando as corridas se encerraram em Tijuana, acho que em maio, pedi para ser liberado do hospital, e eles me atenderam. Não podiam dizer que eu estava curado, só fui finalmente derrotar minha tuberculose cinco ou seis anos depois, de modo que escreveram *máxima recuperação atingida* e me deixaram sair."

Quando parei de falar para acender um cigarro, Lola perguntou:

– Para onde você foi?

– Shhh – fez Tony.

– De volta a Spokane, porque me deram uma passagem de trem para lá e porque eu queria ver algumas pessoas. Depois, fui para Seattle por uma ou duas semanas. Era uma cidade barulhenta, mas eu gostava disso na época. Então segui para São Francisco, onde eu pretendia ficar no máximo por dois meses antes de ir para casa, em Baltimore. Mas fiquei em São Francisco por sete ou oito anos e nunca voltei para Baltimore, exceto para fazer visitas curtas. Mas onde eu quero chegar é que – eu estava falando com Tony e Tulip novamente – de tudo isso, tirei apenas um conto curto e relativamente sem sentido sobre um tuberculoso que vai a Tijuana para um tranqüilo passeio durante o dia. E isso é mais material do que tirei de guerras e prisões. E você – virei-me para Tulip – só pode me trazer esse tipo de coisa: de um jeito ou de outro, toda a sua maldita vida foi assim, o que pode ser ótimo, mas não para mim. Eu não sei o que fazer com isso.

– Na verdade – disse Tulip –, eu nunca tive tuberculose, e os três sujeitos de que me lembro que se chamavam Branquelo eram diferentes do seu, embora um deles tenha dirigido um time de beisebol semiprofissional em que joguei na terceira base num verão e tenha sumido com o nosso dinheiro. Mas posso ver por que nada do que aconteceu com você prestou. Tudo estava acontecendo com o cara errado. É preciso pensar que tudo vem pela mente, e é claro que as coisas ficam chatas quando se racionaliza tudo absurdamente desse jeito. – Olhou para Tony. – Não estou certo, garoto?

Tony olhou para Tulip e para mim e não disse coisa alguma.

– Você e as suas emoções imaturas que não suportam o peso do raciocínio – disse eu num tom meio didático porque estava cansado daquela acusação. – Nenhum sentimento pode ser muito forte se precisa ser protegido da razão. Como agressores de mulheres bêbados chorando por causa de um passarinho aleijado.

– E esse Branquelo que dirigia o time de beisebol? – perguntou Lola.

Tony fez shhhh de novo.

– Nem sempre sei sobre o que você está falando, Papai – disse Tulip. – Mas você não pode simplesmente escrever as coisas como elas aconteceram e deixar os seus leitores tirarem o que quiserem delas?

– Claro, esse é um jeito de escrever, e se tomar cuidado para não se comprometer, você pode convencer diferentes leitores a ver todos os tipos de diferentes significados no que escreveu, já que, no final, quase tudo pode ser simbólico de qualquer outra coisa, e eu li muita coisa desse tipo e gostei, mas não é o meu jeito de escrever e não há por que fingir que seja.

– Você é rígido demais – disse Tulip. – Não disse que você deveria deixar seu leitor se descontrolar desse jeito, embora eu não consiga ver problema algum em deixá-los fazer o seu trabalho por você, se quiserem, mas...

– Não basta querer tornar isso lucrativo – eu falei.
– Embora seja provável que consiga boas críticas.

– Dinheiro, dinheiro – disse Tulip, o que teria sido engraçado da parte dele, exceto pelo fato de que estávamos discutindo, e em discussões tem-se a tendência a dizer coisas que ajudem o seu lado a vencer.

– Claro, dinheiro – repliquei. – Quando escrevemos, queremos fama, fortuna e satisfação pessoal. Queremos escrever o que queremos escrever e sentir que é bom e vender milhões de cópias e ter todo mundo cuja opinião valorizamos achando que é bom e queremos que isso continue por centenas de anos. É pouco provável que algum dia consigamos todas essas coisas, e é pouco provável que desistamos de escrever ou cometamos suicídio se não conseguirmos, mas isso é, e deveria ser, o nosso objetivo. Qualquer coisa menos é meio insignificante.

Do, que estava se preparando seriamente para virar uma mulher e achava que as mulheres deviam tentar evitar que homens brigassem, falou, enquanto Tony fez cara feia para ela:

– Disse a Donald que almoçaríamos cedo. Tudo bem com isso?

– Para mim, tudo bem – eu disse, olhando para o relógio de pulso: 11h45. – Querem voltar para a casa agora?

– Papai, algum dia eu lhe disse que há certas questões em que eu não concordo com você? – disse Tulip enquanto nos levantávamos.

Os cães haviam desaparecido no meio do mato atrás do lago. Voltamos pelo caminho com Tulip e Do à frente, Lola, Tony e eu caminhando lado a lado atrás deles. Quando passávamos pela velha casa de bombas feita de pedra – agora transformada em casa de defumação – e atravessávamos o gramado dos fundos em direção à casa, Tony perguntou:

– Você não chegou ao final do que estava dizendo, chegou?

– Não, não tenho certeza de que tenha chegado perto disso. Acho que acabei desviando do assunto. Grosso modo, há dois tipos de pensamentos no mundo: os que usamos para tentar argumentar sobre alguma coisa e ganhar uma discussão e os que usamos para descobrir coisas. Vamos tentar novamente alguma hora.

– Posso escutar? – perguntou Lola.

– É claro – respondi, ganhando um rápido sorriso de Tony, que achou que eu não estava falando sério.

Então comecei a pensar na primeira vez em que tinha visto Tulip na vida, na casa de Mary Mawhorter em Baltimore, em 1930. Eu tinha ido passar uma semana na cidade no caminho de Nova York para meu primeiro trabalho em Hollywood – meu pai ainda era vivo, e minha irmã também morava em Baltimore – e, claro, havia procurado por Mary, que era então uma pediatra, e Tulip era uma das pessoas na casa dela na noite em que fui visitá-la. Acho que ele estava comandando um bando de estivadores negros, nos píeres da Ferrovia da Pensilvânia em Sparrow's Point e, conforme me lembro, ele tinha sido jogador da terceira base das equipes inferiores dos Yankees, mas foi obrigado a desistir porque não havia futuro naquele ramo enquanto Red Rolfe continuasse jogando. Entretanto, Red Rolfe não foi para o Yankees até tempos depois e devia estar ainda jogando na defesa em Darthmouth quando conheci Tulip, de modo que há chances de eu estar misturando Tulip com um sargento do exército que conheci no estande de tiros de Sea Girt em 1942. Eu bebia muito naquela época, em parte porque ainda estava confuso com o fato de que os sentimentos, as conversas e as ações das pessoas não tinham muito a ver uns com os outros, e grande parte das minhas lembranças é vaga. Mas o padrão Red Rolfe se aplica a Tulip, mesmo que as datas não batam.

Ele gostava de Mary – era uma morena alta de pele clara, muito bonita e querida –, mas, por vaidade masculina ou seu tipo de humor, estava tentando conquistá-la do jeito difícil, sem fazer muito progresso na ocasião. Ela era uma garota bem-humorada, mas levava a profissão com muita seriedade, e ele, não. Ele disse que precisava de um exame médico e queria ser seu paciente. Ela respondeu que não tratava adultos e que, de qualquer modo, ele apenas queria "brincar de médico" com ela e que isso era coisa de criança. Os dois haviam feito disso o principal assunto das disputas que travavam então. Ela falou muito sobre ele quando voltei à sua casa mais tarde naquele mesmo dia, depois de os outros terem ido embora. Ela sempre falava bastante, e nunca usava uma palavra de três sílabas quando podia encontrar uma de quatro sílabas para substituí-la – aquele tipo de jargão profissional que ouvimos muito de médicos e outros que acreditam haver algo de esotérico em relação ao próprio trabalho –, mas era querida e não e importava se o interlocutor simplesmente ficasse deitado, fumando um cigarro, dizendo "Arrã" de vez em quando e deixando-a tagarelar. Era uma garota querida. Parecia gostar de Tulip.

Na época, ele estava com quase trinta anos – apenas uns dois a mais do que Mary – e já acreditava que sua vida havia sido interessante e que alguém deveria escrever sobre ela. Eu não me importei muito com isso, porque já escrevia fazia oito anos e estava acostumado às pessoas me contando histórias, enredos e tramas, aos quais eu fingia escutar educadamente enquanto pensava em outra coisa, mas acho que ainda me irritava com o senso comum de que todos os escritores deviam ser sujeitos pálidos sentados em escrivaninhas e trabalhando com papéis, e me pareceu que aquele jovem rude estava se mostrando insistente demais, de modo que não nos demos muito bem. Não tanto porque eu fosse brigão quando bebia, mas sim por ter me esquecido de não ser. Também não sei se ele estava igualmente bêbado. As pessoas precisam estar muito bêbadas para que eu perceba. Até mesmo agora, que não bebo mais.

É assim que me lembro da parte significativa do que foi dito e feito naquela noite, embora tenha sido há muito tempo, e não sei o quanto eu possa ter mudado as coisas para me deixar melhor ou provar o meu lado da história. De qualquer maneira, havia talvez uma dúzia de pessoas lá e, depois que venci as saudações, os apertos de mão e as palavras de apresentação, Mary deixou-me num canto com Tulip enquanto foi buscar algo para bebermos, e ele disse:

– Então esta é sua cidade natal também, é?

– É. Fui criado aqui. Exceto por um curto período na Filadélfia, embora eu tenha nascido no sul do estado.

– Está longe há muito tempo?

– Dez ou onze anos, acho.

– Vai achar a cidade muito chata agora.
– Já era antes.
– Mas está pior agora – disse ele.
– Que cidade não está?
– Mas não é sobre isso que quero conversar com você.
– Então eu soube que ele queria conversar comigo sobre alguma coisa.

Mary voltou com as nossas bebidas e uma garota miúda de olhos castanhos de Catonsville, que disse querer que eu visitasse uma amiga dela em Pasadena, mas continuou conversando comigo por causa de Tulip. Ela finalmente se afastou, e ele disse:

– Olhe aqui. Você escreve, e eu não. Mas você está bem perto de ser o meu tipo de escritor, e eu gostaria de conversar com você.

Isso não era um problema. Eu gostava de Tulip e ainda gosto, embora não tanto quanto ele imagina.

– Eu ando por aí muito mais do que você – afirmou ele.
– E vejo muitas coisas.

Então começou a ser um problema. Em primeiro lugar, eu não achava que ele andasse por aí muito mais do que eu. E em segundo lugar, mesmo naquela época eu não achava que isso fosse a resposta, a menos que se quisesse escrever tabelas de horários de trens a partir de experiências reais. Todo mundo tem 24 horas por dia, não mais e raramente menos, e qualquer maneira de passar o tempo me parece tão satisfatória quanto qualquer outra, dependendo, é claro, da sua própria natureza. Então eu disse "Ah, é?" e comecei a olhar ao redor.

– Olhe aqui – ele insistiu. – Não quero dizer que você só conheça bibliotecas e faculdades e esse tipo de coisa. Eu não o estaria importunando se você fosse desse tipo de escritor. Mas eu tenho muita coisa aqui – revelou, literalmente batendo no peito.

– Então encontre um escritor com muita coisa aqui – aconselhei, batendo na cabeça –, e você encontrará um bom parceiro.

– Ah, pelo amor de Deus – disse ele, com desprezo, e Mary, que viu que não estávamos nos dando muito bem, aproximou-se. – O seu amigo é meio sensível – ele disse a ela.

Mary riu e pôs um longo braço ao redor de cada um de nós:
— Querem me falar a respeito?
Nós dois recusamos e então ele disse para mim:
— Deixe-me dar um exemplo. Deixe-me contar uma dessas coisas para você entender o que estou querendo dizer.
— Se não for muito terrível, por que não deixa ele lhe contar? — disse Mary, e eu sabia que ela estava falando muito sério, porque só havia usado uma palavra com mais de duas sílabas na frase, e isso não era seu jeito natural de falar. — Pronto, vou pegar bebidas — acrescentou, recolhendo nossas taças e se afastando.
— Tudo bem, então — eu disse, e ele me contou a primeira das muitas histórias que me contou ou tentou me contar a partir dali.
Essa era sobre algumas pessoas pobres em Providence que pareciam todas ter o tipo de sentimento certo sobre tudo o que acontecia com elas ou ao redor delas, e muita coisa acontecia, mas elas seguiam tendo os sentimentos adequados, de modo que nada daquilo me disse muita coisa. Mary voltou com as nossas bebidas e ficou ouvindo os dois terços finais da história. Tulip não disse coisa alguma quando terminou de contar, e ela também não.
— É legal — eu disse. — Mas não é meio literária?
Tive a impressão de que o rosto de Tulip corou um pouco, sob o profundo bronzeado que ganhara trabalhando nas docas, e ele concordou:
— Acho que eu a enfeitei um pouco, talvez demais.
Como segui sem dizer palavra:
— Mas aconteceu de verdade, sabia?
Então, como continuei sem dizer coisa alguma:
— Como posso saber quanto enfeitar as coisas?
Mary disse:
— Não é necessário mostrar-se tão insuportável — o que era mais próximo de seu jeito normal de falar e me fez pensar que ela estava ansiosa para que eu escutasse Tulip, mas não se importava muito com o que eu achasse dele.
— O que vocês querem? — perguntei aos dois.
Mary riu e disse:

– Você sabe o que eu quero. Desembuche.

Tulip fez cara feia para mim e passou a mão de dedos grossos pelos cabelos.

– Por quanto tempo você vai ficar na cidade? – perguntou.

– Mais três ou quatro dias. Talvez um ou dois dias depois disso, embora eu queria ir a Santa Mônica para ver meus filhos.

– Quantos você tem? – ele perguntou.

– Dois. Um menino de oito, e a menina deve estar com quatro agora. Muita gente pára depois de ter um de cada.

A garota de Catonsville se aproximou e disse:

– Vocês são dois homens tão simpáticos e passaram a noite toda escondidos neste canto, só conversando um com o outro.

Disse isso para mim e para Tulip, de modo que o deixei com ela, afastando-me na companhia de Mary.

Tulip gritou para nós dois:

– Eu posso entrar em contato com você através da doutora, não posso?

Mary e eu assentimos, e eu perguntei:

– Qual é o problema dele?

Ela sacudiu a cabeça.

– É difícil conceber que ele tenha algum problema. Imagino que o que o envolveu lá atrás tenha sido sua preocupação com a congruência. Ele dedica uma atenção considerável às várias teorias que um curso de eventos de certa maneira consecutivos – embora não necessariamente cronológicos – por mais diferentes que possam parecer, dá à vida – ou a qualquer vida, aliás, incluindo talvez principalmente a sua própria... uma... ou talvez a... forma. Mas não há exatamente um problema com ele.

– Ah – disse eu. – E ele quer que eu arrume as contas e faça um colar para ele?

– Você ou alguma outra pessoa.

– O que ele imagina que as pessoas façam com suas próprias vidas?

– É claro que você não é ingênuo o suficiente para esperar que as pessoas tenham qualquer noção do que ocupa outras pessoas ou mesmo possuam qualquer consciência de que as outras pessoas têm quaisquer ocupações interiores – disse ela.

E ela era bonita o bastante, e eu tinha bebido o suficiente, para que o que ela me disse parecesse sensato, então mudei de assunto, e começamos a falar sobre nós, e isso foi bom. Então, algumas pessoas se juntaram a nós, ou nós nos juntamos a elas, e isso também foi bom. Tudo estava bom naquela ocasião.

Mais tarde, Tulip me encontrou numa espécie de sala de estar nos fundos do segundo andar – Mary tinha uma antiga casa de três andares perto da Cathedral Street – com uma garota meio loira miúda chamada sra. Hatcher ou algo que o valha. Depois que ela saiu, ele disse:

– Queria conversar com você, mas não queria estragar nada.

– Para dizer a verdade, não sei se você estragou ou não.

– Ah, então tudo bem – disse ele, sentando-se. Começou a me oferecer um cigarro e viu que eu já tinha um. Eu enchi o copo da semiloira e dei a ele. Era o período da Lei Seca, é claro, e Baltimore parecia estar bebendo mais scotch e menos uísque do que eu lembrava. – Nós não nos damos bem, não é? – disse ele, depois de tomar sua bebida. – E é uma pena, porque acho que poderíamos fazer um ao outro muito bem.

Eu devo ter encolhido os ombros – sempre faço isso – e dito algo sobre o fato de uma das coisas boas de ser homem era que a humanidade podia sobreviver a qualquer coisa.

– Claro, claro – disse ele. – Não estou dizendo que é importante. Só estou dizendo que é uma pena. Não é nem mesmo uma grande pena, se isso incomoda você, mas pequena, como ter somente sapatos marrons para usar com calças azuis.

Não acreditei nele – ou não acredito agora, que é quando estou tentando me lembrar do que aconteceu na ocasião –, de modo que fiquei quieto, exceto pelos barulhos que estava fazendo respirando ou fumando. Não quero dizer que não acreditei no que ele disse, mas não acreditei que sentisse aquilo. E mesmo na ocasião, no dia em que o conheci, e alcoolizado como eu estava, desconfiei que ele poderia vir a representar um lado meu. O fato de ele ser um lado meu não era um problema, é claro, já que todo mundo é em algum grau um aspecto de todo mundo, ou como alguém poderia algum dia esperar compreender qualquer coisa a respeito de qualquer outra pessoa? Mas as representações me pareciam – pelo menos parecem agora, e imagino que eu tivesse uma vaga noção disso na época – artifícios dos velhos e cansados, ou dos mais velhos e mais cansados, para encontrar alívio, como um simbolismo consciente ou imagens gravadas. Acredito que, quando estamos cansados, devemos descansar, e não tentar enganar a nós mesmos e aos nossos clientes com bolhas coloridas de sabão.

[*Tulip* nunca foi completado, e o manuscrito termina aqui. Mas Hammett evidentemente escreveu o final do livro. Ei-lo, *L.H.*]

Dois ou três meses mais tarde, fiquei sabendo que Tulip estava num hospital em Minneapolis, onde tinha tido uma perna amputada. Fui vê-lo e mostrei-lhe isto.

– Acho que está legal – disse, depois de ler. – Mas parece que você não entendeu direito.

As pessoas quase sempre pensam isso.

– Mas lerei novamente se você quiser – acrescentou. – Li apressadamente desta primeira vez, mas vou ler novamente com mais cuidado, se você quiser.

O GRANDE GOLPE

Encontrei Paddy, o Mexicano na espelunca de Jean Larrouy.

Paddy – um afável vigarista que parecia o Rei da Espanha – mostrou-me seus grandes dentes brancos num sorriso, empurrou uma cadeira com o pé para que eu me sentasse e disse à garota com quem estava dividindo a mesa:

– Nellie, conheça o detetive com o maior coração de São Francisco. Esse baixinho gorducho é capaz de fazer qualquer coisa para qualquer pessoa, desde que possa mandá-los para a cadeia no final. – Virou-se para mim, acenando com o charuto para a garota: – Nellie Wade. E você não vai conseguir nada contra ela. Ela não precisa trabalhar... seu velho é contrabandista de bebidas.

Era uma garota magra, de vestido azul – pele branca, olhos verdes, cabelos castanhos curtos. Sua expressão taciturna ganhou beleza quando ela estendeu a mão sobre a mesa para mim e nós dois rimos de Paddy.

– Cinco anos? – perguntou.

– Seis – corrigi.

– Caramba! – disse Paddy, sorrindo e chamando um garçom. – Algum dia vou conseguir enganar um detetive.

Até agora, ele havia enganado a todos – nunca havia passado a noite numa cela.

Olhei para a garota novamente. Seis anos antes, essa Angel Grace Cardigan havia ludibriado meia dúzia de garotos da Filadélfia. Dan Morey e eu a havíamos apanhado, mas como nenhuma de suas vítimas quis depor contra ela, acabou ficando livre. Era uma menina de dezenove anos na época, mas já trabalhava como vigarista experiente.

No meio da pista, uma das garotas de Larrouy começou a cantar "Tell Me What You Want and I'll Tell You What You Get".* Paddy, o Mexicano virou a garrafa de gim nos

---

* Diga-me o que você quer, e eu lhe direi o que vai conseguir. (N.T.)

copos de ginger ale que o garçom havia trazido. Bebemos, e entreguei a Paddy um pedaço de papel com um nome e um endereço escritos a lápis.

– Itchy Maker pediu que eu lhe entregasse isto – expliquei. – Eu o vi na prisão de Folsom ontem. Disse que é a mãe dele. Quer que você a procure e veja se ela precisa de alguma coisa. Imagino que quer dizer que você deve lhe dar a parte dele do último golpe que vocês dois aplicaram.

– Você me magoa – disse Paddy, enfiando o pedaço de papel no bolso e servindo mais gim.

Virei o segundo gin-ginger ale e me ajeitei na cadeira, preparando-me para me levantar e caminhar de volta para casa. Naquele instante, quatro clientes de Larrouy chegaram da rua. Ter reconhecido um deles me manteve sentado. Era alto e magro e todo embonecado com o que um homem bem vestido devia usar. Olhos penetrantes, rosto forte, lábios finos como fios de faca sob um bigode pequeno e pontudo – Bluepoint Vance. Perguntei-me o que ele estava fazendo a quase cinco mil quilômetros de seus campos de caça de Nova York.

Enquanto pensava, virei-me de costas para ele, fingindo estar interessado na cantora, que agora apresentava "I Want to Be a Bum".* Atrás dela, num canto, vi outro rosto familiar que pertencia a outra cidade – Happy Jim Hacker, roliço e rosado matador de Detroit duas vezes condenado à morte e duas vezes perdoado.

Quando olhei para frente de novo, Bluepoint Vance e seus três companheiros haviam se acomodado a duas mesas de distância. Estava de costas para nós. Estudei seus parceiros.

De frente para Vance sentou-se um jovem gigante de ombros largos, cabelos ruivos, olhos azuis e um rosto avermelhado que era bonito de uma forma rude e selvagem. À sua esquerda, uma garota morena de olhar esquivo usando um chapéu de abas caídas. Estava conversando com Vance. A atenção do gigante ruivo estava completamente voltada para a quarta pessoa da mesa, à sua direita. Ela merecia.

Não era nem alta, nem baixa, nem magra, nem gorda. Estava usando uma túnica russa preta, debruada de verde,

---

* Quero ser uma vagabunda. (N.T.)

com pingentes prateados. Um casaco de pele preto estava atirado sobre a cadeira atrás dela. Provavelmente tinha uns vinte anos. Tinha os olhos azuis, a boca vermelha, os dentes brancos, as pontas dos cabelos que apareciam sob o turbante preto-verde-e-prateado castanhas e tinha um nariz. Sem exagerar nos detalhes, era bonita. Eu comentei. Paddy, o Mexicano concordou, e Angel Grace sugeriu que eu fosse até lá e dissesse a Red O'Leary que a achava bonita.

– O famoso Red O'Leary? – perguntei, escorregando na cadeira para esticar o pé embaixo da mesa entre Paddy e Angel Grace. – Quem é a bela namorada dele?

– Nancy Regan. E a outra é Sylvia Yount.

– E o bonitão de costas para nós? – sondei.

Procurando a perna da garota embaixo da mesa, o pé de Paddy bateu no meu.

– Não me chute, Paddy – pedi. – Vou ser bonzinho. Enfim, não vou ficar aqui para sair machucado. Vou para casa.

Despedi-me deles e segui em direção à rua, mantendo as costas viradas para Bluepoint Vance.

Na porta, tive de abrir caminho para deixar dois homens entrarem. Ambos me conheciam, mas não me cumprimentaram – Sheeny Holmes (não o veterano que roubou Moose Jaw no tempo das diligências) e Denny Burke, o Rei da Ilha dos Sapos de Baltimore. Uma bela dupla – nenhum deles pensaria em matar alguém a menos que tivesse lucro e proteção política garantidos.

Do lado de fora, segui em direção à Kearny Street, passeando, pensando que a espelunca de Larrouy estava cheia de velhacos naquela noite e que parecia haver mais do que uma pequena quantidade de visitantes distintos em nosso meio. Uma sombra numa porta interrompeu meus pensamentos.

A sombra fez "Pssss!"

Parei e examinei a sombra até ver que era Beno, um jornaleiro viciado que me deu algumas dicas de vez em quando no passado – algumas boas, outras fajutas.

– Estou com sono – resmunguei, juntando-me a Beno e sua braçada de jornais na porta – e já ouvi a história sobre o mórmon que gaguejava. Então, se é isso que você tem em mente, diga logo, que eu sigo em frente.

— Não sei nada de mórmon nenhum – protestou –, mas sei de outra coisa.

— E aí?

— Pode dizer "E aí?", mas o que quero saber é o que eu ganho com isso.

— Deite-se nesta bela porta e tire uma soneca – aconselhei, voltando para a rua. – Você vai estar melhor quando se acordar.

— Ei! Escute aqui. Tenho algo para você. Juro por Deus!

— E aí?

— Escute aqui! – Aproximou-se, sussurrando. – Tem um golpe armado para o Banco Seaman's National. Não sei qual é a história, mas é real... Juro por Deus. Não estou enganando você. Não sei de nenhum nome. Sabe que eu diria se soubesse. Juro por Deus. Me dá dez paus. O que eu disse vale isso, não vale? É quente... juro por Deus!

— É, quente como a droga que você usou!

— Não! Juro por Deus! Eu...

— O que *é* o golpe, então?

— Eu não sei. Tudo o que sei é que o Banco Seaman's vai ser roubado. Juro por...

— Onde você ficou sabendo disso?

Beno sacudiu a cabeça. Pus um dólar em sua mão.

— Tome mais uma e pense no resto da história – eu disse. – E se for divertido o bastante, eu lhe dou os outros nove dólares.

Caminhei até a esquina, franzindo a testa com a história de Beno. Sozinha, parecia com o que provavelmente era – um conto criado para tirar um dólar de um investigador particular crédulo. Mas não estava completamente sozinha. A espelunca de Larrouy – apenas uma numa cidade que tem várias delas – estava apinhada de vigaristas que constituíam ameaças à vida e à propriedade. Valia dar uma conferida, principalmente porque a empresa de seguros do Banco Seaman's National era cliente da Agência de Detetives Continental.

Virei a esquina e, mais ou menos cinco metros depois de entrar na Kearny Street, parei.

Da rua de que tinha acabado de sair, ouvi dois estampidos – disparos de uma pistola pesada. Voltei pelo caminho que tinha vindo. Quando dobrei a esquina, vi homens se reunindo em grupo mais acima. Um jovem armênio – um garoto ágil de dezenove ou vinte anos – passou por mim, seguindo na outra direção, andando despreocupadamente, com as mãos nos bolsos, assoviando baixinho "Brokenhearted Sue".

Juntei-me ao grupo – que estava se transformando numa multidão – ao redor de Beno. Beno estava morto, com o sangue que saía de dois buracos em seu peito manchando os jornais amassados embaixo dele.

Voltei ao Larrouy's e olhei para dentro. Red O'Leary, Bluepoint Vance, Nancy Regan, Sylvia Yount, Paddy, o Mexicano, Angel Grace, Denny Burke, Sheeny Holmes e Happy Jim Hacker – nenhum deles estava lá.

Voltei para perto de Beno. A polícia chegou, fez perguntas, não descobriu nada, não encontrou qualquer testemunha e partiu, levando o que restava do jornaleiro junto.

Fui para casa e para a cama.

De manhã, passei uma hora no arquivo da Agência, fuçando na galeria de fotos e nos registros. Não tínhamos nada sobre Red O'Leary, Denny Burke, Nancy Regan, Sylvia Yount, e apenas alguns palpites sobre Paddy, o Mexicano. Também não havia lá qualquer investigação aberta a respeito de Angel Grace, Bluepoint Vance, Sheeny Holmes e Happy Jim Hacker, mas suas fotos estavam lá. Às dez horas – horário de abertura dos bancos –, parti na direção do Seaman's National, levando as fotos e a dica de Beno.

O escritório de São Francisco da Agência de Detetives Continental fica num prédio de escritórios da Market Street. O Banco Seaman's National ocupa o térreo de um alto edifício cinzento na Montgomery Street, o centro financeiro de São Francisco. Normalmente, já que não gosto sequer de sete quadras de caminhada desnecessária, eu teria pegado um bonde. Mas, como havia uma espécie de engarrafamento na Market Street, parti a pé, virando na Grand Avenue.

Depois de mais algumas quadras caminhando, percebi que havia alguma coisa errada com a parte da cidade para onde eu estava indo. Para começar, havia barulho – rugidos, pancadas, ruídos de explosões. Na Sutter Street, um homem passou por mim segurando o rosto com as duas mãos e gemendo enquanto tentava botar um maxilar deslocado de volta no lugar. Estava com a bochecha lanhada.

Desci a Sutter Street. O trânsito estava trancado até a Montgomery Street. Homens de cabeças descobertas corriam excitados ao redor. Os ruídos de explosões ficaram mais claros. Um carro cheio de policiais passou por mim, a uma velocidade mais rápida do que o trânsito permitia. Apareceu uma ambulância, soando a sirene e subindo nas calçadas onde o trânsito estava pior.

Atravessei a Kearny Street movimentada. Do outro lado da rua, dois patrulheiros corriam. Um estava com a arma na mão. Os ruídos de explosão pareciam uma orquestra de tambores à frente.

Entrando na Montgomery Street, vi poucos pedestres à minha frente. O meio da rua estava cheio de caminhões, carros de passeio, táxis – todos abandonados. Na quadra seguinte – entre as ruas Bush e Pine –, era feriado no inferno.

O espírito de festa era mais alegre na metade da quadra, onde o Banco Seaman's National e a Companhia Fiduciária Golden Gate ficavam frente a frente.

Durante as seis horas seguintes, fiquei mais ocupado do que uma pulga numa gorda.

Mais tarde, naquele dia, fiz um intervalo no trabalho de cão de caça e fui até o escritório para uma conferência com o Velho. Ele estava recostado na cadeira, olhando pela janela, batendo na mesa com o lápis amarelo de sempre.

Homem alto e rechonchudo de setenta e poucos anos, aquele meu chefe, com um rosto de bigode branco, rosado e ar de avô, doces olhos azuis atrás de óculos sem aros, tinha menos calor humano do que a corda de um carrasco. Cinqüenta anos perseguindo vigaristas para a Continental o haviam desprovido de tudo exceto do cérebro e de uma máscara educada e gentil de fala mansa e sorridente que era sempre igual, quer as coisas estivessem bem ou mal – e significava o mesmo tanto em um caso quanto no outro. Nós que trabalhávamos para ele orgulhávamo-nos de seu sangue frio. Costumávamos dizer que era capaz de cuspir pedras de gelo em julho e o chamávamos entre nós de Pôncio Pilatos, porque sorria educadamente quando nos mandava para a crucificação em trabalhos suicidas.

Ele se virou da janela quando entrei, fez sinal com a cabeça para que me sentasse numa cadeira e alisou o bigode com o lápis. Sobre a sua mesa, os jornais vespertinos alardeavam a notícia sobre o roubo duplo do Banco Seaman's National e a Companhia Fiduciária Golden Gate em cinco cores.

– Como está a situação? – perguntou, como quem pergunta sobre o clima.

– A situação está um horror – respondi. – Havia pelo menos 150 bandidos envolvidos no ataque. Eu mesmo vi cem deles, ou ao menos creio que vi, e havia montes deles que não cheguei a ver... plantados onde poderiam saltar e morder quando fossem necessários dentes novos. E morderam. Surpreenderam a polícia e fizeram gato e sapato deles, indo e vindo. Assaltaram os dois bancos às dez em ponto, tomaram conta de toda a quadra, expulsaram as pessoas razoáveis e derrubaram os demais. O roubo em si foi mamão com açúcar para um bando daquele tamanho. Vinte ou trinta deles em cada um dos bancos enquanto os outros cuidavam da rua. Restou apenas embrulhar a pilhagem e levar para casa.

"Está havendo uma reunião de empresários altamente indignados por lá agora. São acionistas ensandecidos, aos berros, querendo o fígado do chefe de polícia. A polícia não fez milagre, isso é certo, mas não há departamento de polícia preparado para enfrentar um golpe desse tamanho, não importa quão bem acreditem que estejam. A coisa toda durou menos de vinte minutos. Devia haver mais ou menos uns 150 marginais envolvidos, armados até os dentes, com todo o ataque minuciosamente planejado. Como fazer para mandar policiais suficientes para lá, avaliar a trama, planejar a ação e executá-la em tão pouco tempo? É fácil dizer que a polícia deveria se antecipar, manter uma equipe para cada emergência, mas esses mesmos que estão berrando 'Lixo' agora seriam os primeiros a gritar 'Roubo' se tivessem os impostos aumentados em meia dúzia de centavos para pagar mais policiais e equipamentos.

"Mas a polícia perdeu, não há dúvidas quanto a isso, e várias cabeças vão rolar. Os carros blindados não serviram para nada, a troca de granadas foi meio a meio, já que os bandidos também sabiam jogar. Mas as verdadeiras desgraças foram as metralhadoras da polícia. Os banqueiros e acionistas estão dizendo que alguém mexeu nelas. Quer tenham sido deliberadamente sabotadas ou apenas negligenciadas, ninguém sabe, mas só uma delas disparava, e não muito bem.

"A fuga foi em direção ao norte, da Montgomery à Columbus. Ao longo da Columbus, o comboio se dispersou, alguns carros por vez, por ruas laterais. A polícia caiu numa emboscada entre a Washington e a Jackson e, quando conseguiu se livrar dela a tiros, os carros dos ladrões estavam espalhados por toda a cidade. Muitos já foram pegos desde então... vazios.

"Ainda não se tem o cálculo final do prejuízo, mas, neste momento, o placar está mais ou menos assim: a quantia roubada vai chegar a sabe Deus quantos milhões. Foi o maior montante já obtido com armas civis. Dezesseis policiais foram mortos, e o triplo disso saiu ferido. Doze espectadores inocentes e bancários morreram, mais ou menos o mesmo número de pessoas ficaram feridas. Dois bandidos e cinco alvos que tanto podem ser marginais quanto espectadores se aproximaram demais do local. Entre os ladrões, teve sete mortes de que sabemos e 31 presos, a maioria com algum sangramento.

"Um dos mortos foi Fat Boy Clarke. Você se lembra dele? Saiu atirando da sala de audiência de um tribunal em Des Moines há três ou quatro anos. Enfim, no bolso dele encontramos um pedaço de papel, um mapa da Montgomery Street entre a Pine e a Bush, a quadra do assalto. No verso do mapa havia instruções datilografadas, dizendo exatamente o que fazer e quando. Um X no mapa mostrava onde ele deveria estacionar o carro no qual chegou com seus sete homens, e havia um círculo onde ele deveria ficar com eles, atento à movimentação em geral e às janelas e telhados dos prédios do outro lado da rua em particular. Os pontos 1, 2, 3, 4, 5, 6, 7 e 8 no mapa marcavam portas, escadas, uma janela e assim por diante, que deveriam ser usadas como abrigo caso fosse preciso trocar tiros com aquelas janelas e telhados. Clarke deveria prestar atenção à parte da Bush Street, mas se a polícia chegasse pela Pine Street, ele deveria levar seus homens para lá, distribuindo-os entre os pontos marcados a, b, c, d, e, f, g e h. (Seu corpo foi encontrado no ponto marcado como a.) A cada cinco minutos durante o roubo, ele deveria mandar um homem até um automóvel parado na rua num ponto marcado no mapa com uma estrela para conferir se havia novas instruções. Deveria dizer a seus homens que, se ele fosse morto, um deles deveria se reportar ao carro, e um novo líder seria providenciado para o grupo. Quando o sinal de fuga fosse emitido, ele deveria mandar um de seus homens até o carro em que haviam chegado. Se o carro ainda estivesse pronto para sair, o homem deveria dirigi-lo, sem ultrapassar o carro à sua frente. Se estivesse fora de combate, o homem deveria se reportar ao carro marcado com a estrela para receber instruções sobre como conseguir outro veículo. Imagino que tenham contado com encontrar muitos carros estacionados para isso. Enquanto Clarke estivesse esperando pelo carro, ele e seus homens deveriam atirar o máximo possível contra todos os alvos em seu distrito, e nenhum deveria entrar no carro até que ele se aproximasse deles. Então ele deveria sair pela Montgomery até a Columbus para... branco.

"Está vendo?" – perguntei. – "Estamos falando em 150 atiradores divididos em grupos comandados por líderes, com mapas e tabelas de horários definidos o que cada homem deveria fazer, mostrando o hidrante atrás do qual ele deveria se ajoelhar, a pedra sobre a qual deveria ficar, onde deveria cuspir... tudo, menos o nome e o endereço do policial no qual deveria atirar! Menos mal que Beno não tenha me dado os detalhes... eu teria descartado tudo como imaginação de um viciado!

– Muito interessante – disse o Velho, sorrindo suavemente.

– A tabela de horário do Fat Boy foi a única que encontramos – continuei a história. – Vi alguns amigos entre os mortos e presos, e a polícia ainda está identificando outros. Alguns são talentos locais, mas a maioria parece ser importada.

Detroit, Chicago, Nova York, St. Louis, Denver, Portland, Los Angeles, Filadélfia, Baltimore... todas parecem ter enviado delegações. Assim que a polícia finalizar as identificações, farei uma lista.

"Dos que não foram apanhados, Bluepoint Vance parece ser o principal ponto de contato. Ele estava no carro que dirigiu as operações. Não sei quem mais estava lá com ele. O Shivering Kid estava envolvido nas festividades, e acho que o Alphabet Shorty McCoy, embora eu não tenha conseguido vê-lo direito. O sargento Bender me disse que viu Toots Salda e Darby M'Laughlin no assalto, e Morgan viu o Dis-and-Dat Kid. É um bom corte transversal do desenho do golpe: atiradores, vigaristas e seqüestradores de todos os pontos do mapa.

"A delegacia de polícia ficou a tarde toda parecendo um matadouro. A polícia não matou nenhum de seus hóspedes, pelo menos que eu saiba, mas certamente os está transformado em crentes. Repórteres de jornal que gostam de fazer render o que chamam de investigação difícil devem estar por lá agora. Depois de levarem algumas pancadas, alguns dos hóspedes falaram. Mas o diabo é que eles não sabem muito. Sabem alguns nomes – Denny Burke, Toby the Lugs, Old Pete Best, Fat Boy Clarke e Paddy, o Mexicano foram citados –, e isso ajuda um pouco, mas nem todo o poder de pancada da polícia pode revelar algo mais.

"A trama parece ter sido organizada assim: Denny Burke, por exemplo, é conhecido como um malandro de Baltimore. Bom, Denny fala com oito ou dez sujeitos aptos ao negócio, um por vez. 'Que tal conseguir uns trocados na Costa?', pergunta a eles. 'Fazendo o quê?', quer saber o candidato. 'Fazendo o que mandarem', responde o Rei da Ilha dos Sapos. 'Você me conhece. Estou dizendo que é o golpe mais rápido que já foi feito, uma moleza... perfeito. Todos os envolvidos vão voltar para casa podres de ricos... e todos vão voltar para casa se obedecerem às instruções. É tudo o que vou dizer. Se não gostar disso... esqueça.'

"E esses sujeitos conheciam Denny. Bastava ele dizer que o trabalho era bom. De modo que concordaram em participar. Ele não lhes disse nada. Cuidou para que tivessem armas, deu a cada um uma passagem para São Francisco e vinte dólares e lhes informou onde deveriam se encontrar aqui. Na noite passada, ele os reuniu e lhes informou que iriam trabalhar hoje de manhã. Àquela altura, todos haviam se movimentado pela cidade o suficiente para perceber que ela estava borbulhando com talentos de fora, incluindo magnatas como Toots Salda, Bluepoint Vance e o Shivering Kid. Então, hoje de manhã eles saíram, com o Rei da Ilha dos Sapos à frente, para fazer a parte que lhes cabia na operação.

"Os outros capturados contam variações do mesmo tema. A polícia encontrou espaço na cela apertada deles para infiltrar alguns informantes. Como poucos dos bandidos conheciam uns aos outros, os informantes não tiveram dificuldades, mas a única coisa que conseguiram acrescentar ao que já tínhamos foi que os prisioneiros estão esperando por uma entrega no atacado hoje à noite. Parecem acreditar que o bando vai invadir a prisão e libertá-los. Isso é provavelmente uma bobagem, mas, de qualquer maneira, dessa vez a polícia vai estar preparada.

"Esta é a situação no momento. A polícia está varrendo as ruas, prendendo todo mundo que esteja mal barbeado ou que não apresente um certificado de serviço assinado pelo padre, com atenção especial a trens, barcos e automóveis saindo da cidade. Mandei Jack Counihan e Dick Foley no caminho de North Beach para dar uma batida nas espeluncas e ver se descobrem alguma coisa."

– Você acha que Bluepoint Vance foi o cabeça do roubo? – perguntou o Velho.

– Espero que sim... nós o conhecemos.

O Velho virou a cadeira para que pudesse olhar novamente pela janela e ficou batendo na mesa com o lápis, pensativo.

– Infelizmente, acho que não – disse ele, num tom gentilmente apologético. – Vance é um criminoso esperto, cheio de recursos e determinado, mas sua fraqueza é comum ao seu tipo. Seus talentos são todos para a ação, e não para o planejamento com antecedência. Ele já realizou algumas operações de vulto, mas sempre acreditei que havia outra mente trabalhando por trás delas.

Eu não podia contestar aquilo. Se o Velho dizia que alguma coisa era de alguma maneira, então provavelmente era, porque era daquele tipo cauteloso que olha pela janela num dia de aguaceiro e diz "Parece estar chovendo", para a possibilidade remota de alguém estar atirando água de cima do telhado.

– E quem é esse arquiladrão? – perguntei.

– Você provavelmente saberá disso antes de mim – respondeu com um sorriso simpático.

Voltei para a delegacia e ajudei a cozinhar mais prisioneiros em óleo quente até mais ou menos oito horas, quando meu apetite me lembrou que eu não havia comido nada desde o café da manhã. Resolvi isso e depois voltei para o Larrouy's, caminhando lentamente, para que o exercício não interferisse na digestão. Passei três quartos de hora no Larrouy's e não vi alguém que me interessasse em especial. Alguns conhecidos estavam lá, mas nenhum se mostrou ansioso por se relacionar comigo – em círculos criminosos, nem sempre é bom ser visto falando com um detetive depois da realização de um trabalho.

Sem conseguir nada por lá, subi a rua até o Wop Healy's – outro buraco. Tive a mesma recepção – ganhei uma mesa e fui deixado sozinho. A banda do Healy's tocava "Don't You Cheat" com toda dedicação, enquanto os clientes mais atléticos se exercitavam na pista de dança. Um dos dançarinos era Jack Counihan, ocupando os braços com uma garota grande de pele escura com um rosto agradável de feições rudes e estúpidas.

Jack era um rapaz alto e magro de 23 ou 24 anos que havia entrado para a Continental alguns meses antes. Era seu primeiro emprego, e ele só conseguira porque o pai havia insistido que, se o filhinho quisesse manter acesso ao patrimônio da família, teria que largar de mão a idéia de que se formar raspando na faculdade era trabalho suficiente para uma vida inteira. Assim, Jack entrou para a Agência. Achava que a vida de detetive fosse divertida. Apesar do fato de que preferia pegar o homem errado a usar a gravata errada, era um jovem promissor. Um rapaz agradável, magro, porém musculoso, com cabelos macios, rosto e modos de cavalheiro, corajoso, com pensamentos e gestos rápidos, cheio da alegria do tipo não-estou-nem-aí intrínseca à sua juventude. Era meio atirado, evidentemente, e precisava de um pouco de controle, mas eu preferia conviver com ele a trabalhar com muitos veteranos que conhecia.

Meia hora se passou sem nada me interessar.

Então entrou no Healy's um garoto – um menino pequeno, vestido de modo vulgar, com as pernas das calças muito bem passadas, os sapatos muito bem engraxados e um rosto pálido insolente com um estrabismo pronunciado. Era o garoto que eu havia visto caminhando tranqüilamente pela Broadway no instante depois de Beno ter sido morto.

Recostando-me na cadeira para que o chapelão de uma mulher ficasse entre nós, observei o jovem armênio andar por entre as mesas até uma localizada em um canto, com três homens sentados. Conversou com eles – talvez uma dúzia de palavras, por alto – e se afastou para outra mesa, onde um homem de nariz arrebitado e cabelos pretos estava sentado sozinho. O garoto se atirou na cadeira em frente ao nariz arrebitado, disse algumas palavras, demonstrou desprezo pelas perguntas do nariz arrebitado e pediu uma bebida. Depois de esvaziar o copo, atravessou o salão para conversar com um homem com cara de pássaro, e então saiu do Healy's.

Segui-o até a rua, passando pela mesa em que Jack havia se sentado com a garota, olhando para ele. Do lado de fora, vi o jovem armênio a meia quadra de distância. Jack Counihan me alcançou e passou por mim. Com um cigarro Fatima nos lábios, gritei para ele:

– Tem um fósforo, parceiro?

Enquanto acendia o cigarro com um fósforo da caixa que ele me deu, falei por trás das mãos:

– O cara vestindo aquela roupa de festa... vá trás dele. Vou seguir atrás de vocês. Não o conheço, mas se apagou o Beno por falar comigo ontem à noite, ele me conhece. Nos calcanhares dele!

Jack guardou os fósforos e saiu atrás do garoto. Dei uma pista a Jack e o segui. Então uma coisa interessante aconteceu.

A rua estava relativamente cheia de gente, a maioria homens, alguns caminhando, alguns vadiando nas esquinas e em frente a lanchonetes. Quando o jovem armênio chegou à esquina de um beco onde havia uma luz, dois homens foram falar com ele, afastando-se um do outro de forma que o garoto ficou entre os dois. O menino teria continuado caminhando, aparentemente sem prestar atenção, mas um deles o parou, esticando o braço diante dele. O outro homem tirou a mão direita do bolso e a abanou no rosto do garoto, de modo que o soco-inglês niquelado cintilasse sob a luz. O garoto abaixou-se rapidamente sob a mão ameaçadora e o braço estendido e atravessou o beco, caminhando, sem sequer olhar para os dois homens que agora se aproximavam atrás dele.

Pouco antes de eles o alcançarem, outro homem os alcançou – um sujeito de costas largas, braços longos e aspecto simiesco que eu nunca havia visto. Cada braço pegou um dos homens. Agarrando-os pela nuca, ele os afastou do garoto, sacudiu-os até derrubar seus chapéus, bateu seus crânios um contra o outro, fazendo um barulho que parecia um cabo de vassoura se quebrando, e arrastou seus corpos inertes para dentro do beco. Enquanto isso tudo acontecia, o garoto seguiu caminhando alegremente pela rua, sem olhar para trás uma única vez.

Quando o racha-crânios saiu do beco, vi seu rosto sob à luz – um rosto de pele escura bastante enrugado, largo e achatado, com músculos maxilares salientes como abscessos sob suas orelhas. Cuspiu no chão, ajeitou as calças e saiu gingando pela rua atrás do garoto.

O garotou entrou no Larrouy's. O racha-crânios o seguiu. O garoto saiu e, atrás dele – talvez a uns seis metros de distância – veio o racha-crânios. Jack os havia seguido até o Larrouy's, enquanto eu os esperava do lado de fora.

– Ainda levando recados? – perguntei.

– Sim. Ele falou com cinco homens lá dentro. Tem muitos guarda-costas, não tem?

– É – concordei. – E você tome muito cuidado para não ficar entre eles. Se eles se separarem, irei atrás do racha-crânios e você segue com o cara.

Então nos separamos e partimos atrás do nosso alvo. Eles nos levaram a todos os buracos de São Francisco, a cabarés, restaurantes baratos, salões de bilhar, bares, pensões de quinta categoria, casas de penhores, cassinos clandestinos e coisas do gênero. Em todos os lugares, o garoto encontrou sujeitos com quem trocou sua dúzia de palavras e, entre uma parada e outra, deparava-se com eles em esquinas.

Eu teria gostado de seguir um daqueles caras, mas não queria deixar Jack sozinho com o garoto e seu guarda-costas – eles pareciam ser muito importantes. E não podia me arriscar a envolver Jack com um dos outros, porque não era seguro para mim andar muito perto do garoto armênio. Assim, continuamos agindo como no começo, seguindo a nossa dupla de buraco em buraco, com a noite virando manhã.

Passavam alguns minutos da meia-noite quando eles saíram de um hotelzinho na Kearny Street e, pela primeira vez desde que os encontramos, eles caminharam juntos, lado a lado, até a Green Street, onde viraram para Leste, ao longo do Telegraph Hill. Depois de meia quadra, subiram a escada da entrada de uma decrépita casa de cômodos e desapareceram para dentro. Juntei-me a Jack Counihan na esquina em que ele havia parado.

– Todos os cumprimentos foram distribuídos – palpitei –, ou ele não teria chamado o guarda-costas. Se não acontecer nada dentro da próxima meia hora, vou embora. Você vai ter que ficar vigiando o lugar até de manhã.

Vinte minutos depois, o racha-crânios saiu da casa e desceu pela rua.

– Vou atrás dele – eu disse. – Você fica com o garoto.

Dez ou doze passos depois de sair da casa, o racha-crânios parou. Olhou de volta para a casa, erguendo o rosto para observar os andares superiores. Então Jack e eu ouvimos o que o tinha feito parar. Na casa, um homem estava gritando. Não era um grito tão alto em termos de volume. Mesmo agora, mais forte, mal atingia os nossos ouvidos. Mas, naquele grito – naquele único lamento – estava contido um sentimento de horror à morte. Ouvi os dentes de Jack baterem. O que ainda resta da minha alma tem pele calejada, mas, mesmo assim, minha testa se franziu. O grito era muito fraco para o que dizia.

O racha-crânios se moveu. Cinco passos rápidos o levaram de volta à casa. Ele não tocou em um dos seis ou sete degraus da entrada. Foi da calçada ao vestíbulo num salto que nenhum macaco conseguiria superar em velocidade, agilidade ou silêncio. Um minuto, dois minutos, três minutos, e a gritaria parou. Mais três minutos, e o racha-crânios estava saindo da casa novamente. Fez uma pausa na calçada para cuspir e ajeitar as calças. Então saiu gingando rua abaixo.

– Ele é todo seu, Jack – eu disse. – Vou falar com o garoto. Ele não vai me reconhecer agora.

A porta da rua da casa de cômodos estava escancarada. Atravessei-a e fui parar num corredor, onde uma luz fraca vinda do andar de cima delineava um lance de escada. Subi os degraus e me virei em direção à frente da casa. Os gritos tinham vindo da frente – deste ou do terceiro andar. Havia uma boa chance de o racha-crânios ter deixado a porta do quarto destrancada, assim como não havia parado para fechar a porta da rua.

Não tive sorte no segundo andar, mas a terceira maçaneta que experimentei cuidadosamente no terceiro andar girou na minha mão e afastou a beirada da porta do batente. Diante daquela fresta, esperei por um instante, sem ouvir coisa alguma além de um forte ressonar em algum lugar no final do corredor. Encostei a mão na porta e a abri mais alguns centímetros. Nenhum barulho. O quarto estava escuro como as perspectivas de um político honesto. Deslizei a mão para depois do batente, por alguns centímetros de papel de parede, encontrei um interruptor de luz, que apertei. Dois globos no meio do quarto lançaram uma fraca luz amarelada sobre o quarto ordinário e o jovem armênio, que jazia morto em cima da cama.

Entrei no quarto, fechei a porta e fui até perto da cama. Os olhos do menino estavam arregalados e saltados. Tinha um ferimento numa das têmporas. A garganta estava aberta numa fenda vermelha que ia literalmente de orelha a orelha. Ao redor da fenda, nos poucos pontos não banhados em vermelho, seu pescoço magro exibia manchas escuras. O racha-crânios havia derrubado o garoto com um golpe na têmpora e o sufocado até achar que ele estava morto. Mas o garoto se recuperara o suficiente para gritar – não o bastante para evitar gritar. O racha-crânios tinha voltado para terminar o serviço com uma faca. Três faixas de sangue na roupa de cama mostravam onde a faca havia sido limpa.

O forro dos bolsos do menino estava para fora. O racha-crânios os havia virado. Revistei suas roupas, mas não me surpreendi com a falta de sorte – o assassino havia levado tudo. Não consegui coisa alguma no quarto – algumas roupas, mas nem um único item de onde pudesse retirar qualquer informação.

Com a busca encerrada, fiquei no meio do quarto coçando o queixo e pensando. No corredor, uma tábua do assoalho estalou. Três passos para trás em meus solados de borracha me botaram dentro do armário mofado, fechando a porta entreaberta menos de um centímetro atrás de mim.

Alguém bateu na porta do quarto enquanto eu tirava a arma do coldre na cintura. Bateram de novo, e uma voz feminina disse:

– Garoto, ei, Garoto!

Nem a batida nem a voz eram altas. A fechadura estalou com o girar da maçaneta. A porta se abriu e emoldurou a garota de olhar esquivo que havia sido chamada de Sylvia Yount por Angel Grace.

Seus olhos trocaram a aparência furtiva por surpresa quando pousaram no garoto.

– Minha nossa! – gritou e desapareceu.

Estava com metade do corpo para fora do armário quando a ouvi voltar pé ante pé. De volta ao meu buraco, fiquei esperando, os olhos fixos na abertura. Ela entrou rapidamente, fechou a porta em silêncio e inclinou-se sobre o garoto morto. Suas mãos se moveram por cima dele, explorando os bolsos cujos forros eu havia botado de volta para dentro.

– Maldito azar! – disse ela em voz alta depois de terminar a busca infrutífera, saindo da casa.

Dei-lhe tempo para chegar à calçada. Ia em direção à Kearny Street quando saí da casa. Segui-a pela Kearny até a Broadway e pela Broadway até o Larrouy's. O Larrouy's estava movimentado, principalmente perto da porta, com clientes entrando e saindo. Eu estava a mais ou menos um metro e meio da garota quando ela parou um garçom e perguntou, num sussurro excitado o bastante para que eu pudesse ouvir:

– O Red está aqui?

O garçom sacudiu a cabeça:

– Não apareceu esta noite.

A garota saiu da espelunca, caminhando apressadamente sobre os saltos até um hotel na Stockton Street.

Enquanto eu olhava através da fachada de vidro, ela foi até a recepção e falou com o recepcionista, que sacudiu a cabeça. Ela falou de novo, e ele lhe deu um papel e um envelope, no qual ela escreveu com a caneta que havia ao lado da caixa registradora. Antes de eu ter que me deslocar para uma posição mais segura, de onde pudesse cobrir sua saída, vi em que escaninho o bilhete foi colocado.

Do hotel, a garota foi de bonde até a esquina da Market com a Powell e depois caminhou pela Powell até a O'Farrel, onde um jovem de rosto rechonchudo vestindo um sobretudo cinza deixou o meio-fio para lhe dar o braço e levá-la até um ponto de táxi na O'Farrel Street. Deixei-os partir, anotando o número do táxi – o rapaz de rosto rechonchudo parecia mais um cliente do que um amigo.

Faltava pouco para as duas da manhã quando voltei para a Market Street e subi ao escritório. Fiske, que cuida da Agência à noite, disse que Jack Counihan não havia dado sinal; nada mais havia sido registrado. Pedi que ele me arrumasse um agente e, em dez ou quinze minutos, ele conseguiu tirar Mickey Linehan da cama e botá-lo no telefone.

– Escute aqui, Mickey – eu disse. – Escolhi a melhor esquina para você passar o resto da noite. Então prenda as fraldas e se arraste até lá, está bem?

Em meio a seus resmungos e palavrões, dei a ele o nome e o número do hotel da Stockton Street, descrevi Red O'Leary e lhe disse em que escaninho o bilhete havia sido colocado.

– Pode não ser a casa de Red, mas a possibilidade justifica a cobertura – eu disse. – Se você o pegar, tente não perdê-lo antes de eu conseguir mandar alguém para tirá-lo das suas mãos. – Desliguei em meio à explosão de xingamentos que o insulto provocou.

A delegacia de polícia estava movimentada quando cheguei lá, embora ninguém ainda tivesse tentado invadir a cadeia do andar de cima. Novos lotes de figuras suspeitas eram trazidos a cada poucos minutos. Havia policiais uniformizados e à paisana por tudo. A sala dos detetives parecia uma colméia.

Trocando informações com os detetives policiais, contei-lhes sobre o garoto armênio. Estávamos organizando um grupo para ir até o corpo quando a porta do capitão se abriu, e o Tenente Duff entrou na sala de reuniões.

– *Allez! Oop!* – disse ele, apontando um dedo grosso para O'Gar, Tully, Reecher, Hunt e eu. – Tem algo que vale a pena ver na Fillmore.

Nós o seguimos até um automóvel.

Uma casa de madeira cinza na Fillmore Street era o nosso destino. Havia um monte de pessoas no meio da rua olhando para a casa. Um camburão da polícia estava parado na frente, e policiais uniformizados entravam e saíam.

Um cabo de bigode ruivo saudou Duff e nos levou para dentro da casa, explicando no caminho:

– Os vizinhos nos telefonaram, reclamando da briga, e quando chegamos aqui, por Deus, não havia mais briga alguma.

Tudo o que havia na casa eram quatorze homens mortos.

Onze deles tinham sido envenenados – overdoses de drogas na bebida, disse o médico. Os outros três tinham sido mortos a tiros, em intervalos, ao longo do corredor. Pela aparência dos corpos, eles haviam bebido – todas –, e os que não haviam bebido, fosse por temperança ou natureza desconfiada, tinham sido mortos ao tentarem fugir.

A identidade dos corpos nos dava uma idéia de a que estavam brindando. Eram todos ladrões – haviam brindado com veneno o roubo do dia.

Não conhecíamos todos os homens na ocasião, mas todos conhecíamos alguns deles, e mais tarde os registros nos disseram quem eram os outros. A lista completa era uma espécie de *Quem é Quem no Reino dos Vigaristas*.

Tinha o Dis-and-Dat Kid, que havia fugido de Leavenworth apenas dois meses antes. Sheeny Holmes; Snohomish

Shitey, supostamente morto como herói na França em 1919; L. A. Slim, de Denver, sem meias e sem cuecas, como sempre, com uma nota de mil dólares costurada em cada ombreira do casaco; Spider Girucci vestindo um colete de malha de aço sob a camisa e com uma cicatriz que ia do topo da cabeça ao queixo, onde seu irmão o havia cortado anos atrás; Old Pete Best, um ex-deputado; Nigger Vohan, que uma vez ganhou US$ 175 mil num jogo de dados em Chicago – *Abracadabra* tatuado nele em três lugares; Alphabet Shorty McCoy; Tom Brooks, cunhado de Alphabet Shorty, que inventou a agitação de Richmond e comprou três hotéis com os lucros; Red Cudahy, que assaltou um três da Union Pacific em 1924; Denny Burke; Bull McGonickle, ainda pálido depois de quinze anos na penitenciária de Joliet; Toby the Lugs, companheiro de Bull, que costumava se vangloriar de ter batido a carteira do presidente Wilson num teatro de vaudevile em Washington; e Paddy, o Mexicano.

Duff olhou para eles e assoviou.

– Mais alguns golpes como este – disse ele –, e vamos todos ficar sem emprego. Não vai mais haver bandidos contra os quais precisemos defender os cidadãos pagadores de impostos.

– Que bom que você gostou – eu disse. – Eu... eu detestaria ser um policial de São Francisco nos próximos dias.

– Por quê?

– Olhe para isso... uma grande peça de traição. Essa cidade está cheia de rapazes malvados que, neste exato momento, estão esperando que esses presuntos levem a eles a parte que lhes cabe do roubo. O que você acha que vai acontecer quando ficarem sabendo que não vai haver nada para o pessoal? Vai haver mais de cem marginais soltos por aí ocupados em conseguir grana para fugir. Vai haver três roubos por quarteirão e um assalto em cada esquina até o valor da passagem ser levantado. Deus abençoe vocês, meu filho, porque você vai suar para receber o salário!

Duff encolheu os ombros largos e passou por cima de corpos para chegar ao telefone. Quando terminou, telefonei para a Agência.

— Jack Counihan ligou há alguns minutos – disse Fiske, dando-me um endereço na Army Street. – Ele disse que pôs os homens dele lá, com companhia.

Liguei pedindo um táxi e disse a Duff:

— Vou sair um pouco. Dou uma ligada para cá se houver alguma novidade ou não. Você espera?

— Se não demorar muito.

Livrei-me do táxi a duas quadras do endereço que Fiske havia me dado e caminhei pela Army Street para me encontrar com Jack Counihan, plantado numa esquina escura.

— Dei azar – foi o cumprimento que recebi. – Enquanto eu estava telefonando da lanchonete, alguns dos meus amigos escaparam.

— É? Qual é a história?

— Bom, depois que o gorila saiu da casa na Green Street, ele foi de bonde até uma casa na Fillmore Street, e...

— Que número?

O número que Jack me deu era o da casa da morte de onde eu havia acabado de sair.

— Nos dez ou quinze minutos seguintes, mais ou menos dez ou quinze caras entraram na mesma casa. A maioria chegou a pé, sozinho ou em dupla. Então dois carros chegaram juntos, com nove homens dentro – eu contei. Eles entraram na casa, deixando os automóveis na frente. Um táxi passou um pouco depois, e eu o parei, para o caso do meu amigo sair motorizado.

"Não aconteceu coisa alguma por pelo menos meia hora depois que os nove sujeitos entraram. Então parece que todo mundo dentro da casa ficou expansivo, houve uma boa quantidade de gritaria e tiroteio. Durou tempo suficiente para acordar toda a vizinhança. Quando parou, dez homens, eu contei, saíram correndo da casa, entraram nos carros e foram embora. O meu homem era um deles.

"Meu leal táxi e eu saímos atrás deles, que nos trouxeram até aqui e entraram naquela casa ali embaixo, na frente da qual ainda está parado um dos carros. Depois de meia hora, mais ou menos, achei que era melhor eu dar sinal de vida. Assim, deixei o meu táxi na esquina, onde ainda está, com o taxímetro ligado, e fui até o Fiske. Quando voltei, um dos carros havia saído... e eu, pobre de mim!... não sei com quem ele saiu. Sou um imbecil?"

– Claro! Você devia ter levado os carros com você até o telefone. Fique de olho no que sobrou enquanto reúno um esquadrão força bruta.

Fui até a lanchonete e liguei para Duff, relatando onde eu estava e acrescentando:

– Se você trouxer a sua turma junto, talvez tenhamos lucro. Dois carros cheios com os homens que estavam na casa da Fillmore Street e não ficaram por lá vieram para cá, e parte deles talvez ainda esteja aqui, se você for rápido.

Duff trouxe seus quatro detetives e uma dúzia de policiais uniformizados com ele. Cercamos a casa pela frente e por trás. Não perdemos tempo tocando a campainha. Simplesmente derrubamos as portas e entramos. Tudo estava escuro no interior, até as lanternas o iluminarem. Não houve resistência. Normalmente, os seis homens que encontramos lá dentro teriam quase acabado conosco apesar de estarmos em maior número. Mas eles estavam mortos demais para isso.

Olhamos uns para os outros boquiabertos.

– Isso está ficando monótono – reclamou Duff, mordendo um pedaço de tabaco. – O trabalho de todo mundo é mais ou menos o mesmo o tempo todo, mas estou cansado de entrar em quartos cheios de bandidos mortos.

O catálogo ali tinha menos nomes do que o outro, mas eram nomes maiores. O Shivering Kid estava ali – agora ninguém mais iria receber todo o dinheiro de recompensa oferecido por sua captura; Darby M'Laughlin, com os óculos de aros casco de tartaruga tortos no nariz e dez mil dólares em diamantes nos dedos e na gravata; Happy Jim Hacker; Donkey Marr, o último dos Marr de pernas arqueadas, todos matadores, pai e cinco filhos; Toots Salda, o homem mais forte do Reino dos Vigaristas, que um dia havia fugido com dois policiais de Savannah a quem estava algemado; e Rumdum Smith, que matou Lefty Read em Chicago, em 1916 – com um rosário enrolado no pulso esquerdo.

Ali não houve um envenenamento cavalheiresco – aqueles rapazes haviam sido abatidos com uma espingarda .30-.30 equipada com um silenciador caseiro rudimentar, mas eficiente. A espingarda estava sobre a mesa da cozinha. Uma porta ligava a cozinha à sala de jantar. Diretamente em frente à porta, portas duplas – escancaradas – davam para a sala na qual estavam os ladrões mortos. Estavam todos perto da parede da frente, deitados como se tivessem sido enfileirados contra a parede para serem abatidos.

A parede coberta com papel cinza estava toda respingada de sangue, cheia de buracos onde algumas balas haviam atravessado a estrutura completamente. Os olhos jovens de Jack Counihan perceberam uma mancha no papel que não fora acidental. Estava perto do chão, ao lado do Shivering Kid, e a mão direita de Kid estava manchada de sangue. Ele havia escrito na parede antes de morrer – com os dedos mergulhados no próprio sangue e no de Toots Salda. As letras tinham interrupções e falhas nas partes em que os dedos haviam secado e estavam tortas e desordenadas, porque ele deve ter escrito no escuro.

Ao preencher as lacunas, descontando os tremores e adivinhando onde não havia qualquer indicação para nos guiar, conseguimos formar duas palavras: *Big Flora*.

– Isso não significa nada para mim – disse Duff –, mas é um nome, e a maioria dos nomes que temos agora pertence a homens mortos. Então está na hora de acrescentarmos nomes à nossa lista.

– O que vocês acham que aconteceu? – perguntou O'Gar, sargento-detetive da Divisão de Homicídios, olhando para os corpos. – Os parceiros os pegaram de surpresa, puseram-nos contra a parede, e o atirador na cozinha os abateu... bim-bim-bim-bim-bim-bim?

– É o que parece – concordamos.

– Dez deles vieram para cá da Fillmore Street – eu disse. – Seis ficaram aqui. Quatro foram para outra casa... onde parte deles não está eliminando a outra parte. Tudo o que precisamos fazer é seguir os corpos de casa em casa até restar apenas um homem... e é capaz de ele mesmo terminar o serviço para nós, deixando a grana para ser recuperada nos pacotes originais. Espero que vocês não precisem ficar acordados a noite toda para encontrar os restos desse último marginal. Vamos lá, Jack, vamos para casa dormir um pouco.

*

Eram exatamente cinco da manhã quando puxei os lençóis e me deitei na cama. Dormi antes de a última tragada de fumaça do meu Fatima de boa noite sair dos pulmões. O telefone me acordou às 5h15.

Era Fiske falando:

– Mickey Linehan acabou de ligar para dizer que o seu Red O'Leary chegou ao hotel há meia hora.

– Mande prendê-lo – eu disse, e voltei a dormir às 5h17.

Com a ajuda do despertador, rolei para fora da cama às nove, tomei café da manhã e fui até o departamento de detetives para ver como a polícia havia se saído com o ruivo. Não muito bem.

– Ele nos parou – contou o capitão. – Ele tem álibis para a hora dos roubos e para os fatos da noite passada. E nós não podemos sequer acusar o filho da mãe de vadiagem. Ele tem um meio de vida. É vendedor do Dicionário Enciclopédico Universal de Conhecimento Útil e Valioso Humperdickel, ou coisa do gênero. Começou a distribuir os panfletos no dia anterior ao golpe e, na hora do acontecido, estava tocando campainhas e pedindo que comprassem seus malditos livros. Enfim, há três testemunhas que afirmam isso. Na noite passada, esteve num hotel das onze às quatro e meia da manhã de hoje, jogando cartas, e tem testemunhas. Não encontramos porcaria alguma com ele ou em seu quarto.

Pedi o telefone do capitão emprestado para ligar para a casa de Jack Counihan.

– Você poderia identificar algum dos homens que viu nos carros na noite passada? – perguntei depois de tirá-lo da cama.

– Não. Estava escuro, e eles se moviam muito rápido. Mas consegui ter certeza quanto ao meu amigo.

– Não consegue, é? – perguntou o capitão. – Bom, eu posso mantê-lo aqui por 24 horas sem qualquer acusação, e vou fazer isso, mas terei de soltá-lo, a menos que você consiga desencavar alguma coisa.

– E se você o soltar agora? – sugeri, depois de pensar com meu cigarro por alguns minutos. – Como conseguiu um monte de álibis, não teria por que se esconder de nós. Vamos deixá-lo sozinho o dia inteiro... dar-lhe tempo para ter certeza de que não está sendo seguido... e então vamos atrás dele à noite. E ficaremos atrás dele. Alguma informação sobre Big Flora?

– Não. Aquele garoto que foi morto na Green Street era Bernie Bernheimer, também conhecido como o Motsa Kid. Acho que era um ladrãozinho... andava com outros ladrõezinhos... mas não era muito...

O toque do telefone o interrompeu. Ele disse "Alô? Sim. Só um instante" e o estendeu por cima da mesa para mim.

Uma voz feminina:

– Aqui é Grace Cardigan. Liguei para a sua agência, e me disseram onde encontrá-lo. Preciso vê-lo. Você pode me encontrar agora?

– Onde você está?

– Na estação telefônica da Powell Street.

– Estarei aí em quinze minutos – eu disse.

Liguei para Agência, falei com Dick Foley e pedi que ele me encontrasse na esquina da Ellis com a Market imediatamente. Então devolvi o telefone ao capitão, disse "Até mais tarde" e fui até a cidade para cumprir meus compromissos.

Dick Foley estava na esquina combinada quando cheguei lá. Era um pequeno canadense moreno que ficava com quase um metro e meio em seus sapatos de saltos altos, pesava menos que 45 quilos, falava como um telegrama de escocês e era capaz de seguir uma gota de água salgada da Golden Gate a Hong Kong sem jamais perdê-la de vista.

– Você conhece Angel Grace Cardigan? – perguntei.

Ele economizou uma palavra sacudindo a cabeça horizontalmente.

– Vou encontrá-la na estação telefônica. Quando eu terminar, vá atrás dela. É uma mulher inteligente e vai estar procurando por você, de modo que não vai ser moleza, mas faça o que puder.

Os cantos da boca de Dick caíram, e ele foi tomado por um de seus raros acessos de tagarelice.

– Quanto mais difíceis parecem, mais fáceis são – disse ele.

Seguiu atrás de mim a caminho da estação. Angel Grace estava esperando de pé na porta. Seu rosto estava mais taciturno do que eu jamais havia visto e, portanto, menos bonito – exceto por seus olhos verdes, que continham fogo demais para depressão. Tinha um jornal enrolado em uma das mãos. Não falou, sorriu, ou mexeu a cabeça.

– Vamos até o Charley's, onde podemos conversar – eu disse, passando com ela por Dick Foley.

Não tirei um murmúrio dela até estarmos sentados um em frente ao outro à mesa de uma das cabines do restaurante e o garçom ter saído com os nossos pedidos. Então ela abriu o jornal sobre a mesa com as mãos trêmulas.

– Isto aqui é verdade? – perguntou.

Olhei a matéria para que seu dedo trêmulo apontava – um relato do que havia sido descoberto nas ruas Fillmore e Army, mas um relato cauteloso. Num passar de olhos, dava para perceber que nenhum nome havia sido revelado, que a polícia havia censurado a história um bocado. Enquanto fingia ler, eu me perguntava se seria vantajoso dizer à garota que a história era falsa. Como não consegui ver qualquer lucro evidente com isso, poupei minha alma de uma mentira.

– Praticamente exato – admiti.

– Você esteve lá? – ela havia empurrado o jornal para o chão e estava inclinada sobre a mesa.

– Com a polícia.

– O... – sua voz embargou. Os dedos brancos agarravam a toalha de mesa em dois montinhos entre nós. Limpou a garganta. – Quem estava...? – foi até onde conseguiu ir desta vez.

Uma pausa. Esperei. Baixou os olhos, mas não antes de eu ver lágrimas apagarem o fogo que havia neles. Durante a pausa, o garçom veio, serviu nossa comida e foi embora.

– Você sabe o que eu quero perguntar? – disse, rapidamente, com a voz baixa e engasgada. – Ele foi? Ele foi? Pelo amor de Deus, me diga!

Pesei as duas – mentira e verdade, mentira e verdade. Mais uma vez, a verdade triunfou.

– Paddy, o Mexicano foi morto... assassinado... na casa da Fillmore Street – respondi.

As pupilas de seus olhos se encolheram ao tamanho da cabeça de um alfinete para depois se dilatarem novamente até quase cobrirem as íris verdes. Não emitiu som algum.

Sua expressão estava vazia. Pegou um garfo e levou uma porção de salada até a boca... e mais uma. Estendendo o braço, tirei o garfo de sua mão.

– Você só está derramando tudo na roupa – resmunguei. – Não dá para comer sem abrir a boca para pôr a comida dentro.

Ela estendeu as mãos em cima da mesa, em busca das minhas, trêmula, segurando as minhas mãos com dedos que se contorciam tanto que as unhas me arranharam.

– Você não está mentindo para mim? – disse ela, meio entre soluços, meio tagarela. – Você é um cara legal! Foi legal comigo daquela vez na Filadélfia! O Paddy sempre dizia que você era um detetive legal! Você não está me enganando?

– Estou falando sério – garanti a ela. – O Paddy era muito importante para você.

Ela assentiu melancolicamente, recompondo-se, afundando numa espécie de estupor.

– O caminho para vingar-se por ele está aberto – sugeri.
– Você quer dizer...?
– Fale.

Ela ficou me encarando inexpressivamente por um bom tempo, como se estivesse tentando entender o que eu havia dito. Li a resposta em seus olhos, antes que ela a transformasse em palavras.

– Como eu gostaria de poder fazer isso. Mas sou filha de Paperbox-John Cardigan. Não é do meu feitio entregar alguém. Você está do lado errado. Eu não posso mudar de lado. Gostaria de poder. Mas sou uma Cardigan. Vou passar cada instante desejando que você os pegue. E os pegue de jeito, mas...

– Os seus sentimentos são nobres, ou pelo menos as suas palavras – ironizei. – Quem você pensa que é? Joana D'Arc? O seu irmão Frank estaria na cadeia agora se o parceiro dele, Johnny, o Encanador, não o tivesse dedurado aos policiais de Great Falls? Caia na real, queridinha! Você é uma ladra entre ladrões, e os que não traem são traídos. Quem matou o seu Paddy, o Mexicano? Comparsas dele! Mas você não vai se vingar deles porque não seria correto. Meu Deus!

Meu discurso só intensificou a depressão em seu rosto.

– Eu vou me vingar – disse ela. – Mas não posso, não posso ser uma traidora. Não posso contar a você. Se você fosse um pistoleiro, eu... enfim, qualquer ajuda que eu conseguir, será do meu lado do jogo. Deixe estar, está bem? Sei como você se sente, mas... você pode me dizer quem mais além... quem mais foi... foi encontrado naquelas casas?

– Ah, claro! – resmunguei. – Eu digo tudo para você. Deixo você me tirar até a última gota. Mas você não deve me dar nenhuma pista, porque pode ir contra a ética da sua altamente honrosa profissão!

Como mulher que é, ignorou tudo o que eu disse e repetiu:

– Quem mais?

– Nada feito. Mas farei o seguinte, vou dizer dois que não estavam lá... Big Flora e Red O'Leary.

Seu ar anestesiado desapareceu. Estudou meu rosto com olhos verdes escuros e selvagens.

– O Bluepoint Vance estava? – ela perguntou.

– O que você acha? – respondi.

Estudou meu rosto mais um pouco e então se levantou.

– Obrigada pelo que você me contou – disse. – E por se encontrar comigo assim. Espero que vocês vençam.

E saiu para ser seguida por Dick Foley. Comi meu almoço.

Às quatro horas daquela tarde, Jack Counihan e eu paramos nosso automóvel alugado no campo de visão da porta da frente do hotel Stockton.

– Ele limpou a barra com a polícia, então não tem motivo para ter se mudado, acho – eu disse a Jack. – E eu prefiro não mexer com o pessoal do hotel, pois não os conheço. Se ele não aparecer até mais tarde, teremos que partir contra eles.

Nós nos acomodamos, fumamos cigarros, tentamos adivinhar qual seria o próximo campeão dos pesos-pesados e discutimos onde comprar gim de boa qualidade e o que fazer com ele. Falamos sobre a injustiça da nova regra da Agência segundo a qual, para efeitos de gastos em serviço, Oakland não era considerado fora da cidade e outros assuntos empolgantes do gênero, que nos ocuparam das quatro da tarde até pouco depois das nove da noite.

Às 9h10, Red O'Leary saiu do hotel.

– Deus é bom – disse Jack, saltando de dentro do carro para fazer o trabalho a pé enquanto eu ligava o motor.

O gigante cabeça de fogo não nos levou muito longe. Foi engolido pela porta da frente do Larrouy's. Quando consegui estacionar o carro e entrar na espelunca, tanto O'Leary quanto Jack haviam se sentado. A mesa de Jack era na beirada da pista de dança. A de O'Leary, do outro lado do estabelecimento, encostada na parede, perto de um canto. Um casal loiro e gordo estava deixando uma mesa naquele canto quando entrei, de modo que convenci o garçom a me deixar ficar com aquela.

O rosto de O'Leary estava virado três quartos para mim. Ele observava a porta da frente com uma seriedade que subitamente virou felicidade quando uma garota apareceu. Era a garota que Angel Grace havia chamado de Nancy Regan. Eu já disse que ela era bonita. Bom, ela era. E o chapeuzinho azul coquete que escondia todo o seu cabelo não prejudicava em nada a sua beleza naquela noite.

O ruivo se levantou atabalhoadamente e empurrou um garçom e alguns clientes para fora do caminho enquanto ia ao encontro dela. Como recompensa por seu entusiasmo, recebeu alguns xingamentos que não pareceu escutar e um sorriso de olhos azuis e dentes brancos que era... bem... bonito. Levou-a até sua mesa e acomodou-a numa cadeira de frente para mim, sentando-se muito de frente para ela.

Sua voz era um rugido barítono, do qual meus ouvidos bisbilhoteiros não conseguiram identificar palavra alguma. Ele parecia estar contando muitas coisas a ela, que prestava atenção como se estivesse gostando do que ouvia.

– Mas, Reddy, meu querido, você não devia ter feito isso – ela disse uma vez. Sua voz – eu conheço outras palavras, mas vamos nos ater a esta – era bonita. Apesar do perfume de almíscar, tinha qualidade. Quem quer que fosse aquela mulher de pistoleiro, ou ela tinha tido um bom começo de vida, ou havia aprendido muito bem. Vez ou outra, quando a banda parava para respirar, eu pegava algumas palavras, mas elas não me diziam nada exceto que nem ela nem seu companheiro brigão tinham qualquer coisa um contra o outro.

O lugar estava quase vazio quando ela entrou. Às dez horas, estava relativamente lotado, e dez horas é cedo para os clientes do Larrouy's. Passei a prestar menos atenção à garota de Red – ainda que ela fosse bonita – e mais aos meus outros vizinhos. Ocorreu-me que não havia muitas mulheres à vista. Ao tentar confirmar essa impressão, encontrei poucas mulheres em proporção ao número de homens. Homens – homens com caras de rato, homens com maxilares quadrados, homens de queixo frouxo, homens pálidos, homens mirrados, homens de aparência engraçada, homens com jeito de durões, homens comuns – sentados em dois a uma mesa, em quatro, mais homens entrando – e pouquíssimas mulheres.

Esses homens conversavam uns com os outros como se não estivessem muito interessados no que estavam dizendo. Olhavam casualmente ao redor, com olhares que ficavam mais vazios ao se aproximarem de O'Leary. E aqueles olhares casuais e entediados sempre pousavam em O'Leary por um ou dois segundos.

Voltei a direcionar minha atenção a O'Leary e Nancy Regan. Ele estava sentado um pouco mais ereto na cadeira do que antes, mas era uma postura tranqüila e suave. E embora seus ombros estivessem um pouco arqueados, não havia tensão neles. Ela lhe disse alguma coisa. Ele riu, virando o rosto para o centro do salão, para que parecesse não estar rindo apenas do que ela havia dito, mas também daqueles homens sentados ao seu redor, esperando. Foi uma risada sincera, jovial e despreocupada.

A garota pareceu surpresa por um instante, como se algo na risada a intrigasse. Então prosseguiu com o que quer que fosse que estivesse contando a ele. Concluí que ela não sabia que estava sentada sobre dinamite. O'Leary sabia. Cada centímetro e cada gesto seu diziam "Sou grande, forte, jovem, durão e ruivo. Quando vocês quiserem se mexer, estarei aqui."

O tempo passou. Alguns poucos casais dançavam. Jean Larrouy percorria o salão com uma preocupação sombria em seu rosto redondo. Estava com a casa cheia de clientes, mas preferiria que estivesse vazia.

Mais ou menos às onze horas, levantei-me e acenei para Jack Counihan. Ele se aproximou, trocamos um aperto de mãos e cumprimentos, e ele se sentou comigo à mesa.

– O que está acontecendo? – perguntou ele, encoberto pelo barulho da banda. – Não estou vendo nada, mas tem alguma coisa no ar. Ou estou sendo neurótico?

– Você logo vai ficar. Os lobos estão se reunindo, e Red O'Leary é o cordeiro. Há cordeiros mais mansos, mas essas figuras ajudaram a roubar um banco, e quando chegou o dia do pagamento, não havia nada em seus envelopes, nem mesmo os envelopes. Espalharam a informação de que talvez Red soubesse o porquê. Isso explica a situação. Agora estão esperando, talvez por alguém, talvez até terem bebida suficiente dentro deles.

– E estamos sentados aqui porque é a mesa mais próxima do alvo das balas de todos esses sujeitos quando a tampa explodir? – perguntou Jack. – Vamos para a mesa do Red. É ainda mais perto, e eu gosto bastante da aparência da garota que está com ele.

– Não seja impaciente, você vai se divertir – prometi. – Não faz sentido matarem esse O'Leary. Se negociarem com ele de modo cavalheiresco, nós vamos embora. Mas se começaram a atirar coisas nele, você e eu vamos liberar ele e a namorada.

– Bem falado, meu amigo! – Ele sorriu, com o contorno dos lábios muito branco. – Há algum detalhe, ou vamos simplesmente libertá-los discretamente?

– Está vendo a porta atrás de mim, à direita? Quando a coisa estourar, irei até lá abri-la. Você cuida do meio do caminho. Quando eu gritar, você dá a Red toda a ajuda de que ele precisar para chegar até lá.

– Sim, senhor! – Ele olhou ao redor para os bandidos ali reunidos, umedeceu os lábios e olhou para a mão que segurava o cigarro. Estava trêmula. – Espero que você não pense que sou um medroso – disse ele. – Mas não sou um velho matador como você. Fico incomodado com essa matança em potencial.

– Incomodado o caramba – eu disse. – Você está morto de medo. Mas nada de bobagens, hein! Se você tentar fazer um drama, vou acabar com o que quer que esses gorilas deixem sobrar de você. Faça o que eu mandar e nada mais. Se tiver qualquer idéia brilhante, guarde-a para me contar depois.

– Ah, a minha conduta será extremamente exemplar! – assegurou-me.

Já era quase meia-noite quando chegou o que os lobos estavam esperando. O último resquício de indiferença fingida abandonou as expressões que vinham ganhando tensão gradualmente. Cadeiras e pés se arrastaram com os homens se afastando um pouco das mesas. Os músculos deixaram os corpos prontos para a ação. As línguas lamberam os lábios, e os olhos observaram atentamente a porta da frente.

Bluepoint Vance estava entrando no salão. Entrou sozinho, acenando com a cabeça para conhecidos de um lado e outro, carregando o corpo alto com elegância, tranqüilamente, em sua roupa bem cortada. Seu rosto de traços marcantes estava sorridente e autoconfiante. Aproximou-se sem pressa e sem demora da mesa de Red O'Leary. Eu não podia ver o rosto de Red, mas os músculos de seu pescoço ficaram tensos. A garota sorriu cordialmente para Vance e estendeu-lhe a mão. Foi um gesto natural. Ela não sabia de nada.

Vance desviou o sorriso de Nancy Regan para o gigante ruivo – um sorriso que parecia o de um gato para um camundongo.

– Como estão as coisas, Red? – perguntou.

– Tudo ótimo – respondeu ele, asperamente.

A banda havia parado de tocar. De pé ao lado da porta da rua, Larrouy secava a testa com um lenço. Na mesa à minha direita, um brutamontes atarracado de nariz quebrado vestindo um terno listrado respirava pesadamente entre os dentes de ouro, com os úmidos olhos cinzentos saltados para O'Leary, Vance e Nancy. Ele não estava de forma alguma sozinho – havia muitos outros na mesma pose.

Bluepoint Vance virou a cabeça e chamou um garçom:

– Traga uma cadeira.

O garçom trouxe a cadeira, que pôs no lado desocupado da mesa, de frente para a parede. Vance sentou-se, atirando-se na cadeira, inclinando-se indolentemente para Red, com o braço esquerdo enganchado sobre as costas da cadeira, a mão direita segurando um cigarro.

— Bem, Red — disse, depois de estar assim instalado —, você recebeu notícias minhas?

Falou com a voz suave, mas num tom suficientemente alto para que os ocupantes das mesas próximas escutassem.

— Nenhuma. — A voz de O'Leary não fingia amizade ou cautela.

— O quê? Nada de grana? — O sorriso de lábios finos de Vance se abriu, e seus olhos escuros tinham um brilho alegre, mas nada agradável. — Ninguém deu nada para você dar para mim?

— Não — respondeu O'Leary enfaticamente.

— Meu Deus! — disse Vance, com o sorriso na boca e nos olhos ficando mais profundo, e ainda menos agradável. — Isso é ingratidão! Você me ajuda a cobrar, Red?

— Não.

Eu estava irritado com aquele ruivo — não tinha certeza se deveria deixá-lo sair quando a tempestade irrompesse. Por que não tinha armado sua saída... inventado uma história fantasiosa que Bluepoint seria obrigado a aceitar? Mas não... aquele garoto O'Leary tinha um orgulho tão infantil de sua fama de durão que precisava exibi-la, quando deveria estar usando a cabeça. Se fosse apenas a sua própria carcaça que estivesse correndo o risco de levar uma surra, tudo bem. Mas não era justo que Jack e eu também tivéssemos que sofrer. Ele era um pedaço valioso demais para perdermos. Teríamos que nos machucar muito para salvá-lo das recompensas que ele merecia por sua própria teimosia. Não havia justiça na situação.

— Tenho muito dinheiro para receber, Red — disse Vance num tom distante e debochado. — E preciso desse dinheiro. — Tragou o cigarro, soprou casualmente a fumaça no rosto do ruivo e seguiu falando lentamente. — Sabia que a lavanderia cobra 26 centavos só para lavar um pijama? Eu preciso de dinheiro.

– Durma de cueca – disse O'Leary.

Vance riu. Nancy Regan sorriu, mas de um jeito perplexo. Ela parecia não saber do que se tudo se tratava, mas desconfiava de que era sobre alguma coisa.

O'Leary inclinou-se para frente e falou deliberadamente, alto o bastante para qualquer um escutar:

– Bluepoint, não tenho nada para dar a você... nem agora nem nunca. E isso vale para qualquer outro que esteja interessado. Se você ou eles pensam que lhes devo alguma coisa, tentem pegar. Vá para o inferno, Bluepoint Vance! Se não gosta disso, tem os seus amigos aqui. Chame-os!

Que jovem idiota de primeira! Só uma ambulância lhe serviria... e eu acabaria sendo arrastado junto.

Vance sorriu maldosamente, com os olhos faiscando para o rosto de O'Leary.

– Você gostaria disso, Red?

O'Leary levantou os ombros enormes e os soltou em seguida.

– Não me importo com uma briga – disse. – Mas gostaria que Nancy ficasse de fora. – Virou-se para ela: – É melhor sair, querida, vou ficar ocupado.

Ela começou a dizer alguma coisa, mas Vance estava falando com ela. Falou em voz baixa e não fez qualquer objeção quanto a ela sair. O que disse foi que ela se sentiria solitária sem Red. Mas entrou intimamente nos detalhes dessa solidão.

A mão direita de Red O'Leary estava sobre a mesa. Subiu até a boca de Vance. A mão estava fechada quando chegou lá. Um golpe desses é complicado de acertar. O corpo não consegue imprimir muita força. Teria que depender dos músculos do braço, e não dos melhores deles. Ainda assim, Bluepoint Vance foi derrubado da cadeira, caindo sobre a outra mesa.

As cadeiras do Larrouy's se esvaziaram. A festa havia começado.

– Fique alerta – resmunguei para Jack Counihan e, fazendo de tudo para parecer o homenzinho gordo e nervoso que eu era, corri em direção à porta dos fundos, passando por homens que se moviam calmamente para O'Leary. Eu devia estar parecendo um medroso assustado, porque ninguém me parou, e cheguei à porta dos fundos antes de o bando ter se aproximado de Red. A porta estava fechada, mas não trancada. Virei de costas para ela, com o cassetete na mão direita e a arma na esquerda. Havia vários homens na minha frente, mas de costas para mim.

O'Leary estava se levantando diante da mesa, o rosto vermelho durão cheio de desafio, o corpanzil equilibrado na ponta dos pés. Do nosso lado, Jack Counihan estava de pé com o rosto virado para mim, a boca se contorcendo num sorriso nervoso, os olhos dançando de alegria. Bluepoint Vance estava novamente de pé. Um fio de sangue escorria de seus lábios finos pelo queixo. Tinha os olhos indiferentes. Olhava para Red O'Leary com a expressão pragmática de um lenhador avaliando a árvore que está prestes a derrubar. O bando de Vance observava Vance.

– Red! – Gritei, em meio ao silêncio. – Por aqui, Red!

Os rostos se viraram para mim – todos os rostos do lugar – milhões deles.

– Vamos lá, Red! – gritou Jack Counihan, dando um passo para frente, com a arma na mão.

A mão de Bluepoint Vance avançou para a abertura de seu casaco. A arma de Jack disparou contra ele. Bluepoint havia se atirado no chão antes de o garoto apertar o gatilho. A bala passou longe, mas o disparo de Vance tinha sido prejudicado.

Red levantou a garota com o braço esquerdo. Uma grande pistola automática surgiu em seu punho direito. Não prestei muita atenção nele depois disso. Estava ocupado.

A casa de Larrouy estava repleta de armas – pistolas, facas, cassetetes, socos-ingleses, cadeiras e garrafas quebradas e diversos utensílios de destruição. Alguns homens levaram as armas para mexer comigo. O objetivo do jogo era me afastar da minha porta. O'Leary teria gostado daquilo. Mas eu não era um jovem desordeiro de cabelos de fogo. Estava com quase quarenta anos e dez quilos acima do peso. Tinha o gosto pela tranquilidade que vem com a idade e o peso. Tranquilidade foi o que menos consegui.

Um português vesgo feriu meu pescoço com uma faca que estragou a minha gravata. Atingi-o com um golpe acima da orelha com a lateral da arma antes que ele conseguisse escapar e vi a orelha se desprender da cabeça. Um garoto sorridente de mais ou menos vinte anos saltou para as minhas pernas – um movimento de jogo de futebol americano. Senti seus dentes no joelho que levantei. Senti-os quebrarem. Um mulato com a pele marcada de catapora empurrou um cano de arma por cima do ombro do homem à sua frente. Meu cassetete esmagou o braço do sujeito à frente.

Disparei duas vezes – uma quando uma arma foi apontada a trinta centímetros do meu peito, outra quando descobri um homem de pé em cima de uma mesa não muito longe mirando cuidadosamente a minha cabeça. No mais, confiei em meus braços e pernas e economizei munição. A noite era uma criança, e eu tinha apenas doze balas – seis na arma e seis no bolso.

Foi um belo saco de gatos. Soco de direita, soco de esquerda, chute, soco de direita, soco de esquerda, chute. Sem hesitar, sem procurar por alvos. Deus providenciará que sempre haja um alvo para a sua arma ou o seu cassetete acertar e uma barriga para o seu pé.

Uma garrafa conseguiu encontrar a minha testa. Meu chapéu me protegeu um pouco, mas o golpe não me fez muito bem. Fiquei tonto e quebrei um nariz, quando devia ter quebrado um crânio. O ambiente parecia abafado, mal ventilado. Alguém devia avisar Larrouy disso. Que tal essa porrada nas têmporas, loirão? Esse rato à minha esquerda está chegando perto demais. Vou atraí-lo inclinando-me para a direita para acertar o mulato e depois vou me atirar de costas em cima dele com tudo. Nada mal! Mas não consigo continuar assim a noite toda. Onde estão Red e Jack? Assistindo de longe?

Alguém me atingiu no ombro com alguma coisa – um piano, pela sensação. Não consegui evitar. Outra garrafa atirada levou meu chapéu e parte do escalpo. Red O'Leary e Jack Counihan saíram empurrando todo mundo, arrastando a garota entre eles.

Enquanto Jack levava a garota pela porta, Red e eu abrimos um pouco de espaço à nossa frente. Ele era bom nisso. Eu não o acompanhei, mas deixei-o fazer todo o exercício que queria.

– Muito bem! – gritou Jack.

Red e eu passamos pela porta e a batemos. Não permaneceria fechada nem que estivesse trancada. O'Leary atirou três vezes contra ela para dar aos demais algo no que pensar, e fugirmos.

Estávamos numa passagem estreita iluminada por uma lâmpada relativamente clara. Na outra ponta havia uma porta fechada. No meio do caminho, à direita, uma escada levava para cima.

– Seguimos adiante? – perguntou Jack, que estava à frente.

– Sim – respondeu O'Leary.

– Não – disse eu. – Vance já deve ter mandado bloquear aquela passagem, se os policiais não o fizeram. Vamos para cima... para o telhado.

Chegamos à escada. A porta atrás de nós se abriu num estouro. A luz se apagou. A porta na outra ponta da passagem se abriu. Nenhuma luz entrou por qualquer das portas. Vance ia querer luz. Larrouy deve ter acionado o interruptor, tentando evitar que sua espelunca fosse destruída.

A passagem escura fervilhava em tumulto enquanto subíamos a escada usando o tato como guia. Quem quer que houvesse entrado pela porta dos fundos estava se misturando com os que nos seguiam – misturando-se com golpes, xingamentos e alguns tiros ocasionais. Mais poder a eles! Subimos a escada com Jack à frente, a garota em seguida, depois eu, e, por último, O'Leary.

Galantemente, Jack guiava o caminho para a garota:

– Cuidado com o degrau, meia volta à esquerda agora, apóie a mão na parede e...

– Cale a boca! – resmunguei. – É melhor ela cair do que todo mundo lá atrás nos alcançar.

Chegamos ao segundo andar. Estava uma escuridão absoluta. O prédio tinha três andares.

– Perdi os degraus – reclamou Jack.

Tateamos no escuro, atrás do lance de escada que deveria nos levar em direção ao telhado. Não o encontramos. A confusão lá embaixo estava se acalmando. A voz de Vance dizia a seus capangas que eles estavam se misturando e perguntava aonde tínhamos ido. Ninguém parecia saber. Nós também não.

– Vamos lá – resmunguei, abrindo caminho pelo corredor escuro em direção aos fundos do prédio. – Precisamos ir para algum lugar.

Ainda havia barulho lá embaixo, mas a briga tinha acabado. Homens falavam em pegar lanternas. Tropecei numa porta no final do corredor e a abri. Era um ambiente com duas janelas, pelas quais vinha um brilho suave das luzes da rua. Parecia muito claro depois do corredor. Meu pequeno rebanho me seguiu para dentro, e fechamos a porta.

Red O'Leary estava do outro lado do cômodo, com a cabeça para fora por uma janela aberta.

– É a rua dos fundos – sussurrou. – O único jeito de descer é caindo.

– Alguém à vista? – perguntei.

– Não estou vendo ninguém.

Olhei ao redor – cama, duas cadeiras, cômoda e uma mesa.

– Vamos atirar a mesa pela janela – eu disse. – Vamos jogá-la o mais longe que conseguirmos e esperar que o barulho os leve até lá fora antes que eles resolvam olhar aqui em cima.

Red e a garota estavam garantindo um ao outro que ainda estavam inteiros. Ele se afastou dela para me ajudar com a mesa. Nós a balançamos, impulsionamos e soltamos. Ela foi muito bem, batendo direto na parede do prédio em frente, caindo num pátio onde fez muito barulho sobre uma pilha de metal, uma coleção de latas de lixo ou qualquer outra coisa lindamente ruidosa. Dava para ouvir a uma quadra e meia de distância.

Nos afastamos da janela quando uma porção de homens saiu pela porta dos fundos do Larrouy's.

Sem ter encontrado qualquer ferimento em O'Leary, a garota havia voltado sua atenção para Jack Counihan, que tinha um corte na bochecha. Ela estava mexendo no corte com um lenço.

– Quando você terminar isso – dizia Jack –, irei lá fora ficar com um desses do outro lado.

— Eu nunca vou terminar se você continuar falando e mexendo a bochecha.

— É uma ótima idéia – exclamou ele. – São Francisco é a segunda maior cidade da Califórnia. Sacramento é a capital do estado. Você gosta de geografia? Devo falar sobre Java? Não conheço, mas tomo o café de lá. Se...

— Bobo! – disse ela, rindo. – Se você não ficar parado, vou parar agora.

— Não é uma boa idéia – disse ele. – Vou ficar parado.

Ela não estava fazendo nada além de limpar o sangue do rosto dele, sangue que seria melhor deixar ali para secar. Quando terminou esse procedimento perfeitamente inútil, afastou a mão lentamente, observando com orgulho os resultados quase imperceptíveis. Quando passou a mão perto da boca dele, Jack inclinou a cabeça para frente e beijou a ponta de um dos dedos.

— Bobo! – ela repetiu, afastando a mão.

— Pare com isso, ou arrebento você – disse Red O'Leary.

— Vá se catar – disse Jack Counihan.

— Reddy! – gritou a garota, tarde demais.

A direita de O'Leary voou. Jack levou o soco no nariz e caiu no chão. O ruivo girou nos calcanhares para me enfrentar.

— Tem algo a dizer? – perguntou.

Sorri para Jack e olhei para Red.

— Estou envergonhado por ele – respondi. – Apanhar de um lutador de segunda que começa com a direita.

— Quer experimentar?

— Reddy! Reddy! – implorava a garota, mas ninguém a estava escutando.

— Se você vai começar com a direita – eu disse.

— Eu vou – prometeu ele. E cumpriu.

Eu me exibi, tirando a cabeça do caminho e pousando o indicador no queixo dele.

— Isto aqui podia ser um soco-inglês – eu disse.

— Ah é? Este aqui é.

Consegui ficar abaixo da esquerda dele, levando um golpe do antebraço na nuca. Mas isso meio que acabou com as acrobacias. Parecia que, no mínimo, teria que ver o que seria capaz de fazer a ele. A garota agarrou o braço de Red e não largou.

– Reddy, querido, você já não brigou o bastante por uma noite? Não consegue ser sensato, mesmo sendo irlandês?

Fiquei tentado a acertar-lhe o queixo enquanto sua parceira o segurava.

Ele riu para ela, abaixou a cabeça para beijá-la na boca e sorriu para mim.

– Sempre tem uma outra oportunidade – disse, bem-humorado.

– É melhor darmos o fora daqui se pudermos – eu disse. – Você fez barulho demais para estarmos seguros.

– Não se afobe, baixinho – ele disse. – Segurem-se em mim, e eu levo vocês para fora.

Que grande vagabundo. Não fosse por Jack e eu, não haveria como nos segurarmos nele àquela altura.

Fomos até a porta, ficamos ouvindo e não escutamos nada.

– A escada até o terceiro andar deve ser em frente – sussurrei. – Vamos atrás dela agora.

Abrimos a porta com cuidado. A luz que passou por nós até o corredor foi suficiente para revelar a promessa do vazio. Caminhamos silenciosamente pelo corredor, Red e eu segurando nas mãos da garota. Esperava que Jack ficasse bem, mas ele mesmo tinha se nocauteado, e eu tinha meus próprios problemas.

Eu não sabia que o Larrouy's era grande o bastante para ter três quilômetros de corredor. Mas tinha. Era um quilômetro e meio de escuridão até o topo da escada pela qual havíamos subido. Não paramos para ouvir as vozes lá embaixo. Ao final da outra metade do caminho, o pé de O'Leary encontrou o primeiro degrau do lance de escada que levava para cima.

Só então se ouviu um grito no topo do outro lance de escada.

– Todos para cima... eles estão lá em cima!

Uma luz branca brilhou sobre o sujeito que gritou, e um irlandês falou com ele lá debaixo.

– Desça aqui, seu falastrão.

– A polícia – sussurrou Nancy Regan, e nós subimos correndo a nossa recém-encontrada escada até o terceiro andar.

Mais escuridão, exatamente como a que havíamos deixado para trás. Ficamos parados no topo da escada. Não parecia que tínhamos companhia.

– O telhado – eu disse. – Vamos acender uns fósforos.

Num canto, a nossa fraca chama de fósforo encontrou uma escada pregada à parede, levando a um alçapão no teto. O mais rapidamente possível, chegamos ao telhado do Larrouy's, fechando o alçapão atrás de nós.

– Tudo bem até agora – disse O'Leary. – E se o traidor do Vance e os policiais ficarem brincando mais um pouco... estamos feitos.

Guiei o caminho pelos telhados. Saltamos três metros para o prédio seguinte, subimos um pouco para o próximo e encontramos do outro lado deste uma saída de incêndio que ia até um pátio estreito com uma abertura que dava para a rua dos fundos.

– Isso deve servir – eu disse, descendo a escada.

A garota veio atrás de mim, seguida por Red. O pátio para o qual saltamos estava vazio – era uma passagem estreita de cimento entre dois edifícios. A base da saída de incêndio rangeu ao se aproximar do chão com o meu peso, mas o barulho não chamou atenção alguma. Estava escuro, mas não era uma escuridão absoluta.

– Quando chegarmos à rua, nós nos separamos – disse-me O'Leary, sem uma palavra de gratidão por minha ajuda, a ajuda que ele não parecia saber que precisara. – Você faz a sua parte, que nós fazemos a nossa.

– Arrã – concordei, pensando na situação. – Vou fazer o reconhecimento do beco primeiro.

Com cuidado, escolhi o caminho até o final do pátio e arrisquei o topo da minha cabeça sem chapéu para espiar a rua dos fundos. Estava tudo calmo, mas, no canto, um quarto da quadra acima, dois vagabundos pareciam vagabundear atentamente. Não eram policiais. Pus os pés na rua e acenei para eles. Não conseguiriam me reconhecer àquela distância, com aquela iluminação, e não havia por que pensarem que eu não pertencia ao grupo de Vance, se fosse este o caso deles.

Quando eles começaram a vir na minha direção, voltei para o beco e assoviei para Red. Ele não era o tipo de sujeito que alguém precisava chamar duas vezes para uma briga. Aproximou-se exatamente quando os outros chegaram. Peguei um. Ele pegou o outro.

Como queria criar um tumulto, tive de trabalhar feito uma mula para consegui-lo. Aquelas criaturas eram duas presas fáceis. Não havia um grama de briga numa tonelada deles. O que ficou comigo não soube o que fazer com o meu ataque. Estava com uma arma, mas deixou-a cair logo no começo, e, na briga, ela foi chutada para longe de seu alcance. Ele ficou firme enquanto eu suava sangue para segurá-lo em posição. A escuridão ajudou, mas mesmo assim não foi fácil fingir que ele estava resistindo enquanto eu o posicionava atrás de O'Leary, que não estava tendo dificuldade alguma com o capanga dele.

Finalmente, consegui. Eu estava atrás de O'Leary, que tinha empurrado o dele contra a parede com uma das mãos e se preparava para socá-lo novamente com a outra. Prendi a mão esquerda no pulso do meu parceiro de briga, girei seu braço até ele se ajoelhar, saquei a arma e atirei nas costas de O'Leary, logo abaixo do ombro direito.

Red cambaleou, empurrando o cara dele contra a parede. Eu bati no meu com a coronha da arma.

– Ele acertou você, Red? – perguntei, segurando-o com um braço e atingindo seu prisioneiro na cabeça.

– Sim.

– Nancy – chamei.

Ela correu até nós.

– Segure o outro lado dele – eu disse. – Fique de pé, Red, e vamos conseguir escapar numa boa.

Ainda estava muito cedo para deixá-lo mais lento, embora seu braço direito estivesse imóvel. Corremos pela rua dos fundos até a esquina. Estávamos sendo perseguidos antes de chegarmos ao destino. Rostos curiosos nos olhavam na rua. Um policial localizado a uma quadra começou a caminhar em nossa direção. Com a garota ajudando O'Leary de um lado e eu do outro, corremos por meia quadra para longe do patrulheiro, até onde eu deixara o automóvel que Jack e eu havíamos usado. A rua já estava movimentada quando consegui fazer o motor funcionar, e a garota tinha acomodado Red com segurança no banco traseiro. O policial deu um grito e atirou para o alto atrás de nós. Deixamos o local.

Como ainda não tinha um destino em especial, depois do primeiro impulso de velocidade necessário, diminuí o ritmo, virei em várias esquinas e parei o veículo numa rua escura depois da Van Ness Avenue.

Red estava caído num canto do banco de trás, com a garota o segurando, quando me virei e olhei para eles.

– Aonde vamos? – perguntei.

– Para um hospital, um médico, alguma coisa! – gritou a garota. – Ele está morrendo!

Eu não acreditava nisso. Se estava morrendo, era por sua própria culpa. Se tivesse sido grato o bastante para me levar junto como amigo, eu não precisaria ter atirado nele para poder ir junto como enfermeiro.

– Para onde, Red? – perguntei a ele, cutucando seu joelho com o dedo.

Ele falou com a voz pastosa, dando o endereço do hotel da Stockton Street.

– Isso, não – protestei. – Todo mundo na cidade sabe que você está hospedado lá. Se voltar, será apanhado. Para onde?

– Para o hotel – ele repetiu.

Então me levantei, sentei-me no banco e me inclinei para conferir seu estado. Ele estava fraco. Não devia ter muito mais resistência. Intimidar um homem que podia estar morrendo não era muito cavalheiresco, mas eu havia investido muito trabalho nele, tentando fazer com que me levasse até os amigos, e não pretendia desistir no meio do caminho. Por um tempo, pareceu que ainda não estava fraco o bastante, como se eu tivesse de atirar nele de novo. Mas a garota se aliou a mim e, juntos, finalmente conseguimos convencê-lo de que sua única aposta segura era ir a algum lugar onde ele pudesse receber o tipo de cuidado necessário. Nós não o convencemos – nós o esgotamos, e ele cedeu porque estava fraco demais para continuar discutindo. E me deu um endereço perto do Holly Park.

Torcendo pelo melhor, apontei o carro para lá.

*

Era uma casa pequena numa fileira de casas pequenas. Tiramos o garotão do carro e o carregamos entre nós até a porta. Ele quase conseguiria percorrer o trajeto sem a nossa ajuda. A rua estava escura. Não havia qualquer luz na casa. Toquei a campainha.

Nada aconteceu. Toquei de novo. E mais uma vez.

– Quem é? – perguntou uma voz rude lá de dentro.

– O Red se feriu – eu disse.

Houve um instante de silêncio. Então a porta abriu alguns centímetros. Pela abertura, veio um facho de luz do interior, o bastante para mostrar o rosto achatado e os músculos maxilares salientes do racha-crânios que havia sido guardião e carrasco do Motsa Kid.

– Que diabos? – perguntou.

– O Red foi atacado. Eles o acertaram – expliquei, empurrando o gigante manco para frente.

Nós não conseguimos entrar de imediato. O racha-crânios ficou segurando a porta como estava.

– Esperem – disse ele, fechando a porta na nossa cara. Ouvimos sua voz lá de dentro: – Flora. – Isso era bom. Red havia nos levado ao lugar certo.

Quando abriu a porta novamente, escancarou-a, e Nancy Regan e eu levamos nosso fardo até o hall de entrada. Ao lado do racha-crânios, uma mulher usando um vestido decotado de seda preta – Big Flora, imaginei.

Ela media mais de um metro e 75 em seus chinelos de saltos altos. Eram chinelos pequenos, e notei que suas mãos sem anéis eram pequenas. O resto não era. Tinha ombros largos, peitos volumosos, braços grossos, com pescoço rosado que, apesar de toda sua suavidade, era musculosa como a de um lutador. Tinha mais ou menos a minha idade – em torno de quarenta anos –, os cabelos curtos muito encaracolados e muito amarelos, a pele muito rosada, e um rosto bonito e brutal. Seus olhos profundos eram cinzentos, os lábios, carnudos, bem desenhados, o nariz, largo e encurvado o bastante para lhe dar uma aparência forte, e tinha queixo suficiente para sustentá-lo. Da testa à garganta, sua pele cor-de-rosa era recheada por músculos suaves, grossos e fortes.

Aquela Big Flora não era de brinquedo. Tinha a aparência e a postura de alguém capaz de ter comandado o roubo e as traições que aconteceram. A menos que seu rosto e seu corpo mentissem, ela tinha força de vontade, física e mental para isso de sobra. Era feita de um material mais forte tanto do que o do brutamonte simiesco ao seu lado quanto do que o do gigante ruivo que eu estava segurando.

– E então? – perguntou, depois de a porta fechar atrás de nós. Sua voz era profunda, mas não masculina. Uma voz que combinava com sua aparência.

– Vance o atacou no Larrouy's. Levou um tiro nas costas – eu disse.

– Quem é você?

– Levem-no para a cama – enrolei. – Temos a noite toda para conversar.

Ela se virou, estalando os dedos. Um velhinho desenxabido apareceu rapidamente de uma porta nos fundos. Seus olhos castanhos eram muito assustadores.

– Vá lá para cima – ela ordenou. – Arrume a cama e consiga água quente e toalhas.

O velhinho subiu a escada feito um coelho reumático.

O racha-crânios assumiu o lado de Red em que estava a garota, e ele e eu carregamos o gigante até um quarto onde o homenzinho corria de um lado para outro com bacias e toalhas. Flora e Nancy Regan nos seguiram. Estendemos o ferido de barriga para baixo sobre a cama e tiramos sua roupa. Ainda corria sangue do buraco da bala. Ele estava inconsciente.

Nancy Regan desmoronou.

– Ele está morrendo! Chamem um médico! Ah, Reddy, meu querido...

– Cale a boca! – disse Big Flora. – Esse maldito idiota devia morrer... ir ao Larrouy's hoje à noite! – Ela pegou o homenzinho pelos ombros e atirou-o em direção à porta.

– Desinfetante e mais água – gritou atrás dele. – Dê-me a sua faca, Pogy.

O sujeito simiesco tirou do bolso um punhal com uma lâmina comprida que havia sido afiada até ficar estreita e fina. Foi esta faca, pensei, que cortou a garganta do Motsa Kid.

Com ela, Big Flora tirou a bala das costas de Red O'Leary.

O simiesco Pogy manteve Nancy Regan num canto do quarto enquanto a operação era realizada. O homenzinho assustado ajoelhou-se ao lado da cama, alcançando à mulher tudo o que ela pedia e limpando o sangue de Red que escorria do ferimento.

Fiquei ao lado de Flora, fumando cigarros do maço que ela havia me dado. Quando levantava a cabeça, eu passava o cigarro da minha boca para a sua. Ela enchia os pulmões com uma tragada que consumia metade do cigarro e assentia. Então eu tirava o cigarro de sua boca. Ela soprava a fumaça e voltava ao trabalho. Eu acendia outro cigarro com o que havia sobrado daquele e me aprontava para sua próxima tragada.

Seus braços nus tinham sangue até os cotovelos. Estava com o rosto encharcado de suor. A situação estava um horror, e a operação demorou muito. Mas, quando ela se ajeitou para a última tragada, a bala estava fora de Red, o sangramento havia cessado, e ele tinha um curativo.

– Graças a Deus acabou – eu disse, acendendo um dos meus próprios cigarros. – Essas coisas que você fuma são terríveis.

O homenzinho assustado limpava tudo. Nancy Regan havia desmaiado numa poltrona do outro lado do quarto, e ninguém estava prestando atenção a ela.

– Fique de olho nesse senhor enquanto eu me lavo, Pogy – Big Flora disse ao racha-crânios, fazendo sinal com a cabeça na minha direção.

Fui até a garota, esfreguei suas mãos, joguei um pouco de água em seu rosto e a fiz despertar.

– A bala saiu. Red está dormindo. Ele vai comprar brigas de novo dentro de uma semana – eu disse.

Ela deu um salto e correu até a cama.

Flora entrou. Tinha se lavado e havia trocado o vestido preto manchado de sangue por um conjunto de quimono verde, que se entreabria aqui e ali, mostrando a roupa de baixo.

– Fale – ordenou, de pé na minha frente. – Quem, o quê e por quê?

– Sou Percy Maguire – respondi, como se esse nome, que eu tinha acabado de inventar, explicasse tudo.

– Isso é quem – disse ela, como se o meu nome falso não explicasse coisa alguma. – Agora diga o quê e por quê.

O simiesco Pogy, de pé ao seu lado, olhou para mim de cima a baixo. Sou baixo e gorducho. Meu rosto não assusta nem uma criança, mas é uma testemunha mais ou menos sincera de uma vida que não foi repleta de refinamento e gentileza. A diversão da noite havia me decorado com manchas roxas e arranhões e havia deixado marcas no que sobraram das minhas roupas.

– Percy – repetiu ele, mostrando os dentes amarelos e separados num sorriso. – Meu Deus, companheiro, os seus pais deviam ser daltônicos!

– Isso é o quê e por quê – insisti com a mulher, sem prestar atenção ao grunhidos vindo do zôo. – Sou Percy Maguire, e quero os meus 150 mil dólares.

Os músculos de suas sobrancelhas caíram sobre seus olhos.

– Você tem 150 mil dólares, é?

Assenti para seu rosto bonito e brutal.

– É – respondi. – Foi para isso que vim.

– Ah, você não os tem? Você os quer?

– Escute aqui, irmãzinha, eu quero a minha grana. – Eu precisava endurecer o jogo se quisesse acabar com ele. – Essa troca de *Ah-você-tem* e *Tenho-sim* só está servindo para me deixar com sede. Nós participamos do grande golpe, sabe? Depois disso, quando descobrimos que o pagamento era uma batida da polícia, eu disse para o garoto com quem estava trabalhando: "Não se preocupe, garoto, nós vamos pegar a nossa parte. Basta seguir o velho Percy." Então o Bluepoint me procurou para me aliar a ele, eu disse "Claro", e eu e o garoto seguimos com ele até cruzarmos com Red naquela espelunca hoje à noite. Daí eu disse ao garoto: "Esses pistoleiros de meia tigela vão acabar com o Red, e isso não vai nos servir para coisa alguma. Vamos levá-lo embora e fazê-lo nos levar até onde a Big Flora está sentada sobre o tesouro. Devemos estar com crédito de uns 150 mil cada um, agora que restaram tão poucos envolvidos. Depois que pegarmos esse dinheiro, tudo bem matar o Red. Mas os negócios vêm antes do prazer, e 150 mil são um bom negócio." Foi o que fizemos. Abrimos uma saída para o grandão quando ele estava sem nenhuma. O garoto se engraçou com a garota no meio do caminho e acabou nocauteado por Red. Por mim, tudo bem. Se ela valia 150 mil para ele... paciência. Eu vim até aqui com o Red. Arrastei o vagabundo para fora depois que ele levou a bala. Por direito, eu devia receber a parte do garoto também... o que significariam 300 mil para mim... mas me dê os 150 de que falei lá no começo e estamos acertados.

Pensei que aquela história toda podia funcionar. Claro que não estava contando em receber dinheiro algum, mas se os soldados rasos do bando não conheciam aquela gente, por que aquela gente conheceria todo mundo do bando?

Flora disse a Pogy:

– Tire aquele negócio maldito da porta da frente.

Eu me senti melhor depois que ele saiu. Ela não o teria mandado tirar o carro se quisesse fazer alguma coisa comigo imediatamente.

– Tem alguma comida por aqui? – perguntei, sentindo-me em casa.

Ela foi até o topo da escada e gritou para baixo:

– Prepare alguma coisa para a gente comer.

Red ainda estava inconsciente. Nancy Regan estava sentada ao seu lado, segurando uma de suas mãos. Seu rosto estava completamente pálido. Big Flora entrou no quarto de novo, olhou para o inválido, pôs a mão em sua testa e sentiu o pulso.

– Venha para baixo – ela disse.

– Eu... eu prefiro ficar aqui, se puder – disse Nancy Regan. A voz e os olhos demonstravam absoluto pavor de Flora.

Sem dizer uma palavra, a mulherona desceu a escada. Segui-a até a cozinha, onde o homenzinho estava fazendo ovos com presunto no fogão. Percebi que a janela e a porta dos fundos haviam sido reforçadas com pedaços de madeira pesados presos com tábuas pregadas ao chão. O relógio sobre a mesa marcava 2h50 da madrugada.

Flora pegou uma garrafa de bebida e serviu dois copos. Nós nos sentamos à mesa e, enquanto esperávamos pela comida, ela amaldiçoou Red O'Leary e Nancy Regan, porque ele havia se ferido indo a um encontro com ela num momento em que Flora precisava muito de sua força. Amaldiçoou-os individualmente, como um casal, e estava fazendo daquela uma situação racial, ao amaldiçoar todos os irlandeses, quando o homenzinho nos serviu os ovos com presunto.

Havíamos terminado os sólidos e estávamos derrubando os líquidos nas xícaras de café quando Pogy voltou. Tinha novidades.

– Tem uns dois caras andando na esquina, e não estou gostando.

– Policiais ou...? – perguntou Flora.

– Ou – disse ele.

Flora começou a amaldiçoar Red e Nancy novamente. Mas já havia esgotado o estoque de xingamentos. Virou-se para mim.

– Por que diabos você os trouxe até aqui? – perguntou.
– Deixando uma trilha de quilômetros atrás de vocês! Por que não deixou o maldito vagabundo morrer quando levou chumbo?

– Eu o trouxe até aqui por causa dos meus 150 mil. Me dê o dinheiro, que eu vou embora. Você não me deve mais nada. Eu não devo mais nada a você. Me dê meu tutu em vez de papo, que eu dou o fora.

– O caramba que você vai fazer isso – disse Pogy.

A mulher me olhou por baixo das sobrancelhas abaixadas e bebeu seu café.

Quinze minutos depois, o velhinho desenxabido apareceu correndo na cozinha, dizendo que tinha ouvido passos no telhado. Seus olhos castanhos opacos estavam sombrios como os de um boi com medo, e os lábios murchos se contorciam sob o bigode branco-amarelado desgrenhado.

Flora xingou-o de tudo e o mandou subir de novo. Levantou-se da mesa e ajustou o quimono verde em torno do corpanzil.

– Você está aqui – ela me disse – e vai ficar conosco. Não tem outro jeito. Está armado?

Admiti que tinha uma arma, mas sacudi a cabeça para o resto.

– Este não é o meu velório... ainda – eu disse. – Serão necessários cento e cinqüenta pilas, em dinheiro vivo, pagos adiantados, para comprar a participação de Percy nisso tudo.

Eu queria saber se o dinheiro do roubo estava ali.

Ouviu-se a voz chorosa de Nancy Regan na escada:

– Não, não, querido! Por favor, por favor, volte para a cama! Você vai se matar, Reddy, querido!

Red O'Leary entrou na cozinha. Estava coberto apenas por um par de calças cinza e o curativo. Seus olhos estavam febris e alegres. Seus lábios secos, esticados num sorriso. Trazia uma arma na mão esquerda. O braço direito estava pendurado, inerte. Atrás dele, vinha Nancy. Ela parou de implorar e se encolheu atrás dele quando viu Big Flora.

– Toque o gongo e vamos lá – riu o ruivo seminu. – Vance está na nossa rua.

Flora aproximou-se dele, pôs os dedos em seu pulso, segurou-o por alguns segundos e assentiu.

– Seu maluco filho da mãe – disse, num tom que era mais de orgulho maternal do que qualquer outra coisa. – Você está pronto para uma briga neste instante. E isso é ótimo, porque você vai ter uma briga.

Red riu – uma risada triunfante que gabava sua dureza – e seus olhos se viraram para mim. O riso os abandonou, e um olhar intrigado os estreitou.

– Olá – disse ele. – Sonhei com você, mas não lembro o que foi. Foi... Espere aí. Vou saber num instante. Foi... meu Deus! Sonhei que foi você que me acertou!

Flora sorriu para mim, a primeira vez que a vi sorrir, e disse rapidamente:

– Pegue ele, Pogy!

Saltei obliquamente da minha cadeira.

O punho de Pogy me acertou na têmpora. Cambaleando pelo quarto, lutando para permanecer de pé, pensei no ferimento na têmpora do Motsa Kid.

Pogy estava em cima de mim quando a parede evitou que eu caísse.

Dei-lhe um murro no nariz achatado. Saiu sangue, mas suas patas peludas me agarraram. Encolhi o queixo e enfiei o topo da cabeça no rosto dele. Senti o perfume forte usado por Big Flora perto de mim. Suas roupas de seda roçaram em meu corpo. Com as duas mãos enfiadas nos meus cabelos, puxou a minha cabeça para trás, esticando meu pescoço para Pogy. Ele me segurou pelo pescoço com as patas. Desisti. Ele não me apertou além do necessário, mas foi péssimo mesmo assim.

Flora me revistou atrás da arma e do cassetete.

– Calibre 38 Especial – disse, identificando o calibre da arma. – Tirei uma bala 38 Especial de você, Red. – As palavras chegavam baixinho até mim através do rugido em meus ouvidos.

A voz do velhinho tagarelava na cozinha. Não conseguia entender nada do que ele estava dizendo. As mãos de Pogy me soltaram. Levei as próprias mãos à garganta. Era um inferno não ter pressão alguma lá. A escuridão afastou-se lentamente dos meus olhos, deixando várias nuvens roxas que flutuavam ao redor. Em seguida, consegui sentar-me no chão. Soube, com isso, que estivera deitado ali.

As nuvens roxas diminuíram até eu conseguir ver o bastante para saber que estávamos em três na cozinha. Encolhida numa cadeira, num canto, estava Nancy Regan. Em outra cadeira, ao lado da porta, com uma pistola escura na mão, o velhinho assustado. Seus olhos estavam desesperadamente amedrontados. A arma e a mão tremiam para mim. Tentei pedir que ele parasse de tremer ou desviasse a arma de mim, mas ainda não conseguia falar nada.

No andar de cima, armas eram disparadas, com os estampidos ampliados pelo tamanho exíguo da casa.

O homenzinho recuou.

– Deixe-me sair – sussurrou ele de repente, de forma inesperada –, e eu lhe dou tudo. Dou mesmo! Tudo... se você me deixar sair desta casa!

Essa frágil luz no fim do túnel devolveu-me o uso do aparelho vocal.

– Pode falar – consegui dizer.

– Eu lhe darei aqueles três lá em cima... aquela mulher demoníaca. Darei o dinheiro, darei tudo... se você me deixar sair. Estou velho. Estou doente. Não posso ir para a prisão. O que eu tenho a ver com os roubos? Nada. É culpa minha que aquela mulher demoníaca...? Você viu como são as coisas aqui. Sou um escravo... eu, que estou perto do fim da minha vida. Abusos, ofensas, agressões... e isso não é tudo. Agora preciso ir para a prisão porque aquela mulher demoníaca é uma mulher demoníaca. Sou um velho que não pode viver numa prisão. Você me deixa sair. Você me faz essa gentileza. Eu lhe darei aquela mulher demoníaca... aqueles outros demônios... o dinheiro que eles roubaram. Eu farei isso, sim! – Disse aquele velhinho em pânico se contorcendo encolhido em sua cadeira.

– Como posso tirá-lo daqui? – perguntei, levantando-me do chão com o olho em sua arma. Tentava me aproximar dele enquanto conversávamos.

– Como não me tirar? Você é amigo da polícia... isso eu sei. A polícia está aqui agora... esperando pela luz do dia antes de entrar nesta casa. Eu mesmo, com meus velhos olhos, os vi prendendo Bluepoint Vance. Você pode me fazer sair sem falar com seus amigos da polícia. Faça o que estou pedindo, e eu lhe darei aqueles demônios e o dinheiro deles.

– Parece bom – respondi, dando um passo descuidado em sua direção. – Mas posso simplesmente sair daqui quando quiser?

– Não! Não! – disse ele, sem prestar atenção ao segundo passo que dei em sua direção. – Mas antes eu lhe entregarei aqueles três demônios. Eu os entregarei vivos, mas sem poder. E o dinheiro deles. Isso eu vou fazer. Depois você me tira daqui... e essa garota aqui. – Fez um sinal com a cabeça para Nancy, cujo rosto branco, ainda bonito apesar do terror, estava dominado pelos olhos arregalados. – Ela também não tem nada a ver com os crimes daqueles demônios. Ela deve ir comigo.

Imaginei o que aquele velho coelho achava que era capaz de fazer. Adotei uma expressão extremamente pensativa enquanto dava mais um passo em sua direção.

– Não se engane – sussurrou ele, ansiosamente. – Quando aquela mulher demoníaca voltar a esta sala, você vai morrer... ela com certeza vai matá-lo.

Mais três passos, e estaria perto o bastante para dominá-lo e pegar sua arma.

Ouvi passos no corredor. Era tarde demais para um salto.

– Sim? – murmurou ele, desesperadamente.

Assenti uma fração de segundo antes de Big Flora entrar pela porta.

Ela estava vestida para a ação, com calças azuis que provavelmente pertenciam a Pogy, mocassins de contas e uma blusa de seda. Uma fita mantinha os cabelos cacheados longe do rosto. Tinha uma arma numa das mãos e mais uma em cada bolso das calças.

A arma que estava em sua mão ergueu-se.

– Você está acabado – disse para mim, num tom objetivo.

Meu recém-adquirido cúmplice disse em voz lamuriosa:

– Espere, espere, Flora! Não aqui, desse jeito, por favor! Deixe-me levá-lo até o porão.

Ela fez uma careta para ele, dando de ombros.

– Seja rápido – disse ela. – Vai estar claro em meia hora.

Eu estava com muita vontade de chorar para rir deles. Eu devia acreditar que aquela mulher deixaria o coelho fazê-la mudar de idéia? Devo ter dado algum valor à ajuda do velho, se não, não teria ficado tão decepcionado quando aquele teatrinho me disse que era uma armação. Mas nenhuma situação em que pudessem me meter podia ser pior do que aquela em que eu já estava.

Assim, fui à frente do homem até o corredor, abri a porta que ele indicou, acendi a luz do porão e desci os degraus rudimentares.

Atrás de mim, ele estava sussurrando:

– Primeiro vou mostrar o dinheiro, depois entregarei aqueles demônios. E você não vai se esquecer da sua promessa, vai? Eu e aquela garota vamos passar livres pela polícia?

– Ah, sim – garanti ao velho palhaço.

Ele apareceu ao meu lado, enfiando uma coronha em minha mão.

– Esconda isso aqui – ele murmurou. Depois que pus aquela no bolso, ele me deu mais uma, tirando-a com a mão livre de debaixo do casaco.

Então me mostrou o dinheiro. Ainda estava nas caixas e sacolas nas quais havia sido tirado dos bancos. Ele insistiu em abrir algumas delas para mostrar a grana – maços verdes presos com as tiras amarelas dos bancos. As caixas e sacolas estavam empilhadas numa pequena cela de tijolos equipada com uma porta fechada a cadeado, cuja chave estava com ele.

Fechou a porta quando terminamos de olhar, mas não a trancou, e me levou de volta até parte do caminho por onde havíamos chegado ali.

– Ali, como você viu, está o dinheiro – disse ele. – Agora, para eles. Você deve ficar aqui, escondido atrás dessas caixas.

Uma repartição dividia o porão pela metade. Ela era ligada por uma passagem sem porta. O lugar onde o velho disse que eu devia me esconder ficava bem ao lado dessa passagem, entre a repartição e quatro caixotes. Escondido ali, eu estaria à direita e um pouco atrás de qualquer um que descesse e caminhasse pelo porão em direção à cela que abrigava o dinheiro. Isto é, eu estaria nessa posição quando fossem atravessar a passagem na repartição.

O velho estava fuçando embaixo de uma das caixas. Tirou de lá um cano de chumbo de meio metro enfiado num pedaço parecido de mangueira de jardim. Deu-me aquilo enquanto explicava tudo.

– Eles vão descer aqui um por vez. Quando estiverem prestes a passar por esta porta, você saberá o que fazer com isto. Então você os terá, e cumprirá a promessa. Não é?

– Ah, sim – respondi, aéreo. Ele subiu e eu me agachei atrás das caixas, examinando as armas que ele havia me dado. E macacos me mordam se eu pudesse encontrar alguma coisa errada nelas. Estavam carregadas, e pareciam estar funcionando. Aquele toque final me confundiu completamente. Eu não sabia se estava num porão ou num balão.

Quando Red O'Leary, ainda sem roupa, exceto pelas calças e o curativo, entrou no porão, tive de sacudir a cabeça violentamente para despertar a tempo de atingi-lo na cabeça quando seu primeiro pé descalço atravessou a passagem. Ele tombou de cara no chão.

O velho desceu apressadamente a escada, sorrindo.

– Rápido! Rápido! – disse ele, sem fôlego, ajudando-me a arrastar o ruivo até a cela do dinheiro. Então pegou dois pedaços de corda e amarrou as mãos e os pés do gigante.

– Rápido! – disse ele novamente enquanto subia a escada, e eu voltava ao meu esconderijo empunhando o cano, perguntando-me se Flora havia me matado e eu agora estava aproveitando as recompensas da minha virtude num paraíso onde poderia me divertir por toda a eternidade batendo em sujeitos que haviam sido maus comigo lá embaixo.

O racha-crânios simiesco desceu e chegou até a passagem. Rachei seu crânio. O homenzinho veio correndo. Arrastamos Pogy até a cela e o amarramos.

– Rápido – disse o velho, sem fôlego, dançando de excitação. – Aquela mulher-diabo é a próxima... e bata com força! – Ele subiu a escada, e pude ouvir seus passos sobre a minha cabeça.

Livrei-me de parte da minha perplexidade, dando espaço para um pouco de inteligência em meu cérebro. Aquela bobagem que estávamos armando não era verdade. Não podia estar acontecendo. Jamais aconteceu daquele jeito. Ninguém fica parado num canto derrubando uma pessoa depois da outra como uma máquina enquanto um velho palhaço esquelético as manda até você. Era idiota demais! Já chegava daquilo!

Passei pelo meu esconderijo, larguei o cano e encontrei outro lugar onde me esconder, embaixo de umas prateleiras, perto da escada. Escondi-me lá com uma arma em cada mão. Aquele jogo que eu estava jogando era – tinha de ser – uma armação. Eu não ia mais ficar parado.

Flora desceu a escada. Atrás dela, trotava o homenzinho.

Flora tinha uma arma em cada mão. Seus olhos acinzentados estavam por toda parte. Vinha com a cabeça abaixada, como um animal a caminho de uma briga. Suas narinas fremiam. O corpo, descendo a escada nem lenta nem rapidamente, estava equilibrado como o de uma dançarina. Mesmo que viva um milhão de anos, jamais me esquecerei da imagem daquela mulher bonita e brutal descendo os degraus irregulares daquele porão. Era um belo animal treinado para briga indo para uma luta.

Ela me viu quando me endireitei.

– Solte as armas! – eu disse, sabendo que ela não obedeceria.

O homenzinho tirou um cassetete da manga e atingiu-a atrás da orelha no instante em que ela apontou a arma da esquerda para mim. Saltei para frente e segurei-a antes que caísse no chão.

– Está vendo! – disse o velho, alegremente. – Você tem o dinheiro e eles. Agora vai tirar a mim e a garota daqui.

– Primeiro vamos guardar ela com os outros – eu disse.

Depois que ele me ajudou a fazer aquilo, eu lhe disse para trancar a porta da cela. Ele obedeceu, e eu peguei a chave com uma mão e o pescoço dele com a outra. Ele se contorceu feito uma cobra enquanto eu passava a mão sobre suas roupas, tirava o cassetete e uma arma e encontrava um cinto de dinheiro preso em sua cintura.

– Tire isso – ordenei. – Você não pode levar nada embora.

Seus dedos mexeram na fivela, tiraram o cinto de debaixo das roupas e o deixaram cair no chão. Estava abarrotado.

Ainda segurando seu pescoço, levei-o para cima, com a garota ainda sentada imóvel na cadeira da cozinha. Foi necessária uma dose dupla de uísque e muita conversa para fazê-la compreender que ela ia sair com o velho e que não devia dizer nada a ninguém, principalmente para a polícia.

– Onde está Reddy? – perguntou, quando a cor finalmente voltou ao seu rosto – que, mesmo na pior das condições, jamais perdeu sua beleza – e os pensamentos, à sua cabeça.

Disse-lhe que ele estava bem e prometi que estaria num hospital antes do final da manhã. Ela não perguntou mais nada. Mandei-a até o andar de cima para pegar o chapéu e o casaco, acompanhei o velho enquanto ele apanhava seu chapéu e depois pus os dois no quarto da frente do térreo.

– Fiquem aqui até eu vir buscá-los – eu ordenei, trancando a porta e guardando a chave ao sair.

A porta e a janela da frente do térreo haviam sido presas com tábuas como as dos fundos. Eu não queria arriscar abri-las, embora já estivesse bem iluminado àquela altura. Subi para o andar de cima, fiz uma bandeira de paz com uma fronha e um estrado de cama, pendurei-a numa janela e esperei até uma voz forte dizer:

– Tudo bem, pode falar.

Então apareci e disse à polícia que os deixaria entrar.

Levei cinco minutos mexendo com uma machadinha para destrancar a porta da frente. O chefe de polícia, o capitão dos detetives e metade da força policial estavam esperando nos degraus da entrada e na calçada quando abri a porta. Levei-os até o porão e entreguei Big Flora, Pogy e Red O'Leary a eles, com o dinheiro. Flora e Pogy estavam acordados, mas em silêncio.

Enquanto os dignatários lidavam com a apreensão, subi para o andar de cima. A casa estava cheia de detetives policiais. Cumprimentei-os ao ir até o quarto em que havia deixado Nancy Rank e o velho. O tenente Duff estava tentando abrir a porta trancada, com O'Gar e Hunt atrás deles.

Sorri para Duff e entreguei-lhe a chave.

Ele abriu a porta, olhou para o velho e a garota – principalmente para ela – e então para mim. Os dois estavam de pé no meio do quarto. Os olhos opacos do velho estavam miseravelmente preocupados, e os azuis da garota, sombriamente ansiosos. A ansiedade não prejudicou sua aparência nem um pouco.

– Se é sua, não a culpo por trancá-la – O'Gar segredou em meu ouvido.

– Vocês podem sair agora – eu disse aos dois no quarto. – Durmam o quanto puderem antes de se apresentarem para o serviço novamente.

Eles assentiram e saíram da casa.

– É assim que a sua Agência equilibra? – disse Duff. – As funcionárias compensam em aparência a feiúra dos funcionários?

Dick Foley apareceu no corredor.

– Como está a sua parte? – perguntei.

– Pronta. A Angel me levou ao Vance. Ele me trouxe até aqui. Eu trouxe os policiais para cá. Eles o pegaram... a pegaram.

Dois tiros soaram na rua.

Fomos até a porta e vimos movimento num carro de polícia na rua. Nos dirigimos até lá. Com algemas nos pulsos, Bluepoint Vance se contorcia, metade no banco, metade no chão.

– Nós o estávamos segurando aqui no carro, o Houston e eu – um policial à paisana explicou a Duff. – Ele tentou fugir, agarrou a arma de Houston com as duas mãos. Eu tive que atirar... duas vezes. O capitão vai ficar furioso! Ele o queria aqui principalmente para acareá-lo com os outros. Mas Deus sabe que eu não teria atirado se não estivesse entre ele e Houston!

Duff chamou o homem à paisana de maldito irlandês desastrado enquanto levantavam Vance no banco. Os olhos torturados de Bluepoint fixaram-se em mim.

– Eu... conheço... você? – perguntou, em meio à dor.
– Continental... Nova... York?

– Sim – respondi.

– Não... conseguia... lembrar... Larrouy's... com... Red?

– É – eu disse. – Peguei Red, Flora, Pogy e a grana.

– Mas... não... Papa... do... poul... os.

– Papa do quê? – perguntei, impaciente, sentindo um arrepio na espinha.

Ele se ajeitou no banco.

– Papadopoulos – repetiu, reunindo agonizante a pouca força que lhe restava. – Eu tentei... atirar nele... eu o vi... indo embora... com a garota... policial... muito rápido... queria...

Suas palavras acabaram. Ele estremeceu. A morte estava muito perto de seus olhos. Um médico de jaleco branco tentou passar por mim para chegar até o carro. Afastei-o e me inclinei, segurando Vance pelos ombros. Estava com a nuca congelada. Tinha o estômago vazio.

– Escute aqui, Bluepoint – gritei para ele. – Papadopoulos? Um velhinho? O cabeça do golpe.

– Sim – disse Vance, e o que restava de sangue vivo em seu corpo saiu com a resposta.

Deixei-o cair de costas no banco e me afastei.

É claro! Como eu havia deixado aquilo passar. O pequeno velhaco – se não fosse ele, com todo seu pavor, o manda-chuva, como poderia ter me entregue os demais um a um? Eles haviam sido absolutamente encurralados. Era uma questão de ser morto lutando ou render-se e ser enforcado. Eles não tinham outra saída. A polícia tinha Vance, que podia dizer e diria que o velhote era o cabeça – não havia sequer uma chance de ele iludir os tribunais com sua idade, sua fraqueza e sua máscara de estar sendo levado pelos outros.

E lá estivera eu... sem escolha a não ser aceitar sua oferta. De outro modo, estaria liquidado. Eu havia sido manipulado por ele, seus cúmplices haviam sido manipulados. Ele os havia traído, como eles o haviam ajudado a trair os outros... e eu o havia mandado embora em segurança.

Agora eu poderia virar a cidade de cabeça para baixo atrás dele – minha promessa havia sido apenas tirá-lo de dentro da casa –, mas...

Que vida!

US$ 106 MIL DE DINHEIRO SUJO

— Sou Tom-Tom Carey — disse ele, arrastando as palavras.

Fiz um sinal com a cabeça para a cadeira ao lado da minha mesa e o examinei enquanto ele ia até ela. Alto, ombros largos, peito forte, barriga enxuta, ele devia pesar quase cem quilos. Seu rosto moreno era duro como um punho cerrado, mas nada havia de mal-humorado nele. Era o rosto de um homem de quarenta e poucos anos que vivia a vida como ela era e gostava muito disso. Seu terno azul era de boa qualidade, e ele o vestia com elegância.

Sentado na cadeira, enrolou um pedaço de papel pardo em torno de uma dose de fumo Bull Durham e terminou de se apresentar:

— Sou irmão de Paddy, o Mexicano.

Achei que talvez ele estivesse dizendo a verdade. Paddy tinha sido parecido com aquele sujeito em aparência e modos.

— Isso faria com que seu nome verdadeiro fosse Carrera — sugeri.

— Sim. — Ele estava acendendo um cigarro. — Alfredo Estanislao Cristobal Carrera, se você quer todos os detalhes.

Perguntei-lhe como se soletrava Estanislao, escrevi o nome num pedaço de papel, acrescentando *vulgo Tom-Tom Carey*, liguei para Tommy Howd e pedi para que ele visse se o atendente do arquivo conseguia alguma coisa sobre ele.

— Enquanto o seu pessoal abre túmulos, eu lhe digo por que estou aqui — disse o homem moreno com voz arrastada através da fumaça depois que Tommy saiu com o papel.

— Foi uma pena Paddy ter morrido assim — comentei.

— Ele era ingênuo demais para viver por muito tempo — explicou o irmão. — Era esse o tipo de hombre que ele era, da última vez que o vi, há quatro anos, aqui em São Francisco. Eu estava vindo de uma expedição até... não importa onde. De qualquer maneira, eu estava duro. Em vez de pérolas, tudo o que eu havia conseguido na viagem era uma bala de raspão acima do quadril. Paddy estava forrado com mais ou menos quinze mil que tinha acabado de tirar de alguém. Na tarde em que o vi, ele tinha um encontro e não queria levar tanto dinheiro junto. Então deu os quinze mil para que eu guardasse até aquela noite.

Tom-Tom Carey soprou fumaça e sorriu suavemente com a lembrança.

– Esse era o tipo de hombre que ele era – prosseguiu. – Confiava até mesmo em seu próprio irmão. Fui para Sacramento naquela tarde e peguei um trem para o leste. Uma garota em Pittsburgh me ajudou a gastar os quinze mil. Seu nome era Laurel. Ela gostava de uísque com leite. Eu costumava beber isso com ela até ficar enjoado, e nunca mais tive apetite de coalhada desde então. Então quer dizer que há uma recompensa de cem mil dólares por esse Papadopoulos, é?

– E seis. As companhias de seguro estão oferecendo cem mil, a associação de banqueiros, cinco, e a cidade, mil.

Tom-Tom Carey atirou o que restava do cigarro na escarradeira e começou a montar mais um.

– E se eu entregá-lo a você? – perguntou. – Por quantos caminhos o dinheiro terá de passar?

– Nada vai parar aqui – garanti a ele. – A Agência de Detetives Continental não toca em dinheiro de recompensa... e não permite que seus funcionários o façam. Se algum policial participar da prisão, vai querer uma parte.

– Mas se a polícia ficar de fora, é tudo meu?

– Se você o entregar sem ajuda, ou sem ajuda exceto a nossa.

– Farei isso. – Falou de modo casual. – Basta quanto à prisão. Agora à parte da condenação. Se o pegarem, tem certeza de que vocês conseguem crucificá-lo?

– Creio que sim, mas ele terá de enfrentar um júri... e isso quer dizer que qualquer coisa pode acontecer.

A mão escura musculosa que segurava um cigarro escuro fez um gesto displicente.

– Então talvez seja melhor eu tirar uma confissão dele antes de entregá-lo – disse, despreocupadamente.

– Seria mais seguro assim – concordei. – Você deve abaixar esse coldre alguns centímetros. Está com a coronha muito no alto. A saliência aparece quando você se senta.

– Arrã. Você está se referindo ao coldre no ombro esquerdo. Eu peguei de um sujeito depois que perdi o meu. A tira está muito curta. Vou comprar outro agora à tarde.

Tommy entrou com uma pasta rotulada Carey, Tom-Tom, 1361-C. Continha alguns recortes de jornal, os mais velhos eram de dez anos atrás, os mais novos, de oito meses. Eu os li, passando cada um deles ao homem moreno quando terminava. Tom-Tom Carey era descrito nos recortes como soldado da fortuna, contrabandista de armas, caçador ilegal de focas, contrabandista e pirata. Mas era tudo alegado, suposto e suspeito. Havia sido preso várias vezes, mas jamais condenado por coisa alguma.

– Não me tratam corretamente – reclamou placidamente quando terminamos as leituras. – Por exemplo, o roubo daquele barco chinês cheio de armas não foi culpa minha. Fui obrigado a fazer aquilo... fui o traído da história. Depois de embarcarem tudo, não quiseram pagar. Não consegui descarregar. Eu não podia fazer nada além de levar o barco e todo o resto. As companhias de seguro devem querer muito esse Papadopoulos, para oferecerem cem mil por ele.

– É uma barganha, se o apanharem – respondi. – Talvez não seja tudo o que os jornais estão pintando, mas é osso duro de roer. Ele reuniu todo um maldito exército de pistoleiros armados aqui, tomou conta de uma quadra no centro do distrito financeiro, roubou os dois maiores bancos da cidade, resistiu a todo o departamento de polícia, conseguiu fugir, abandonou seu exército, usou alguns de seus tenentes para eliminar mais alguns deles – foi onde seu irmão Paddy levou a pior – e depois, com a ajuda de Pogy Reeve, Big Flora Brace e Red O'Leary, limpou o restante de seus tenentes. E, lembre-se, esses tenentes não eram garotos... eram vigaristas espertos como Bluepoint Vance, o Shivering Kid e Darby M'Laughlin... caras que sabiam o que estavam fazendo.

– Arrã. – Carey não estava impressionado. – Mas foi um fracasso mesmo assim. Vocês recuperaram todo o dinheiro, e ele só conseguiu fugir sozinho.

– Ele deu azar – expliquei. – Red O'Leary deixou-se levar por um acesso de amor e vaidade. Não se pode atribuir isso a Papadopoulos. Não fique pensando que ele não é muito inteligente. É perigoso, e eu não culpo as companhias de seguro por pensarem que irão dormir melhor se tiverem a certeza de que ele não está onde possa fazer mais armações contra seus bancos segurados.

– Não sei muita coisa sobre esse Papadopoulos. Você sabe?

– Não – respondi a verdade. – E ninguém sabe. Os cem mil transformaram em dedos-duros metade dos vigaristas do país. Eles estão tão aflitos atrás dele como nós. Não só por causa da recompensa, mas por causa de sua traição por atacado. E eles sabem tanto a respeito dele quanto nós: que esteve envolvido em uma dúzia de serviços ou mais, que foi o cérebro por trás dos golpes financeiros de Bluepoint Vance e que seus inimigos têm o hábito de morrerem jovens. Mas ninguém sabe de onde ele veio, ou onde é a sua casa. Não pense que eu o esteja transformando numa espécie de Napoleão ou um arquicriminoso de jornal de domingo... mas ele é um velho ladino e cheio de truques. Como você diz, eu não sei muito a respeito dele... mas há várias pessoas sobre quem não sei muita coisa.

Tom-Tom Carey assentiu para mostrar que compreendia a última parte do que eu disse e começou a enrolar seu terceiro cigarro.

– Eu estava em Nogales quando Angel Grace mandou avisar que Paddy havia sido morto – disse ele. – Isso foi há quase um mês. Ela pensou que eu iria correr para cá imediatamente... mas não era da minha conta. Deixei a coisa esfriar. Mas na semana passada, li num jornal sobre essa recompensa oferecida pelo hombre que ela culpava pela morte de Paddy. Isso fez uma diferença. Uma diferença de cem mil dólares. Então eu viajei para cá, conversei com ela e vim até aqui para me certificar de que não vai haver nada entre mim e o dinheiro sujo de sangue quando eu laçar esse Papadoodle.

– Angel Grace mandou você me procurar? – perguntei.

– Arrã... só que ela não sabe disso. Ela arrastou você para dentro da história... disse que era amigo de Paddy, um bom sujeito para um detetive e doido para pegar esse Papadoodle. Então pensei que você seria o sujeito certo para procurar.

– Quando você saiu de Nogales?

– Na terça-feira... semana passada.

– Este – eu disse, puxando da memória – foi o dia seguinte ao assassinato de Newhall do outro lado da fronteira.

O homem moreno assentiu. Nada mudou em sua expressão.

– A que distância de Nogales foi isso? – perguntei.

– Ele foi morto perto de Oquitoa... que fica mais ou menos cem quilômetros a sudoeste de Nogales. Está interessado?

– Não... só que eu estava me perguntando sobre você ter deixado o lugar onde ele foi morto no dia seguinte ao assassinato e ter vindo para cá, onde ele vivia. Você o conhecia?

– Em Nogales me disseram que ele era um milionário de São Francisco que estava visitando o local com um grupo para olhar algumas propriedades mineradoras no México. Eu estava pensando em talvez vender algo para ele depois, mas os patriotas mexicanos o pegaram antes de mim.

– E então você veio para o norte?

– Arrã. O alvoroço meio que estragou as coisas para mim. Eu tinha um belo negócio em... vamos chamar de suprimentos... de um lado para outro através da fronteira. Esse assassinato do Newhall voltou os holofotes para aquela parte do país. Assim, eu pensei em vir para cá, receber esses cem mil e tentar me estabelecer por aqui. Sinceramente, parceiro, eu não mato um milionário há semanas, se é isso que está preocupando você.

– Que bom. Então, pelo que estou entendendo, você está contando em apanhar Papadopoulos. Angel Grace pensou que você o caçaria só para se vingar da morte de Paddy, mas é o dinheiro que você quer. Então você quer jogar comigo e com Angel. É isso?

– Exato.

– Sabe o que vai acontecer se ela souber que você está de parceria comigo?

– Sim. Ela vai ter uma convulsão... é meio neurótica com essa história de ficar longe da polícia, não é?

– É... alguém um dia lhe disse alguma coisa a respeito de honra entre ladrões, e ela jamais largou isso de mão. O irmão dela está cumprindo pena no norte... Johnny, o Encanador o entregou. O namorado dela, Paddy, foi liquidado pelos comparsas. Alguma dessas coisas fez com que ela despertasse? Sem chances. Ela preferiria ver Papadopoulos livre a juntar forças conosco.

– Tudo bem – garantiu-me Tom-Tom Carey. – Ela pensa que sou um irmão leal. Paddy não deve ter contado muito a meu respeito. Vou dar um jeito nela. Você a tem sob vigia?

– Sim... desde que foi libertada – respondi. – Foi detida no mesmo dia em que Flora, Pogy e Red foram presos, mas não tínhamos nada contra ela, exceto que havia sido amante de Paddy, de modo que mandei soltá-la. Quanto você conseguiu arrancar dela?

– Descrições de Papadoodle e Nancy Regan. E só. Ela sabe tanto sobre eles quanto eu. Onde essa garota Regan entra?

– Em quase nada. Exceto que pode nos levar a Papadopoulos. Era a garota de Red. Foi ele aparecer para um encontro com ela que estragou tudo. Quando Papadopoulos escapou, levou a garota junto. Não sei por quê. Ela não estava envolvida nos roubos.

Tom-Tom Carey terminou de enrolar e acender seu quarto cigarro e se levantou.

– Estamos juntos? – perguntou ao pegar o chapéu.

– Se você entregar Papadopoulos, providenciarei para que receba cada centavo a que tem direito – respondi. – E vou lhe dar campo livre. Não vou prejudicá-lo ficando de olho em suas ações.

Ele disse que isso era bastante justo, informou que estava hospedado num hotel na Ellis Street e foi embora.

*

Ao telefonar para o escritório do falecido Taylor Newhall, fiquei sabendo que, se quisesse qualquer informação a respeito de seus negócios, eu teria de ligar para sua residência no interior, alguns quilômetros ao sul de São Francisco. Tentei fazer isso. Uma voz ministerial que se dizia pertencer ao mordomo avisou que o advogado de Newhall, Franklin Ellert, era a pessoa que eu deveria procurar. Fui até o escritório de Ellert.

Era um velho nervoso e irritável, com ceceio e olhos saltados pela pressão alta.

– Há algum motivo – perguntei diretamente – para supor que o assassinato de Newhall seja algo mais do que um ataque de bandidos mexicanos? É possível que ele tenha sido morto propositalmente, e não resistindo a um seqüestro?

Advogados não gostam de ser questionados. Aquele esbravejou, fez caretas, deixou os olhos ainda mais saltados e, é claro, não me deu uma resposta.

– Como? Como? – estourou ele, irritado. – Efplique-fe, fenhor.

Ele olhou furiosamente para mim e para a mesa, mexendo em papéis com as mãos nervosas, como se estivesse em busca de um apito policial. Contei-lhe a minha história – contei a ele sobre Tom-Tom Carey.

Ellert esbravejou mais um pouco, perguntou "O que diabos vofê eftá querendo diver?" e fez uma bagunça completa dos papéis sobre a sua mesa.

– Eu não estou querendo dizer nada – rosnei em resposta. Estou só contando o que foi dito.

– Fim! Fim! Eu fei! – Ele parou de me encarar, e sua voz ficou menos irritada. – Maf não há ravão alguma para fufpeitar de qualquer coiva parefida. De jeito nenhum, fenhor. Não, fenhor!

– Talvez você tenha razão – virei-me em direção à porta. – Mas vou investigar um pouco mais mesmo assim.

– Efpere! Efpere! – Ele se levantou da cadeira e correu para o outro lado da mesa, onde eu estava. – Acho que vofê eftá enganado, mas, fe vai inveftigar, eu goftaria de faber o que vofê defcobrir. Talvef vofê deva me cobrar o que coftuma cobrar pelo que for feito e me manter informado fobre of progrefos. O que lhe parefe?

Respondi que tudo bem, voltei até sua mesa e comecei a questioná-lo. Como o advogado havia dito, não havia nada nos negócios de Newhall que levantasse suspeitas. O morto era multimilionário, com a maior parte de seu dinheiro investido em minas. Ele havia herdado quase metade de sua fortuna. Não havia qualquer transação escusa, nenhum golpe desonesto, nenhuma ilegalidade em seu passado, nenhum inimigo. Era viúvo e tinha uma filha. Ela teve tudo o que quis enquanto ele viveu, e ela e o pai se gostavam muito. Ele havia ido para o México com um grupo de mineradores de Nova York que esperavam vender-lhe algumas propriedades por lá. O grupo havia sido atacado por bandidos e reagido, mas Newhall e um geólogo chamado Parker haviam morrido durante o confronto.

De volta ao escritório, escrevi um telegrama para a nossa filial de Los Angeles, pedindo que um agente fosse mandado a Nogales para investigar a morte de Newhall e os negócios de Tom-Tom Carey. O funcionário ao qual entreguei o telegrama para ser codificado e enviado disse que o Velho queria me ver. Na sala dele, fui apresentado a um homem baixo e rechonchudo chamado Hook.

– O sr. Hook – disse o velho – é proprietário de um restaurante em Sausalito. Na segunda-feira passada, ele contratou uma garçonete chamada Nelly Riley. Ela lhe disse que tinha vindo de Los Angeles. A descrição que o sr. Hook faz dela é bastante parecida com a descrição que você e Counihan fizeram de Nancy Regan. Não é? – perguntou ele ao gordo.

– Certamente. É exatamente o que eu li nos jornais. Ela tem mais ou menos um metro e setenta de altura, estrutura mediana, olhos azuis e cabelos castanhos, tem 21, 22 anos e é bonita. E o mais importante é que é altiva como o diabo... nunca acha que nada está bom o bastante para ela. Ora, quando tentei ser um pouco sociável, ela me disse para segurar minhas "patas sujas". Então descobri que ela não sabe quase nada a respeito de Los Angeles, embora alegue morar lá há dois ou três anos. Aposto com vocês que é a garota mesmo – disse, e seguiu falando sobre quanto da recompensa ele deveria receber.

– O senhor vai voltar para lá agora? – perguntei.

– Em breve. Preciso parar para tratar da compra de alguns pratos. Depois vou voltar.

– A garota estará trabalhando?

– Sim.

– Então vamos mandar um homem com o senhor... um homem que conheça Nancy Regan.

Chamei Jack Counihan na sala dos detetives e apresentei-o a Hook. Os dois combinaram de se encontrar em meia hora no *ferry*, e Hook saiu andando pesadamente.

– Essa Nelly Riley não deve ser Nancy Regan – eu disse. – Mas não estamos em condições de deixar passar nem mesmo um centésimo de chance.

Contei a Jack e ao Velho sobre Tom-Tom Carey e a minha visita ao escritório de Ellert. O Velho escutou com a atenção educada de sempre. O jovem Counihan – há apenas quatro meses no negócio de caçar homens – escutou de olhos arregalados.

– Agora é melhor você se apressar e ir ao encontro de Hook – eu disse quando terminei, deixando a sala do Velho com Jack. – E se ela for Nancy Regan... segure-a e não a deixe escapar. – Como não podíamos ser escutados pelo Velho, acrescentei: – E pelo amor de Deus, não deixe a jovem galanteria de jovem levar você a ganhar um soco no queixo desta vez. Finja que é gente grande.

O garoto corou, disse "Vá para o inferno!", arrumou a gravata e saiu para se encontrar com Hook.

Eu tinha alguns relatórios para escrever. Depois que terminei o serviço, pus os pés sobre a mesa e fiquei apertando um maço de Fatimas e pensando em Tom-Tom Carey até as seis da tarde. Então desci até o States para minha sopa de frutos do mar e meu bife mal passado e fui para casa trocar de roupa antes de seguir a caminho do Sea Cliff para um jogo de pôquer.

O telefone tocou enquanto eu estava me vestindo. Jack Counihan estava no outro lado.

– Estou em Sausalito. A garota não era Nancy, mas consegui outra coisa. Não estou certo sobre como tratar disso. Você pode vir para cá?

– É importante o bastante para deixar de ir a um jogo de pôquer?

– É sim... acho que é algo grande – ele estava empolgado. – Queria que você viesse. Realmente acredito que seja uma pista.

– Onde você está?
– No *ferry*. Não o Golden Gate, o outro.
– Tudo bem. Vou pegar o primeiro barco.

Uma hora depois, desci do barco em Sausalito. Jack Counihan abriu caminho em meio à multidão e começou a falar:
– Vindo para cá no caminho de volta...
– Espere até sairmos do meio da multidão – aconselhei. – Deve ser mesmo incrível... a ponta do seu colarinho chega a estar virada.

Ele arrumou mecanicamente o defeito em sua vestimenta normalmente imaculada enquanto andávamos até a rua, mas estava muito atento ao que quer que estivesse em sua mente para sorrir.

– Por aqui – disse ele, fazendo-me virar numa esquina. – A lanchonete de Hook fica na esquina. Você pode dar uma olhada na garota, se quiser. Ela tem o mesmo tamanho e tipo da Nancy Regan, mas é só. É uma garota durona que provavelmente foi demitida por deixar o chiclete cair na sopa no último lugar em que trabalhou.

– Tudo bem. Vamos deixá-la de fora. Agora, o que você tem em mente?

– Depois que a vi, comecei a voltar para o *ferry*. Um barco chegou quando eu ainda estava a umas duas quadras de distância. Dois homens que devem ter chegado nele estavam subindo a rua. Eram gregos, bastante jovens e durões, embora eu normalmente não fosse prestar muita atenção neles. Mas, como Papadopoulos é grego, olhei para esses sujeitos. Eles estavam discutindo sobre alguma coisa enquanto caminhavam. Não falavam alto, mas faziam cara feia um para o outro. Quando passaram por mim, o que estava do lado da sarjeta disse para o outro: "Disse a ele que faz 29 dias".

"Vinte e nove dias. Contei, e faz exatamente 29 dias que começamos a caçada a Papadopoulos. Ele é grego, e esses sujeitos eram gregos. Quando terminei de contar, dei meia-volta e comecei a segui-los. Eles me fizeram atravessar toda a cidade e subiram uma colina na outra ponta. Entraram num pequeno chalé, de no máximo três ambientes, instalado sozinho numa clareira no meio do mato. A casa tinha uma placa de 'vende-se', e as janelas estavam sem cortinas. Não havia sinal de ocupação, mas, no térreo, atrás da porta dos fundos, havia um ponto molhado, como se um balde ou uma panela d'água tivesse sido jogado fora.

"Fiquei escondido nos arbustos até escurecer mais. Então me aproximei. Pude ouvir movimentação de gente lá dentro, mas não consegui ver nada pelas janelas. Elas estão fechadas com tábuas. Depois de um tempo, os dois sujeitos que eu havia seguido saíram, dizendo alguma coisa numa língua que não entendi a quem quer que estivesse dentro do chalé. Como a porta do chalé ficou aberta até os dois desaparecerem, eu não teria conseguido segui-los sem ser visto por quem estivesse lá.

"Então a porta se fechou, e pude ouvir barulho de gente, ou talvez de apenas uma pessoa. Também senti cheiro de comida sendo preparada, e vi fumaça saindo pela chaminé. Esperei e esperei, mas nada mais aconteceu, e eu pensei que era melhor entrar em contato com você."

– Parece interessante – concordei.

Estávamos passando sob um farol de trânsito. Jack me fez parar, segurando meu braço, e tirou alguma coisa do bolso do sobretudo.

– Olhe! – mostrou. Era um pedaço de tecido azul chamuscado. Poderia ser restos de um chapéu de mulher que tivesse tido três quartos queimado. Olhei para aquilo sob a luz do poste e usei a lanterna para examinar mais de perto.

– Recolhi isto atrás do chalé enquanto estive bisbilhotando por lá – disse Jack. – E...

– E Nancy Regan estava usando um chapéu neste tom na noite em que ela e Papadopoulos desapareceram – completei. – Vamos para o chalé.

Deixamos as ruas iluminadas para trás, subimos a colina, descemos num pequeno vale, viramos num caminho sinuoso e arenoso, que deixamos para atravessar o chão úmido de entre as árvores até uma estrada de terra. Andamos quase um quilômetro dela, e então Jack me guiou ao longo de um caminho estreito que atravessava um escuro aglomerado de arbustos e árvores baixas. Eu esperava que ele soubesse aonde estava indo.

— Estamos quase chegando — sussurrou.

Um homem saltou dos arbustos e me agarrou pelo pescoço.

Minhas mãos estavam nos bolsos do sobretudo — uma segurando a lanterna, a outra, minha arma.

Empurrei o cano da arma na direção do homem — apertei o gatilho.

O tiro estragou meu sobretudo de setenta e cinco dólares, mas tirou o homem do meu pescoço.

Foi sorte. Havia outro homem às minhas costas.

Tentei me desvencilhar dele me contorcendo — não tive muito sucesso —, e senti o fio de uma faca na coluna.

Isso não foi bom — mas foi melhor do que ser atingido pela ponta.

Dei uma cabeçada para trás no rosto dele — errei — e continuei me contorcendo e me debatendo enquanto tirava as mãos dos bolsos e tentava agarrá-lo.

A lâmina de sua faca bateu de lado na minha bochecha. Peguei a mão que a segurava e caí de costas — com ele por baixo.

— Uh! — fez ele.

Rolei, fiquei de quatro no chão, fui atingido de raspão por um soco e me levantei.

Senti dedos segurando meu tornozelo.

Meu comportamento não foi nem um pouco cavalheiresco. Chutei os dedos para longe — encontrei o corpo do homem e chutei duas vezes — com força.

A voz de Jack sussurrou meu nome. Não conseguia vê-lo na escuridão, nem conseguir ver o homem em quem havia atirado.

— Tudo bem por aqui — disse a Jack. — Como você se saiu?

— Por cima. Isso é tudo?

— Não sei, mas vou me arriscar a espiar o que consegui.

Apontei a lanterna para baixo, em direção ao homem sob meu pé, e a acendi. Era um homem magro e loiro, com o rosto sujo de sangue, os olhos avermelhados desviando da luz enquanto ele tentava se fazer de desmaiado.

— Pare com isso! — ordenei.

Uma arma pesada foi disparada nos arbustos – e outra, mais leve. As balas atravessaram as folhagens.

Desliguei a luz, inclinei-me sobre o homem no chão e bati em sua cabeça com a minha arma.

– Agache-se bem – sussurrei para Jack.

A arma menor disparou de novo, duas vezes. Estava à frente, à esquerda.

Aproximei a boca da orelha de Jack.

– Nós vamos até aquele maldito chalé quer queiram, quer não. Fique abaixado e não dê nenhum tiro, a menos que veja no que está atirando. Vá em frente.

Abaixando-me o mais perto do chão possível, segui Jack pelo caminho. A posição agravou o corte nas minhas costas – uma dor escaldante que ia da região entre os ombros até quase a cintura. Dava para sentir o sangue escorrendo pelos quadris – ou pelo menos pensei que dava.

O caminho estava escuro demais para avançarmos furtivamente. Galhos de árvores estalavam sob nossos pés e raspavam contra nossos ombros. Nossos amigos no meio do mato usaram suas armas. Por sorte, o barulho de gravetos se quebrando e de folhas raspando na escuridão absoluta não são o melhor dos alvos. Balas zumbiam aqui e ali, mas não fomos atingidos por nenhuma delas. Nem atiramos de volta. Paramos onde o final do mato deixava a noite num tom de cinza mais fraco.

– Lá está – disse Jack, sobre uma forma quadrada à frente.

– Vamos depressa – resmunguei, correndo em direção ao chalé às escuras.

As pernas compridas e magras de Jack o mantiveram com facilidade ao meu lado enquanto atravessávamos a clareira correndo.

Um vulto masculino surgiu de trás da mancha da construção, e sua arma começou a disparar contra nós. Os tiros foram disparados tão seguidos um do outro que pareciam um longo estampido contínuo.

Puxando o jovem comigo, mergulhei, esparramado no chão, exceto por onde a parte cortante de uma lata vazia manteve meu rosto levantado.

Do outro lado da construção, outra arma foi disparada. De um tronco de árvore à direita, uma terceira. Jack e eu começamos a atirar em resposta.

Uma bala ricocheteou e encheu minha boca de terra e pedrinhas. Cuspi lama e fiz um alerta a Jack:

– Você está atirando alto demais. Abaixe um pouco e aperte o gatilho devagar.

Uma saliência apareceu no contorno escuro da casa. Mandei bala nele.

Uma voz masculina gritou "Au-uuu!", e então, mais baixo, mas muito amargo: "Ah, maldito... maldito!"

Durante uns dois segundos muito quentes, choveram balas ao nosso redor. Então não houve um som sequer para estragar a quietude da noite.

Quando o silêncio já durava cinco minutos, fiquei de quatro e comecei a engatinhar para frente, com Jack atrás de mim. O terreno não era feito para esse tipo de coisa. Três metros foram o suficiente. Nós nos levantamos e andamos o resto do caminho.

– Espere – sussurrei e, deixando Jack num dos cantos do chalé, dei a volta na casa; não vi ninguém e nada ouvi além dos sons que eu mesmo produzia.

Experimentamos a porta da frente. Estava trancada, mas era frágil. Arrombei-a com o ombro e entrei – com a lanterna e a arma em punho.

A cabana estava vazia.

Ninguém – nenhuma mobília – nenhum traço de coisa alguma nos dois ambientes nus – nada além de paredes de madeira nuas, piso nu, teto nu com uma chaminé atravessada ligada a nada.

Jack e eu paramos no meio do ambiente, olhamos para o vazio e amaldiçoamos aquela espelunca da porta dos fundos à porta da frente. Não tínhamos terminado quando ouvimos passos do lado de fora, uma luz branca brilhou na porta aberta, e uma voz esganiçada disse:

– Ei! Podem sair um por vez... com muita calma!

– Quem disse isso? – perguntei, desligando a lanterna e me aproximando de uma parede lateral.

– Um maldito rebanho de assistentes de xerife – respondeu a voz.

– Você não pode empurrar um deles para dentro e nos deixar dar uma olhada? – perguntei. – Fui estrangulado, esfaqueado e alvo de tiros esta noite a ponto não mais confiar na palavra de ninguém.

Um sujeito esguio de joelhos para dentro e rosto fino e curtido apareceu na porta. Ele me mostrou um distintivo. Peguei minha identificação, e os outros assistentes entraram. No total, havia três deles.

– Estávamos na estrada a caminho de um trabalhinho quando ouvimos o tiroteio – explicou o magro. – O que aconteceu?

Contei o que tinha ocorrido.

– Esta cabana está vazia há um bom tempo – disse ele, depois que terminei. – Qualquer um poderia ter acampado aqui com facilidade. Vocês acham que foi esse Papadopoulos, é? Vamos procurar por ele e seus amigos... principalmente considerando que há essa bela quantia de recompensa.

Vasculhamos no meio do mato e não encontramos ninguém. Tanto o homem que eu havia derrubado quanto aquele em que havia atirado tinham desaparecido.

Jack e eu voltamos para Sausalito com os assistentes de xerife. Procurei um médico e fiz um curativo nas costas. Ele disse que o corte era longo, mas superficial. Então voltamos para São Francisco e nos separamos a caminho de nossas casas.

Assim terminou mais um dia de trabalho.

Eis algo que aconteceu na manhã seguinte. Eu não vi. Ouvi dizer pouco antes do meio-dia e li a respeito nos jornais daquela tarde. Eu não sabia na ocasião que tinha interesse pessoal no assunto, mas mais tarde, sim – de modo que vou registrar aqui onde aconteceu.

Às dez horas daquela manhã, cambaleou pela Market Street um homem nu do topo da cabeça destruída às solas dos pés manchados de sangue. Das costas e do peito nus havia pequenas faixas de carne penduradas, pingando sangue.

Seu braço direito estava quebrado em dois lugares. O lado esquerdo da cabeça careca estava afundado. Uma hora depois, ele morreu no hospital de pronto-socorro – sem ter dito uma palavra a ninguém, com a mesma expressão vaga e distante nos olhos.

A polícia seguiu com facilidade a trilha das gotas de sangue. Elas terminavam com uma mancha vermelha num beco ao lado de um hotelzinho pouco depois da Market Street. No hotel, a polícia encontrou o quarto do qual o homem havia saltado, caído ou sido atirado. A cama estava encharcada de sangue. Sobre ela, lençóis rasgados e retorcidos que haviam sido amarrados e usados como cordas. Havia também uma toalha que tinha sido usada como mordaça.

As evidências indicavam que o homem nu havia sido amordaçado, torturado e ferido com uma faca. Os médicos disseram que as faixas de carne tinham sido cortadas, não rasgadas ou arrancadas. Depois que o dono da faca foi embora, o homem nu havia conseguido se libertar de suas amarras e, provavelmente enlouquecido de dor, tinha ou pulado ou caído da janela. A queda havia esmagado o crânio e quebrado o braço, mas ele havia conseguido caminhar uma quadra e meia.

A administração do hotel informou que o homem estava ali havia dois dias. Tinha sido registrado como H. F. Barrows, City. Tinha uma mala de couro preto na qual, além de roupas, produtos para barbear e assim por diante, a polícia encontrou uma caixa de cartuchos calibre 38, um lenço preto com buracos para olhos cortados, quatro chaves mestras, um pequeno pé-de-cabra e uma certa quantidade de morfina, com uma agulha e o resto do kit. Em outra parte do quarto, encontraram o resto de suas roupas, um revólver calibre 38 e duas garrafas de bebida. Não encontraram um centavo.

A hipótese era de que Barrows era um ladrão que havia sido amarrado, torturado e roubado, provavelmente por companheiros, entre as oito e as nove horas daquela manhã. Ninguém sabia nada a seu respeito. Ninguém havia visto seu visitante ou visitantes. O quarto ao lado do dele à esquerda estava desocupado. O ocupante do quarto do outro lado havia saído para o trabalho numa fábrica de móveis antes das sete horas.

Enquanto isso acontecia, eu estava no escritório, sentado para frente na cadeira para poupar as costas e lendo relatórios, todos discorrendo sobre como agentes ligados a diversas filiais da Agência de Detetives Continental seguiam falhando em apresentar quaisquer indicações da localização passada, presente ou futura de Papadopoulos e Nancy Regan. Não havia nada de novo nesses relatórios – eu vinha lendo outros semelhantes havia três semanas.

O Velho e eu saímos para almoçar juntos e, enquanto comíamos, eu lhe contei sobre as aventuras da noite anterior em Sausalito. Tinha o rosto de avô atento de sempre, bem como o sorriso educadamente interessado, mas quando eu estava na metade de história, ele desviou os olhos azuis do meu rosto para a salada, que ficou encarando até eu parar de falar. Então, ainda sem erguer o olhar, disse que sentia muito que eu tivesse me ferido. Agradeci, e continuamos comendo.

Finalmente, ele olhou para mim. A suavidade e a cortesia que ele habitualmente vestia sobre seu sangue frio estavam em seu rosto, seus olhos e sua voz quando ele disse:

– Essa primeira indicação de que Papadopoulos ainda está vivo veio imediatamente após a chegada de Tom-Tom Carey.

Foi minha vez de desviar o olhar.

Olhei para o pãozinho que estava partindo enquanto respondi:

– Sim.

Naquela tarde, recebemos um telefonema de uma mulher na Missão que havia visto acontecimentos misteriosos que, estava segura, tinham alguma coisa a ver com os bem divulgados assaltos a banco. Então fui vê-la e passei a maior parte da tarde descobrindo que metade dos acontecimentos a que ela se referia era imaginária e que a outra metade era o esforço de uma mulher ciumenta tentando descobrir o que o marido andava fazendo.

Já eram quase seis da tarde quando voltei para a Agência. Alguns minutos depois, Dick Foley me chamou no telefone. Estava com os dentes batendo tanto que mal consegui entender o que ele dizia. V-v-occê-p-pode-v-vir-ssspi-spital-haa-rr-b-bor?

– O quê? – perguntei, e ele disse a mesma coisa de novo, ou pior. Mas a esta altura eu sabia que ele estava perguntando se eu poderia ir até o Hospital Harbor.

Respondi que chegaria em dez minutos e, com a ajuda de um táxi, cheguei.

O pequeno detetive canadense me encontrou na porta do hospital. Estava com as roupas e os cabelos pingando de molhados, mas tinha tomado uma dose de uísque, e os dentes tinham parado de bater.

– Maldita idiota, saltou na baía! – ele reclamou, como se fosse culpa minha.

– Angel Grace?

– Quem mais eu estava seguindo? Entrou no *ferry* para Oakland. Aproximou-se sozinha da amurada. Achei que ela ia atirar alguma coisa. Fiquei de olho nela. Bingo! Ela saltou. – Dick espirrou. – Fui pateta o bastante de pular atrás dela. Segurei-a. Fomos tirados da água. Lá dentro – disse ele, fazendo sinal com a cabeça molhada para o interior do hospital.

– O que aconteceu antes de ela entrar no *ferry*?

– Nada. Ficou em casa o dia todo. Saiu direto para o *ferry*.

– E ontem?

– Passou o dia no apartamento. Saiu à noite com um homem. Hotel de beira de estrada. Voltou para casa às quatro. Dei azar. Não consegui segui-lo.

– Como ele era?

O homem que Dick descreveu era Tom-Tom Carey.

– Bom – eu disse. – É melhor você ir tomar um banho quente em casa e vestir uns trapos secos. – Entrei para ver a quase-suicida.

Ela estava deitada de costas num leito, olhando fixamente para o teto. Tinha o rosto pálido, mas era sempre pálida, e seus olhos verdes não estavam mais taciturnos do que o usual. A não ser pelo fato de seus cabelos curtos estarem escuros por causa da água, não parecia que qualquer coisa fora do normal tivesse acontecido com ela.

– Você pensa nas coisas mais estranhas para fazer – eu disse, ao lado de sua cama.

Ela deu um salto e virou o rosto para mim, espantada. Então me reconheceu e sorriu – um sorriso que emprestou ao seu rosto a beleza que o ar depressivo habitual escondia.

– Você precisa manter o hábito... de aparecer de surpresa? – perguntou. – Quem disse que eu estava aqui?

– Todo mundo sabe. Sua foto está na primeira página de todos os jornais, com a história da sua vida e o que você disse ao príncipe de Gales.

Ela parou de sorrir e ficou me olhando firmemente.

– Já sei! – exclamou, depois de alguns segundos. – Aquele baixinho que saltou depois de mim era um de seus agentes... me seguindo. Não era?

– Eu não sabia que alguém tinha precisado saltar atrás de você – respondi. – Achei que você tivesse chegado à margem depois de terminar de nadar. Você não queria chegar à terra?

Ela não sorriu. Seus olhos começaram a olhar para algo terrível.

– Ah! Por que não me deixaram sozinha? – lamentou, trêmula. – Viver é horrível.

Sentei-me numa cadeirinha ao lado da cama branca e bati levemente na saliência de seu ombro sob os lençóis.

– O que foi? – Fiquei surpreso com o tom paternal que consegui transmitir. – Por que você queria morrer, Angel?

Palavras que queriam ser ditas brilharam em seus olhos, repuxaram os músculos em seu rosto, tomaram forma em seus lábios – mas foi só. O que ela disse saiu com desalento, mas com uma finalidade relutante. As palavras foram:

– Não. Você é da lei, eu sou uma ladra. Vou ficar do meu lado da cerca. Ninguém pode dizer...

– Está bem! Está bem! – exclamei. – Mas, pelo amor de Deus, não me faça escutar mais um daqueles argumentos éticos. Tem alguma coisa que eu possa fazer por você?

– Não, obrigada.

– Não tem nada que você queira me dizer?

Ela sacudiu a cabeça.

– Você está bem agora?

— Sim. Eu estava sendo seguida, não estava? Ou você não teria ficado sabendo disso tão depressa.

— Sou um detetive... eu sei de tudo. Seja uma boa menina.

Do hospital, fui até a delegacia de polícia, ao departamento dos detetives de polícia. O tenente Duff estava substituindo o capitão. Contei a ele sobre o mergulho de Angel.

— Alguma idéia sobre o que ela estava armando? – quis saber depois que terminei.

— Ela está longe demais do centro das coisas para adivinhar. Queria que ela fosse detida por vadiagem.

— Ah é? Pensei que a quisesse solta, para que pudesse pegá-la.

— Agora isso praticamente terminou. Queria tentar deixá-la em cana por trinta dias. A Big Flora está presa, aguardando julgamento. Angel sabe que Flora era integrante do grupo que matou seu Paddy. Talvez Flora não conheça Angel. Vamos ver o que vai sair ao colocarmos as duas juntas por um mês.

— Pode ser – concordou Duff. – Essa Angel não tem meios visíveis de se manter e é claro que não tem nada que sair saltando nas baías por aí. Vou tomar as providências.

Da delegacia de polícia, fui até o hotel da Ellis Street em que Tom-Tom Carey me disse que estava hospedado. Ele não estava. Deixei um recado avisando que voltaria em uma hora e usei essa hora para comer. Quando voltei ao hotel, o homem moreno estava sentado no saguão. Ele me levou até o seu quarto e providenciou gim, suco de laranja e charutos.

— Andou vendo Angel Grace? – perguntei.

— Sim, na noite passada. Nós passamos por todas as espeluncas.

— Você a viu hoje?

— Não.

— Ela saltou na baía hoje à tarde.

— O caramba que fez isso. – Pareceu moderadamente surpreso.

— Ela foi tirada da água. Está bem.

A sombra em seus olhos parecia uma leve decepção.

— É uma garota engraçada – observou. – Eu não diria que Paddy não demonstrou bom gosto ao escolhê-la, mas ela é esquisita!

– Como anda a caça a Papadopoulos?
– Está indo. Mas você não devia ter faltado com a sua palavra. Você meio que me prometeu que não mandaria me seguir.
– Eu não sou o chefão – desculpei-me. – Às vezes o que eu quero não combina com o que o patrão quer. Isso não devia incomodá-lo tanto... você pode se livrar dele, não pode?
– Arrã. É o que eu tenho feito. Mas é uma chatice tremenda ter que ficar entrando e saindo de táxis e usando portas de serviço.

Conversamos e bebemos durante mais alguns minutos. Então deixei o quarto de Carey e o hotel e fui até a cabine telefônica de uma drogaria, onde telefonei para a casa de Dick Foley e dei a ele a descrição e o endereço do homem moreno.
– Não quero que você siga Carey, Dick. Quero que descubra quem está tentando segui-lo... e é nele em quem você deve colar. Pode começar amanhã... primeiro vá se secar.

E assim terminou aquele dia.

Acordei numa desagradável manhã chuvosa. Talvez fosse o tempo, talvez eu tivesse estado alegre demais no dia anterior, enfim, o corte nas minhas costas parecia uma bolha de trinta centímetros de comprimento. Liguei para o dr. Canova, que morava no andar abaixo do meu, e pedi que desse uma olhada no meu ferimento antes que saísse para o consultório no centro da cidade. Ele refez o curativo e me disse para sossegar por alguns dias. Ficou melhor depois que ele mexeu, mas liguei para a Agência e disse ao Velho que, a menos que alguma coisa empolgante acontecesse, eu pretendia ficar em casa me recuperando o dia todo.

Passei o dia recostado diante do aquecedor a gás, lendo e fumando cigarros que não queimavam direito por causa do tempo. Naquela noite, usei o telefone para organizar um jogo de pôquer, que foi muito fraco. No final, eu estava com vantagem de quinze dólares, o que era cerca de cinco dólares menos do que havia custado a bebida que meus convidados tinham consumido.

Minhas costas estavam melhores no dia seguinte, assim como o dia em si. Fui até a Agência. Havia um memorando sobre a minha mesa dizendo que Duff havia ligado e informado que Angel Grace Cardigan tinha sido detida por vadiagem – trinta dias na prisão municipal. Havia uma familiar pilha de relatórios de várias filiais sobre a incapacidade de seus agentes de descobrir qualquer coisa sobre Papadopoulos e Nancy Regan. Eu estava passando os olhos sobre esses relatórios quando Dick Foley entrou na sala.

– Identifiquei – relatou. – Trinta ou 32 anos. Um e setenta. Sessenta. Cabelos loiros, pele clara. Olhos azuis. Rosto magro, arranhado. Rato. Mora numa espelunca na Seventh Street.

– O que ele fez?

– Seguiu Carey por uma quadra. Carey o despistou. Caçou Carey até as duas da manhã. Não o encontrou. Foi para casa. Sigo atrás dele?

– Vá até o pardieiro e descubra quem ele é.

O pequeno canadense ficou fora por uma hora.

– Sam Arlie – disse, ao voltar. – Está lá há seis meses. É supostamente barbeiro... quando está trabalhando... se é que trabalha.

– Tenho dois palpites sobre esse Arlie – disse a Dick. – O primeiro é que é o velho que me cortou em Sausalito na outra noite. O segundo é que alguma coisa vai acontecer com ele.

Como era contra as regras de Dick desperdiçar palavras, ele não disse nada.

Liguei para o hotel de Tom-Tom Carey e falei com o homem moreno.

– Venha até aqui – convidei. – Tenho novidades para você.

– Assim que tomar café e me arrumar – prometeu.

– Quando Carey sair daqui, siga-o – eu disse a Dick depois que desliguei. – Se Arlie conseguir segui-lo agora, talvez aconteça alguma coisa. Tente descobrir.

Liguei para o departamento dos detetives e marquei um horário com o Sargento Hunt para visitar o apartamento de Angel Grace Cardigan. Depois disso, ocupei-me com trabalho burocrático até Tommy chegar para anunciar o homem moreno de Nogales.

– O sujeitinho que está seguindo você – informei-lhe depois que estava sentado e tinha começado a montar um cigarro – é um barbeiro chamado Arlie. – Disse onde Arlie morava.

– Sim. Um sujeito loiro de rosto magro?

Dei-lhe a descrição que Dick havia me dado.

– É esse o hombre – disse Tom-Tom Carey. – Sabe mais alguma coisa sobre ele?

– Não.

– Você fez com que Angel Grace fosse presa por vadiagem.

Como não era nem uma acusação nem uma pergunta, não respondi.

– Melhor assim – continuou o homem moreno. – Eu teria que mandá-la para longe. Ela estava prestes a melar tudo quando eu me aprontasse para jogar o laço.

– Isso vai ser logo?

– Depende de como tudo acontecer. – Ele se levantou, bocejou e sacudiu os ombros largos. – Mas ninguém morreria de fome se decidisse não comer mais enquanto eu não o pegasse. Eu não devia ter acusado você de estar me seguindo.

– Isso não estragou o meu dia.

– Até mais – disse Tom-Tom Carey antes de sair caminhando tranqüilamente.

Fui até a delegacia de polícia, apanhei Hunt e fomos até o prédio de apartamentos da Bush Street em que Angel Grace morava. A administradora – uma gorda exageradamente perfumada com lábios duros e olhos suaves – já sabia que sua inquilina estava na geladeira. De boa vontade, levou-nos até o apartamento da garota.

Angel não era uma boa dona de casa. As coisas estavam limpas, mas bagunçadas. A pia da cozinha estava cheia de louça suja. A cama dobrável estava muito malfeita. Havia roupas e vários tipos de artigos femininos pendurados por tudo, do banheiro à cozinha.

Nos livramos da síndica e passamos o apartamento em revista minuciosamente. Saímos de lá sabendo tudo o que havia para saber sobre o guarda-roupa da garota, e um monte sobre seus hábitos pessoais. Mas não descobrimos nada que apontasse na direção de Papadopoulos.

Naquela tarde ou noite não chegou qualquer notícia sobre a dupla Carey-Arlie, embora eu esperasse ouvir algo de Dick a cada minuto.

Às três da manhã, o telefone da mesa de cabeceira tirou minha orelha dos travesseiros. A voz que saiu do aparelho era a do detetive canadense.

– Fim de Arlie – ele disse.
– Em definitivo?
– Sim.
– Como?
– Chumbo.
– Nosso cara?
– Sim.
– Segue até de manhã?
– Sim.
– Vejo você no escritório – e voltei a dormir.

Quando cheguei à Agência às nove horas, um dos atendentes tinha acabado de decodificar uma carta noturna do agente de Los Angeles que havia sido mandado para Nogales. Era um telegrama longo e suculento.

Dizia que Tom-Tom Carey era muito conhecido ao longo da fronteira. Por cerca de seis meses, ele estivera envolvido em contrabando – armas indo para o sul, bebidas e provavelmente drogas e imigrantes vindo para o norte. Pouco antes de sair de lá na semana anterior, ele havia feito perguntas a respeito de um certo Hank Barrows. A descrição desse Hank Barrows combinava com o H. F. Barrows que havia sido cortado em tiras, caído da janela do hotel e morrido.

O agente de Los Angeles não tinha conseguido muita coisa a respeito de Barrows, exceto que ele vinha de São Francisco, estivera na fronteira por apenas alguns dias e aparentemente havia retornado a São Francisco. O agente não tinha conseguido nada de novo sobre o assassinato de Newhall – os sinais ainda eram de que ele havia morrido resistindo a um ataque de patriotas mexicanos.

Dick Foley entrou na minha sala enquanto eu lia as informações. Quando terminei, ele me deu sua contribuição para a história de Tom-Tom Carey.

– Eu o segui de lá. Até o hotel. Arlie na esquina. Oito horas, Carey saiu. Garagem. Alugou carro sem motorista. Voltou ao hotel. Fez o *check out*. Duas malas. Saiu pelo parque. Arlie o seguiu num calhambeque. Segui atrás de Arlie. Descemos bulevar. Atravessamos cruzamento. Escuro. Solitário. Arlie pisa fundo. Aproximou-se. Bang! Carey parou. Duas armas saem. Fim de Arlie. Carey volta à cidade. Hotel Marquis. Registra-se como George F. Danby, San Diego. Quarto 622.

– Tom-Tom revistou Arlie depois de matá-lo?

– Não. Não tocou nele.

– E então? Leve Mickey Linehan com você. Não perca Carey de vista. Vou mandar alguém para substituir você e Mickey mais tarde esta noite, se puder, mas ele precisa ser vigiado 24 horas até... – como não sabia o que vinha depois, parei de falar.

Levei a história de Dick até a sala do Velho e contei a ele, terminando:

– Arlie atirou primeiro, segundo Foley, de modo que Carey pode alegar legítima defesa, mas finalmente temos ação, e eu não quero fazer nada para diminuir o ritmo. Por isso, quero manter o que sabemos sobre esse tiroteio em segredo por alguns dias. Não vai melhorar nem um pouco a nossa amizade com o xerife do condado se ele souber o que estamos fazendo, mas acho que vale a pena.

– Se você quer assim – concordou o Velho, atendendo o telefone, que estava tocando.

Ele falou no aparelho e o passou para mim. Era o detetive-sargento Hunt.

– Flora Brace e Grace Cardigan fugiram pouco antes do amanhecer. Há chances de que elas...

Eu não estava com ânimo para detalhes.

– Foi uma fuga limpa? – perguntei.

– Não há qualquer pista sobre elas até agora, mas...

– Pegarei os detalhes quando falar com você. Obrigado – disse e desliguei. – Angel Grace e Big Flora fugiram da prisão – informei ao Velho.

Ele deu um sorriso cortês, como se aquilo não o preocupasse muito.

— Você estava comemorando o fato de ter ação — ele murmurou.

Transformei minha cara feia num sorriso, murmurei "Bem, talvez", voltei à minha sala e liguei para Franklin Ellert. O advogado disse que ficaria feliz em me ver, de modo que fui até seu escritório.

— E agora? Que progrefos vofê fez? — perguntou ele ansiosamente quando sentei-me ao lado de sua mesa.

— Alguns. Um homem chamado Barrows também estava em Nogales quando Newhall foi morto, e também veio para São Francisco logo depois. Carey seguiu Barrows até aqui. Você leu a respeito do homem que foi encontrado andando nu no meio da rua, todo cortado?

— Li, fim.

— Era Barrows. Então outro homem entra na jogada... um barbeiro chamado Arlie. Ele estava espionando Carey. Carey o matou.

Os olhos do velho advogado saltaram mais alguns centímetros.

— Em que rua? — perguntou de supetão.

— Você quer saber o local exato?

— Quero, fim.

Peguei o telefone, liguei para a Agência, pedi que lessem o relatório de Dick para mim e dei ao advogado a informação que ele queria.

Ele saltou da cadeira. O suor brilhava ao longo das dobras que as rugas formavam em seu rosto.

— A Fenhorita Newhall está lá sozinha! Efe caminho é a menof de um quilômetro da cava dela.

Franzi a testa e desatei a pensar, mas não consegui entender nada.

— E se eu puser um homem lá para cuidar dela? — sugeri.

— Effelente! — Seu rosto preocupado relaxou, até haver no máximo cinqüenta ou sessenta rugas nele. — Ela preferiu ficar lá durante o luto da morte do pai. Vofê vai mandar um homem capacitado?

– O Rochedo de Gibraltar é uma folha ao vento perto dele. Faça um bilhete para ele levar. Seu nome é Andrew MacElroy.

Enquanto o advogado rabiscava o bilhete, usei seu telefone de novo para ligar para a Agência e pedir para a telefonista encontrar o Andy e lhe dizer que eu precisava dele. Almocei antes de voltar à Agência. Andy estava esperando quando cheguei lá.

Andy MacElroy era um homem sólido feito uma rocha – não muito alto, mas forte e com a cabeça e o corpo duros. Era um homem sério e taciturno, com a imaginação de uma máquina calculadora. Sequer tenho certeza de que saiba ler, mas tenho certeza de que quando Andy recebe uma ordem, ele a cumpre e nada mais. Não sabia o bastante para fazer o contrário.

Dei a ele o bilhete do advogado à Srta. Newhall, disse-lhe aonde ir e o que fazer, e os problemas da Srta. Newhall estavam fora da minha mente.

Por três vezes naquela tarde recebi notícias de Dick Foley e Mickey Linehan. Tom-Tom Carey não estava fazendo nada muito emocionante, embora tivesse comprado duas caixas de cartucho calibre 44 numa loja de equipamentos esportivos da Market Street.

Os jornais da tarde trouxeram fotos de Big Flora Brace e Angel Grace Cardigan, relatando a fuga das duas. A história estava tão distante do que de fato havia acontecido como normalmente ocorre com reportagens de jornal. Em outra página, estava um relato sobre a descoberta do barbeiro morto na rua vazia. Ele havia levado tiros na cabeça e no peito, num total de quatro. A opinião das autoridades do município era de que ele havia sido morto reagindo a um roubo, e que os bandidos fugiram sem levar nada.

Às cinco horas, Tommy Howd apareceu na minha porta:

– Aquele tal de Carey quer ver você de novo – disse o rapaz sardento.

– Mande-o entrar.

O homem moreno entrou caminhando tranqüilamente, disse "E aí", sentou-se e montou um cigarro marrom.

– Alguma coisa especial para esta noite? – perguntou, fumando.

– Nada que eu não possa trocar por algo melhor. Vai dar uma festa?

– Arrã. Tinha pensado nisso. Uma espécie de festa surpresa para Papadoodle. Quer ir junto?

Foi minha vez de responder "Arrã".

– Pego você às onze... Van Ness com Geary – disse. – Mas vai ter que ser uma espécie de festa fechada... só você e eu... e ele.

– Não. Tem mais um que precisa estar junto. Vou levá-lo comigo.

– Não estou gostando disso. – Tom-Tom Carey sacudiu a cabeça lentamente, franzindo a testa amistosamente por cima do cigarro. – Vocês detetives não deveriam estar em maior número. Precisa ser um e um.

– Você não vai estar em menor número – expliquei. – Esse sujeitinho que vou levar junto está tão do meu lado como do seu. E vai ser bom você ficar tão de olho nele quanto eu... e cuidar para que ele não fique atrás de nenhum de nós, se for possível.

– Então por que você quer levá-lo conosco?

– Engrenagens dentro de engrenagens – sorri.

O homem moreno franziu a testa de novo, desta vez menos amistosamente.

– Os cento e seis mil de recompensa em dinheiro... não estou pensando em dividi-los com ninguém.

– Tudo bem – concordei. – Ninguém que eu levar junto será sócio desse dinheiro.

– Vou aceitar sua palavra quanto a isso. – Levantou-se. – E precisamos vigiar esse hombre, é?

– Se quisermos que tudo corra bem.

– Digamos que ele nos atrapalhe... se meta em nosso caminho. Podemos acabar com ele ou simplesmente dizemos "Feio! Feio!"?

– Ele vai ter que correr seus próprios riscos.

– Parece justo. – Seu rosto duro estava novamente bem-humorado enquanto caminhava até a porta. – Onze horas na Van Ness com a Geary.

Voltei para a sala dos detetives onde Jack Counihan estava atirado numa cadeira, lendo uma revista.

– Espero que você tenha pensado em algo para eu fazer – disse ele, cumprimentando-me. – Estou criando calos de ficar sentado.

– Paciência, filho, paciência... é o que você precisa aprender a ter se algum dia pretende ser um detetive. Ora, quando eu era uma criança da sua idade, recém começando na agência, tive a sorte de...

– Não comece com isso – ele implorou. Então seu rosto jovem e bonito ficou muito sério. – Não entendo por que você me mantém trancado aqui. Sou o único além de você que realmente viu Nancy Regan. Pensei que você me faria sair atrás dela.

– Eu disse ao Velho a mesma coisa – solidarizei-me. – Mas ele tem medo de correr o risco de algo acontecer a você. Ele disse que em todos os seus cinqüenta anos de trabalho como detetive nunca viu um agente tão bonito, além de ser um modelo de moda, um freqüentador da sociedade e herdeiro de milhões de dólares. A idéia dele é que nós o mantenhamos como uma espécie de modelo da Agência e não o deixemos...

– Vá para o inferno – disse Jack, com o rosto vermelho.

– Mas eu o convenci a me deixar usar você nesta noite – continuei. – Então, encontre-me na Van Ness com a Geary antes das onze horas.

– Teremos ação? – ele era pura ansiedade.

– Talvez.

– O que nós vamos fazer?

– Traga a sua arma de espoleta. – Uma idéia passou pela minha cabeça, e eu a verbalizei: – É melhor ir bem vestido... traje de noite.

– A rigor?

– Isso... até o limite... tudo menos a cartola. Agora, quanto ao comportamento: você não é um detetive. Não sei exatamente o que você deve ser, mas não faz qualquer diferença. Tom-Tom Carey estará conosco. Você deve agir como se não fosse nem meu amigo nem dele... como se não confiasse em nenhum de nós dois. Nós seremos falsos com você. A qualquer pergunta que você não souber responder, reaja com hostilidade. Mas não provoque Carey demais. Entendeu?

– Eu... eu acho que sim. – Falou lentamente, franzindo a testa. – Devo agir como se estivesse no mesmo negócio que vocês, mas que, fora isso, não somos amigos. Como se eu não estivesse disposto a confiar em você. É isso?

– Basicamente. Cuide-se. Você estará nadando em nitroglicerina o tempo todo.

– O que está acontecendo? Seja um cara bacana e me dê alguma idéia.

Sorri para ele. Ele era muito mais alto do que eu.

– Eu poderia fazer isso – admiti –, mas acho que o assustaria. Então é melhor não dizer nada. Seja feliz enquanto pode. Tenha um bom jantar. Parece que muitos condenados comem lautos cafés da manhã com presunto e ovos antes de caminharem para o cadafalso. Talvez você queira outra coisa para o jantar, mas...

Faltando cinco minutos para as onze daquela noite, Tom-Tom Carey trouxe um carro de passeio preto até a esquina onde Jack e eu estávamos esperando sob uma neblina que parecia um casaco de pele molhado.

– Entrem – ordenou quando nos aproximamos do meio-fio.

Abri a porta da frente e fiz sinal para Jack entrar. Ele deu início à representação, olhando friamente para mim e abrindo a porta de trás.

– Vou sentado atrás – disse ele, bruscamente.

– Não é uma má idéia – disse eu, sentando-me ao seu lado.

Carey virou-se em seu assento, e ele e Jack se encararam por um tempo. Eu não disse nada, não apresentei um ao outro. Quando o homem moreno terminou de medir o jovem, olhou do colarinho e da gravata do rapaz – as roupas de noite não estavam escondidas pelo sobretudo – para mim, sorriu e disse com a voz arrastada:

– O seu amigo é garçom, é?

Eu ri, porque a indignação que tomou conta do rosto do rapaz e o fez abrir a boca foi natural, e não parte do seu número. Empurrei o pé contra o dele. Jack fechou a boca, não disse nada e olhou para Tom-Tom Carey e eu como se fôssemos espécimes de um tipo inferior de vida animal.

Sorri de volta para Carey e perguntei:

– Estamos esperando por alguma coisa?

Ele disse que não, parou de encarar Jack e pôs o carro em movimento. Levou-nos através do parque, pelo bulevar. O trânsito que seguia na nossa direção e na direção oposta se aproximava e se afastava na noite com névoa espessa. Em seguida, deixamos a cidade e trocamos a neblina pelo céu claro com lua. Não olhei para nenhum dos carros que vinha atrás de nós, mas sabia que num deles deviam estar Dick Foley e Mickey Linehan.

Tom-Tom Carey tirou nosso carro do bulevar para uma via lisa e bem feita, mas não muito percorrida.

– Um homem não foi morto por aqui na noite passada? – perguntei.

Carey assentiu com a cabeça sem se virar e, depois de percorrermos mais meio quilômetro, ele disse "Bem aqui".

Estávamos andando um pouco mais devagar, e Carey apagou os faróis. Na via, meio iluminada pela lua, meio escurecida pelas sombras, o carro avançou muito lentamente por mais ou menos um quilômetro e meio. Paramos à sombra de arbustos altos que escureciam um ponto da estrada.

– Para fora quem vai desembarcar – disse Tom-Tom Carey, saindo do carro.

Jack e eu o seguimos. Carey tirou o sobretudo e o atirou para dentro do carro.

– É logo depois da curva, nos fundos da estrada – disse. – Maldita lua! Eu estava contando que teria neblina.

Eu não disse nada. Assim como Jack. O rosto do garoto estava branco e alerta.

– Vamos em linha reta – disse Carey, liderando o caminho através da rua até uma cerca alta de arame.

Ele passou por cima da cerca primeiro, depois Jack, depois – o barulho de alguém vindo pela estrada mais à frente me fez parar. Fazendo sinal de silêncio para os dois do outro lado da cerca, encolhi-me atrás de um arbusto. Os passos que se aproximavam eram leves, ágeis, femininos.

Uma garota surgiu à luz da lua logo em frente. Tinha vinte e poucos anos, não era nem alta nem baixa, nem magra nem cheinha. Vestia uma saia curta e um suéter e sua cabeça estava descoberta. Havia terror em seu rosto pálido, na atitude apressada, mas também havia algo mais ali, mais beleza do que um detetive de meia idade estava acostumado a ver.

Quando viu o carro de Carey surgindo sob a sombra, parou abruptamente, com um ruído que foi quase um grito.

Dei um passo à frente e disse:

– Olá, Nancy Regan.

Desta vez, o ruído foi mesmo um grito:

– Ah! Ah!

Então, a menos que o luar estivesse me enganando, ela me reconheceu, e o terror começou a deixá-la. Estendeu as duas mãos para mim, com alívio no gesto.

– E então? – O rugido ursino vinha do grande homem sólido como uma rocha que apareceu da escuridão atrás dela. – O que é tudo isso aqui?

– Olá, Andy – cumprimentei-o.

– Olá – ecoou MacElroy, parado.

Andy sempre fazia o que lhe mandavam fazer. Havia recebido ordens de tomar conta da Srta. Newhall. Olhei para a garota e novamente para ele.

– Esta é a Srta. Newhall? – perguntei.

– É – rugiu ele. – Fui até lá como você mandou, mas ela disse que não me queria... que não iria me deixar entrar na casa dela. Mas como você não falou nada sobre voltar, eu simplesmente acampei do lado de fora, fiquei atento, de olho em tudo. E quando a vi fugindo por uma janela há pouco, segui atrás para tomar conta dela, como você tinha dito que eu deveria fazer.

Tom-Tom Carey e Jack Counihan voltaram para a estrada e se aproximaram de nós. O homem moreno trazia uma pistola automática numa das mãos. Os olhos da garota estavam grudados nos meus. Ela não prestava atenção aos demais.

– O que é tudo isso? – perguntei a ela.

– Eu não sei – ela balbuciou, segurando as minhas mãos, com o rosto perto do meu. – Sim, eu sou Ann Newhall.

Eu não sabia. Achei que fosse divertido. E quando descobri que não era, eu não consegui me livrar disso.

Tom-Tom Carey resmungou e mexeu-se, impacientemente. Jack Counihan olhava fixamente para a estrada. Andy MacElroy seguia sólido, esperando a ordem seguinte. A garota em nenhum momento desviou o olhar de mim para qualquer um dos outros.

– Como você se meteu com eles? – perguntei. – Fale rápido.

Eu mandei a garota falar rápido. Ela obedeceu. Durante vinte minutos, ela ficou ali parada soltando palavras numa torrente sem intervalos, exceto pelas vezes em que eu a interrompia para evitar que desviasse do assunto. Era um discurso desordenado, quase incoerente em alguns pontos, e nem sempre plausível, mas durante todo o tempo fiquei com a impressão que ela estava tentando dizer a verdade – a maior parte do tempo.

E nem por uma fração de segundo ela desviou o olhar dos meus olhos. Era como se ela tivesse medo de olhar para qualquer outro lugar.

Dois meses antes, aquela filha de milionário fazia parte de um grupo de quatro jovens que voltava tarde da noite de um compromisso social na costa. Alguém sugeriu que eles parassem num hotel de beira de estrada no caminho – um lugar particularmente da pesada. É claro que isso era seu maior atrativo – ser da pesada era meio que uma novidade para eles. Tiveram uma visão de primeira mão do conceito naquela noite porque, ninguém sabia exatamente como, acabaram envolvidos numa briga menos de dez minutos depois de terem chegado.

O acompanhante da garota a envergonhara demonstrando uma incrível covardia. Havia deixado que Red O'Leary o fizesse ficar de joelhos e batesse nele – e nada fez quanto a isso depois. O outro jovem do grupo não tinha sido muito mais corajoso. Insultada por tamanha submissão, a garota foi até o gigante ruivo que acabara com seu acompanhante e falou alto o bastante para que todos a escutassem:

– Você pode, por favor, me levar para casa?

Red O'Leary atendeu ao pedido com prazer. Ela o deixou a poucas quadras de sua casa na cidade. Disse que se chamava Nancy Regan. Ele provavelmente duvidou, mas ele nunca lhe fazia qualquer pergunta nem se intrometia em suas coisas. Apesar da diferença de seus mundos, um companheirismo genuíno se desenvolveu entre os dois. Ela gostava dele. Era tão gloriosamente arruaceiro que ela o via como uma figura romântica. Ele estava apaixonado por ela. Sabia que ela estava quilômetros acima dela. Assim, ela não tinha dificuldades para fazê-lo se comportar bem.

Os dois se encontravam com freqüência. Ele a levou a todos os buracos da zona da baía, apresentou-a a ladrões, pistoleiros e vigaristas, contou-lhe incríveis histórias de aventuras criminosas. Ela sabia que ele era um ladrão, soube que estava envolvido nos roubos do Seaman's National e da Companhia Fiduciária Golden Gate no instante em que estouraram. Mas via tudo aquilo como uma espécie de espetáculo teatral. Não via como realmente era.

Ela caiu na real na noite em que estavam no Larrouy's e foram atacados pelos bandidos que Red havia ajudado Papadopoulos e os outros a traírem. Mas já era tarde demais para sair livre. Ela foi arrastada com Red até o esconderijo de Papadopoulos depois que eu atirei no grandalhão. Ela viu então o que seu homem romântico realmente era e no que ela havia se envolvido.

Quando Papadopoulos fugiu, levando-a com ele, ela estava bem desperta, curada, disposta a nunca mais se envolver com marginais. Era o que ela pensava. Ela pensava que Papadopoulos era o velhinho assustado que aparentava ser – escravo de Flora, um velho inofensivo perto demais do túmulo para ter qualquer mal dentro de si. Estivera gemendo apavorado. Tinha implorado para que ela não o abandonasse, pedira com lágrimas escorrendo por seu rosto enrugado, implorando que ela o escondesse de Flora. Ela o levou para sua casa de campo e o deixou mexer no jardim, a salvo de olhos bisbilhoteiros. Não fazia idéia de que ele sabia quem ela era desde o começo e a conduzira a sugerir esse acerto.

Mesmo depois de os jornais terem relatado que ele havia sido o comandante-em-chefe do exército marginal e de a recompensa de 106 mil dólares ter sido oferecida por sua prisão, ela seguiu acreditando na inocência dele. Ele a convenceu de que Flora e Red haviam simplesmente posto a culpa de tudo nele para receberem condenações mais brandas. Era um velho tão assustado – quem não teria acreditado nele?

Então seu pai havia morrido no México, e a dor passou a ocupar sua mente, excluindo a maior parte das outras coisas até aquele dia, quando Big Flora e outra garota – provavelmente Angel Grace Cardigan – tinha ido até a casa. Ela havia sentido um medo mortal de Big Flora das vezes que a encontrara antes. Agora sentia mais medo ainda. E logo descobriu que Papadopoulos não era escravo de Flora, mas seu senhor. Viu o velho abutre como ele realmente era. Mas não foi esse o final de seu despertar.

Angel Grace havia repentinamente tentado matar Papadopoulos. Flora a contivera. Grace, desafiadora, contou a eles que era namorada de Paddy. Então gritou para Ann Newhall:

– E você, sua maldita idiota, não sabe que eles mataram o seu pai? Não sabe...

Os dedos de Big Flora no pescoço de Angel Grace interromperam o discurso. Flora amarrou Angel e virou-se para a garota Newhall.

– Você está envolvida – disse, bruscamente. – Está envolvida até o pescoço. É melhor seguir conosco, se não... Eis como estão as coisas, queridinha: tanto o velho quanto eu seremos enforcados se formos apanhados. E você vai continuar conosco. Vou providenciar isso. Faça o que a gente mandar, e tudo vai acabar bem. Banque a engraçadinha, e eu dou uma surra dos diabos em você.

A garota não se lembrava de muito mais coisas depois disso. Tinha uma pálida recordação de ir até a porta e dizer a Andy que não queria seus serviços. Fez isso mecanicamente, sem sequer ter de ser forçada pela loira grandalhona de pé logo atrás dela. Mais tarde, no mesmo transe amedrontado, tinha saído pela janela de seu quarto, descido a lateral da varanda coberta por uma parreira e se afastado da casa, correndo pela estrada, sem ir a lugar algum, apenas fugindo.

Foi isso que fiquei sabendo pela garota. Ela não me contou tudo. Disse muito pouco dessas coisas com palavras.

Mas foi essa a história que montei combinando suas palavras, a forma como ela as disse e suas expressões faciais com o que já sabia e o que podia adivinhar.

E nem uma vez enquanto falava seus olhos desviaram dos meus. Nem uma vez ela demonstrou saber que havia outros homens na estrada conosco. Ela encarava meu rosto com uma fixação desesperada, como se tivesse medo de não fazer isso, e suas mãos seguravam as minhas como se ela pudesse afundar no chão se as soltasse.

– E os seus empregados? – perguntei.

– Não há nenhum lá agora.

– Papadopoulos convenceu você a se livrar deles.

– Sim... vários dias atrás.

– Então Papadopoulos, Flora e Angel Grace estão sozinhos na casa agora?

– Sim.

– Eles sabem que você escapou?

– Não sei. Acho que não. Eu estava no quarto fazia algum tempo. Não acho que suspeitem que eu ousaria fazer qualquer coisa além do que eles me mandaram fazer.

Fiquei incomodado ao perceber que eu estava encarando os olhos da garota tão fixamente como ela encarava os meus e que, quando quis desviar o olhar, não consegui fazê-lo com facilidade. Tirei os olhos dela e afastei as mãos.

– O resto da história você pode contar depois – resmunguei, virando-me para dar ordens a Andy MacElroy. – Você fica aqui com a Srta. Newhall até voltarmos da casa. Fiquem à vontade no carro.

A garota pôs a mão em meu braço.

– Eu vou...? Você vai...?

– Sim, nós vamos entregar você à polícia – garanti a ela.

– Não! Não!

– Não seja infantil – implorei. – Você não pode sair por aí andando com um bando de bandidos, envolver-se numa porção de crimes e, quando é pega, dizer "Desculpe, por favor" e sair livre. Se você contar toda a história no tribunal, incluindo as partes que não me contou, há chances de você não ser condenada. Mas não há como você escapar da prisão agora. Vamos lá – eu disse a Jack e Tom-Tom Carey. – Precisamos andar depressa se queremos encontrar o nosso pessoal em casa.

Olhando para trás ao escalar a cerca, vi que Andy havia posto a garota no carro e estava entrando.

– Só um instante – gritei para Jack e Carey, que já começavam a atravessar o campo.

– Pensou em outra coisa para matar tempo – reclamou o homem moreno.

Atravessei de novo a estrada até o carro e falei rapidamente e em voz baixa com Andy:

– Dick Foley e Mickey Linehan devem estar pelas redondezas. Assim que sairmos de vista, procure por eles. Entregue a Srta. Newhall a Dick. Diga que a leve com ele e corra atrás de um telefone... chame o xerife. Diga a Dick que ele deve entregar a garota ao xerife, que deve segurá-la para a polícia de São Francisco. Avise que ele não deve entregá-la a ninguém mais... nem mesmo a mim. Entendido?

– Entendido.

– Muito bem. Depois de dizer isso a ele e entregar-lhe a garota, leve Mickey Linehan até a casa dos Newhall o mais rápido que puder. Provavelmente vamos precisar do máximo de ajuda o quanto antes possível.

– Entendido – disse Andy.

– O que você está tramando? – Tom-Tom Carey perguntou em tom suspeito quando voltei para perto dele e de Jack.

– Negócios de detetive.

– Eu devia ter vindo fazer todo o trabalho sozinho – ele resmungou. – Você não fez nada além de perder tempo desde que começamos.

– Não sou eu que estou perdendo tempo agora.

Ele bufou e saiu correndo pelo campo de novo, com Jack e comigo logo atrás. No final do campo havia outra cerca para ser transposta. Depois nos deparamos com uma pequena cerca de madeira, e a casa dos Newhall estava diante de nós – era uma casa grande e branca, refletindo a luz do luar, com retângulos amarelos com persianas fechadas em janelas de ambientes iluminados. Os ambientes iluminados ficavam no térreo. O andar de cima estava no escuro. Tudo estava silencioso.

– Maldito luar! – repetiu Tom-Tom Carey, tirando mais uma pistola automática das roupas, de modo que passou a segurar uma em cada mão.

Jack começou a sacar da arma, olhou para mim, viu que a minha seguia no coldre e deixou a sua no bolso.

O rosto de Tom-Tom Carey era uma máscara de pedra escura – fendas no lugar dos olhos, uma fenda no lugar da boca –, a máscara impiedosa de um caçador de homens, um assassino. Respirava de modo suave, com o peito imenso se mexendo calmamente. Ao seu lado, Jack Counihan parecia um garoto excitado. Tinha o rosto lívido, os olhos arregalados e disformes e a respiração arfante. Mas o sorriso era genuíno, apesar de todo o nervosismo que continha.

– Vamos atravessar até a casa por este lado – sussurrei. – Depois, um de nós vai pela frente, outro por trás, e o terceiro pode esperar para ver onde é mais necessário. Tudo bem?

– Tudo bem – concordou o homem moreno.

– Espere! – exclamou Jack. – A garota desceu pela parreira de uma janela superior. Qual é o problema de eu subir pelo mesmo caminho? Sou mais leve do que vocês dois. Se ainda não deram pela falta dela, a janela deve estar aberta. Dêem-me dez minutos para encontrar a janela, entrar e me posicionar lá dentro. Assim, quando vocês atacarem, eu estarei lá, atrás deles. Que tal? – disse ele, esperando os aplausos.

– E se pegarem você no instante em que você entrar? – protestei.

– Imagine que sim. Eu posso fazer bastante barulho para vocês ouvirem, e vocês podem partir para o ataque enquanto eles se ocupam de mim. Vai funcionar igual.

– Que diabo! – latiu Tom-Tom Carey. – Qual é a vantagem de tudo isso? O outro jeito é melhor. Um de nós na frente, outro nos fundos, arrombando as portas e entrando atirando.

– Se esse jeito novo funcionar, vai ser melhor – opinei.
– Se você quer saltar na fornalha, eu não vou impedir, Jack. Não vou privá-lo do seu ato de heroísmo.

– Não! – resmungou o homem moreno. – Nem pensar!

– Sim – eu o contradisse. – Vamos tentar. É melhor dar uns vinte minutos, Jack. Não terá tempo para desperdiçar.

Ele e eu olhamos para os relógios, e ele se virou em direção à casa.

Com a cara fechada e expressão ameaçadora, Tom-Tom Carey colocou-se em seu caminho. Xinguei e me postei entre o homem moreno e o garoto. Jack deu a volta pelas minhas costas e se apressou pelo espaço excessivamente iluminado que nos separava da casa.

– Mantenha os pés no chão – eu disse a Carey. – Há muitas coisas envolvidas neste jogo sobre as quais você não faz idéia.

– Coisas demais! – ele resmungou, mas deixou o garoto ir.

Não havia qualquer janela superior aberta no nosso lado da casa. Jack deu a volta até os fundos e saiu de vista.

Ouvimos um barulho atrás de nós. Carey e eu giramos juntos. Ele levantou as armas. Estendi o braço por cima delas, empurrando-as para baixo.

– Acalme-se – alertei. – Esta é apenas uma das coisas sobre as quais você não sabe.

O barulho havia parado.

– Está tudo bem – chamei baixinho.

Mickey Linehan e Andy MacElroy saíram de debaixo das árvores.

Tom-Tom Carey pôs o rosto tão perto do meu que teria me arranhado se não tivesse se barbeado naquele dia.

– Seu traidor...

– Comporte-se! Comporte-se! Um homem da sua idade – eu o reprovei. – Nenhum desses homens quer nada com o seu dinheiro sujo de sangue.

– Não gosto dessa coisa de bando – ele resmungou. – Nós...

– Nós vamos precisar de toda ajuda possível – interrompi, olhando para o relógio. Disse aos dois detetives: – Vamos nos aproximar da casa agora. Quatro de nós devemos conseguir resolver a questão. Vocês conhecem Papadopoulos, Big Flora e Angel Grace por descrições. Eles estão lá dentro. Não corram qualquer risco com eles... Flora e Papadopoulos são dinamite pura. Jack Counihan está tentando entrar neste momento. Vocês dois cuidam dos fundos da casa. Carey e eu ficaremos com a frente. Vamos começar a jogada. Cuidem para que ninguém fuja. Em frente, marchem!

O homem moreno e eu seguimos para a varanda da frente – uma varanda ampla, coberta por uma parreira num dos lados, iluminada pela luz amarela que vinha das quatro janelas francesas com cortinas.

Não havíamos ainda pisado na varanda quando uma dessas janelas altas se abriu.

A primeira coisa que vi foram as costas de Jack Counihan.

Ele estava abrindo a janela com uma mão e um pé, sem virar a cabeça.

À frente do garoto – olhando para ele do outro lado da sala muito iluminada – estavam um homem e uma mulher. O homem era velho, pequeno, mirrado, enrugado e lamentavelmente assustado – Papadopoulos. Notei que ele havia raspado o bigode branco desgrenhado. A mulher era alta, corpulenta, rosada e loira – uma atleta de quarenta e poucos anos com olhos cinzentos fundos num brutal rosto bonito – Big Flora Brace. Os dois estavam perfeitamente imóveis, lado a lado, observando o cano da arma de Jack Counihan.

Enquanto eu permanecia diante da janela olhando para aquela cena, Tom-Tom Carey, com as duas armas para cima, passou por mim, entrando pela janela e postando-se ao lado do garoto. Eu não o segui para dentro da sala.

Os olhos castanhos assustados de Papadopoulos desviaram para o rosto do homem moreno. Os cinzentos de Flora se moveram para ele deliberadamente, voltando-se então para mim.

– Parados, todos! – ordenei, afastando-me da janela em direção à lateral da varanda, onde a parreira era mais fina.

Inclinando-me por entre as folhas, de forma que meu rosto ficasse livre ao luar, olhei para baixo pela lateral da casa. Uma sombra nas sombras da garagem poderia ser um homem. Estendi um braço ao luar e acenei. A sombra veio na minha direção – Michael Linehan. A cabeça de Andy MacElroy espiou dos fundos. Acenei novamente, e ele seguiu Mickey.

Voltei até a janela aberta.

Papadopoulos e Flora – um coelho e uma leoa – estavam parados olhando para as armas de Carey e Jack. Olharam novamente para mim quando apareci, e um sorriso começou a se formar nos lábios carnudos da mulher.

Mickey e Andy apareceram e ficaram ao meu lado. O sorriso dela morreu numa expressão de raiva.

Carey, – eu disse – você e Jack ficam como estão. Mickey, Andy, entrem e tomem conta dos nossos presentes de Deus.

Quando os dois detetives passaram pela janela, as coisas aconteceram.

Papadopoulos gritou.

Big Flora atirou-se contra ele, lançando-o em direção à porta dos fundos.

– Vá! Vá! – ela rugiu.

Tropeçando e cambaleando, ele atravessou a sala.

Flora tinha duas armas – que surgiram de repente em suas mãos. Seu corpanzil parecia encher o ambiente, como se por força de vontade ela tivesse se transformado numa gigante. Atacou – avançando diretamente para as armas que Jack e Carey seguravam –, bloqueando o caminho para a porta dos fundos e protegendo o homem em fuga dos disparos.

Um borrão num dos lados era Andy MacElroy se movimentando.

Segurei o braço da arma de Jack.

– Não atire – cochichei em seu ouvido.

As armas de Flora dispararam em conjunto. Mas ela estava caindo. Andy havia se atirado em suas pernas como um homem atiraria uma pedra.

Quando Flora caiu, Tom-Tom Carey parou de esperar.

Sua primeira bala passou tão perto dela que roçou em seus cabelos loiros encaracolados. Mas passou – e atingiu Papadopoulos no instante em que ele atravessava a porta. A bala pegou-o na parte inferior das costas e atirou-o no chão.

Carey atirou de novo – e de novo – e de novo – no corpo estendido.

– Não adianta – rosnei. – Você não vai conseguir matá-lo mais do que isso.

Ele riu e abaixou as armas.

– Quatro em 106. – Todo o seu mau-humor e sua agressividade haviam desaparecido. – São 26 mil e quinhentos dólares que cada uma dessas balas valem para mim.

Andy e Mickey haviam dominado Flora e a levantavam do chão.

Olhei deles para o homem moreno novamente, sussurrando:

– Não acabou tudo ainda.

– Não? – Ele pareceu surpreso. – O que vem agora?

– Fique acordado e deixe sua consciência guiá-lo – respondi, virando-me para o jovem Counihan. – Vamos lá, Jack.

Guiei o caminho pela janela e através da varanda, onde me encostei na balaustrada. Jack me seguiu e ficou parado diante de mim, a arma ainda na mão, o rosto pálido e cansado por causa da tensão. Olhando por cima do ombro dele, dava para ver a sala da qual acabáramos de sair. Andy e Mickey, com Flora entre eles, sentados no sofá. Carey estava de pé meio para o lado, olhando com curiosidade para Jack e eu. Estávamos no meio da faixa de luz que vinha da janela aberta. Podíamos ver o interior – exceto pelo fato de Jack estar de costas – e podíamos ser vistos de lá, mas a nossa conversa não poderia ser ouvida, a menos que falássemos alto.

Estava tudo como eu queria que estivesse.

– Agora conte-me tudo – ordenei a Jack.

– Bom, eu encontrei a janela aberta – o garoto começou.

– Eu sei toda essa parte – interrompi. – Você entrou e contou aos seus amigos – Papadopoulos e Flora – sobre a fuga da garota e disse que Carey e eu estávamos chegando. Você os aconselhou a fingir que os tinha capturado sozinho. Isso faria Carey e eu entrarmos. Com você livre de qualquer suspeita atrás, seria fácil para os três agarrarem a nós dois. Depois disso, você poderia correr até a estrada para dizer a Andy que eu tinha mandado você pegar a garota. Foi um bom plano – exceto que você não sabia que eu tinha Dick e Mickey na manga e não sabia que eu não deixaria você ficar atrás de mim. Mas isso tudo não é o que eu quero saber. Eu quero saber por que você nos traiu... e o que você pensa que vai fazer agora.

– Você está maluco? – Seu rosto jovem estava perplexo, seus olhos jovens, apavorados. – Ou isso é alguma espécie de...?

– Claro, estou louco – confessei. – Não fui louco o bastante para deixar você me levar para aquela armadilha em Sausalito? Mas não estava louco o bastante para não entender tudo depois. Não estava louco o bastante para não ver que Ann Newhall estava com medo de olhar para você. Não estou louco o bastante para acreditar que você poderia ter capturado Papadopoulos e Flora a menos que eles quisessem que você os pegasse. Sou louco... mas com moderação.

Jack riu – uma risada jovem e atrevida, mas aguda demais. Seus olhos não riram com a boca e a voz. Enquanto ria, seus olhos iam do meu rosto para a arma em sua mão e de volta para mim.

– Fale, Jack – pedi baixinho, pondo a mão em seu ombro. – Pelo amor de Deus, por que você fez isso?

O garoto fechou os olhos, engoliu em seco, e seus ombros estremeceram. Quando seus olhos se abriram, estavam duros, brilhantes e cheios de desafio.

– O pior de tudo – disse ele, em tom duro, afastando o ombro da minha mão – é que eu não fui um bandido muito bom, não é? Não consegui enganar você.

Eu não disse nada.

– Imagino que você mereça saber a história – ele continuou depois de uma pequena pausa. Sua voz estava conscientemente monótona, como se deliberadamente evitasse qualquer tom ou acento que pudesse expressar emoção. Era jovem demais para falar naturalmente. – Conheci Ann Newhall há três semanas, na minha própria casa. Ela havia sido colega de escola das minhas irmãs, embora eu não a conhecesse. Nós nos reconhecemos imediatamente, é claro – eu sabia que ela era Nancy Regan, e ela sabia que eu era detetive da Continental.

"Então nós saímos sozinhos e falamos sobre tudo. Ela me levou para ver Papadopoulos. Gostei do velho, e ele gostou de mim. Ele me mostrou como juntos poderíamos acumular montes de riquezas incalculáveis. Aí está. A perspectiva de todo aquele dinheiro devastou minha moral completamente. Falei a ele sobre Carey no instante em que fiquei sabendo dele por você e levei você até aquela armadilha, como você diz. Ele achou que seria melhor se você parasse de nos incomodar antes de encontrar a ligação entre Newhall e Papadopoulos.

"Depois daquele fracasso, ele queria que eu tentasse de novo, mas me recusei a participar de qualquer outro fiasco. Não há nada mais estúpido do que um assassinato que não dá certo. Ann Newhall é inocente de tudo, exceto de tolice. Não acho que ela suspeite que eu tenha tido qualquer coisa a ver com o trabalho sujo além de evitar que todo mundo fosse preso. Isso, meu caro Sherlock, conclui a confissão."

Eu havia escutado a história do garoto com uma grande demonstração de atenção solidária. Agora eu fechara o rosto para ele e falava acusatoriamente, mas ainda em tom amigável.

– Chega de conversa fiada! O dinheiro que Papadopoulos mostrou a você não lhe comprou. Você conheceu a garota e ficou com o coração mole demais para entregá-la. Mas a sua vaidade, o orgulho de ver a si mesmo como um sujeito muito frio, não deixou que admitisse isso sequer para si mesmo. Você precisava de uma fachada impiedosa. Então, virou carne no moedor de Papadopoulos. Ele lhe deu um papel que você pudesse desempenhar: um vigarista superelegante, um cérebro criminoso, um vilão suave desesperado e todo esse tipo de lixo romântico. Foi assim que você se envolveu, filho. Você se envolveu o máximo possível além do que era necessário para salvar a garota da cadeia, só para mostrar para o mundo, mas principalmente para você mesmo, que você não estava agindo por sentimentalismo, mas conforme seus próprios desejos insaciáveis. Aí está. Olhe para si mesmo.

O que quer que ele tenha visto em si mesmo – o que eu havia visto ou outra coisa – fez seu rosto corar lentamente, e ele não olhou para mim. Olhou para além de mim, para a estrada mais adiante.

Olhei para a sala iluminada atrás dele. Tom-Tom Carey havia avançado para o centro do ambiente, de onde nos observava. Entortei o canto da boca para ele – um alerta.

– Bem – recomeçou o garoto, mas não soube o que dizer em seguida. Mexeu os pés e manteve os olhos afastados do meu rosto.

Endireitei-me e me livrei dos últimos resquícios da minha simpatia hipócrita.

– Me dê a arma, seu rato! – rosnei para ele.

Ele saltou para trás, como se eu o tivesse agredido. A loucura se contorcia em seu rosto. Ergueu a arma na altura do peito.

Tom-Tom Carey viu a arma subir. O homem moreno atirou duas vezes. Jack Counihan estava morto aos meus pés.

Mickey Linehan atirou uma vez. Carey estava caído no chão, sangrando da têmpora.

Passei por cima do corpo de Jack, entrei na sala, ajoelhei-me ao lado do homem moreno. Ele se contorceu, tentou dizer alguma coisa e morreu antes de pronunciar qualquer palavra. Esperei até minha expressão voltar ao normal para me levantar.

Big Flora estava me estudando com seus estreitos olhos cinzentos. Encarei-a de volta.

– Ainda não entendi tudo – disse ela, lentamente. – Mas se você...

– Onde está Angel Grace? – interrompi.

– Amarrada à mesa da cozinha – informou, continuando a pensar em voz alta. – Você fez uma jogada que...

– É – disse eu, amargo. – Sou outro Papadopoulos.

Seu corpanzil estremeceu de repente. A dor cobriu seu belo rosto brutal. Duas lágrimas escorreram de suas pálpebras inferiores.

Macacos me mordam se ela não amava o velho vigarista!

Já passavam das oito quando voltei à cidade. Tomei café-da-manhã e fui até a Agência, onde encontrei o Velho examinando sua correspondência matinal.

– Acabou tudo – disse a ele. – Papadopoulos sabia que Nancy Regan era herdeira de Taylor Newhall. Quando precisou de um esconderijo depois de os assaltos aos bancos fracassarem, fez com que ela o levasse até a casa de campo dos Newhall. Ele tinha duas coisas a seu favor: ela tinha pena dele por vê-lo como um pobre velho usado por gente mal-intencionada e tinha sido, mesmo que inocentemente, cúmplice dos assaltos.

"Em seguida, Papai Newhall precisou ir ao México a trabalho. Papadopoulos viu uma chance de fazer alguma coisa. Se Newhall fosse morto, a garota receberia milhões, e o velho ladrão sabia que poderia tirá-los dela. Ele mandou Barrows até a fronteira para comprar o assassinato com alguns bandidos mexicanos. Barrows providenciou o serviço, mas falou demais. Disse a uma garota em Nogales que precisava voltar a São Francisco para receber uma nota de um velho grego e que depois voltaria e compraria o mundo para ela. A garota passou as informações a Tom-Tom Carey. Carey somou várias vezes dois mais dois e chegou a pelo menos uma dúzia como resposta. Seguiu Barrows até aqui.

"Angel Grace estava com ele na manhã em que ele ligou para Barrows aqui, para descobrir se o seu "velho grego" era mesmo Papadopoulos e onde poderia encontrá-lo. Barrows estava muito cheio de morfina para prestar atenção à razão. Estava tão amortecido pela droga que, mesmo depois que o homem moreno começou a argumentar com um canivete, foi preciso fazer picadinho de Barrows até ele sentir dor. A tortura deixou Angel Grace doente. Depois de tentar fazer Carey parar em vão, ela foi embora. Quando leu nos jornais da tarde como tinha acabado aquele serviço, tentou se suicidar para tirar as imagens da cabeça.

"Carey conseguiu todas as informações que Barrows tinha, mas Barrows não sabia onde Papadopoulos estava se escondendo. Papadopoulos descobriu que Carey havia chegado, você sabe como. Ele mandou Arlie para parar Carey, que não deu uma chance ao barbeiro, até começar a suspeitar que Papadopoulos poderia estar na casa de Newhall. Ele foi até lá, deixando que Arlie o seguisse. Assim que Arlie descobriu qual era seu destino, aproximou-se, disposto a liquidar Carey a qualquer preço. Era o que Carey queria. Matou Arlie, voltou à cidade, me chamou e me levou para ajudá-lo a finalizar as coisas.

"Enquanto isso, Angel Grace, na prisão, fez amizade com Big Flora. Ela conhecia Flora, mas Flora não a conhecia. Papadopoulos havia arranjado uma fuga para Flora. É sempre mais fácil fugir em dupla do que sozinho. Flora carregou Angel com ela, levou-a até Papadopoulos. Angel tentou atacá-lo, mas Flora a impediu.

"Flora, Angel Grace e Ann Newhall, também conhecida como Nancy Regan, estão na prisão municipal – finalizei. – Papadopoulos, Tom-Tom Carey e Jack Counihan estão mortos."

Parei de falar e acendi um cigarro com calma, observando o cigarro e o fósforo cuidadosamente durante a operação. O Velho pegou uma carta, baixou-a sem ler e pegou outra.

– Eles foram mortos durante as prisões? – Sua voz suave não demonstrava nada além da impenetrável educação de sempre.

– Sim. Carey matou Papadopoulos. Pouco depois, matou Jack. Mickey... sem saber... sem saber coisa alguma exceto que o homem moreno estava atirando em Jack e eu... nós estávamos afastados conversando... atirou em Carey e o matou. – As palavras se enrolavam na minha língua, não saíam direito. – Nem Mickey nem Andy sabem que Jack... Ninguém exceto você e eu sabe exatamente o que... exatamente o que Jack estava fazendo. Flora Brace e Ann Newhall sabiam, mas se dissermos que ele estava cumprindo ordens o tempo todo, ninguém poderá negar.

O velho assentiu o rosto de avô e sorriu, mas, pela primeira vez em todos os anos que eu o conhecia, eu soube o que ele estava pensando. Estava pensando que, se Jack saísse vivo, ele seria obrigado a fazer a terrível escolha entre deixá-lo sair livre ou prejudicar a agência com a divulgação do fato de que um de nossos detetives era um vigarista.

Apaguei meu cigarro e me levantei. O Velho também se levantou e estendeu a mão para mim.

– Obrigado – ele disse.

Apertei sua mão e o compreendi, mas eu não tinha nada que quisesse confessar – nem mesmo através do silêncio.

– Aconteceu assim – eu disse, deliberadamente. – Fiz a jogada de modo que ficássemos com todos os benefícios... mas simplesmente aconteceu assim.

Ele assentiu, dando um sorriso simpático.

– Vou tirar umas duas semanas de folga – eu disse, da porta. Estava me sentindo cansado, exausto.

SOBRE O AUTOR

Dashiell Hammett nasceu no Condado de St. Marys, Maryland, em 1894. Cresceu na Filadélfia e em Baltimore. Deixou a escola aos quatorze anos e teve vários tipos de empregos depois disso – mensageiro, jornaleiro, balconista, controlador de presença, jardineiro, operador de máquinas e estivador. Finalmente tornou-se investigador da Agência de Detetives Pinkerton.

A Primeira Guerra Mundial, na qual serviu como sargento, interrompeu sua carreira de detetive e prejudicou sua saúde. Quando afinal recebeu alta do último de muitos hospitais, retomou o trabalho de investigador. Posteriormente, passou a escrever e, no final da década de 1920, tornou-se o inquestionável mestre da ficção policial nos Estados Unidos. Durante a Segunda Guerra Mundial, Hammett voltou a servir como sargento no Exército, desta vez por mais de dois anos, cuja maior parte passou nas Ilhas Aleutas. Morreu em 1961.